ARABSKA KREW

TANYA VALKO

ARABSKA KREW

Prószyński i S-ka

Projekt okładki
Sylwia Tymkiewicz
(studio-kreacji.pl)

Zdjęcie na okładce
© Laila Jihad

Redaktor prowadzący
Anna Derengowska

Redakcja
Katarzyna Pawłowska

Korekta
Grażyna Nawrocka

Łamanie
Ewa Wójcik

ISBN 978-83-7839-108-1

Warszawa 2012

Wydawca
Prószyński Media Sp. z o.o.
02-697 Warszawa, ul. Rzymowskiego 28
www.proszynski.pl

Druk i oprawa
OPOLGRAF Spółka Akcyjna
45-085 Opole, ul. Niedziałkowskiego 8-12

Tym, którzy ucierpieli z powodu
reżimów i tyranii przywódców,
Oby odzyskali wolność i ludzką godność
Autorka

Fabuła powieści bazuje na wydarzeniach, jakie miały miejsce w Libii podczas Arabskiej Wiosny w 2011 roku, lecz opisane sytuacje oraz uczestniczący w nich bohaterowie są fikcyjni. Wszelkie podobieństwo do osób przebywających kiedyś lub żyjących obecnie w Libii jest przypadkowe.

PRZEDMOWA

Drogie Czytelniczki, Drodzy Czytelnicy,

właśnie trzymacie w rękach powieść *Arabska krew*, która przedstawia losy bohaterek *Arabskiej żony* i *Arabskiej córki* podczas Arabskiej Wiosny.

Zwrot „arabska wiosna" jest już powszechnie przyjęty i oznacza zamieszki, przewroty i rewolucje, jakie miały miejsce w krajach arabskich, począwszy od końca 2010 roku aż po dzień dzisiejszy. Jednak moja książka nie jest ani powieścią historyczną, ani reportażem z tych wydarzeń. Jest to fikcja literacka bazująca na faktach z wojny domowej w Libii. W swojej powieści fikcyjne losy bohaterów wplątałam w wir faktycznych wydarzeń. Informacje czerpałam z relacji telewizyjnych w Al-Dżazirze czy CNN oraz ze sprawozdań prasowych i internetowych. Opisując obozy dla uchodźców, masowy exodus z Libii czy łamanie praw człowieka, w tym kobiet i dzieci, korzystałam z raportów obrońców praw człowieka oraz znawców tematu czy opowieści naocznych świadków. Jednak pragnę podkreślić, że przedstawione sytuacje oraz uczestniczący w nich bohaterowie są fikcyjni. Wszelkie podobieństwo do osób przebywających kiedyś lub żyjących obecnie w Libii jest przypadkowe.

Postaci takie jak Muammar al-Kaddafi czy jego syn Saif są osobami publicznymi i nawet śmierć libijskiego lidera została bez skrupułów ukazana w internecie. Ich historia przedstawiona przeze mnie jest całkowicie fikcyjna, choć niewykluczona.

Bardzo często w mojej powieści odwołuję się do źródeł islamu, który każdemu muzułmaninowi towarzyszy od świtu do zmierzchu, od narodzin aż do śmierci. Chcąc zrozumieć kulturę arabską, najpierw należy zapoznać się z religią. W żadnym względzie nigdy nie starałam się jej deprecjonować czy krytykować, gdyż uważam ją za wspaniałą wiarę, czasami jedynie źle interpretowaną czy wykorzystywaną do niecnych celów. Osobiście jestem zagorzałą zwolenniczką dialogu międzyreligijnego i tolerancji.

Tak więc, drogi Czytelniku, powieść, po którą sięgasz, zaprowadzi Cię do pięknej śródziemnomorskiej krainy, która została zniszczona przez wojnę, a jej niewinni obywatele doznali z tego powodu wiele krzywd i niesprawiedliwości. Fikcyjni bohaterowie powiodą Cię przez prawdziwe pola walk i ukażą, co oznacza piekło wojny we współczesnym świecie.

I

ODNALEZIENIE MATKI

Arabska Miriam czy polska Marysia

Marysię po przyjeździe do Rijadu, stolicy Arabii Saudyjskiej, zaskakują najbardziej dwie rzeczy. Po pierwsze, dobrobyt tego kraju i bogactwo jej męża. Do tej pory sądziła, że jest on tylko dobrze sytuowanym biznesmenem, lecz przez głowę jej nie przeszło, że wyszła za mąż za milionera, zwłaszcza że sama nie miała ani grosza. Dlaczego ten mężczyzna zdecydował się na ślub z biedną dziewczyną, w dodatku pół Libijką, pół Polką? Chyba jedynym wytłumaczeniem może być wielka miłość. Drugą sprawą, która szokuje nowoczesną wyemancypowaną kobietę, jest zachowanie jej męża. W Jemenie Hamid był zupełnie innym człowiekiem. Nie chodzi tylko o okazywanie uczuć w stosunku do Marysi, ale również o jego styl bycia. W Sanie mężczyzna patrzył na nią płonącymi, rozkochanymi oczami. Jak tylko nadarzała się okazja, chwytał ją za rękę lub obejmował ramieniem. Robił to nawet w miejscach publicznych i na oczach ludzi, co nie było dobrze widziane w tym tradycyjnym muzułmańskim kraju. Często wybuchał niepohamowanym, zaraźliwym śmiechem, żartował, opowiadał zabawne dykteryjki i psocił jak mały chłopiec. W Rijadzie stopniowo jego żywiołowość jakby wygasa, oczy blakną i często, zwłaszcza w miejscach publicznych, patrzy na żonę bez namiętności i bezosobowo. Nie ma mowy o najdelikatniejszym dotknięciu na ulicy, podczas wizyt u jego rodziny czy w wielkich centrach handlowych. Bywa, że widzą jakąś odważną saudyjską parę idącą pod rękę, lecz im się to nie zdarza. Marysia nie może tego pojąć, lecz kiedy zaczyna obserwować mężczyzn i otaczające ich saudyjskie małżeństwa, dochodzi do wniosku, że w tym kraju należy to do normy. Miłości między ludźmi nie należy okazywać, bo jest ona niczym w porównaniu z uwielbieniem Allaha. Życie pobożnego Saudyjczyka polega na oddawaniu bezgranicznej czci Bogu. Modlitwy pięć razy dziennie ustawiają cały plan dnia, a świadomość, że żyje się na muzułmańskiej świętej ziemi, czyni z wszystkich Saudyjczyków ludzi naznaczonych i błogosławionych, dla których oprócz Mekki, Medyny i Allaha nic się nie liczy. Chyba dlatego tak się zachowują, tłumaczy sobie Marysia. A może ich maniery to tylko pozory, które trzeba w tym kraju stwarzać? Po prostu nie afiszują się z uczuciami i trzeba to zaakceptować, choć Marysi przychodzi to z wielkim trudem. Jest to wbrew jej żywiołowej, śródziemnomorskiej naturze.

Pod koniec stycznia nadchodzi wiosna, czas przebudzenia, radości i miłości. Ta pora roku chyba w każdym punkcie na kuli ziemskiej jest piękna. Odczuwa się to szczególnie w miejscach, które na co dzień są nie do życia.

Pogoda nawet w Rijadzie, wybudowanym na środku pustyni, jest znakomita. Marysia po raz pierwszy od przyjazdu widzi oszałamiający błękit bezchmurnego saudyjskiego nieba. Kryształowo czyste powietrze wypełnia płuca i dodaje sił, nawodniona ziemia z każdego najmniejszego skrawka wypuszcza młode pędy traw czy krzewów, a wszystko to pieszczą delikatne promienie przygrzewającego słońca. Ptaki całymi dniami śpiewają jak oszalałe, a koty zawodzą nocami. Taki idylliczny stan trwa niestety może miesiąc, może półtora, bo później od początku kwietnia niebo skrywa się znów za chmurami pyłu. Po nieudanej, tragicznej wyprawie do Madain Saleh i po późniejszym kontakcie z ambasadą polską Marysia w zasadzie przestaje opuszczać willę. Tak szczelnie zamyka się w domu, że nawet nie zauważa zmian pór roku. Jej przyjaciółka Kinga dzwoni parokrotnie, zapraszając ją osobiście na święto narodowe 3 Maja, które jest hucznie obchodzone w rezydencji ambasadora, ale Marysia nie daje się namówić. Hamid też jej nie nakłania do wyjścia, widząc przerażenie i zagubienie żony. Nie odpowiada mu również picie alkoholu podczas takich uroczystości. W końcu Arabia Saudyjska to kraj prohibicji i nie powinno się przynajmniej tak otwarcie łamać tego prawa.

– Słuchaj, kobieto! Mam dobre… cudowne wieści! – Dwa tygodnie po wielkiej recepcji koleżanka dzwoni ponownie i krzyczy podekscytowana do słuchawki.

– *Wallahi*[1], co się dzieje?

[1] *Wallahi* (arab.) – na Boga.

– Obiecałam, że odszukam twoją mamę, pamiętasz?

– Tak... – Serce Marysi na sekundę stanęło w miejscu, by po chwili zacząć bić jak oszalałe.

– Była na imprezie trzeciego maja i sama mnie zaczepiła. Trzeba było przyjść, jak mówiłam! – stwierdza z pretensją. – Ale to nic. Gadałam z nią chyba przez godzinę i jestem w stu procentach pewna, że Dorota jest twoją matką. Niewiele mi o sobie opowiadałaś, zwłaszcza o rodzicach, ale wszystkie znane mi szczegóły się zgadzają. Masz siostrę Darię, fajna z niej nastolatka, a Dorota wyszła ponownie za mąż za Polaka, Łukasza, który zarabia tutaj niezłą kasę w Ericssonie.

– Góra z górą się nie zejdzie, ale człowiek z człowiekiem zawsze może. – Marysia wypowiada szeptem słowa nieżyjącej babci Nadii, która głęboko wierzyła, że matka z córką kiedyś się spotkają.

– Żebyś wiedziała! Mam numer jej telefonu komórkowego i adres. Mieszkają na DQ.

– Nie byłam, co to za osiedle?

– Mieszkasz już prawie rok w Rijadzie i nie wiesz, co to DQ? Obudź się, panienko, przestań śnić i gnić i rusz się!

– Dzięki, dzięki! Czy ty zawsze musisz być szczera aż do bólu?

– Tak, bo ktoś musi tobą wstrząsnąć, moja śpiąca królewno! DQ to dzielnica dyplomatyczna, Diplomatic Quarter, znajdują się tam prawie wszystkie ambasady i rezydencje, ale też urzędy, sklepy, parki, restauracje oraz wille i apartamenty również dla zwykłych cudzoziemców, nie tylko tych z korpusu. Kobiety w DQ mogą chodzić bez abai[1]! Jeszcze tam nie byłaś, nie mogę w to uwierzyć?!

– Jeśli nie jestem dyplomatką ani tam nie mieszkam, to jak mnie wpuszczą? Teraz sobie przypominam, że raz czy dwa przejeżdżaliśmy z Hamidem autostradą obok tego miejsca i widziałam betonowe bloki, tankietki z karabinami maszynowymi i tłumy straży i gwardii narodowej. Mysz by się nie prześlizgnęła.

– Owszem, sprawdzają każdy samochód, bo boją się, żeby fundamentalistyczne oszołomy nie zabiły jakiegoś ważnego człowieka, ale w sumie to pic na wodę, bo każdy może tam się dostać. Mówi się, że masz sprawę w jakimś biurze i już droga otwarta.

– W takim razie muszę spróbować.

– Nie mów jak typowa Arabka *Insh Allah*[2] lub *bukra*[3], bo to mnie wkurza, tylko zrób to zaraz – teraz – natychmiast. Zadzwonię i umówię cię z Dorotą. Na kiedy? – Kinga bierze sprawę w swoje ręce.

– Ani się waż! – wykrzykuje przerażona Marysia. – Ja sama… – Nerwowo przełyka ślinę. – Muszę sobie jeszcze wszystko przemyśleć. – Ledwo oddycha z podekscytowania. – Na spokojnie, zrobię to na spokojnie – obiecuje.

– Jak chcesz! – Przyjaciółka ze złością cedzi słowa przez zęby i rozłącza się.

[1] *Abaja* – wierzchnie tradycyjne okrycie w krajach muzułmańskich; szeroki, luźny płaszcz noszony przez kobiety i mężczyzn, w Arabii Saudyjskiej kobiety noszą abaje w czarnym kolorze.

[2] *Insh Allah* (arab.) – jak Bóg da.

[3] *Bukra* (arab.) – jutro.

Marysia potrzebuje czasu, żeby dojrzeć do spotkania z matką. Przypomina sobie i rozważa swoją rozmowę z babcią. Było to jeszcze w Jemenie. Stara mądra kobieta nie pozwalała zapomnieć dziewczynie o jej korzeniach, miejscu urodzenia i matce.

– Babciu, już daj spokój z tą Polską! – Pamięta, jak się wtedy na nią zezłościła, a zdarzało się to bardzo rzadko. – I z tym nazywaniem mnie Maryszia też! To jest dla mnie krępujące, a poza tym wprawia mnie w jakieś rozdwojenie jaźni. Przywykłam do imienia Miriam i dziewięćdziesiąt dziewięć koma dziewięć procent ludzi tak się do mnie zwraca.

– Nie rozumiem cię, moje dziecko – babcia nie dawała za wygraną. – Czemu taka jesteś zła na twoją matkę? Ileż ona musiała wycierpieć, ile czasu i pieniędzy kosztowało ją odnalezienie ciebie. A ty, jak ta głupia koza, nie pojechałaś z nią i zgotowałaś sobie ciężki los. Cały czas nie mogę zrozumieć, co skrywasz w głębi swojej wrażliwej duszyczki? Nie można przecież nie kochać matki!?

– Wszyscy mówili, że ona nie żyje. Lecz kiedy się odnalazła, tak jakby spadła z księżyca, interesowała ją tylko Daria! Mnie miała w dupie! – wybuchła wtedy i po raz pierwszy wyznała, co czuje.

– Ależ to nieprawda! – zaprzeczyła Nadia. – Jesteś już na tyle dorosła – zaczęła, przytulając ją mocno do siebie – że powiem ci, co wiem o tragicznym związku twojej mamy i taty. Poznasz parę drastycznych szczegółów na temat swojego ojca, ale masz już chyba wyrobioną opinię na jego temat. – Westchnęła, bo przecież nigdy o nikim źle nie mówiła i widać sprawiało jej to ból. – Twoja śliczna mama nie miała łatwego życia z moim synem, bo muszę obiektywnie stwierdzić, że niezły z niego zbój. Tak wyczekiwany, upragniony, wymodlony… Ale cóż zrobić. Nie wiem, jak było w Polsce, ale kiedy przyjechała do nas do Libii, widać było, że twój tata tresuje ją w szowinistyczny arabski sposób. Jak chciał, to był miły, czuły, kochający i dawał jej szczęście, tym samym przywiązując do siebie jeszcze bardziej. Częściej niestety był sobą, to znaczy odpychającym, wrednym draniem o sadystycznych skłonnościach! Nie mówię o zwykłym znęcaniu się, jak bicie, bo to u nas często się zdarza, ale on wykańczał tę biedną dziewczynę psychicznie. Dorota dowiedziała się oczywiście o molestowaniu przez niego młodszej siostry, Samirki, na co cała rodzina nie mogła nic poradzić. Jaka wtedy była jego reakcja? Obraził się na wszystkich i wyjechał chyba na cały miesiąc, zostawiając swoją młodą żonę w obcym jej domu, w obcym kraju. Potem wrócił jak gdyby nigdy nic. Z czasem Dorota zaczęła się adaptować do nowego otoczenia i uniezależniać, bo to była bardzo mądra i wytrzymała dziewczyna. Lecz kiedy tylko wyściubiła nos na zewnątrz, poznała polskie koleżanki, zaczęła wychodzić z domu, dostała świetnie płatną pracę w polskiej szkole – zrobił jej z życia piekło. Dot chciała się wydostać z Libii, ale mogła to zrobić tylko i wyłącznie w pojedynkę, bez ciebie, bo jak wiesz, dziecko należy do ojca, a nie do matki, która przez dziewięć miesięcy nosi je pod sercem, rodzi w bólach, karmi piersią i wychowuje. Ha! Absurd?! Cóż, twoja biedna mama nadal do tego stopnia kochała twojego ojca despotę, że była w stanie z wszystkiego zrezygnować, poświęcić siebie dla dobra rodziny i twojego, moja panno, abyś żyła w normalnym, nierozbitym domu. Na koniec Ahmed wywiózł was na farmę pod miastem. Nie mogę powiedzieć, pięknie ją urządził, ale była to złota klatka na całkowitym odludziu. Jednak twoja zakochana mama przeżyła tam chyba chwile szczęścia, co zaowocowało urodzeniem Darii. Później zaczęło się jeszcze gorsze piekło, bo mój synalek związał się z fundamentalistami. Wystąpił nawet w telewizji podczas manifestacji popierającej Osamę bin Ladena po zburzeniu World Trade Center 11 września 2001 roku. Ekstremizm w Libii był i jest karany śmiercią, a odpowiedzialność ponosi się zbiorowo. Jeden członek rodziny coś przeskrobie, a karani są wszyscy. Przez to musieliśmy dosłownie z dnia na dzień uciekać z Trypolisu. Tu pomogła nam Malika, która załatwiła sobie posadę w Ghanie. A co działo się z twoją mamą w tym czasie, nie mam pojęcia i obawiam się, że nawet ciotka Malika nie znała do końca tej historii. Jedynie Samira wie chyba wszystko, bo kontaktowała się z Dorotą i pomagała jej zorganizować wywiezienie was z Libii. Namawiała cię, jak umiała, na wspólne wyjście na mikołajki do polskiej ambasady, gdzie było umówione spotkanie i przekazanie was matce. Ale ty nie chciałaś nawet o tym słyszeć, wybrałaś imprezę z Maliką i jej koleżankami.

Tym wyznaniem babcia rozświetliła Marysi w głowie. Sama sobie była winna, że nie opuściła wtedy Libii wraz z matką i młodszą siostrą. O to nie może mieć do nikogo pretensji i nie powinna oskarżać swojej rodzicielki o brak starań czy miłości.

Marysia nie zapomni do końca życia wydarzeń tamtego strasznego dnia, kiedy Samira miała wypadek, po którym zapadła w śpiączkę, a jej siostrzyczka Daria zniknęła. Ciotka Malika chciała jej coś powiedzieć o mamie i siostrze tuż przed swoją śmiercią, ale nie zdążyła. Przez cały czas ukrywała prawdę i zabrała tajemnicę ze sobą do grobu. Gdyby tylko chciała, już jako dziecko Marysia połączyłaby się z rodziną i żyła w spokojnym, normalnym kraju, gdzie nie ma rebeliantów, terrorystów i gdzie mężczyźni nie dyskryminują kobiet w imię prawa sprzed wieków. Teraz młoda kobieta po raz pierwszy od wielu lat wyciąga pomięte zdjęcie matki schowane głęboko w szkatułce przy łóżku i wzdychając, patrzy na piękną blondynkę, która trzyma dłonie na zaokrąglonym ciążowym brzuszku i uśmiecha się szczęśliwa.

– W imię Allaha, jadę! – wykrzykuje Marysia, zrywając się na równe nogi. – Bez dzwonienia, bez umawiania. Moja matka mieszka w tym samym mieście, a ja miałabym stchórzyć i jej nie odwiedzić?

– Łukasz, otwórz drzwi, ja mam mokre ręce – krzyczy Dorota z kuchni w stronę salonu.

– Ja, kobieto, też coś robię, masz bliżej.

– Oczywiście, jak zawsze. – Wzdycha. – Darusia, przypilnuj przez jedną minutkę Adasia, zaraz wracam.

– Dobra, dobra – nastolatka odpowiada z uśmiechem, obejmując brata ramieniem. – Ależ komuś się pali. Przecież nikogo się nie spodziewamy.

Nadal szczupła, choć już czterdziestoletnia Dorota wychodzi na podwórze, gdzie jak watą okleja ją upał Rijadu.

– *I am coming*! – woła, słysząc następny dzwonek.

Ze złością na taką nachalność nieproszonego gościa gwałtownie otwiera metalową bramę i staje jak wryta. Na chodniku przed domem widzi młodą dziewczynę o arabskich rysach i zadziwiająco jasnej karnacji oraz krętych złotych włosach, ubraną w długą do ziemi abaję.

– Kto to? – Dorota słyszy za sobą głosy Łukasza i Darii.

– Dzień dobry, mamo... W końcu cię odnalazłam.

– Moja Marysia, moja córeczka kochana! – hamując łkanie, Dorota wyciąga przed siebie ręce i zarzuca je na szyję tak długo poszukiwanego dziecka.

Wprowadza swoją dorosłą córkę do domu w asyście zaskoczonego Łukasza i Darii z małym Adasiem na ręce. Bierze od niej czarny płaszcz i z przyjemnością patrzy na zgrabną, smukłą sylwetkę dziewczyny. Jest wyższa od niej o pół głowy, ma długie nogi po ojcu i wąską talię po matce, a duży biust chyba po arabskich żeńskich przodkach. Kolor jej włosów przypomina dojrzałe łany zbóż lub miód oświetlony promieniami słońca. Oczy mają typowo arabski kształt migdałów i głęboki kolor brązu wymieszanego z czystym złotem. Ich niezwykłość podkreślają ciemnobrązowe brwi, które jak skrzydła płochliwego motyla co chwilę unoszą się i opadają. Jej semicki nos świadczy o arabskim pochodzeniu, lecz nie jest za duży, jak u niektórych Arabek.

– Hej, to ty jesteś moją legendarną siostrą, którą znam tylko z opowiadań?! – wykrzykuje Daria, nie mogąc wytrzymać krępującej ciszy. – Dawaj całusa, nie bądź drewno. – Wolną ręką przyciąga Marysię za szyję i głośno całuje.

– Mam na imię Łukasz – przedstawia się mężczyzna o miłym i pogodnym wyrazie twarzy. Nosi eleganckie okulary w złotej cienkiej oprawie i goli łysiejącą głowę. Pod podkoszulkiem rysuje się niewielki brzuszek pana w średnim wieku. – Siądźmy w salonie – wskazuje ręką drogę, bo matkę z córką zupełnie zamurowało i stoją w przedpokoju jak dwie żony Lota.

Dom jest bardzo elegancki i przestronny, choć oczywiście nie umywa się do rezydencji, w której mieszka Marysia. Salon jest umeblowany nowocześnie i bez zbędnego przepychu, a zdobią go wyroby saudyjskiego rękodzieła. Przez przeszkloną ścianę i drzwi na taras widać mały ogródek z niedużym basenem, dookoła którego stoją plastikowe krzesła i stolik. Tuż obok jest mała piaskownica, plastikowa zjeżdżalnia i porozrzucane wszędzie dziecięce zabawki.

– Tak sobie żyjemy – zaczyna Dorota, podążając za wzrokiem Marysi. – A ty gdzie mieszkasz? Słyszałam od Kingi, że masz męża Saudyjczyka – mówi to z nieukrywaną niechęcią w głosie.

– Możemy przejść na angielski? Nie za bardzo rozumiem. – Marysia przerywa potok polskich słów.

– *Well*... – Matka z dezaprobatą wygina usta w dół i smutno wzdycha.

– *Of course*! – szybko wykrzykuje Daria, niczym się nie przejmując i ciesząc się ponad miarę z widoku siostry.

– To zrozumiałe, że nie mówisz po polsku, bo wychowując się w arabskiej rodzinie, nie miałaś kontaktu z ojczystym językiem – tłumaczy mężczyzna, z naganą spoglądając na swoją żonę.

– Właśnie… – Marysia zawiesza głos. Czuje się skrępowana wśród obcych ludzi. Zaczyna żałować, że tutaj przyszła.

– Mamo, weź Adasia, a ja biorę moją siostrunię. – Daria skacze na równe nogi. – Pójdziemy do kuchni zrobić sobie coś do picia. Nawet nie zaproponowaliście biednej dziewczynie szklanki wody, a upał przecież jak cholera!

– Nie wyrażaj się! – Dorota krótko trzyma swoją rodzinę.

Kiedy dziewczyny wychodzą, małżeństwo zaczyna szeptać między sobą, co jeszcze bardziej krępuje gościa. Przecież mogliby nawet krzyczeć w tym dziwnym chrzęszczącym języku, i tak nic by nie zrozumiała, stwierdza Marysia w duchu. Takie moje szczęście, nawet rodzina mnie nie akceptuje – robi jej się coraz bardziej przykro i łzy zbierają się w oczach.

– Hej, nie przejmuj się! – Daria od razu to zauważa. – Mama ma takie humory. To się nazywa menopauza. – Uśmiecha się złośliwie.

– Dzięki. – Marysia opanowuje płacz, rozbawiona kąśliwością nastolatki. Czuje, że tą małą kocha całym sercem i z nią na pewno chciałaby utrzymać kontakt. – Pamiętasz coś z Ghany? – pyta z nadzieją w głosie.

– Sorki, ale byłam za mała. Mam jakieś pojedyncze obrazy w głowie. Słuchaj, czy była tam fontanna na środku ogrodu? I murzyńska służba? Pamiętam taką strasznie chudą, czarnoskórą kobietę. Bałam się jej jak diabli, a szczególnie jej wielkich oczu. – Daria śmieje się, lejąc colę do szklanki pełnej lodu.

– Tak, zgadza się! A babcię Nadię?

– Miewam taki powracający sen, że dobra siwa Arabka pochyla się nade mną i całuje. Pachniała piżmem i starością.

– Dziewczynki, chodźcie do nas! Pogadamy wspólnie! – matka nawołuje z salonu. – Co porabiałaś przez te wszystkie lata? – zwraca się do Marysi. – Wiem od Samiry, że byłyście w Ghanie.

– Tak. Tam zginęła ciocia Malika. Potem wróciłyśmy do Trypolisu, gdzie mieszkałyśmy z babcią w takim ślicznym małym domku na Faszlum.

– Ale ja cię odnalazłam na Gurdżi.

– Przeniosłyśmy się. – Kobiety pomijają fakt, że Marysia odmówiła wtedy powrotu z matką do Polski.

– I co dalej? Mój detektyw stracił cię z oczu.

– Później był Jemen. Przeżyłam tam dwa cudowne lata. Mieszkałam z dużą rodziną, znalazłam przyjaciół, miłość…

– Saudyjczyka w Jemenie? Musi być biedny jak mysz kościelna, a może coś przeskrobał w swoim własnym kraju, że się tam przeniósł? Wielu tak robi. – Dorota nie panuje nad swoim ostrym językiem i bezwiednie rani dziewczynę.

– *Wallahi!* Hamid jest dobrym człowiekiem! – Marysia, wzywając imię Boga i wyrzucając przy tym ręce do góry, reaguje typowo po arabsku. Jednocześnie dziękuje w duchu Kindze, że nie wspomniała matce o bogactwie i pozycji jej męża. Przyzwoita dziewczyna i znająca życie.

– A czym się zajmuje?

– Jest biznesmenem.

– Jak każdy Arab, to w końcu naród handlarzy.

– Jeśli tak nienawidzisz tej nacji, to co robisz w takim kraju jak Arabia Saudyjska? – Marysia już nie wytrzymuje.

– A tobie się tutaj podoba?

– Oczywiście, że nie, *ja'ani*[1]... aż tak nie narzekam i nie krytykuję. – Marysia mówi podniesionym głosem, wykrzywiając przy tym usta i cykając z dezaprobatą językiem. Co chwilę wyciąga papierową chusteczkę i wyciera nią to ręce, to czoło, to wargi. Przed nią jest już ich niezła górka.

– Cały czas to powtarzam – do rozmowy włącza się Łukasz. – Trochę pozytywnego podejścia. Zostaniesz u nas na obiedzie, Marysiu? – zmienia temat. – Zapraszamy.

– Nie chcę przeszkadzać. – Dziewczyna nie ma najmniejszej ochoty dłużej przebywać w towarzystwie swojej złośliwej i negatywnie do niej nastawionej matki.

– Coś ty! Nie odchodź! – Daria popiera ojczyma. – Zadzwoń po męża, żeby też przyszedł.

– Może następnym razem. Na razie oswójmy się ze sobą – zimno oznajmia Dorota. – To prosto z Jemenu przyjechałaś tutaj? – dalej indaguje.

– Tak.

– Ile miałaś lat, jak cię wydali za mąż? Piętnaście?

– Dorota, co się z tobą dzieje? Tak za nią tęskniłaś, tyle nocy przepłakałaś, a teraz tak się zachowujesz?! – Łukasz nie wytrzymuje, całkowicie nie rozumiejąc agresji żony.

– Po prostu znam arabskie realia. To nie jej wina, tylko tej ich cholernej tradycji i starego islamskiego prawa, które nadal nimi rządzi.

[1] *Ja'ani* (arab.) – to znaczy; łącznik często używany w mowie potocznej.

– Miałam prawie dwadzieścia – odpowiada dziewczyna, ze złością zaciskając usta. – Babcia starała się mi wybić z głowy małżeństwo, twierdząc, że jestem za młoda, a jemeńskej rodziny w ogóle to nie obchodziło.

– To dlaczego tak wcześnie?

– A ty ile miałaś, kiedy poślubiłaś mojego ojca? I dlaczego to zrobiłaś? Aha, prawdopodobnie byłaś w ciąży, a wyobraź sobie, że ja nie. – Dorota wykrzywia twarz po celnym słownym ciosie córki. – Wyszłam za mąż z miłości.

– Po prostu takie środowisko ci odpowiada, nasiąknęłaś tą kulturą do szpiku kości – matka ignoruje docinki.

– Razem z mężem i kuzynką uczestniczyliśmy w Sanie w manifestacji przeciwko wydawaniu za mąż dziewczynek. – Marysia rzuca kolejny argument.

– A jaką szkołę skończyłaś? Arabską dla przyszłych żon?

– Brytyjską. – Młoda kobieta kończy rozmowę, podnosi się z kanapy i szybkim krokiem zmierza do wyjścia. – Jak tak nienawidzisz Arabów, to po co był ci arabski mąż?! Trzeba sobie było zrobić skrobankę, mniej byśmy się wtedy obie męczyły! – wykrzykuje na koniec, rozglądając się jednocześnie za swoją abają. – Z arabskim chłopem można mieć tylko arabskie bachory, świetnie czujące się w arabskich realiach i przestrzegające arabskiego prawa! – Wyprowadzona z równowagi trzęsie się na całym ciele, głos jej się łamie i czuje, że za chwilę wybuchnie histerycznym płaczem.

– Marysiu! Przepraszam cię! – Dorota pochyla głowę, zasłania twarz obiema dłońmi i zaczyna szlochać, wylewając ze swoich wielkich błękitnych oczu strugi łez. Przedostają się one pomiędzy jej szczupłymi palcami i płyną aż do nadgarstków. Wszyscy w korytarzu zamierają. Nawet mały Adaś przestaje gaworzyć, siedzi na podłodze i smutno spoglądając na mamę, wykrzywia małe usteczka w podkówkę. – Uczucie nienawiści do Arabów pojawiło się u mnie dopiero wtedy, kiedy twój ojciec głęboko mnie zranił i niewyobrażalnie skrzywdził. Cudem przeżyłam gehennę, którą mi zafundował. – Matka podbiega do dorosłej córki, mocno ją obejmuje i przyciąga do siebie na siłę, bo dziewczyna zesztywniała, jakby połknęła kij. – Wybacz mi, ale kiedy widzę, że moja córka jest taka arabska, to uważam, że ten drań wygrał.

– Nigdy nie odbierałam siebie jako typowego przykładu arabskiej dziewczyny. Zawsze buntowałam się przeciwko głupim szowinistycznym prawom. A do Jemenu wyjechałam, uciekając właśnie przed ojcem, który chciał ze mnie zrobić służącą dla swojej nowej kanadyjskiej żony i gromady bachorów.

– Wybacz, wybacz! Zaczęłam generalizować i jest to straszny, niewybaczalny błąd. Jeden podły Arab nie oznacza przecież, że wszyscy są tacy. – Dorota bierze córkę za rękę i delikatnie ciągnąc, prowadzi z powrotem do salonu. – Gdybyś wtedy ze mną wróciła do Polski, nie spotkałoby cię to wszystko… – smutno zawiesza głos, mruga załzawionymi oczami i pociąga nosem.

– My z Darią idziemy do kuchni przygotować obiad, a wy albo się dogadacie, albo pozabijacie – z uśmiechem i westchnieniem ulgi stwierdza Łukasz, zostawiając kobiety same.

* * *

– Jak tam było? – Nie doczekawszy się żadnej relacji ze spotkania z matką, Hamid z zaciekawieniem spogląda na swoją śliczną żonę. Jej twarz jest jeszcze bardziej biała niż zazwyczaj i maluje się na niej złość i zacięcie. – Nie chcesz o tym porozmawiać? – Już na podjeździe przed domem mąż ponownie próbuje czegoś się dowiedzieć.

– Jak będę miała ochotę pogadać, to się do ciebie zgłoszę – Marysia mówi podniesionym głosem, zaraz potem obraca się na pięcie i wbiega po paru stopniach na podest, aż poły satynowej abai rozwiewają się na boki. Wielkie drewniane odrzwia trzaskają z hukiem, a Hamid postanawia nie narzucać się żonie, wsiada do swojego ulubionego bentleya i rusza na miasto. Dziewięćdziesiąt procent saudyjskich mężczyzn spędza w ten sposób swój wolny czas. Szarżują szybkimi samochodami, przesiadują w kawiarniach, pijąc hektolitry kawy, lub idą z kolegami do palarni sziszy[1], gdzie umilają sobie wieczór opowieściami i grą w bilard. Dla Hamida jest to nudne, ale ostatnimi czasy woli unikać swojej żony. Dzisiaj coś poszło nie tak, a on dowie się o tym prędzej czy później. Coraz bardziej przestaje mu zależeć na rozmowach i na zwierzeniach tej kobiety. Dochodzi do wniosku, że widocznie już tak musi być w każdym arabskim małżeństwie.

Marysia, nadal w wyjściowym ubraniu, leży w sypialni na wielkim małżeńskim łożu. Dzisiejsza wizyta i spotkanie

1 *Szisza* (arab.) – fajka wodna.

po latach z matką całkowicie ją wykończyły. Czuje się wyczerpana i zdenerwowana do tego stopnia, że drży na całym ciele. Zwija się w kłębek, obejmuje łydki długimi szczupłymi ramionami, a twarz opiera na kolanach. Tak czuje się zdecydowanie lepiej i bezpieczniej. Przestało też ściskać ją w brzuchu i wykręcać mięśnie. Zamyka oczy i do głowy napływają kaskadą wszystkie złośliwe słowa, które wypowiedziała jej matka i które tak ją ubodły. Każdy wyraz w jej ustach brzmiał jak obelga. Tak, Marysia musi przyznać, że czuje się bardziej Arabką niż Polką. Lecz jak by mogło być inaczej? Przecież większą część życia spędziła w libijskiej rodzinie, dobrej, wyrozumiałej, kochającej i nowoczesnej. A ta kobieta przypisywała jej najgorszą, prymitywną mentalność. Ojciec był, i gdzieś tam zapewne nadal jest, draniem, ale to nie daje nikomu prawa do generalizowania i stwierdzenia, że wszyscy Arabowie są tacy. Co za głupiec może sądzić, że wszyscy są fundamentalistami, terrorystami, wszyscy krzywdzą kobiety i małe dziewczynki i są niewykształconymi ignorantami? Ależ nonsens! Marysia myśli o Hamidzie, swoim bardzo muzułmańskim, ale niezwykłym mężu, kuzynie Falilu, nie za mądrym, ale dobrym, Aszrafie z Jemenu, biedaku o łagodnej naturze, oraz Abbasie, wujku o gołębim sercu. I jeszcze innych, zwykłych porządnych arabskich mężczyznach. Kobiety Wschodu zaś w życiu by się nie zachowały tak jak jej matka. Ileż ciepła i miłości Marysia dostała od swojej babci, jaką cierpliwość i wyrozumiałość okazywała i jakim była dobrym człowiekiem. A Malika! Dziewczyna, kiedy tylko wspomina jej imię, czuje ukłucie żalu, ból i gniotącą jej piersi tęsknotę. Była dla niej tylko ciotką, a dała jej więcej niż niejedna matka. Ona mnie uwielbiała i ja o tym wiem, myśli, wzdychając. Jest to największy dar, jaki mogłam od kogokolwiek otrzymać. Dlatego zapewne nie powiedziała mi o matce, bo bała się mnie stracić. Może i dobrze się stało, dziewczyna rozluźnia się, widząc oczami wyobraźni oblicze ciotki i jej figlarne zachowanie. Później przypomina sobie wyraz twarzy Maliki, kiedy mając czternaście lat, oznajmiła jej, że została zgwałcona i jest w ciąży. Inna kobieta krzyczałaby, robiła jakieś wyrzuty, może nawet uderzyła, a ona współczuła i pomogła rozwiązać wstydliwy problem. Rozumiała, że to nie była jej wina. Malika, Samira, babcia Nadia, Leila, Chadidża są Marysi bliższe od tej wysuszonej, białej blond gidii. Marysia, wyczerpana wspomnieniami, usypia dopiero przy pierwszych promieniach słońca, wsłuchując się w poranne wezwanie muezina na modlitwę.

Dorota również nie śpi do białego rana. Rozmyśla. Tak bardzo tęskniła, tak pragnęła odzyskać córkę, ale tę własną, malutką Marysię, która mówiła do niej „mamuś". Rozczarował ją fakt, że nagle w jej życiu pojawia się dojrzała, ukształtowana przez otaczające ją środowisko kobieta, z którą oprócz więzów krwi nic w zasadzie jej nie łączy. Zdaje sobie sprawę, że jej paskudne zachowanie było powodowane tym romantycznym, głupim nastawieniem i że niesłusznie przelała całą swoją niechęć do Arabów i gorycz na Bogu ducha winną dziewczynę. Odzyskałam ją i utraciłam, myśli, siedząc przy stole w kuchni i obejmując głowę rękami. Ale jak ktoś po takich przejściach jak ja może normalnie reagować? Jednak Marysia o niczym nie wie i nigdy zapewne się nie dowie, bo już nigdy więcej nie będzie chciała mnie widzieć, gorzko podsumowuje.

Nalewa sobie kolejny kieliszek wina domowej roboty i sączy go przez zęby. Dzisiaj pozostaje mi tylko się upić, stwierdza z ironią. Wspomina swoją małą córeczkę, która świetnie czuła się w domu libijskiej rodziny, hasającą po ogrodzie i bawiącą się z rówieśnikami. Pamięta ją z czasów, kiedy mieszkały na farmie, opaloną na brązowozłoty kolor, z rozwianymi, krętymi, niedającymi się ujarzmić włosami. I cały czas słyszy w głowie „mamuś to, mamuś tamto, mamuś siamto...". A potem ten ostatni wspólny moment, kiedy przerażona tuliła ją do swojego bijącego jak oszalałe serca. To straszne wspomnienie sprzed prawie piętnastu lat starała się wymazać ze swojej pamięci. Nigdy do niego nie wracała, ale teraz koszmar znów ożywa.

Wizja jest tak realistyczna i tak bolesna, jakby stało się to wczoraj. Widzi siebie, jak przerażona siedzi w wielkiej sypialni w ich willi w Trypolisie i stuka się w czoło milczącą czarną słuchawką telefonu. Do kogo mogłaby jeszcze zadzwonić, kto zechce pomóc zniszczonej kobiecie z dwójką małych dzieci, kto zechce z nią rozmawiać? Była wtedy tak straszliwie samotna. Z nadzieją patrzyła przez okno na opuszczony dom teściowej po drugiej stronie wąskiej ulicy i na zwiędnięte liście wirujące w szarym od pyłu powietrzu. Czuć było zimę. Ze strachu tak mocno przytulała niczego nieświadomą Darię, słodko cmokającą mleko z jej piersi i przymykającą oczy z rozkoszy. Jej serce ściskał ból, a oczy wypełniły się łzami. Tak samo jak teraz, kiedy wspomina najtragiczniejszą chwilę swojego życia. Wraca do niej obraz starszej córeczki, sześcioletniej Marysi, która cicho, na palcach weszła do pokoju i przytuliła się do pleców mamy. Posadziła ją sobie wtedy na kolanach i przycisnęła do siebie. „Mamuś", córunia dla kurażu wymówiła to magiczne dla niej słowo. Jakaż ona była wtedy smutna. Szóstym zmysłem wyczuwała, że jest źle. Dorota w końcu zadzwoniła do jedynej bratniej duszy w Trypolisie, która jej pozostała. Była nią Baśka, najlepsza polska przyjaciółka. O mały włos, a udałoby jej się uciec i schronić w bezpiecznej ambasadzie. Ale nie było to jej pisane. Dla mnie są wszystkie najbardziej czarne scenariusze, które Bóg potrafi wymyślić, sceptycznie podsumowuje swoje życie, zapominając, że od lat jest szczęśliwa. Rozdrapuje stare, już dawno zapomniane rany. Pamięta, jak zerwała się na równe nogi i biegała jak szalona, pakując na chybił trafił najpotrzebniejsze rzeczy. Przecież musiała wziąć ze sobą przynajmniej dwie pary majtek! Po kwadransie była gotowa, lecz spóźniła się może o dwie minuty. Nagle usłyszała trzaśnięcie drzwi wejściowych na dole i podniesione męskie głosy. Skóra zjeżyła się jej na plecach. Jeszcze teraz przebiega ją dreszcz na wspomnienie tamtej chwili. Przerażona rozglądała się dookoła, szukając drogi ucieczki. Zamarła jednak bezradnie, z Darią na ręku, Marysię przesunęła za siebie. Nie była w stanie wykonać kroku. Przyłożyła wtedy palec do ust i na migi pokazała Marysi: ani mru-mru. Przerażona poprawiła Darii smoczek i na palcach wycofała się z powrotem do sypialni. Nadal pamięta każdy najmniejszy szczegół, tak jakby odtwarzała nagrany film. Nie wiadomo, co się stało, może ze strachu zbyt mocno ścisnęła maleńką córeczkę, a może jej walące serce obudziło niemowlaka, Daria nagle otworzyła oczy, wykrzywiła buzię i wydała z siebie najpierw cichy pisk, a po chwili wyła już jak syrena. Dorota zamknęła drzwi na klucz i zabarykadowała je ciężką komodą. Skąd miała tyle siły, żeby ją przesunąć, do tej pory nie wie. Na dodatek zrobiła to w zawrotnym tempie. Na koniec rzuciła się pędem w najdalszy kąt sypialni, ciągnąc za sobą przerażoną Marysię. Usiadły na podłodze i obejmowały się kurczowo, lecz Daria nie przerwała swojego koncertu. Przerażona usłyszała kroki na schodach i ze strachu zacisnęła zęby. W tej chwili, siedząc po latach przy kuchennym stole i widząc oczami wyobraźni tę scenę, prostuje się jak struna i wstrzymuje oddech. Zamyka oczy. Pamięta, jak ktoś szarpnął klamkę, później walił w ciężkie drewniane drzwi, które powinny były wytrzymać. Jednak po chwili mocne kopnięcie rozwaliło zamek i już wiadomo było, że nic nie mogło ich uratować. Wyrwane z zawiasów drzwi przewróciły ciężką szafę. Kto mógł mieć tyle siły, a może tyle furii, żeby to zrobić? Wtedy dziewczynki zaczęły zawodzić już razem, tuląc się do matki jak małe bezbronne kurczaczki.

– Aaa, taki kwiatuszek tutaj chowasz, chytrusie? – Wielka męska kreatura, która wtargnęła do sypialni, obróciła się w stronę Ahmeda stojącego niepewnie w wejściu, i wymierzyła mu siarczysty policzek. – No, pokaż się tutaj. – W dwóch susach oprawca znalazł się przy Dorocie i zaczął ciągnąć ją za włosy. – Jaką blondynę sobie przygruchał! No, no! – zaśmiał się obrzydliwie, ukazując przy tym pożółkłe, nierówne zęby.

Zbir uniósł ją za włosy i spódnicę i rzucił na wielkie małżeńskie łoże. Marysię pacnięciem odtrącił w kierunku leżącej na podłodze Darii. Jeszcze raz otaksował zdobycz wzrokiem, ściągnął popękane wargi, a potem powoli zwrócił się w kierunku pokornego Ahmeda, męża i ojca rodziny.

– No – powiedział w końcu, jakby dawkując napięcie. – Może się jednak dogadamy, koleś.

Kiedy puścił jej włosy, jak lwica broniąca małych rzuciła się w kierunku zapłakanych i roztrzęsionych córeczek. Teraz, kiedy to wspomina, ściska palcami usta i patrzy niewidzącym wzrokiem przed siebie. Cała zanurzyła się w swojej tragicznej przeszłości. Pamięta, jak mężczyźni wyszli z pokoju, zostawiając przerażoną gromadkę we łzach. Ahmed nie zrobił nawet jednego kroku w ich kierunku. Słychać było szepty w korytarzu, a potem gardłowy obleśny śmiech bandziora. Później jeszcze jeden głos, pełen rozbawienia, dołączył do pozostałych.

Po chwili czyjeś nogi głośno zatupały na schodach, słychać było jakieś rozmowy, czuć smród tanich papierosów. Dorota z córkami siedziała na podłodze jak wmurowana, jakby była tylko obserwatorem toczących się zdarzeń. Ahmed wpadł do sypialni. Nie patrząc na nią, wyrwał jej krzyczące dzieci, wziął je jak koty pod pachę i nie oglądając się za siebie, wyszedł. Do pokoju, z otwartą butelką whisky w dłoni, wszedł główny oprawca i Dorota była już wtedy pewna, na czym polega dogadanie się między mężczyznami. Jej kochany mąż bez namysłu i skrupułów sprzedał ją za swoją pieprzoną fundamentalistyczną skórę, a przedstawiciel libijskiej policji do walki z terroryzmem przyjął zapłatę za jego wolność w naturze.

Jak na jedną krótką noc wspomnień jest zbyt wiele. Dorota przeciera oczy ręką, osusza papierową chusteczką zimny pot z czoła, dolewa sobie wina i wychodzi do ogrodu. Powietrze okleja ją swoim żarem, lecz jest jej to obojętne. I tak poci się na wspomnienie strasznych wydarzeń z przeszłości. Kładzie się na plastikowym leżaku przy basenie i po raz pierwszy od niepamiętnych czasów zapala papierosa. Szeroko otwartymi oczami patrzy w saudyjskie, zasnute pyłem bezgwiezdne niebo i jak na ekranie widzi wydarzenia tamtego popołudnia i nocy. W miarę możliwości usiłowała stawiać opór, lecz siła obleśnego oprycha była ogromna. Zapasy nie trwały nawet minuty i już czuła jego paluchy w swoim wnętrzu.

– Oj, cieplutka cipcia z ciebie – dyszał jej do ucha, a odór wydobywający się z jego ust zapierał dech w piersiach. – Ech, jak ja bym miał taką w domu, tobym się nigdzie po nocach nie włóczył i gówno by mnie obchodzili ci, co się bombkami obwieszają.

– Skurwysyn, jebany gnój! – wyrzucała z siebie wyzwiska, ledwo mogąc złapać oddech pod ciężarem przygniatającego ją wielkiego cielska.

– A to i racja. – Gwałciciel śmiał się, zrywając z niej przy tym majtki. – Święta racja, idiota z tego twojego chłopa.

Z tymi słowami wszedł w nią jednym silnym pchnięciem i od bólu w kroczu, promieniującego gwałtowną falą na dół brzucha, Dorota prawie straciła przytomność. Mężczyzna nie przestawał i bez spoczynku zaliczał ją wielokrotnie, a ona spływała spermą i krwią. W końcu oprawca wyciągnął fiuta z głośnym plaśnięciem i zadowolony z siebie, jednym tchem opróżnił pół butelki whisky.

– Hej, nie bądź taki chytrus, daj innym poużywać! – usłyszała natarczywe męskie głosy dobiegające z korytarza. – Szefie!

– Niech no mi tu który teraz wejdzie, a zastrzelę jak psa – odgrażał się dowódca grupy. – Jak skończę, to jeszcze się zabawicie – obiecał, a Dorocie było już wszystko jedno. Miała wtedy tylko szczerą nadzieję, że tego nie przeżyje.

– No i co, laluniu, kontynuujemy? – gwałciciel zapytał obmierźle.

Ostatkiem sił i świadomości rzuciła się wtedy z pazurami na paskudną, dziobatą twarz oprawcy. Z satysfakcją pamięta strużkę krwi płynącą znad brwi gwałciciela, lecz potem brutalnie, za nogi, została obrócona na brzuch i przed oczami miała tylko kolorowy pled, który dostali z Ahmedem od jego matki na siódmą rocznicę ślubu. Teraz w środku saudyjskiej nocy Dorota na wspomnienie strasznego gwałtu, którego stała się ofiarą, czuje ból w dole brzucha i obejmuje go obiema rękami. Brak jej tchu, obraca się na bok i z jękiem zwija w kłębek.

– Czas do łóżka. – Łukasz w piżamie pochyla się nad żoną i ociera wierzchem dłoni jej twarz mokrą od łez. – Nie wracaj do przeszłości, kochanie, bo w niej utkniesz na dobre.

Dorota błyskawicznie obraca się w kierunku ukochanego mężczyzny i z całej siły wtula w jego ramię, przyciągając go jak najbliżej siebie. Wybucha spazmatycznym płaczem.

– Odzyskałam ją i utraciłam – wyznaje przerywanym od łkania głosem. – Pozostały mi z nią tylko straszne wspomnienia.

– Jak się prześpisz, świat znów nabierze barw. Jutro też jest dzień i postarajmy się go przeżyć lepiej niż dzisiejszy. Wszystko jest do naprawienia.

– Ja chciałam po prostu odzyskać moją małą Marysię, która będzie zarzucała mi łapki na szyję i mówiła do mnie „mamuś". Gdzieś mi umknęło, że po tylu latach wyrosła z niej dojrzała kobieta, całkiem mi obca, która słowa „mamuś" nie będzie w stanie nawet wymówić.

* * *

– Marysia? – Dziewczyna słyszy głos matki w słuchawce telefonu komórkowego. – Jak tam żyjesz? Co u ciebie? – Dorota pyta niepewnym głosem.

– Wszystko okej, bez zmian – zimno odpowiada córka, nerwowo zaciskając usta. – A u ciebie? Jak dzieci? Co słychać u męża? – nieświadomie zadaje tradycyjne arabskie pytania na zagajenie rozmowy.

– Też dobrze. Daria już tęskni za tobą i koniecznie chce cię ponownie zobaczyć.

– Wiem. Jesteśmy w stałym kontakcie na Facebooku. – Marysia chce pokazać matce, że nie potrzebuje jej, żeby utrzymać kontakt z siostrą. – Wybierzemy się kiedyś z małą na pizzę.

– A może byś przyszła do nas w najbliższy czwartek ze swoim mężem?

– Jest w delegacji – kłamie jak z nut, patrząc wymownie na Hamida, który leży obok niej w łóżku, i kładzie mu palec na usta, nakazując milczenie, a on z dezaprobatą kręci na boki głową. – Umówimy się, kiedy wróci.

– To znaczy? – Matka nie poddaje się, jednak jej głos staje się przygaszony, co Marysia oczywiście od razu wychwytuje.

– Niedługo zadzwonię. – Żal jej jednak kobiety. – Ale tym razem wy przyjdziecie do nas.

– Ależ nie rób sobie kłopotu, córeczko! – wykrzykuje Dorota. – Ja mam większą wprawę, co będziesz sobie głowę zawracać jakimś gotowaniem?

– Dla mnie to też nie jest problem. Dam ci znać, okej?

– Okej. To do zobaczenia – matka kończy rozmowę.

– Marysiu, ty nie masz serca! – Hamid z dezaprobatą zwraca się do żony. – Ona jest biedna, stęskniona i zagubiona. Nie wie, jak do ciebie dotrzeć, jak rozmawiać. Przecież ty jej prawie nie pamiętasz, całe życie spędziłaś z arabską rodziną, przez którą ona została straszliwie skrzywdzona. Postaraj się ją zrozumieć.

– Ona mnie uważa za typową ciemną Arabkę, wyobrażasz sobie!? – wykrzykuje oburzona.

– Jest w tym trochę racji. – Mężczyzna czule głaszcze ją po włosach. – Większość życia spędziłaś w naszej kulturze i nasiąknęłaś nią. A genów po ojcu też nie da się usunąć.

– Tylko mi nie mów, że coś mam po nim! – Marysia aż się otrzepuje. – Może jedynie długie nogi i ten cholerny wielgachny semicki nos.

– Nosek jest piękny, malutki. Spójrz na inne Arabki, kochanie.

– Dobra, ale niech najpierw odsłonią twarze – śmieje się, żartując. – Może Saudyjki specjalnie tak szczelnie zasłaniają buźki, bo są takie brzydkie?

– Ty nic nie musisz ukrywać, jesteś idealna. – Mąż przybliża się i obejmuje ją ramieniem.

W sypialni nadal pozostał sobą i nie czuje przed swoją kobietą żadnego skrępowania. Za zamkniętymi drzwiami Hamid jest tym samym człowiekiem, którego pokochała w Jemenie. Przez stres i zawieruchę ostatnich miesięcy oraz zmiany w ich życiu tak dawno się nie kochali. A przecież dziewczyna uwielbia to z nim robić. Marysia czuje na karku jego gorący oddech i czułe, delikatne pocałunki. Jego subtelność i wrażliwość powodują drżenie jej serca. Kokieteryjnie się uśmiecha, patrzy namiętnie w czarne jak węgle oczy i muska jego pokryte dwudniowym zarostem policzki, przejeżdżając po nich wierzchem dłoni. Hamid powoli ją rozbiera i długo pieści. Dotyka jej dużych piersi, ssie sterczące sutki, a następnie schodzi w dół, do pępka, który usiłuje pocałować w środku dziurki. Opuszkami palców bada uważnie wygolone łono swojej kobiety i zagłębia w nią swój długi, mięsisty język. Marysia dotyka jego nabrzmiałego członka i delikatnie go masuje. Razem zaczynają cichutko jęczeć, by po chwili wydać z siebie spazmatyczne krzyki. Marysia jest już gotowa, Hamid o tym wie i posiada ją czule, lecz zdecydowanie. Później długo leżą spleceni w uścisku, w milczeniu dotykając swoich ciał i rozkoszując się bliskością. Po krótkiej drzemce budzą się zrelaksowani i wypoczęci. Dziewczyna ma teraz całkiem nowe, optymistyczne podejście do świata i swojej odnalezionej matki.

– Mam pomysł. – Marysia figlarnie uśmiecha się do męża.

– Powinienem się bać czy cieszyć? – żartuje.

– Okaże się. Po pierwsze: oni przychodzą na kolację do nas. Niech im trochę szczęka opadnie.

– Ups, ktoś chce zaszpanować bogactwem... A mówiłaś, że ci na tym nie zależy.

– Bo tak jest, ale ona, jak tylko się dowiedziała, że mam męża Araba, od razu mnie zaczęła żałować! – Hamidowi trochę twardnieją rysy. – A później sama doszła do wniosku, że jak byłeś w Jemenie, to musisz być zdesperowanym biedakiem albo saudyjskim przestępcą czy wręcz terrorystą, że wyjechałeś do tego kraju.

– O cholera, skąd jej to przyszło do głowy? Czy zna moje nazwisko?

– Raczej nie, a jeśli nawet, to do ubogich twojej rodzinki raczej zaliczyć nie można. Nie mam pojęcia, skąd to wzięła, może znów stereotypy. Wszędzie się pisze, że Jemen to najbiedniejszy kraj w regionie, a w prasie podaje się nawet listy terrorystów z Arabii Saudyjskiej, którzy tam się schronili, uciekając przed tutejszym wymiarem sprawiedliwości. Tak sobie ułożyła w tej swojej blond główce i już.

– Tylko bez jawnej krytyki blondynek. One nie zawsze są takie głupie, na jakie wyglądają. Stereotypy! – Pokazuje na nią palcem, zadowolony, że złapał ją na tym, co sama krytykuje.

– Dobra, wracając do meritum sprawy. Jak przyjdą do nas, to gula im urośnie z zazdrości. Może nabiorą trochę szacunku do śmierdzących, brudnych Arabów, to znaczy naszej dwójki – chichocze, wyobrażając sobie miny rodzinki.

– Teraz popieram, ale nie zgadzam się na brudnych.

Marysia rzuca w niego poduszką, przy czym jej gołe, spore piersi zalotnie falują.

– Może jeszcze raz czymś rzucisz? – Hamid wyciąga ręce w jej kierunku.

– Hej, nie rozpraszaj mnie! Teraz najważniejsze. Nie wytrzymamy z nimi sam na sam, więc myślę, że dobrze byłoby zaprosić Kingę i Amira. Nie są aż tacy źli, jak wydawało się na początku, ona ma tylko trochę niewyparzony język, ale przecież nikt nie jest idealny.

– Parę razy gdzieś się z nią nawet umawiałaś – wypomina Hamid. – Chyba poszłaś z nią do ginekologa, zamiast jak należy ze swoim mężem. – Nagle poważnieje. – W kwestię naszej płodności czy raczej bezpłodności jest lepiej wtajemniczona ode mnie.

– To są babskie sprawy! – ponownie tłumaczy Marysia. – Tutaj nawet jak chcę iść się wysrać, to muszę to robić z *mahramem*[1]. To dość krępujące i nienormalne! – złości się.

– Nie wracajmy do tego tematu, ja mam zapewne spaczone podejście. Jestem w końcu stuprocentowym, parszywym Arabem i mam prymitywny stosunek do tej materii. – Hamid z przekąsem ściska wargi.

[1] *Mahram* (arab.) – męski opiekun.

– Następnym razem idziemy we dwójkę, obiecuję. – Marysia ugodowo przybliża się do męża i przytula swoim gołym szczupłym ciałem. – Nie wściekaj się już, dobrze?

– Ty wiesz, jak mnie udobruchać. – Mężczyzna znowu jest podniecony i jego fallus sterczy pod kołdrą jak wieża Eiffla.

– Wszystko już mamy ustalone, więc proponuję resztę wieczoru poświęcić na nasze sprawy – Marysia mruczy kusząco.

– Jestem za. – Hamid patrzy z miłością i oddaniem na swoją piękną żonę i ślinka napływa mu do ust jak na widok smacznego ciastka.

* * *

– Kinga, jak się masz? – Marysia z samego rana postanawia skontaktować się z koleżanką. – Możesz mówić, nikt ci głowy nie zawraca w ambasadzie?

– Jasne! Szef wyszedł, bo ma jakieś ważne spotkanie w ministerstwie. Mam spokój przez najbliższe dwie godziny. Poczekaj, zaraz do ciebie przedzwonię ze służbowego. Czemu mamy płacić za poważne polonijne rozmowy? – śmieje się.

– Niczego nie powiedziałaś Dorocie o Hamidzie, znaczy o jego rodzinie, nazwisku i tym podobnych sprawach? – kontynuuje Marysia po odebraniu telefonu.

– Pewnie że nie! Jak będziesz chciała, to sama jej zeznasz na okoliczność.

– Jesteś cudowna! Ona uważa, że mój mąż jest byle jakim szmaciarzem, bidnym Arabem albo nawet jeszcze gorzej.

– To znaczy, że ją odwiedziłaś i *meeting* udał się jak jasna cholera – smutno śmieje się przyjaciółka.

– No właśnie.

– Nie przejmuj się. Spotkania po latach zazwyczaj są trudne. Musicie się od nowa poznawać, zaakceptować zmiany, jakie w was zaszły. Ona zapewne spodziewała się swojej małej córeczki, jaką cię pamięta, a ty w ogóle jej nie pamiętasz, więc masz łatwiej.

– Powiedz mi, moja mądralo, czy ja jestem bardzo arabska? A może całkiem? – Marysia zadaje nurtujące ją pytanie, wiedząc, że przyjaciółka udzieli jej szczerej odpowiedzi.

– Niech no ja się zastanowię... – Kinga zawiesza głos. – Jak dla mnie to może ciutkę, ale tylko wtedy, kiedy na ciebie patrzę, choć widać, że jesteś przemieszana.

– A tak z zachowania, mówienia, sposobu bycia, mentalności?

– Nie mówisz *ja'ani* co drugie słowo, tylko co trzecie – śmieje się. – Ani IBM...

– Że co? Jakie IBM? – przerywa Marysia.

– Nie stosujesz zasady *Insh Allah, bukra, mazal*[1], przynajmniej nie za często. – Kinga chichocze, ciesząc się, że złapała kogoś, kto nie zna popularnego dowcipu.

– Aż ty!

– A co, mamusia zarzuciła ci, że jesteś arabska? A nie widziały gały, co brały, to znaczy twojego tatusia? Czyżby śniady brunecik typu Włoch lub Hiszpan spodobał się

[1] *Mazal* (arab.) – za chwilę.

blond laluni, a kiedy zorientowała się, że to jednak troszkę inna nacja i kultura, było już za późno? Ja też mam męża Araba i sobie chwalę. Trzeba wybierać człowieka z charakterem, a nie lecieć jedynie na śniade ciałko, czarne kręcone kłaki i dużego fiutka.

– Ależ ty masz ostry jęzor! – Marysia aż czerwieni się od takich wyznań. – Z moją mamą to inna sprawa. Była młoda, niedoświadczona i głupiutka jak gęś. Zdaje się, że od początku stała na przegranej pozycji, bo wpadła ze mną i oczywiście nie wyskrobała!

– I to mówi Arabka?! – Kinga oburza się nie na żarty. – W tym momencie gadasz jak jakaś wyuzdana europejska lub amerykańska cipa. Jak można usunąć ciążę?! Wiesz, ile lat myśmy z Amirem starali się o dziecko?!

– Sorry…

– Powinnaś jej być wdzięczna, że tego nie zrobiła, bo dzięki temu istniejesz. A ona przeżyła z tego powodu piekło. Ja ją za to podziwiam. I za to, że nigdy się nie poddała i przez długie lata usiłowała ciebie odnaleźć.

– Dobrze, już czuję się podła i wredna! Daj spokój! Kretyńsko chlapnęłam.

– Myśl, zanim coś powiesz, dziewczynko! A jak jeszcze raz coś takiego przy mnie walniesz, to ci jeszcze bardziej nawrzucam!

– Nie denerwuj się już i zmieńmy temat. Dobrze?

– Dobrze. – Poirytowana Kinga aż sapie do słuchawki.

– Zaproponowała wspólną kolację u nich, zapraszając mnie z mężem. Ale ja chcę jej się trochę odgryźć za ostatnie spotkanie i zaprosić do nas. Potrzebujemy jednak duchowego wsparcia i chcielibyśmy, żebyście też przyszli. I to by było na tyle.

– Cóż, nieźle będą zszokowani, a ty za jednym zamachem bez zbędnego tłumaczenia będziesz miała sprawę biednego Sauda z głowy. *No comments.*

– No właśnie. To w nadchodzący czwartek. Koło ósmej, pasuje?

– Pewnie, ale tym razem dokładniej pokażesz mi ten twój pałac.

– Obiecuję.

Marysia musi szybko działać, póki jeszcze ma werwę i nie straciła ducha. Nie zwlekając, dzwoni do matki.

– *Ahlan wa sahlan*[1] – złośliwie wita się po arabsku. – *Keifa haleki*[2]? *Kullu quejs*[3], *tamam*[4]?

– *Thank you, very well.* – Dorota nie podejmuje gry. – A ty jak się czujesz, córeczko?

– *Great.* Dzwonię à propos naszego spotkania. Jesteście wolni w weekend? Może być czwartek? Zapraszamy do siebie. Podaj mi twojego maila esemesem, to prześlę ci mapkę.

– A w której dzielnicy mieszkacie, może znam? – pyta Dorota, nie panując nad ciekawością.

– Mudżamma Nachil.

– To piętnaście minut od nas. Na kampie Las Palmeras Village? Nasi znajomi tam rezydują, byliśmy u nich parokrotnie, popatrz no! – wykrzykuje ucieszona.

1 *Ahlan wa sahlan* (arab.) – cześć.
2 *Keifa haleki* (arab.) – jak się masz?
3 *Kullu quejs* (arab. libijski) – wszystko w porządku.
4 *Tamam* (arab.) – dobrze.

– My mamy willę, bo strzeżone osiedla przeznaczone są dla cudzoziemców, a nie Saudyjczyków, choć w zasadzie i jedni, i drudzy są na celowniku Al-Kaidy. Pomimo że lokalni mają jeszcze innych antagonistów, takich jak szyici czy wrogie ugrupowania plemienne, jednak nie są aż tak ważni jak zagraniczniacy, więc o ochronę musimy troszczyć się sami.

– Smutne, co wyprawia się z tym naszym światem, nieprawdaż?

– Zgadzam się, wiem na ten temat sporo z autopsji i znam się na polityce całkiem nieźle. Obecnie zaczęło wrzeć w krajach arabskich, a w Jemenie już od dawna jest niebezpiecznie. Region północnej Afryki i Bliskiego Wschodu jest jak uśpiony wulkan. Ciekawa jestem, kiedy wybuchnie. Cieszę się, że w końcu osiedliśmy w spokojnej Saudi, a z religijnymi restrykcjami panującymi tutaj trzeba się po prostu pogodzić i je respektować. Bywa gorzej, kiedy nie ma żadnego prawa.

– Tak, tak, bezpieczeństwo najważniejsze. Ale słuchaj, zapomniałabym! – Dorota zmienia temat. – Chciałam, żebyś poznała na kolacji u nas nowego-starego konsula, i już go zaprosiłam. Dopiero dwa tygodnie temu wylądował z żoną w Rijadzie, ale my znamy się od lat. To on wieki temu pomógł mi w odnalezieniu ciebie na Gurdżi. Jeździliśmy wtedy z Łukaszem jego samochodem i przez cały nasz pobyt w Trypolisie serdecznie się nami opiekował. To ogromnie sympatyczny i życzliwy człowiek.

– Nie ma problemu, zaproszenie wyślę do ambasady. Jakoś pomieścimy się przy stole. – Marysia za późno gryzie się w język i słyszy po drugiej stronie linii westchnienie swojej matki. – Z miłą chęcią będziemy go u siebie gościć – poprawia się grzecznie. – Z żoną oczywiście. Nie mamy za dużo znajomych, bo jakoś nie pasują nam spotykane do tej pory osoby. Albo są zbyt arabskie, albo zbyt polskie – śmieje się Marysia. – Czas poznać kogoś światowego.

– Poza tym był w Libii, będziecie mogli sobie powspominać. Lubisz ten kraj?

– Ogromnie! – Marysia mówi z tęsknotą w głosie. – A ty raczej nie?

– Wiesz, trudno tak jednoznacznie powiedzieć, bo też mam pewien sentyment. Zostawiłam tam dobre koleżanki i jedyne oddane przyjaciółki, wyprawy nad morze były wspaniałe, a i sam Trypolis niezwykły.

– Ja uwielbiam to miasto, ten smród spalin i gnijących śmieci przeplatający się z odurzającym zapachem jaśminu, świeżo parzonej kawy i cieplutkiego chleba prosto z piekarni. – Marysia rozmarza się, wspominając swoje beztroskie dzieciństwo. – Niejeden by się ze mnie śmiał, ale to miasto ma klimat, choć nie wiem, jak tam jest teraz. Pojechałabym popatrzyć na stare śmieci. I w przenośni, i dosłownie.

– W sumie ja też – wyznaje Dorota. – Może kiedyś razem zorganizujemy sobie taką wyprawę. Powrót do przeszłości… – Zamyśla się. – Mam nadzieję nie całej – sprostowuje. – Odwiedziłabym Samirkę.

– Dobry pomysł! – Marysia aż podskakuje na myśl o nawet króciutkim pobycie w starym domu. Kobiety zauważają, że wspominając Libię, znalazły wspólny grunt.

– W takim razie widzimy się w czwartek, córeczko.

Bardzo chcę już poznać twojego męża. Słyszałam od Kingi, że to bardzo nowoczesny Saudyjczyk. Ponoć nie nosi toby[1]?

– Broni się przed nią rękami i nogami. – Marysia nie dodaje, że tak było na początku, zaraz po ich przyjeździe z Jemenu. Teraz w miejscach publicznych Hamid zawsze ubiera się w białą długą do ziemi koszulę, co doprowadza ją do szału.

– Wieść niesie, że jest także bardzo przystojny – śmieje się Dorota.

– No pewnie! To do zobaczenia – kończy skrępowana zwierzeniami dziewczyna.

Marysia siada na sofie w salonie i zaczyna zastanawiać się nad rozmową z matką. O dziwo, bardzo dobrze im się gadało i w zasadzie wcale nie chciało jej się kończyć. Może Kinga miała rację i z czasem złapią nić porozumienia. W końcu mają tę samą krew, a Dorota tyle przeszła i nie poddała się, szukając jej po całym świecie. Naprawdę trzeba ją za to podziwiać.

Kiedy Marysia zaprosiła już wszystkich gości, zdaje sobie sprawę, że zupełnie nie ma pojęcia, jak przygotować wystawną kolację i jak zwykle porwała się z motyką na słońce. Jedyne co ma zagwarantowane, to wielką jadalnię z ogromnym stołem, który może pomieścić z szesnaście osób. Ale nic poza tym.

– Przydałby się elegancki obrus, porcelanowa zastawa

[1] Toba/thob (arab.) – rodzaj długiej do ziemi męskiej koszuli, z tradycyjnym kołnierzykiem lub stójką i mankietami, zapinana na guziki tylko do pasa.

i platerowe sztućce – dzwoni do Hamida, bo on potrafi rozwiązać każdy problem. – Trzeba jechać do sklepów, nie ma rady. Przecież nie będę serwować gościom jedzenia na arcorocu! – wykrzykuje przerażona.

– Wstrzymaj się z tymi zakupami. Wszystko, czego potrzebujesz, zostało jeszcze po mojej matce. Ona urządzała przyjęcia przynajmniej raz w tygodniu.

– To musiała świetnie gotować, natomiast ja nie potrafię, a nasz kucharz jest taki sobie. Nie mogę na nim polegać, nie ma najmniejszych szans, żeby przygotował wykwintną kolację. Ja umiem zrobić jedynie *szorbę libiję*[1] i kuskus.

– Mama korzystała z usług Riyadh Palace Hotel. Mam jeszcze numer do zaprzyjaźnionego szefa kateringu. Na pewno nie wyjechał z Saudi, za dobrze mu się tutaj powodzi. Umówmy się tam dzisiaj na lunch, to cię z nim zapoznam i wszystko sami ustalicie.

– Na przystawkę proponuję talerz owoców morza, takich jak homar, łosoś i krewetki. – Po znakomitym obiedzie w wytwornej hotelowej restauracji, który małżeństwu funduje jej menedżer, przystępuje on do rzeczy. – Do tego można podać po połówce jajka na twardo z czarnym kawiorem. Zupa niechby była elegancka, francuska cebulowa z grzankami, a jako danie główne chcecie wołowinę czy białe mięso?

– Najlepiej kurczak – szepcze zachwycona Marysia.

[1] *Szorba libija* (arab.) – zupa libijska; rosół na baraninie z makaronem w kształcie ryżu i ciecierzycą.

– Dobrze, więc grillowane piersi kurczaka nadziewane szpinakiem i serem feta w śmietanowym sosie z porów. Do tego warzywa na parze, takie jak szparagi, brukselka i oczywiście dla koloru marchewka. Na deser gorące francuskie naleśniki z czekoladą i gałką waniliowych lodów, posypane siekanymi orzechami pistacjowymi. Kawa i herbata. Może być?

– Panie Iqbal, pan mi z nieba spadł! – wykrzykuje młoda śliczna kobieta z wypiekami na twarzy. – Teraz jestem pewna, że moje pierwsze przyjęcie w Rijadzie będzie wspaniałe!

– Ale na pewno nie ostatnie, moja nowa klientko. – Hindus patrzy na nią lubieżnie, lecz kłania się usłużnie i odchodzi od stolika.

* * *

– Ile oni płacą za wynajem willi w takiej ekskluzywnej dzielnicy?! – Dorota ogląda mijane rezydencje, robiąc coraz większe oczy.

– A powiedziałaś jej, nie mając o niczym pojęcia, że ma za męża ubogiego jemeńskiego Saudyjczyka z dżambiją[1] przy pasie i brudnymi bosymi stopami. – Daria po licznych rozmowach prowadzonych z Marysią na Skypie wie już o każdym słowie, które ubodło jej siostrę podczas pierwszej wizyty.

[1] Dżambija (arab.) – zakrzywiony nóż tradycyjnie noszony za pasem w Jemenie.

– Nieprawda! Nie to miałam na myśli!

– Ale to powiedziałaś, a w twoich myślach ani ja, ani Marysia nie potrafimy czytać. Są zbyt zagmatwane – pyskuje nastolatka.

– Nie kłócić się, dziewczyny! Widzę numer, którego szukamy. – Łukasz przerywa niepotrzebny spór.

Rezydencje w dzielnicy dyplomatycznej, gdzie mieszka Dorota z rodzinką, w porównaniu z tymi w Mudżamma Nachil to wiejskie chaty. Tutaj stoją pałace ze strzelistymi dachami, czasem nawet ze szkła, z witrażami w oknach, odgrodzone od reszty świata murami wysokimi na co najmniej trzy, cztery metry. Bramy wjazdowe to istne arcydzieła sztuki stolarsko-kowalskiej, a wszystko to oświetla tyle lamp, że nawet nocą jest jasno jak w biały dzień. Każdy dom ma przy frontowym murze stróżówkę, w której mieszka ochrona.

Zatrzymują się przed imponującym gmachem z żółtego piaskowca i wybałuszają oczy na numer, który jednak zgadza się z tym na zaproszeniu. Brama otwiera się automatycznie i zaraz zbiega się służba, kłaniając się gościom w pas. Lokaj w liberii wskazuje ręką, żeby wjechać na ogromny podjazd, gdzie stoi zaparkowanych parę samochodów, w tym czerwony bentley i dwa czarne gmc yukony w rozmiarze XL, należące do mieszkańców willi. Dorota ledwo łapie powietrze, a po chwili wygląda, jakby przestała oddychać.

– Tylko nam tutaj nie zemdlej z wrażenia, mamuśku – kpi Daria i w momencie kiedy azjatycki służący otwiera jej drzwi auta, z gracją wysiada.

Wchodzą po miękkim czerwonym chodniku, rozścielonym na marmurowych schodach aż do sali na parterze.

– Och! – Dorota wydaje niekontrolowany okrzyk zachwytu, a Hamid wybucha szelmowskim śmiechem.

– Miriam identycznie zareagowała, kiedy po raz pierwszy przekroczyła próg tego domu – podchodzi do swojej nieznanej dotąd teściowej i szarmancko całuje ją w rękę. – Miło mi i cieszę się, że wraz z cudowną żoną zyskałem taką piękną matkę. – Kobiecie na te słowa miękną nogi i siada na najbliżej znajdującej się sofie.

Wszyscy goście już są i reagują podobnie jak Dorota, jednak ona nie potrafi się pohamować i wlepia oczy w salon opływający bogactwem. Na środku relaksująco pluszcze fontanna w kształcie małego wodospadu. Wokół niej rosną zielone papirusy, a w jej przejrzystych wodach pływają kolorowe rybki. Kanapy i fotele rozrzucone na wielkiej, chyba osiemdziesięciometrowej powierzchni, są wykonane z najlepszej mięciutkiej skóry i mają modernistyczny, awangardowy kształt. Duża niska ława na środku i stoliczki pod lampy reprezentują sztukę saudyjskiego rękodzieła. Na rzeźbionych solidnych nóżkach umocowano drewnianą ramę, w której umieszczono tradycyjne rzeźbione odrzwia, ozdobione mosiężnymi okuciami. To wszystko jest przykryte hartowaną szybą. W jednym kącie salonu stoi wysoka na półtora metra miedziana lampa w kształcie sziszy. Z małych szczelinek w obudowie wydostaje się delikatne złote światło rozchodzące się dyskretnie po całym pokoju. Przy ścianach rozstawiono kredensy, biblioteczki i szafy z rzeźbionymi drzwiami i framugami, wszystkie oczywiście z litego drewna i ręcznej roboty. Znajdują się w nich drogocenne bibeloty, takie jak chińska prawie przezroczysta porcelana, srebrne świeczniki, cukiernice i kindżały, zdjęcia w ramkach z masy perłowej czy srebrna zastawa do kawy inkrustowana błyszczącymi szlachetnymi kamieniami. Biblioteczki zaś wypełniają wolumeny w skórzanych oprawach zdobione złotym arabskim pismem. Niektóre wyglądają na bardzo stare. Na środku sufitu umocowano wielki kryształowy kaskadowy żyrandol, dający ze swych specjalnych żarówek światło imitujące dzienne, które wręcz odbija się od nabłyszczanych tiulowych firan, haftowanych w roślinne wzory, oraz ciężkich szyfonowych zasłon upiętych w falbany jak na zamku królewskim. A ja myślałam, że rodzina Ahmeda opływała w bogactwo, a salon w ich willi był do tej pory najpiękniejszym i najbardziej ekskluzywnym miejscem, w którym przebywałam, rozmyśla Dorota.

– Kto to wszystko zaprojektował, kto stawia takie domy? – nie wytrzymuje i zadaje nurtujące wszystkich pytanie. Sformułowała je prawie identycznie jak jej córka przed niecałym rokiem.

– Firma Bin Laden, moje rodzinne przedsiębiorstwo, od ponad pół wieku zajmuje się budowlanką, a pierwsze szlify zdobywała, stawiając królewskie pałace. Wyszkoliliśmy się przy tym wystarczająco, żeby teraz dla siebie robić takie cacka – oznajmia z dumą gospodarz, świetnie prezentujący się w klubowym garniturze. Tym razem Marysia nie musiała go prosić, by nie wkładał tradycyjnej toby.

Wszystkim, oprócz wtajemniczonych Kingi i Amira, na wyznanie Hamida opadają szczęki.

– Żeby nie było niedomówień, pozwolę sobie teraz, jeszcze przed przystawką, opowiedzieć państwu ciekawą historię mojej familii i moją. – Wszyscy rozsiadają się wygodnie, trzymając w dłoniach oszronione szklanice z dżinem i tonikiem bądź z dwunastoletnią whisky. – Mój dziadek, Mohammed bin Awad bin Laden, przyjechał do Arabii Saudyjskiej z Jemenu Południowego jako biedny robotnik budowlany. Był to jednak bardzo sprytny facet. Osiadł w Dżeddzie [1] nad Morzem Czerwonym, blisko Mekki i Medyny, i założył przedsiębiorstwo budowlane, które z czasem stało się największą tego typu firmą w państwie. Wybudowała ona, jak już wspominałem, pałac królewski, a sam mój dziadunio nawiązał bliskie stosunki z rodziną rządzącą. W czasie konfliktu między królem Saudem a księciem Fajsalem Bin Laden opowiedział się po stronie tego ostatniego. Miał fart, bo w 1964 roku Fajsal został królem. Zwykły przedsiębiorca budowlany pomógł wtedy nowemu władcy przezwyciężyć trudności gospodarcze, utrzymując przez pół roku administrację państwową! W podzięce król wydał dekret, na podstawie którego przedsiębiorstwo Bin Laden zmonopolizowało zamówienia rządowe. I tak się robi pieniądze, moi drodzy! – śmieje się Hamid, niewinnie podnosząc ramiona do góry, a wszyscy słuchacze potwierdzają fakt, kiwając głowami.

[1] Dżedda – miejscowość w Arabii Saudyjskiej nad Morzem Czerwonym, drugie co do wielkości miasto, była stolica.

– No i, no i? – pogania Daria, bo historia jest naprawdę ciekawa.

– Oprócz tego, że miał łeb do interesów, to niestety był straszliwie bogobojnym muzułmaninem.

– Dlaczego niestety? – dziwi się konsul Piotr.

– W rodzinie wprowadził surową dyscyplinę, był religijny aż do przesady, a w domu stale przyjmował pielgrzymów z całego świata, którzy przybywali na *hadżdż*[1] do Mekki. Jego ukochany synek, Osama, od dziecka stykał się z wybitnymi i czasami nawiedzonymi duchownymi i przedstawicielami najróżniejszych muzułmańskich odłamów. Już w szkole przyłączył się do konserwatywnego, ortodoksyjnego Bractwa Muzułmańskiego powstałego w Egipcie. Ruch ten po dziś dzień walczy ze wszelką „zgnilizną" Zachodu, a generalnie ponoć nie uznaje przemocy. Wszyscy w rodzinie, jak każdy Saudyjczyk, wyznawali wahhabizm, najbardziej radykalny odłam islamu. Głosi on powrót do źródeł, to znaczy pierwotnej czystości religii, prostoty i surowości obyczajów. Osama połączył różne ortodoksyjne ruchy i efekt jest piorunujący. Wszyscy to wiemy i znamy Al-Kaidę i metody jej działania. Nie pomoże zabicie głównego przywódcy, bo lawina i tak już się toczy i niestety ogarnia cały świat.

– Twój tata, czy mama, i ty też się tam wychowywaliście? – pyta cicho Dorota.

– Nie, broń Panie Boże! – wykrzykuje Hamid. – Dziadzio Mohammed, nie miałem wątpliwej przyjemności go

[1] *Hadżdż* (arab.) – pielgrzymka do Mekki.

poznać, pomimo tego, że był bardzo religijny, miał wielkie potrzeby seksualne. – Kobiety się peszą, a młodziutka Daria pąsowieje po samo czoło. – Wyobraźcie sobie, że poślubił dwadzieścia dwie kobiety! Bo to jest taka nasza tradycja saudyjska – Hamid z zabawną miną kontynuuje swoją opowieść. – Nie można się umówić, pójść na kawę, do restauracji, potańczyć czy tym bardziej przespać z dziewczyną. To wszystko grzech i hańba. *Haram*[1]! Jeśli chce się tych rzeczy, to należy się ożenić i basta. Tak jest w porządku! A potem można bezproblemowo się rozwieść – kończy ze śmiechem. – Wiecie, że w Saudi jest to bardzo popularny sposób na kontakty damsko-męskie i zarazem wielki problem? Mało która para wytrzymuje do pierwszej rocznicy ślubu, rozwodzi się prawie siedemdziesiąt procent nowożeńców. Policja religijna i wszyscy *mutawwowie*[2] są bezradni. – Mężczyzna klepie się z zadowoleniem po udach. – Na tym waszym, według tutejszej opinii zepsutym do szpiku kości, chrześcijańskim Zachodzie ludzie po prostu ze sobą chodzą, ale to ponoć wy jesteście zakłamani, a nie my. Wracając do sprawy, mój tata pochodził właśnie z takiego związku, powiedzmy sobie na jedną noc. Babcia była wielką pięknością, ale też nieźle wykształconą jak na tamte czasy, intelektualistką, a nie dziewczyną do zabawy. Ani ona go nie kochała, ani on jej, więc po krótkim okresie małżeństwa rozstali się bez żalu. Był honorowym dzianym draniem, więc alimenty płacił regularnie, dawał

[1] *Haram* (arab.) – zakazane, zabronione.

[2] *Mutawwa* (arab.) – funkcjonariusz policji obyczajowo-religijnej.

na szkoły i studia ojca. Po rozwodzie babcia wyjechała do Rijadu, gdzie wyszła za mąż za mojego prawdziwego dziadka, superfajnego faceta, i byli bardzo szczęśliwi.

– To dobrze. – Dorota oddycha z ulgą, bo od razu zrobiło jej się żal pokrzywdzonej przez bogacza kobiety.

– Przy tak wielkiej rodzince wyobrażacie sobie podział majątku po śmierci dziadunia? Jednak był on nieźle pokręcony, bo swojemu pupilowi, Osamie, zostawił najwięcej, całe dwieście pięćdziesiąt milionów dolarów. Tym samym zasponsorował fundamentalistów i całą Al-Kaidę.

– O w mordę! – wykrzykuje Łukasz. – Całkiem niemało zarabiam, ale nie jestem w stanie sobie wyobrazić takiej ilości pieniędzy.

– Pozostali podzielili się ochłapami, ale nie ma co narzekać, bo było tego sporo. Tak więc wracając do pochodzenia i nazwiska, moi mili słuchacze, kiedy jeden z ponaddwustuosobowej rodziny się zbiesił, trudno żeby cała reszta zmieniała nazwisko lub chowała się po krzakach. Większość z nas zna Osamę tylko z opowieści, telewizji i internetu.

– To dobrze – szepcze z ulgą Dorota.

– Co się tyczy mojego pobytu w Jemenie, to mamy tam filię firmy, która działa bardziej na zasadzie wolontariatu.

– Charytatywnie budują tam szkoły, drogi, szpitale – z dumą włącza się Marysia.

– Współpracujemy również z UNESCO przy renowacji starożytnych cudów świata, których w tym niezwykłym, ale biednym kraju jest pod dostatkiem. I przy tej okazji poznałem moją piękną żonę, która była najcenniejszą perłą na starym mieście w Sanie – z tymi słowy podchodzi do Marysi i czule całuje ją w czoło, a ta jest szczęśliwa, że w końcu mąż nie wstydzi się publicznie okazać jej swoich uczuć.

– Już dość tych zapierających dech w piersiach historii. Zapraszamy na kolację, bo zaraz chyba wszyscy padniecie z głodu – speszona, ale też zadowolona pani domu wstaje i kieruje się w stronę jadalni.

* * *

Po wystawnej kolacji w rezydencji Bin Ladenów aktywność matki znacznie słabnie. Wygląda na to, że nie chce już się kontaktować z córką, a Marysia czerpie dziką satysfakcję z faktu, że zalazła jej za skórę. Myślała zapewne, że mieszkamy jak Cyganie, i teraz jest jej głupio. A niech się wstydzi! Reakcja Darii natomiast jest zupełnie inna. Dziewczyna ma wprawdzie okres końcowych egzaminów w szkole i zakończenie roku, ale codziennie zamęcza siostrę albo na Facebooku, albo na Skypie. Zaczęły przez internet razem odrabiać lekcje, bo Marysia nic nie zapomniała z programu szkoły, a zawsze była prymuską, co Darii nie grozi.

– Powinnaś się zatrudnić w mojej szkole – stwierdza siostra. – Wiesz, jakich my mamy głupich nauczycieli?! Żaden tak dobrze i przejrzyście nie potrafił mi wytłumaczyć tematu jak ty. Poważnie!

– Dziecko moje, ja mam tylko maturę! – ubolewa Marysia.

– Ale dobrze ją zaliczyłaś i jesteś niesamowicie zdolna. Na pewno by cię przyjęli. Ja teraz popytam, a ty aplikuj na przyszły rok szkolny. Przecież bez sensu jest siedzieć całymi dniami w domu, nawet takim jak twój. Po pierwsze, jesteś na to za młoda, a po drugie, nie ma powodu, jeśli nie masz dzieci.

– Masz rację, coś muszę z tym fantem zrobić – wzdycha. – Utknęłam w próżni.

– Tylko nie zachodź w ciążę, na to masz jeszcze czas. – Daria mówi jak stara malutka.

Marysia przyznaje siostrze rację, ale z drugiej strony chciałaby mieć przy sobie małego bobaska. Jednak nadal nic z tego nie wychodzi. Pigułek antykoncepcyjnych nie zażywa już od dawien dawna i kochają się z Hamidem bez żadnych zabezpieczeń, a ciąży jak nie było, tak nie ma. Zdaje sobie sprawę, że powinni razem pójść do hinduskiej pani ginekolog, ale strach chwyta ją za gardło na myśl, że ta mogłaby się wygadać o aborcji. Kto wie, może jej się wymsknąć. Marysia boi się, że Hamid okaże się tradycjonalistą i nie zrozumie, że nie była to jej wina. Ofiary gwałtu nigdy nie są winne, ale w krajach arabskich jest to inaczej postrzegane. Kobieta zawsze za wszystko odpowiada.

Dziewczyna znów osiada na laurach i snuje się leniwie po pokojach, trochę poćwiczy, popływa, ale coraz rzadziej wyjeżdża na miasto do wielkich centrów handlowych lub gdziekolwiek indziej. Samej jej się nie chce i jest to dość ryzykowne. Pomimo całego bogactwa i otaczającego ją złotego kokonu nie może się w tym kraju odnaleźć.

Jest tak bardzo inny, tak niesamowicie konserwatywny i rygorystyczny, że czuje, jak na jej szyi zaciska się niewidzialna pętla. Nie może sama poszwendać się po sklepach, a potem wpaść do cukierni na kawę i ciastko czy do restauracji na pizzę, bo zaraz powstaje ryzyko interwencji *mutawwy* i jego pytań, gdzie zgubiła opiekuna. Gdyby miała jako towarzyszkę drugą kobietę i stadko dzieci, to byłoby dopuszczalne, ale w pojedynkę – odpada. W większych lokalach wydzielone są sekcje dla singli, to znaczy samotnych mężczyzn, oraz dla rodzin, ale jej samej nie wpuszczą. Małe bistra są natomiast przeznaczone tylko dla panów. Gdy chce kupić sobie szawormę, nie może wejść do knajpki, bo wszystkie saudyjskie samce zemdlałyby chyba na jej widok, lecz musi prosić kierowcę, aby to dla niej zrobił. Potem ewentualnie może zjeść ją w samochodzie. Nie ma nawet co marzyć, aby pobiegać po całkiem ładnych promenadach czy parkach. Zaraz wzbudziłaby zainteresowanie policji obyczajowej. Poza tym „trochę" ciężko jest się poruszać w zatykającym dech w piersiach upale, dławiącym kurzu i na dokładkę w długiej do ziemi abai, a co dopiero mówić o joggingu, choć zdarzyło się jej widzieć parę szalonych saudyjskich entuzjastek. Najgorsze jest to, że ze swoją jasną karnacją i złotymi włosami od razu wyróżnia się z tłumu i wzbudza niezdrową sensację. Zaczęła już nawet nosić czarny hidżab[1] lub przynajmniej zasłaniać kręconą, niesforną czupryne szalem, nie chcąc

[1] *Hidżab* (arab.) – noszona przez kobiety muzułmańskie kwadratowa chusta, zakrywająca włosy, uszy i szyję, jednak nie ramiona i twarz, może być kolorowa, ale w Arabii Saudyjskiej obowiązkowo czarna.

tak diametralnie różnić się od otaczających ją pań. Teraz powoli zaczyna rozumieć, dlaczego jej mąż, udając się w miejsca publiczne, wkłada długą do ziemi białą tobę.

Kinga jest zajęta, bo praca w ambasadzie zajmuje jej większą część dnia, a resztę musi poświęcić swojej małej córeczce i mężowi, który dopiero późnym wieczorem wraca ze szpitala do domu. Teraz w dodatku wszyscy szykują się do wakacji.

– Wyjedź stąd na lato, dziewczyno! – Kontakt z jedyną koleżanką ogranicza się do godzinnych rozmów telefonicznych. – Nie zostawaj w Rijadzie, bo roztopisz się z upału. Przyleciałaś jesienią, więc nie masz pojęcia, na co się decydujesz. Temperatury będą osiągać pięćdziesiąt pięć stopni w cieniu. O wyższych nie wiemy, bo nie ma już skali w termometrze. Przy wilgotności pięć, maksymalnie dziesięć procent można wyschnąć na wiór. Od czerwca do września życie w Rijadzie zamiera.

– Jakoś sobie poradzę – upiera się Marysia.

– Ale dlaczego? Czy ty jesteś święta Matka Teresa?

Marysia nie chce mówić przyjaciółce, że pojawiły się jakieś komplikacje z wizą dla niej. Hamid nie wyjaśnił jej tego dokładnie, jedynie jak to arabski facet powiedział: *mafi muszkila*[1], ale przecież gdzieś tkwi problem.

– Córeczko, zapraszamy ciebie, wraz z mężem oczywiście, do nas do Gdańska. – Teraz matka zaczyna naciskać na letni wyjazd. Jakby się z Kingą zmówiły!

– Dzięki, ale w tym roku nie da rady.

[1] *Mafi muszkila* (arab.) – nie ma problemu.

– A dlaczego? Już zaplanowaliście urlop gdzie indziej?

– Zostajemy w Rijadzie – oznajmia Marysia głosem nieznoszącym sprzeciwu i w telefonie zapada krępująca cisza.

– Jesteś dorosła i zrobisz, co zechcesz, ale tutaj latem nie da się wytrzymać.

– Przecież wiem, że mamy paskudny klimat, ale co zrobić. Muszę sobie jakoś zorganizować czas i wszystko będzie dobrze.

– Latem wszyscy wyjeżdżają, nawet Saudyjczycy, więc...

– Powiedziałam, że zostaję! – z nerwów podnosi głos. – Czekam na wizę, a oprócz tego złożyłam aplikację o paszport saudyjski. Na razie ani jednego, ani drugiego nie mam, więc pozostaje mi czekać. – W końcu uchyla rąbka tajemnicy.

– Czy wiesz, że jak dostaniesz ich obywatelstwo, to będziesz musiała oddać dokument libijski? Oni nie uznają dwóch paszportów, a na saudyjskim sama stąd nigdzie nie wyjedziesz. Hamid będzie musiał za każdym razem dawać ci notarialne pozwolenie na najkrótszą zagraniczną podróż, choć czasami celnicy i tego nie respektują. Mąż powinien być z tobą na lotnisku, a bywa, że skrupulatnemu funkcjonariuszowi i tego mało, więc będzie musiał sam osobiście, albo wyznaczony przez niego męski członek rodziny, z tobą podróżować.

– To co mam zrobić?

– Do otrzymania polskiego paszportu jeszcze długa droga. Skomplikowane procedury potrzebują czasu, słyszałaś, co mówił konsul. Do tego momentu trzymaj swój libijski dokument przy piersi i się go nie pozbywaj.

– Teraz namieszałaś mi tylko w głowie.

– Może wpadłabyś do mnie na DQ? Moglibyśmy pogadać, upiekłabym twoje ulubione ciasto z truskawkami.

– Nie chcę przeszkadzać... – Marysia wzbrania się.

– Przecież ja też siedzę w domu. Adaś jest jeszcze za mały na przedszkole.

– Przedzwonię... – zastanawia się. – Zobaczymy... Może w przyszłym tygodniu? – próbuje się wymigać i smutno uśmiecha się do siebie, bowiem zastosowała typową arabską regułę IBM, o której wspominała jej Kinga.

– Przestań z tym *Insh Allah, bukra, mazal*! Za dobrze to znam i straszliwie działa mi na nerwy! – nie wytrzymuje Dorota, a Marysia wybucha śmiechem.

– Najpierw wy z Darią do mnie przyjdziecie – decyduje. – Przecież jeszcze w ogóle nie zobaczyłyście domu. Ja to dopiero przeżyłam szok, kiedy przyjechaliśmy tutaj z Jemenu! Wierz mi, nie wiedziałam, że on jest tak obrzydliwie bogaty! Myślałam, że tylko dobrze mu się powodzi.

– A nazwisko znałaś?

– Oczywiście, ale myślałam, że pracuje w rodzinnej firmie i jest ubogim krewnym.

– W takim razie wpadniemy do południa, jak chłopów nie ma w domu. Jedynym przedstawicielem płci odmiennej będzie Adaś – śmieje się zadowolona Dorota.

Po dwóch dniach wszystko już mają dograne, bo czas jakby zaczął przyspieszać i termin wyjazdu rodziny na wakacje zbliża się wielkimi krokami.

– Pamiętaj, przynieś mi, co ci wpadnie w rękę, ale nikomu nic nie mów. Zrobię niespodziankę, jak się ponownie spotkamy jesienią. – Marysia szepcze na Skypie, jak co wieczór rozmawiając z siostrą.

– Chyba że się tutaj upieczesz jak kurczak z rożna. Maryniu kochana, jedź z nami, proszę cię... – Daria się nie poddaje i męczy siostrę każdego dnia.

– Nie jęcz, bo się wściekne! – Marysia podnosi głos, pochylając się do mikrofonu. – Jak mówię, że nie da rady, to mi uwierz. Przecież bym chciała – wyznaje całkiem szczerze i aż sama się dziwi, że taka jest prawda. Matka ją wprawdzie jeszcze denerwuje, ale ta mała jest znakomita. Bratnia dusza.

Marysia wysyła kierowcę po rodzinkę, a sama przygotowuje zimne napoje, układa na srebrnej paterze ciastka z najlepszej cukierni w mieście oraz całe góry owoców. Są oczywiście jej ulubione truskawki oraz nieziemsko drogie rarytasy sprowadzane z Ameryki, takie jak ogrodowe jeżyny, maliny, borówki i porzeczki oraz libańskie czarne czereśnie. Ledwo się uwinęła, słyszy głosy na podjeździe. Matka i Daria oczywiście są zakutane w czarne, długie do ziemi abaje, ale dumnie nie zasłaniają swoich jasnych włosów. Mały Adaś jest aż bordowy z gorąca, więc przyrodnia siostra bierze go na ręce i jak najszybciej wnosi do domu.

– Ale w tym roku rąbnęło upałem! Ja nie mogę! – komentuje Dorota, ocierając spocone czoło i górną wargę. – Starożytni Saudyjczycy nie pamiętają takiego żaru w połowie czerwca. Ach, te anomalie pogodowe!

Goście wypijają po dwie szklanice lodowatej lemoniady i dopiero po dziesięciu minutach siedzenia pod chłodnym nawiewem z klimatyzatora dochodzą do siebie.

– Pokazuj ten pałac, bo zaraz umrę z ciekawości! – Daria pierwsza odzyskuje siły.

– Zapraszam zatem na piętro, bo parter już mniej więcej macie zaliczony. – Marysia wskazuje ręką na szerokie marmurowe schody.

– Ile w sumie macie sypialni? – pyta Daria, a matka z Adasiem na ręku idzie z tyłu cicha jak trusia.

– Sześć.

– A niech mnie kulki biją! – Siostra klaszcze w ręce jak dziecko.

Sześć wielkich łożnic, dwie z prywatnymi łazienkami, a pozostałe mają po jednej na dwa pokoje. Sypialnia Marysi i Hamida jest oczywiście największa, ma prawie trzydzieści metrów. Tak wielkiego łóżka Dorota i Daria w życiu nie widziały, musiało być chyba robione na zamówienie. Ma ogromny baldachim i piękne zdobienia z masy perłowej. W połączeniu z ciemnym litym drewnem wygląda to imponująco. Pościel jest puchowa, obleczona w satynowe powłoki. Szafki nocne są w tym samym stylu co całość, na nich stoją dotykowe lampki, pokój zaś jest oświetlany małymi halogenkami na klaśnięcie. W wysokich strzelistych oknach można się przejrzeć. Są ze specjalnego szkła, które przepuszcza światło, lecz nie promienie słoneczne, i nie ukazuje na zewnątrz nic, co dzieje się w środku. Dla zabezpieczenia przed blaskiem na kutych miedzianych karniszach upięto haftowane w stylu Richelieu firany, ciężkie ciemne zasłony i zamontowano ciężkie, drewniane, automatycznie opuszczane żaluzje. Pokój jest wyposażony w aparaturę audiowizualną, do której można podłączyć jako podkład światła laserowe. Elektronikę Marysia specjalnie uruchamia dla Darii, bo młodą to strasznie bawi.

– Daj, teraz ja klasnę, Adaś przestań! Ja pilotem włączę laser! – Mały chce dorównać siostrze i psuje jej szyki, ale zaśmiewają się przy tym we dwójkę.

– Jeszcze coś popsujecie, dzieci! – Dorota upomina swoich rozrabiaków, siedząc w kąciku wypoczynkowym w stylu kolonialnym, który ustawiono w rogu wielkiego pokoju tuż przy oknie. – Pięknie mieszkasz, córuniu, *mabruk*[1] – mówi szeptem, poklepując swoją dorosłą córkę po wierzchu dłoni.

– Sama nie wiem, jakim cudem z wielkiej biedy w Jemenie i gnieżdżenia się z liczną rodziną w ruinie na starym mieście przeniosłam się do pałacu. Czasami myślę, że to sen i że za chwilę się z niego obudzę. W moim życiu, jak tylko doznawałam szczęścia, to później musiałam za to w dwójnasób zapłacić cierpieniem i bólem.

– Coś mi to przypomina. – Matka patrzy na nią smutno. – Ale teraz obie mamy dobre lata i należy się tym cieszyć. Nie można się zadręczać, że zaraz coś się popsuje, coś zawali, bo takie już nasze parszywe szczęście. Łukasz cały czas mi to powtarza i ja powolutku zaczynam uczyć się takiego podejścia. *Carpe diem*, chwytaj każdy dzień, kochanie, i raduj się nim, ile się da.

– Okej, też zacznę sobie wmawiać, *sza Allah*[2] wszystko będzie dobrze. Hej, to nie koniec atrakcji! – Zrywa się

1 *Mabruk* (arab.) – na szczęście.
2 *Sza Allah* (arab.) – Bóg da.

i podbiega do rodzeństwa. – Mamy jeszcze jedno piętro! – wykrzykuje radośnie i wybiega z sypialni.

Na najwyższym poziomie pod szklanym dachem w kształcie kopuły znajduje się oranżeria. Mnóstwo egzotycznych kwiatów i drzew, w tym orchidee i banzai, zapełnia salę o powierzchni pięćdziesięciu metrów kwadratowych. Nad głowami latają im małe kolorowe papużki, a wielka ara burczy coś po arabsku, patrząc nieruchomym okiem na intruzów. W kącie pomieszczenia stoi nowoczesny sprzęt sportowy, a za szklanymi drzwiami z boku umieszczono kort do squasha. Dorota wzdycha, patrząc na te wspaniałości, Daria otwiera usta, a chłopczyk wyciąga rączki do góry, chcąc złapać kolorowego ptaszka.

– Mam nadzieję, że jesteście gotowi na jeszcze jedno cudo. – Marysia na siłę wyciąga ich z oranżerii i popycha w stronę wyjścia.

Schodzą na dół, przecinają salon i tylnymi tarasowymi drzwiami wychodzą do ogrodu. W jednej chwili uderza ich fala gorąca. Nie da się oddychać, zasycha w gardle i od razu kręci się w głowie. Jest prawdopodobnie plus pięćdziesiąt stopni, a wilgotność to jedynie kilka procent.

– Nie, nie, dzięki, kochanieńka, tylko nie proponuj nam siedzenia na dworze o dwunastej w południe! – Daria chce natychmiast wracać, ale siostra chwyta ją za rękę i zachęcająco pokazuje palcem na położony wzdłuż muru wielki podłużny budynek przypominający wiejską drewnianą altanę.

W ogrodzie przez zielony trawnik biegnie wiele małych brukowanych ścieżek, a jedna, najszersza, prowadzi do tajemniczego przybytku. Z trudem docierają na miejsce. Za ażurową drewnianą ścianą budynku ich oczom ukazuje się ukryty basen z krystalicznie czystą wodą. Nie jest wielki, ale ma co najmniej dwanaście metrów długości i około sześciu szerokości. Wyłożony jest biało-niebieską mozaiką, a dno na środku ozdobiono postacią błękitnego delfinka. W wodzie pływają dmuchane zabawki. Dookoła na plastikowej zielonej trawie stoją plażowe łóżka, krzesła i stoliczki. Na jednym z nich czeka zroszony dzban z saudyjskim szampanem oraz truskawkowe ciasto mamy. Marysia uśmiecha się, ocierając pot z czoła.

– Może jednak zjemy w domu? – proponuje nieśmiało Dorota, a córka, zadowolona z siebie, dyskretnie uśmiecha się pod nosem.

Podchodzi do białego kontaktu i coś włącza. Nagle z dachu altany, z wielkich klimatyzatorów zaczyna dmuchać zimne i wilgotne powietrze, które kojąco chłodzi nie tylko zgromadzone, prawie ugotowane towarzystwo, ale przy okazji Rijad.

– *Voilà.* – Gospodyni klaszcze w ręce.

Po paru godzinach pluskania się i wygłupiania wyczerpany Adaś usypia na rękach Doroty.

– Chodźmy do środka, lepiej położyć go w łóżku – proponuje Marysia.

Kiedy maluch śpi smacznie w jednej z wielkich gościnnych sypialni, gdzie czuwa nad nim filipińska służąca, panie udają się do pokoju matki Hamida, zaciekawione przez Marysię opowieścią o zdjęciach rodu Bin Ladenów, znajdujących się w albumach na najwyższej półce w szafie.

– Ja ich jeszcze nie oglądałam – wyznaje. – Samej było mi głupio, ale ciągle mnie kusiło. Historia jest niezwykła, ale bardzo smutna. – Siadają wygodnie na puszystej wełnianej wykładzinie pokrytej artystycznie rozrzuconymi perskimi dywanami i patrzą zaciekawione na opasłe tomiska pełne fotografii. – Jego rodzina była bardziej nowoczesna i otwarta na świat niż większość w tym regionie. Ojciec miał tylko jedną, ukochaną żonę, Jemenkę, a nie Saudyjkę, pochodzącą z plemienia Al-Houti. Kiedy byliśmy w Jemenie, poznałam jego babcię, to szalona, opętana wiarą kobieta. Ale mama była osobą wykształconą, studiowała w Ameryce, bo jako zdolna dziewczyna dostała rządowe stypendium. Tam się poznali z jego ojcem. Kiedy tutaj przyjechali, cały czas pracowała i można powiedzieć, że robiła karierę zawodową. Tata Hamida zmarł w jednej chwili w wieku pięćdziesięciu paru lat. Ot tak... pstryk i już go nie było. Atak serca. Szczupły, wysportowany, spokojny gość, ze znakomitymi wynikami badań. Zostawił swoją małą familię w całkowitym szoku i zagubieniu. Młodsza siostra była wtedy w bardzo niedobrym wieku, w okresie buntu, zwariowana szesnastolatka, a Hamid kończył studia w Stanach. Kiedy po dwóch latach wrócił na stałe, żeby zająć się udziałami ojca w rodzinnej firmie, Amira siedziała po uszy w złym towarzystwie. Matka nie dawała sobie z nią rady. Mała wpadła w rozwydrzone książęce towarzystwo, któremu pieniędzy nigdy dość, choć szastają nimi na prawo i lewo. Jak się dostaje miesięcznie dziesięć tysięcy dolarów kieszonkowego, to najpoczciwszemu człowiekowi w głowie by się poprzewracało.

– Wszyscy tak mają? – Daria nie wytrzymuje i przerywa.

– Nie wiem. Tak słyszałam. Lamia, najlepsza przyjaciółka Amiry, to diabeł wcielony. Widziałam ją raz na babskim spotkaniu zaraz po przyjeździe do Rijadu i jej szalonych oczu i wrednego wyrazu twarzy do tej pory nie mogę zapomnieć. Mała naiwna siostrzyczka Hamida po prostu się w niej zakochała. Dziewucha imponowała jej wszystkim, a szczególnie tym, co miała w sobie najgorsze. Była dla niej najmądrzejsza, najpiękniejsza, najsprytniejsza, naj, naj, naj i głupiutka nastolatka usiłowała ją we wszystkim naśladować. Tak opowiadał mi biedny Hamid. A później zaczęły obie ze sobą rywalizować, wręcz prześcigały się, która zrobi coś bardziej durnego i złego. Uczestniczyły w zakrapianych alkoholem imprezkach do białego rana, z narkotykami i seksem, a potem pijane wracały do domu szybkimi samochodami. Amira miała czerwone porsche, które jeszcze przed śmiercią kupił jej rozpieszczający ją tatuś.

– Zaraz, zaraz! To mogła prowadzić samochód? Tutaj, w tym kraju i w tym mieście?! Jakim cudem?[1] – pyta zaskoczona Daria.

– Miała jeździć po podjeździe przed domem i po osiedlowych uliczkach, i zawsze w towarzystwie kogoś starszego.

– Nierealne! – wykrzykuje Dorota, tak podenerwowana, jakby chodziło o jej córkę. – Zbuntowana nastolatka, która ma taki wóz, miałaby sobie odmówić popisów przed rówieśnikami! Już to widzę!

[1] W Arabii Saudyjskiej kobiety nie mogą prowadzić samochodu ani nie mają prawa głosu w wyborach.

– Zapewne nieraz widziałyście auta z całkiem zaciemnionymi wszystkimi szybami? Możecie dostrzec twarz kierowcy? No właśnie. W takich wozach za kółkiem przeważnie siedzą kobiety. Wracając do tematu. Po jednej z burzliwych imprez – kontynuuje wzburzona Marysia – młodzi zrobili sobie drifting po mieście. Jednak nawet to było dla nich za mało. Pojechali na autostradę prowadzącą na lotnisko i tam rozpoczęły się wyścigi. Amira nie miała tyle wprawy co inni, ale za wszelką cenę chciała dogonić swoją pseudoprzyjaciółkę, która jechała wyścigowym subaru. Doszło do wielkiego karambolu, pięć aut roztrzaskali zupełnie, trzy poobtłukiwali, reszta zwiała. Ponoć cztery osoby zginęły na miejscu, około dziesięciu było mocno pokiereszowanych. Księżniczka Lamia miała pękniętą nerkę i urwaną stopę, a Amira podobno wyglądała całkiem nieźle, złamała tylko rękę. Jednak w szpitalu okazało się, że ma rozległe wewnętrzne wylewy. Hamid z matką siedzieli z nią całą noc. Dziewczyna leżała nieprzytomna, ruszała oczami pod wpółprzymkniętymi powiekami, darła paznokciami prześcieradło i jęczała. Jego matka omalże nie umarła z rozpaczy, będąc świadkiem bólu i cierpienia córki. – Marysia, zaciskając usta, wbija wzrok w przestrzeń, bo przypomina sobie obraz ciotki Samiry, który pamięta z dzieciństwa. – Nad ranem Amira ocknęła się na chwilę, żeby zaraz odejść z tego świata. Po jej śmierci Hamid z matką wrócili do domu i każdy poszedł do swojego pokoju. Załamana kobieta nie wychodziła z tego właśnie pomieszczenia przez cały następny dzień. – Wszystkie trzy jednocześnie rozglądają się dookoła, jakby miały zaraz zobaczyć ducha. – Drzwi były zamknięte na klucz – przytłumionym głosem kontynuuje Marysia, jednocześnie kuląc się w sobie. – Kiedy je wyważyli, znaleźli ją w łazience. Popełniła samobójstwo. Hamid nie mógł sobie wybaczyć, że zostawił ją samą. W ciągu dosłownie paru lat stracił całą najbliższą rodzinę.

– Biedny chłopaczyna. – Dorota nie potrafi pohamować łez, a Darii buzia pobladła z żalu.

– Żeby przetrwać ten trudny okres, postanowił wyjechać do Jemenu i poświęcić się pracy, bardziej charytatywnej niż zarobkowej.

– Teraz ja też nie mam ochoty oglądać tych zdjęć – wyznaje matka. – Co za tragiczna historia!

– To tak jakbyśmy komuś z butami wchodziły do rodzinnego grobowca – trafnie podsumowuje siostra.

– Obejrzyjmy przynajmniej jeden album, patrzcie, są opisane. Na tym jest naklejka z imieniem Hamida, więc to nic niestosownego, prawda?

– Okej, dawaj. Może polepszy nam się humor. – Daria otwiera i od razu śmieje się ze zdjęcia ukazującego arabskiego chłopca ubranego w tobę, jadącego na małym białym wielbłądku.

– U nas robi się pamiątkowe fotki na osiołku, kucyku, a tutaj… inaczej. – Dorota też się uśmiecha.

– Ale patrz, jakim on był ładnym dzieckiem – stwierdza z dumą Marysia.

– Teraz też mu niczego nie brakuje – rzuca komplement Dorota.

– Jest zajebistym przystojniakiem! – wyrywa się siostrze i zaraz czerwieni się po same uszy.

– Żebyś ty mi go czasami nie chciała odbić! – Zazdrosna młoda żonka z krzywym uśmieszkiem na ustach grozi Darii palcem. – Ja jestem bardziej arabską niż polską żoną i za taki numer mogłabym ci tępym nożem poderżnąć gardło, moja mała kochana siostrzyczko. – Dziewczyny turlają się po dywanie, udając walkę, a szczęśliwa matka patrzy na nie z miłością.

– Hej, a z kim on ma to zdjęcie? – przerywa im zabawę.

– A niech mnie! Dałabym do oprawienia! – złośliwie wykrzykuje Daria.

Na fotografii widać uśmiechniętego, może trzyletniego Hamida, który siedzi na kolanach znanego wszem wobec Osamy bin Ladena. Włoski chłopca kręcą się jak serpentyny, a ubrany jest w granatowo-biały strój marynarski. Wygląda jak śliczna laleczka.

– Twierdził, że nigdy go osobiście nie poznał – szepcze matka, spoglądając starszej córce z powagą w oczy.

– Może nie pamięta tej sytuacji, był przecież jeszcze maluchem – broni go żona.

– Mhm. – Dorota jedynie tyle potrafi powiedzieć i ściąga usta w ciup.

Kobiety powoli i z lękiem odwracają strony, bojąc się, że znajdą coś, o czym nie chciałyby wiedzieć.

– A niech mnie gęś kopnie! – Nawet młoda Daria rozpoznaje postaci.

Duże zdjęcie pokazuje mężczyznę z poprzedniej odbitki ubranego w białą tobę i turban. Pogodna twarz Osamy emanuje radością. Znów trzyma w objęciach małego Hamida. Obok stoi prawdopodobnie ojciec chłopca, przystojny brunet w średnim wieku z wypielęgnowanym wąsem i małą bródką, w stroju brytyjskiego kolonialisty z korkowym hełmem na głowie. Na drewnianym wielkim fotelu wyłożonym kolorowym pledem i poduchami, trochę z boku, odpoczywa stary monarcha jednego z najbogatszych naftowych królestw świata i sympatycznie uśmiecha się do wszystkich. Obok niego zaś, z łokciem na oparciu, trwa w bezruchu przywódca wielkiego narodu, ubrany w wojskowy amerykański mundur bez dystynkcji. Z tyłu służący trzyma na wyciągniętej ręce sokoła z kapturkiem na oczach. Mężczyźni dzierżą w rękach strzelby myśliwskie, widać wybrali się na polowanie. W tle można dostrzec wydmy i czerwone piaski pustyni saudyjskiej.

– Co tutaj jest napisane? – pyta matka Marysię, pokazując na arabski podpis.

– „Rok 1988, wolność dla Afganistanu! – bliscy zwycięstwa serdeczni przyjaciele" – młoda kobieta tłumaczy z arabskiego na angielski, wykrzywiając przy tym ze zdziwienia wargi i podnosząc do góry brwi. Sięga po chusteczkę, aby wytrzeć zroszone zimnym potem czoło. Co ja mam sądzić na ten temat?, dudni w jej głowie. To zaczyna wyglądać całkiem inaczej niż w opowieściach męża. Jak mu teraz wierzyć?, pyta samą siebie.

Zapada niezręczna cisza. Każda patrzy w jakiś punkt i nie chce być tą pierwszą, która się odezwie. Marysia trzęsącymi palcami obraca kartkę. Na następnej fotografii Hamid jest już siedemnasto- czy osiemnastoletnim chłopcem.

Ubrał się w tradycyjny jemeński strój: brązową galabiję[1] z pasiastą chustą przewieszoną przez jedno ramię, przez drugie zwiesza mu się karabin maszynowy. Na wąskie biodra opada mu szeroki ozdobny pas z zatkniętą za niego dżambiją o rękojeści i pochwie wysadzanej kolorowymi kamieniami, wokół głowy ma owiniętą białą cienką chustę z frędzlami, spod której wymykają się długie aż do ramion kręcone czarne włosy.

– Piękny młodzieniec – szepcze matka.

Obok młodego mężczyzny stoi nieśmiało uśmiechnięty Osama, znów w białej tobie, turbanie i wojskowej amerykańskiej kurtce. W tle widać jakieś skały, błoto i wejście do jaskini. Arabski napis pod spodem nawet Daria jest w stanie odszyfrować: Afganistan. Spod zdjęcia wystaje rąbek jakiejś pożółkłej kartki. Dorota chwyta ją swoimi cienkimi palcami i oczom oglądających ukazuje się list gończy wydany za bin Ladenem w czerwcu 1999 roku w związku z zamachami na ambasady USA w Tanzanii i Kenii, przeprowadzonymi przez Al-Kaidę rok wcześniej.

– Zapewne dałoby się to wszystko jakoś wytłumaczyć. – Marysia robi bezradną minę i rozkłada ręce na boki. – On ma sporo tajemnic, a pozory często mylą.

– Sam dał ci te albumy? – dziwi się matka.

– Może zapomniał, jakie zdjęcia zawierają, a może chciał mi o czymś powiedzieć. Nie oceniajmy go zbyt pochopnie.

[1] *Galabija/dżalabija* (arab.) – męski strój w formie długiej sukni/płaszcza z rozcięciem pod szyją.

– Jedno jest pewne – włącza się Daria. – Nie mówił prawdy i przychodziło mu to dość łatwo.

– Gdzie jest twój paszport, dziewczyno? – Dorota nawiązuje do ciągle nurtującego ją pytania, bo jej zaufanie do bogatego zięcia prysło jak bańka mydlana. – Masz go u siebie? – Marysia tylko przecząco kiwa głową. – Sprawdzałaś w domu? Może jest gdzieś schowany?

– Musi być w sejfie w naszej sypialni! – wykrzykuje córka. – Chodźmy sprawdzić! – Jak szalona wybiega z sypialni zmarłej teściowej i pędzi ile tchu do swojej.

– Znasz szyfr?

– Pewnie, mam zapisany. – Złotowłosa sięga do irchowego etui na biżuterię, które trzyma w szafce nocnej przy łóżku. Wysypuje zawartość i podnosi podwójne dno. Na ozdobnej kapie lądują dwa stare zdjęcia, jedno matki, a drugie dwuletniej Darii ze śmiesznymi mysimi warkoczykami, komplet olśniewającej biżuterii z szafirami oraz zwykły wisiorek z żółtego złota i czerwona postrzępiona kokardka. Wszystkie skarby, z którymi Marysia od lat się nie rozstaje.

– Mam, chodźcie mi pomóc! Nigdy tego nie robiłam – zwraca się do podekscytowanych krewniaczek.

Odsuwa od ściany sporych rozmiarów olejny obraz, który jest umocowany na zawiasach i otwiera się jak drzwiczki. Pod spodem widać stalową pancerną szafę.

– Trzynaście w prawo, tysiąc sto jedenaście w lewo i trzynaście w prawo. Jest!

Przed trzema pochylonymi kobietami otwiera się jak sezam wnętrze sejfu. Z jednej strony poukładane w kupki leżą dolary. Marysia zupełnie bez entuzjazmu wykłada pliki pieniędzy oraz jakieś certyfikaty, papiery wartościowe, świadectwa i plastikowe teczki. Paszportu jednak nigdzie nie ma. Z dołu dochodzi trzaśnięcie bramy. Kobieta pospiesznie wrzuca całą zawartość z powrotem do środka.

– Poukładaj tak, jak było, głupia! – szeptem instruuje ją matka. – Potem powie, że coś mu ukradłaś!

– Ty masz obsesję! Sam dał mi szyfr i mogę stąd brać, co mi się podoba, w nieograniczonych ilościach. Ty, mamo, powinnaś iść na terapię.

– A ty na szkolenie przedmałżeńskie. Każdy chłop by się wściekł, nie tylko Arab – przekomarzają się przed nadal otwartym sejfem.

– Miriam, mogę cię prosić!? – Hamid wpada jak burza do sypialni, zatrzymuje się w pół kroku i arogancko macha na żonę ręką. Gdy widzi ją w towarzystwie krewniaczek z nosami w kasie pancernej, jego oczy robią się wielkie i zaczynają miotać gromy.

– *Fisa*[1], *fisa!* – rzuca po arabsku i wychodzi. – Ja wszystko rozumiem, ale czemu buszujesz ze swoją rodziną w sypialni mojej świętej pamięci matki?! – krzyczy załamującym się głosem. – I czemu z butami wchodzisz w moją przeszłość?! – Najpierw nerwowo kopie przeglądany przez kobiety album, a potem trzęsącymi rękami go zamyka. – Nie spodziewałem się tego po tobie!

– Kiedy tutaj przyjechaliśmy, sam dałeś mi te zdjęcia,

[1] *Fisa* (arab.) – szybko.

pamiętasz? – odpowiada przerażona Marysia, po raz pierwszy widząc męża tak wściekłego.

– Ech! – tylko takiej doczekuje się odpowiedzi. Mężczyzna obraca się na pięcie i prawie wybiega z domu, głośno trzaskając wejściowymi drzwiami. Na podjeździe słychać pisk kół jego sportowego bentleya.

Ramadan i pielgrzymka do Mekki

Po pierwszej poważnej scysji między małżonkami nie pozostaje ani śladu. Hamid wraca wieczorem do domu jak gdyby nigdy nic i zasiada z Marysią do późnej kolacji. Ona nie odzywa się ani słowem, on zaś bez najmniejszego wysiłku prowadzi monolog, opowiadając jej o swoim dniu w rodzinnej firmie i problemach w pracy. Potem oglądają film w lokalnej telewizji satelitarnej i idą spać.

Marysi daje do myślenia fakt zatajonych kontaktów Hamida z Osamą i tak nieziemsko wysoko postawionymi ludźmi, ale tłumaczy to tym, że w Jemenie też nie informował jej o każdym swoim kroku, a każdy z nich był prawy i uczciwy. Po co miałby ją okłamywać na temat swojej działalności przeciwko Al-Kaidzie? Chyba nie pracuje na rzecz tej terrorystycznej organizacji?! Włos jej się jeży na głowie. Przekonuje sama siebie, że uwiecznione na zdjęciach spotkania były drobnymi incydentami w życiu jej męża, które na pewno wyleciały mu z głowy. A o przyjaźni z wujem nie powiedział z wiadomych przyczyn. Lecz co on robił w Afganistanie? Pojechał do miłego krewniaka na wakacje, a ten dał mu do zabawy broń maszynową? Mój Boże! Ma w głowie chaos, a jedna szalona myśl goni drugą. Jak zawsze dociekliwa znajduje w Internecie informacje, że w latach osiemdziesiątych wszyscy hołubili saudyjskiego bogacza i bardzo chętnie z nim współpracowali, bo występował przeciwko Związkowi Radzieckiemu. CIA samo dostarczało broń i pieniądze do obozów mudżahedinów[1] szkolonych przez bin Ladena. „To właśnie wojna w Afganistanie uczyniła Osamę takim, jakim świat mógł go poznać 11 września 2001 roku – bezwzględnego terrorystę, świetnego organizatora i umiejącego się ukryć partyzanta. Bez niej być może pozostałby nieznanym synem multimilionera, żyjącym w dostatku w bogatej Arabii Saudyjskiej. Dostarczonej przez CIA nowoczesnej broni bojownicy afgańscy nie wypuścili z ręki już nigdy, a w przyszłości mieli ją wykorzystać przeciwko swoim dawnym protektorom" – znajduje w poważnej encyklopedii online i jest już prawie całkowicie uspokojona. Mamie i Darii przesyła link do stron internetowych, na których znalazła te ciekawostki, by miały jasność co do kontaktów Hamida z wujem. Musiały one mieć miejsce jeszcze wtedy, kiedy ten był poplecznikiem wielkich mocarstw i bohaterem. Dziewczyna nie chce, żeby jej nadwrażliwa rodzicielka

[1] *Mudżahedin* (arab. dosł. święty wojownik) – to uczestnik ruchu religijnego, społecznego lub wyzwoleńczego w krajach muzułmańskich lub zamieszkanych przez muzułmanów. Zwani są bojownikami.

zamartwiała się, a egzaltowana siostra wymyślała szpiegowskie scenariusze. Od tej pory ten drażliwy temat w trakcie rozmów nie jest przez nie poruszany i pozostaje tabu. Parę innych odpowiedzi na nurtujące ją pytania Marysia postanawia odłożyć na dogodniejszy czas. A niedługo będzie go miała pod dostatkiem, bo przecież podczas wakacji zostanie sama jak palec.

Lato w Rijadzie jest rzeczywiście nie do zniesienia. Miasto spowija niemal nieustannie pył, kurz i piach. Występują przy tym burze magnetyczne, spadki i skoki ciśnienia, a na domiar złego dniami i nocami zalewa wszystko straszliwy żar. Problem stanowi dojście do samochodu czy nad basen w ogrodzie. Poruszanie przypomina ruchy w wacie, która pęta ręce i nogi i wpycha się do ust. Powietrze parzy. Teraz Marysia żałuje, że nie dała się skusić na wyjazd z rodziną lub z Kingą do Polski. Gdyby postawiła stanowczo sprawę, jej paszport na pewno by się znalazł. Jest o tym święcie przekonana. Nie chce wpadać w jakąś paranoję, która chyba lata temu owładnęła jej matką.

Obecnie jedynymi przyjemnymi chwilami są momenty, które Marysia spędza ze swoją siostrą na Skypie.

– Co porabiasz całymi dniami? – pyta Daria.

– Mówiłam ci, nic. Siedzę w domu i tyle. Po raz pierwszy w życiu znalazłam się w takiej klaustrofobicznej sytuacji. Uwięziona w jednoosobowym haremie. Nie mam znajomych, rodziny, koleżanek, nic do roboty i pretekstu do wyjścia.

– Przerąbane.

– Tak właśnie. Raz w tygodniu jadę z kierowcą do marketu, żeby kupić coś do jedzenia. Łażenie wieczorami po centrach handlowych, co proponuje Hamid, jakoś mnie nie bawi. Wychodzenie na kolację do restauracji, gdzie mam siedzieć w małej klitce w sekcji dla rodzin, też nie stanowi dla mnie szczególnej rozrywki – skarży się siostrze.

– A zabrałaś się za książki i podręczniki, które ci przyniosłam?

– Nie jest to takie proste, jak by się mogło wydawać. – Marysia podnosi pierwszy tomik i macha nim przed kamerą. – Ta gramatyka jest dla dzieciaków w podstawówce, ale one przynajmniej umieją czytać po polsku i rozumieją ten język. Ja zaś nie! Nici będą z niespodzianki.

– Nie poddawaj się tak łatwo. Nie masz nic lepszego do roboty, kuj wiedzę. Zrobisz mamie przyjemność. Ja ci będę pomagać, bo też się nudzę. W wakacje ma się zdecydowanie za dużo czasu – śmieje się życzliwie.

– Ty się nudzisz?! – Marysia wykrzykuje zdziwiona. – Jak ja bym tylko mogła wyjść z domu, pójść na spacer i wejść na lody do cukierni, to już miałabym rozrywkę.

– Przestań narzekać i ułóż plan lekcji. Muszę tobą trochę potrząsnąć, siostrzyczko, bo mi całkiem w tej Saudi ześwirujesz.

Od tej chwili dziewczyny razem przerabiają materiał, a Marysia duka do mikrofonu, kalecząc polskie słowa. Daria jest jednak dobrą, cierpliwą nauczycielką i nie daje za wygraną. Po miesiącu postępy są już znaczne. Uczennica nabiera wiatru w żagle i znów chce jej się żyć.

– Musimy przygotować się do ramadanu – oznajmia

pod koniec lipca Hamid swojej żonie, która robi listę zakupów przed wyjazdem do marketu Tamimi.

– To znaczy kupić mniej jedzenia? – z przekąsem pyta Marysia.

– Właśnie że nie, na odwrót! Nie wiesz, że jak się pości cały długi dzień, to później je się za dwóch?

– Czy ty bardzo restrykcyjnie chcesz przestrzegać zasad? – indaguje, bo z tego co pamięta, w Jemenie każdy coś podskubywał i ukradkiem popijali wodę. – Przecież to nie jest klimat, w którym można by nie przyjmować płynów przez trzy godziny, a co dopiero przez dwanaście. Pochorujemy się!

– Tutaj w miejscu publicznym nie próbuj wypić kropelki wody! Mogą cię za to zlinczować lub nawet osadzić w więzieniu i skazać na baty. – Marysia patrzy na męża z niedowierzaniem. – Miriam, ja nie żartuję. – Hamid poważnie potwierdza swoje słowa.

– Kpisz sobie?

– Bardziej wierzący Saudyjczycy wypluwają nawet ślinę, więc rozumiesz, jakie katusze oni muszą przeżywać? – Hamid wzdycha. – Ty masz ułatwioną sytuację, bo siedzisz w domu. Nie afiszuj się tylko z jedzeniem czy piciem przed służbą, bo mogą donieść na policję religijną.

– Daj spokój! Będę się z tobą solidaryzować.

– Rano, przed świtem, tak około wpół do piątej można zjeść jakiegoś Big Maca i opić się coli, później jeszcze pospać do dziesiątej, bo przecież wszystkie urzędy startują później. Około pierwszej, drugiej będę już w domu i idziemy spać. Budzimy się na wieczorną modlitwę, zjadamy po daktylu, przepijając to lebenem[1], wizyta w meczecie i już od dziewiątej można jeść, pić i buszować po mieście do rana. Nie jest tak źle.

– Ależ całe życie zostanie postawione na głowie! – Marysi plan Hamida jakoś nie przypada do gustu. – U nas w domu wszystko toczyło się normalnie. A w Sanie, o ile mnie pamięć nie myli, ty też przed wyjściem do pracy wypijałeś kawę i zjadałeś tosta. Babcia ci szykowała.

– No właśnie, nie chciałem jej robić przykrości. Jednak w naszym własnym domu, skoro jesteśmy muzułmanami, i to w Arabii Saudyjskiej, kolebce islamu, powinniśmy się trzymać dobrych, starych zasad. Jeszcze nic nikomu się nie stało, kiedy przez jeden miesiąc pogłodował za dnia. Podczas ramadanu ludzie nawet tyją! – dodaje z uśmiechem, widząc, jak Marysi twarz się wydłuża.

– Trudno się dziwić, kiedy dzień zaczynają od McDonalda. – Kobieta spuszcza wzrok, nie chcąc okazać swojej dezaprobaty. – Okej, zrobimy, jak mówisz, pozwolisz jedynie, że sama będę sobie ustalała poranne menu.

* * *

Tak jak Hamid zapowiedział, a Marysia się obawiała, ramadan przebiega według odwiecznego schematu. W dzień głodówka, w nocy obżarstwo. Tylko że kiedyś muzułmanie nie mieli do dyspozycji barów z fast foodami i dostaw do domu. McDonald's, Pizza Hut, Inn, Company

[1] *Leben* (arab.) – rodzaj jogurtu lub kwaśnego mleka.

i inne oraz Hardees czy Burger King mają w tym miesiącu najwyższe obroty w roku. Wielu młodych ratuje się przed głodem, zamawiając o świcie wielkie kanapki i litrowy napój, w których jest już tyle kalorii, że wystarcza na cały dzień. Gazety grzmią, dietetycy i lekarze ostrzegają, ale nie ma na to rady. Bardziej dojrzali i rozsądni Saudyjczycy wieczory spędzają w restauracjach z rodzinami, co również Marysi się nie podoba.

– Ramadan to święto domowe – skarży się matce na Skypie. – Pamiętasz jakiś w Libii?

– Oczywiście! Zrobiłam wtedy na naszej farmie pierwsze samodzielne wielkie przyjęcie. – Dorota wzdycha z rozczuleniem. – Bardzo lubiłam to miejsce i byłam tam niesamowicie szczęśliwa. A jakie powietrze! Twój ojciec nawet całkiem ładnie urządził nasz mały domek. – Smutek i żal wyzierają z jej błękitnych oczu.

Czyżby tęskniła za nim, czyżby żałowała, że ich małżeństwo się rozpadło?, Marysia zastanawia się, patrząc ze współczuciem na szczupłą twarz matki. Serce kobiety jest nieprzeniknione, a pierwszej miłości nie da się zapomnieć, choćby była toksyczna i zabójcza.

– Ja też mam coś przygotować dla kolegów z pracy Hamida. Zostało na sezon letni paru niedobitków, a dwóch idiotów zaprosiło do siebie żony – dziwi się dziewczyna. – Chyba chcą się ich pozbyć. – Wybucha śmiechem.

– To dobrze, że przyjdą jacyś niemuzułmanie! Będzie bardziej na luzie. Spotkasz się z ludźmi, pogadasz o wszystkim i o niczym, może z kimś się zaprzyjaźnisz.

– Ja nie jestem taka łatwa, jeśli idzie o kontakty

międzyludzkie, a o przyjaźnie w szczególności. Życie zbyt wiele razy mnie doświadczyło... – zawiesza głos, bo nic więcej nie chce powiedzieć. Zagalopowała się.

– A jak tam twoje relacje z rodziną Hamida? Utrzymujecie jakieś?

– Tak. – Marysia ściąga wargi i kręci głową na boki. – Jakbyśmy chcieli, to co wieczór moglibyśmy z nimi jeść *iftar*[1]. Zaliczyliśmy już pierwszą wspólną ramadanową kolację.

– To bardzo ładnie. – Matka jest zadowolona, że ktoś pod jej nieobecność sprawuje pieczę nad jej córeczką. – Są mili?

– Oj, mamo! Ja wiem, że starają się, życzliwie uśmiechają, ale są dla mnie obcy. Jacyś tacy oziębli, sztuczni, wyprani z namiętności. Takiego towarzystwa jeszcze nie widziałaś, a na pewno nie siedziałaś z takim przy jednym stole przez ponad trzy godziny. Chcesz, to ci opowiem, jaka to była wesoła impreza – śmieje się ironicznie.

– Ależ oczywiście, bardzo jestem ciekawa. – Rozradowana Dorota cieszy się, że jej zamknięta do tej pory córka chce podzielić się z nią swoimi przeżyciami.

– Byliśmy tam wczoraj, więc jestem na świeżo po tym wspaniałym przeżyciu i nie umknie mi żaden szczegół. Więc... – zawiesza głos, usiłując poukładać sobie całość w głowie. – Goście oczywiście byli muzułmanami. Wuj i prawie wszyscy dorośli mężczyźni noszą oczywiście toby,

[1] *Iftar* (arab.) – śniadanie, lecz w ramadanie tak nazywana jest uroczysta kolacja, jako pierwszy posiłek po ustaniu postu.

a głowy nakrywają chustami białymi lub w biało-czerwoną kratkę, które przytrzymują czarnym kółkiem. Stale poprawiają ich opadające rogi, zarzucając je na krzyż do góry i robiąc niepewną piramidkę, która po chwili opada. I tak w koło Macieju. Paru zbuntowanych nastolatków wyłamało się i włożyło dżinsy i kolorowe koszulki z nadrukiem, lecz mali chłopcy naśladują stroje ojców, nie mają jedynie nakrycia głowy. Dojrzałe kobiety z rodziny oczywiście noszą abaje, często rozpięte, i czarne niewielkie chusty lub szale zasłaniające tylko włosy. Dziewczęta, jako że były w domu, mogły włożyć bluzki z długimi rękawami, spodnie, w większości miały odsłonięte włosy, chociaż niektóre przykryły je kolorowymi hidżabami, tak jak tradycjonalistki w Libii. Dzieciaki ganiały wszędzie jak oszalałe, choć dla nich przeznaczono oddzielną jadalnię z mnóstwem filipińskich opiekunek. Te kolacje to dla mnie gehenna – wyznaje dziewczyna.

– Nie przesadzaj, Marysiu.

– Było prawie tak nudno jak na imprezie powitalnej, którą zorganizowali po naszym przyjeździe do Arabii. Cóż by się niby miało zmienić? Parę nieznanych kobiet wyściskało mnie, jedna przyjemna i okrąglutka chwyciła za rękę i zaciągnęła do kuchni. Hamid zadowolony od razu ruszył w stronę panów i tyle go widziałam. Wszyscy nadal podgryzali tylko daktyle i popijali małymi łyczkami leben, żeby zahartować żołądek przed zasadniczym daniem, a mnie w brzuchu tak burczało z głodu, że myślałam, iż za chwilę zemdleję.

– Chyba nie przestrzegasz ściśle ramadanu? Pij wodę, bo nerki ci wysiądą!

– Nic się nie bój – Marysia uspokaja matkę. – Słuchaj, jedno co było ciekawe. W pałacu wuja kuchnię mają wielkości naszego salonu. Jak w sporej restauracji. Jeśli cię to dziwi, to powiem, że wczoraj siadło do stołów chyba ponad pięćdziesiąt osób, a jeszcze przygotowali jedzenie dla służby i biedaków, które wynieśli do namiotu rozbitego przed ich domem na ulicy. Robią tak co wieczór przez cały długi ramadan. Bardzo chcą się przypodobać Allahowi.

– Marysiu, nie krytykuj! Ten ładny zwyczaj jest w krajach muzułmańskich przyjęty od wieków. Czytałam w gazecie, że król sponsoruje *iftar* w Mekce, Medynie i przy większych meczetach w kraju dla pięciu milionów ludzi dziennie! Policz sobie, ile to milionów dolarów!

– Na biednego nie trafiło, ja się tym ekscytować nie będę. – Dziewczyna trzeźwo patrzy na całą sytuację. – W Arabii Saudyjskiej dzienne wydobycie ropy naftowej kształtuje się średnio na poziomie stu sześćdziesięciu milionów amerykańskich dolarów i oczywiście wszystko jest w rękach instytucji rządowych, czytaj rodziny królewskiej, więc… – Wymownie zawiesza głos. – Chcąc utrzymać władzę, robią obywatelom małe prezenciki, a głupi plebs się cieszy. Pamiętasz starożytny Rzym? Igrzysk i chleba, a saudyjskie biedaki chcą tylko zapchać żołądki ryżem.

– A co serwowali przy rodzinnym stole? – Dorota uśmiecha się, nie komentując ostrych docinków córki.

– Ble! Tutaj jedzenie jest fatalne, nie smakuje mi, zmuszam się, żeby cokolwiek przełknąć. Po znakomitej, pełnej aromatycznych przypraw kuchni libijskiej i jemeńskiej, w Sanie mieliśmy własny sklep z ziołami, potrawy saudyjskie wydają się mdłe. Zupa smakuje jak wywar ze ścierki, zamiast pysznego kuskusu jada się tutaj wiórowaty, niedogotowany ryż basmati, a do tego wysuszone mięsa. Baranina przeważnie jest spalona i nie da się w nią wbić zęba, kurczaki mają wielkość przepiórek, a o wole lepiej w ogóle zapomnieć. Smakuje, jakby się go jadło z włochatą skórą. Do tego serwowane są jarzyny w formie rozgotowanej bryi, które wszyscy z jednej michy nabierają cienkimi, płaskimi chlebkami pita, zapominając w ogóle o ekskluzywnych sztućcach z firmy Villeroy & Bosch leżących na stole. Oni nie mają delikatnych podniebień, a do tego maniery słonia w sklepie z porcelaną. Nawet nie masz pojęcia, jak nie znoszą Libijczyków, jak ich krytykują, że prymitywni, że głupi, że komuniści... Aż się otrzepują, jak o nich słyszą!

– Ale z ciebie patriotka – śmieje się matka, żałując, że córka nie ma takich głębokich uczuć do Polski.

– No wiesz, po prostu pamiętam, jaki był poziom u nas w domu. Nawet w największej biedzie zawsze jadałyśmy na obrusie i przynajmniej łyżką. I nigdy z jednej miski, bo babcia twierdziła, że to niehigienicznie. – Marysia zamyśla się na krótką chwilę, widząc oczyma wyobraźni jak żywą swoją ukochaną babunię Nadię. – Kiedy wracacie, mamo? – pyta stęskniona, a Dorota rozpływa się ze szczęścia, widząc, że jednak powoli odzyskuje swoją utraconą córkę.

* * *

– Mam dla ciebie niespodziankę – oznajmia Hamid pod koniec ramadanu, kiedy już bardzo ciężko jest wytrzymać dzienny post, a szczególnie pragnienie, bowiem organizm agresywnie domaga się powrotu do odwiecznie ustalonego rytmu.

– Co takiego? Kolejna kolacja z rodzinką i znajomymi? Czy wyjazd wieczorem do centrum handlowego? – Marysia pyta męża z sarkazmem.

– Nie bądź taka zgryźliwa, bo ci zostanie. – Mężczyzna czochra jej zmierzwioną czupryne i widać, jak z utęsknieniem czeka na zakończenie ramadanu, aby móc znów rozpocząć bliższe kontakty z żoną.

– A może zasłonimy okna i oddamy się parogodzinnemu uprawianiu seksu? – Spragniona kobieta przysuwa się ponętnie do swojego mężczyzny i wyczuwa jego nabrzmiałą męskość. – Allah przymknie oko na takie małe wykroczenie, hm... – mruczy zachęcająco.

– Daj spokój! Tyle wytrzymaliśmy i w ostatnim tygodniu nie damy rady?! – Hamid odskakuje od niej jak oparzony. – Jak się opanujesz, to ja jestem na dole w salonie. – Obraca się i znika za drzwiami.

A niech mnie! Marysia jest wściekła. Tego jeszcze nie było! Czy wszyscy tak skrupulatnie przestrzegają tych restrykcyjnych reguł? Jakoś nie mogę w to uwierzyć. W Jemenie między nami też było inaczej. Hamid twierdził, że kiedy zmrok zapada, to Allah śpi. Co mu się tutaj odmieniło?

– Więc co takiego chciałeś mi oznajmić? – pyta oficjalnym tonem, po pięciu minutach schodząc do męża.

– Pomyślałem, że może w ramach rozrywki na zakończenie postu pojedziemy z wizytą do mojej rodziny mieszkającej w Dżeddzie, później odwiedzimy meczet Proroka Muhammada w Medynie i odbędziemy małą pielgrzymkę do Mekki. Ponoć, jeśli zrealizuje się *umrę*[1] w ramadanie, to zostanie się wynagrodzonym, jakby odbyło się *hadżdż*.

– Naprawdę? – Marysia dziwi się przemianie swojego męża. Jeszcze rok temu gdyby coś wspomniał o pielgrzymowaniu do Mekki, zabiłaby go śmiechem. Ale wtedy mieszkali w Jemenie, żyła jeszcze kochana i tolerancyjna babcia Nadia, a oni, młodzi, uważali się za nowoczesnych i raczej niepraktykujących muzułmanów. – Wiesz, że jestem ochrzczona – próbuje się bronić, bo czuje jakiś nieokreślony bliżej strach przed miejscem kultu milionów wiernych.

– Twój ojciec był muzułmaninem, więc ty również jesteś. Przecież wiesz, że wiarę dziedziczy się po mieczu.

– Nie mam na dzień dzisiejszy świadomości, czy potrafię się tam odnaleźć, czy tego chcę, czy…

– Nie można ci dogodzić, Miriam! Za nic w świecie! Ja już zarezerwowałem świetny hotel w Mekce, z okna salonu widać Kaabę[2], jestem też umówiony w Dżeddzie z kuzynem, który jest moim rówieśnikiem. Moglibyśmy mieszkać na osiedlu, które do nich należy i rozciąga się blisko Morza Czerwonego. Kobiety nie potrzebują tam abai, a zagraniczne rezydentki opalają się nad basenami lub na plaży w bikini – malując tak kuszący obraz, patrzy

[1] *Umra* (arab.) – mała pielgrzymka.

[2] Al-Kaaba (arab.) – sześcian, kostka; świątynia i sanktuarium w Mekce, najważniejsze święte miejsce islamu.

na żonę wyczekująco. – Najpierw trochę relaksu, a potem pożywka dla duszy? Hm?

– Brzmi to zachęcająco – przyznaje Marysia. – Gdyby nie ramadan i późniejsza pielgrzymka.

– Na kampie mieszkają tylko cudzoziemcy, więc będziesz mogła jeść i pić, ile zapragniesz. Ponoć nawet teraz za dnia działają tam kawiarnie i restauracje. A wyprawa do Mekki też może być ciekawa. Niewykluczone, że Allah popatrzy przychylniejszym okiem na nasze starania i w końcu doczekamy się potomka? – Hamid zawiesza głos, a Marysia jest w szoku, że nowoczesny człowiek w dwudziestym pierwszym wieku wierzy jeszcze w takie gusła.

– Żeby do tego doszło, potrzebny jest przede wszystkim cielesny kontakt – odgryza się, ugodzona do żywego dzisiejszym odrzuceniem przez męża. – Ja nie jestem wiatropylna! – Obraca się i z podniesioną dumnie głową maszeruje po schodach do swojego stanowiska internetowego, aktualnie jedynego jej punktu kontaktowego ze światem zewnętrznym.

– Cześć, dziewczyny. – Zamierza przedyskutować sprawę z rodziną. – Co tam?

Jak to dobrze, żeśmy się odnalazły, myśli. Jak strasznie teraz byłabym bez nich zagubiona i samotna.

– Pielgrzymka?! – Daria z przerażem drze się na całe gardło. – Kobieto! Zadepczą cię w tym dzikim tłumie! Zmiażdżą! Spać będziesz w namiocie?! I to jeszcze w ramadanie, bez kropli wody w pysku?! Umrzesz! – podsumowuje, teatralnie łapiąc się za głowę.

– Córeczko, opanuj się! – Dorota delikatnie klepie

nastolatkę po ramieniu. – Nie żyjemy w średniowieczu – śmieje się pobłażliwie. – Zapewne Hamid zarezerwował już niezły hotel, nieprawdaż?

– Ba! – Marysia nadyma wargi. – Tysiąc pięćset dolarów za noc za apartament sto pięćdziesiąt siedem metrów kwadratowych z widokiem na Kaabę w cenie.

– No widzisz. – Matka wytrzeszcza oczy na taką rozrzutność. – I z resztą też tak będzie.

– Ale ja nigdy nie byłam ani głęboko wierząca, ani praktykująca – przyznaje się Marysia. – Przez to, że jestem córką chrześcijanki, nikt nigdy mnie nie zmuszał do przestrzegania zasad islamu. Oczywiście, że je znam, już babcia się o to postarała, ale Libia nie była i chyba nadal nie jest konserwatywnym krajem. Tak jak Tunezja i Egipt.

– Pamiętam to doskonale. – Dorota uśmiecha się, odświeżając wspomnienia sprzed prawie dwudziestu lat. – My, Polki, w ogóle niczym się nie przejmowałyśmy, opalałyśmy się w bikini, a Baśka paradowała ze swoją wielką pupą upchniętą w białe legginsy po centrum miasta! – Matka z córkami zaśmiewają się już razem. – Choć z drugiej strony wasz ojciec był zazdrosny na miarę arabskiego mężczyzny. – Zaciska usta na wspomnienie jego despotyzmu.

– Ty byś pojechała do Mekki, mamo? – Marysia chce się upewnić.

– Dziecko, a co ci szkodzi?! Bóg jest jeden, a kiedyś w przypływie szczerości Malika, twoja ukochana libijska emancypantka, powiedziała mi, że może wspólny dla wszystkich. Kto wie? Ona znała znakomicie nie tylko Koran, ale również naszą Biblię. Bierz z niej przykład,

Marysiu. Otwórz serce, bo żadna monoteistyczna religia nie jest zła.

* * *

Przelot z Rijadu do Dżeddy przebiega nadzwyczaj komfortowo, bo Hamid oczywiście wykupił biznes class. Taka rozrzutność nie miałaby najmniejszego sensu w ramadanie, gdyby sprytny mężczyzna nie zabukował lotu na godzinę dziewiątą wieczorem. Potrawy, które serwują stewardesy, są jak z najlepszego hotelu w stolicy. Wędzony łosoś z kaparami przeplata się z homarem, langustą, tygrysimi krewetkami i kawiorem. Dania ciepłe reprezentują kuchnię francuską, więc jest ti-ti, pięknie zaś podane. Wszyscy pasażerowie są tak wygłodniali, że aż miło patrzeć, z jakim apetytem zajadają te pyszności. Mogliby śmiało reklamować żywność w telewizji. Po półtoragodzinnym locie wszyscy żałują, że trwa on tak krótko. Na Marysię i Hamida czeka podstawiona limuzyna.

– Oczywiście mamy zaproszenie na *iftar*, więc w domu gościnnym na kampie zameldujemy się trochę później – informuje szczęśliwy Hamid.

– Ale ja jestem śpiąca. – Marysię rozebrało dobre, a przede wszystkim zbyt obfite jedzenie.

– Nie bądź dzieckiem! – obrusza się mężczyzna i patrzy na nią z wyrzutem.

Kierowca, nie pytając, wozi parę przyjezdnych przez prawie godzinę po arteriach miasta. Hamid przez całą drogę nie odzywa się ani słowem, Marysia zaś w końcu z zainteresowaniem oddaje się obserwacji feerii świateł. Dżedda w niczym nie przypomina zapylonego i zimnego Rijadu. Budynki są tak samo nowoczesne jak w stolicy, ale ich konstrukcje lżejsze i bardziej strzeliste. Światła zalewają ulice i poruszających się po nich przechodniów. Sporo kobiet nosi jedynie abaje, nie nakrywając głowy. Na nadmorskiej promenadzie kafejki i restauracje mają licznych gości obu płci. Marysia jest tak podekscytowana i zdziwiona, że w Arabii Saudyjskiej może być takie ładne, nowoczesne i przyjazne miasto, że parokrotnie chciałaby chwycić męża za rękaw toby, którą nosi w ramadanie już notorycznie, lecz w ostatniej chwili się hamuje. Ona pierwsza nigdy nie przełamuje lodów i nie będzie znosić jego humorów. Nie do pomyślenia, żeby facet się dąsał! Jest to tylko i wyłącznie przywilej kobiet.

Jeszcze jakiś czas temu Marysi opadłaby szczęka na widok pałacu kuzyna, który znajduje się w spokojnej dzielnicy willowej, ale po doświadczeniach w Rijadzie przyjmuje fakt ogromnego bogactwa ze spokojem i godnością. Limuzyna podjeżdża na wielki parking znajdujący się wewnątrz murów i zatrzymuje obok co najmniej dziesięciu innych samochodów. Błyskawicznie otaczają ich uśmiechnięci domownicy ubrani całkowicie po europejsku.

– Cześć, jak się macie? Jak minęła podróż? Mam nadzieję, że nie jesteście za bardzo zmęczeni, bo wszyscy na was czekają z pyszną kolacją. Jestem Fatima. – Pani domu obcałowuje przybyłą.

– Miriam. – Marysia trzyma ciepłą dłoń młodej, trochę

korpulentnej kobiety, na oko jej rówieśniczki. – Cieszę się. Piękne miasto i piękna willa – stara się zrobić przyjemność gospodyni.

– Coś ty! Ta chałupa nie jest nasza – śmieje się dziewczyna. – Na taką jeszcze nas nie stać, bo prosto po ślubie wyjechaliśmy do Stanów i po sześciu latach studiów w Nowym Jorku dopiero niedawno wróciliśmy. Mój stary dostał od ojca mały domeczek w ogrodzie, ale dzisiaj buszujemy u niego. Teść nie znosi spędzać ramadanu w Saudi i aktualnie marznie i moknie w dżdżystym Londynie.

– Jestem Fahad. – Młody mężczyzna po wyściskaniu i oklepaniu Hamida zwraca się do jego żony, wyciągając w jej kierunku wypielęgnowaną dłoń. Marysia waha się, bo wie, że w Arabii uścisk rąk między przedstawicielami płci przeciwnej nie jest dobrze widziany. – Dawaj grabę, nie wygłupiaj się! Może i masz zapotniałą i brudną, ale mnie to nie przeszkadza.

– Właśnie, chodźcie się odświeżyć i przebrać. – Fatima ciągnie krewniaków boczną ścieżką w stronę parterowego domku. – Myślę, że dzisiaj tutaj zakotwiczycie, przynajmniej na tę jedną noc – mówi, otwierając drzwi. – A może zechcecie przez cały pobyt mieszkać po sąsiedzku z nami, bo po co tułać się po jakichś obcych osiedlach, kiedy mamy pomieszczenia gościnne u siebie. Może nie tak komfortowe, jak jesteście przyzwyczajeni, ale własne.

– Super, bardzo mi się podoba! – Marysia szczerze się zachwyca. – Mnie nic więcej do szczęścia nie potrzeba. – Chce zostać jak najbliżej tej energicznej kobiety, bo polubiła ją od pierwszej chwili.

– No to wrzucajcie na siebie coś wygodnego i dołączajcie do nas. – Oddalają się, zostawiając przybyłych w chłodnym saloniku z aneksem kuchennym.

– Chcesz mieszkać prawie tydzień w takim pierdolniku? – Hamid nie jest zachwycony i nie panuje nad słowami.

– Tak właśnie. – Marysia krytycznie spogląda na rozpieszczonego i zmanierowanego bogactwem męża. – Mnie to odpowiada – mówi, otwierając wielką jak szafa lodówkę zapakowaną sokami, wodą i różnego rodzaju serami, wędlinami, owocami i warzywami. – Nic mi tutaj nie brakuje, a jak na wakacyjny domek ten jest aż nadto komfortowy.

Z tymi słowy wchodzi do wielkiej małżeńskiej sypialni, przy której oczywiście znajduje się w pełni wyposażona łazienka. Prędko zrzuca z siebie abaję, bierze szybki prysznic i przebiera się w białe bermudy i szeroki marynarski podkoszulek. W końcu jest w nadmorskim kurorcie. Kiedy znów wchodzi do salonu, nie zastaje w nim już męża. Wzdycha zdegustowana i sama udaje się do wielkiej willi, gdzie z najwyższej kondygnacji dobiega głośna arabska muzyka. Najwspanialszy w całym domu jest taras na trzecim piętrze, z którego rozpościera się oszałamiający widok na oświetlone miasto, nadmorską promenadę i czarne, połyskliwe morze. Tam też skupili się wszyscy, bo noc jest gorąca, a od akwenu wieje chłodna bryza. Jest tutaj czym oddychać, nie tak jak w Rijadzie, myśli dziewczyna.

– Jesteś już! – Zaraz przyskakuje do niej Fatima i roztacza nad nią troskliwą pieczę. – To nasze pierwsze przyjęcie po powrocie, więc nazbierało się trochę ludzi – wyjaśnia

Marysi. – Ja sama połowy nie znam, więc odpuśćmy sobie przedstawianie. Większość moich szkolnych koleżanek wyszła za mąż i wyjechała z Dżeddy do innych miast w Arabii lub za granicę. Sporo poszło na studia, ale jako że dostały rządowe stypendia, nie spieszy im się do skończenia nauki. Myśmy sami sobie wszystko opłacili, żeby zostawić pieniądze dla biednych i dać im szansę zagranicznej edukacji, dlatego też zależało nam na jak najszybszym sfinalizowaniu nauki. Poza tym chcemy się uniezależnić. – Kobiety przechodzą wzdłuż stołów z zimnym bufetem, co krok nakładając sobie na talerze jakieś smaczne kąski. – Nie bawi nas siedzenie na garnuszku u obłędnie bogatego teścia, nie chcemy mu dać okazji, żeby nam to kiedyś wypomniał. Jak będzie chciał, to sam od siebie da, ale my nie będziemy do niego chodzić z ręką po prośbie.

– A co planujecie robić? – pyta zaciekawiona i mile zaskoczona Marysia.

– Fahad skończył architekturę i chce się zatrudnić w prywatnym biurze projektów. Jak znam życie, to wyląduje w rodzinnej binladenowskiej firmie. – Z niesmakiem wygina wargi. – Natomiast ja po stomatologii mam jasną sprawę. Aplikowałam przez internet i załatwiłam sobie pracę w saudyjsko-amerykańskiej klinice. Zapewne na początku dadzą mnie do czyszczenia kamienia nazębnego, ale to nic. Chcę się specjalizować w implantach, a pierwsze, które zrobię, będą dla mojej bezzębnej babci. Oby tylko doczekała – śmieje się rubasznie.

– Ambitne plany – wzdycha Marysia. – Oby wam się powiodło, *insz Allah*.

– *Insz Allah* – odpowiada rozmówczyni, z powagą kiwając głową. – A ty jak dajesz sobie radę w Rijadzie? Tam nie ma czym oddychać, dosłownie i w przenośni. Pracujesz, uczysz się, co porabiasz? U nas jak nie masz jakichś zainteresowań, to możesz zwariować.

– Jak do tej pory, to mam zrobioną tylko maturę – wyznaje młodsza zaledwie o parę lat dziewczyna. – I nie mam pojęcia, co począć z moim życiem.

– Jak to?! Jedź na studia. Hamid! – krzyczy w kierunku mężczyzny zajętego rozmową z jej mężem. – Wyślij swoją piękną i mądrą żonę na studia za granicę. Nie bądź chytrus!

– Najpierw by musiała chcieć – odpowiada niezadowolony. – To jest typ gospodyni domowej. Brak jej twojego zapału i kreatywności.

– Naprawdę? – Marysia robi wielkie oczy.

– A to męski szowinista. – Fatima oburza się na publiczną potwarz nowej koleżanki i wygina krytycznie usta. – Nie przejmuj się – pociesza. – Czasami mężów trzeba wychować. A mój Fahad twierdził, że taki nowoczesny Saudyjczyk z tego twojego chłopa.

* * *

Marysia przeżywa najcudowniejsze chwile od przyjazdu do Arabii Saudyjskiej. Jest w swoim arabskim środowisku, ma otaczające ją życzliwe dusze, nową przyjaciółkę i kilka koleżanek. Czuje się swobodna i tak jak one wyzwolona, chodząc po mieście w rozpiętej od pasa w dół abai i bez chusty na głowie. Ponoć w Dżeddzie ostatniego *mutawwę* zatłukli pałami parę lat temu, więc policja obyczajowo-religijna odpuściła sobie to miasto.

– Plan jest taki – pierwszego dnia w okolicach południa Fatima wpada jak burza do gościnnego domku. – Dzisiaj jedziemy na stare miasto, a potem pokażę ci to nasze osiedle Santa Sierra, gdzie wynajmujemy wille cudzoziemcom. Koniecznie musisz też zobaczyć Al-Nacheel, prywatny klub na plaży. Na niego przeznaczymy cały dzień, bo po tej stronie Morze Czerwone jest najpiękniejsze, rafa niezniszczona przez hordy turystów i *submarine*, a wody dziewicze. Trzeba będzie wziąć kostiumy kąpielowe, kremy i ręczniki, a resztę dostaniemy na miejscu.

– Hamid z nami jedzie? – pyta Marysia, rozglądając się po domku i nigdzie nie widząc męża.

– A co, będziesz za nim tęsknić? – śmieje się Saudyjka. – Chłopy spędzają czas we własnym gronie, jeszcze do tego nie przywykłaś? Zniknęli rano, może pojawią się na *iftar*, a może nie. A co ty tutaj, grzesznico, podgryzasz? – Figlarnie podnosi brwi do góry, podchodzi do aneksu kuchennego i wskazuje napoczętego croissanta. – No, no, bo poskarżę – chichocze, wsadzając maleńki okruszek do ust, i opuszcza głowę, jakby chciała się przed kimś ukryć. – Kończ papu, napij się na zaś i lecimy.

Ponadtrzymilionowa metropolia jest imponująca, ale Fatima chce pokazać koleżance nie nowoczesne budowle, lecz to, co jest charakterystyczne dla tego miejsca.

– Mediny[1] w arabskich miastach są podobne, ale każda

[1] Medina (arab.) – miasto, tu: stare miasto.

ma coś specyficznego – mówi, kiedy spacerują w cieniu wysokich domów z pięknymi drewnianymi gankami na pierwszym czy drugim piętrze.

– Trochę przypomina mi Sanę, ale domy-wieże występują tylko tam. Szkoda, że nie mam zdjęć, to bym ci pokazała.

– Widziałam galerie w Internecie, bo chcieliśmy kiedyś wybrać się do Jemenu, ale później stało się tam tak niebezpiecznie, że już nie było o czym marzyć.

– Tak, jest coraz gorzej. Jemeńczycy koniecznie chcą obalić Ali Saleha, tylko że później może zapanować taki chaos, że już nikt sobie z tym nie poradzi.

– W ogóle coś gorąco zaczyna się robić w arabskich krajach, wszędzie jakieś zamieszki, bunty, Al-Kaida. Co za świat! Niedługo może nie będzie nawet dało się pojechać do Egiptu czy Tunezji na wakacje?

– Nie opowiadaj, niemożliwe!

– Oby. Dobrze, że w naszej starej Saudi panuje spokój i ład. Było nie było, król i jego rodzinka dają żyć zwykłym ludziom, nie zgarniają całej śmietanki dla siebie, tak jak to robią bezwzględni okoliczni tyrani.

– Gorąco mi. – Po godzinnym spacerze Marysia ociera pot z czoła. – Kręci mi się w głowie. – Opiera się jedną ręką o kruszący się antyczny mur.

– Zapowiadali na dzisiaj czterdzieści stopni, a w Rijadzie czterdzieści sześć. Nie tak źle jak w szczycie lata, ale nadal cieplutko. Jedźmy z powrotem i wyłóżmy się pod klimą. Na dzisiaj dosyć zwiedzania.

Fatima zabiera Marysię do swojego, jak to określiła, małego domku. Jest to dwupoziomowa willa z basenem, sąsiadująca z rezydencją jej teścia i połączona z nią ogrodem.

– Dla naszej małej, dwuosobowej rodzinki na razie te trzysta metrów jest wystarczające, ale jak przyjdą na świat dzieci, trzeba będzie zrobić dla nich oddzielne piętro, wiesz, sypialnie, bawialnia, pokoje dla nianiek. Wszyscy już się czepiają, że nie rozmnażamy się, jak Pan Bóg przykazał, a zwłaszcza moja teściowa. Za chwilę zacznie nakłaniać Fahada, żeby sobie wziął drugą, młodszą żonę. – Fatima mówi to całkiem poważnie.

– Nie żartuj! – Marysia nie wierzy własnym uszom. – Przecież macie nowoczesną rodzinę.

– Ale nie we wszystkim. Siadaj, coś ci pokażę. – Popycha koleżankę na sofę usytuowaną na najwyższej kondygnacji w pięćdziesięciometrowej mansardzie. – To moje królestwo! – Kręcąc się wokół własnej osi, rozkłada ręce na boki. – Jest tutaj wspaniałe światło!

Rzeczywiście pokój zalewa blask słońca, który przedostaje się przez strzeliste oszklone lufciki między płytami dachu. Na ścianach, jak w galerii, rozwieszono większe i mniejsze obrazy. Część jest olejnych, część akwareli, lecz Marysi najbardziej przypadają do gustu czarno-białe grafiki i litografie.

– Byłyśmy tam dzisiaj – pokazuje palcem nieduży obrazek z widokiem starego miasta. – Kto tak pięknie potrafi malować? – pyta zaciekawiona.

– No ja, a kto? – Fatima obejmuje ją ramieniem, ściąga grafikę ze ściany i wręcza oszołomionej dziewczynie. – To będzie prezent od autorki na pamiątkę pobytu w Dżeddzie. Jeszcze ci tylko dedykację napiszę.

– To ty jesteś malarką, która leczy zęby. Zdolna z ciebie osóbka!

– W tym kraju kobiety muszą mieć jakieś zainteresowania, hobby, coś, co wypełni pustkę w ich życiu i ukoi zranione feministyczne serca. Niestety, dużo Saudyjek uważa, że macierzyństwo to cały ich świat, ale jest też sporo uzdolnionych i nowoczesnych dziewczyn. Mamy stowarzyszenie o nazwie „Córki Aiszy".

– Toż to imię żony proroka Muhammada! – dziwi się Marysia.

– Jak na swoje czasy i miejsce, w którym żyła, była nieziemsko wyemancypowaną kobietą. Możesz do nas dołączyć online. Zapraszam. – Fatima zachęcająco patrzy na młodą przyjaciółkę swoimi ciepłymi brązowymi oczami. – Można tam znaleźć przyjaźń oraz poradę, jak przetrwać w otaczającym nas samczym świecie.

Następnego dnia wczesnym rankiem kobiety wjeżdżają przez wielką bramę na prywatne osiedle Santa Sierra. Wejścia strzeże przesuwana betonowa zapora, ruchome pasy ze szpiczastymi prętami oraz ochrona i gwardia narodowa pod bronią.

– Ależ pilnujecie tych waszych rezydentów – dziwi się Marysia. – Jeszcze bardziej niż dyplomatów na DQ w Rijadzie.

– Nie ma innego wyjścia.

– Były ostatnio jakieś zamachy? Sytuacja jest zaostrzona?

– Trzeba dmuchać na zimne – tłumaczy Fatima. – Największe akty terroru miały miejsce w dwa tysiące trzecim aż do piątego, lecz potem też niestety się zdarzały. Słyszałaś o ataku na księcia? Ze dwa lata temu było o tym głośno.

– Tak, przypominam sobie. – Marysia bezwiednie się czerwieni, bo przeczucie każe jej przypuszczać, że Hamid maczał w tym palce. Ma jedynie nadzieję, że po słusznej stronie. – W Jemenie prenumerowaliśmy saudyjskie gazety, tak że byliśmy na bieżąco. – Odwraca głowę, żeby koleżanka nie zauważyła jej speszenia.

– Tak więc widzisz. Dzięki Allahowi nic złego nie stało się z księciem, potem zaś wyłapano tylu terrorystów, że więzienia pękały w szwach. Niestety, jednego złapiesz, a na jego miejsce przychodzi inny. Taka gadzina! Dlatego też musimy uważać, oni lubią skupiska ludzkie, bo wtedy ich podły czyn ma większy efekt, większą skalę rażenia. Na celownik oprócz Saudyjczyków wzięli sobie cudzoziemców, żeby ich zastraszyć i tym samym wygnać z naszego kraju. Chcą doprowadzić do kryzysu, bo wtedy łatwiej będzie dokonać przewrotu. Nie chciałabym dożyć tych czasów – mówi to mocno przerażona.

Kierowca zatrzymuje samochód w zadaszonym miejscu dla odwiedzających, a kobiety zostawiają abaje w wozie i wysiadają. Od razu okleja je niesamowity upał i wilgoć.

– Raz-dwa, pokażę ci najciekawsze miejsca i uciekamy. A mówili, że rano będzie chłodniej. – Fatima zakłada słomkowy kapelusz, na oczy przeciwsłoneczne okulary i bierze Marysię pod pachę, ciągnąc ją w stronę meleksa, do którego się przesiadają.

Osiedle rzeczywiście jest tak wielkie, że nie byłoby mowy, aby w tym żarze przejść je na piechotę. Znajduje się na nim ponad trzysta różnorakich willi, część parterowych bungalowów, część piętrowych domów z dużymi ogrodami, a także trzykondygnacyjne bloki, gdzie klienci z mniejszym portfelem mogą wydzierżawić dwupokojowe mieszkania. Infrastruktura osiedla jest imponująca. Rezydentom zapewniono takie atrakcje jak kawiarnie i restauracje, w których serwuje się nawet alkohol, dla dzieci przedszkole i klimatyzowane place zabaw, dla dbających o sylwetkę zaś centrum fitness oraz aerobiku i gabinety odnowy biologicznej. Są tutaj też markety, wypożyczalnia płyt DVD, kwiaciarnia i biuro podróży. Na terenie obiektu wybudowano dwa wielkie baseny dla wszystkich mieszkańców, w tym jeden ze sztucznymi falami i wodospadem, oraz dwadzieścia mniejszych, które są ulokowane między każdymi czterema domami z górnej półki.

– Mamy też małe zoo z pawiem, kozami i paroma konikami, kino letnie, korty do tenisa i pole golfowe. Myślę, że postaraliśmy się i jest to jedno z najlepszych tego typu osiedli w kraju. – Fatima jest dumna, bo jej rodzina zarządza tym obiektem. – Fahad chce zaprojektować jeszcze salę koncertową, bo na mieście tego nie uświadczysz, a cudzoziemcy bez muzyki i spektakli nie mogą żyć. Muszę ci się przyznać, że po latach spędzonych za granicą ja też już za tym tęsknię.

– Aleś się zbiesiła w tej Ameryce. – Marysia bezgraniczny podziw i lekką zazdrość pragnie zatuszować ironią.

– Jak się nie wie, co się traci, to i nie żal.

Kobiety nie chcą opuścić pięknego, zielonego osiedla i pomimo upału przez parę godzin siedzą w cieniu nad błękitnym basenem. Spod zadaszenia z pobliskiej restauracji dolatuje do nich chłodniejsze powietrze, bowiem rozstawiono tam wielkie klimatyzatory, nawilżacze i wiatraki, które rozwiewają dookoła przyjemną bryzę. Parę cudzoziemek z dziećmi odpoczywa i bawi się w tym przyjemnym miejscu, lecz nie spoglądają one przychylnie na dwie Arabki. Szepczą coś między sobą i ewidentnie pokazują na nie palcami. Później wołają kelnera, o coś pytają, a gdy ten odpowiada, kiwają lekceważąco głowami i już dłużej nie zwracają uwagi na przybyłe.

Nad morzem przyjaciółki postanawiają spędzić całe jedno popołudnie. Po wcześniejszej wielogodzinnej wizycie w centrum handlowym są niesamowicie spragnione, dlatego też w prywatnym klubie na nabrzeżu pierwsze kroki kierują do kawiarni i zamawiają po wielkiej szklance mrożonej herbaty. W barze za dnia można też dostać domowej roboty piwo i wino, soki oraz różnego rodzaju zimne przekąski. Gorącą kolację kucharz będzie przygotowywał dopiero wieczorem. W końcu jest ramadan.

– Mam nadzieję, że Allah mi wybaczy. – Fatima wypija napój jednym tchem, po chwili wykrzywia twarz z bólu i chwyta się ręką za krzyż.

– Dziewczyno, nie rujnuj sobie zdrowia! – Marysia z niepokojem patrzy na koleżankę.

– Lekarz kazał mi sączyć przynajmniej pół litra wody w ciągu dnia, ale ja za każdym razem czuję się winna – przyznaje, opuszczając wzrok. – Mam piasek w nerkach, co w tym klimacie daje mi się nieźle we znaki.

– Moja mama też mnie ostrzegała, że co jak co, ale troszkę pić trzeba.

– Wiem, wiem. – Fatima lekceważąco macha ręką. – Teraz

już możemy przejść się brzegiem morza. – Kładzie kolorowy ręcznik na białym plastikowym łóżku, stawia przy nim słomkowy koszyk, ściąga bermudy i zostaje tylko w jednoczęściowym kostiumie kąpielowym i przewiewnej tiulowej tunice. – Jest to bardzo dobre miejsce na spacery.

– Wspaniale, bo tego mi w Saudi bardzo brakuje.

Wybrzeże rzeczywiście jest tak piękne, jak zapowiadała Fatima. Woda w kolorze turkusu jest przejrzysta, a rafa na wyciągnięcie ręki. Kolorowe rybki podpływają do samego brzegu, licząc na kawałek chleba lub chrupki. Dzieci je dokarmiają i dlatego są ich tutaj całe ławice.

– Ależ cudne! Mogę wziąć na pamiątkę? – Marysia podnosi całkiem spory kawałek koralowca, który znalazła na plaży. – Czy to zabronione?

– Coś ty, głuptasku! Przecież ty tego nie odrąbałaś i nie będziesz wywozić z kraju – śmieje się Fatima. – To tak jakby było zakazane zbieranie muszelek. Gorzej, kiedy ci cudzoziemcy – Fatima pokazuje głową na grupę rozbawionych kobiet i mężczyzn o jasnej, piegowatej karnacji – okradają nas z dóbr naturalnych i pakują całe pudła rafy, nadając je potem na cargo. Takie rzeczy należy już karać.

– A mówiliście, że to plaża tylko dla białych – nagle słyszą słowo w słowo wypowiedź jakiejś żony brytyjskiego kontraktowicza, która pokazuje na nie palcem.

– Mnie chyba zaraz szlag trafi! – Fatima aż blednie ze złości.

– Co za *shit*! – kobieta bez najmniejszego skrępowania kontynuuje. – Liczą sobie jak za wołu za wynajem tych ich domów na strzeżonych osiedlach, za członkostwo w europejskich klubach, a nie dotrzymują warunków umowy. Wredne i chytre Arabusy!

– Jak ona śmie! – Saudyjka nie wytrzymuje i obraca się w stronę grupy. – Jesteśmy dyskryminowani za kolor skóry, wiarę i styl ubierania na całym świecie i nawet u siebie w domu mamy to znosić?! – Odważna mieszkanka Dżeddy podniesionym głosem mówi po angielsku, a Marysia ciągnie ją za rękę, nie chcąc dopuścić do niepotrzebnej pyskówki.

– Zachowujcie się normalnie, jak cywilizowani ludzie, to i my was będziemy dobrze traktować. – Brytyjka wstaje i zmierza w kierunku miejscowych kobiet. – Jak podkładacie bomby lub się wysadzacie, to trudno żebyśmy się cieszyli z waszego towarzystwa! – Wszyscy pozostali zamierają na te słowa, a prawdopodobnie mąż bezczelnej cudzoziemki popycha ją w kierunku fotela.

– Ja podkładam bomby?! – roztrzęsiona Fatima krzyczy, wymachując ręką w stronę grupy. – Teraz się nie dziwię tym, co to robią, żeby ich z naszego kraju wykurzyć – mówi już znacznie ciszej przez zaciśnięte zęby. – Po co nam taka zgnilizna?! Oni na nas zarabiają, a nie my na nich. I jeszcze tak bezczelnie się zachowują, odrobiny szacunku.

– Tak nie można – oponuje złotowłosa. – My ich stąd wyrzucimy, oni nas z Europy czy Ameryki i do czego to doprowadzi? Gdzie dialog między religiami? Gdzie porozumienie?

– Bujdy i gadki dla biednych naiwniaków!

– Nie bądźmy rasistkami jak ta prymitywna baba!

– Ogromnie panie przepraszamy! – Mężczyzna w średnim wieku z wystającym brzuszkiem i ubrany tylko w szorty zwraca się w stronę oburzonych Arabek. – Moja żona ma niewyparzony pysk i jest wściekła, że do mnie przyjechała. Nie podoba jej się tutaj, ale tak nie wolno nikomu się zachowywać.

– Tak, bardzo nam przykro! – inni z pokorą potakują głowami. – Proszę wybaczyć!

– E tam! – Fatima kiwa lekceważąco głową, cyka z niesmakiem językiem i kobiety oddalają się do swoich leżaków. Każda oddaje się rozmyślaniom i nie odzywają się do siebie już do końca pobytu na plaży.

* * *

Do ostatniego *iftaru* w Dżeddzie siadają kameralnie w czwórkę.

– Ciekawa jestem, jak wielki jest ten meczet proroka w Medynie. Widziałam na zdjęciach, że cały plac dokoła jest wyłożony marmurem. A jak wyglądają groby jego i jego dwóch towarzyszy, kalifów Abu Bakra i Umara? I czytałam jeszcze, że są tam pozostałości starych murów miejskich. – Marysia cieszy się na jutrzejszy wyjazd.

– To ty nie jedziesz tam pomodlić się, tylko raczej turystycznie. – Hamid z dezaprobatą ściska wargi.

– Pomodlić też… – kobieta się peszy.

– No pewnie, pewnie. – Między jednym kęsem grillowanego kurczaka a drugim kpiarsko, lecz rubasznie włącza się Fahad.

– Ale przy okazji… – nadal się tłumaczy. – Przecież będziemy jechać chyba cały dzień, to kawał drogi, więc można tę podróż wykorzystać też na poznanie. – W końcu

Marysia denerwuje się i podnosi głos: – Niezbyt miło zapowiada się ta wyprawa, kiedy ty masz jakiś taki dziwny stosunek do mnie! Nie wiem, co ci się, Hamid, stało.

– Ja bardzo chcę, żeby jutro był przyjemny dzień – ripostuje pochmurny – ale widzę, że nasze nastawienie do tej wyprawy całkowicie się różni. Może chciałabyś zostać w Dżeddzie? Wystarczy, że zmuszam cię do odbycia *umry,* Medynę możesz sobie odpuścić.

– Wcale mnie nie zmuszasz. – Marysi głos drży i bezwiednie zbiera jej się na płacz.

– Okej, świetnie! – Fatima kończy dyskusję, która grozi wybuchem małżeńskiej kłótni. – Spędzimy, moja nowa przyjaciółko, cały dzień nad naszym przydomowym basenem. Będziemy grzeszyć, opalając się w kostiumach bikini. – Fahad szczerze się śmieje, a Hamid wykonuje kolejny grymas, nieświadczący bynajmniej o jego wesołości.

W dzień wyjazdu do Mekki małżonkowie postanowili pospać dłużej, aby łatwiej im było znieść post podczas podróży.

– Zameldowanie i tak mamy dopiero po czternastej, więc można wykorzystać okazję i odpocząć co nieco.

– W porządku. – Marysia nie widzi powodu, aby się sprzeciwiać.

– W stan *ihram*[1] wstąpicie u nas czy na miejscu? – pyta Fahad.

[1] *Ihram* (arab.) – stan pełnego uświęcenia przed zasadniczą pielgrzymką *hadżdż* i przed małą pielgrzymką *umra*.

– W Mekce będzie dość czasu, wynająłem hotel aż na trzy dni, więc wszystko zdążymy na spokojnie.

– Gdzie popasiecie? – żartuje kuzyn.

– Myślałem o Mövenpicku, ale na koniec zdecydowałem się na Raffles Makkah Palace. Troszkę drożej, ale warunki dużo lepsze. W cenie jest codziennie *iftar* i przez całą noc otwarty bufet z kanapkami i napojami.

– A podają piwo? – Fahad jest zabawnym facetem.

– Mąż cię rozpuszcza, Miriam. – Fatima poklepuje koleżankę po ręce. – My jak odbywaliśmy *umrę*, to zatrzymaliśmy się w zwykłym małym hoteliczku na przedmieściach.

– Należy do twojej rodziny i jakbyśmy wynajęli coś innego, toby nam oko wyjęli – krewniak znów żartuje. – Bierzecie jakieś uodparniające leki? Trzeba zacząć przynajmniej z miesiąc przed *hadżdżem* – tym razem mówi poważnie.

– Jak to, dlaczego? – Marysia pierwsze słyszy.

– Oj, wy to dzieci jesteście! – zgodnie machają głowami. – Przecież wiadomo, że podczas pielgrzymek w Mekce znajduje się największe skupisko bakterii i wirusów z całego świata, przywożonych tutaj przez wiernych. Jak już nie ma żadnego lekarstwa na jakąś zarazę, to rodzina wysyła chorego do Mekki, aby Allah go uleczył albo święta woda Zamzam.

– O nie! – Marysia załamuje ręce. – Czemu ty o tym nie wiesz, mój wszystkowiedzący mężu?! – zwraca się z pretensją do Hamida.

– Do diaska! – Mężczyzna zdenerwowany uderza pięścią w stół. – Będziemy tam jedynie trzy dni, i to w luksusowym hotelu, a *umrę* odbębnisz w maksymalnie dwie godziny, więc nie sądzę, żeby ktoś mógł cię tak ekspresowo zainfekować. Ale jeśli się boisz, to podrzucę cię na lotnisko i leć sobie z powrotem do Rijadu! Twoje towarzystwo naprawdę nie jest mi do niczego potrzebne.

– Cóż, nie ma co, teraz trzeba liczyć, że *Insz Allah* wszystko będzie dobrze. – Fatima godzi małżonków. – Jedźcie z Bogiem.

Tak jak planowali, docierają na miejsce późnym popołudniem. Jeszcze mają czas, żeby wziąć prysznic, chwilę się zdrzemnąć i już muezin ogłasza chwilowe ustanie postu. Widok z apartamentu jest rzeczywiście znakomity, świętą Kaabę można zobaczyć z okien ich salonu. Do Wielkiego Meczetu mają może dwie minutki i Hamid wybiera się tam na wieczorną modlitwę. Marysia, kiedy obserwuje zza zasłony tłumy gromadzące się na placu, odczuwa pierwszy raz w życiu dławiącą w gardle panikę.

– Boję się takiej ilości ludzi – wyznaje mężowi. – A poza tym nie pamiętam, czy kiedykolwiek w życiu byłam nawet w zwykłym meczecie, nie mówiąc już o tak wielkim i nadzwyczajnym.

– To nie idź – odpowiada ozięble Hamid. – Ja wrócę za pół godziny, to zjemy razem *iftar*. Jeśli oczywiście masz ochotę.

– Co będzie jutro? – Marysia nie wytrzymuje i wyraża swoje obawy, składając przy tym ręce jak do modlitwy.

– Pójdziemy o siódmej rano, wtedy nie powinno być dużo ludzi. – Mężczyzna ciężko wzdycha. – Wyobraź sobie, że najwspanialsze w naszej religii jest to, że stanowimy wielką, nieprzebraną grupę ludzi, wielonarodowościową społeczność, która jest jak gigantyczna rodzina. W tym tkwi moc i kreatywność islamu. Kiedy praktykujący inne wyznania rezygnują i odchodzą od swoich świątyń, często kierują swe kroki ku meczetom. Nasza ilość jest naszą siłą! Najważniejsze w pielgrzymce, małej czy dużej, jest poddanie się Allahowi, zbliżenie do niego, ale też połączenie w modlitwie ze współwyznawcami i odkrycie potęgi naszej zbiorowości. Ty widocznie tego nie czujesz i nie potrzebujesz, bo tak naprawdę jesteś bardziej chrześcijanką, a jedynie stwarzasz pozory muzułmanki, gdyż mieszkasz w arabskim kraju i masz saudyjskiego męża – zdenerwowany wygłasza na koniec, z wyrzutem taksuje żonę wzrokiem, obraca się i wychodzi, trzaskając drzwiami.

Po godzinie oczekiwania Marysia już się nie spodziewa, że Hamid będzie chciał dzisiaj zjeść z nią kolację. Podgryza parę suszonych daktyli, które leżą na ozdobnej platerowej paterze, wypija butelkę wody, colę i mały sok z minibarku, przegryza to czekoladowym batonem i kładzie się spać. Jest zagubiona i zszokowana zaistniałą sytuacją. Jedyne, czego teraz pragnie, to powrotu do Rijadu i kontaktu z matką i Darią. Może rzeczywiście nie pasują z Hamidem do siebie i Marysia jak najszybciej powinna wyjechać z Saudi i wrócić do Polski, tam gdzie jest jej miejsce.

Mąż wraca do hotelu o świcie, lecz o siódmej rano jest już w stanie *ihram* i gotowy do odbycia *umry*. Wymył się i wypachnił, obciął paznokcie, przyciął trochę włosy i świeżo ogolił, a ciało okrył dwoma niezszytymi kawałkami białej materii. Jednym zawinął się dookoła bioder, a drugim okrył korpus, odkrywając jedno ramię. Marysia miała jako stroju użyć długiej białej tkaniny, lecz nie za bardzo wie, jak się w nią zawinąć, i nie chce ryzykować, że ona z niej spadnie, więc zarzuca czarną abaję i zasłania chustą tylko włosy. Zostawia w pokoju swoją biżuterię, nie smaruje twarzy kremem, nie nabłyszcza ust i podąża za swym mężem bez słowa zapytania czy komentarza. Faktycznie o tak wczesnej godzinie jest niewielu pielgrzymów. Część jeszcze śpi pod murami meczetu, a część szykuje się do modlitwy. Małżonkowie obchodzą Kaabę siedem razy, po wykonaniu każdego kręgu zwracając się w jej kierunku z okrzykiem: *Allahu Akbar*[1]*!* Następnie udają się do trzypiętrowego długiego na ponad kilometr budynku, który łączy dwa symboliczne miejsca – Safę i Marwę. Należy siedmiokrotnie przejść drogę z jednego do drugiego końca, lecz obecna technika, postęp oraz bogactwo Arabii Saudyjskiej znacznie ułatwiły pielgrzymom wykonanie tego zadania. Gmach jest zadaszony, z niezliczoną ilością klimatyzatorów, nawilżaczy i nawiewów. Ścieżki prowadzące do świętych punktów nie są jak kiedyś kamieniste, lecz wyłożone marmurem. Naturalne skały pozostawiono jedynie pod koniec szlaku. Dla dodatkowej wygody zainstalowano ruchome chodniki, jak na lotnisku, także pielgrzymi całkiem komfortowo i bez wysiłku pokonują trasę. Po wszystkim małżonkowie symbolicznie

[1] *Allahu akbar!* (arab.) – Allah jest największy!

przycinają włosy i kładą się z powrotem do łóżka. *Umra* nie zajęła im więcej niż dwie godziny, Hamid w tym względzie się nie mylił. Bez konsultacji z Marysią skrócił ich pobyt w Mekce i wracają wieczornym lotem do Rijadu. Następnie Hamid odwozi żonę do ich willi i wychodzi na całą noc. Nie tłumaczy się i nie informuje. Nie widzi takiej potrzeby. Kiedy nad ranem przychodzi z powrotem i kładzie się spać, Marysia czuje od niego odór alkoholu. Ramadan się skończył.

Chrześcijańskie święta w Rijadzie

Jesień w Rijadzie przebiega swoim zwyczajnym trybem. Pogoda jest cudowna i przypomina upalne lato w Europie. Codziennie świeci słońce, a za dnia temperatura osiąga nawet trzydzieści stopni. Dopiero wieczorami ochładza się, a w nocy, jak to na pustyni, jest bardzo zimno. Jako że praktycznie nie da się rozróżnić pór roku, człowiek nie zauważa mijania czasu. Dorota wraz z rodziną przeprowadza się na najlepsze chyba w Rijadzie strzeżone osiedle o nazwie Teksas i od tej pory Marysia przesiaduje u niej prawie codziennie. Kobiety czują się tam wolne i swobodne, nie noszą abai, prowadzą samochody i chodzą w kusych ubraniach, dlatego też czasami nawet zapominają, że żyją w konserwatywnej muzułmańskiej Arabii Saudyjskiej. Kamp do złudzenia przypomina Santa Sierrę z Dżeddy, a kiedy Marysia zasięga języka, okazuje się, że również należy do rodziny Bin Ladenów. Dzięki swoim kontaktom i bliskiej znajomości z Fatimą załatwia matce ogromną zniżkę czynszu. Rodzina płaci połowę tego, co wszyscy wynajmujący. Hamid kontakty z polskimi krewniakami ogranicza do minimum. Małżonkowie oddalają się od siebie jeszcze bardziej niż podczas ramadanu i pielgrzymki.

– Marysiu, ja cię nie wyganiam, ale przynajmniej weekendy powinnaś spędzać z mężem – troszczy się matka. – Nie wnikam, co zaszło między wami w Mekce, ale od tamtego czasu wygląda, jakbyście byli w separacji.

– Daj spokój! – Dziewczyna bagatelizuje sprawę i macha lekceważąco ręką. – To moje małżeństwo funta kłaków nie jest warte – mówi już po polsku całkiem nieźle, choć jeszcze z mocnym cudzoziemskim akcentem.

– Hamid czuje się na pewno odsunięty i porzucony. Przynajmniej zaproś go tutaj na lunch czy kolację. Może chcesz, żebym ja zadzwoniła?

– Prosiłam i nie chciał, więc dajmy sobie spokój. Mówi, że jest za daleko do centrum i całą przerwę na obiad straciłby na dojazd.

– Ma rację. Więc ja dzisiaj przedzwonię i ściągnę go tutaj na jutro na cały dzień. Zagrają z Łukaszem w golfa, możemy popływać w basenie, zjeść obiad w restauracji, a potem pojedziecie do domu. – Matka układa plan, który córce nie za bardzo przypada do gustu.

– Chcesz się mnie pozbyć? Nudzę cię? Denerwuję? Wkurzająca arabska Maryśka – bezbłędnie wygłasza czystą polszczyzną.

– Nie, pragnę jedynie, abyś przeze mnie nie straciła męża. Matka, kiedy dzieci są dorosłe i mają swoje życie, musi odsunąć się na drugi plan. Jestem szczęśliwa, że jesteś z nami, i czasami nawet zapominam, ile masz lat, ale ty już idziesz własną drogą i trzymaj się jej.

– No to dobra, masz mnie z głowy! – Obrażona dziewczyna zrywa się z plażowego fotela nad basenem, biegnie do domu, na chybił trafił pakuje swoje rzeczy, narzuca abaję i rusza na parking. Po drodze dzwoni po kierowcę.

Kiedy przekracza próg własnego domu, czuje chłód i zimno w nim panujące. I to nie z powodu ciągle pracującej klimatyzacji. Rozgląda się dookoła i widzi pięknie urządzony salon, jadalnię, nowoczesną kuchnię, w których nie ma życia. Wszystko jest wypolerowane i na swoim miejscu, nie ma jednej zbędnej rzeczy, rzuconego papierka czy zmiętej papierowej chusteczki, nie wspominając o rozrzuconych ubraniach czy ręcznikach. Wygląda jakby tutaj nikt nie mieszkał, podsumowuje i serce jej się kraje na myśl, że jej mąż, którego przecież nadal kocha, żył sam przez ostatnie parę miesięcy w takim zimnym grobowcu. Matka jak zawsze ma rację, przyznaje krnąbrna dziewczyna. Znowu się pogubiłam, ze zmartwienia pociera czoło. Moja rodzina jest wspaniała, ale ma swoje życie, a ja powinnam mieć swoje. Już nie jestem małą dziewczynką i nie mogę ciągle trzymać się maminej spódnicy. Teraz dzieje się tak dlatego, że przez prawie całe dzieciństwo i młodość tego nie miałam, tłumaczy samą siebie. Poza tym uszczęśliwia mnie przebywanie z Darią, bo jest ona nie tylko moją siostrą, ale też przyjaciółką. Ta mała dużo więcej o mnie wie i lepiej mnie zna niż matka, która zawsze komplikuje sprawy i stwarza problemy tam, gdzie ich nie ma. Obawiam się, czy kiedykolwiek będziemy ze sobą tak blisko, jak prawdziwa matka i córka. Nie przeskoczymy tych lat rozłąki, smutno wzdycha.

– O, co się stało?! – Hamid jest zaskoczony, widząc Marysię w salonie. – Znudziło ci się czy już się pokłóciłyście?

– Czas pomieszkać we własnym domu. – Żona nie zraża się złośliwymi słowami. – Jeśli ty nie chcesz spotykać się z moją rodziną...

– Właśnie rozmawiałem z twoją matką i przyjąłem zaproszenie na jutro – przerywa. – W tygodniu dość ciężko jest mi się wyrwać i jechać prawie godzinę, żeby zjeść z wami lunch – usprawiedliwia się. – Zastanów się.

– Wiem – przyznaje, wstając z fotela. – A na kolację masz czas? – Przymila się do męża, choć cały czas krępuje ją fakt, iż nosi on długą do ziemi białą tobę jak sukienka.

– Czyżby ktoś się stęsknił? – Obejmuje ją w pasie, próbując sobie przypomnieć, kiedy ostatni raz uprawiali miłość. Bardzo dawno temu. Czują to we dwójkę, bo ich podniecenie objawia się niezdrowym bólem. – Może zjemy coś w łóżku?

Nie czekając na odpowiedź, Hamid bierze swoją ukochaną żonę w ramiona i zanosi po schodach do sypialni. Ich paromiesięczne oddalenie i wynikłe nie wiadomo skąd pretensje i żale pryskają jak bańka mydlana. Znów są tą samą zakochaną parą co na początku małżeństwa.

Czwartek nastaje oczywiście słoneczny, błękit nieba oszałamia swoją czystą barwą, a ptaki świergoczą na drzewach, ciesząc się z tak cudnej pogody. Rijad jest piękny nie tylko na wiosnę, myśli Marysia, otwierając jedno oko. Budzi ją zapach kawy i cynamonowych bułeczek, które Hamid serwuje jej do łóżka. Mama miała rację, znów przebiega szczęśliwej kobiecie po głowie. Po krótkich przygotowaniach, aby nie tracić cudnego dnia, pędzą do samochodu.

– Po co ci to? – Marysia z obrzydzeniem pokazuje na białą tobę wiszącą na wieszaku w samochodzie. Bacznie przy tym obserwuje swojego szczupłego przystojnego męża, który w europejskim sportowym ubraniu prezentuje się świetnie.

– Będziemy wracali wieczorem, prawda?

– Oczywiście! I co z tego?

– Nie chcę mieć nieprzyjemności. Policja religijno-obyczajowa znowu się uaktywniła.

– A co się dzieje? Dlaczego? – dziwi się dziewczyna, która już całkiem zapomniała o istnieniu tego organu.

– Zbliżają się święta.

– Jakie? Przecież Eid al-Adha[1] dawno już mamy za sobą.

– Chrześcijańskie, głuptasku – śmieje się i czule ją obejmuje. – Boże Narodzenie.

– Ano tak! Choć nie wiem, co to ich może obchodzić. – Marysia robi usta w ciup i już bez słowa wsiada do samochodu.

Przez całą drogę małżonkowie milczą. Nagle przytłoczyły ich myśli o obostrzeniach i zasadach panujących w tym jakże ortodoksyjnym muzułmańskim kraju. Co chwilę jedno lub drugie wzdycha. Hamid mija parking dla gości i podjeżdża pod główną bramę przeznaczoną tylko dla rezydentów.

[1] Eid al-Adha – Święto Ofiarowania.

– Powinieneś był tam zostawić samochód. – Marysia pokazuje palcem. – Nie wpuszczą cię. – Dobrze zna zasady panujące na tego typu osiedlach.

– Zobaczymy – odpowiada jej mąż z chytrym uśmieszkiem na ustach.

– Przecież wiesz, że nie ma takiej opcji. Nie dość, że musisz mieć zaproszenie, to trzeba jeszcze okazać i zdeponować u strażników *iqamę*[1]. Wszystko dla dobra mieszkańców i naszego, choć mnie osobiście trudno jest przełknąć takie kontrole. Od razu czuję się jak przestępca.

Mężczyzna, nie przejmując się gadaniem żony, wyciąga jakąś dużą zafoliowaną legitymację, podtyka strażnikowi pod nos, a ten nawet bez sprawdzenia samochodu podnosi szlaban.

– Znowu o czymś nie wiem. – Marysia kręci nosem. – Gdzie ty nie masz układów? Na Księżycu? Byłeś już tutaj? Jedziesz jak po sznurku – dziwi się.

– Znam to osiedle jak własną kieszeń.

– Tak?

– Jeszcze przed wyjazdem do Jemenu zaprojektowałem je i nadzorowałem budowę. – Marysi twarz wydłuża się ze zdziwienia. – Nasz oddział firmy zajmuje się jego utrzymaniem. – Hamid zatrzymuje auto przed domem rodziców i wymownie spogląda na żonę. – Gdybyś do mnie zwróciła się o obniżkę czynszu, a nie do tej głupiutkiej Fatimy, twoi najbliżsi mieszkaliby tutaj za darmo – to mówiąc, wysiada, zostawiając dziewczynę w szoku.

[1] *Iqama* (arab.) – legitymacja.

Znów podjęłam błędną decyzję, znów nic mu nie powiedziałam i działałam jak kretynka na własną rękę, podsumowuje speszona. Jak on mi ma coś mówić o sobie, zwierzać się z tajemnic, kiedy ja go w ogóle nie informuję o moich działaniach, potrzebach i marzeniach? Rozmawiamy ze sobą jak para obcych ludzi, o wszystkim i o niczym. Muszę to zmienić, postanawia. Tak dalej być nie może, bo rzeczywiście nic nie będzie z naszego związku.

– *Hello! Nice to see you! Ahlan wa sahlan!* – słyszy okrzyki dobiegające z ganku i wybiega dołączyć do rodziny.

– W końcu do nas przyjechałeś. – Matka staje na palcach, przyciąga głowę zięcia i całuje go w czoło, czym powoduje pojawienie się bordowego rumieńca na jego twarzy.

– Cześć, siostra. – Hamid poklepuje po plecach uradowaną Darię, której na jego widok aż nogi miękną, a zazdrosna Marysia szybko obejmuje męża w pasie.

– Wchodźcie. – Łukasz zaprasza wszystkich do środka. – To co? Na ten upał napijemy się po jednym piwku i my chłopy pójdziemy sobie popykać w golfową piłeczkę, a dziewczyny jak zawsze wybiorą lenistwo nad basenem? – zadaje retoryczne pytanie.

Całe mieszkanie pachnie pomarańczami, ozdabiają je już bożonarodzeniowe dekoracje, a centralne miejsce zajmuje potężna choinka. Z głośników płyną melodie polskich i zagranicznych kolęd. Panuje miła świąteczna atmosfera. Śmiechu i radości jest co niemiara. Wszyscy czują się, jakby byli razem od wielu, wielu lat. Nawet matka chyba zapomina, że mąż jej córki jest Arabem, wyluzowuje się i opowiada sprośne dowcipy. Takiej Marysia jej nie zna, ale czy ona w ogóle kogoś dobrze zna? Zastanawia się nad tym. Myślę tylko o czubku własnego nosa, krytycznie siebie ocenia.

– Jak się zmęczycie, to wiecie, gdzie nas szukać. Na drugą mamy zamówiony stolik – przypomina gospodyni, żegnając mężczyzn dźwigających na ramieniu wielkie golfowe torby.

– Dołączą do nas jeszcze Kinga i Amir z małą Sarą. – Dziewczyny siedzą już w restauracji, bo zmęczyło je słońce i zgłodniały po wielogodzinnym pływaniu i moczeniu się w wodzie. Mały Adaś jest niezwykle grzecznym dzieckiem i siedzi teraz przy stoliku, wcinając z wielkim apetytem kanapkę z tuńczykiem. Jego jasne włoski tworzą wokół główki aureolę, a błękitne wielkie oczy po matce dodają mu uroku. Wygląda jak cherubinek.

– Ależ ślicznego masz tego synka. – Marysia nie może oderwać oczu od swojego przyrodniego brata. – Czemu tak późno się zdecydowaliście? Jestem od niego starsza chyba o osiemnaście lat! – śmieje się oburzona.

– Mieliśmy problemy – cicho wyznaje Dorota.

– To tak jak my – włącza się świeżo przybyła Kinga, obcałowując wszystkich na przywitanie.

– Dopiero za trzecim razem powiodło się zapłodnienie in vitro – wyznaje matka. – Masakra. Ile myśmy się do lekarzy nachodzili, ile piguł nałykali… – Ciężko wzdycha.

– No widzisz, młoda – koleżanka zwraca się do Marysi. – A ty myślisz, że jesteś jedyną, która ma trudności z zajściem w ciążę.

– Nic nie mówiłaś, że chcecie mieć dziecko – dziwi

się matka, zawiedziona tym, że córka nadal ma przed nią tajemnice.

– Nie jest to sprawa, którą należałoby się chwalić. – Dziewczyna zaciska usta i wymownie spogląda na Kingę, z dreszczem na plecach czekając, że ta papla za chwilę wyda jej najgłębszą tajemnicę.

– *What's the problem*? – Niezauważony Łukasz pojawia się nagle za ich plecami.

– *Women's matter* – dyskretnie odpowiada doktor Amir.

– Marysia robi halo i wielką tajemnicę z tego, że nie mogą spłodzić dzieciaka – wypala po angielsku prawdomówna Kinga, a matka, Daria i obmawiana kobieta zalewają się pąsem wstydu.

– Według mnie to rzeczywiście jest bardzo delikatna sprawa i nie najlepszy temat pod kotleta. – Ojczym Marysi usadza plotkarkę, taksując ją zimnym wzrokiem, a Hamid stoi w miejscu jak słup soli.

– Widzę, że wszyscy znają tajemnice naszej alkowy – pochyla się do ucha żony i zjadliwie szepcze. – Tylko mnie w to nie wprowadzasz, kochanie. – Ściska ją mocno za ramię.

Na jedzenie czekają ponad godzinę, bo w weekendy restauracja jest okupowana zarówno przez mieszkańców osiedla, jak i ich gości. Przy stoliku atmosfera jest więcej niż ciężka, choć matka i ojciec oraz Amir usiłują rozluźnić towarzystwo. Domowej roboty wino i piwo leją się strumieniami, a po pewnym czasie Hamid przynosi z baru butelkę czarnego Jaśka Wędrowniczka.

– Czy to dobry pomysł? – Dorota próbuje powstrzymać

zięcia przed upiciem się, lecz on tylko rzuca na nią wymowne spojrzenie, przy czym jego czarne jak węgle oczy płoną złością i nieskrywaną niechęcią.

– Wszyscy wyjeżdżają na święta poza Arabię. – Kinga niczym się nie przejmuje i ma zamiar poruszyć kolejny drażliwy temat. – A co wy zamierzacie robić? – zwraca się do małżonków Bin Laden.

– Ja nie wiem – odpowiada półgębkiem Marysia.

– Mam oddanie największego w dziejach Rijadu projektu – wyjaśnia Hamid. – Na trzydziestego pierwszego grudnia musimy skończyć, a plan wali się każdego dnia.

– Tak, rzeczywiście to nie lada wyczyn przebudować autostrady w całym mieście w ciągu jedynie dwóch lat. Ekspresowe tempo – chwali Dorota.

– Kochani, jak się ma pieniądze, to można góry przenosić! – Kinga bagatelizuje przedsięwzięcie.

– Jak do tej pory kosztowało rząd ponad dziesięć miliardów dolarów – oznajmia Hamid z patriotyczną dumą.

– No widzicie, grunt to mieć szmal! – podsumowuje młoda wygadana Polka.

– Nie zgadzam się z tobą, moja droga. – Łukasz czuje, że kobieta chce zaleźć za skórę Saudyjczykowi. – Oprócz forsy potrzebne są jeszcze wyobraźnia i kreatywność.

– I rząd musi chcieć inwestować pieniądze w dobra publiczne, a nie jedynie przejadać lub chować do własnej kieszeni – zauważa Dorota.

– Też mi coś! Oni mają tyle…

– Słuchaj! – Marysia denerwuje się i mówi podniesionym głosem. – Zdecydowanie powinnaś jak najszybciej pojechać na urlop albo całkiem opuścić ten kraj, jeśli masz takie do niego nastawienie.

– Może znów zmienimy temat? – Hamid trochę się relaksuje. Jest zadowolony, że jego żona i jej rodzina stają po jego stronie.

– My niestety również wyjeżdżamy na trzy tygodnie. – Dorota jednak nie słucha zięcia. – Nie dałoby się, żebyście pojechali z nami? Przynajmniej na tydzień?

– Ja na pewno nie dam rady, ale Miriam przecież może do was dołączyć – oświadcza Hamid.

– Ale co z jej wizą? Co z paszportem? – Matka pamięta poszukiwania dokumentu i chce się upewnić, czy wszystko jest w porządku.

– Wizę pobytową już dawno ma, a re-entry jest do załatwienia w ciągu tygodnia.

– A gdzie jest paszport, bo w domu go nie ma? – Dorota się wygaduje.

– Ważne papiery trzymam w sejfie w biurze, bo pomimo ochrony nasze saudyjskie wille nie są bezpiecznym miejscem – mężczyzna wyznaje szczerze. – Jeśli chcesz jechać, to tylko mi powiedz – zwraca się do Marysi. – Dobrze by było czasami otwarcie i bez owijania w bawełnę pogadać, nieprawdaż? – Poważnie patrzy w oczy swojej wybranki, która od przyjazdu do Saudi tak bardzo się od niego oddaliła.

– Masz rację. – Marysia czule gładzi męża po ręce. – Musimy nad tym popracować.

– To co, córeczko? Chciałabyś z nami pojechać? – Nie zważając na nic, matka kuje żelazo, póki gorące.

– Szoruj z nami do Polski, siostrzyca! – Daria błaga w młodzieżowym slangu. – Śnieg będzie padał! Pójdziemy na sanki, na narty, na łyżwy – kusi.

– Czy ja wiem? – Serce dziewczyny jest rozdarte pomiędzy męża a polską rodzinę.

– Spotkałabyś się ze starą babcią! – Siostra używa mocnego argumentu. – Ona nie wiadomo jak długo jeszcze pożyje.

– Moje miejsce jest chyba przy Hamidzie. – Marysia podejmuje ostateczną decyzję. – Czas świąt to dobry okres na zbliżenie i szczerość, a na Wigilię sama coś spróbuję przygotować. Może ci się spodoba? – zwraca się do swojego partnera, a on przeszczęśliwy obejmuje ją ramieniem.

– Nie masz żadnych dekoracji. – Zrozpaczona Dorota chwyta się za głowę. – Weź nasze – wpada na świetny pomysł. – Nas i tak tutaj nie będzie. I płyty z kolędami też.

– Nie ma takiej potrzeby – wtrąca się Hamid. – Na dniach jadę w delegację do Bahrajnu, Miriam może do mnie dołączyć, to sama sobie wybierze. Tam tego ponoć jest pełno. Miejmy tylko nadzieję, że uda nam się przewieźć wszystko przez granicę.

– Świetnie! Będę miała swoją choinkę! Jak się cieszę! – Rzuca się mężowi na szyję, a matka i siostra, widząc rozpierające dziewczynę szczęście, już nie chcą namawiać jej na wyjazd.

– Mam dorosłą córkę, która ma własne życie – podsumowuje Dorota, smutno się uśmiechając. – I dobrze, tak powinno być. Jeszcze kiedyś gdzieś razem się wybierzemy – obiecuje.

– Może do Libii, mamo? – wypala Marysia.

– Czemu nie? Zobaczymy. Na wiosnę jest tam pięknie.

* * *

Rodzina, znajomi i prawie wszyscy ekspatrianci opuszczają głęboko muzułmańską Arabię Saudyjską, aby spędzić Boże Narodzenie i Nowy Rok w swoich chrześcijańskich domach lub mniej restrykcyjnych krajach islamskich w regionie Bliskiego Wschodu. Popularne są wyjazdy do Emiratów Arabskich, Kataru, pobliskiego Bahrajnu, bo pomimo tego, iż religią dominującą jest tam islam, z otwartym sercem przyjmują oni chrześcijan i organizują świąteczne festyny, bazary, uroczystości, znajdują się tam też kościoły, w których wierni mogą się pomodlić.

– Bądź gotowa na jutro rano – zagoniony ostatnimi czasy Hamid widuje żonę przelotem. – Mam straszliwe urwanie głowy.

Następnego dnia Marysia cierpliwie czeka na męża, od dziesiątej siedząc dosłownie na walizkach. Od przyjazdu do Arabii nie wyjechała stąd ani razu i teraz cała aż się trzęsie z podekscytowania. Mam paszport, mam wizę, a moja mama tylko niepotrzebnie namieszała mi w głowie, nieprzychylnie i podejrzliwie nastawiając do męża, duma, próbując czymś zająć myśli. Na pewno zrobiła to mimo woli, ale jak tak dalej będę jej słuchać i będę pod jej wpływem, to moje małżeństwo rozpadnie się w drebiezgi. Muszę to jakoś wypośrodkować. Mam przecież dobrego, tylko trochę tajemniczego i zamkniętego w sobie męża.

Przez okres świąt znów zaczniemy ze sobą rozmawiać, zwierzać się, tak jak to było w Jemenie, i ponownie wszystko będzie dobrze, obiecuje sobie. Musimy też w końcu razem pójść do ginekologa. Koniec z tymi sekretami. Kolejny raz spogląda na zegarek. Jest już po dwunastej.

– Hamid? I co z tym naszym wyjazdem? – dzwoni, nie będąc w stanie dłużej czekać. – Co się dzieje?

– Niedobrze, kochanie. Nie wiem, o której będę, bo wszystko się zmienia jak w kalejdoskopie. Włącz sobie telewizję na wiadomości w Al-Dżazirze[1].

Zdziwiona Marysia z przerażeniem ogląda relacje z zamieszek, które właśnie dzisiaj rano wybuchły w stolicy Bahrajnu. Niech to szlag!, denerwuje się. Ja chcę jechać! Nic mnie nie odstraszy!, tupie nogą i ze złości wyłamuje sobie palce.

– Bądź rozsądna. – Hamid przychodzi o czwartej po południu i od razu stara się odwieść żonę od towarzyszenia mu w podróży. – Ja muszę się tam dostać, ale ty nie. Wolałbym, żebyś poczekała na mnie bezpiecznie w domu – prosi, trzymając ją za ręce i poważnie kiwając głową. – To nie zabawa, wybuchła rewolucja.

– Ale dlaczego? Przecież im się całkiem nieźle powodzi!

– Jeśli sunnicka mniejszość rządzi szyicką większością, to wcześniej czy później tak to musiało się skończyć. A emirowie bahrańscy nie byli też tak szczodrobliwi i wyrozumiali jak nasz król.

[1] Al-Dżazira (arab.) – dosł. wyspa, półwysep; arabska niezależna stacja telewizyjna z siedzibą w Katarze.

– Demonstracje są tylko w dzielnicach oddalonych od centrum, a my chyba po slumsach nie będziemy się włóczyć? Hamid, nie przesadzaj! Jadę z tobą!

– Jak chcesz – poddaje się. – Wiesz, że jesteś okropnie upartą babą – mówi z przekąsem.

– Aha. Ruszajmy już, żeby nie jechać przez pustynię po ciemku. – Prawie biegnie do auta.

Podróż mija bez słowa, bo każde z małżonków oddaje się własnym rozmyślaniom. Oduczyli się ze sobą rozmawiać i teraz nawet nie próbują znów zacząć. Ponownie sytuacja ich przerasta. Hamid się wścieka, że wstrzymano w Bahrajnie wielki projekt budowy osiedla na wyspie, na który firma Bin Ladena wydała już majątek. A o co poszło? O odległość między meczetem szyickim a sunnickim. Co za głupota!, irytuje się, przez co klepie kierownicę i dociska gaz. W samej Manamie są aż trzy chrześcijańskie kościoły i o to nikt się nie burzy. Tolerancyjni dla obcych, a bezkompromisowi dla swoich. Najgorzej, kiedy waśnie powstają w sercu tej samej religii i jej odłamy chcą się wzajemnie pozabijać, wzburzony mężczyzna zagryza wargi. Niech to!

Marysia zastanawia się, czy czasami przez swój upór nie pakuje się w jakieś nowe kłopoty. Lecz jeśli działają hotele, na międzynarodowym lotnisku co minutę ląduje samolot, a ludzie są opętani świątecznymi zakupami, to przecież nie może być tak źle. Wszystko to widziała w ostatnich wiadomościach. Korespondenci twierdzili, że jedynie w szyickich dzielnicach wybuchają rozruchy. Ale niepokoje te nazwali największymi od lat, martwi się i serce kołacze jej ze strachu. Ludzie wyszli na ulice, a Marysia boi się tłumu i tego, że ją gdzieś pociągnie. Może trzeba było zostać?, dopiero teraz dopuszcza do siebie taką ewentualność, ale na to jest już za późno. Podróżującym umyka całe piękno otaczającego ich krajobrazu. Mijają wielkie targi wielbłądów, małe urocze miasteczka, a o zachodzie słońca przecinają rozpościerające się po obu stronach autostrady czerwone diuny największej na świecie pustyni piaszczystej Rub al-Chali. Wydmy w kolorze czerwieni, łososiowym i beżowym układają się płatami, tworząc niższe i wyższe wzniesienia. Czasami piasek jest gładki jak tafla jeziora, innym zaś razem pofalowany jak wzburzone morze. Niekiedy na szczycie widać karawanę wielbłądów wracających z popasu. Beduini żyją tutaj tak samo jak tysiąc lat temu. Rozbijają wielkie lub całkiem małe namioty, obok stoi studnia i zagroda dla inwentarza, przeważnie ogrodzona siatką, ale zdarza się też, że powbijanymi na krzyż patykami. Kiedy promienie zachodzącego słońca oświetlają ostatnim blaskiem czerwone piaski, zdenerwowani podróżnicy nadal nie odzywają się do siebie. Pragną tylko znaleźć się w hotelu, by jak najszybciej się z niego wymeldować i wrócić do bezpiecznej Arabii. Po zmroku dojeżdżają do ekskluzywnego ośrodka Al-Dana. W pięknym wielkim pokoju z widokiem na Zatokę Perską padają ze zmęczenia, które bardziej jest psychiczne niż fizyczne. Nie chce im się nawet iść do restauracji, choć Marysia nie musi tutaj nosić abai i mogą siedzieć w mieszanym damsko-męskim towarzystwie. Nie ma tutaj wydzielonych części dla rodzin, a kobiety mogą pójść same nawet do baru. Małżeństwo zamawia kolację do pokoju i pochłania ją, oglądając bieżące wiadomości, które zapierają dech w piersiach. W wielu krajach arabskich wrze, a politolodzy i politycy zapowiadają, że zawierucha może ogarnąć wszystkie islamskie narody. Nadeszła pora wielkich zmian.

– Za bardzo ludzi oszukiwano i za bardzo wyzyskiwano, ot co! – z tymi słowy na ustach wzburzony Hamid obraca się do Marysi plecami i udaje, że śpi, ale długo jeszcze w nocy przewraca się z boku na bok.

Romantyczny wyjazd we dwoje do luksusowego pięciogwiazdkowego resortu, smutno podsumowuje kobieta. Nie ma co, na pewno nam się ułoży, sceptycznie stwierdza i bezgłośnie roni łzy na wykrochmaloną pachnącą lawendą powleczkę poduszki.

Ranek budzi ich słoneczny i wygłodniali prędko podążają na śniadanie. Marysia ze zdziwieniem patrzy na swojego męża, który paraduje w białej tobie z brylantowymi spinkami przy mankietach i w kraciastej czerwono-białej chuście na głowie.

– Przecież nie musisz! – dziwi się, chwytając go za rękaw.

– Ale chcę! – Mężczyzna brutalnie wyrywa rękę. – Jestem Saudyjczykiem i się tego nie wstydzę – oznajmia, a Marysia już niczego nie rozumie.

– Jeszcze dwa lata temu...

– Zatraciłem swoją tożsamość, ale teraz znów jestem sobą – przerywa. – Pobyt w moim ojczystym kraju dobrze mi zrobił.

– Nie wiem...

– Ale ja wiem! – Przyspiesza kroku i wchodzi do zatłoczonej sali jadalnej.

Większość gości hotelowych to sąsiedzi zza miedzy, Saudyjczycy, którzy uwielbiają przyjeżdżać do bardziej tolerancyjnego Bahrajnu, gdzie czują się wolni od obyczajowych zakazów i są na totalnym luzie. Wszyscy mężczyźni ubierają się po europejsku i żaden nie paraduje w białych szatach. Nawet kobiety, które nadal chcą nosić abaje, mają odsłonięte twarze, śmieją się i żywo gestykulują. Marysia, ubrana w proste dżinsy z dodatkiem lycry opinające jej zgrabne długie nogi i małą acz okrągłą pupę oraz obcisły podkoszulek, czuje się skrępowana, niemal jak goła. Efekt noszenia na co dzień abai, przelatuje jej przez głowę. Pofalowane, ciemnoblond włosy spadają dziewczynie do połowy pleców i nikt z przyjezdnych i tubylców nie może się oprzeć, by nie rzucić na nie okiem. Niektórzy panowie całkowicie się zawieszają i patrzą na dziewczynę jak na zjawisko. Hamid z wściekłości ściska szczęki i wbija wzrok w podłogę.

– Hej! Hmeda! Hej, ty, Blondi! – nagle do uszu speszonych małżonków dobiega arabski, dźwięczny kobiecy głos. Rozglądają się po dużej jadalni i widzą siedzącą w kącie przy oknie niezwykłą piękność. Ubrana jest w kombinezon w kolorze panterki, kowbojskie buty do pół łydki, a z głębokiego dekoltu kokieteryjnie wyziera koronkowy czarny stanik. Włosy przystrzyżone na pazia są pieczołowicie ułożone i w blasku słonecznych promieni połyskują rudym refleksem. Jest bardzo zgrabna i zachwycająco piękna. Gdzie ja ją widziałam?, zastanawia się Marysia, lecz Hamid doskonale zna tę saudyjską kobietę.

– Witaj, Lamia. Co ty tutaj porabiasz? – oschle zadaje grzecznościowe pytanie.

– Jak to co? Oddycham! – Dziewczyna śmieje się, wstając z fotela, obcałowuje przybyłą kobietę, a do mężczyzny wyciąga rękę. Ten jednak nie odpowiada tym samym i stoi niewzruszony. – Widzę, że zawładnęły tobą saudyjskie maniery – wykrzywia z pogardą usta, lustrując go od stóp do głów. – Jak ładnie się wystroiłeś – kpi. – Idziesz do cyrku? Czy straszyć małe dzieci?

– Ty za to nic się nie zmieniłaś! – Hamid ledwo panuje nad nerwami. – Zawsze pseudowyemancypowana i odważna bojowniczka o prawa kobiet! Ale ciebie na to stać, księżniczko! Nikt ci nic nie może zrobić i żaden *mutawwa* cię nie zaczepi.

– Oj, biedaczku – ironizuje. – Mały chłopczyk z bogatego domu boi się policjanta.

– Idziemy coś zjeść, nie traćmy czasu na głupie gadki. – Mąż gwałtownie szarpie Marysię za rękę, a ta jest zszokowana jego zachowaniem. – Baw się dobrze, Lamia – mówi na odchodnym, obracając się do kobiety tyłem.

– Ciężki orzech sobie wzięłaś dziewczyno do zgryzienia! – księżniczka krzyczy po arabsku przez całą salę. – Nie do pozazdroszczenia.

Małżonkowie w końcu siadają przy stoliku, a kelnerzy patrzą na nich ze zdziwieniem i dezaprobatą. Widać Lamia jest ich stałym gościem, bo skaczą koło niej na jednej nodze. Oni zaś dostają prawie zimną kawę z lodowatym mlekiem, a Marysia się zastanawia, czy ktoś czasami z zemsty do niej nie napluł. Po chwili spina gumką swoje długie i przyciągające uwagę wszystkich włosy, narzuca cienki sweterek, który miała w torbie, i idzie do bufetu. Nie będę jeszcze bardziej się wygłupiać, postanawia. W końcu przyszłam tutaj na śniadanie. Nakładając kopiasty talerz jedzenia, przypomina sobie historię siostry Hamida, Aiszy, i jej przyjaźni z Lamią oraz swoje spotkanie z księżniczką na babskiej herbatce. Po tym wszystkim nie darzyła dziewczyny sympatią, lecz czemu jej mąż aż tak bardzo jej nienawidzi? Czy dlatego że obwinia ją za śmierć siostry? W tym uczuciu Marysia wyczuwa coś więcej, jakąś ogromną pasję. I ten błysk w czarnych oczach Saudyjki. Czyżby byli kiedyś parą?, nagle magnetyzuje ją oczywiste pytanie. Nigdy się tego nie dowiem, zdaje sobie sprawę. Ten facet ma tyle tajemnic, których nie chce ujawnić, że zapewne i tę zachowa dla siebie. Co za życie! Ciężko wzdycha, kiedy nagle dostaje delikatnego kuksańca w bok.

– To ja. Nie złość się za moje zachowanie, ale ten twój mężulek zawsze doprowadzał mnie do szału. – Lamia, nakładając sobie drożdżówki i owoce, szepcze Marysi do ucha. – Co zamierzasz robić z czasem w Manamie? Zapewne twój mąż przyjechał w interesach i za chwilę zostawi cię na pastwę losu? – Serdecznie się uśmiecha.

– Nie tak do końca – prostuje. – Mam umówionego kierowcę i jedziemy do Seef Mall na zakupy świątecznych dekoracji.

– To ty jesteś chrześcijanką?

– Sama nie wiem. Chyba trochę po matce, ale całe moje dotychczasowe życie spędziłam z arabską rodziną i w arabskich krajach. Mnie się po prostu bardzo podoba podniosła i niezwykła atmosfera Bożego Narodzenia.

– Cóż, mnie również i sama mam trochę ozdób, choinkę i lampki – konspiracyjnie wyznaje rozmówczyni. – Umówmy się na lunch. Proponuję sushi bar w samym centrum, co ty na to?

– Super. – Marysia diametralnie zmienia zdanie na temat księżniczki i autentycznie cieszy się na spotkanie. Jest to fajna i bardzo otwarta babka, stwierdza w duchu. Chce ją lepiej poznać i dowiedzieć się czegoś więcej o tajemniczej przeszłości swojego męża. – To widzimy się o drugiej, może być?

– Wspaniale, do zobaczenia.

Po śniadaniu Hamid jedzie załatwiać swoje sprawy, a Marysia wsiada do podstawionej limuzyny i rusza na zakupy. Bacznie rozgląda się dookoła i nie zauważa nic niezwykłego czy niebezpiecznego. Ma nadzieję, że zamieszki już się skończyły, a jeśli Bahrajńczycy nadal gdzieś manifestują swoje niezadowolenie wobec rządu, widać robią to na obrzeżach stolicy. Dziwi ją mała liczba kupujących w tak wielkim centrum handlowym. Restauracje są prawie puste, a ci, którzy idą do Carrefoura, przemykają chyłkiem pod ścianami. Marysia przekracza próg marketu i staje w miejscu zachwycona. Mój Boże, myśli, ileż tutaj tego wszystkiego. Chodzi od półki do półki i czule dotyka łańcuchów, bombek, świeczników, a na dłużej zatrzymuje się przy sztucznych choinkach. Decyduje się na drzewko wysokie na metr osiemdziesiąt, które jest spakowane w całkiem niewielkie pudło. Koniec końców ma pełny wózek samych dekoracji. Do tego dorzuca produkty, których w Saudi albo się nie uświadczy, albo bardzo rzadko pojawiają się w sklepach. Wszystko jest świeże i dużo tańsze. Marysia jest zauroczona tak atmosferą, swobodą, jak i życzliwością panującą w tym kraju. Tutaj mogłabym żyć, podsumowuje, ciężko wzdychając. Kiedy sadowi się w samochodzie, prosi kierowcę, aby przejechał przez centrum i pokazał jej najciekawsze miejsca. Ma jeszcze sporo czasu do umówionego spotkania. Po niespełna półgodzinie dzwoni telefon.

– Natychmiast wracaj do hotelu! – Hamid krzyczy podenerwowanym głosem.

– Ale dlaczego? Co się dzieje? Ja chciałam jeszcze coś zjeść na mieście.

– Nie ma mowy! Rozruchy objęły centralny plac Manamy i przenoszą się na Golden Suk. Musimy natychmiast stąd wyjeżdżać! – Rozłącza się.

Po błyskawicznym zapakowaniu rzeczy i uregulowaniu płatności w hotelu małżonkowie ruszają, kierując się w stronę mostu łączącego dwa kraje.

– Najgorsze, że musimy jeszcze przejechać przez całe miasto. Trzeba było zarezerwować hotel bliżej granicy – martwi się Hamid. – Tak, poważnie? – odbiera telefon. – To co teraz mam zrobić? – Blednie na twarzy. – Chcąc stąd wyjechać, muszę minąć plac Perły! – wykrzykuje, a przerażona Marysia wstrzymuje oddech i bacznie obserwuje mijane ulice. Nic się nie dzieje, nikt nie biegnie, nikt nie strzela, nie ma wojskowych wozów.

– No i? – pyta, kiedy mąż kończy rozmowę.

– Trzeba jechać bocznymi wąskimi dróżkami – informuje. – Na placu Perły już nie ma perły.

– Jak to?

– Za to są czołgi, wojsko i wściekły tłum.

– O mój Boże!

Po dobrej godzinie kluczenia wymarłymi uliczkami małżonkom udaje się ominąć centrum Manamy i wjechać w końcu na most. Widzą jadące z naprzeciwka jeden za drugim tankietki i czołgi wypełnione wojskiem. Przybywają one od strony Arabii Saudyjskiej.

– Ingerują w sprawy suwerennego kraju? – dziwi się Marysia.

– Widocznie mają takie ustalenia – mężczyzna próbuje znaleźć usprawiedliwienie dla zaistniałej sytuacji. – Patrz na napisy na wozach i opaski na ramionach wojaków. GCC[1], czyli działają w ramach współpracy regionalnej – oddycha z ulgą. – Zapewne rząd Bahrajnu poprosił ich o pomoc.

– Ciekawa jestem, co się będzie działo na granicy – niepokoi się dziewczyna, bo nadjeżdżające wojsko stanowi dla niej jednoznaczną manifestację siły.

– Zapewne ze względów bezpieczeństwa od strony Arabii jest już zamknięta, ale z Bahrajnu na przejściu vipowskim nigdy nie ma kolejki – uspokaja żonę. – A niech mnie!

Widzą ustawionych przed sobą około dwudziestu samochodów. Prawie wszystkie mają rejestracje

[1] GCC (Gulf Cooperation Council) – Rada Współpracy Zatoki Perskiej utworzona w 1981 r. w Rijadzie, w jej skład wchodzi 6 państw regionu.

dyplomatyczne, reszta wiezie Saudyjczyków z wyższych sfer. Auta szybko mijają bahrajński punkt celny, lecz aby wjechać do Arabii, podlegają dokładnej kontroli. Małżonkowie cierpliwie czekają, nie mając innego wyjścia. Duży jeep tuż przed nimi zostaje zatrzymany na dłużej, celnicy coś wykrzykują do kierowcy przez uchyloną szybę i szarpią za klamkę drzwi bagażnika zamkniętego na centralny zamek. Wskazują na boczny parking i auto powoli na niego przejeżdża. Obok wozu pojawia się policjant w mundurze, kierownik zmiany i ubrany w długi czarny płaszcz *mutawwa*.

– Co on tutaj robi? – dziwi się Marysia. – Obyczajówka na przejściu granicznym? To już lekka przesada!

– Widocznie przewożą alkohol – wyjaśnia zaznajomiony z regułami Hamid. – To jest przestępstwo, moja droga.

Zdenerwowany Japończyk nieopatrznie wyskakuje z auta, otwierając tym samym wszystkie drzwi, co wykorzystuje młody funkcjonariusz. Oczom wszystkich ukazuje się bagażnik wypchany skrzynkami z winem, wódką, whisky i szampanem.

– Chroni mnie konwencja wiedeńska! – krzyczy złapany na przemycie dyplomata. – Napiszę notę do Ministerstwa Spraw Zagranicznych tego waszego porąbanego kraju!

– Proszę bardzo – spokojnie odpowiada Saudyjczyk. – Jeśli chcesz iść na udry, mogę błyskawicznie wsadzić cię do więzienia za łamanie prawa. Nie wiesz, że u nas panuje prohibicja? Obowiązuje ona wszystkich bez wyjątku i wy, VIP-y, też musicie jej przestrzegać.

– Kiedy przychodzicie do naszej ambasady na przyjęcia

i żłopiecie whisky jak świnie, to wszystko jest dobrze? Ktoś tę gorzałę musi dla was przeszmuglować!

– Panie, zapłać pan grzywnę. – Celnik wciska rozżartemu dyplomacie wydruk z komputera. – I opanuj się. Ja nie chcę ci podkładać świni, bo sam nią nie jestem, ale jeszcze chwilę tak popyskujesz, a dostaniesz mandat *persona non grata* i w ciągu dwóch dni pożegnasz się z Arabią Saudyjską i niezłymi pieniążkami, które u nas zarabiasz.

Żona nerwusa wysiada z auta i szuka w torbie portfela. Daje mężowi plik pieniędzy i pogania go do kasy, a w międzyczasie mundurowi wynoszą alkohol z samochodu i układają w niezły stosik w magazynie. Kobieta zapala papierosa i w tej samej chwili przyskakuje do niej *mutawwa*, machając rękami jak obłąkany.

– *Haram, haram!* – krzyczy. – *Forbidden!*

– Zakazane jest palenie papierosów? Nie widzę żadnego znaku. Jak sobie chcę zafundować raka płuc, to już moja sprawa! – Policjant patrzy na nią groźnie i uderza trzymaną w ręce rózgą we własną łydkę.

Celnicy po załatwieniu nieprzyjemnej sprawy są mocno podenerwowani, lecz dyplomatyczny wóz w końcu odjeżdża i przychodzi kolej na Hamida i Marysię. Sprawdzają ich z każdej strony i małżonkowie siedzą jak na cenzurowanym.

– To twoja żona? – dziwi się celnik. – Cudzoziemka?

– Tak.

– Akt ślubu przedstawić – żąda głosem nieznoszącym sprzeciwu, a Hamid robi się blady jak ściana.

– Masz rodzinną *iqamę*, więc chyba ona potwierdza, że jesteśmy małżeństwem.

– A ja chcę akt ślubu! – upiera się tamten, podnosząc głos.

– Czy mam, ośle jeden, zadzwonić do twojego szefa? Chcesz dzisiaj zakończyć karierę celnika? – próbuje zastraszyć głupiego służbistę.

– Ona nie ma saudyjskiego paszportu. – Celnik przyczepia się do czego innego.

– Znajdź sobie tu ważną wizę. Chyba umiesz czytać? – Wściekły Hamid wyciąga telefon komórkowy i wybiera numer wuja.

– A co my tutaj mamy? – Inny funkcjonariusz otwiera bagażnik, odrzuca pled i palcem pokazuje na bożonarodzeniowe dekoracje. – Wszelkie symbole innego wyznania niż muzułmańskie są w naszym kraju surowo zabronione!

– A to poganie! – *Mutawwa* już jest przy aucie i wpycha nos do środka.

– Czy ty nie czytałeś Koranu? Sam prorok Muhammad akceptował i szanował ludzi Księgi. – Marysia już nie wytrzymuje. – Szczególnie chrześcijan.

– Takie panuje w naszym kraju prawo, a wy je łamiecie. – Zadowolony celnik cieszy się, że w końcu na czymś złapał bogatego typka. – Kara pieniężna i konfiskata – oznajmia, a „przemytnicy" zaciskają tylko zęby i spuszczają wzrok, bo oni, jako Arabowie, nie mają żadnych konwencji, które by ich chroniły przed osadzeniem w więzieniu i karą batów. Funkcjonariusz jest bardzo łaskawy, że wymierza im tylko karę grzywny.

– Zostały mi lampki, które spakowałam do torebki, tylko nie mam aktualnie choinki, na której mogłabym je powiesić – wydusza z siebie po wszystkim Marysia.

Po przyjeździe do Rijadu małżonkowie rozchodzą się do pokoi, a że willa jest ogromna, nie mają problemu z unikaniem swojego towarzystwa. Po nieudanej wyprawie znów zapanowały ciche dni. Łatwo im to przychodzi, bo Hamid stale jest poza domem. Czasami, kiedy wraca późnym wieczorem, przebąkuje coś o zawalonych terminach i mnóstwie pracy, ale Marysia o nic nie wypytuje, więc na tym się kończy. Kobieta żałuje, że nie wymieniła się numerem telefonu z Lamią, ale umawiały się w pośpiechu i konspiracji. Teraz przede wszystkim wyrzuca sobie, że nie pojechała z rodziną do Polski, tylko łudziła się, iż czas świąt zbliży ją do męża. Cieszyła się z jego krótkotrwałej akceptacji, zainteresowania i powrotu do normalności.

– Jeśli moje życie ma tak dalej wyglądać, to ja podziękuję – wyznaje Darii przez Skype'a, a tamta nie wie, co ma siostrze odpowiedzieć.

– Nie zawsze jest lekko, córeczko – dołącza matka, która usiłuje załagodzić sytuację. – Unikanie domu to typowa cecha arabskich mężczyzn. Wolą spędzać czas z kolegami, paląc głupią sziszę i wypijając hektolitry herbaty. Tego nie zmienisz. Może rzeczywiście ma dużo pracy. Przecież jego firma finalizuje ogromny projekt, a jak na moje rozeznanie, to budowa była jedynie rozgrzebana, a nie skończona.

– E tam! – Marysia macha tylko lekceważąco ręką.

Co chwilę dzwonią do niej kobiety z rodziny Bin Ladenów, młode kuzynki i starsze ciotki, zapraszając do siebie to na herbatkę, to na kolację, a nawet na wieczorek taneczny. Wszystkie ciągle wspominają o nawale pracy w firmie i narzekają, że mężczyźni zbyt ciężko harują. Tak jakby chciały usprawiedliwić Hamida, ale żona nie znajduje dla niego wytłumaczenia. Ona siedzi sama w święta i jest jej strasznie smutno. Cały czas snuje się tylko z kąta w kąt. Z wigilijną kolacją czeka do dziesiątej wieczorem, a potem zjada ją w pojedynkę. Barszcz robi z torebki, a zamrożone uszka z grzybami zostawiła jej mama. Zupa smakuje jej jak kwas z czosnkiem. Smażona ryba jest przypalona i nasiąknięta olejem. Do niej podgryza orientalne *silki*[1], które jako jedyne jej podchodzą. Mam arabskie podniebienie, a chcę się zajadać świątecznymi chrześcijańskimi potrawami. Kolędy, które płyną z głośników, posępnie ją nastrajają. Kończy jedzenie w samotności, zalewając się łzami. Gdzie jest moje miejsce?, pyta samą siebie. Gdzie jest moje miejsce? Kim jestem?

[1] *Silki* (*douma*) (arab.) – małe gołąbki z mięsem zawijane w liście winogron.

II

ODWIEDZINY U LIBIJSKIEJ RODZINKI

Kuzyn wielkim filantropem

Marysia zbiega po dwa stopnie na dół i wpada na czekającą na nią służącą Nonę.

– Gdzie są moje bagaże!? – wykrzykuje spanikowana. – Gdzie walizki?!

– W samochodzie, madame – Filipinka odpowiada usłużnie.

– Pan miał mi jeszcze coś zostawić. – Marysia ze zdenerwowania przełyka ślinę, bo na żadnej z szafek nie widzi swojego zielonego libijskiego paszportu.

– Proszę. – Służka podaje jej podłużną zaklejoną kopertę. Marysia narzuca abaję, wskakuje do samochodu i otwiera przesyłkę. Już pod palcami czuła twardą okładkę dokumentu, lecz teraz znajduje jeszcze małą karteczkę. „Jak nie chcesz tutaj wracać, to ja cię nie zmuszam. Jesteś wolna" – czyta słowa napisane wąskim, kaligraficznym pismem Hamida. Nic więcej oprócz tych paru zimnych słów. Auto mknie autostradą na lotnisko, a Marysia z wyjątkiem smutku i żalu nie czuje nic. Tak chciała odzyskać paszport, wolność i możliwość wyboru, a teraz jakoś się nie cieszy. Przecież parę lat temu pokochała tego mężczyznę całym swoim młodzieńczym sercem. Chciała z nim być do końca życia, mieć gromadkę dzieci i szczęśliwy dom. Podziwiała go za jego niebezpieczną działalność, za zdeterminowanie, za nowoczesność i tolerancję. Gdzie to wszystko się podziało, gdzie rozmyło? Teraz Hamid zachowuje się jak typowy arabski samiec, który nie rozmawia z żoną, nie przedyskutowuje podejmowanych decyzji, nie ceni jej umysłu. A może po prostu jest on zwykłym męskim szowinistą i niepotrzebnie mieszać do tego Arabów? Na całym świecie jest takich na pęczki.

– Hamid z tobą nie przyjechał? – martwi się matka, którą otacza jej kochająca rodzina. – Mogą być kłopoty z twoim wyjazdem z Saudi. Mówiłam ci! Każą, żeby stawił się sponsor albo *mahram*. Masz swoją *iqamę*?

– Oczywiście, że nie. – Marysia trzęsie się jak osika. – Przecież my mamy wspólną.

– Daj paszport, sprawdzę, czy jest przynajmniej re-entry wiza. – Dorota usiłuje ukryć zdenerwowanie, ale kiedy sięga po dokument córki, trzęsą się jej ręce.

– Co to? – Znajduje złożone na cztery dwie kartki. Na jednej jest notarialne zezwolenie męża na samodzielny wyjazd żony, a na drugiej fotokopia rodzinnej legitymacji z pieczęciami z urzędów. – Jakoś nie chciał cię na siłę zatrzymać – sceptycznie podsumowuje matka. – Ale nigdy nie wiadomo, co by zrobił, jakbyś chciała wyjechać z waszym dzieckiem.

– Dorcia, ty masz obsesję, którą zaczęłaś infekować swoją córkę! – złości się Łukasz. – Dajże dziewczynie być szczęśliwą. Jej mąż jest porządnym, miłym i nowoczesnym Arabem. Nie generalizuj! A jak Marysia zacznie na niego patrzeć przez lupę, to w stuprocentowym ideale też znajdzie jakąś skazę. Młodzi przechodzą teraz swój pierwszy małżeński kryzys, ale zdarza się to powszechnie. Trzeba się dotrzeć i tyle.

– Masz rację. – Zawstydzona Dorota spuszcza głowę.

– Dzięki za obronę mojego męża. – Marysia zarzuca speszonemu Łukaszowi ręce na szyję.

– To tylko taka męska solidarność. – Ojczym się śmieje. – Teraz, moje panie, jedźcie na urlop, zrelaksujcie się i wracajcie tutaj z nowymi siłami i zapałem.

Niestety, z Rijadu nie ma bezpośredniego połączenia z Trypolisem. Dorota wykupiła więc lot przez Kair z parogodzinnym oczekiwaniem na lotnisku. Jednak czas płynie im bardzo szybko. Spędzają go na rozmowach, zakupach w sklepie wolnocłowym i wizycie w egipskiej restauracji. Same nie wiedzą, kiedy nadchodzi chwila na przejście do odprawy na lot do Libii.

– Wiesz, może trzeba było naszą wyprawę przełożyć – jak zawsze niepokoi się matka. – Wszędzie zamieszki, rozruchy, niepokoje…

– Coś ty! Za długo planowałyśmy i czekałyśmy na ten moment. A zresztą popatrz. Jaśminowa rewolucja w Tunezji przeszła zupełnie bezboleśnie, nawet w Egipcie było całkiem spokojnie, choć zapowiadano rzezie i mordy. To są zmiany społeczne, a nie rewolucje religijne, jak straszyli co poniektórzy. Zresztą wiesz, że w Libii nic się nie ruszy, bo wszyscy uwielbiają Muammara jak ojca. I to nie tylko kobiety takie jak ciotka Malika, ale każdy jeden Libijczyk. To młode społeczeństwo i mało kto pamięta dawne czasy sprzed rewolucji 1969 roku. Są wychowani w tym reżimie i jest im z tym dobrze.

– Może masz i rację, ja zawsze układam czarne scenariusze. Teraz jest idealny moment, bo ty przewietrzysz trochę wasz związek, a ja mam opiekę nad Adasiem. Już do lata Daria nie będzie miała tyle wolnego, żebym mogła wyjechać aż na dwa tygodnie.

– Ładnie z jej strony, że się zgodziła. Jest całkiem dojrzała jak na nastolatkę.

– Chciała, abyśmy spędziły więcej czasu razem. Ma nadzieję, że jak się zżyjemy, to pojedziesz z nami do Polski. Ona nie jest taka bezinteresowna, na jaką wygląda – śmieje się Dorota. Bierze swoją starszą córkę pod ramię i prowadzi do wielkiego dwupoziomowego jumbo jeta.

Po usadowieniu się pasażerów w wygodnych fotelach i po idealnym starcie stewardesy zaczynają serwować pysznie pachnące arabskie jedzenie. Dorota i Marysia mają wilczy apetyt, być może z nerwów, i błyskawicznie pochłaniają swoje porcje. W samolocie jest ciepło, klimatyzacja szumi, a silniki buczą miarowo. Wszystko to powoduje u obu kobiet gwałtowną senność.

– Czy możemy prosić o jaśki i kocyki? – Dorota pyta miłą dziewczynę z obsługi.

– Ależ oczywiście. Jest mnóstwo miejsca z tyłu, więc jeżeli macie panie ochotę, można się tam położyć.

– Świetny pomysł. Zregenerujemy siły. – Dorota zostawia córkę na ich siedzeniach, a sama rozkłada się parę rzędów dalej. Nie wie, kiedy zapada w ciężki sen, pełen mar z przeszłości, wypełnionych tragicznymi przeżyciami w Libii.

– Przepraszam. – Czuje czyjś dotyk na ramieniu i zrywa się gwałtownie. – Spokojnie, muszę tylko poinformować, że niedługo będziemy podchodzić do lądowania i należy usiąść w fotelu i zapiąć pasy.

– Tak, tak, dziękuję. – Dorota przeciera oczy i wraca do rzeczywistości. Przechodzi na swoje miejsce i siada obok zaspanej córki. – Nic się nie zmieniło. – Przykleja nos do iluminatora i podekscytowana nie może oderwać oczu od pomarańczowych połaci gruntu rozpościerających się dookoła Trypolisu. – Pamiętam, w jakim byłam szoku, że tutaj ziemia jest w takim kolorze. Sądziłam, że wszędzie jest czarna lub brązowa. Gaje oliwne i sady cytrusowe dalej są na swoim miejscu. – Śmieje się nerwowo, wytężając wzrok, by dojrzeć szczegóły miasta.

– Ciekawa jestem, czy Muaid będzie czekał – niepokoi się Marysia.

– Do Baśki też dzwoniłam, tak na wszelki wypadek. – Po wyjściu z samolotu prawie biegną do taśmy z bagażami, tak jakby zapomniały, że to Libia i tutaj nikt się nie spieszy i nie zważa na pośpiech innych. – To też się nie zmieniło. – Dorota nerwowo drepcze w miejscu. – Oni pracują jak u nas za komuny. Ten system musi szlag trafić, tak już się nie da funkcjonować w żadnym kraju, nawet arabskim. Czas to pieniądz, a szacunek należy się każdemu klientowi, przyjezdnemu też – fuka zezłoszczona, siedząc na wózku, którego rurki wbijają się w jej szczupłą pupę.

– No w końcu! Jesteś! Cześć, Dorotka! Dawaj mordy! Poznajesz mnie? – Grupa białych kobiet rzuca się w kierunku czterdziestolatki.

– *Ahlan wa sahlan*! Jak się masz?! Jak pięknie wyglądasz! Jaka dorosła pannica z ciebie! Jak podróż? Jak mąż? Czemu go nie przywiozłaś? – Libijczycy otaczający Marysię przekrzykują się jeden przez drugiego, nie czekając na odpowiedź na zadane pytania.

– Jestem z mamą i to mi wystarczy – przerywa ich euforię. – Pamiętacie chyba Dorotę? – Towarzystwo przytakuje i zaraz kieruje się w stronę szczupłej blondynki.

– *Hello, Dot! Hi, Blondi!* Zmieniłaś się, ale nie żebyś się postarzała. Tylko tak jakoś stałaś się elegancka i nobliwa.

– Dość tego! Jak na początek wystarczy! – Muaid przerywa czułości. – Zapraszam wszystkich na kolację do mnie do domu, państwa również – wykonuje ukłon w stronę Polonii i macha zachęcająco ręką. – Wtedy będziemy mieli dość czasu, żeby zadręczać naszą wylewnością te kochane dziewczyny.

– To gdzie mamy jechać? – Baśka reaguje od razu.

– Tam gdzie Dorota i Miriam kiedyś mieszkały, koło Ben Aszur. Do naszego rodzinnego domu.

Dorota chwyta córkę za rękę, bo liczy, że to doda jej odwagi. Nie jest przygotowana na wizytę w tym ponurym miejscu, które było świadkiem tak wielu okrutnych i podłych czynów. Cała przeszłość spada jej na głowę i dusi w gardle.

– Myślałam, że ojciec go sprzedał – dziwi się Marysia.

– Ale ja go odkupiłem i to ze wszystkim, co jeszcze w nim naszego pozostało. – Muaid z dumą wypina pierś. – Chyba udało mi się trochę go ożywić, nieprawdaż, Chadidżo? – zwraca się do ciotki.

– Ten chłopak jest niesamowity, zresztą zobaczycie same! – Pulchna Libijka z czułością klepie siostrzeńca w oba policzki, a potem pędem rusza za swoim mężem.

Po półgodzinie kawalkada samochodów wjeżdża w wąską uliczkę, po której obu stronach stoją wielkie, dwu- lub trzypiętrowe wille. Część aut parkuje w środku na podjeździe, pozostałe na zewnątrz wzdłuż wysokich murów okalających posiadłości.

– Oto moja żona Nadżla. – Muaid przedstawia drobniutką i maleńką kobietkę, która stoi w progu domu, trzymając za rękę może czteroletnią córeczkę.

– Ale się dopasowaliście! – Dorota ściska dziewczynę, która wygląda jak druga połówka nadal szczupłego, choć już trzydziestoparoletniego krewniaka.

– Z wyglądu może i tak, gorzej jest z charakterami. – Zagadnięta od razu kpiarsko prostuje, mówiąc po arabsku z mocnym egipskim akcentem.

– Nie przesadzaj, kotku. – Chadidża zagania wszystkich do środka i widać, że w tym domu nadal czuje się jak u siebie.

Wchodząc do salonu, Dorota wstrzymuje oddech. W dalszym ciągu robi on na niej niesamowite wrażenie, pomimo tego, że w swoim życiu widziała już pokoje większe, bardziej eleganckie i gustowne. Chociażby w domu

Marysi. Lecz to jest pierwsze miejsce w jej życiu, które tak ją zafascynowało i oczarowało, i nadal wygląda prawie tak samo. Mam déjà vu, wzdycha. Grube wełniane dywany zakrywają szczelnie każdy metr kwadratowy podłogi. Ciężkie tapicerowane meble zajmują centralną część pomieszczenia. Małe stoliki porozrzucane są po całym pokoju i dostawione do każdego, najmniejszego nawet siedziska. Z jednej strony, oddzielona od reszty marmurowym murkiem z ladą, znajduje się jadalnia. Stół jest długi na około trzy metry. Koronkowy obrus artystycznie udrapowano w jego centralnej części, a stare platerowe rodzinne dekoracje przyciągają oko.

Dorota stoi na środku, kręci się dookoła i wlepia oczy w każdy szczegół. Jeszcze pamięta ogromne strzeliste okna, wysokie na ponad trzy metry i zakryte grubymi zasłonami. Ciężkie haftowane firany jak kiedyś opadają aż do ziemi. Jak dawniej na ścianach nie ma obrazów, są za to oprawione w bogate ramy tabliczki, przeważnie czarne, ze złotymi arabskimi napisami. Teraz Dorota wie, że są to fragmenty z Koranu. Oprócz tego ściany pokrywają piękne gobeliny. Dookoła pokoju ustawiono kredensy z grubego litego drewna, a w nich parę bibelotów i fotografie oprawione w zdobne ramki. Zniknęły wazony, filiżanki, dzbanki, dzbanuszki i cukiernice wykonane z porcelany lub ze srebra oraz wszystkie kryształy, które tak uwielbiała matka Ahmeda. Nie ma też kolekcji wyrobów z kolorowego szkła, a jednak oko Doroty przyciąga jakiś mały przedmiocik w kącie na półce.

– Skąd to masz? – zwraca się gwałtownie do Muaida,

pokazując na maleńką szklaną ławeczkę, taką jak w parku, pod szklanym drzewkiem z liśćmi z bursztynu. – Dostałam to od teściowej, kiedy przenosiliśmy się na farmę. – Całe towarzystwo zaniemówiło i patrzy na pobladłą twarz pokrzywdzonej przez tę rodzinę kobiety.

– Przed wyjazdem do Jemenu matka zostawiła u mnie pudło z cennymi rzeczami, które kazała przekazać swojemu wnukowi, kiedy powróci z Londynu – do rozmowy włącza się Chadidża. – Nigdy go nie otworzyłam i cztery lata temu dałam zaklejone Muaidowi.

– Właśnie tam to znalazłem, jak i wiele innych wspaniałych, ale również kompromitujących rzeczy – szczerze oznajmia mężczyzna, patrząc Dorocie prosto w oczy. – Babcia napisała też długi list, informujący mnie o szczegółach historii naszej rodziny. Ujawniła w nim tajemnice, które niekoniecznie chciałbym znać, ale co zrobić. Teraz przynajmniej jestem świadom wszystkiego. Jak będziesz miała ochotę, to możemy o tym porozmawiać, a te bibelociki są oczywiście twoje.

– Pogadamy może innym razem, bo jak na jeden dzień to by trochę było za dużo. – Dorota zaciska wargi i spuszcza głowę. – Teraz cieszmy się swoim towarzystwem, a do tajemnic rodzinnych jeszcze będziemy mieli czas powrócić. – Otrząsa się z melancholii, przysiada do polskich koleżanek, a Baśkę, najlepszą przyjaciółkę z dawnych czasów, obejmuje ramieniem.

– Co tam słychać, dziewczyny, jak się tutaj żyje? – zagaduje.

– Stara bieda i nowe problemy – odpowiada Zośka, a Baśka delikatnie odsuwa się od Doroty.

– Nadal razem się trzymacie? Jak fajnie! – Czuje jakąś niewidzialną barierę, która przez te wszystkie lata wyrosła między nią a starymi koleżankami.

– Spotykamy się czasami, a w zasadzie coraz rzadziej, bo każda ma swoje życie i swoje kłopoty. To już nie to co dawniej.

– Nie kwęczcie, stare kwoki. – Bożena jak zawsze jest szczera. – Wszyscy wiedzą, że w tym kraju nie da się żyć i tylko idioci jeszcze w nim chcą siedzieć. My z moim starym na ten przykład zbieramy klocki i spadamy stąd. Dość już tej katorgi. Tutaj wszystko, najmniejsza głupota jest drogą przez mękę.

– Kiedy wyjeżdżacie? – pyta zdziwiona Dorota. – Po tylu latach ciężko wam będzie.

– Ciężko to jest i zawsze było tutaj. Stary połasił się na dobrą pensję i tak nam zleciało dwadzieścia najlepszych lat. W takim syfie i gnoju!

– Nie przesadzasz ty już trochę?! – oponuje Zosia.

– Nie!

– To po co nadal tutaj siedzicie?

– Po szmalec, którego teraz nie jesteśmy w stanie wydobyć. W libijskich służbach medycznych jest taki system, że co roku dostaje się jedną pensję gratis, ale odbieraną na koniec. Masz na przykład kontrakt podpisany na trzy lata, to po wygaśnięciu umowy lub rozwiązaniu powinno się dostać trzy ekstrawypłaty. Ale oczywiście to nie funkcjonuje. Nie dość, że z reguły rząd zalega z wynagrodzeniem za co najmniej sześć miesięcy, to żeby na finiszu dostać od nich swoje pieniądze, musisz za darmo siedzieć tutaj i łazić po urzędach, błagając o to, co twoje. Jak mój stary pracuje w szpitalu od dwudziestu lat, to policz sobie, ile miał do odebrania! Gehenna!

– Rzeczywiście kiepsko – przyznaje Dorota.

– Ale już się udało, zapłaciliśmy komu trzeba *bakszysz*[1] i forsę mamy w kieszeni. Bilety wykupione, walizki spakowane i żegnaj Gienia, świat się zmienia. Dość tego!

– To kiedy wyjeżdżacie? – świeżo przybyła ponawia pytanie.

– Za dwa dni. – Bożena śmieje się uszczęśliwiona. – Hej, Muaid, a jak ty rozwiązujesz problem wypłaty pensji w twojej prywatnej klinice? – zaczepia łamaną arabszczyzną gospodarza.

– A co za problem? – dziwi się zagadnięty. – Raz w miesiącu przychodzą do księgowości i odbierają. Coraz częściej jednak robimy przelewy, bo nikt w tych niepewnych czasach nie będzie chodził z pieniędzmi po mieście – tłumaczy.

– A co z trzynastkami?

– Tak jak wszędzie. Do końca pierwszego kwartału następnego roku wszyscy pracownicy mają je już w kieszeni.

– Że też mój stary nie mógł na ciebie trafić, tylko musiał się zatrudnić w tym głupim rządowym szpitalu.

– Którym?

– Centralny.

– Tak… – Muaid już wie, o czym mowa, bo to najgorsza tego typu placówka w stolicy. – Kiedyś płacili tam regularnie i podpisywali kontrakty na horrendalnie wysokie sumy, ale teraz słyszałem, że jest tragicznie.

[1] *Bakszysz* (arab.) – łapówka.

– Właśnie o tym opowiadam Dorocie, bo dziwi się, czemu wyjeżdżamy.

– Ja zatrudniłbym twojego męża od ręki i na pewno nie miałby żadnych kłopotów.

– *Too late.* – Bożena wzdycha. – Ty to jesteś jak nie z tej ziemi, nie z tego kraju, nie Libijczyk – wyznaje, a Dorota z rozbawieniem spogląda na Muaida, który wraz z wiekiem niesamowicie upodobnił się do swojego biologicznego ojca. Wygląda jak młodsza kopia człowieka z billboardów rozstawionych po całym Trypolisie.

– Basiu, czemu ty się nie odzywasz? – przyjezdna pyta ze smutkiem w głosie. – Coś taka smutna? Zawsze taka była z ciebie gaduła, że ciężko się było dorwać do głosu – śmieje się, wspominając dawne czasy.

– Ja smutna?! – zagadnięta prawie krzyczy. – Chyba żartujesz? Też szykuję się do wyjazdu.

– Na stałe? – Blondyna w odpowiedzi potakuje tylko głową. – A dokąd? Hassan znalazł pracę w Polsce? – Siedzącym dookoła dziewczynom bledną twarze, odwracają wzrok i podnoszą brwi do góry.

– No tak niekoniecznie – Baśka odpowiada enigmatycznie, gwałtownie wstaje i jako pierwsza udaje się do stołu, który właśnie został przygotowany. Nakłada sobie duży talerz z górką i zabiera się do jedzenia, nie mając ochoty kontynuować rozmowy. Polki, serdecznie zapraszane przez gospodarzy, idą w ślady koleżanki.

Zdziwiona odkrytą sytuacją i zagubiona wśród obcych ludzi Dorota patrzy na swoją młodą i śliczną córkę rozmawiającą z rodziną. Może przynajmniej ją ten przyjazd do Libii uszczęśliwi, życzy sobie w duchu. Dla mnie to jest gehenna i czekam tylko, aż się skończy. Zresztą przewidywałam, że tak będzie, przyznaje sama przed sobą. Ale przetrzymam, czego się nie robi dla dziecka. Obserwując z boku, widzi jednak, że Marysia siedzi jak na tureckim kazaniu i przytakuje tylko głową na potok słów, które wyrzuca z siebie Chadidża. Ona ją zagada na śmierć, śmieje się z sytuacji. Kiedy stała się taka rozmowna?, zastanawia się. Jest radosna, bo żyje jej się bezstresowo, co zresztą widać po jej tuszy. Muszę ratować córkę, postanawia i rusza z odsieczą.

– *Ahlan wa sahlan*, Chadidża – wita się po arabsku z byłą szwagierką. – Jak ci się wiedzie?

– Kochana, Allah zesłał mi szczęście, widać zapracowałam na nie sumiennie. – Chadidża czule obejmuje niższą o głowę blondynę. – Musisz zobaczyć moje cudowne dzieciaczki, oj, jakie aniołeczki! – Uwielbienie emanuje z jej twarzy, co powoduje, że otaczającym ją ludziom od razu chce się uśmiechnąć. – I mąż taki dobry… – obraca się i z dumą pokazuje palcem na wysokiego mężczyznę w średnim wieku ze sporym brzuszkiem, a ten ujmująco macha na przywitanie ręką.

– Super, kobieto, moje gratulacje. *Mabruk!* – Dorota bierze córkę pod rękę i ciągnie do stołu. – I jak? – szepcze jej do ucha.

– Jacyś wszyscy tacy obcy – skarży się młoda.

– Właśnie – potakuje Dorota.

– U ciebie też?

– Mhm.

– Ale jedzenie przynajmniej się nie zmieniło – śmieje się Marysia. – Jak zawsze znakomite.

Po parogodzinnej biesiadzie towarzystwo zbiera się do domów.

– Nie zarezerwowałam nam żadnego hotelu. – Dorota stoi bezradnie pomiędzy żegnającymi się przyjaciółmi. – Umknęło mi to.

– Sądziłem, że zostaniecie u mnie. – Muaid zachęcająco wskazuje na schody prowadzące na piętro. – Czeka na was apartamencik, w którym mieszkałyście lata temu. Jest całkiem przyjemny i wygodnie urządzony. Nawet ma aneks kuchenny.

– Ja wam wynajęłam domek na osiedlu w mieścinie Ainzara, gdzie aktualnie koczujemy – włącza się Baśka. – Pod miastem, świeże powietrze i świergot ptaków – namawia.

– To nie mieszkacie już na Gurdżi w waszej wielkiej willi? – dziwi się przyjaciółka.

– Była za duża dla naszej rodzinki – tłumaczy Hassan. – Córki wyjechały za granicę, zostaliśmy tylko we trójkę z synem, więc wiesz...

– Tak, tak... Właśnie, właśnie... – Baśka zaciska usta, nie chcąc teraz rozwodzić się nad tym drażliwym tematem. – O tym może opowiem ci innym razem. – Wymownie patrzy przyjaciółce w oczy. – A w czwartek zapraszam wszystkich do nas na grilla! – Uśmiecha się, klaszcze w ręce i mówi tak głośno, jak za czasów, kiedy pracowała w polskiej szkole i uczyła maluchy z pierwszych klas. – Szczerze namawiam do przyjazdu, mam nawet ze sobą mapkę, jak trafić. Droga jest bardzo prosta. – Znów jest to ta sama, znana Dorocie stara Baśka. Może tylko ma zły dzień albo pokłóciła się z Hassanem, podsumowuje z nadzieją.

– Dziękujemy, na pewno się stawimy – Polki potwierdzają bez wahania.

– My też, bardzo nam będzie miło. – Muaid, jako przedstawiciel rodziny, czuje się zobowiązany.

– To ja pojadę z Nazimami, a ty, Marysiu? – Dorota pyta córkę, która jest szczerze zdziwiona jej decyzją. – Jeszcze nie jestem gotowa, żeby tutaj zanocować – tłumaczy. – Zbyt dużo wspomnień.

– To się wami podzielimy. – Muaid nie chce wypuścić kuzynki. – Miriam zostaje z nami przynajmniej na tę pierwszą noc, a jutro dam kierowcę, to podrzuci cię na wieś do matki. Okej?

– W porządku, nie ma sprawy. – Marysia jest zawiedziona. W końcu przyleciały tutaj razem, żeby dłużej ze sobą pobyć, a zaraz na początku się rozdzielają. Jakieś nieporozumienie.

Jednak wszyscy przystają na takie rozwiązanie. Marysia postanawia wykorzystać okazję, żeby trochę pobyć sam na sam z kuzynem.

– Co jeszcze było w tej paczce? – pyta od razu, kiedy tylko wygodnie rozsiadają się w fotelach.

– Wiedziałem, że nie wytrzymasz nawet do jutra. Ale ciekawska baba z ciebie!

– Jestem podobna do twojej matki. W końcu to praktycznie ona mnie wychowała, a babcia tylko szlifowała. Matkę poznaję teraz i może mamy jakieś genetyczne wspólne cechy, ale nic, co by mi przekazała.

– Kochana moja, jest już późno, a ja też chcę się przygotować do tej rozmowy. – Muaid wstaje i kieruje swe kroki do sypialni na piętrze. – Padam na twarz, bo jestem na nogach od szóstej rano – tłumaczy się. – Wiesz, w szpitalu praca rozpoczyna się dość wcześnie, nawet dla jego właściciela.

– Masz rację, przepraszam, że cię naciskam. Twoja żona i córeczka już dawno śpią, idź do nich, nie będę cię zatrzymywać.

Marysia zostaje sama. Jeszcze przez moment krąży po salonie, dotykając starych sprzętów. Później na chwilę wychodzi do ogrodu. Jest jakiś jakby mniejszy i bardziej zarośnięty. Znajduje w kącie resztki piaskownicy, w której kiedyś bawiła się z dziećmi ciotki Miriam. Serce ściska jej żałość, że tak, a nie inaczej potoczyły się losy ich biednej rodziny. Dobrze, że przynajmniej pozostali jej członkowie są szczęśliwi. Wchodzi do apartamentu na piętrze, w którym kiedyś mieszkała z rodzicami. Z całego pokoju pamięta tylko wielką szafę z ogromnym lustrem. Bierze prysznic, siada na łóżku i aż ją dreszcz przechodzi. Matka miała rację, że nie chciała tutaj zostać na noc, myśli. Ten dom jest jak grobowiec. Czuje się jeszcze obecność ciotki Miriam, która młodo zginęła w wypadku drogowym, słyszy śmiech zawsze rozbawionej Samiry, leżącej od lat w śpiączce w klinice Muaida, i władczy głos ukochanej Maliki, która wszystkimi dyrygowała. Babcia Nadia, zabita w zamachu terrorystycznym w Jemenie, na pewno by z nią posiedziała i zabawiła rozmową. Zawsze dociekała, co ją gnębi, dawała dobre rady i wspierała na duchu. Marysia tak bardzo potrzebuje teraz rozmowy z kimś bliskim. Bierze telefon i nadaje esemes do matki. „Jak tam, dojechałaś już? W tym domu jest strasznie. Miałaś nosa, że nie zostałaś". Po chwili otrzymuje odpowiedź: „Tutaj też nie lepiej. Straszna dziura ta Ainzara, ciemno, głucho, nieprzyjemnie. Jedynie świeżego powietrza jest w nadmiarze. Domki z blachy i pełno karaluchów. Chyba nie zmrużę oka. Idę na dwór zapalić". „Okej, nie zawracam głowy, postaram się usnąć".

Dorota wychodzi na mały ganeczek, patrząc uważnie pod nogi, żeby nie nadepnąć jakiegoś robactwa, które sypie się z licznych eukaliptusowych drzew. Przysiada na jednym półdupku na rozlatującym się drewnianym fotelu i rozgląda dookoła. Nagle widzi uchylające się drzwi wejściowe w domku Baśki. Jednak przyjaciółka jej nie zostawi, na pewno chce pogadać. Już podnosi rękę, aby do niej pomachać, kiedy widzi, że kobieta zmierza w przeciwnym kierunku. Wchodzi do sąsiadującej willi po drugiej stronie szutrowej uliczki. „Entschuldigen Sie", Dorota słyszy szept koleżanki i odpowiedź wypowiadaną męskim tubalnym głosem. Drzwi się zamykają.

* * *

Baśka wchodzi do domu i spostrzega przygaszone światła i zmęczony wzrok swojego kochanka.

– Przepraszam, wiem, że jest już strasznie późno, ale nie mogłam się wyrwać – tłumaczy się od razu.

– Daj spokój, ja się wcale nie gniewam, tylko jestem trochę padnięty. Przecież wiesz, że codziennie wstaję skoro świt – mężczyzna mówi głębokim basem.

– To może ja już sobie pójdę? – Kobieta obraca się do wyjścia.

– Daj spokój! – Zatrzymuje ją, obejmuje w pasie i sadza sobie na kolanach. – Opowiadaj, jak tam było? Zmieniła się ta twoja stara koleżanka?

– Jakbyś zgadł, nie ta sama.

– Postarzała się? – Ralf uśmiecha się figlarnie. – Miło było popatrzyć?

– Nie, wręcz przeciwnie, jest świetnie zachowana, zadbana, umalowana, paznokcie jak prosto po manikiurze. – Baśka patrzy z dezaprobatą na swoje duże, zaniedbane dłonie z długimi połamanymi pazurami.

– Ho, ho! – Mężczyzna filuternie marszczy brwi.

– A jak ona się nosi! – Kobieta wywija wargi w dół, oczy wywraca do góry, ramiona splata na obfitej piersi i udaje hrabiankę. – Ą i ę…

– Znaczy się taka paniusia w kapelusiku z piórkiem.

– A żebyś wiedział! A jak przyjechało toto tutaj, do dwóch nie umiało zliczyć. Dziewczynina za trzy grosze z małej mieściny, taka jak ja.

– Ty nie jesteś za trzy grosze, tylko za trzy miliony, a liczyć umiesz perfekcyjnie. – Ralf usiłuje trochę rozluźnić kobietę.

– A jak włada językami, kochanieńki, lingwistka po prostu. Ja pamiętam, że ona kiepsko po polsku mówiła, a zasób słownictwa miała gimnazjalistki. Teraz zaś po angielsku mówi z brytyjskim akcentem, miau, miau, pardon srardon, sorry resory, I am jajem i w ogóle. Po arabsku to nie odzywa się w dialekcie, ale jakby prasę czytała. Nawet jej rodzinka robiła wielkie oczy.

– Uczyła się, doszkalała, chodziła na kursy, to się chwali. – Ralf oponuje na taką całkowitą krytykę.

– A żebyś ty widział jej ciuchy! – Baśka ubrana w legginsy i kolorową tunikę do pół uda gwałtownie wstaje i zaczyna nerwowo chodzić po małym saloniku, obijając się swoim dużym ciałem o sprzęty. – Nawet nie potrzebowałam patrzyć na metki, same firmówki. Zara… Liu coś tam… Debenhams… – Intensywnie myśli, usiłując sobie przypomnieć znane marki. – A ja wszystko kupuję na Suku Dżuma Saga, najtańsze chińskie szmaty. Jak już coś sobie zafunduję tureckiego, to jest świat i ludzie i chowam taki łach na specjalną okazję – aż furczy z oburzenia.

– Kochana moja, ty jesteś szaleńczo zazdrosna – szczerze podsumowuje Ralf.

– Ależ skąd!

– Jak już stąd wyjedziemy, moja pani, i zamieszkamy w normalnym kraju, to też będziesz taką pańcią, będziesz *Frau* Barbara. Po to kupiłem ten land pod *Stettin*[1], żeby wybudować tam dla ciebie wspaniałą, wielką rezydencję – wyznaje, wyciągając do kobiety ramiona. – Będziesz się obkupywać w samych firmowych sklepach, chodzić na manikiur i pedikiur, do kosmetyczki, na masaż i do solarium. Nawet może na fitness – śmieje się, tuląc do siebie

[1] *Stettin* (niem.) – Szczecin.

puszyste ciało wybranki. – Będziesz panią na włościach – to mówiąc, całuje ją namiętnie i mocno miażdży w objęciach. Jego zapał błyskawicznie rośnie i Baśka nie musi długo czekać, żeby silny jak tur mężczyzna wziął ją na ręce i zaniósł do sypialni. Rzuca ją na łóżko, szybko się rozbiera i targa ubranie na partnerce.

– Czyś ty oszalał, jak ja wrócę do domu? – Śmiejąc się, prędko sama zrzuca ciuchy.

Kochanek bez długich wstępów posiada ją mocno i bardzo szybko. Czułość u niego jest możliwa wszędzie, ale nie w łóżku. W sypialni dąży tylko do tego, by wejść, posiąść, wyjść i ciężko usnąć. Baśka zna już tę rutynę i wie, że ponadpięćdziesięcioletniego mężczyzny pod tym względem na pewno nie uda jej się zmienić. Leży obok niego pobudzona, zdegustowana i niezaspokojona. Patrzy w półmrok szeroko otwartymi oczami i przyciśnięta ciałem wybranka nie chce się nawet poruszyć. Zdaje sobie doskonale sprawę, że na nic innego nie może w tym wypadku liczyć, i jest jej smutno. Kontakty damsko-męskie mogą przecież wyglądać zupełnie inaczej, wie to z doświadczenia. Wspomnienia same zalewają jej serce i choć wcale tego nie chce, opanowują jej myśli. Hassan, Hassan, Hassan... Teraz sam leży w ich pustym łóżku, a ona pod bokiem puszcza się z polskim Niemcem, aby ustawić się na starość i zagwarantować sobie dostatnią przyszłość. Przecież kiedyś było między nimi tak dobrze, tak się kochali, to on pokazał jej świat i wyciągnął z marazmu polskiej komunistycznej rzeczywistości... Przeszłość powraca szeroką falą. Kiedy w jej życiu pojawił się Hassan, zaczęły się cudowne czasy. W upalny letni dzień wszedł napić się coli do baru, w którym podczas studiów dorabiała. Nieśmiały i skryty przez cały miesiąc przesiadywał w tym samym miejscu i swoimi czarnymi oczami śledził każdy jej ruch. Spodobał się Baśce od pierwszego wejrzenia i ona wpadła mu w oko. Postanowiła wziąć sprawy w swoje ręce. Pamięta, jakby to było wczoraj, kiedy pewnego razu już nie wytrzymała i wylała mu całą szklankę lodowatej coli na bieluteńki oficerski mundur. Ale podskoczył!, śmieje się w duchu, leżąc przy boku innego mężczyzny, który tłamsi ją ciężkim umięśnionym ramieniem. Później musieli suszyć mundur i tak się zaczęło. Jednak Baśka nie zrezygnowała z pracy, bo chciała być niezależna. Jeśli marynarz miał ochotę zamienić z nią przynajmniej parę słów, był zmuszony siedzieć w knajpie całymi popołudniami. Przynosił sobie książki, bo on też był z tych ambitnych, i po pewnym czasie dostał własny mały stolik, zarezerwowany dla pana Hassana. Robił wtedy za jej bodyguarda. Ale się wściekał, kiedy ktoś ją adorował, a teraz? Co się stało? Przestało mu zależeć, tak na niej, jak i na rodzinie, dochodzi do wniosku. Przecież żaden szanujący się mężczyzna, a tym bardziej Arab, nie zaakceptowałby takiej sytuacji jak teraz. Ona sobie po sąsiedzku ma kochanka, a jej mąż udaje, że o niczym nie wie. On już jej nie kocha, kobieta wzdycha smutno, wspominając dawne, cudowne czasy, czasy młodości i szalonej miłości. Nigdy z nikim już tak nie będzie. Obraca się i delikatnie wysmykuje z objęć Ralfa. Siada naga na łóżku, podkurcza kolana i opiera na nich brodę. Pragnie powrotu do dawnych czasów, przynajmniej w myśli. Ale było zamieszanie, kiedy po dwóch latach przedstawiła go matce, która na wstępie zwyzywała ją od ladacznic, a potem wyrzuciła za drzwi. Ha! A ja się tym w ogóle nie przejęłam, uśmiecha się pod nosem na wspomnienie swojej odwagi i desperacji. Tylko jej nowoczesna ciotka ich poparła i poradziła, żeby nie zawracali sobie głowy głupim gadaniem. Pobrali się po studiach, a oddała mu się dopiero w noc poślubną, tak jak należy, żeby nie miał najmniejszych wątpliwości, że jest biedną, ale uczciwą dziewczyną. Był jej pierwszym mężczyzną, lecz nigdy nie żałowała, że nie spróbowała z nikim wcześniej. Aż do teraz, wzdycha, choć wcale nie jest jej dobrze w obecnej sytuacji. Jestem zbrukana i sama do tego dopuściłam, rozmyśla, opuszczając ze wstydu oczy.

Wraca myślami do tego, co było w jej życiu cudowne. Kiedy zaczęli uprawiać seks z Hassanem, to nie mogli przestać. Robili to po dziesięć razy dziennie, byli siebie spragnieni i nienasyceni. No i oczywiście po chwili zaszła w ciążę. Kariery naukowej nie zrobiła, ale była szczęśliwa i wtedy mogła już sobie pozwolić na bycie utrzymanką męża. A on dostawał gigantyczne na te czasy stypendium – starczało na opłacenie czynszu za duże mieszkanie, samochód i dostatnie życie. Polska była znana ze świetnego przygotowania i wyszkolenia wojskowych, więc Libia bez umiaru pakowała petrodolary w setki młodych, ambitnych chłopaków, którzy w przyszłości mieli bronić rodzimych granic. Jednak po ukończeniu studiów skończyły się też Hassana dochody. Gdzie w Polsce może dorobić oficer obcego kraju?

Chyba tylko w wywiadzie, ale nie chcieli ryzykować. Mógł jeszcze zbierać makulaturę i puste butelki. Baśka przypomina sobie, jak go wspierała w tamtych dniach i jak razem godnie znosili niedostatki. Jednak w Polsce nie było dla nich miejsca i zdecydowali się na przyjazd tutaj, powrót syna marnotrawnego na łono ojczyzny i rodziny. Ich maleńka córunia Miriam miała wtedy dwa latka. Nie było lekko, Baśka wzdycha, a przed jej oczami pojawia się zmarła już teściowa, stara arabska *zołza*[1]. Wytrzymała w jej domu tylko pół roku. Babsko miało ogromną kamienicę na Gurdżi, a Hassan był jej jedynym synem, ale nie dała im żyć. Cóż ona wymyślała?! Obym ja nigdy nie była taką teściową, życzy sobie. Zresztą nie wyobrażam sobie, żebym mogła być aż tak wredna. Tamta starucha robiła wszystko, co najgorsze, jednak Baśka się nie poddawała. Przede wszystkim szybko nauczyła się lokalnego dialektu, bo bez tego ani rusz, a poza tym chciała wiedzieć, co o niej mamuśka mówi. A pytlowała, co jej ślina na język przyniosła, łgała i klęła. To nawet jeszcze by jej odpuściła, bo stara była i głupia, ale nie do przeżycia był fakt, że traktowała ją jak służącą, wręcz jak niewolnicę. Kazała jej wykonywać najgorsze prace, najcięższe i najbardziej poniżające. Na koniec zwolniła całą służbę i jechała na niej jak na łysej kobyle. Co Baśkę podtrzymywało na duchu? To, że Hassan zawsze stawał po jej stronie, co kończyło się karczemnymi awanturami. Nieraz młoda mężatka myślała, że się pozabijają, bo

[1] *Zołza* (arab. libijski) – żona.

we dwójkę byli niezłymi furiatami. Baśka była wtedy już tak zdesperowana, iż myślała, że poderżnie tej starej babie gardło. Najgorsze było to, że Hassan rzadko bywał w domu, bo najpierw szukał pracy, a jak już ją znalazł, to musiał dojeżdżać prawie sto kilometrów. Tragedia. Nawet w owym czasie znaleźli rozwiązanie, wspólnie debatowali, rozmyślali po nocach, a nie tak jak teraz. Wyszkolony w Polsce wojskowy zgodził się na wyjazd do bazy, gdzie diabeł mówi dobranoc. Nie, jeszcze gorzej, tam nawet czart by nie wytrzymał, wspomina tamte dni. Boże, tam był tylko piasek, piasek, jeszcze raz piasek, później szyb naftowy, znów piasek, szyb, piasek, piasek i... baza wojskowa, głęboko wzdycha, wspominając minioną gehennę. Ale przecież pomimo ciężkich warunków nadal była szczęśliwa. Wytrzymali dwa lata i ani dnia dłużej. Na tyle opiewał kontrakt, bez możliwości zerwania czy skrócenia chociażby o godzinę. Wiadomo – wojsko. Później wsiedli do auta i odjechali, nie oglądając się za siebie.

Po przyjeździe do Trypolisu okazało się, że mamusia się rozchorowała i marzy o zobaczeniu swojego jedynaka, wnuczki i blond synowej. Nie dali się zwieść, ale odwiedzić matkę musieli. Akt notarialny na ziemię był już przygotowany. I nagle znalazły się też pieniądze po ojcu, który zmarł dziesięć lat wcześniej. Nie zapomni, jaki przeżyli szok! Nie mieli nic, biedni jak myszy kościelne, i nagle w jednej chwili stali się właścicielami wielkiej nieruchomości w stolicy i na dokładkę z potężną kasą w kieszeni. Jak w bajce, rozmarza się. A jaki wtedy Hassan był przystojny, jaki czuły. Nie taki wychudzony jak teraz, nie zgarbiony jak staruszek, lecz sprawny, wysportowany, chodzący zawsze sprężystym wojskowym krokiem. I trzymał się jak linijka, jakby cały czas miał na sobie ten piękny biały marynarski mundur. Nie to co… nie porównuj, upomina samą siebie, spoglądając na mężczyznę smacznie śpiącego obok. Już wybrałaś, albo los za ciebie zadecydował, ale słowo się rzekło, kobyłka u płotu. To jest słuszna decyzja, przekonuje samą siebie, cholernie słuszna decyzja. Szczęście się do mnie uśmiechnęło, że ktoś jeszcze zainteresował się taką starą babą. Tutaj w Libii przyjdzie mi zginąć lub zgnić razem z moim mężem. Życie to nie jest bajka, tak jak kiedyś myślałam, teraz wiem, że wszystko trzeba sobie wypracować i dojść do kompromisów, tak jest w każdym związku, a jeśli dałam sobie radę w mieszanym małżeństwie, gdzie dochodzą jeszcze różnice kulturowe i religijne, to współżycie z człowiekiem o tych samych europejskich korzeniach będzie idealne. Muszę tylko przestać wspominać, rozdrapywać stare rany! Trzeba iść naprzód i nie oglądać się za siebie! *Howgh*, uśmiecha się delikatnie, znów kładzie się przy swoim kochanku, który nieświadom jej burzy mózgu śpi w najlepsze, głośno pochrapując. Hassan nigdy nie chrapał, gryzie się w język i zaciska ze złości usta.

Widzi podniecenie leżącego obok niej mężczyzny i przybliża się do niego, głaszcząc jego męskość. Nie porównuj, mówi sama do siebie, bo w większości i tak Ralf wygra. Chociażby w tej dyscyplinie, spogląda na jego wielkie, nabrzmiałe i nieobrzezane prącie. A mówi się, że pod względem rozmiaru Arabowie są nie do przebicia, lubieżnie uśmiecha się sama do siebie. Zanim oddaje się uprawianiu seksu, mówi sobie w duchu, że najważniejsze, iż ten facet zabierze ją do Europy i zapewni spokojne i dostatnie życie. Zwykłe i nudne, z codzienną rutyną, bez wzlotów i upadków, z piwem i wieprzowymi kiełbaskami, i bekaniem po sutym obiedzie. Musi tylko postawić kreskę na swojej przeszłości i na Hassanie. Definitywnie! Z tym postanowieniem przyciąga kochanka do siebie, rozkłada swoje białe, mocno zbudowane nogi i przyjmuje męskość swojego mężczyzny z pogodą ducha i ukojeniem. Ralf przebudza się i od razu wchodzi w nią ostro z całym impetem i zdecydowaniem. Już nigdy nie będzie najmniejszej szansy na przebaczenie i na miłość z delikatnym i czułym byłym mężem, bezwolnie tłucze się jej po głowie. Baśka na koniec głośno wzdycha, wydając z siebie okrzyk i czując, jak łzy ciurkiem spływają jej z oczu. Nie wie sama, czy to z upojenia, czy z żalu.

* * *

Marysia po koszmarnej, prawie nieprzespanej nocy pakuje swoją walizkę do prywatnego samochodu, który zorganizował Muaid, i rusza do matki. Zastanawia się, czy nie skrócić pobytu, który nie zanosi się najciekawiej. Jadąc ulicami Trypolisu, przypomina sobie swoją młodość i beztroskę tamtych dni. Pomimo ciągłego zagrożenia ze strony ojca, który koniecznie chciał ją do siebie ściągnąć jako służącą dla swej nowej kanadyjskiej rodziny, była taka szczęśliwa, mieszkając z babcią w biednym domku na Faszlumie. Te lata już nie wrócą, a dorosłe życie nie zawsze jest takie, jak by człowiek pragnął i planował. Wzdycha, zastanawiając się nad swoim losem.

Wczesna wiosna daje już o sobie znać. Jest widoczna szczególnie pod miastem na otwartym terenie. Dopiero pierwsza połowa lutego, a rosnące wzdłuż drogi złocienie obficie kwitną żółtymi pękami, polany zaś pokryte są świeżą seledynową trawą ozdobioną plamami kolorowych drobnych kwiatków. Marysia opuszcza szybę i wciąga zapach ziemi i świeżego krystalicznego powietrza. Boże mój, w Rijadzie nigdy nie jest tak rześko, tam nie ma czym oddychać!, jak zawsze krytycznie podsumowuje stolicę Arabii. Miasto na środku pustyni nie wytrzymuje porównania z takim, które leży w pasie śródziemnomorskim.

– Mamuś, jak spałaś? – Marysia pyta po polsku, a Dorota, pomimo zmęczenia i bólu głowy, rozpływa się ze szczęścia.

– Tak jak wyglądam, córuś. – Ściska dziewczynę. – Rozmawiałam już z Baśką i załatwi jakąś kobietę, żeby dokładnie posprzątała ten baraczek. Przede wszystkim trzeba go zlać chlorem i wypędzić karaluchy i pająki.

– Super, to ja nawet nie wchodzę. – Marysia otrzepuje się z obrzydzeniem. – Będę spała na tym minitarasiku. – Siada na koślawym krześle, które niebezpiecznie skrzypi.

– Tutaj jest jeszcze gorzej, bo robactwo może spaść z drzewa prosto w twoje długie kręcone włosy – śmieje się matka, a córka zrywa się jak oparzona.

– Mam pomysł! Przecież nie po to tutaj przyjechałyśmy,

żeby siedzieć w jakiejś norze. Skoro mamy auto z kierowcą, jak w Arabii Saudyjskiej, to pojedźmy odwiedzić Samirkę w szpitalu. Co ty na to?

– Koniecznie! – Dorota aż klaszcze w ręce. – A potem na plac Zielony i na Omar Muchtar, gdzie chodziłam na fitness…

– Na szawarmy pod Różowy Meczet! – Marysia dołącza do wyliczania.

– Do Dżanzuru na pizzę!

– Na Regatę popatrzyć na morze!

– Zbierajmy się! Mamy co robić! – Dorota wrzuca walizkę córki do środka domku, bierze ją za rękę i rześkim krokiem maszerują na parking.

– A co z Baśką? Nie chciała się nami zająć?

– Chyba jest zajęta czym innym. Kiedy Hassan i Adam wyszli rano z domu, pojechała gdzieś z sąsiadem, chyba Niemcem.

– Aha, to jesteśmy wolne, swobodne i niezależne.

Prywatna klinika, należąca kiedyś do Maliki, zmieniła się nie do poznania. Z piętrowego obskurnego baraczku została przebudowana na nowoczesny trzypiętrowy gmach obłożony lastrikiem i kamieniem, z dużym podjazdem od frontu i dwoma parkingami po bokach. Wejście dla pacjentów jest całkowicie przeszklone i zadaszone kolorową markizą, a ostry dyżur znajduje się tak jak wszędzie w oddzielnym skrzydle budynku. Wygospodarowano nawet miejsce na mały skwerek z paroma ławkami, kiosk z napojami i przekąskami, a na parterze otworzono sporą aptekę. Korytarze są czyste, pod ścianami ustawiono wygodne ławy dla oczekujących, a w recepcji młode Libijki miło odpowiadają na każde zadawane pytanie. Dorota i Marysia chcą od razu skierować swe kroki do gabinetu dyrektora, a zarazem właściciela kliniki.

– Pan Salimi spodziewał się pań od samego rana i o wszystkim mnie poinformował, ale dosłownie przed chwilą musiał wyjść w interesach. Będzie za dwie godziny – informuje przybyłe mocno wymalowana młoda dziewczyna. – Prosił, aby przekazać, że oddział pourazowy znajduje się na pierwszym piętrze w skrzydle po lewej. – Muaid wiedział, że przede wszystkim będą chciały odwiedzić Samirę. – Jest tam też gabinet doktor Nadżli, która na panie czeka. Już do niej dzwonię.

– Świetnie, że przyszłyście. – Młoda szczupła kobieta wita się serdecznie i usadawia gości w wygodnych skórzanych fotelach naprzeciwko swojego biurka. – Dzięki Samirze mój mąż tak mocno zaangażował się w leczenie przypadków śpiączki, że mamy najlepiej wyposażony oddział w kraju. A ja właśnie w tym się specjalizuję.

– To genialnie! – Marysia jest pełna nadziei, że zobaczy swoją młodą ciotkę w świetnej formie.

– Muszę jednak uprzedzić, że pewnych wcześniejszych błędów nie da się naprawić – Nadżla smutno informuje, ostudzając zapał dziewczyny. – Ciągle mamy oczywiście nadzieję. Mózg ludzki jest niezbadany i znane są przypadki wybudzenia nawet po dwudziestu pięciu latach. Proszę być dobrej myśli. Jakiś czas temu, kiedy zajęliśmy się Samirą, po licznych badaniach i testach oraz po wykonaniu encefalografii diagnoza nie była obiecująca. – Nadżla relacjonuje przebieg choroby. – Samira przeszła w stadium śpiączki wegetatywnej, z której połowa osób nigdy się nie budzi. Organizm żyje, jednak nie reaguje na bodźce. Wyglądała na przytomną, jej powieki były uniesione, poruszała kończynami i głową, ziewała, ale w rzeczywistości zachowania te nie były odpowiedzią na jakiekolwiek impulsy wewnętrzne lub zewnętrzne. Bezpośrednio po wypadku lekarze celowo wprowadzili ją w śpiączkę farmakologiczną, żeby mózg szybciej się zregenerował. Jest to ogólnie przyjęta metoda. Lecz nie byli zbyt dobrymi specjalistami, bo za długo ją trzymali na bardzo mocnych lekach. My teraz usiłujemy zniwelować skutki ich błędów.

Marysia z Dorotą przekraczają próg dużej szpitalnej sali, w której znajduje się tylko jedno łóżko. Dziewczyna doskonale pamięta stan ciotki tuż po wypadku. Był ciężki, nawet bardzo. Miała poważne uszkodzenia czaszki, kręgów w odcinku szyjnym, połamane w paru miejscach ręce i nogi. Lekarze twierdzili, że robią wszystko, żeby utrzymać młodą kobietę przy życiu. Marysia przypomina sobie sytuację sprzed ponad dziesięciu lat. Pozostały jej w pamięci specyficzny chlorowy zapach kliniki, strach i widok zawsze wesołej Samiry, która teraz leżała bez ruchu i z licznymi opatrunkami na ciele. Jedna noga i ręka były na wyciągu. Części twarzy, które wychodziły spod bandaży, były opuchnięte i bordowofioletowe. Bicie serca przerażonej wtedy dziewczynki zagłuszały dźwięki różnorakiej aparatury: szum pomp dostarczających chorej tlen, rytm kontrolowanej przez komputery akcji serca, nawiew klimatyzacji i buczenie jarzeniówek. Pacjentka miała także podłączony respirator, który wyginał jej w nienaturalny sposób głowę do tyłu. Na stelażu wisiały dwa pojemniki z kroplówką – jeden zawierał przezroczysty płyn, drugi krew do transfuzji. Marysia aż się dziwi, że tyle pamięta z tej pierwszej wizyty, ale widać przeżyła ją bardzo mocno i utrwaliła jej się w głowie w formie filmu czy fotografii.

Dzisiaj Samira jest już w dużo lepszym stanie. Nie potrzebuje urządzenia do oddychania, jej serce bije miarowo i sama jest w stanie jeść. Siedzi teraz na łóżku, opierając się o podniesiony zagłówek, porusza rękami, jakby coś plotła, i patrzy przed siebie szeroko otwartymi oczami. Niestety, nie widzą one nowo przybyłych, bo wzrok skupia się w odległej przestrzeni.

– Wierzcie mi, Samira dzisiaj jest już bardzo dobra. – Nadżla poklepuje swoją pacjentkę po stopie, a ona delikatnie się uśmiecha. – Stosujemy w terapii stymulację sensoryczną polegającą na bombardowaniu chorego olbrzymią ilością bodźców, takich jak dotyk, hałas, zapachy, bodźce wzrokowe, słowa, jednak na ostateczne wyniki takiego leczenia należy poczekać. Kiedy myśmy się tutaj pojawili, to jak ona nieszczęsna, leczona przez tych konowałów, wyglądała! – wykrzykuje zdenerwowana, a Samira delikatnie drży. – Szkoda gadać! Stosowali do upadłego elektrowstrząsy, chyba szczypali ją, wbijali grube igły. Jej żebra były prawie czarne, miała mnóstwo sińców i znamion. To nie było widoczne dla odwiedzającej ją rodziny, ale muszę z przykrością powiedzieć, że katowano tę dziewczynę. – Kobiety przerażone patrzą na biedną krewniaczkę.

– To może dlatego miała takie skurcze, kiedy do niej przychodziłyśmy z babcią i dotykałyśmy jej rąk czy ciała – zastanawia się Marysia. – I rzeczywiście lekarze zabraniali nam ją myć, twierdząc, że możemy zrobić jej krzywdę. – Dziewczyna siada na krześle przy łóżku i delikatnie chwyta rękę ciotki. – Ona mnie ściska, mamo, ona czuje!

– Jest to pierwotny instynkt, taki jaki mają noworodki, ale nie możemy wykluczyć, że jest tak, jak mówisz. – Lekarka patrzy na to fachowym okiem.

– Samirko, słyszysz mnie? – Marysia wstaje, pochyla się nad chorą i delikatnie obejmuje ją ramionami. – Nie płacz. – Z szeroko otwartych nieprzytomnych oczu spływają wielkie jak grochy łzy.

– Może wasz przyjazd ją obudzi? – W progu staje Chadidża z koszykiem pełnym smakołyków. – Bo już wygląda całkiem dobrze, tylko coś musi nią wstrząsnąć. Czasami myślę, że rzucę granat za oknem – śmieje się i czule wita z kobietami.

– Oj, lepiej nie. – Nadżla z sympatią patrzy na energiczną krewniaczkę męża. – Jej dobry stan to efekt lat rehabilitacji. Najpierw stosowaliśmy masaże, obracaliśmy z boku na bok, żeby nie zrobiły się odleżyny, a teraz już ona sama lub przy maleńkiej pomocy ćwiczy, najchętniej w wannie z hydromasażem i w basenie, który mamy w podziemiach. Krioterapia też jest świetna. My stosujemy chętniej biostymulację laserową, a rzadziej energoterapię. W każdym razie, mówiąc po ludzku, nie poddajemy chorych elektrowstrząsom, tak jakby byli chorzy psychicznie.

– Jesteście wspaniali. – Chadidża obejmuje szczupłą lekarkę. – Wiecie, dziewczyny, ile dzieci po wypadkach trafia do ich kliniki? To miejsce jest błogosławieństwem dla chorych i czasami ostatnią nadzieją.

– Ale to całe wyposażenie, o którym wspomniałaś, musiało kosztować majątek! – Dorota trzeźwo patrzy na życie. – Dostaliście kredyt? Obrabowaliście bank?

– Muaid nie zdążył wam jeszcze powiedzieć?

– Ale o czym?

– Zostawiam to jemu, bo to wasze rodzinne sprawy. – Nadżla kieruje się do wyjścia, a matka z córką zdziwione patrzą na siebie.

– Czekaj chwilę. – Chadidża chwyta ją za rękaw białego kitla. – Chcemy zorganizować spotkanie, ale tym razem u nas na świeżym powietrzu – zwraca się do wszystkich. – Abbas przyjechałby po Samirkę i dziewczyny. Jest taka piękna wiosenna pogoda, że nie masz, pani doktorka, co się obawiać, że ci pacjentkę przeziębimy.

– Teraz mieszkasz w Zawii? – upewnia się Dorota. – Fajne miasteczko i plaże ładne. Kiedyś tam byłam.

– W zasadzie to pod miastem, ale może tylko pięć minut jazdy. Zakochaliśmy się w tej ziemi, mamy sad i parę poletek z warzywami.

– I ogromny dom, i służbę, i basen, i… co tam jeszcze? – Lekarka pokpiwa z farbowanej farmerki.

– Owce, kozy, parę kurek, dwa koniki, żeby dzieci sobie jeździły, i wielbłąda, który łazi za nami jak pies i pasie się, gdzie chce. Jest cudny, kupiliśmy go, jak był malutki, może trzymiesięczny.

– Już chcę to wszystko zobaczyć! – Marysia nie może się nadziwić. – Kiedy mamy przyjechać?

– Może w piątek? Na trzecią?

– Czekaj, czekaj, a na kiedy Baśka zapraszała? – przerywa Dorota.

– Na czwartek, wszystko gra. – Chadidża ma sytuację pod kontrolą.

– Ale będziemy imprezować, ho, ho! – Muaid właśnie wraca ze spotkania i słysząc ostatnie słowa, włącza się do rozmowy. – Porywam was, moje panie, na obiad do eleganckiej restauracji. Coraz więcej tutaj takich, da się żyć. – Bierze Dorotę i Marysię pod ramię i prawie na siłę wyciąga z sali. – Przyjedziecie jeszcze tutaj nie raz, nic się nie bójcie.

Włoska restauracja serwująca owoce morza na Regacie jest znakomita. Oprócz tego, że przygotowuje świeże ryby, mule, krewetki czy kalmary, to znajduje się nad samym morskim brzegiem. Widok jest oszałamiający i kobiety są zachwycone.

– Czas, żebym w końcu powiedział wam, jaką schedę pozostawiła mi babcia. – Kiedy skończyli jeść, Muaid powraca do nurtującej wszystkich sprawy.

– Chyba jakiś gigantyczny spadek, bo inwestycje poczyniłeś ogromne – domyśla się Dorota.

– W zasadzie tak by można rzec, lecz de facto jest to scheda po mojej matce, którą Nadia mi tylko przekazała.

– Jak to możliwe?! – Marysia też postanawia coś powiedzieć. – Ciocia wszystko miała w sejfie w domu w Ghanie. Po jej śmierci zabrałyśmy stamtąd chyba parędziesiąt tysięcy dolarów i kilogramy złotej biżuterii. Wiecie przecież, jakiego hopla miała na jej punkcie! Babcia stwierdziła, że to moje dziedzictwo przeznaczone na naukę. Dzięki temu mogłam cały czas chodzić do brytyjskich szkół. Pieniądze, które dał nam ojciec po sprzedaniu naszego rodzinnego domu, to były jakieś grosze. Babcia kupiła za to starą małą kamieniczkę na Faszlum.

– Tak więc babcia chciała sprawiedliwie podzielić fortunę mojej matki. – Mężczyzna kiwa potakująco głową. – Ja, jako jej syn, dostałem najwięcej, bo klinikę i numer rachunku bankowego w Szwajcarii.

– Ile tam było? – Dorota nie wytrzymuje.

– Równy milion – Muaid mówi od niechcenia, wzruszając ramionami.

– Czego milion?

– No, dolarów, przecież nie dinarów – śmieje się.

– Skąd Malika miała takie pieniądze? – docieka Dorota, bo wie, że zielone nikomu z nieba nie spadają. Marysia w szoku siedzi cicho z otwartą buzią.

– Jak to bywa w Szwajcarii, nie podają tam danych zleceniodawcy, ale ten, kto otworzył rachunek, wykupił również na pięćdziesiąt lat skrytkę. Znalazłem w niej zdjęcia, listy, pierścionek z wielkim brylantem i obrączkę. Była tam też karta walentynkowa z sercem przebitym strzałą na okładce. Treść zawierała oświadczyny i wręcz błaganie o ich przyjęcie. Wyznanie było trochę przeterminowane, bo ja już miałem dwa lata, ale zawsze.

– Co za narzeczony daje w prezencie ślubnym milion dolarów? – Marysia zadaje retoryczne pytanie, bo przecież romans Maliki z Muammarem był w rodzinie od zawsze tajemnicą poliszynela. – Nawet mój Bin Laden dał tylko dwieście tysięcy – uśmiecha się kpiarsko.

– To nieźle się wżeniłaś, dziewczyno! – Muaid szeroko otwiera oczy. – Wracając do sedna sprawy. Najpierw chciałem te pieniądze przekazać jakiejś organizacji charytatywnej, ale po głębszym zastanowieniu doszedłem do wniosku, że te instytucje wcale nie są takie wiarygodne i nieskorumpowane, słyszałem nawet, że z ich kont zasila się poczynania Al-Kaidy. Dlatego też postanowiłem sam zainwestować w działalność na rzecz Libijczyków, którzy z pieniędzy własnego kraju niewiele widzą. Czy wiecie, że dzienny dochód z wydobycia ropy i gazu wynosi sto pięćdziesiąt milionów dolarów, a niektórzy obywatele mają przychodu dwa dolary?! – podnosi głos i wyrzuca pięści do góry. – Granda! *Wallahi*, złodziejstwo na masową skalę! – Wściekły ciężko dyszy. – Tak więc zainwestowałem w klinikę, a szczególnie w oddział rehabilitacji pourazowej.

– Tak, same widziałyśmy. *Mabruk*, Muaid! – Marysia radośnie kiwa głową.

– To nie wszystko. Odkupiłem farmę i utworzyłem na niej ośrodek dla narkomanów. Znam od podszewki takie instytucje i wiem, jak to ma funkcjonować, bo sam spędziłem w takim miejscu najpierw dwa lata jako pacjent, a później jeszcze parę jako opiekun wolontariusz. Leczenie pracą to idealne rozwiązanie. Uzależnieni uprawiają rolę, hodują truskawki i pieczarki, do tego mają parę poletek z jarzynami do własnego użytku, owce, kozy, a nawet jedną krowę. W zasadzie farma sama się utrzymuje, a sporo chorych nie płaci nawet wpisowego ani za leki. Żyją sobie spokojnie i bezpiecznie, nikt ich nie wytyka palcami i przy okazji wracają do zdrowia i równowagi psychicznej.

Dorota z podziwem patrzy na młodego, kreatywnego człowieka i delikatnie poklepuje go po ramieniu.

– Uważałem jednak, że coś należy się też naszej rodzinie. Chadidża dostała sto tysięcy na dom i inne potrzeby, a Samirze otworzyłem konto w Szwajcarii i tylko czekam, aż się obudzi, żeby przekazać jej te pieniądze na nowy start. Miriam, okazuje się, że jesteś nieprzyzwoicie bogata, to twoją pulę pozwolę sobie zainwestować w sierociniec i dom samotnej matki z dzieckiem. Od dawna o tym myślę, kupiłem już willę ze sporą działką, a twoje pieniądze przyspieszą otwarcie.

– Oczywiście, Muaid, ja mam kasy aż za dużo. Nie potrzebuję więcej, sama też coś ci dołożę na ten szczytny cel.

– Wy, dziewczyny, nie wiecie, co się u nas dzieje z kobietami, które zachodzą w niechcianą ciążę. Rzadko jest tak, jak było z moją matką, że rodzina na to pozwala lub przymyka oko, czy nawet tuszuje sprawę. Najczęściej ojciec lub inny mężczyzna z rodu sam oskarża krewniaczkę i trafia ona do poprawczaka. Poprawczak dla dorosłej osoby! Wyobrażacie sobie?! I nieważne, czy zaszła ona w ciążę z powodu romansu czy gwałtu. Ten, który ją pohańbił, chodzi sobie spokojnie na wolności, a pokrzywdzona siedzi w areszcie. Nie wyjdzie stamtąd, dopóki jej męski opiekun nie zechce jej przebaczyć i zabrać do domu. Czasami wydaje się je za biedaków, którzy biorą sobie żony właśnie z takiego przybytku.

– Dlaczego? – oburza się Marysia.

– Nie muszą płacić wiana, a mają dobrą, potulną i doświadczoną przez los sierotę, z którą mogą zrobić wszystko, co zechcą, bo nikt się za nią nie wstawi.

– A co na to prawa człowieka?! Jak to jest w ogóle możliwe?! – Dorota aż podskakuje na krześle. Ją też to mogło w przeszłości spotkać. Ahmed przecież był zdolny do wszystkiego.

– W Libii jest wiele takich nieprawości i wszystko świetnie zakamuflowane. Tak działa ten rząd, opiera się na kłamstwie, oszustwie, wyzysku i krzywdzie. – Muaid oświeca kobiety.

– A ja myślałam, że wszyscy są tutaj szczęśliwi i wszyscy kochają Kaddafiego – młoda naiwna dziewczyna nie może się nadziwić.

– Na pozór tak. Ale jak szczerze porozmawiasz z ludźmi, to dziewięćdziesiąt koma dziewięć procent Libijczyków życzyłoby mu śmierci. On otacza się jedynie sprzedajnymi duszami, musi kupować ich lojalność, a same wiecie, że to drogi towar.

– Ojej, ale się porobiło – wzdycha Dorota. – To u was też może dojść do takiego przewrotu jak w Tunezji czy Egipcie – jej umysł opanowuje nagła myśl. – Miejmy jednak nadzieję, że nie, bo takie akty zawsze niosą ze sobą ofiary.

– Patrioci liczą na to, że arabska wiosna i u nas zawita. – Mężczyzna zawiesza głos i czujnie rozgląda się dookoła. – Zeszliśmy na zbyt poważne tematy, zwłaszcza w miejscu publicznym – mówi konspiracyjnie.

– Tak, trzeba uważać. – Polki omiatają teren wzrokiem, lecz nie widzą nic podejrzanego.

– Jeszcze pozostałaś ty, Dora, osoba, która najbardziej ucierpiała ze strony naszej rodziny. – Muaid powraca do kwestii podziału schedy po matce. – Prześlij mi, kochana, swój numer rachunku bankowego i będziemy mieli sprawę z głowy.

– Ja nie wiem, czy powinnam, mój mąż dobrze zarabia, niczego nam nie brakuje – broni się zawstydzona. – Może lepiej ty te pieniądze wykorzystaj na jakiś zbożny cel.

– Na pewno? Jesteś przekonana, że nie chcesz ani grosza? Należy ci się za wszystkie krzywdy i upokorzenia, jakich doznałaś. Niestety, wiem, że w niektórych ciemnych sprawach związanych z tobą moja matka też maczała palce. – Krytycznie wygina wargi. – Babcia mi o tym napisała.

– Tym bardziej nie chcę jej pieniędzy, dziękuję, Muaid. – Dorota zdecydowanie wstaje od stołu, odwraca się i z pochyloną głową rusza w stronę samochodu.

Polsko-libijskie rodziny

Osiedle w Ainzarze w zasadzie prezentuje się całkiem ładnie. Plusem tego miejsca jest świeże powietrze i mnóstwo zieleni. Kiedyś musiał to być całkiem niezły kamp, lecz z biegiem lat, w tym z powodu kiepskiego zarządzania, znacznie podupadł. Znajduje się tam około pięćdziesięciu parterowych domków, każdy z małym ogródkiem i ganeczkiem, dwa korty tenisowe oraz basen, obok którego jest miejsce do grillowania. Marysia, Dorota i Baśka w czwartek od samego rana usiłują doprowadzić do porządku teren wieczornej biesiady. Zamiatają góry liści, które opadają z wysokich eukaliptusowych drzew i nie były zbierane chyba latami. Pakują je w wielkie czarne worki, których uzbierały już trzy, a końca pracy jeszcze nie widać. Baśka przynosi wiadro z wodą z chlorem i szoruje drewniane stoły i ławy, Dorota, jak Kopciuszek, wybiera popiół z wielkiego grillowiska z czerwonych cegieł. Nie rozmawiają ze sobą i czują dziwne skrępowanie. Była przyjaciółka do tej pory nie uchyliła rąbka tajemnicy, dlaczego opuścili wielki, luksusowy dom na Gurdżi, i nie powiedziała, kim jest sąsiad, z którym spędza większość czasu. Nie zapytała też ani słowem o życie Doroty czy Marysi, nie interesuje jej, jak się odnalazły. Jedyną reakcją na informację, że obie mieszkają w Arabii Saudyjskiej, była złośliwa uwaga na temat bogactwa tego kraju i zarobków ludzi w nim pracujących.

– To wy już może dopieśćcie resztę, zaraz dam wam obrusy i inne drobiazgi, a ja pójdę zamieszać parę sałatek. – Koło południa Baśka chce opuścić dziewczyny.

– Może ci pomożemy, na dzisiaj nie mamy zaplanowanego nic innego do roboty – proponuje Dorota.

– To sobie odpocznijcie. Wieczorem posiedzimy, to pogadamy. Zbierajcie siły.

– Okej. – Marysia odwraca się w stronę matki ze zdziwioną miną. Do tej pory była przekonana, że Baśka i Dorota to najlepsze przyjaciółki z młodości.

– Nawet nie zapytała, czy mamy co do gęby włożyć! – Wściekła Dorota szuka w domu papierosów.

– Nie za dużo palisz? Nie denerwuj się, coś wykombinujemy. Jestem specjalistką od robienia czegoś z niczego, babcia mnie nauczyła.

– Też swoje przeszłaś, córeczko. – Matka obejmuje ją ramieniem i wtula się w jej pachnące szamponem kręcone włosy.

– Czy wiesz, że nie wymieniłyśmy ani jednego dolara na dinary? – śmieje się młoda. – Chyba wezmę w sklepiku coś na krechę. Mam nadzieję, że mi dadzą.

– Poczekaj, ja w Rijadzie kupiłam pięćset. – Matka sięga do eleganckiego skórzanego portfela.

– To jesteśmy uratowane! Ugotuję ci makaron po libijsku. Tuńczyka, przecier i oliwę chyba muszą tutaj mieć.

– Ja zawsze bardzo lubiłam taką czerwoną pastę, pomogę ci.

Przed zjedzeniem takiej ilości węglowodanów najpierw postanawiają pójść na spacer. Zaczynają od głównej bramy wjazdowej, która cały czas stoi otworem. Jest wprawdzie budka strażnika, ale stoi pusta. Nikt nie strzeże tego miejsca, bo nie ma przed kim, nikt nie kontroluje, nie otwiera bagażnika w aucie ani nie sprawdza dokumentów. Obu kobietom jak na komendę przychodzi na myśl porównanie z Arabią Saudyjską.

– Nie ma to jak wolność i swoboda! – śmieje się Marysia, wykonując taniec biodrami.

– I brak abai! – matka dołącza do córki w kpinkach. – Czuję się po prostu goła! Och! Co za rozpusta! – Kokieteryjnie rozpina jeden guzik więcej pod szyją.

– A gdzie nasz *mahram*? Mamo? Co zrobimy, jak nas *mutawwa* złapie?!

– Damy mu w pysk i powiemy, żeby się bujał. – Dorota obejmuje córkę w pasie i żwawym krokiem ruszają przed siebie.

Przed parkingiem dla odwiedzających, na którym stoi jeden samochód, widzą całkiem dobrze wyposażony plac zabaw dla dzieci oraz małe zoo. W prowizorycznie skleconych klatkach spacerują dwa dumne pawie z przepięknymi wielobarwnymi ogonami, kolorowe kaczki i białe gęsi. Nad bajorkiem, które chyba naśladuje staw, czyści swe skrzydła duży łabędź. W innej klatce umieszczono małe czarno-białe kózki, które niestety wydzielają dość nieprzyjemny zapaszek. Kobiety postanawiają zajrzeć do marketu, żeby się zorientować, w co jest zaopatrzony. Wbrew ich oczekiwaniom nie jest tak źle i znajdują wszystkie podstawowe produkty i sporo takich, których w ich czasach w Libii nie było.

– Jeszcze wezmę sobie marsa i snickersa. – Marysia łakomi się na słodycze. – A ty, mamo?

– Coś ty! Ja tyję od samego patrzenia na czekoladę. Nie te czasy, kiedy mogłam bezkarnie opychać się byle czym.

– Ej tam, nie wierzę! Dla ciebie też biorę, odchudzać będziesz się po urlopie – dziewczyna decyduje.

Za dwie wielkie wypchane do pełna reklamówki z jedzeniem płacą dosłownie grosze i zostawiają zakupy u miłego sprzedawcy, chcąc jeszcze pozwiedzać kamp.

– Zagrałabym w tenisa, a ty?

– Nie umiem – wyznaje Dorota. – A gdzie ty się nauczyłaś?

– W brytyjskiej szkole w Sanie. Mieli tam rewelacyjne boiska, korty, basen i w ogóle całe zaplecze.

– Nadia była bardzo dobrą i mądrą kobietą. Wiedziała, że wiedza i nauka daje kobiecie wolność.

– Szczególnie arabskiej – potwierdza dziewczyna. – Dlatego też ja muszę w końcu znaleźć swoją drogę i podjąć jakieś studia. Nie mogę zaprzepaścić szansy, którą dała mi babcia. To by było nie fair w stosunku do niej. Nie masz pojęcia, jak ona walczyła o mnie, ile upokorzeń musiała znosić, żebym mogła się kształcić. – Dorota słucha z zainteresowaniem historii córki. – Ależ się wściekła na mnie, kiedy jej oznajmiłam, że tuż po maturze wychodzę za mąż! – Marysia kiwa na boki głową i chichocze. – Teraz ją rozumiem, ale wtedy uparłam się jak muł i nikt nie był w stanie zmienić mojego postanowienia.

– Taka już jesteś, mała ośliczko. – Matka czule ją przytula. – Zawsze taka byłaś i jako dziecko nieźle dawałaś mi w kość.

– Muszę nad tym popracować. Może zapytamy Baśkę, czy nie ma rakiet do tenisa? – wraca do wcześniejszego tematu. – Mogłabym cię trochę pouczyć, co ty na to?

– Czy moja eks-przyjaciółka wygląda na osobę, która uprawia jakikolwiek rodzaj sportu? – Po tym retorycznym pytaniu wybuchają kaskadą śmiechu.

Idą dalej szutrowymi alejkami i mijają kolejne domki. Ich stan zależy chyba jedynie od lokatorów. Niektóre są świeżo wymalowane i ogrodzone równymi drewnianymi płotkami, ogródki jak malowane, wypełnione po brzegi kwitnącymi na wiosnę kwiatami, inne wyglądają jak opuszczone, z łupiącą się płatami farbą na frontonach. Tak właśnie prezentuje się dom Baśki i Hassana. Kamp grodzi metalowa siatka, ale albo leży na ziemi, albo świeci dziurami.

– Idziemy? – Marysia kusi matkę.

– Coś ty? Po co? To może być cudza własność albo teren wojskowy i nas zastrzelą jako szpiegów. – Dorota nie ma zaufania do niczego w tym kraju.

– Ależ z ciebie cykor! Zobaczymy tylko, co tam jest. – Młoda przepycha się przez dziurę w ogrodzeniu, lecz ledwo stawia stopę na obcym gruncie, rozlega się szczekanie i stado wychudzonych dzikich psów rusza w jej kierunku. Dorota podnosi z ziemi największy kamień i rzuca w zwierzaki, które uciekają z piskiem.

– Maryniu, ty rzeczywiście powinnaś popracować nad swoją idiotyczną przebojowością i bezmyślnością. – Dorota jest zła na córkę. – Ja już w twoim wieku miałam dziecko, znaczy się ciebie! – rzuca ostateczny argument.

– I ty coś mówisz o mojej bezmyślności? – niezrażona, choć mocno przestraszona Marysia trafnie ripostuje.

Wracając, kobiety mijają dom Niemca i słyszą dochodzący z niego śmiech Baśki. Po godzinnym włóczeniu się po okolicy mocno zgłodniały i zahaczają o sklep, zabierając z niego swoje zakupy. Później w brudnej maleńkiej kuchence wspólnie pichcą dla siebie pyszne danie. Wymieniają się przy tym nowymi informacjami, jakie zdobyły w ciągu krótkiego pobytu w Libii.

– Ale tutaj się zmieniło – komentuje Dorota. – Przede wszystkim mentalność i świadomość ludzi. Boję się, żeby się coś nie ruszyło, zanim zdążymy stąd wyjechać. Może przełożymy bilety powrotne z dwudziestego ósmego na jakiś wcześniejszy termin?

– Nie panikuj! – śmieje się Marysia, widząc przerażoną minę matki. – Co nam się tutaj może stać, jeśli w nic nie będziemy się angażować? Przecież nie pójdziesz na jakąś manifestację! Nie po to tutaj przyjechałyśmy.

– Kochanie, ten kraj to beczka z prochem, wystarczy najmniejsza iskra i wszystko pierdolnie aż po fasadę! – Matka klnie tylko wtedy, kiedy jest bardzo zdenerwowana. – Jak coś się tutaj zacznie, to tak szybko się nie skończy, i nie wiadomo, w jakim kierunku to się rozwinie. A Kaddafi to nie Ben Ali z Tunezji, on władzy tak łatwo nie odda.

– Nie kracz, lepiej zdrzemnijmy się chwilkę. – Marysię obfity obiad rozłożył i oczy same jej się kleją.

– Myślę, że powinnyśmy wcześniej wrócić. – Dziewczyna zapada w sen, lecz słyszy matkę rozmawiającą w drugim pokoju przez telefon. – Mam jakieś złe przeczucia. Nie trzeba było jechać, nie do tego kraju i nie teraz. Łukasz, ja się boję.

Wieczorem nad basenem zbiera się sporo osób. Przychodzą wszystkie stare koleżanki Doroty – Zośka, Bożenka, Lucyna, Marysia, lecz tylko niektóre z mężami Libijczykami. Reszta przyjeżdża sama lub z dorosłymi już córkami. Jest Muaid z Nadżlą, lecz Chadidża wykręciła się tym, że nie ma z kim zostawić dzieci, a Dorocie wyznała szczerze, że to impreza polonijna i libijska rodzina, mówiąca na domiar złego kiepsko po angielsku i ani słowa po polsku, byłaby zbędna. Wystarczy reprezentant.

– Buziaki, buziaki. – Koleżanki teraz już bez skrępowania obściskują i obcałowują Dorotę i Marysię. – Kiedy ta twoja córka tak urosła? A jaka śliczna z niej pannica! – znów się zachwycają. – Ale czemu tak kiepsko mówisz po polsku, dziewczyno?

– Coś ty, już świetnie! – Matka staje w obronie córki, która w ciągu pół roku zrobiła niesamowite postępy. – Myśmy po wielu latach dopiero niedawno się odnalazły, a Marysia do tego czasu żyła w arabskiej rodzinie i nie miała żadnego kontaktu z językiem. Tak więc nic jej nie można zarzucić! – Obejmuje pierworodną w pasie i mocno przyciska do siebie.

– Super! – wykrzykują już uspokojone. – Ale macie szczęście! To w ogóle jakiś cud!

Muaid trochę nieswojo czuje się w polskim towarzystwie, lecz gdy pojawia się pogodny jak zawsze Hassan, pogrążają się w rozmowie. Nadżla układa półmiski na stole i nadzoruje grilla. Organizatorki przyjęcia jeszcze nie ma, ale jakoś nikomu to nie przeszkadza.

– Czy ktoś mnie uświadomi, co jest grane z Baśką? – Dorota pyta w końcu Zośkę.

– A co ma być? Kryzys małżeński, problemy z menopauzą, przystojny adorator... – zawiesza głos i ściska usta, aż robi jej się z nich wąska kreska. – Tak to już bywa.

– Zazwyczaj to mężczyźni nas zostawiają, a w tym wypadku prawdopodobnie będzie inaczej – włącza się Bożena.

– Nie opowiadaj! Takie idealne, wzorowe małżeństwo!

– Prawie takie jak moje, nie? – Zocha smutno się śmieje.

– A co z tobą znowu?

– Mój stary, cudowny mąż i kochanek, idealny ojciec, wyjechał na placówkę na Ukrainę. Wtedy właśnie stuknęła mi czterdziestka i zaczęłam się skokowo starzeć. On zaś przechodził samczą andropauzę, więc nam się zbiegło. Zostałam w Trypolisie, żeby Darin skończyła szkołę, bo przecież nie będzie jej zmieniać w klasie maturalnej. A później już mnie nie namawiał, żebym do niego dojechała. Mam nadal ten sam wielki, elegancki dom, przesyła regularnie pieniądze, jak mu napisałam, że auto mi się rozsypało, kupił nowe. Ciągle jest z niego dobry chłop, tylko że się zakochał, ożenił i ma z inną małego dzieciaczka. Na odmłodzenie.

– Znowu kwęczysz i opowiadasz o swoim starym? – Jak spod ziemi wyrasta koło nich Baśka. – Trzeba było obudzić się trochę wcześniej. Teraz to przynajmniej się z nim rozwiedź i postaraj sobie ułożyć życie. To nie koniec świata!

– A ty jak sobie urządzasz życie? – Dorota bez namysłu wypala pytanie, a całe polskojęzyczne towarzystwo milknie, czekając na odpowiedź.

– Mam niemieckie frankfurterki z serem dla tych, co nie brzydzą się wieprzowinki. – Postawny i przystojny mężczyzna, mówiący po polsku z mocnym niemieckim akcentem, podchodzi do grilla i kładzie na sąsiadującym z nim stole dwie wielkie paki kiełbasek. – Cześć wszystkim, jestem Ralf, moja rodzina pochodzi ze *Stettin*, ale ja już wychowałem się w Berlinie – informuje nowo przybyłe do Libii panie, bo reszta zebranych zapewne wszystko to doskonale wie. Hassan spuszcza wzrok, lecz gdy go ukradkiem podnosi, Dorota widzi czarną rozpacz w jego oczach.

Gospodarz, chcąc wybrnąć z krępującej sytuacji, zaczyna krążyć z dzbankiem i polewać wszystkim domowe wino. Muaid i Nadżla odmawiają. Polacy wznoszą toasty i atmosfera trochę się ociepla.

– Wiesz, jak ktoś jest tak nieodpowiedzialny, żeby zabierać się do spiskowania, kiedy ma rodzinę, to uważam, że należy takiego człowieka uwolnić i dać mu swobodę działania – Baśka w końcu udziela odpowiedzi na zadane wcześniej przez Dorotę pytanie. Mówi to na tyle głośno, że Hassan oczywiście musi słyszeć. Nie przerywa jednak rozmowy z Muaidem i Nadżlą oraz dwoma innymi mężami Polek. – Wynoszenie tajnych dokumentów z ministerstwa i podburzanie wojska do buntu jest zwykłym przestępstwem, więc wyrok dwóch lat więzienia uważam za bardzo łagodny. W obecnej niepewnej sytuacji już by za to mógł zapłacić głową.

– Jestem Libijczykiem i patriotą i nie mogę dłużej stać z boku i obserwować tego, co się w naszym kraju wyprawia – pochmurny Hassan mówi po angielsku, żeby wszyscy z towarzystwa mogli zrozumieć. Dorota dopiero teraz zdaje sobie sprawę, że wsadziła kij w mrowisko.

– Tak, stan rzeczy jest żenujący, mnie to też boli i mierzi. Mam nadzieję, że już niedługo... – Muaid nie zdąża skończyć zdania.

– Więc uważasz, że to jest fair rujnować życie całej rodzinie w imię jakichś niedościgłych ideałów i głupich mrzonek! – Baśka podnosi głos. – Dobrze, że zdążyłam dziewczynki wysłać za granicę i uratować trochę mebli. Z dnia na dzień wylądowaliśmy na ulicy, bo ty się bawisz w politykę! Ja chcę wieść normalny, spokojny żywot! Oddaj mi tylko syna, a już mnie nie ma! I wtedy będziesz mógł do woli bawić się w konspirację, a może nawet w wojnę.

– Boże, co ja rozpętałam – Dorota szepcze Bożence do ucha. – Dziewczyny, zróbcie coś, zmieńcie temat!

– Tak już jest od pewnego czasu, nie przejmuj się – uspokaja ją Lucyna. – Na każdym spotkaniu, każdej imprezie publicznie i bez najmniejszego skrępowania kłócą się i piorą swoje cholerne brudy.

– On jest już duży i sam decyduje, ja go tutaj na siłę nie trzymam. Ale niestety nie chce jechać z tobą, kochanie – z ironią i nieziemskim spokojem Hassan wbija żonie szpilę. – A teraz, przynajmniej z szacunku wobec naszych przyjezdnych gości, nie kontynuujmy dłużej tego żenującego przedstawienia.

Baśka patrzy na swojego męża z wściekłością, wręcz nienawiścią. Po chwili opuszcza towarzystwo i nie pojawia się do końca imprezy. Ralf wychodzi zaraz za nią. Przyjęcie już się nie klei i atmosfera jest więcej niż ciężka. Goście dość szybko rozchodzą się do domów. Hassan z Muaidem wymieniają się telefonami i szepczą coś na boku. Widać, że mężczyźni mają wiele wspólnych tematów.

– Może pojedziecie ze mną? Wasz apartament czeka. – Muaid podchodzi do krewniaczek. – Wygodniej jest mieszkać w centrum miasta, a nie na takim odludziu. Hm?

– Tak, masz rację. – Dorota błyskawicznie się decyduje, wpada do domku, wrzuca parę uprzednio wyciągniętych rzeczy do walizki i już jest gotowa.

– Dzięki, że zapytałeś. – Marysia całuje kuzyna w policzek. – Chybabym tutaj całkiem zbzikowała.

Codzienne szczęście Chadidży

Następnego dnia dziewczyny nie są już tak podekscytowane popołudniowym spotkaniem. Nie znają panujących obecnie w tym kraju realiów i tego, jak one wpłynęły na stosunki międzyludzkie. Może teraz wszyscy się kłócą o to, czy trwać w znanym sobie bagienku bez szans na lepszą przyszłość, czy zaryzykować i starać się coś zmienić. Dorota i Marysia zdają sobie sprawę, że nie jest to ich problem, ich kraj, ich cyrk i ich małpy oraz że nic je to nie obchodzi, lecz nie jest im przyjemnie patrzeć, jak znani im ludzie miotają się z kąta w kąt. Cieszą się, że tutaj przyjechały, ze spotkania z Muaidem, Samirą czy Chadidżą, ale teraz już wiedzą, że wybrały zły moment. Wyjeżdżają z domu o trzeciej, bo pogoda dopisuje do tego stopnia, że postanawiają pojechać jeszcze na plażę do Surmanu koło Zawii. W wielkiej toyocie camry jest wystarczająco dużo miejsca dla całej trzyosobowej rodzinki Muaida oraz dwóch przyjezdnych szczupłych kobiet.

– Będę pływać, ciociu, patrz, mam wszystko przygotowane! – Nevin, mała i drobniutka jak rodzice, jest bardzo podekscytowana perspektywą pobytu na plaży i otwarciem sezonu pływackiego. – Mam kółko, motylki, a tatuś kupił mi też fajkę, wieeeelkie okulary i płetwy. Widzisz, widzisz! – Chudzina aż podskakuje w swoim samochodowym foteliku.

– Abbas przyjechał po Samirę już o dziesiątej rano – mówi Nadżla. – Ja nie wiem, czy to jest taki dobry pomysł, żeby ona spędzała tyle godzin na świeżym, rześkim jednak powietrzu, szczególnie na plaży, a tym bardziej kąpała się w morzu. Przecież woda jest jeszcze lodowata, a od wody zawsze dmie chłodny wiatr! Sam pobyt na dworze to dla niej ryzyko, a w dużym skupisku ludzkim jest ono już naprawdę wielkie. Czy nikt nie zdaje sobie sprawy, że jakakolwiek infekcja w jej przypadku stanowi zagrożenie życia?! – Lekarka denerwuje się i boi o swoją najbliższą sercu pacjentkę.

– Nie przesadzaj – oponuje spokojnie mąż. – Przecież ona nie jest obłożnie chora, porusza się i funkcjonuje normalnie. Ma zdrowe i silne ciało. Znajduje się po prostu w stanie nieważkości, jakby była ciut naćpana. I tak jest o niebo lepsza od niektórych narkomanów, przywożonych do ośrodka na farmie. W jej wypadku wystarczy tylko ocknąć się, bo cały organizm pracuje normalnie. – Nadżla macha z lekceważeniem ręką, a dziewczyny na tylnym siedzeniu patrzą na siebie porozumiewawczo. Znów się zaczyna, myślą. Mała rodzinna awanturka. Możliwe, że jest to wstęp do większej burzy.

Plaża koło Zawii jest nadal dziewicza, nie ze względu na puste, dzikie przestrzenie, ale pod kątem infrastruktury i bazy turystycznej. Stoi tam tylko jeden rozsypujący się ze starości baraczek, który ma służyć za restaurację. Serwuje się w nim w brudnych, poklejonych kubkach kawę i cappuccino, w lepkich szklankach zaś herbatę i zimne napoje. Ten, kto chciałby ekspresowo nabawić się ameby, może skosztować hamburgerów czy hot dogów. W wiadrze ze stojącą, nie wiadomo jak często wymienianą wodą są myte warzywa, a ręce kucharzy i kelnerów chyba nigdzie. Nikt nie zainteresował się doprowadzeniem kanalizacji do tego miejsca, więc o toalecie czy prysznicu nie ma nawet co marzyć. Jasny drobniutki piasek jest w wielu miejscach pokryty zgniłymi resztkami pożywienia, pampersami, zardzewiałymi puszkami i zwałami plastikowych butelek po napojach. Śmieci przesypują się z nielicznych kubłów lub są zebrane w większe kupy pod wydmami na obrzeżach.

– Kiedyś tak mi się tutaj podobało – smutno mówi Marysia. – Wtedy jeszcze nie wiedziałam, jak plaża powinna i mogłaby wyglądać. A teraz to – macha na boki rękami – po prostu mnie szokuje i zniechęca.

– Mówiłem, że zmiany w naszym pięknym, lecz zaniedbanym i zniszczonym kraju są konieczne. – Muaid potakująco kiwa głową.

– Ale przynajmniej woda jest znakomita, przejrzysta i… lodowata. – Dorota zamacza palce stóp i odskakuje z piskiem.

Mieszkańców okolicznych wiosek oraz Zawii i nawet Trypolisu zjechało się tutaj całe mnóstwo. Oczywiście najwięcej jest dzieci i one są najgłośniejsze. W porównaniu z innymi pociechy Chadidży i córka Muaida są ciche jak trusie. Libijczycy spędzają weekendy nad morzem w ten sam sposób od pokoleń. Kobiety opiekują się maluchami i serwują zimne jedzenie, a mężczyźni rozpalają małe grille lub ogniska, na których zazwyczaj przypiekają kawałki mięsa, a czasami warzywa. Nastolatki, trzymając się za ręce i izolując od chłopaków, z piskiem wskakują do wody. Dorota zauważa, że na tej publicznej, wiejskiej plaży nadal nie uświadczy się libijskiej dziewczyny czy kobiety w kostiumie kąpielowym, nie wspominając już o dwuczęściowym. Młode panienki mają na sobie przeważnie czarne legginsy i szerokie T-shirty. Po wejściu do wody od razu mogą startować w konkursie na miss mokrego podkoszulka, zwłaszcza że Arabki przeważnie mają dość obfite piersi. Chłopcy i młodzi mężczyźni pływają w szerokich szortach, długich aż do kolan, lecz nie widać żadnego ubranego w kąpielówki. Nie wiadomo, czy to taka autoreklama, że mają tak wielkie przyrodzenia, iż nie mieszczą im się w zwykłe majtki? Jedynie dziewczynki w wieku Nevin i trochę starsze mają na sobie kolorowe fikuśne kostiumiki i czują się swobodnie. Reszta pływaków ma dość skrępowane ruchy i dlatego też w zasadzie albo dryfują, albo moczą tyłki.

Kobiety z rodziny Salimich zachowują się tak samo jak wszystkie inne panie na plaży. Przygotowują stół z zimnymi przekąskami i owocami, bo zasadnicze mięsne danie będą jeść już na farmie u Chadidży. Wyciągnęły plastikowe pudła i pudełeczka z ogromnej przenośnej lodówki i zabierają się do wypakowania kubków, talerzyków i sztućców z przepastnych słomkowych koszy. Jeszcze serwetki, jeszcze ręczniki papierowe i mokre odkażające i po chwili dwa duże składane stoliki są już wypełnione po brzegi. Mężczyźni w międzyczasie ustawiają krzesła, wbijają w piasek kolorowe parasole przeciwsłoneczne i mogą teraz cieszyć się piknikiem nad morzem. Wszyscy z westchnieniem ulgi rozsiadają się wygodnie i patrzą w lazur morza, które na horyzoncie przechodzi w błękit bezchmurnego nieba. Jednak hałas na plaży i otaczający ich tłum co chwilę rozprasza czyjąś uwagę.

Fotel inwalidzki z Samirą panowie postawili na słomkowej macie, po której co chwilę ktoś przebiega. Kiedy bez pardonu wskakuje na nią tłusta nastolatka i swoim wielkim biodrem uderza nieprzytomną kobietę w ramię, tak że ta omal nie ląduje na ziemi, wszyscy członkowie rodziny skaczą na równe nogi i mają ochotę ją zlinczować.

– Co ty wyprawiasz, *madżnuna*[1]! Jesteś córką osła czy wielbłąda? – Chadidża nie panuje nad językiem i z chęcią wytargałaby bezczelną gówniarę za kudły.

– Jak takaś jaśnie pani, to trzeba było jechać na prywatną plażę albo do hotelu Corynthia! – wykrzykuje impertynentka, a w stronę zajścia od razu zmierza parę osób z jej rodziny oraz kilku ciekawskich. – To jest plaża dla wszystkich!

– Dla wszystkich chamów, takich jak ty, gówniaro jedna! – Prawie pięćdziesięcioletnia kobieta nie wytrzymuje arogancji prostaczki i pyskówka zmierza do bijatyki, bo obie jej uczestniczki robią parę kroków w swoim kierunku.

[1] *Madżnuna* (arab.) – wariatka.

– No, no, no… – Beztrosko uśmiechnięty Abbas staje między swoją żoną a wiejską awanturnicą. – Mogłabyś przeprosić, młoda damo, za to, że uderzyłaś niepełnosprawną – próbuje załagodzić sytuację.

– Tacy to niech leżą w szpitalu, a nie wchodzą pod nogi normalnym i zdrowym ludziom!

– To ty wlazłaś na naszą matę, kobyło! A zdrowa to za bardzo nie jesteś, bo debili za takich się nie uważa! – Nieziemsko spokojny mężczyzna nie wytrzymuje i też podnosi głos.

Marysia z Dorotą stoją na uboczu i chce im się śmiać. Samirze w zasadzie nic się nie stało, może wypadł jej z upięcia jeden kosmyk włosów i trochę straciła pion. Jednak nadal siedzi jak najbardziej spokojna i pogodna, swoimi migdałowymi nieprzytomnymi oczami spogląda w siną dal, a nad jej głową odbywa się karczemna awantura. Nagle pojawia się w towarzystwie rodziny młody, może dwudziestoparoletni przystojny mężczyzna, klepie Muaida w ramię i we dwójkę chwytają za fotel, przenoszą go na drewnianą kładkę, a Nadżla pcha go w kierunku samochodu. Następnie nowo przybyły gość usiłuje zrolować matę, usuwa z niej spoconą z nerwów Chadidżę oraz wspierającego ją męża, lecz obca dziewucha aż się rozkraczyła, dając do zrozumienia, że się nie ruszy.

– *Imszi barra*[1], ty głupia kozo! – chłopak wrzeszczy jej prosto w ucho. – *Barra hnek*[2]*!*

[1] *Imszi barra* (arab.) – zjeżdżaj, zmiataj, wynocha.
[2] *Barra hnek* (arab.) – spieprzaj (wulgarnie).

– *Szinu*[1]?

Młodzieniec uśmiecha się tylko pod nosem, spokojnie schyla, chwyta za jeden róg maty, Abbas, przewidując jego zamysł, za drugi i powoli ciągną ją do siebie. Zdziwiona grubaska najpierw przestępuje z nogi na nogę, lecz po chwili traci równowagę i ląduje na piasku, krzycząc i zawodząc. Do rodziny młodej wieśniaczki, która groźnie marszczy brwi i zaczyna głośno kląć i wykrzykiwać, wymachując przy tym zaciśniętymi pięściami, zamierza dołączyć grupka niesympatycznie wyglądających około dziesięciu nastolatków. Biegną w ich kierunku, wymachując kijami bejsbolowymi i podnosząc znalezione po drodze kamienie. Tacy, żeby zabić nudę na plaży, tylko szukają pretekstu do zwady. Przyjezdnym przestaje być do śmiechu.

– Jestem Raszid, młodszy syn twojej ciotki. – Mężczyzna otrzepuje ręce, aby przedstawić się Marysi. – Lepiej się stąd zmywajmy. Zawia i okolice zawsze były niebezpieczne, ja nie wiem, co też matka widzi w tym miejscu.

– Do auta, ale już! – Muaid wraca z parkingu i widząc, jak niebezpieczna jest sytuacja, krzyczy do pozostałych na plaży członków rodziny. – Nevin, zmykaj! Biegiem! – Popycha córkę.

Szczupły i niewysoki kuzyn niesie w ręku niewielką torbę podróżną. Nie czeka, aż chuligani, którzy tylko czekają na okazję, żeby kogoś pobić, zabiorą się do dzieła. Jednym ruchem wyciąga małego poręcznego kałasznikowa i oddaje serię w powietrze. Wszyscy na plaży wstrzymują oddech.

[1] *Szinu* (arab.) – że co? (potoczne).

– Przeprosimy ładnie? – pyta, pochylając się nad zbaraniałą arogancką dziewuchą siedzącą na piasku jak wór z kartoflami, której teraz oczy wychodzą z orbit. – No? – ponagla, dotykając butem jej tłustego tyłka.

– *Afłan, ja ustaz, ja'ani afłan*[1] – prostaczka ledwo wydusza z siebie, sikając przy tym ze strachu w majtki.

– Muaid, ja nie będę pytał, skąd masz takie fajne zabawki, ale czy to legalne i bezpieczne? – Abbas pyta z przekąsem, siedząc już wygodnie rozparty w wiklinowym fotelu i rozkoszując się ciszą i spokojem własnego ogrodu. – A gdyby ktoś z nich też miał broń? Rozpętałaby się wojna – stwierdza z dezaprobatą.

– Zagalopowaliśmy się – przyznaje Chadidża. – Daliśmy się ponieść nerwom z powodu jakiejś głupiej gęsi. – Widać, że jest jej wstyd.

– Wasza postawa była wyjątkowo głupia! – Nadżla patrzy lekceważąco na rodzinę męża i obejmuje czule swoją małą córeczkę, która siedzi jej na kolanach, zmęczona całym dniem na świeżym powietrzu. – Były z nami małe dzieci, chora kobieta i dwie cudzoziemki, a wy ryzykowaliście ich bezpieczeństwo dla głupiej kłótni z wiejską gówniarą. Ech, wy, Libijczycy! – podsumowuje z pogardą.

– U nas nie wolno się nawet trochę poawanturować, bo od razu może to grozić śmiercią albo kalectwem – kpi

[1] *Afłan, ja ustaz, ja'ani afłan* (arab.) – przepraszam, panie, znaczy się przepraszam.

Muaid. – Masz rację, my, Libijczycy, jesteśmy niepoprawni – nadal rozbawiony nie traktuje słów kobiety poważnie.

– Taką jesteście nacją! Żyje się tutaj w ciągłym śmiertelnym zagrożeniu. Nawet wyjazd na plażę, który powinien być przyjemny i relaksujący, jest niebezpieczny. – Nadżla wstaje i kieruje się do samochodu, a całe towarzystwo spuszcza oczy, nie chcąc wdać się w pyskówkę z żoną krewniaka. – Jak u was wybuchnie rewolucja, to kamień na kamieniu nie pozostanie! Wyrżniecie się jak barany!

– To uważasz, że jesteśmy takimi prymitywami?! – Muaid prostuje się podenerwowany. – To dlaczego za mnie wyszłaś, hę? Jestem synem tego dzikiego narodu!

– Każdy może popełnić błąd, nie, Dorota? – Nadżla nagle zwraca się do blondyny, przypominając jej przeżycia z członkiem rodziny Salimich, lecz ta nie komentuje i bardzo by już chciała wrócić do domu. Marysia, zaciskając usta, patrzy na matkę.

– Słuchajcie, dajmy sobie spokój, bo całkiem zmarnujemy dzień. – Raszid podchodzi do speszonych gospodarzy i skrępowanych gości. – Ja idę pojeździć na konikach, kto do mnie dołączy? – Wszystkie dzieciaki włącznie z Nevin rzucają się za krewniakiem. – Idziecie ze mną? Nie widziałyście jeszcze inwentarza – zwraca się do Marysi i Doroty.

– Ja do was dołączę. – Chadidża poprawia jeszcze jakieś rzeczy na stole, przekłada sałatki i rusza za nimi. – Niemiła sytuacja i niefortunne zdarzenie. *Sorry* – ze smutkiem zwraca się do kobiet. – A miało być tak pięknie… My nie zawsze żremy się i zachowujemy jak jakieś dzikusy.

– Ależ oczywiście, nie przejmuj się – pociesza ją Dorota. – Tak się zdarza, kiedy za bardzo się starasz.

– Widziałyście, jaki piękny syn mi wyrósł? – Dumna matka pokazuje na przystojniaka, który biegiem podprowadza do drewnianego płotu niewielkiego konika. – I sam chce ze mną utrzymywać kontakt, tak jak jego brat Mohamed. Już im ojciec w głowach nie da rady mieszać. Najmłodszy Ibrahim to niestety cały tatuś, więc pojawia się u nas sporadycznie i z musu. Był jeszcze małym chłopcem, kiedy się rozwiedliśmy, więc uwierzył w każde słowo mojego byłego i w każdą obelgę pod moim adresem. Cóż, szkoda, ale należy się cieszyć z tego, co się ma, a ja mam naprawdę wiele. W życiu bym się nie spodziewała, że Allah da mi jeszcze takie szczęście. – Wniebowzięta Chadidża kładzie rękę na sercu. – Zaraz mój pierworodny powinien przyjechać z żoną, muszą tylko podskoczyć do teściowej, żeby zostawić u niej swojego małego dzidziusia. Też chcą mieć chwilę świętego spokoju. Wiecie, że ja już jestem babcią?! – mówi uradowana.

– *Ummi, ummi, szuf*[1]*!* – Ośmioletni synek Chadidży, Asir, dosiada właśnie klaczy.

– I mamą takich smyków – wzdycha. – Bóg patrzy na mnie przychylnym okiem i nagradza gehennę, którą przeszłam w młodości.

– Ja też czasami mam takie wrażenie. – Dorota obejmuje byłą szwagierkę i opiera głowę na jej ramieniu. – Mam teraz cudowną rodzinę, a pełnia szczęścia zapanowała, kiedy odnalazłam Marysię.

[1] *Ummi, ummi, szuf!* (arab.) – mamo, mamo, patrz!

– Gdzie tak dobrze nauczyłaś się arabskiego, nigdy biegle nie mówiłaś?

– W Arabii Saudyjskiej chodziłam na kursy języka literackiego, ale podstawy zdobyłam, będąc przez prawie dwa lata w Awainat na Saharze, jednak tam mówiłam tylko po libijsku. Ahmed załatwił mi to zesłanie.

– Co za wredny typ z tego mojego braciszka. Malika też maczała w tym palce, próbując zatuszować całą sprawę.

– Można się było tego spodziewać, ale teraz niech spoczywa w pokoju. Nie była winna, chciała jedynie pomóc bratu – pokrzywdzona tłumaczy zmarłą.

– Masz dobre serce, Dot. Nie trzymasz urazy. My, Arabowie, tacy nie jesteśmy. Ciężko nam wybaczać.

– Miriam, chcesz spróbować? – Raszid podjeżdża do balustrady i zsadza uszczęśliwioną Nevin, która biegnie do matki zdać relację. – Chodź, nie bój się. – Wyciąga rękę. – To jest stara spolegliwa klaczka, przywykła do początkujących jeźdźców.

– Dzięki, ale ja mam pietra. – Młoda kobieta chowa się za matkę, a całe towarzystwo wybucha beztroskim śmiechem.

– Ciocia jest cykor, ciocia się boi! – Czwórka maluchów Chadidży skacze dookoła Marysi, a ta zaczyna ich gonić. Udaje jej się złapać malutką pięciolatkę Munirę i kręci nią kółka jak na karuzeli. Po chwili z piskiem dobiegają do poważnego kółka dyskusyjnego. Podczas ich nieobecności dojechali starszy syn Chadidży, Mohamed z żoną Zajnab oraz Hassan z Adamem, lecz bez Baśki.

– Czemu tacy smutni? – Chadidża za wszelką cenę chce

uratować dzisiejsze spotkanie. – Dość już tych rozmów o polityce i innych głupotach. Te tematy wam nie służą – śmieje się.

– Masz rację, kochanie. – Abbas podchodzi do żony i czule gładzi ją po policzku. – To może osłodzisz nam życie, co?

– Właśnie, czas na ciasta! – Gospodyni rzuca się w kierunku domu, a pozostałe kobiety do niej dołączają.

– Pięknie mieszkacie. – Dorota rozgląda się dookoła. – Ogromna ta willa.

– Mamy dużo dzieci, to musi być przestrzeń. Wszystko to dzięki pomocy Muaida i pracowitości mojego męża.

– Nie powinno się było ruszać tych brudnych pieniędzy – włącza się pochmurna Nadżla. – Niechby sobie w tym banku zgniły.

– Czyś ty zgłupiała? – oburza się Chadidża. – To ten krwiopijca Muammar miałby je sobie zabrać z powrotem? Albo po pięćdziesięciu latach bank by je przejął? Naszej rodzinie należy się jakieś odszkodowanie. W końcu wykorzystywał Malikę przez dziesięć lat, zrobił jej dziecko, a te dolary to jego alimenty, których przecież regularnie nie płacił. Ona wiedziała, co tam jest, i wszystko prawnie przeprowadziła, żeby jej biedny syn dostał godziwą schedę.

– To jest śmierdząca forsa. – Nadżla nie zmienia zdania. – Może nawet poplamiona krwią, niosąca przekleństwo. Nikomu ona szczęścia nie da.

– Nie kracz, dziewczyno! – Marysia nie wytrzymuje i włącza się do dyskusji. – Za młoda jesteś na takie przesądy.

– No właśnie! – Chadidża dziękuje wzrokiem za wsparcie. – Ta kasa jest raczej śliska od libijskiej ropy, którą ten łajdak wykorzystuje tylko dla siebie, swojej rodziny i przydupasów. Jednak musiał albo cenić, albo kochać Malikę, że zechciał jej tyle dać.

– Bierzemy te ciasta? – Dorota jest już zmęczona, bo każdy temat okazuje się drażliwy. Nie można nawet niczego pochwalić, żeby nie wybuchła kolejna awantura.

– Chodźmy już, chodźmy, bo towarzystwo czeka, a dom pokażę wam innym razem. Przyjedziecie jeszcze do nas, prawda? – Gospodyni prosząco patrzy na przyjezdne.

– Tak – odpowiada Marysia. – O ile zdążymy, bo czas leci jak zwariowany, a my mamy tylko dwa tygodnie.

– Na kiedy zrobiłyście rezerwację? – oschle pyta lekarka, tak jakby chciała, aby jak najszybciej wyjechały.

– Na dwudziestego ósmego – rozmawiają, idąc przez mroczny ogród w kierunku oświetlonego basenu i stołów przy nim ustawionych.

– Ja z Nevin lecę czternastego. Mnóstwo ludzi stąd zwiewa. Może dobrze by było, żebyście też skróciły pobyt? – mówi to już przy wszystkich.

– Ależ my dopiero przyleciałyśmy! – dziwi się Marysia. – Chciałybyśmy trochę tutaj pobyć!

– Lepiej waszą wizytę przełożyć na inny termin. Nie słyszałyście, że lokalni patrioci szykują demonstracje na siedemnastego? – Nadżla stwierdza kpiarsko.

– Nie przesadzaj, to będzie pokojowy protest. – Muaid oczywiście o wszystkim wie.

– Zatem dlaczego na Facebooku nazywacie to „Dniem

gniewu"? Gniew rodzi ze sobą przemoc, zwłaszcza tutaj. Dzisiaj na plaży byliśmy tego świadkami. Jeśli z byle powodu wyciąga się broń, to planowane wystąpienia mogą przerodzić się w jatkę.

– Z całym szacunkiem, nie wydaje mi się – Hassan włącza się do dyskusji. – W marszach będą uczestniczyć również kobiety i dzieci, głównie młodzi ludzie… – zawiesza głos i uśmiecha się – i tacy młodzieniaszkowie jak my. Po prostu wszyscy ci, którzy mają już dość. Nikt nie chce wojny, lecz jedynie poprawy swojej sytuacji. To pikieta społeczno-ekonomiczna, żadne polityczne rozgrywki. W końcu Kaddafi nie będzie miał wyboru i odda ten kurek z ropą swojemu narodowi. Dłużej nie damy sobie mydlić oczu!

– Ale to znaczy, że będzie musiał odejść – podsumowuje inteligentna kobieta. – Czy ty sądzisz, że on tak bez walki odda władzę?

– Podobni do niego już to zrobili. – Raszid włącza się do rozmowy. – Nie straszmy dziewczyn, wszystko na pewno będzie dobrze. – Obraca się w kierunku Doroty i Marysi, którym na takie wieści spoważniały twarze. – Zostajecie z nami i pod naszą opieką. Nic wam się nie stanie, bez obaw.

– Oby. – Nadżla się nie poddaje. – Macie połączenie przez Kair? – Zmartwione kobiety potakują głowami. – Jeszcze jest szansa, bo dzisiaj sprawdzałam i są miejsca, moglibyśmy nawet polecieć razem. Przemyślcie to sobie.

I tym optymistycznym akcentem kończy się dzień i wieczór. Hassan i Muaid rozmawiają już tylko między sobą, Chadidża zagania dzieci do łóżek, a Nadżla, przy pomocy Abbasa i Mohameda, pakuje do auta zmęczoną Samirę i swoją śpiącą córeczkę.

– To ci zostawiam, może jeszcze dzisiaj będziesz chciał sobie postrzelać. – Na odchodnym rzuca podłużną torbę pod nogi zdziwionego męża. – Ja z tym jeździć nie będę, nie jestem jakimś islamskim terrorystą.

– Ależ… – Mężczyzna otwiera ze zdumienia usta.

– Jak skończycie wojenną naradę, to pożyczysz sobie auto od Abbasa. Ma ich chyba wystarczająco dużo w swoim salonie samochodowym, który wiemy kto mu zasponsorował. I wy macie czelność jeszcze coś mówić na temat kumoterstwa i nepotyzmu waszego wodza?! A te twoje charytatywne inwestycje to tylko lekarstwo na oczyszczenie sumienia, o ile je jeszcze w ogóle masz.

– Co z nami? – Marysia chwyta wzburzoną kobietę za rękaw sweterka.

– Zmieścimy się raczej, nie? – Wściekła Egipcjanka obraca się na pięcie i kieruje w stronę auta.

Grzeszne uczucia

Po wcześniejszym umówieniu spotkania z konsulem Baśka idzie na miękkich nogach do ambasady. Tym razem polski dyplomata jest dziwnie oziębły, być może dlatego, że przez telefon oznajmiła mu, iż ma do niego sprawę. Dopóki jeszcze uczyła jego dzieci w polskiej szkole, był zawsze miły, uśmiechnięty, a nawet raz czy dwa był u nich na kolacji. Jednak kiedy Hassan zaangażował się w anarchistyczną działalność i wylądował w więzieniu, nie tylko konsul się od niej odsunął. Straciła pracę, dom, córki wyekspediowała za granicę i została samiuteńka jak palec, bez środków do życia. Od tego czasu jej osoba stała się bezwartościowa, a wręcz szkodliwa i niebezpieczna. Każdy bał się, że może zostać powiązany z ruchem wywrotowym, w który zaangażował się jej mąż.

– Więc o co chodzi? – pyta urzędnik niegrzecznie bez żadnego słowa wstępu.

– Potrzebuję paszport tymczasowy na moje panieńskie nazwisko. – Baśka też od razu przechodzi do konkretów.

– To niezgodne z prawem, do czego mnie pani namawia?!

– Przestudiowałam dzienniki ustaw i zarządzenia konsularne. Jeśli jest sytuacja ratowania życia, może pan to zrobić.

– Jaka pani mądra… A kto chce panią pozbawić życia, hę?

– Zanosi się na małą rewolucję w Libii. Niech mi pan nie mówi, że o niczym nie wie, bo kto jak kto, ale wy, dyplomaci, pierwsi dostajecie cynk. Wszystkie ambasady się pakują i zarządzają ewakuację obywateli. Po cichutku, ale tak się dzieje. Ja jakoś z naszej placówki nie dostałam żadnej informacji, żadnej propozycji opuszczenia tego miejsca, które aktualnie nie zalicza się do najbezpieczniejszych.

– My nie ulegamy panice. – Pracownik rządowy z niezadowoleniem zaciska wargi. – Poza tym nie będzie mi pani wytykała, że polska ambasada coś zaniedbuje.

– Ależ absolutnie, nic takiego nie miałam na myśli. – Baśka prędko wycofuje się z oskarżeń. – Ja sobie wszystko sama załatwię, tylko potrzebuję polskiego paszportu z polskim nazwiskiem. Tylko polskim – dodaje i kładzie na blacie biurka wypchaną kopertę przepasaną gumką recepturką. Konsul tylko przelotnie omiata ją spojrzeniem i błyskawicznie odwraca wzrok.

– Ja nie wiem…

– Przyjdę za parę godzin. – Kobieta podnosi się z krzesła. – Będę bardzo zobowiązana. Uratuje pan jedną duszyczkę więcej… – Obraca się w stronę drzwi, lecz kątem oka widzi, że mężczyzna szybko zakrywa łapówkę plikiem papierów.

– Jutro o siedemnastej na osiedlu w Dżanzurze przy kortach tenisowych – urzędnik mówi przytłumionym głosem. – Do widzenia.

W piątek Baśka wykorzystuje moment, kiedy Hassan z Adamem jadą na przyjęcie do Zawii. Kobieta wie, że jej stosunki z tutejszym środowiskiem i Dorotą już raczej nigdy się nie poprawią, lecz mało ją to obchodzi, bo teraz ma ważniejszy, życiowy plan do zrealizowania. Po powrocie do Ainzary idzie od razu do domu naprzeciwko swojego, wchodzi i cicho zamyka drzwi. Jej mężczyzna na nią czeka, siedzi przy stole i patrzy z nadzieją.

– Załatwiłam, udało się! – Baśka z okrzykiem radości podbiega do niego, siada na kolanach i zarzuca mu ręce na szyję. – Było ciężko, ale użyłam całej mojej siły perswazji oraz twoich dolarów. Facet połknął haczyk, bo przecież wiesz, że tylko ryba nie bierze.

Dumna blondyna wstaje, sięga po torebkę i z pietyzmem wyciąga z niej czerwony nowiutki paszport z orzełkiem w koronie na okładce.

– Dziękuję, że dajesz mi nowe życie. – Nachyla się nad postawnym mężczyzną i namiętnie całuje go w usta.

– *Ich danke Dich.* – Niemiec podnosi kobietę jak piórko i delikatnie rzuca na stojącą w salonie sofę. – Jeszcze długie lata szczęścia przed nami.

– Tyle pieniędzy…

– Jesteś tego warta – mówi jak w reklamie i uśmiecha się czule.

Po szybkim i gwałtownym akcie miłosnym kobieta i mężczyzna wycieńczeni leżą bez przykrycia i chłodzą rozgrzane ciała pod zimnym nawiewem z klimatyzatora. Baśka patrzy niewidzącym, rozmarzonym wzrokiem w sufit, a Ralf, obejmując ją ramieniem, śpi i donośnie chrapie. Romantyczny z niego kochanek, nie ma co, rozmyśla kobieta. Cieleśnie dobraliśmy się jak w korcu maku, bo ja też nie jestem zwiewna jak chmurka i delikatna jak skrzydełko, uśmiecha się, patrząc na swe gołe potężne uda i okrągły brzuch. Ralf mógłby uchodzić za mojego brata, tak bardzo jesteśmy do siebie podobni, jak z tej samej gliny, lecz co z potrzebami duchowymi? A tam, głupoty!, podsumowuje, wzdychając. W końcu już nie jestem jakąś ckliwą nastolatką! Właśnie ten facet może dać mi trochę normalności, zwykłości i nudy w życiu, bez wzlotów i bez upadków. Już dość miałam urozmaiceń. Życie z człowiekiem o innym kolorze skóry, innych gabarytach i co najważniejsze, wychowanym w innej kulturze i wierze nie jest łatwe. Przecież i tak długo wytrzymałam, usprawiedliwia się. Czyżbym znowu miała wyrzuty sumienia? Czyżbym już żałowała?, pyta samą siebie. Muszę coś zjeść, wtedy lepiej mi się będzie myślało i króliki przestaną mi gonić po głowie. Odsuwa rękę mężczyzny i wyzwala się z jego uścisku, następnie idzie do kuchni, gotuje wodę i wrzuca do niej cztery spore wieprzowe parówki. Kroi grubą pajdę chleba, smaruje ją masłem, kładzie na to plaster żółtego sera, który polewa keczupem.

– A czemu nikt mnie nie woła na jedzonko? – Półprzytomny Ralf stoi w drzwiach, tak jak go Pan Bóg stworzył, a zrobił to z wielką hojnością. – *Ich liebe Dich* – zwyczajnie wyznaje, siadając przy stole i klepiąc swoją kobietę po gołej pupie.

– Ja też – Baśka odpowiada po polsku.

W tej chwili kobieta czuje na sobie czyjeś palące spojrzenie i odwraca głowę. Za półprzymkniętym, nie do końca zasłoniętym żaluzją oknem w nikłym blasku księżyca widzi chudą, wysoką postać śniadego mężczyzny w szarej galabii. Jego wielkie czarne oczy wyrażają potworny ból i niedowierzanie.

– Hassan?! – kobieta szepcze ze wstydem, przygryzając dolną wargę, a po chwili zażenowana zasłania dłońmi twarz.

Marysia i Dorota po nieprzespanej nocy z piątku na sobotę, którą spędziły na rozmyślaniach i dyskusji na temat przyspieszenia ich wyjazdu z Libii, postanawiają zasięgnąć języka wśród Polonii. Gdyby coś zagrażało polskim obywatelom, to na pewno zostaliby oni o tym powiadomieni przez ambasadę. Dorota umawia się z Zosią, największą plotkarą w tym środowisku, bo na pomoc Baśki już nie może liczyć. Była przyjaciółka nawet nie zadzwoniła po wyprowadzeniu się dziewczyn z jej kampu w Ainzarze ani nie usprawiedliwiła swojej nieobecności na wieczorku w Zawii. Widać jest jej już wszystko jedno.

– Mamo, ja tej Zośki nie trawię – skarży się Marysia. – Zróbmy tak. Pojedziemy razem do centrum, ty mnie wyrzucisz na placu Zielonym, a sama pojedziesz na Gargaresz. Jak skończysz, a na pewno zajmie ci to niezłych parę godzin, to spotkamy się na Suku Tureckim. Może kupimy sobie coś fajnego na pamiątkę, na pocieszenie, na rozweselenie?

– Bardzo dobry pomysł i muszę ci się przyznać, że mnie też męczy towarzystwo tej paniusi. Chyba z tego wyrosłam, a kiedyś tak mi imponowało! Wiesz, żona dyplomaty, bogata, obwieszona drogą biżuterią, z rewelacyjnym domem i nowym autem, ale ona zawsze będzie tylko dziewuchą z Podhala i nic nie chce z tym zrobić.

– A ty zrobiłaś, małomiasteczkowa snobko?

– Myślę, że tak. Dużo nad sobą pracowałam i powiem ci, że im jestem starsza, tym nauka i samodoskonalenie sprawiają mi większą przyjemność.

– No to jakoś przetrzymasz tę wizytę.

– Pewnie, jak mus to mus, musimy przecież jak najszybciej zebrać wszystkie za i przeciw i podjąć decyzję. Nie ma co ryzykować. Miałyśmy jeszcze wprawdzie pojechać tu i tam, ale…

– To może od razu zmieńmy tę cholerną rezerwację i z głowy?

– Kochanie, nie bądź w gorącej wodzie kąpana. Żebyśmy później nie żałowały! Chwila namysłu nam nie zaszkodzi i nie potrwa zbyt długo.

– Tylko chwilę, nie? – Marysia śmieje się, obejmuje swoją delikatną mamę i całuje w policzek. – Dobrze, że jesteśmy razem, prawda?

– Tak, córuniu, jeszcze w to nie mogę uwierzyć – wzdycha uszczęśliwiona. – Jak i w to, że tak szybko przypomnisz sobie język polski. Ale mi zrobiłaś niespodziankę!

– I o to chodziło! – Dziewczyna, nie chcąc do końca się rozczulić, klepie się rękami w uda, wstaje i kieruje do drzwi. – Chodźmy już, szkoda dnia, zwłaszcza jeśli miałybyśmy tutaj być krócej.

Plac Zielony jest zawsze zatłoczony i gwarny. Objeżdżające go samochody trąbią i smrodzą spalinami i jak to tutaj bywa, co chwilę zajeżdżają sobie drogę, blokują jeden drugiego, co powoduje liczne stłuczki, a tym samym korki. Przejście na centralną płytę jest wręcz ryzykowne, bo wprawdzie w paru miejscach namalowano pasy dla pieszych, ale kierowcy mają to w głębokim poważaniu i przejeżdżają przechodniom prawie po butach. Marysia rozgląda się z zaciekawieniem dookoła i widzi liczne wysokie lampy, które oświetlają to miejsce wieczorami i nocami, zalewając je białym światłem, co sprawia wrażenie, że jest dzień. Dzięki temu po zmroku plac jest widoczny podobno z satelity, tak jak i Wielki Mur Chiński. Dookoła wisi szereg billboardów z wodzem i jest ich teraz nawet może więcej, choć pojawiły się też zwykłe reklamy kosmetyków czy samochodów. Fontanna koło palmy jest ta sama i fotograf z gazelą prawie się nie zmienił. Marysia siada na obrzeżu wodotrysku, który anemicznie wyrzuca z siebie wodę, i moczy ręce. Słoneczko przypieka ostro, powietrze pachnie ziemią, rozkwitającymi roślinami, jaśminem i ciepłą *chobzą*[1]. Głodna dziewczyna usiłuje wypatrzyć piekarnię lub wózek z bułeczkami. Ślina napływa jej do ust.

– *Ahlan wa sahlan*! – słyszy tuż nad uchem i podskakuje zaskoczona.

– *Wallahi!* Tak się nie robi! Chcesz mnie przyprawić o zawał serca!? – Tuż przed nią wyrasta jak spod ziemi roześmiany od ucha do ucha Raszid.

– Co ty tutaj porabiasz? Zwiedzasz? Sama? – zarzuca ją pytaniami. – Trzeba było powiedzieć, że nie masz towarzystwa, tobyśmy się umówili.

[1] *Chobza* (arab.) – chleb.

– Nie chciałam przeszkadzać. – Marysię dziwi taka śmiała oferta mężczyzny, którego wczoraj de facto pierwszy raz w swoim dorosłym życiu widziała na oczy. – Każdy jest zajęty, ma swoje obowiązki. Nie można tak przyjechać i psuć wszystkim plany.

– Jakże to, opieka wam się należy, przecież jesteśmy rodziną! – wykrzykuje i znów się uśmiecha, prezentując całą galerię równych, białych zębów. Marysi dreszcz przechodzi po plecach i z trudem łapie oddech. Jakiż on jest przystojny, mówi sobie w duchu i czerwieni się po same uszy. Spuszcza wzrok, chcąc opanować rozpalone zmysły. – Chodź ze mną! – Raszid bezpardonowo bierze ją za rękę. – Pokażę ci cudne i nieznane zaułki na starym mieście, na pewno jeszcze nigdy tam nie byłaś. Masz aparat? Zrobisz świetne zdjęcia.

Marysia nie chce odmawiać i zrażać chłopaka, mówiąc, że zna to miejsce jak własną kieszeń. Zresztą uwielbia je i bardzo lubi tego młodego zapaleńca, więc cieszy się na miłe chwile. Szybkim krokiem opuszczają plac Zielony otoczony odnowionymi włoskimi kamienicami, przed którymi rozlokowano coraz więcej stolików i kolorowych parasoli, należących do kafejek i restauracji zajmujących parter budynków. Młodzi zanurzają się w przyjemny chłód Suku Tureckiego. Mijają plac z arkadami, na którym od wieków targowano wełnianymi dywanami i plecionymi koszami. Marysia nie odmówi sobie pomacania paru kolorowych kobierców, a jej przewodnik cierpliwie czeka, uśmiechając się pod nosem. Kiedy wkraczają w część nazywaną targiem złota, ich oczy oślepia blask i bogactwo wystawianych towarów. Parę sklepów nadal specjalizuje się w sprzedaży pereł, które ciotka Malika tak chętnie kupowała na prezenty. Wspomnienia zalewają serce dziewczyny, więc Marysia cichnie i jedynie rozgląda się dookoła, chłonąc klimat, zapach i koloryt rodzinnego miasta. Domy po obu stronach wąskiej uliczki są przeważnie parterowe lub jednopiętrowe, zniszczone od wilgoci i z łupiącym się tynkiem. Nadal nikt nie pomyślał o konserwacji tego zabytkowego miejsca. Budynki łączą się ze sobą poprzez sieć elektrycznych kabli, biegnących wzdłuż ich elewacji i przeskakujących z jednego gmachu na drugi, tworzących w niektórych miejscach baldachim z czarnych izolowanych drutów.

– Że też tutaj jeszcze nikogo prąd nie zabił – komentuje zdegustowana takim stanem rzeczy Marysia.

– A kto by się tym przejmował? – Raszid kręci na boki głową. – Myślisz, że ktoś by to zgłosił, po co? Zaraz mógłby zostać oskarżony o niezadowolenie i krytykę rządu.

– No tak, racja. Zapomniałam, gdzie jestem.

– Ty tylko chwilowo, a nam przyszło w tym bagnie żyć. – Raszid wymownie zawiesza głos. – Ale dajmy sobie spokój z takimi tematami. Wczoraj mieliśmy ich aż nadto. – Chłopak ponownie się rozpogadza.

– Powiem ci, że w Jemenie było podobnie, też władze miały w nosie starożytności, które dopiero docenił świat, i wyobraź sobie, że UNESCO zabrało się do konserwacji.

– Mają szczęście albo cenniejsze zabytki – podsumowuje Raszid. – Kiedyś nawet oglądałem w Internecie zdjęcia ze starego miasta w Sanie. To ósmy cud świata.

– Wiem coś na ten temat, bo mieszkałam tam w domu-wieży przez dwa lata – z dumą wyznaje dziewczyna.

– Poważnie? – Mężczyzna robi wielkie oczy. – Tam da się żyć? Nie spodziewałem się! Wyglądało jak atrapy lub ruiny.

– Opowiem ci o najpiękniejszym starożytnym miejscu na świecie, chodź.

Marysia kupuje z wózka słodkie, kapiące tłuszczem arabskie ciasteczka i ciągnie towarzysza na wewnętrzny, w miarę niezatłoczony dziedziniec. Usadawiają się na kamiennej ławce w słońcu i po skończeniu słodkiej jak ulepek przekąski kobieta zaczyna snuć swoją opowieść.

– Na stare miasto w Sanie wjeżdża się przez wielką antyczną bramę Bab al-Jemen. Jeśli poruszasz się samochodem, to musisz się nastawić, że jest to bardzo karkołomne przedsięwzięcie. To dzielnica handlowa, więc w większości widać tam pojazdy transportowe, które mijają się o milimetry, lusterka boczne zahaczają o rozwieszone przed sklepami tkaniny, ale nierozważni piesi uważają, że mają bezwzględne pierwszeństwo, i wchodzą beztrosko pod koła aut. W całym tym tłoku i bałaganie jeżdżą jak zwariowane rowery, skutery i motorki, zatruwając wszystkich spalinami. Oprócz tych niesamowitych domów, które oglądałeś przez internet, jest tam mnóstwo wspaniałych i bardzo starych rzeczy. Ja w weekendy razem z moją przyjaciółką Leilą najchętniej spędzałam czas, włócząc się po wąskich uliczkach Suku Solnego, podziwiając lśniący od bieli Wielki Meczet oraz bryłę fortu, w którym obecnie mieści się bank. Znajdziesz tam też opustoszały karawanseraj[1] i liczne maleńkie ogródki, które pachną ziołami i świeżą ziemią. – Marysia wzdycha z rozczuleniem, wspominając swoje młode, beztroskie lata. Zamyśla się, a Raszid jej nie pogania. – Mieszkałam w domu znajdującym się w środku handlowej, wąskiej uliczki – budzi się jak ze snu i kontynuuje opowieść. – Wzdłuż ciasnego zaułku z obu stron wyrastały strzeliste jak wieże domy. Są zadziwiająco wysokie, a wybudowane przecież wieki temu. Dolne kondygnacje wzniesiono z bazaltu, który przyjemnie chłodzi latem, wyższe nadbudowano z czerwonej cegły, a szczyt często wykańczany jest gliną. Wszystkie fasady zdobią piękne białe gipsowe ornamenty jak z koronki, szczególnie wokół ażurowych balkonów i łukowatych okien, które kiedyś wypełnione były ponoć szybkami z alabastru, ale dzisiaj zastąpiły go kolorowe szkiełka. Kamienice przerażają swym ogromem i zasłaniają widok na błękitne niebo i słońce. Pomiędzy nimi nad drogą biegnie tak jak tutaj plątanina kabli, sznurków oraz specjalne stelaże, na których dawno temu rozciągnięto materiał mający dawać cień i chronić przed deszczem, lecz obecnie prawie całkiem porwany. Gdzieniegdzie zachowały się markizy, ale dbają o nie właściciele niezliczonych sklepików. Muszę ci powiedzieć – wyznaje dziewczyna, klepiąc zasłuchanego Raszida po dłoni – że w wąskim i wysokim na pięć pięter domu trzeba się nachodzić. Na parterze za warsztatem i sklepikami na tyłach domu jest śmietnik oraz cuchnąca

[1] Karawanseraj – miejsce postoju karawan; z pomieszczeniami dla podróżnych, niszami chroniącymi przed słońcem, magazynem do przechowywania towarów, często o charakterze obronnym.

toaleta w stylu tureckim. Nad nimi kuchnia i spiżarnia, a na drugim piętrze wielki salon, czyli *divan,* wyścielony miękkimi wełnianymi dywanami, z ozdobnie tapicerowanymi materacami na podłodze pod ścianami. Pomieszczenie to służy do przyjmowania gości oraz do popołudniowego odpoczynku, modlitwy, oglądania telewizji, palenia sziszy oraz grania w arabskie warcaby. Pokoju gościnnego przeważnie używają mężczyźni, bo w Jemenie nadal jest segregacja płci. Trzecie i czwarte piętro zajmują sypialnie i myśmy z babcią Nadią miały tam swoje królestwo. Na samej górze mieści się *mafradż* – pokój wypoczynkowy dla męskich członków rodziny, z wyjściem na taras, z którego rozpościera się niepowtarzalny widok na miasto, z zamglonymi górskimi szczytami w tle. Salon ten, wielki na jakieś dwadzieścia metrów, jest w zasadzie kaciarnią, w której panowie, już nawet nastoletni chłopcy, oddają się żuciu *katu,* ponoć łagodnego środka odurzającego. Roślina ta, o liściach podobnych do pokrzywy, ma lekko narkotyczne właściwości, ale mężczyźni żują ją ciągle i wszędzie – podczas pracy, na ulicy, w autobusie i przede wszystkim w *mafradżu*. Zaczynają rano, a kończą wieczorem, chomikują przeżute liście pod policzkiem. Przez cały dzień uzbiera się tego spora kula i można zauważyć, że starsi Jemeńczycy – czy trzymają w ustach *kat,* czy nie – mają zniekształconą twarz z wybrzuszonym policzkiem po jednej stronie. – Marysia wypycha swój policzek językiem, chcąc uzmysłowić słuchaczowi, jak to zabawnie wygląda, a on pęka ze śmiechu. – Numery były też z ubiorem, bo Jemen jest bardzo tradycyjnym krajem – widząc zainteresowanie mężczyzny, kontynuuje opowieść, choć już trochę z innej beczki. – Owszem, cudzoziemki chodzą po swojemu, byleby nie świeciły gołym tyłkiem, ale Arabki już nie mogą sobie na to pozwolić. Bałam się, że jemeńska rodzinka wbije mnie w abaję lub czador[1] i każe zasłaniać twarz nikabem[2]. – Marysia wymownie puka się w czoło. – Nie było mowy! Na to bym nie poszła... Choć teraz w Arabii Saudyjskiej i tak muszę nosić ten cholerny czarny płaszcz i morda w kubeł.

– Taka z ciebie arabska emancypantka?! – Mężczyzna dziwi się, bo nie spodziewał się takiego uporu i odwagi po szczupłej delikatnej kobiecie.

– Cóż, chciałabym, ale nie zawsze się da. Są kraje, w których prawo szariatu[3] nadal rządzi i nic się nie da zrobić. Co może spotkać taką wyzwoloną arabską kobietę

[1] Czador – zewnętrzny strój noszony przez muzułmańskie kobiety (gł. Iran, Pakistan); jest dużą połówką koła z materiału, noszoną otwarciem z przodu, nie ma otworów na ręce ani zamknięć, ale jest utrzymywany na ciele za pomocą rąk lub zębów, lub przez owinięcie końcówek wokół pasa.

[2] Nikab – tradycyjna muzułmańska zasłona zakrywająca twarz kobiety i odsłaniająca jedynie oczy, czasami kawałek czoła; używany głównie w Arabii Saudyjskiej i Jemenie.

[3] Szariat – dosł. droga prowadząca do wodopoju; prawo kierujące życiem wyznawców zarówno sunnickiej, jak i szyickiej odmiany islamu. Islam nie uznaje rozdziału życia świeckiego i religijnego, i dlatego reguluje zarówno zwyczaje religijne, organizację władzy religijnej, jak i codzienne życie muzułmanina. Szariat opiera się na założeniu, że prawo musi dostarczać wszystkiego, co jest potrzebne dla duchowego i fizycznego rozwoju jednostki. Wszystkie czyny muzułmanina są podzielone na pięć kategorii – konieczne, chwalebne, dozwolone, naganne oraz zakazane. Podstawą określenia czynów koniecznych jest pięć filarów islamu.

na przykład w Jemenie? Jest tam policja obyczajowa, która może wychłostać ją po nogach albo po niezakrytej twarzy od razu na ulicy. Poza tym mają prawo aresztować za obrazę moralności. Jemeńscy mężczyźni, kiedy zobaczą tak niekompletnie odzianą panią, w najlepszym wypadku będą się do niej odnosić ordynarnie, jak do *szarmuty*[1], i czynić niewybredne propozycje. Bardziej zapalczywi obrońcy religii mogą obrzucić taką warzywami typu pomidor czy ziemniak, a nastolatki, biorący świetny przykład ze starszych, potrafią podnieść na biedną bezwstydnicę nawet kamień – mówiąc to, Marysia jest już całkiem poważna. – A, jeszcze bym zapomniała! – Uśmiecha się z przekąsem. – Co się tyczy jemeńskich kobiet, to z chęcią wytargają buntowniczkę za kudły, możliwe też, że porysują takiej buźkę pazurami. One będą jeszcze bardziej wściekłe, bo są zazdrosne o to, że jakaś dziewczyna ośmieliła się odważnie prezentować swoje wdzięki i adorować ich biednych naiwnych chłopów. A nuż się taki skusi? Cóż, dlatego też ja, jako białolica, wyglądająca na *adżnabiję*[2] i mogąca uchodzić za zagraniczną muzułmankę, nosiłam tylko kolorowy hidżab[3], a resztę w stylu prosto z naszego trypolitańskiego Faszlumu. To znaczy dżinsy lub długą do ziemi spódnicę plus bluzkę lub tunikę do pół uda, koniecznie z długimi rękawami. Szczęściara ze mnie! To jakoś mogłam przeżyć. Ale

[1] *Szarmuta* (arab. libij.) – dziwka.
[2] *Adżnabija* (arab.) – cudzoziemka.
[3] Hidżab – noszona przez kobiety muzułmańskie kwadratowa chusta, zakrywająca włosy, uszy i szyję, jednak nie ramiona i twarz, może być kolorowa.

babcia Nadia, która miała typowo arabską urodę i karnację, ubierała się na wyjścia w nikab lub wręcz czador. Tak to wygląda w Jemenie. – Dziewczyna wzdycha, rozgląda się, jakby wróciła z innego świata, i niepewnie mruga oczami. – Nie ma to jak w naszej nowoczesnej, wyemancypowanej Libii – pokazuje brodą na plac przed nimi i zamiera w pół ruchu, bowiem widzi, że obecnie większość kobiet ubiera się w szarobure długie do ziemi płaszcze, a zdarzają się nawet abaje. – Co się stało z naszym krajem? – pyta zaskoczona, a młody mężczyzna rozkłada bezradnie ręce na boki. – Świat staje na głowie, niech to licho!

– Wszędzie w arabskich państwach, które odrzucają reżim despotycznych władców, do głosu zaczynają dochodzić konserwatywne religijne odłamy. Miejmy tylko nadzieję, że u nas tak się nie stanie. – Raszid marszczy czoło i wygina z dezaprobatą usta. – Dość już tych sentymentalnych wspominek i polityki!

Po chwili klaszcze w ręce i stara się zmienić opanowujący ich ponury nastrój.

– Masz rację! My tutaj gadu-gadu, a czas leci! Jeszcze nic nie zobaczyliśmy. – Pchnięta do działania Marysia zrywa się na równe nogi i rusza pędem do wyjścia z dziedzińca.

– Jednak teraz to już nie warto ci nic pokazywać – martwi się Raszid. – U nas to smród, brud i ubóstwo, a na dokładkę wcale nie takie stare.

– Nie opowiadaj! – Marysia śmieje się i z rozbawieniem klaszcze w ręce. – To jest nasze własne dziedzictwo i dzięki temu w naszych oczach zyskuje na wartości. Uwielbiam własny libijski smród!

Ruszają wygrzani promieniami wczesnego wiosennego słońca, pełni młodzieńczego zapału i radości. Przemierzają medinę, kierując się w stronę morza. Mijają stary meczet Sidi Katab z kruszącym się murem i odpadającym, kiedyś białym tynkiem i rzuca im się w oczy, iż sąsiednia świątynia Darqut Basza jest w trochę lepszym stanie, a kamieniczki naprzeciwko są wybielone i czyste.

– Tutaj mieści się szkółka koraniczna, która opiekuje się tym meczetem. Od razu widać, że ktoś jest za obiekt odpowiedzialny, bo dba i pielęgnuje. Jeśli coś należy do państwa, to tak jakby do nikogo – komentuje młodzieniec, ujawniając swoje nastawienie do sprawowanych w tym kraju nieudolnych rządów.

– Zrób mi zdjęcie – prosi Marysia. – Straciłam wszystkie, tak z Libii, jak i z moich wędrówek po świecie.

– Może da się je odzyskać?

– Nie sądzę.

Po ponad godzinie włóczenia po starym mieście zbliżają się do nabrzeża. Jeszcze go nie widać, ale czuć sól i wilgoć w powietrzu. Zdecydowanie obniża się też temperatura.

– Widziałaś nasz łuk triumfalny? – pyta dumny młodzieniec. – Postawił go Marek Aureliusz w drugim wieku naszej ery.

– Daj spokój! – Marysia już nie wytrzymuje, pochyla się, cicho chichocze, a na koniec wybucha głośnym śmiechem. – Człowieku, ja w Trypolisie mieszkałam z przerwami z pięć lat, z czego większość jako nastolatka. Chodziłam do liceum do szkoły międzynarodowej z wykładowym językiem angielskim, gdzie w klasach byli głównie cudzoziemcy.

Libijczyków można było policzyć na palcach jednej ręki. Często przychodziliśmy tutaj na wycieczki edukacyjne i ja, jako przedstawicielka „tubylców" – dziewczyna robi znak cudzysłowu palcami – służyłam podczas takich wyjść za przewodnika. Chcesz dokładne informacje o Marku Aureliuszu?

– Nie wiedziałem… – Raszidowi opada szczęka. – W ogóle niewiele wiem o tobie, ale nad tym jeszcze popracujemy. – Kiwa palcem, żartobliwie jej grożąc.

– Więc Marek Aureliusz Antoninus – Marysia kontynuuje swoją myśl, na razie pomijając milczeniem własne burzliwe dzieje – urodził się w kwietniu, dokładnie którego to już nie pamiętam, w sto dwudziestym pierwszym roku w Rzymie, a zmarł jakoś też na wiosnę w sto osiemdziesiątym roku w Vindobonie, to znaczy obecnym Wiedniu. Chyba na tyfus albo inną zarazę. Był wielkim cesarzem rzymskim, pisarzem i filozofem. Uwielbiał podboje, jak wszyscy w tamtych czasach, a jego postać została przedstawiona w filmie *Gladiator* z przystojniakiem Crowe'em w roli głównej. Jednak w tej amerykańskiej produkcji losy cesarza zostały całkowicie zafałszowane, a raczej poddane obróbce artystycznej, bo prawdziwe pozostało tylko imię. *Howgh.* – Marysia bierze głęboki oddech, bo wszystko to mówiła na jednym tchu, i klaszcze z zadowolenia w ręce, ciesząc się, że jeszcze tyle pamięta.

– No, no. Mądra dziewczynka. – Raszid żartobliwie głaszcze ją po głowie. – W nagrodę zapraszam cię do eleganckiej restauracji koło łuku, takiej przeznaczonej dla cudzoziemców… nie wiem, czy tubylców wpuszczają – mówi z przekąsem, używając zwrotu Marysi.

– A ja mam inną propozycję. – Dziewczyna ciągnie go za poły rozpiętej flanelowej koszuli. – Zawsze po takich wędrówkach siadałam w pobliżu murów obronnych i meczetu Sidi Abdul Wahab i zajadałam *buriki*[1] lub briosze[2], które można tam było kupić z wózka. Co ty na to?

– O tym właśnie marzyłem.

Miejsce, które Marysia pamięta z dzieciństwa, niewiele się zmieniło i możliwe, że baba sprzedająca smakołyki jest nawet ta sama. Młodzi rozsiadają się w słońcu na wygodnej ławce, opierają plecami o starożytny mur i rozkoszują dobrym libijskim jedzeniem, morską bryzą, która gładzi ich policzki i plącze włosy, oraz ciszą i spokojem tego miejsca o tej porze dnia.

– Tylko pięć lat mieszkałaś w Trypolisie? – Raszid łatwo nie zrezygnuje i chce się dowiedzieć czegoś więcej o kuzynce. – Mama mówiła, że urodziłaś się w Polsce, a potem to już podawała tylko jakieś enigmatyczne informacje.

– Moje życie to nie bajka. – Marysia czuje, że musi i chce o sobie opowiedzieć temu miłemu mężczyźnie. Nie wie jednak, jak zacząć. Patrzy na chłopaka, na jego przystojną arabską twarz i porównuje, non stop porównuje go do Hamida! Jakiż on jest beztroski, jaki zabawny i uśmiechnięty. Możliwe, że to losy, a nie rodzina i przyjaciele, kształtują charakter. Jej mąż wiele przeszedł, w młodości tragicznie stracił najbliższych, zaangażował się w walkę z terroryzmem w Jemenie, uczestniczył w strasznych akcjach, a to

[1] *Burik* (arab.) – pasztecik, przeważnie z mięsem.

[2] Briosza (*brioche* – franc.) – drożdżowa słodka bułka, często bez nadzienia, tylko z cukrem na wierzchu.

czyni człowieka twardym i nieprzychylnym dla otoczenia, co coraz bardziej jest widoczne w zachowaniu Hamida. Jeśli idzie o wygląd, to Raszid bije go na głowę. Jest nie tylko szczupły i postawny, ale ma też piękną twarz, okoloną długimi, opadającymi do ramion kędzierzawymi czarnymi włosami, które na wietrze spina gumką. Czoło ma wysokie, brwi wygięte jak skrzydła kruka, a migdałowe oczy są okolone taką ilością długich rzęs, że te aż się plączą. Nos oczywiście ma semicki, ale nie mięsisty i regularny jak mieszkańcy Bliskiego Wschodu, lecz wąski, garbaty, o dużych, głęboko wyciętych chrapkach. Jest typowym przedstawicielem arabskiej północnej Afryki, którego przodkowie wywodzą się od Berberów, zamieszkujących piaski Sahary, i dlatego mają ostre, drapieżne rysy. Najbardziej działają na Marysię usta Raszida – są duże i szerokie, lecz jednocześnie namiętne, z delikatnie zadartą górną wargą, nad którą mężczyzna hoduje modny teraz wąski wąsik. Najcudowniejszy dla dziewczyny jest moment, kiedy się uśmiecha i ukazuje białe i równe jak perełki zęby. Robi to w tak szczery i naturalny sposób, że przechodzi ją dreszcz zachwytu. Raszid jest niesamowicie sexy, myśli Marysia i znów czerwieniąc się, spuszcza oczy. Najważniejsze i najwspanialsze jest to, myśli, że on ze mną rozmawia i mnie słucha, interesuje się i opiekuje. Jakaż ja byłam w Saudi samotna, wzdycha smutno.

– Opowiesz mi tę prawdziwą historię twojego niezwykłego życia? Jestem ciekaw, Miriam. – Mężczyzna podnosi jej twarz za brodę i patrzy prosto w oczy.

– Wiesz już, że urodziłam się w Polsce. Reszta w skrócie

wygląda tak... – Marysia bierze dla kurażu głęboki oddech i zaczyna wyrzucać z siebie niekontrolowany potok słów. – Z mamą i ojcem, bratem Chadidży i twoim wujkiem, przyjechaliśmy do Trypolisu. Trochę mieszkaliśmy w domu, który teraz ma Muaid, później na farmie pod miastem, gdzie nasz rodzinny filantrop jakiś czas temu założył klinikę odwykową dla narkomanów. W tamtych latach sam był mocno uzależniony, co spędzało sen z oczu jego matce Malice. Następnie coś się popsuło między moimi rodzicami i okrutny ojciec zabrał mnie i moją siostrę Darię matce, ją zaś wywiózł na Saharę do dalekiej rodziny, aby tam pracowała i żyła jak niewolnica lub po prostu umarła.

– Co ty mówisz?! To nie może być prawdą! Takie rzeczy się teraz nie zdarzają!

– Nie przerywaj, bo jak się zatnę, to już nic nie usłyszysz. Nie jest dla mnie łatwe powiedzieć komuś wstydliwą prawdę. Do tej pory za każdym razem tak surowo cenzurowałam opowieść o moim życiu, że już sama nie wiem, jak ono rzeczywiście wyglądało. Więc... Ojciec oddał nas babci Nadii, musisz ją pamiętać, taka cudowna i dobra kobieta. Pojechałyśmy wszystkie z ciotką Maliką do Ghany, gdzie dostała jakieś marne stanowisko w ambasadzie. Uciekałyśmy przed tatą i zagrożeniem, jakie na nas sprowadził. – Raszid otwiera usta, chcąc o coś zapytać. – Nie pytaj o nic, bo tylko tyle mogę ci powiedzieć. W Akrze byłyśmy same baby, tak więc babcia Nadia, ciocia Malika, Chadidża, Samira, ja i Daria. Tam spędziłam cudowne, beztroskie dzieciństwo i wczesną młodość. Wszystko zakończyło się, tak jak to się notorycznie zdarza w naszej rodzinie, wielkim nieszczęściem. Podczas pierwszego urlopu spędzanego przez nas w Trypolisie Samira miała wypadek samochodowy i zapadła w śpiączkę, a twoja mama zdecydowała się zostać z nią oraz wyjść za mąż za Abbasa. Jej się akurat powiodło. W tym samym czasie moja młodsza siostra Daria wróciła do matki, więc po miesięcznych wakacjach w domu tylko w trójkę wracałyśmy na placówkę, ja, babcia i Malika. Nadal było fajnie, ale tak jakoś pusto zrobiło się wokół nas. Na koniec ciotka Malika została zamordowana i już tylko we dwie z babcią musiałyśmy wracać na stare śmieci do Trypolisu. Wtedy jak spod ziemi pojawił się mój kochający tatuś, który przypomniał sobie o mnie w związku z koniecznością wynajęcia służby dla jego powiększającej się rodziny w Kanadzie. Wymyślił sobie, że będzie miał ze mnie znakomitą niewolnicę, która za darmo będzie harować przy jego młodej żonce i licznie przychodzących na świat bękartach. Dlatego też po raz kolejny przyszło nam z babcią ukrywać się i koniec końców uciekać. Początkowo przez dwa spokojne lata mieszkałyśmy w biednym małym domku na Faszlumie. Znów chwilkę byłam szczęśliwa i beztroska, do czasu kiedy ten drań nas odnalazł. Później sprzedałyśmy nasz skromny dobytek i z pomocą twojego ojczyma Abbasa i Chadidży uciekłyśmy z Libii. Wielka rodzinka porozrzucana po całym świecie nie chciała przygarnąć dwóch biednych sierot pod swoje skrzydła. Jedna jedyna, najbiedniejsza siostra babci, która mieszka w Jemenie, wyciągnęła do nas rękę. Zawsze tak jest, bogaty odwróci się plecami, a żebrak podzieli się niczym. Z Tunisu poleciałyśmy do Frankfurtu, a stamtąd do Sany, gdzie spędziłam niezwykłe dwa lata, bo sam już z mojej wcześniejszej opowieści wiesz, że cudnych rzeczy jest tam co niemiara... – Marysia zawiesza głos. Wspomnienia jak żywe stają jej przed oczami, a czoło perli się od potu. Oddycha chrapliwie, tak jakby w tej chwili stała przerażona pod wielkim domem-wieżą na starym mieście w Sanie. Raszid opuszcza wzrok i cierpliwie czeka na ciąg dalszy. – Tam poznałam, co to prawdziwa oddana rodzina, co to przyjaźń i miłość. Pomimo ubóstwa, w jakim żyłyśmy, byłam bardzo, bardzo szczęśliwa. Babcia zainwestowała nasze ostatnie pieniądze w moją edukację. Dla niej to był najważniejszy cel w życiu. Niestety, zatrzymałam się na poziomie brytyjskiej matury i nic nie wróży, abym miała ruszyć dalej – kpi sama z siebie. – Może za wcześnie wyszłam za mąż? – zastanawia się na głos. – Gdyby nie to, moje losy zupełnie inaczej by się potoczyły. Przyznano mi naukowe stypendium do Ameryki, w życiu nie pojechałabym do Arabii Saudyjskiej i nie spotkała się z matką. Jakie to życie jest skomplikowane i nieprzewidywalne, jeden krok pociąga za sobą następne i następne, przynosi dobre i złe rzeczy, ale nigdy już nie można się cofnąć. Jednak najbardziej z tego wszystkiego żałuję nie tyle utraconej możliwości studiowania w Stanach, wspaniałej podróży i zapewne dostatniego, spokojnego życia za oceanem, ile że babcia Nadia nie żyje.

– Jak do tego doszło? – Mężczyzna nie wytrzymuje i przerywa, rzucając pytanie.

– Zginęła w zamachu terrorystycznym naprzeciwko naszej willi. Podłożono bombę w sklepie po drugiej stronie ulicy. Dlatego też z mężem musieliśmy natychmiast uciekać i zostawiliśmy w Sanie wszystkie pamiątki i ulubione rzeczy, w tym wspomniane zdjęcia.

– Ale dlaczego akurat wyście zwiewali? Nie rozumiem. Teraz na każdym kroku podkładają bomby, terroryzm szeroką falą zalewa cały świat.

– Baliśmy się, że ten ładunek był przeznaczony dla nas, a szczególnie dla Hamida. On zaangażował się w walkę z typami spod ciemnej fundamentalistycznej gwiazdy.

– Aha. – Raszidowi twarz się wydłuża, zaciska zęby i nie ma już nic do powiedzenia.

– Teraz mieszkamy w Arabii Saudyjskiej, pławiąc się w zapewne chwilowym dobrobycie i beztrosce. Jak spojrzeć na moje życie, stan idylli nie może za długo potrwać. – Marysia zamyka oczy, ciężko wzdycha i wyczerpana opowieścią opiera się spoconymi plecami o zimny mur. – Twoja kolej – zwraca się do mężczyzny.

– W czym? – pyta zdziwiony.

– Opowieści o życiu. Rozwesel mnie.

– Po twojej historii moja nie jest ani śmieszna, ani ciekawa, tylko banalna. Urodził się i wegetował, tak można opisać moje losy, bo nic ciekawego do tej pory mi się nie przydarzyło. Może z wyjątkiem tego, że spotkałem niezwykłą osobę...

– Kogo? – Marysia otwiera jedno oko, zasłaniając je dłonią przed rażącym słońcem.

– Ciebie oczywiście. – Mężczyzna w porywie radości chwyta ją za rękę i przyciąga do serca, co sprawia, że dziewczyna zaczyna mieć się na baczności.

– Dobra, dobra, nie ściemniaj. – Marysia obraca romantyczną sytuację w żart. – Nie wymigasz się. Opowiadaj.

– Z tobą nie ma żartów. – Raszid śmieje się, czarując białymi zębami. – Historię moich rodziców zapewne znasz i pamiętasz.

– Tak, tak, z tego twojego ojca kolejny typowy arabski samiec.

– Teraz ty mi nie przerywaj, bo się zatchnę i już nic nie powiem – naśladuje jej wcześniejsze słowa.

– Ciii – Marysia przytyka sobie palec do ust, łobuzersko chichocząc.

– Do matki nastawił mnie i moich braci najgorzej, jak było można, a my młodzi wierzyliśmy mu we wszystko. Utrudniał nasze spotkania, jak tylko mógł, lecz fart chciał, że pewnego razu zapomniał telefonu komórkowego w domu. Odebrałem połączenie i dowiedziałem się, że mama systematycznie dzwoni, prosząc o widzenie z nami. W tajemnicy zobaczyliśmy się pierwszy raz po wielu latach. Byłem wtedy już osiemnastolatkiem, więc w głowie zaczęły mi się pojawiać jakieś samodzielne opinie. Później albo kontaktowaliśmy się telefonicznie, albo mailowo czy na Skypie. Mohamed dołączył do naszej konspiracji, bo jak sama widziałaś, sympatyczny i przyzwoity z niego facet. Ibrahim niestety jest tak podobny do tatusia, że sam unikam jego towarzystwa, a i on do naszego się nie pcha. Bogu niech będą dzięki! Kiedy ojciec się zorientował, że traci nad nami kontrolę, załatwił mi stypendium do Londynu. Musiał chyba poruszyć niebo i ziemię, bo w tym kierunku młodych ludzi z Libii się nie posyła.

Zgodził się nawet, żebym szkolił się na inżyniera mechanika, choć wcześniej pchał mnie w kierunku prawa czy polityki. Jednak raz odnowiony kontakt z matką nie wygasł. Skończyłem studia i wróciłem, a teraz pracuję razem z Abbasem, prowadząc salon samochodowy. Chcę otworzyć swój własny warsztat z prawdziwego zdarzenia, może uda się jakiś oryginalny serwis Forda lub Peugeota. Brak tutaj takich. Tyle. Nic ciekawego.

– A co z miłością? – Marysia musi zadać to pytanie, bo nie chce jej się wierzyć, żeby taki przystojniak nie był nagabywany przez dziewczyny.

– Była jedna w Anglii, ale się skończyła. Dowiedziałem się, że jestem brudnym Arabem, śmierdzącym Libijczykiem i nie mam nawet co marzyć o trwałym związku – mówi stłumionym głosem i na tym chce zakończyć wyznania.

– Dlaczego? – dopytuje kobieta.

– Mieszkaliśmy ze sobą dwa lata i zaszła w ciążę. Wtedy się okazało, że nasz układ był tymczasowy, skierowany głównie na seks i beztroskę i nieprzyszłościowy. Oczywiście bez konsultacji ze mną poddała się aborcji. Od tego czasu mam dość płci przeciwnej, choć swatki chcą wyważyć drzwi. Ja nie będę sobie żony kupował, nie chcę, aby związek powstał na starych dobrych arabskich zasadach. Chcę kobiety partnerki i prawdziwej miłości. – Uśmiecha się nieśmiało. – Wierzysz w coś takiego?

– Ja zostałam zaślubiona mężczyźnie w całej otoczce arabskiego blichtru.

– Zakochałaś się czy ci go wybrali?

– Wydawało mi się, że kocham, ale czy wiedziałam tak

naprawdę, co to słowo oznacza i jakie to uczucie? Miałam dopiero dziewiętnaście lat… – Dalsze wyznania przerywa dzwoniący telefon.

– *Aiła*[1]? – Marysia aż skacze na równe nogi.

– Ja już jestem wolna. Gdzie jesteś? – słyszy głos matki.

– Ja? – Nie może uspokoić myśli i uczuć. – Pojedź pod łuk Aureliusza, dobrze? Za ile będziesz?

– Może za dziesięć minut.

– Do zobaczenia. – Raszid swoimi rozgrzanymi dłońmi wymownie ściska obie ręce Marysi. – Mam nadzieję, że jeszcze kiedyś spotkamy się sami, to znaczy bez towarzystwa przyzwoitki lub dziesięciu osób z rodziny, i skończymy naszą przerwaną rozmowę. – Patrzy na nią palącym, namiętnym wzrokiem.

– Na pewno. Po dzisiejszym dniu nie pozwolę, żebyśmy skróciły pobyt, więc okazji jeszcze będzie sporo. – W porywie serca całuje go w drapiące zarostem policzki, tylko przytykając do nich delikatnie usta.

[1] *Aiła* (arab. libij.) – tak.

III

LIBIJSKA WIOSNA LUDÓW

Plażowanie w Tadżurze

Dorota z Marysią nie mogą spać i kręcą się w wielkim małżeńskim łożu w apartamencie w rodzinnej willi. Po wyjeździe Nadżli z Nevin ogromny dom jeszcze bardziej tchnie pustką i smutkiem. Słychać tylko, jak ściany oddychają, mury trzeszczą, ciężkie firany uderzają o otwarte okna, drewniane żaluzje wybijają swój nierówny rytm, a hałas uliczny w centrum miasta wbija się do głowy.

– Śpisz? – zagaduje Dorota.

– Nie, nie mogę.

– Po tym ostatnim wyjściu na miasto jesteś jakaś markotna. Coś się stało, spotkało cię coś złego?

– Coś ty! – Dziewczyna siada na łóżku, przechyla się w stronę nocnej szafki i włącza lampkę. – Bardzo miło spędziłam czas.

– Poznałaś kogoś? – Serce matki wszystko wyczuje.

– Natknęłam się na kuzyna Raszida i razem pozwiedzaliśmy Suk Turecki i starą medinę. Było świetnie. – Marysia zamyśla się i wspominając miłe chwile, patrzy nieobecnym wzrokiem w przestrzeń.

– Mhm. – Dorota cierpliwie czeka na ciąg dalszy.

– Tak się zaczęłam zastanawiać, czy... – zawiesza głos i nie kończy rozpoczętej myśli.

– Czy co?

– Nie nazbyt pochopnie wyszłam za mąż. – Marysia wyznaje dręczący ją problem. – Pozbawiłam się w ten sposób wszystkich przeżyć i uroków młodości. Zamknęłam wszystkie drzwi. Ale klamka zapadła, co zrobić – wzdycha.

– Hamid jest przyzwoitym człowiekiem. – Dorota staje w obronie zięcia. – Sama tak zawsze mówiłaś, a po bliższym poznaniu ja się z tym w stu procentach zgadzam. Aktualnie po prostu przechodzicie pierwszy kryzys małżeński i tyle. W dorosłym życiu nie zawsze jest różowo.

– W moim nigdy nie było, mamo. Czy to w dzieciństwie, czy jako nastolatka zawsze miałam pod górkę i zawsze byłam poddawana przez los jakimś próbom. Jeden zły krok pociągnął za sobą całą tę lawinę.

– Masz na myśli małżeństwo?

– Nie, to, że nie przyszłam wtedy na te cholerne mikołajki do ambasady i nie wyjechałam jako dziecko razem z tobą i Darią. Teraz byłabym zupełnie innym człowiekiem.

– Nie ma co płakać nad rozlanym mlekiem, córeczko. – Matka przysuwa się bliżej, delikatnie przyciąga roztrzęsioną dziewczynę do siebie, kładzie sobie jej głowę na ramieniu i czule gładzi gęste, kręcone włosy. – Gdybyś wiedziała, że się przewrócisz, tobyś sobie usiadła. Ja parę razy w moim życiu też popełniłam karygodny błąd.

W zasadzie jeden zasadniczy... – zawiesza głos. – Ale wiesz, czego na sto procent nie żałuję?

– Czego? – Marysia odchyla głowę i patrzy matce prosto w jej błękitne, niewinne i szczere oczy.

– Że mam dwie wspaniałe córeczki, ciebie i Darię. A bez tego pierwszego fałszywego kroku, który zrobiłam w młodości, nie byłoby was. Dlatego też dobrze jest, jak jest, najważniejsze to spaść na cztery łapy i w końcu podjąć słuszną decyzję. Ale nie pochopną, pamiętaj.

– Łatwo mówić! – Marysia sztywnieje i siada, opierając się o zagłówek.

– Ja nie chcę ci truć, lecz doradzam jako doświadczona osoba.

– Wiem, wiem...

– A propos decyzji, to myślę, że powinnyśmy skrócić pobyt i jak najszybciej stąd wyjechać.

– Teraz nie wyjadę, nie ma mowy! – Dziewczyna zaciska wargi i gwałtownie macha na boki głową.

– Nie pytałaś, co tam u Zośki, z którą ostatnio spędziłam parę godzin, więc powiem ci, że z tymi manifestacjami to prawda. Pokazywała mi ogłoszenia i nawoływania na Facebooku. To nie przelewki! Siedemnasty lutego ma być dniem gniewu i powstania wolnego narodu libijskiego. Ponoć wszyscy się na to szykują, a szczególnie młodzi.

– No to co? W Tunezji i Egipcie rewolucje przeszły w białych rękawiczkach. Jak się ktoś nie pchał w niebezpieczne miejsca, to nic mu się nie stało. A tutaj ma się odbyć tylko pokojowy pochód, nie panikuj, mamo!

– Weszłam na stronę internetową egipskich linii

lotniczych i na najbliższy tydzień nie ma już ani jednego miejsca. Wszystko zostało rozdrapane dosłownie z dnia na dzień. Jeszcze chwilę temu można było dostać bilet bezproblemowo, a teraz dopiero na dwudziestego siódmego coś by się znalazło.

– To bez sensu o jeden dzień tak się boksować i jeszcze tracić pieniądze za zmianę rezerwacji. – Marysia oddycha z ulgą, bo widzi, że raczej przed czasem z Libii się nie wydostaną i będzie miała jeszcze niejedną okazję spotkać Raszida.

– Zośka i parę innych moich starych psiapsiółek też bagatelizują te wybryki gówniarzerii, jak to nazywają.

– No widzisz! – Młoda z radości aż podskakuje na łóżku.

– Ty, dziewczyno moja, chcesz po prostu jeszcze się z nim spotkać i tyle.

– Z kim? – Marysia udaje niewiniątko, lecz w oczach ma małego chochlika.

– Oj, zawrócił on ci w głowie od pierwszego momentu. Ale na to nie ma mocnych.

– Mamo… – Córka obejmuje matkę w pasie i niczego już się nie wypiera.

– Moje koleżanki chcą jutro zorganizować wyjazd poza Trypolis, żeby w coś nie wdepnąć, jak ty to mówisz. – Dorota zmienia temat. – Wszystkie demonstracje odbywają się zazwyczaj na placu Zielonym i w centrum, więc lepiej spędzić dzień z dala od tych miejsc.

– A dokąd byśmy pojechały?

– Do Tadżury, takiej małej mieściny z piętnaście, dwadzieścia kilometrów od nas. Teraz to już w zasadzie dzielnica Trypolisu. Jest tam piękna strzeżona plaża dla cudzoziemców i nowoczesnych libijskich rodzin. Nazywamy ją Czeszką, bo odkryli ją właśnie Czesi, lekarze i pielęgniarki, którzy pracowali w pobliskim szpitalu. Są tam ratownicy, jest kafejka, restauracja, prysznice, a nawet plac zabaw dla dzieci. To nie Surman czy Zawia – śmieje się, przypominając sobie ostatni rodzinny piknik nad morzem.

– Super, chyba nigdy tam nie byłam.

– Byłaś, byłaś, jako dziewczynka i to prawie w tym samym gronie – śmieje się matka. – Może zadzwonię do Chadidży, żeby do nas dołączyła z dzieciakami, co ty na to? – Dorota szelmowsko patrzy na córkę.

– Raszid mógłby ją przywieźć – szepcze Marysia.

– No właśnie.

Siedemnastego lutego od rana jest przepiękna pogoda. Jak na warunki północnej Afryki to zwykła wiosna, ale Europejczykowi aura przypomina pełnię lata. Słońce świeci już całkiem ostro, a niebo jest prawie tak błękitne jak oczy Doroty. W powietrzu czuje się rozgrzany pył, jak na polskich wiejskich ścieżkach wiodących poprzez łany zbóż. Ptaki śpiewają, jaśmin, złocienie i mlecze pachną odurzająco. Wszyscy są szczęśliwi i beztroscy, a szczególnie Marysia, bowiem promienieje na myśl o spotkaniu z mężczyzną, który, według matki, zawrócił jej w głowie, a tak naprawdę całkiem niechcący podbił serce dziewczyny. Swoim nowym mercedesem Zośka podjeżdża pod willę punktualnie o jedenastej.

– Pakujcie się, ale nam się dzień udał! – wykrzykuje radośnie. – Baśka też obiecała przyjechać i Wiolka ze swoimi córkami. Są już prawie w wieku Marysi. Będziesz miała towarzystwo, młoda. – Poklepuje dziewczynę po plecach, popędzając ją do samochodu.

– Świetnie! – Dorocie udziela się dobry humor. – *Jalla*[1]!

Kobiety omijają centrum, błyskawicznie wypadają na autostradę i prują w kierunku Tadżury. W autku, które pachnie jeszcze nowością, nie czuje się szybkości, lecz widać, że maszyna dosłownie połyka kilometry. Wzdłuż drogi w parterowych podłużnych baraczkach mieszczą się sklepy z przeróżnym asortymentem, ale wszystko nastawione jest na plażowanie i piknikowanie. Są więc małe spożywcze markeciki, masarnie oferujące kiełbaski i żeberka baranie na grilla, piekarnie i cukiernie oraz punkty sprzedaży sprzętu do pływania dla dzieci i leżaków, parasoli czy plastikowych i słomianych mat.

– Chryste, tutaj nic się nie zmieniło! – wykrzykuje Dorota, chłonąc widok dookoła. – Jakby czas stanął w miejscu. Nawet śmieci są tam, gdzie były!

Po piętnastu minutach zatrzymują się na skrzyżowaniu ze światłami.

– Jesteśmy już prawie na miejscu – uśmiecha się zadowolona z siebie Zocha. – Jakbyśmy teraz skręciły w lewo, to dojechałybyśmy na rynek miasteczka z dość sporym meczetem. W Tadżurze też nawoływali do demonstracji, ale powiedzcie mi, kto by niby miał się tutaj zebrać i po

[1] *Jalla* (arab.) – chodź, wychodź, w drogę.

co? Taka dziura zabita dechami, sami biedni farmerzy, jeden szpital, dwie zrujnowane szkoły. Któż by tutaj miał przyjechać, żeby zaprotestować? I kto by o tym usłyszał, do kogo by niby przemówili? Ja wam oznajmiam, dziewczyny, wszystko rozejdzie się po kościach.

– Oby. – Dorota ciężko wzdycha.

– Zatrzymamy się na chwilkę za skrzyżowaniem, jest tam świetna piekarnia. Kupimy sobie gorącą *chobzę* i brioszę. Ser *lebneh*[1], oliwę i oliwki oraz inne świeże warzywa mam, brakuje nam tylko podkładu.

– My nic nie wzięłyśmy, ale mi głupio – orientuje się Dorota.

– Daj spokój, nie jesteś u siebie. Jak przyjadę cię odwiedzić w Arabii Saudyjskiej lub w Polsce, to wtedy się postarasz, okej?

Pomimo, że jest dzień roboczy, przy plaży na parkingu na skarpie stoi całkiem sporo samochodów. Kobiety obładowane koszami z jedzeniem i piciem, wielką matą, dwoma parasolami i leżakami usiłują zabrać się za jednym zamachem, jednak wszystko leci im z rąk.

– Nie przesadzacie?! – słyszą za sobą i rozpoznają zabawny i beztroski jak kiedyś głos Baśki. – Wy tutaj przyjechałyście na parę godzin czy na cały tydzień? – Śmieje się donośnie.

– Jakby trzeba było… – Dorota zawiesza głos.

– Ej tam! – Baśka lekceważąco macha głową. – Burza w szklance wody, bardziej w internecie, wirtualna, niż

[1] *Lebneh* (arab.) – twarożek.

w realu. Libijczyków nie stać na rewolucję, nie mają jaj! – Wygina pogardliwie wargi. – Co oni by zrobili bez swojego Kowalskiego? Chodziliby jak dzieci we mgle. On jeden jeszcze to całe tałatajstwo jest w stanie w ryzach utrzymać.

– Dobitnie określiłaś swoje nastawienie tak do kraju, jak i jego mieszkańców – podsumowuje Dorota.

– I owszem. Takie jest moje zdanie. Ale przecież jak się komuś nie podoba, to nikt go nie zmusza do pobytu w Libii, prawda? Dlatego też ja stąd wyjeżdżam asap[1] – to mówiąc, porywa najcięższe rzeczy i pędem rzuca się do stromych krętych schodów prowadzących na plażę.

– *Wow*, ale tutaj pięknie! – Marysia staje zachwycona na stromym zboczu i syci oko widokiem w dole. – *Blue lagoon, mum, blue lagoon!* – krzyczy w kierunku Doroty i macha do niej ręką.

Krystalicznie czyste błękitne wody zatoki otaczają z trzech stron wapienne białe skały, powodując, że spokojne morze rozpościera się tutaj gładkie jak tafla. W głębi plaży przyklejone do wzniesień ciągną się niskie zabudowania, w których znajdują się prysznice, toalety, magazyny na plażowe sprzęty typu krzesła, stoliki i parasole oraz inna infrastruktura. Tuż przy stromym zejściu stoi okrąglak z kolorowym napisem, oznajmiającym, iż jest to restauracja. Obok niego, otoczony przez wygodne drewniane ławki pomalowane na żywy zielony kolor znajduje się plac zabaw dla dzieci z plastikową zjeżdżalnią, karuzelą, huśtawkami na łańcuchach oraz bujanymi konikami.

[1] Asap (ang. skrótowiec): *As Soon As Possible* – tak szybko jak to możliwe.

– Mamuś, brakuje tam piaskownicy! – po dogonieniu reszty Marysia, naśladując marudny głos dziecka, zwraca się do Doroty.

– A co roztacza się dookoła, córuniu? – pyta matka szczęśliwa, że córka coś pamięta z ich wspólnego życia w Libii sprzed ponad piętnastu lat. – Jednak co nieco sobie przypominasz?

– Tak, to głupie stwierdzenie bezwiednie pojawiło się w mojej głowie i od razu zdałam sobie sprawę, że już tutaj byłam. – Marysia obejmuje Dorotę za szyję i przytula się do jej pachnących rumiankiem włosów.

Zanim zdążyły rozłożyć wszystkie rzeczy, przyjeżdża Chadidża z czwórką swoich maluchów. Oczywiście przywozi ją Raszid. Zaprosiła też swoją koleżankę z Zawii z dwójką dzieci, żeby wśród białolicych Polek nie czuć się wyizolowana.

– Przejdziemy się tak jak kiedyś? – Baśka zaprasza Dorotę. – W zasadzie jeszcze od twojego przyjazdu nie gadałyśmy w cztery oczy.

– Nie złożyło się, nieprawdaż? – Zakłada słomkowy kapelusz z szerokim rondem i duże przeciwsłoneczne okulary, narzuca na swoje białe plecy szeroką wiskozową koszulę i ruszają wzdłuż brzegu w kierunku oddalonych skał.

– Są rzeczy niezmienne, takie jak ta plaża i śmieci wzdłuż drogi do Tadżury, ale są też takie, które przemijają lub zmieniają się, nie zawsze na korzyść. – Dorota okrężną drogą zagaduje koleżankę. – Ty i Hassan byliście dla mnie zawsze wzorem dobranego małżeństwa, parą doskonałą, idealnym przykładem do naśladowania. Szkoda, że tak się porobiło.

– Nie ma nic pewnego, a czasami zupełnie inaczej coś wygląda od kuchni niż od zewnątrz. Pozory mylą, nadal naiwna koleżanko – spokojnie mówi Barbara. – Całe dotychczasowe życie pragnęłam znaleźć w kimś wsparcie. Chciałam przestać się zamartwiać, czy starczy mi do pierwszego, wszystko samej organizować i przy najdrobniejszym problemie walić głową w mur. Marzyło mi się, że ktoś w końcu mnie wyręczy w rozwiązywaniu wszystkich problemów, i myślę, że tym kimś jest właśnie Ralf. Mogę na nim polegać w stu dziesięciu procentach.

– Ale do tej pory na Hassanie też mogłaś. Powinęła mu się noga, czasami trzeba zrozumieć, wybaczyć, wyciągnąć rękę.

– Kobieto! To nie był pierwszy raz, ale ten, który przeważył szalę. Jeśli chcesz się angażować w walkę polityczną, to nie wolno ryzykować życia, wolności czy szczęścia rodziny. Ten dom na Gurdżi to była moja ostoja. Ja go budowałam, ja go dopieściłam, urządziłam… – Baśka z podenerwowania aż traci dech. – Nie ma domu, nie ma rodziny.

– Ale czy Hassan pozwoli na wyjazd Adama? On tylko wzrostem przypomina mężczyznę, ale duszę ma przecież dziecka. To dopiero nastolatek!

– Cały tatuś! Bardziej arabski od Araba! Nic nie zdziałam, a na siłę ciągnąć go za sobą nie będę. Ojciec go kocha ponad życie i krzywdy mu nie da zrobić, choć niepotrzebnie miesza mu w głowie tymi demonstracjami i protestami. Jednak ja nie mam już na to wpływu.

– Smutne. – Dorota siada na nadbrzeżnej skałce i moczy nogi w morzu.

– Ty odnalazłaś swoją córkę i trzeba się z tego cieszyć. – Baśka zmienia temat. – Marysia jest bardzo arabska, co widać po jej sposobie bycia, mówienia, ale może jeszcze uda ci się ją trochę spolszczyć.

– To nie ma znaczenia. Przyjechałyśmy tutaj, żeby się do siebie zbliżyć, i widzę, że to działa. Nie ma już między nami bariery i obcości, jakie były na początku. Cieszę się z tego przyjazdu do Libii, choć moment wybrałyśmy nie najlepszy.

– Czy ten chłopak to nie jej kuzyn? – koleżanka pokazuje palcem.

– Tak. – Dorota osłania oczy ręką i patrzy na córkę, która w oddali goni po plaży z Raszidem i dziećmi Chadidży.

– Nie zachowują się jak krewniacy – mówi Baśka z wielką satysfakcją, kiedy młody mężczyzna łapie córkę Doroty i bierze ją na ręce, następnie mocno przytula do siebie, przybliżając przy tym wymownie do niej swoją twarz. – Wręcz przeciwnie, raczej jak kochankowie – uśmiecha się złośliwie. – Czy ona nie ma męża?

– Oj, Baśka, nie szukaj dziury w całym! – Stara przyjaciółka jest zmęczona intrygami, obraca się i bez słowa wraca do pozostałych.

– Mamo. – Spocona Marysia podbiega do niej w pół drogi. – My z Raszidem chcielibyśmy się przejechać do miasta. Plaża super, ale nudno tak leżeć bezczynnie. Jakbym nie wróciła w ciągu dwóch godzin, to nie czekaj na mnie i zabierz się z którąś z koleżanek. Okej?

Nie było to pytanie, lecz raczej stwierdzenie, bo dziewczyna wraz z ostatnimi słowy chwyta swoją torebkę, sukienkę wkłada w biegu i już jej nie ma.

– *Bye*! – Raszid macha na pożegnanie i biegnie po dwa stopnie na parking na skarpie. – Czy to nazywa się wyjść po angielsku? – śmieje się do Marysi, zapalając silnik. – Może mi to wyjaśni absolwentka brytyjskich szkół?

– Raczej nie, przecież powiedzieliśmy pa, pa. – Młodzi przybijają sobie piątkę. – Mówisz, że Muaid też tam będzie? I Hassan? A Abbas?

– Nie, mój ojczym jest spokojnym człowiekiem i zdeklarowanym pacyfistą.

– A czyż nie ma to być pokojowa demonstracja? – pyta trochę przestraszona.

– Tak, tak ją zapowiadali. Okazuje się, że Hassan jest jednym z głównych organizatorów. Może kiedyś zostanie ważną postacią w Libii, a ty będziesz wtedy mogła powiedzieć: znam tego gościa!

– Uch, ale fajnie! Zmieniamy historię! Jesteśmy w centrum wydarzeń! To jest życie! – Krew w młodej kobiecie buzuje, serce mocno wali i pocą się jej ręce. Z podniecenia nie jest w stanie spokojnie usiedzieć w fotelu.

Droga do Tadżury wygląda całkiem inaczej niż godzinę temu. Wszystkie sklepiki pozamykały swoje podwoje, a ruch samochodów na autostradzie zmalał.

– Czy w Libii też macie *prayer time*[1]? Czemu tak pusto? – Marysia rozgląda się dookoła.

[1] *Prayer time* (ang.) – czas modlitwy; w Arabii Saudyjskiej wszystkie sklepy i urzędy są zamykane pięć razy dziennie podczas modlitw.

– Też mnie to dziwi, ale jedziemy do centrum. Na pewno już tam ktoś będzie. – Raszid zaniepokojony marszczy czoło.

– A może wszyscy spanikowali i zrezygnowali? – Dziewczyna jest zawiedziona.

Na światłach skręcają w prawo i jadą parę kilometrów ładną dwupasmówką, przedzieloną pasem zieleni z rosnącymi na nim oleandrami i karłowatymi palmami. Po obu stronach drogi nie ma nawet jednego przechodnia. Zajeżdżają na rynek pod duży biały meczet. Jest zamknięty i wokół nie widać żywej duszy.

– Jednak manifestanci stchórzyli – stwierdza Marysia rozczarowana, wspominając słowa Baśki, określające Libijczyków jako asekurantów. – Nic nie szkodzi, z przyjemnością się z tobą przejechałam. – Dziewczyna pocieszająco poklepuje chłopaka po ramieniu. – Mam ochotę na lody, może jakiś sklepik przy autostradzie będzie czynny. Jedźmy!

– Dobra, ale później jeszcze tutaj zajrzymy. Nie chce mi się wierzyć, żeby tak nikt się nie pojawił.

Ciężko jest im znaleźć coś otwartego, ale po półgodzinie kręcenia się natrafiają na minimarket, w którym kupują sorbety, pamiętające chyba jeszcze czasy ich młodości.

– Salmonella tańczy w nich twista – śmieje się Marysia. – Nie jedz, wyrzucamy i jedziemy dalej.

Wracając tą samą trasą do miasteczka, widzą na szerokiej drodze gęstniejący tłum. Serca skaczą im do gardeł.

– Zaparkujemy w jakiejś bocznej uliczce między blokami, żeby w razie czego łatwiej było wyjechać – oznajmia Raszid i gwałtownie skręca w lewo. – Tam chyba mignął mi ambulans Muaida.

– Dlaczego przyjechał karetką?

– Na wszelki wypadek. Skończył w Londynie kursy ratownictwa medycznego i ma na tym punkcie hopla. Uważa, że podczas każdego zgromadzenia powinny być obecne służby paramedyczne, na wypadek gdyby na przykład ktoś zasłabł z gorąca.

– Racja. – Marysia z podekscytowania głośno przełyka ślinę. Czuje, jak po plecach płynie jej strużka zimnego potu.

Młodzi prędko parkują samochód koło wielkiego kontenera na śmieci, zatrzaskują drzwiczki i pędem ruszają na główną arterię. Tłum chce dotrzeć do autostrady, do której pozostał może jeden, może dwa kilometry. Już teraz rozróżniają pojedyncze postaci. W pierwszym rzędzie idą głównie młodzi po europejsku ubrani mężczyźni z transparentami i dawnymi libijskimi flagami z czasów króla Idrisa, między nimi z rzadka pojawiają się starsi panowie, niektórzy w galabijach, inni w dżinsach, koszulach i marynarkach, czasem z arafatkami zawiniętymi dookoła szyi. Kobiet jest mało, głównie te zamieszkujące okolicę, bo mają na sobie długie spódnice, bluzki z długimi rękawami i chusty na głowach. Po krawężniku drepcze zasuszona babcia w białej płachcie okrywającej całe jej ciało i odsłaniającej tylko jedno oko. Tradycjonalistka przypomniała sobie dawne dzieje i chce zamanifestować swoje do nich przywiązanie. Od czasu do czasu wyciąga rąbek płachty z ust, podnosi rękę z zaciśniętą pięścią do góry i bezzębnymi ustami wykrzykuje hasła przeciwko reżimowi Kaddafiego.

– Precz, Muammar! Wynoś się! Nie chcemy dłużej

tyranii! Ropa i gaz dla narodu! Dość okradania! My chcemy żyć!

Raszid widzi Muaida i Hassana, który nieodpowiedzialnie przyprowadził na wiec swojego piętnastoletniego syna. Mężczyźni stoją na poboczu, trochę poza głównym nurtem ludzkiej masy. Machają do przybyłych rękami i zapraszają gestem do dołączenia do nich. Marysia z Raszidem chwytają się za ręce i przebiegają tuż przed czołem demonstracji. Parę osób ich potrąca. Ktoś spośród narodu znów intonuje hasła, a inny zaczyna śpiewać patriotyczną pieśń. Niektórzy idący z tyłu mają małe bębenki i wybijają na nich rytm do marszu. Marysia jest zszokowana, bowiem pochód nie ma końca, zebrało się tutaj parę tysięcy protestujących. A ta głupia Baśka mówiła, że my, Libijczycy, jesteśmy tchórzami!, myśli, z patriotyczną dumą spoglądając na mijających ją gniewnych ludzi. Dzisiaj rodzą się bohaterzy, podsumowuje z uśmiechem na ustach i przyłącza się do skandowania.

– Kaddafi, oddaj władzę! Precz, ty żmijo!

Nagle coś po drugiej stronie ulicy niepokoi Muaida. Staje na palcach, a później wspina się na wielką betonową płytę. Pomiędzy blokami zatrzymują się małe białe busy i wysiadają z nich ludzie.

– Dowożą manifestujących z Trypolisu? – dziwi się i pokazuje na nowo przybyłych palcem. – Przecież tam miały być niezależne pochody.

– Czemu oni są w płaszczach? – Marysia kobiecym okiem zauważa to, czego mężczyźni nie wyłapują. – Trochę za ciepło…

W tym momencie słychać pierwszą pojedynczą serię z karabinu maszynowego. Tłum się zatrzymuje, faluje na boki i staje w zawieszeniu. Strzały rozlegają się od strony meczetu i miasteczka oraz po bokach. Mężczyźni w trenczach, którzy przyjechali autobusami, rozmyli się w ciżbie, lecz w tłumie coraz częściej słychać salwy. Masa ludzka najpierw rozbiega się w prawo i lewo, a później z całym impetem rusza do przodu i porywa za sobą obserwujących Marysię, Raszida, Muaida, Hassana i Adama. Nastolatek potyka się, lecz ojciec łapie go w ostatniej chwili, ratując przed stratowaniem.

– Na autostradę, tam do nas nie będą strzelać! – ktoś krzyczy. – Za dużo świadków! Pobiegniemy do Trypolisu!

– Ale kto strzela? Czemu? – Marysia mocno trzyma za rękę Raszida i usiłuje dotrzymać mu kroku. – To miała być pacyfistyczna demonstracja!

– Biegniemy do auta. – Mężczyzna ciągnie ją w bok, bo muszą przebić się przez gęsty, spanikowany tłum.

Kiedy widzą już swój samochód, poplecznicy Kaddafiego rzucają między bloki granaty. Wóz Raszida razem ze śmietnikiem i szybami z okien wylatuje w powietrze i zajmuje się ogniem.

– Do mnie, do karetki! – wykrzykuje Muaid. – Musimy się stąd wydostać! – Obracają się i ruszają w przeciwnym kierunku.

Przerażony tłum rozbiega się, pędząc w panice między bloki mieszkalne. Dolatują już tylko pojedyncze odgłosy wystrzałów, które giną w krzyku ludzi. Marysia słyszy wizgające dookoła jej głowy naboje, pochyla się i biegnie zgięta wpół. Na drodze znajduje coraz więcej ciał, poruszających się w konwulsjach lub nieruchomych, broczących krwią. Niektórzy ranni czołgają się w stronę pasa zieleni, usiłując uchronić się przed nogami ciżby, inni siedzą oparci o mur, zawodząc z bólu i rozpaczy. W pewnej chwili, kiedy widzą już ambulans i mają do niego może pięćset metrów, młody Adam chwieje się na nogach i pada na rozgrzany asfalt.

– *Wallahi*, synku! – Hassan pochyla się nad chłopcem, lecz uderzony przez biegnącego grubego mężczyznę wywraca się, rozbijając twarz o krawężnik.

– Ruszajmy, co się stało?! – Raszid się zatrzymuje. – Nie ma czasu do stracenia! Zaraz wszystkich nas wybiją tutaj jak kaczki!

Muaid obraca Adama na plecy. Na brzuchu chłopca wykwita coraz większa plama żywej czerwieni. Jego twarz błyskawicznie blednie, pokrywa się zimnym potem, a oczy tracą blask. Młody nie krzyczy, nie płacze, a grymas na jego nadal dziecięcej buzi wyraża wielkie zdziwienie.

– Kochany mój – szepcze Hassan, siadając i ocierając krew płynącą z rozbitego łuku brwiowego. – Czemu ja cię ze sobą wziąłem?! – sam sobie zadaje pytanie. – Twoja matka ma rację, że jestem lekkomyślnym i głupim człowiekiem.

– Idziemy, tutaj nic nie zdziałamy. – Muaid z powagą i smutkiem patrzy na ranę chłopca i wie, że już nie jest mu w stanie pomóc. – On natychmiast musi się znaleźć w szpitalu. *Jalla!*

Raszid bierze Adama na ręce jak dziecko, chłopiec wydaje z siebie cichy jęk i chwyta się obiema dłońmi za brzuch, a po chwili krew zaczyna mu przeciekać przez palce. Z trudem docierają do ambulansu. Przerażony Muaid rozgląda się dookoła i widzi ogromne ilości rannych lub martwych Libijczyków. Nie ma ani jednej karetki, myśli. Co się stanie z tymi ludźmi? Tłum z tej strony już się przerzedza i łatwiej jest iść, ale też stanowi się łatwiejszy cel dla sługusów Kaddafiego. *Wallahi*, oni mogą z nami zrobić, co zechcą, rozpacza, nie wierząc własnym oczom. Pokojowa manifestacja! Po naszym tyranie można się było tego spodziewać! Co za drań!, opanowany jak dotąd Libijczyk wpada w niewypowiedzianą furię.

– *Afłan*[1]. – Marysia, biegnąc, wpada na ciężarną kobietę. Wielkość jej brzucha wskazuje, że jest co najmniej w ósmym miesiącu. – Co ty tutaj robisz, *ja saida*[2]?

– Byłam na zakupach, *binti*[3]. – Ciężarna opiera się o dziewczynę swoim wielkim twardym brzuchem, kładąc równocześnie spocone ręce na jej ramionach i opuszczając głowę. – Pomóż mi, proszę. Nie mam już siły, nie dam rady uciekać – szepcze, ciężko dysząc.

W tej chwili Marysia słyszy ciche „puk" i czuje wstrząs, który szarpie brzuchem kobiety. Ta pochyla się, chwyta za podbrzusze i patrząc na zakrwawione ręce, wytrzeszcza oczy. Następnie wydaje z siebie cichy skowyt.

– Muaid, bierzemy ją! Na Allaha, ta kula była przeznaczona dla mnie! – Hassan i Adam są już w ambulansie, więc mężczyzna wyskakuje i pomaga kuzynce.

– Połóżmy ją na podłodze – to mówiąc, podnosi jej

[1] *Afłan* (arab.) – przepraszam.
[2] *Ja saida* (arab.) – pani (wołacz).
[3] *Binti* (arab.) – dziewczyno moja.

szeroką suknię, a brzemienna broni się przed tym wstydliwie. – Jestem lekarzem, chcę ratować ciebie i twoje dziecko. – Ratownik dotyka wielkiego napiętego brzucha i maca okolice rany. – Tylko drasnęła, nic nie przebiła, przeleciała na wylot przez tłuszczyk – śmieje się smutno i głaszcze przerażoną po głowie. – Dociskaj ten opatrunek, a krew zaraz przestanie płynąć. Teraz już spróbujemy się stąd wydostać – oznajmia wszystkim, wyskakuje tylnymi drzwiami, zatrzaskuje je i okrąża auto, żeby dostać się do szoferki.

Na jego oczach mężczyzna stojący może trzy kroki od niego dostaje kulkę w okolicę szyi i obojczyka, chwyta się ręką za ranę, lecz żywoczerwona krew tryska na wszystkie strony. Człowiek kuli się w sobie i siada w przydrożnych śmieciach. Może da się go uratować?, przez jedną sekundę ta myśl błyska Muaidowi w głowie, a już wciąga rannego do kabiny i usadawia w nogach Raszida.

– Zrób mu zacisk, a jeśli się nie da lub nie umiesz, weź septyczny tampon czy okład i przyciskaj ile sił, aż do samego szpitala.

Mężczyzna, słysząc głos, podnosi nieprzytomne oczy i usiłuje coś powiedzieć.

– My się nie znamy? – pyta Muaid, lecz w tym momencie chory traci przytomność. – Niech nas Allah prowadzi – oddając się Bogu w opiekę, wciska gaz do dechy i rusza z piskiem kół.

Na miejscu manifestacji pozostało niewielu żywych przeciwników reżimu. Marysia siedzi z tyłu ambulansu na podłodze przy drzwiach. Widzi, jak na plac podjeżdżają ciężarówki mitsubishi i teraz panowie w płaszczach zaczynają po sobie „sprzątać". Wrzucają, trzymając za ręce i nogi, nie tylko martwych, ale też poruszających się i protestujących rannych oraz świadków, którzy wpadli im w łapska. Tuż za ostrym zakrętem, który mocno ścinają, dziewczyna zauważa jeszcze młodą kobietę leżącą w poprzek ulicy. Jej ciało przybrało nienaturalną pozę, ręce ma rozrzucone na boki, jedną nogę podgiętą, a drugą wyprostowaną, kręgosłup zaś wygina się jak łuk do góry. W zagłębieniu jej pachy siedzi malutki brzdąc, podgryzający bułkę, którą zapewne wyjął z rozprutej reklamówki porzuconej tuż obok. Napastnicy biegną za ambulansem i oddają parę strzałów, ale na szczęście nie trafiają. Jednak po drodze bandyci natykają się na matkę z dzieckiem, wrzucają ją na podjeżdżającego pikapa, a płaczącego ze strachu malucha chwytają za ciuszki i jak kota praskają na pakę. Jeśli pokojowy protest kończy się w ten sposób, to pokoju w tym kraju długo nie będzie, stwierdza Marysia, ocierając twarz zalaną łzami.

* * *

W rekordowym tempie, omijając jak się da centrum i wszystkie place, podjeżdżają pod klinikę Muaida. Pierwsza wyskakuje Marysia i pomaga przetransportować na wózek rodzącą ranną kobietę.

– Dziękuję ci, moja kochana. – Brzemienna chwyta jeszcze dziewczynę za rękę. – Allah ci to wynagrodzi.
– Marysia smutno się uśmiecha i poklepuje ją po policzku.

Raszid i dwóch sanitariuszy przenoszą nieznajomego, nieprzytomnego mężczyznę na wózek i w pozycji embrionalnej z opatrunkiem uciskowym na ramieniu i zakrwawioną gazą na szyi biegną z nim na salę operacyjną.

Na miejscu okazuje się, że młody Adam nie doczekał pomocy lekarskiej. Jego ciało już stygnie. Zrozpaczony ojciec obejmuje go przez klatkę piersiową i nie chce puścić.

– Hassan, co mogę dla ciebie zrobić? – szepcze Muaid. – Chcesz zostawić ciało w szpitalu?

– Nieeeee! – krzyczy jak szalony. – Nie zabieraj mi dziecka, jeszcze przez chwilę chcę z nim pobyć, proszę – płacze rzewnymi łzami.

– Zawiozę więc was do domu, na Ainzarę, dobrze?

– Dziękuję, przyjacielu.

– Nie wiem tylko, czy my tam teraz dojedziemy, ale miejmy nadzieję, że tak. Daj mi zadzwonić w parę miejsc i sprawdzić, jaka jest sytuacja na mieście. Zaparkuję z boku, żeby nikt nie widział.

– Co robimy? Co teraz będzie? – spanikowana Marysia chwyta za zakrwawiony rękaw koszuli wybiegającego Muaida.

– Najbezpieczniej pozostać w szpitalu. Tutaj chyba nie będą strzelać ani rzucać granatów między chorych. Wejdź do środka, ja postaram się jak najszybciej wrócić. Może uda się w pół godziny. Idź do Samiry, jej spokój ci pomoże.

– Ale co z mamą, co z ciocią?! – pyta zagubiona, kręcąc się wokół własnej osi.

– Dzwoniłem, wszystko jest okej. – Raszid podchodzi i obejmuje ją swoim silnym ramieniem. – Bawią się, pływają, opalają i o niczym nie wiedzą. Powiedziałem, żeby jak najdłużej tam zostały, a z nami spotkają się w domu.

Na razie nie ma im co mówić, bo jak wpadną w panikę, to mogą tylko samych głupstw narobić.

W całkowitym szoku i wzburzeniu młodzi siadają na ławce na zewnątrz kliniki i kryją się w cieniu rozłożystej akacji. Mężczyzna podczas tamowania krwotoku u nieznajomego zabrudził krwią koszulę, spodnie i pozostały mu jeszcze ślady na rękach. Marysia zaś została poplamiona przez ranną ciężarną i teraz wstydliwie ściska w dłoniach dół sukienki z wielkim bordowym zaciekiem z przodu. Po pewnym czasie pod szpital zaczynają jeden za drugim podjeżdżać prywatne samochody, tak osobowe, jak i półciężarowe. Przy wjeździe na ostry dyżur robi się korek.

– Błagam, macie jeszcze miejsca! – wykrzykuje zażywny pięćdziesięciolatek, wynosząc z auta młodego chłopaka. – Syn miał wypadek. – Sanitariusz patrzy na ranę postrzałową z boku klatki piersiowej, kiwa ze zrozumieniem głową i wwozi poszkodowanego do środka.

Z kolejnych pojazdów zaczynają wysypywać się ludzie, robi się rozgardiasz jak na piątkowym *suku*[1], wszyscy krzyczą i przepychają się.

– Hej, *uskut*[2]! – Raszid wkracza do akcji, usiłując pod nieobecność kuzyna zapanować nad sytuacją. – Po kolei, bo inaczej zamkniemy szpital! – Przybyły lekarz wręcza mu biały fartuch, żeby wyglądał bardziej wiarygodnie, i teraz już razem kierują poszkodowanych albo do poczekalni, albo od razu na ostry dyżur.

[1] *Suk* (arab.) – targ, bazar.
[2] *Uskut* (arab.) – cisza, cicho.

– Ja też mogę w czymś pomóc – słabym głosem odzywa się Marysia.

– Idź na recepcję i spisuj dane – decyduje inny doktor. – Bierz też numery telefonów, w tym koniecznie komórkowych, i odsyłaj wszystkich natychmiast do domów, bo przecież rodziny nie mogą tutaj koczować. Nie w tej liczbie.

– Gdzie jeszcze były zamieszki? – Po godzinie Muaid z bladą twarzą i rozwianym włosem wpada do szpitala.

– W Tadżurze!

– To wiemy, sami tam byliśmy.

– Suk Dżuma Saga! Ben Aszur! Plac Zielony! Gurdżi przy stadionie! – wykrzykuje coraz to inna osoba spośród przybyłych do prywatnego szpitala.

– Wszędzie strzelali? – Raszid nie może się nadziwić.

– Tak, prawie, ale na placu tylko lali kolbami i kijami bejsbolowymi – odzywa się dwudziestoparolatek z broczącą krwią głową.

– To ile będzie ofiar?! – Muaid załamuje ręce. – Chulud! – krzyczy do recepcjonistki, którą ledwo widać zza otaczających ją szczelnie ludzi. – Wezwij na dyżur cały personel, kierowców i sanitariuszy też! A nawet szczególnie! Mamy cztery ambulanse, natychmiast mają ruszać. Tylko, do diaska, nie ma kto ich prowadzić. Na chwilę obecną jest jeden szofer…

– Ja pojadę – oferuje się Raszid.

– Okej. Dzięki, bo ja muszę zostać i koordynować.

– Jestem zawodowym kierowcą, Abdullah Munir. – Starszawy mężczyzna podchodzi do Muaida i podaje mu rękę.

– Zostawię panu paszport, *bitakę*[1], kluczyki do mojego auta, sygnet i mojego rannego syna pod zastaw. Chcę pomóc. Na pohybel tym skurczybykom! – wykrzykuje na koniec, wygrażając pięścią. – Wyliżemy rany i znów staniemy w szyku! Już po Kaddafim!

– Panie, cicho, cicho! – uspokajają go inni.

– Startujcie. – Muaid pogania odważnego mężczyznę. – Ale powiedzcie mi, czy ktoś wie, co się dzieje w innych szpitalach? Czemu tyle narodu wali do mnie? Tylu jest poszkodowanych?! – Wytrzeszcza oczy i włos mu się jeży na głowie.

– W państwowych klinikach rannych wwożą jednymi drzwiami, a bezpieka wywozi ich drugimi. Cyk, i już nie ma przeciwników, rozmywają się we mgle. Nawet trupy zbierają. – Załamana kobieta chwyta się za siwiejące włosy.

Muaid wbiega do poczekalni, gdzie kłębi się dziki tłum, przechodzi korytarze i widzi jeszcze więcej osób. Ludzie krzyczą, płaczą, podekscytowani głośno opowiadają sobie wydarzenia minionego strasznego dnia, rozmawiają przez komórki. Jest głośno jak w ulu.

– Jak żołdacy lub bezpieka tutaj wpadną, to będzie nieziemska jatka – mówi do swojego kierownika administracyjnego. – Musimy z tym zrobić porządek.

Marysia i jeszcze jedna nieznana ochotniczka zostają wykorzystane do wsparcia w recepcji. Wszyscy chcą pomagać, tragedia jednoczy naród. Dwóch potężnie zbudowanych sanitariuszy, Muaid i kierownik zabierają się

[1] *Bitaka* (arab.) – legitymacja.

do wypraszania rodzin poszkodowanych oraz gapiów szukających sensacji. Najpierw łagodnie przekonują, później tracą cierpliwość i podnoszą głos, a na koniec zaczyna się walka na pięści i łokcie.

– Idźcie stąd, ludzie, bo napytacie biedy nie tylko sobie, ale waszym rodzinom i wszystkim chorym w tym szpitalu. – Młody właściciel wdrapuje się na krzesło, żeby go było lepiej widać i słychać. – Na recepcji dopiszcie do każdego imienia chorego dokładny adres i numery telefonów, domowy i komórkowy, zadzwonimy, jak tylko coś będzie wiadomo. Lżej poszkodowani po opatrzeniu zostają natychmiast wypisani. Nie blokujcie miejsca innym! W Trypolisie nie ma zbyt wielu prywatnych klinik, które mogłyby i chciały – na to słowo kładzie szczególny nacisk – pomagać protestującym. W tej chwili ja ryzykuję swoją wolność, a może nawet życie! – podnosi głos. – Miejcie Boga w sercu! – napomina. – Rozejdźcie się!

– *Wallahi,* mówi prawdę, nie przeszkadzajmy.

Ze spuszczonymi głowami w końcu wykonują polecenie i smutni, noga za nogą powoli opuszczają klinikę.

– Jeśli jest tutaj jakiś lekarz, pielęgniarz czy pielęgniarka, którzy chcieliby nam pomóc, to będą mile widziani – na pożegnanie Muaid macha ręką i krzyczy w stronę topniejącego tłumu.

Parę osób wraca. W tym momencie na pełnym gazie na podjazd wpada ambulans. Za kółkiem siedzi Raszid. Drzwi karetki z jednej strony są podziurawione kulami, z przodu auto ma otarty lakier i parę wgnieceń.

– Nosze, biegiem! – krzyczy młodzieniec, skacze

do tylnych drzwi, otwiera je na oścież i oczom przerażonych lekarzy ukazuje się stłoczona grupa ośmiu czy dziewięciu jęczących, płaczących, trzęsących się rannych. – Najgorzej jest na Suku Dżuma Saga. Tam się nie patyczkowali, skurwysyny! – Raszid nie panuje już nad swoim językiem. – Bierzcie ich, pędzę ponownie, bo za chwilę nie będzie kogo ratować. Wyczyszczą plac i zatuszują ślady.

– Jak zawsze zresztą. – Muaid pomaga przenosić poszkodowanych i jednocześnie kieruje ruchem. Cały czas podjeżdżają pojedyncze samochody osobowe, zwożąc ofiary rządowej masakry. – Miriam – woła do kuzynki. – Zostaw tę biurokrację, recepcjonistki muszą sobie poradzić. Ty zajmij się lżej rannymi.

– Dam radę? – Dziewczyna ze strachu aż blednie.

– Ja mam do ciebie zaufanie, a ty masz dobre chęci, to musi wystarczyć. Poza tym głupia nie jesteś… – nie kończy, bo wzywają go do rozwiązania kolejnego problemu.

Po paru godzinach w pokoju zabiegowym Marysia nie wie, jak się nazywa, zapomina o grożącym niebezpieczeństwie i strachu o matkę. Chodzi oszołomiona, powłócząc nogami, kręci jej się w głowie, a od zapachu środków antyseptycznych czuje lekkie mdłości. Jest w szoku, nigdy w życiu nie widziała tyle krwi, bólu, cierpienia i trupów.

– *Asma*[1]*, asma!* – Kiedy na sekundę przysiada na krześle na korytarzu, słyszy natarczywe wołanie. – *Asma, binti*!

– *Ajła?* – Wyczerpana podchodzi do łóżka na kółkach

1 *Asma* (arab. libij.) – hej ty.

i widzi na nim zmizerowaną, ale uśmiechniętą i szczęśliwą kobietę, która w Tadżurze przyjęła na siebie kulę, możliwe że przeznaczoną dla niej samej.

– Mam piękną córeczkę – chwali się tamta, uchylając rąbka pieluszki zasłaniającej niemowlę.

– *Mabruk, dżamila dżiddan*[1]! – mówi dziewczyna i odpluwa przez lewe ramię, żeby nie rzucić na dziecko uroku. – A to dla córki w prezencie ode mnie. – Marysia ściąga z szyi łańcuszek z ręką Fatimy, chroniącą wiernych muzułmanów, który dostała w dzieciństwie, i kładzie go na dłoni biednej kobiety.

– Jeszcze się zobaczymy, musisz nas odwiedzić. – Młoda mama jest pełna wdzięczności. – Ty i twoja rodzina uratowaliście mnie i mojemu dziecku życie. Allah nagradza takie dobre czyny, niech ci się wiedzie, piękna owieczko. – Delikatnie dotyka jasnych włosów swojej wybawczyni. – Jak masz na imię?

– Miriam – szepcze wzruszona dziewczyna.

– Tak też dam mojej córuni.

Pielęgniarka po krótkiej przerwie na plotki przychodzi z powrotem i odwozi kobietę na oddział położniczy.

– Jak się masz? Dajesz sobie radę? – Muaid wyrasta jak spod ziemi. Rano rześki i zażywny, teraz wygląda jak cień. – Chodź, zafunduję ci kawę. To główne pożywienie personelu medycznego – uśmiecha się smutno.

– Co robicie? Ja już nigdzie nie jadę, na ulicach pojawiło się za dużo patroli i bojówek. – Raszid goni kuzynostwo.

[1] *Dżamila dżiddan* (arab.) – bardzo piękna.

– Miasto wymarło lub czeka w uśpieniu, co przyniesie jutrzejszy dzień.

– Idziemy napić się kawy i posiedzieć chwilkę na świeżym powietrzu. – Marysia bierze go pod pachę i ciągnie za sobą. – Już mi jest niedobrze od odoru krwi, potu i środków odkażających, a szczególnie chloru.

Kiedy trójka wyczerpanych przyjaciół podchodzi do wielkich automatycznie otwieranych drzwi, aby udać się do kafejki przed szpitalem, do środka wparowuje dwóch wysokich, mocno zbudowanych dżentelmenów. Są dobrze ubrani, mają na sobie garnitury, lecz pod marynarką łatwo zauważyć wybrzuszenie, świadczące nie o pełnym portfelu, lecz ukrytej broni.

– Czym mogę służyć? – Muaid mówi uprzejmie, ale przez zaciśnięte ze strachu gardło.

– Kontrola rządowa. – Jeden z nich wyciąga jakąś legitymację i macha nią pytającemu przed nosem. – Sprawdzamy, czy szpital nie jest przepełniony i czy panuje spokój. – Mężczyzna patrzy na nich zimnymi oczami, rozglądając się przy tym dookoła.

– Wszystko jest w najlepszym porządku. – Muaid cieszy się, że idioci weszli głównym wejściem dla dziennych pacjentów, a nie tym przeznaczonym dla nagłych wypadków.

– A pan to kto?

– Dyrektor.

– Aha. – Zbity z pantałyku ubek ściska wargi, bo nie ma się do czego przyczepić.

– Jeszcze tutaj przyjdziemy – ostrzega drugi, niechętnie się wycofując. – Teraz takie są nowe procedury.

– Dobrze, zapraszam panów. – Muaid ma ochotę roześmiać się ze swojej grzeczności.

– Miej się, cwaniaczku, na baczności! – Mięśniak, wyczuwając ironię, denerwuje się. – My tam już słyszeliśmy i wiemy swoje! – Na odchodnym próbuje zastraszyć właściciela szpitala.

Poirytowani nieproszeni goście gwałtownie obracają się i chcą wyjść przez drzwi, które jednak tak szybko nie reagują, i omal nie wchodzą w szybę. Marysia hamuje śmiech, a rozbawiony Raszid otwiera ze zdziwienia usta.

– W stodole takiej maszynerii nie mają – parska młody kuzyn, kiedy cichociemni nikną w mroku.

– Żarty żartami – Muaid ciągnie krewniaków za sobą w głąb kliniki – ale jak nie wypiszemy części pacjentów i nie ukryjemy reszty, to jutro możemy być już zimni. Ja na pewno.

Biegną na pierwsze piętro do dyżurki lekarzy i pielęgniarek. Wszyscy są tragicznie zmęczeni i padają z nóg.

– Słuchajcie, ostatni wysiłek tej nocy! – Muaid zwraca się do swoich pracowników.

– Tak myślisz? To idź i zobacz, co się dzieje na OIOM-ie! Nie mamy wystarczającej ilości sal operacyjnych, żeby ich wszystkich utrzymać przy życiu. Zabiegi robimy w tempie, jakby się paliło. Ledwo jednego się poceruje, już wjeżdża następny. – Młody egipski chirurg mocno gestykuluje i dla podkreślenia słów bije dłonią w dłoń. – Mniejsze rany postrzałowe opatrujemy w gabinetach zabiegowych lub na korytarzu. Ta nieprzeszkolona wolontariuszka – pokazuje palcem na Marysię – wydłubuje z rannych kule!

Mam rację, czy jestem w błędzie?! – Dziewczyna na potwierdzenie jego słów tylko kiwa potakująco głową.

– W takim razie już nie przyjmujemy. Proszę postawić znak *chalas*[1] i zamknąć drzwi.

– Co? – dziwią się, znając nastawienie Muaida do ratowania ludzi.

– Przed chwilą była u nas rządowa kontrola. Na razie udało się odesłać ich z kwitkiem, lecz jestem przekonany, że tutaj wrócą. Jak wszyscy pójdziemy za kratki albo do piachu, to już nikomu nie pomożemy.

Po tych słowach w gabinecie zapanowuje chaos. Pielęgniarki chwytają się za głowy, ściągają fartuchy i chcą iść do domów, a lekarze nerwowo drepczą w miejscu. Wszyscy mówią naraz. Marysia z Raszidem przysiedli na kozetce i zmęczeni obserwują.

– Hej! Słuchajcie! Bez paniki! – Właściciel szpitala usiłuje opanować sytuację. – Idziemy na oddziały i badamy stan pacjentów. Lżej rannych, albo takich nawet średnich, natychmiast wypisujemy do domów, dzwonimy do rodzin, żeby ich odebrali, i niszczymy karty przyjęć. Tych, których stan jest ciężki albo niestabilny, umieszczamy na różnych oddziałach. Ilu się da, musi wyjść z intensywnej terapii. Mamy potężny pion rehabilitacji pourazowej, tam znajdzie się ze dwadzieścia łóżek – to mówiąc, sam rusza do akcji, a za nim kuzyni i uspokojony już personel.

[1] *Chalas* (arab.) – dość.

– Ten facet kogoś mi przypomina. – Muaid pochyla się nad rannym, przywiezionym z Tadżury. – Wydaje mi się, że kiedyś go musiałem poznać – zamyśla się. – A wy?

– Nie, absolutnie. Dzisiaj widziałem go po raz pierwszy w życiu – pewnie stwierdza Raszid, a Marysia wygina usta w dół i przecząco kiwa na boki głową.

– Siostro, miał przy sobie jakieś dokumenty? – pyta pielęgniarkę.

– Tak – przysadzista Libijka potwierdza i przynosi kartę nieprzytomnego pacjenta. – Mahdi Ibrahim Sanussi, urodzony w Trypolisie, lat trzydzieści sześć. Lekarz z centralnego, ma legitymację.

– Nie może leżeć na korytarzu! – Kuzyn marszczy czoło, intensywnie nad czymś rozmyślając. – Wstawimy jego łóżko do pokoju Samiry. Tam jest dużo miejsca. Pomóżcie.

Sala, w której przebywa kobieta w śpiączce, tonie w przyjemnym półmroku. Wszystko zostało urządzone i ozdobione przez rodzinę tak, że prawie nie przypomina pokoju szpitalnego. Łóżko z nieprzytomnym chorym mężczyzną zostaje postawione pod oknem i oddzielone od reszty białym parawanem.

– Posiedzę tutaj trochę. – Marysia siada przy ciotce i delikatnie chwyta ją za rękę. Czuje skurcz jej mięśni i widzi, że śpiąca delikatnie wzdycha.

– Jak się ze wszystkim uporamy, to pojedziemy już do domu. – Muaid z czarnymi ze zmęczenia sińcami pod oczami pociera czoło ręką.

– Nie wiem, czy mama czasami nie dzwoniła, bo torebkę z komórką mam w twoim gabinecie – dziewczyna ledwo mówi z wyczerpania. – Z tego wszystkiego całkiem wyleciało mi z głowy, że powinnam była się z nią skontaktować...

– Jest w domu. Telefonowałem ze dwie godziny temu – kuzyn pociesza ją, poklepując po plecach.

– Ja też kontaktowałem się z Abbasem. Wszyscy są bezpieczni i nie ruszają się na krok.

– Szybciutko polecę po telefon. – W nagłym przypływie energii dziewczyna zrywa się na równe nogi. Wszyscy dzwonili i troszczyli się o najbliższych, a ja nie. Jestem wredną córką, oskarża samą siebie.

Kilka minut później Marysia zostaje sama z Samirą i chorym nieznajomym. Ogarnia ją cisza, przerywana od czasu do czasu jękami rannego. Wyciąga z kieszeni poplamionego krwią lekarskiego fartucha swoją małą zgrabną komórkę. Aż drży na myśl, że jej mamie coś się mogło stać, a ona się tym w ogóle nie zainteresowała. Czemu ich życie zawsze musi być takie skomplikowane? Co chwilę któraś pakuje się w tarapaty.

– Mamo – szepcze po uzyskaniu połączenia. – Przepraszam, że nie zadzwoniłam.

– Muaid powiedział, że jesteście razem w szpitalu i że się tobą opiekuje – Dorota odpowiada smutnym głosem.

– Dzisiaj byłam świadkiem strasznych rzeczy... – Marysi łzy zbierają się w kącikach oczu.

– Domyślam się.

– Mamuś, ja chcę do domu. – Dziewczyna zaczyna płakać.

– Kiedy będziecie? – Matce głos trzęsie się ze wzruszenia.

– Niedługo. – Córka pochlipuje żałośnie. – Dzwoniłaś do Barbary?

– Jeszcze nie. A coś się stało?

– Nie, nic...

– Marysiu, powiedz mi, moje dziecko...

– Do zobaczenia – przerywa matce. – Kocham cię... Bardzo cię kocham.

Dorota wykręca od lat znany jej numer telefonu przyjaciółki. Nikt nie odbiera. Czyni to ponownie i ponownie. Może zostawiła telefon w domu i poszła na figle do swojego kochasia, podsumowuje zniesmaczona wyborem Baśki. Alеż ona ma gust! W sumie delikatny, subtelny i wszechstronnie wykształcony Hassan nigdy do niej nie pasował, podsumowuje obiektywnie. Jednak otrząsa się z rozmyślań, uznając, że każdy urządza sobie życie po swojemu i co innego daje mu szczęście. Znów wybiera numer. Połączenie jest kiepskie, na linii słychać zgrzyty i chrobotanie, lecz znów nikt nie podnosi słuchawki. Co Marysia miała na myśli, pytając o Baśkę? Mówiła to jakoś tak niewyraźnie. Musiało wydarzyć się coś, czego nie chciała mi powiedzieć.

– Basiu, jak tam? Dojechałaś zdrowo? Wszystko u was w porządku? – po dziesiątym chyba razie przyjaciółka odbiera, a zaniepokojona Dorota od razu zarzuca ją pytaniami.
– Jednak się zaczęło i to chyba dość niespodziewanie. Z tego, co mówił Muaid, to te pokojowe demonstracje zakończyły się niezbyt pokojowo. Masakra, dziewczyno! Dobrze, że przeczekałyśmy ten najgorszy moment na plaży. Ta spryciara Zośka miała niezły pomysł!

– Tak – Baśka odpowiada martwym głosem.

– Co się stało?! Powiedzże, kobieto! – Dorota czuje, że coś jest nie tak, i z niepokoju serce podchodzi jej do gardła i tłucze się jak oszalałe.

Barbara nie odpowiada od razu, bo głos starej przyjaciółki dochodzi do niej jak z zaświatów. Siedzi zgarbiona na małym taboreciku w kącie sypialni syna i patrzy martwym wzrokiem przed siebie. Nigdy w życiu żadna matka nie chciałaby zobaczyć tego, co teraz Basia ma przed oczami. Piętnastoletni syn, w swoim najlepszym garniturze, który dostał pół roku temu na zakończenie szkoły, leży na łóżku zasłanym jego ulubionym, miękkim pledem z postacią Batmana. Twarz ma popielatą i zapadniętą, rysy mu się wyostrzyły i oprócz budowy czaszki i kości policzkowych po matce, reszta upodobniła się do arabskiego ojca. Semicki nos mocno sterczy z twarzy, zawsze napęczniałe młodzieńcze usta jakby się spłaszczyły i skurczyły. Jego podłużne zamknięte oczy okalają długie, proste rzęsy dające niesamowity cień padający na policzki. Dłonie chłopca splecione są na podbrzuszu, które od gazy i bandaży wydyma się nienaturalnie i kontrastuje z jego szczupłą sylwetką. Po drugiej stronie łóżka siedzi Hassan, który sprawia wrażenie, jakby umarł razem ze swoim najukochańszym synkiem. Nie wykonuje najmniejszego ruchu, wygląda, jakby nie oddychał i nie poruszał oczami. Zamarł, utonął w swoim cierpieniu i tragicznych myślach. Adaś, Adaś, Adaś, w kółko powtarza tylko zdrobniałą polską wersję imienia syna. Jak ja cię mam złożyć w ziemi, jakże mogę cię jej oddać? Spod powieki wypływa mu jedna wielka samotna łza i toczy się wzdłuż wychudłego policzka, by dotrzeć do ostrego podbródka i kapnąć na odświętną żałobną białą galabiję. W pokoju jest tak cicho, że słychać tę kroplę, kiedy spada na sztywny wyprasowany materiał. Synku, tak bardzo chcę cię przytulić, z bólu i rozpaczy mężczyzna wewnętrznie płonie, jego zbolałe serce bije powoli i wydaje się, jakby było słychać chroboczącą w nim maszynerię. Hassan ma nadzieję, że już więcej ciosów i kataklizmów nie przeżyje i umrze w tej chwili, by mógł swojemu małemu chłopcu towarzyszyć w drodze do krainy wiecznej szczęśliwości. Jeśli tak się nie stanie, jeśli Bóg nie będzie tak litościwy, to mężczyzna w duchu składa teraz przysięgę. Pomszczę cię, mój synu, mówi, pomszczę ciebie i wszystkich synów naszego nieszczęsnego narodu! Niech Allah prowadzi moją rękę i niech równa mój krok! Wierzę, że mi w tym pomoże.

Świece rozstawione na szafkach migocą i wydają słodkawy zapach drzewa sandałowego, nastawiona na osiemnaście stopni klimatyzacja cichutko szumi, czas zatrzymał się w miejscu.

– Jednak zostawię tutaj mojego syneczka. – Barbara przypomina sobie, że trzyma telefon w dłoni, i po długiej przerwie zaczyna do niego mówić, a cierpliwa Dorota, spodziewając się najgorszego, czeka na linii. – Zostanie na zawsze przy ojcu i w kraju, który kochał i który był jego ojczyzną. Tutaj się urodził i tutaj jest jego wiekuisty dom.

– Jak to? – dziwi się dawna przyjaciółka. – Takie dzisiejsze postanowienie? Może zbyt nieprzemyślane i pochopne?

– Bóg albo Allah za nas postanowił! – Baśka kontynuuje,

przerywając Dorocie, której głosu w ogóle nie słyszy. – I tego się już nie cofnie! Nic nie da się odwrócić… zmienić… Pieprzone przeznaczenie! – wybucha. – Mój grzech! Mój niecny i haniebny występek! – oskarża samą siebie i to poczucie winy zostanie z nią już do końca jej dni. – Mój Adaś kochany! Synku, nie zostawiaj mamusi! Nie rób mi tego! – Dorota słyszy krzyk Baśki, przechodzący w zawodzenie lub coś na podobieństwo zwierzęcego skowytu. – Syneczku, wszystko niech będzie, jak chcesz, tylko żyj! Żyj!

Drogi ucieczki

– Musicie stąd jak najszybciej wyjechać! – Muaid mówi podniesionym głosem. – Nie wiem, jak mogę wam pomóc, bo jestem tylko Libijczykiem, a za nami przecież nikt się nie ujmie i nikt nie będzie nas ewakuował, ale myślę, że zagraniczne ambasady na pewno organizują pomoc dla swoich obywateli. Tam trzeba się udać – kończąc, wskazuje palcem na Dorotę i Marysię siedzące w wielkim salonie jak na kazaniu. – Dam wam kierowcę, jedźcie do polskiej ambasady.

– Drobny szkopuł – przerywa dziewczyna. – Ja mam paszport libijski i libijskie obywatelstwo, a jak wspomniałeś, za nami nikt się nie wstawi, tym bardziej europejska placówka. Moja osoba ich nie obchodzi.

– Nie masz jeszcze polskiego dokumentu? Jak to możliwe? Co za nonsens przyjeżdżać do Libii na libijskim paszporcie, i to w takim momencie! – Chwyta się za włosy. – *Madżnuna!* Czy ty jesteś przy zdrowych zmysłach?

– Spokojnie. – Dorota stara się opanować. – Zaraz w internecie znajdę numer telefonu i zadzwonię do polskiego konsula. Często są to ludzie z powołania i pomagają rodakom z własnej inicjatywy i bezinteresownie. Może wystawić jej paszport tymczasowy, trochę się na tym znam, bo przerabiałam ten temat, kiedy usiłowałam się kiedyś stąd wydostać.

– Mały problemik. – Muaid zaciska usta. – Nie ma internetu i nie ma stacjonarnych telefonów.

– Jak to? – kobiety chóralnie pytają.

– Tak to. Wyłączyli. Następne będą telefony komórkowe. Zero łączności – zero kontaktów – zero manifestacji i koordynacji działań – zero rewolucji i przewrotu – mężczyzna w skrócie przedstawia plan działań rządu.

Dorota chwyta swoją saudyjską komórkę i wybiega do ogrodu, a Marysia siedzi bezradnie na fotelu w salonie i pustym wzrokiem patrzy przed siebie.

– Łukasz?! – krzyczy trzęsącym się głosem do telefonu. – Słyszysz mnie? – W aparacie słychać trzaski i wizgot, a słowa mężczyzny dochodzą jak z zaświatów. – Zaczęło się!

– Wiem, cały czas oglądamy Al-Dżazirę. Straszne rzeczy opowiadają.

– I tak jest. My będziemy próbowały się stąd ewakuować. Zaraz jedziemy do polskiej ambasady, powinni nam pomóc.

– To dobrze. Spieszcie się, bo zapowiadają, że to dopiero początek.

– Mamuniu! – Daria nie wytrzymuje i wyrywa ojcu słuchawkę. – Tak się o was martwię. – Wybucha płaczem.

– Wszystko będzie dobrze, kochanie! Niedługo… – połączenie zostaje przerwane i zapanowuje głucha cisza.

– Gdzie ten kierowca? – Dorota, nie zwlekając, chce zacząć działać. Póki jeszcze nie jest za późno.

– A jeśli nie polska ambasada, to kto nam pomoże? – Przerażona Marysia chwyta torebkę, wciska buty i pędzi za matką.

– Nawet nie opowiadaj takich bzdur! Przecież to należy do ich obowiązków!

– Bardzo mi przykro, psze pani, ale my tutaj likwidujemy placówkę – informuje przybyłe przez uchyloną metalową bramę funkcjonariusz ochrony. – Ewakuujemy się.

– My też chciałybyśmy. – Dorota nie da się tak łatwo zbyć i wsadza stopę w szczelinę między drzwiami a framugą. – Chcę się widzieć z konsulem i nie odejdę stąd, dopóki mnie nie przyjmie! Czy pan mnie dobrze słyszy i rozumie, co do pana mówię?! – Marysia jest zszokowana zachowaniem matki, pierwszy raz w życiu widzi ją taką.

– Ale jesteś twardziel – szepcze zachwycona. – Tak się załatwia sprawy. Musisz mnie tego nauczyć.

– Czego panie sobie tutaj życzą? – Trzydziestoparoletni mężczyzna ubrany dość niechlujnie staje w bramie, nie wpuszcza jednak petentek do środka.

– Dowiedziałam się, że ambasada organizuje ewakuację Polonii z Libii. – Dorota blefuje. – Jako że nie mam internetu, nie mogłam sprawdzić gdzie i kiedy.

– Ja sobie pani nie przypominam – mężczyzna się waha. – Jest pani na naszej liście?

– Nie, bo obecnie w Trypolisie przebywam z córką na krótkoterminowym urlopie. Lata temu mieszkałam w tym kraju. Mój były mąż jest Libijczykiem – wyznaje.

– Mały samolot przylatuje jutro. – Trochę zmiękczony konsul zezwala wejść dziewczynom do środka. – Zapiszę was na listę, ale nie obiecuję, że się dostaniecie. Mam ponad sto osób, a miejsc jest czterdzieści osiem. Pierwszeństwo będą mieć ci, co na czas się zgłosili.

– Czy pan będzie na lotnisku? – pyta Dorota, jednocześnie rozglądając się dookoła. – Konsulat wygląda tak samo jak ponad piętnaście lat temu – wypowiada na głos swoje myśli.

– Nie brzmi to jak komplement, w ciągu tak długiego czasu można było coś tu zrobić. To ciemna nora i ruina, przyznaję.

– Ależ ze względów sentymentalnych dla mnie to cudowne, wspaniałe miejsce. Mam jeszcze jedno pytanie. – Dorota liczy, że zagadała mężczyznę. – Córka ma paszport libijski, czy mogą być z tego powodu jakieś problemy na lotnisku?

– Pani sobie kpi ze mnie?! Dziewczyna jest Libijką, więc ojciec musi wydać zgodę na jej wyjazd. Pani mi tutaj pod nosem chce dziecko porwać, a ja potem za to dam dupy? – mówi ordynarnie. – Dwie pieczenie na jednym ogniu! Wyjechać sobie za friko i jeszcze zabrać libijskiego dzieciaka. Co za bezczelność!

– Déjà vu – szepcze Dorota, jedną ręką opierając się o zagracone biurko, drugą podpierając w pasie. Szybko łapie oddech i wygląda, jakby miała za chwilę zemdleć.

– Proszę nie krzyczeć na moją matkę, bo nie zasługuje na takie traktowanie, a pan nie ma racji. – Marysia po raz pierwszy od przestąpienia progu ambasady zabiera głos.

Mówi jednak po angielsku, bo zdecydowanie pewniej czuje się w tym języku. – Jestem dorosłą kobietą, choć może młodo wyglądam, mężatką, więc mój ojciec nic do mnie nie ma. Mieszkam na stałe w Arabii Saudyjskiej, a mój mąż jest Saudyjczykiem…

– To jeszcze lepiej! – niegrzecznie przerywa konsul. – Chcesz mi, młoda, jakiegoś fundamentalistę na głowę zwalić?!

– Co pan w ogóle za bzdury opowiada?! – Marysię ponoszą nerwy. – Proszę, mam wszystkie niezbędne dokumenty, bo z Saudi wyjechałam bez męża, ale z jego notarialną pisemną zgodą. – Trzęsącymi się rękami sięga do dużej torby na ramię. – Obywatel takiego konserwatywnego, nie fundamentalistycznego, jak pan określił, kraju pozwolił żonie wyjechać samej. To pan zachowuje się jak prymityw, chcąc ściągnąć tutaj mojego tatusia, żeby wyraził zgodę na mój wyjazd. To jakiś paradoks! – Dziewczyna wyrzuca ręce do góry, cyka językiem, a na koniec ze złości zaciska zęby. – Nawet nie wiem, czy on jest teraz w Libii, bo całe lata mieszkał w Kanadzie. Pan zapłaci mu za bilet, żeby przyleciał zza oceanu i za rączkę zaprowadził mnie na lotnisko?

– Ha! – konsul przegląda libijski paszport Marysi i znalazł w nim chyba jakiś kruczek, bo wydaje się bardzo zadowolony. – Małżonek ma na nazwisko Bin Laden – w zasadzie stwierdza, a nie pyta, pokazując przy tym swoim brudnym paluchem na jedną ze stron.

– I co z tego? – Dorota po pierwszym szoku włącza się do rozmowy.

– Na imię ma Osama? Jakoś nie mogę odczytać... – konsul kpiarsko zawiesza głos, raz oddalając, raz przybliżając dokument do oczu.

– Jeśli dał pan radę z nazwiskiem, to imię chyba nie jest zbyt trudne. Hamid, po prostu Hamid.

– Niezła rodzinka...

– Liczy sobie paręset osób i większość z nich Osamy w życiu na oczy nie widziała. Bin Laden to taki saudyjski Nowak.

– Aha.

– Czy konieczne będzie wystawienie dziewczynie paszportu tymczasowego na moje nazwisko, czy wejdzie do samolotu na swoim? – Dorota chce jak najszybciej stąd wyjść i pragnie, aby w końcu przedstawiono jej sprawę uczciwie. Nie ma nastroju do gier słownych, musi jasno wiedzieć, na czym stoi.

– A kto niby miałby wystawić? – bezczelnie pyta konsul.

– Pan, a kto inny? – Kobieta denerwuje się nie na żarty i wygląda, jakby miała za chwilę skoczyć na mężczyznę i go pobić. Marysia stoi z boku i pogardliwie wygina usta. – To sytuacja ratowania życia! Ewakuacja! Kraj w stanie wojny! – W rytm wymawianych słów uderza palcem wskazującym prawej ręki w kant zagraconego biurka.

– Jakie ratowanie życia, nie przesadzajmy. Burza w szklance wody – konsul jakby cytował lekceważące słowa Baśki, która później w zamieszkach straciła syna.

– To szkoda, że pan nie widział tych wszystkich rannych i zabitych po pokojowych demonstracjach siedemnastego lutego! – Porywcza Marysia przyskakuje i łapie gnojka za ramię, wbijając mu w nie długie paznokcie. – Może zmieniłby pan zdanie – syczy, pochylając mu się prosto do ucha.

– Jestem przedstawicielem służby publicznej i dyplomatycznej – konsul bezpardonowo odtrąca Marysię.

– No właśnie. – Matka staje przy córce.

– Zaraz wezwę ochronę, a oni libijskie służby. Z miłą chęcią aresztują dwie rebeliantki, które brały udział w antyrządowych wiecach.

– Niech nas pan tutaj nie próbuje zastraszyć, bo my się takich małych donosicieli nie boimy! Krótko! – Nie chcąc przedłużać tej żenady, Dorota przechodzi do konkretów. – Czy wpisze nas pan na listę? Czy wyrobi pan paszport? Czy da pan jakiś kwit? Tyle. Proszę udzielić nam odpowiedzi. – Dorota nabiera powietrza, by dodać jeszcze jedno zdanie. – A denuncjowanie własnych obywateli było w modzie za komuny, więc ciekawa jestem, z jakiego ugrupowania politycznego pan się wywodzi?

– Paszportu nie wystawię, bo już zostały zniszczone – urzędnik spuszcza z tonu.

– Co? – Dorota wytrzeszcza oczy.

– Ambasada się likwiduje, tak jak wszystkie placówki unijne. Tym samym niszczy się lub pali wszystkie dokumenty i druki ścisłego zarachowania. Tyle w ramach wyjaśnienia. Na listę wpiszę panią plus jeden, a kwitów nie wystawiam, bo sam będę czekał na lotnisku na sali odlotów. Tyle – bierze polski paszport z rąk Doroty, spisuje dane i wypycha kobiety z konsulatu.

– Cześć, Dorota. – W telefonie słychać martwy głos Baśki.

– Kochana! – Przyjaciółka wstrzymuje oddech, bo nie wie, jak ma złożyć kondolencje. – Tak mi przykro… Tak żal…

– Ja nie w tej sprawie. Dzwonię, bo mnie jest przykro, że znowu utknęłaś w Libii, i to chyba w jeszcze gorszej sytuacji niż przed laty.

– Zapisałam się na jutrzejszy polski rządowy samolot, ale są problemy z Marysią. Ma nadal libijski paszport.

– O jasny gwint!

– A konsul nie chciał wystawić tymczasowego, bo podobno wszystkie już zniszczono…

– Gówno prawda! – Baśka wyraża się dobitnie. – Ja za mój zapłaciłam pięć tysięcy dolarów. Gdybyś mu zagadała do kieszeni, na pewno jakiś by się jeszcze znalazł.

– Nie pomyślałam… Przecież mamy pieniądze. – Dorota jest załamana swoją naiwnością i głupotą.

– Teraz to już musztarda po obiedzie. Ja ci tylko chcę powiedzieć, że jak zawsze Polaczkowie super wymyślili tę ewakuację swoich obywateli – słychać kpinę w głosie Baśki. – Spotkanie na sali odlotów, debile! Nikt tutaj indywidualnie nie dojedzie, moja kochanieńka. Co paręset metrów stoją *szorty*[1] z policją, bezpieką, gwardią lub najemnikami.

– Skąd to wszystko wiesz? – pyta Dorota, a dreszcz przerażenia przelatuje jej po plecach.

– Jadę właśnie jednym z dwóch wielkich autobusów,

[1] *Szorta* (arab.) – posterunek policji.

które ewakuują Niemców spod ambasady w Trypolisie. Mamy eskortę składającą się z pojazdu opancerzonego i czterech motocykli.

– To stąd ten dźwięk?

– Aha. I załatwili wcześniej wszystkie niezbędne papiery i zgody, tak że nikt nie jest indywidualnie legitymowany, tylko pokazują oficjalną notę i jedziemy dalej. *Ordnung muss sein*, no nie?

– Tak, co prawda, to prawda. Ale co w takim wypadku robić?

– Wyjedź grubo wcześniej i spróbuj dojechać na lotnisko jakimiś bocznymi drogami. Poza tym miej przygotowane dolary, bo niestety co chwilę będziesz musiała płacić, i to słono.

– Zapłacimy, byle się stąd wydostać. – Marysia słucha całej rozmowy, bo matka włączyła zestaw głośnomówiący.

– O Jezu, dziewczyno! Właśnie podjechaliśmy pod budynek, dzikie tłumy, biją pasażerów pałami… Ja nie mogę! Dla nas robią szpaler… muszę już lecieć… trzymaj się! – Połączenie zostało przerwane, a matka z córką siedzą jak skamieniałe w mroku pokoju, nie odzywając się do siebie ani słowem.

– Może pojadę z wami. – Raszid nie chce dać się namówić na pozostanie w domu. – Będziecie mieć lepszą ochronę.

– Daj spokój! – oponuje Muaid. – Lepiej będzie wyglądało, że jadą dwie białe kobiety z kierowcą. One mają prawo do oficjalnej ewakuacji.

– Ty poza tym jesteś zbyt zapalczywy – Dorota wyraża swoje zdanie. – Jeszcze mogłoby dojść do czegoś niedobrego. A tak to my, dwie białogłowy, zaczniemy płakać i może się zlitują.

– Kto? Czarni najemnicy? Chyba żartujesz?

– A może nie ruszać się z Trypolisu i przeczekać? – Marysia się boi, ale ma też inny powód, dla którego chce zostać. – Jak będziemy siedzieć w domu, tak jak Chadidża czy Abbas i twoje, mamo, koleżanki, to nic nam się nie stanie. Przecież to się za chwilę skończy.

– Ja też tak myślę, dobry pomysł. – Raszidowi rozbłysły oczy.

– Zwariowaliście! – Dorota denerwuje się, chwyta walizkę i zmierza do drzwi. – Pan Bóg was opuścił?! Tutaj leje się krew! Na co chcesz czekać, córko?! Przecież jesteśmy zapisane na listę! Dzisiaj stąd wyjedziemy, ale jak będziesz chciała, to jeszcze wrócimy. W bezpieczniejszych, lepszych czasach. No myślże!

– Już musimy startować. – Muaid pomaga Dorocie i wychodzą z domu, kierując się do samochodu.

– Na pewno tutaj przyjadę. – Marysia zarzuca ramiona na szyję młodego mężczyzny, staje na palcach i czule całuje go w usta. – Nie zapomnij o mnie.

– Nigdy, Blondi. – Raszid czule nazywa ją starym przezwiskiem jej matki. – Będę czekał.

Trypolis jest jak wymarły. Nie widać pieszych na ulicach, bawiących się na skwerach dzieci i młodzieży wracającej ze szkoły. Czasami przemknie pojedyncza osoba, niosąc siatkę wyładowaną pieczywem i najpotrzebniejszymi artykułami spożywczymi. Wyjeżdżają na autostradę na lotnisko i ruch zaczyna się stopniowo zwiększać. Dosłownie po paru kilometrach stają w pierwszym korku.

– Co się dzieje? – Dorota, która siedzi na fotelu pasażera przy Muaidzie, ociera nerwowo pot z czoła. – Jak myślisz?

– Może to pierwszy posterunek. Zawsze tutaj był.

Po chwili mijają budkę z co najmniej dwudziestoma policjantami i żołnierzami. Wszyscy są pod bronią, którą kierują w stronę przejeżdżających samochodów.

– Gdzie jedziecie? – Śniady gołowąs w mundurze zadaje głupie pytanie, bowiem droga prowadzi tylko w jednym kierunku.

– Na lotnisko – spokojnie odpowiada kierowca, choć żołdak wsadza swojego odbezpieczonego kałacha do samochodu.

– No dobra. – Chłopak lustruje jeszcze Marysię i kiwa ręką, że można jechać.

– Pierwsze śliwki robaczywki – matka mówi po polsku do córki siedzącej z tyłu i pokrzepiająco ściska jej spoconą rękę. Dziewczyna jest niezwykle spięta, ale teraz oddycha z ulgą.

Po pierwszym posterunku w miarę spokojnie przemierzają około dwudziestu kilometrów.

– Coś ta Baśka przesadzała – uspokojona Dorota wypowiada te słowa w złą godzinę.

Jadący za nimi samochód daje znaki długimi światłami, trąbi i spycha ich na pas wolnego ruchu. Za nim jedzie kawalkada pięciu czarnych wielkich wozów.

– Dyplomaci albo z rządu – podsumowuje Muaid.

Po zjechaniu na boczny tor kierowcy jest już bardzo ciężko włączyć się do szybkiego ruchu. Na drodze zaczynają się przepychanki.

– Ty popatrz, on w niego wjedzie – krzyczy Marysia, pokazując palcem na wielkiego pikapa, który torując sobie drogę, taranuje osobową corollę przed sobą. – Pcha go!

Auta siłują się, gniotąc wzajemnie blachę. Wszystko dookoła chrzęści i zgrzyta.

– Za chwilę spowodują karambol. Pozabijają się, debile! – Muaid nie wytrzymuje, najpierw gwałtownie hamuje, a potem dodaje gazu, wjeżdżając między dwa unieruchomione już samochody. Następnie pędzi jak szalony szutrowym poboczem, a spod kół kaskadą wydostają się drobne kamyczki i pył. Gwałtownie omija rosnący na przydrożu wyschnięty krzew, oddalając się jeszcze bardziej od głównej drogi.

– Jezus Maria, Muaid! – Dorota jedną ręką trzyma się kurczowo uchwytu nad głową, a drugą siedzenia. Marysia zapiera się nogami o podłogę.

– *Insz Allah* to był dobry pomysł. – Skupiony mężczyzna nie reaguje na przerażenie kobiet.

Po paru kilometrach widzi lukę między jadącymi pojazdami i na pełnym gazie wpada pomiędzy nie, przedzierając się na pas szybkiego ruchu. Słychać tylko pisk kół i trąbienie klaksonów.

– Ostatnia *szorta*, a my mamy jeszcze dwie godziny – zadowolony uśmiecha się pod nosem. – *Sza'a Allah,* uda nam się.

– Oby, choć ten korek nie ma końca. – Dorota woli nie

chwalić dnia przed zachodem słońca, bo przed nimi stoi z setka samochodów, które w ogóle się nie poruszają. – Jak zawsze z czterech pasów zrobili siedem, jadą maska przy masce. Ja już chcę się stąd wydostać, Boziu, pomóż nam!

– Nie wiedziałem, że jesteś taka religijna. – Muaida dziwią ciągłe religijne wezwania kobiety. – Kiedyś chyba nie byłaś.

– Ludzie się zmieniają. Jak przeszło się przez piekło i z niego wyszło, to trzeba komuś za to podziękować. Poza tym mój mąż jest z mocno wierzącej rodziny. Nikomu to jeszcze nie zaszkodziło, prawda, Marysiu?

– Aha. – Dziewczyna nie interesuje się ani tym, co dzieje się dookoła, ani rozmową. Rozmyśla nad swoim losem, cierpi, że zostawiła Raszida i że może już nigdy w życiu go nie zobaczy. Chce jej się płakać, ale musi połykać łzy, gdyż nie wolno jej okazywać tego grzesznego uczucia, bo przecież jest mężatką. Ten fakt jeszcze bardziej ją boli, a może to, że Hamid nie zadzwonił, choć na pewno ma dostęp nawet do telefonów satelitarnych.

Po godzinie dojeżdżają do budki gwardii narodowej. Tutaj porządku pilnują już wyborowi żołnierze. Wszyscy są w czystych, dopasowanych mundurach, ich buty i broń lśnią, a na głowach mają rogatywki. Bardzo dokładnie przeszukują każdy samochód, tak jakby spodziewali się w nich znaleźć bombę albo broszury wywrotowe. A przecież wszyscy podróżujący chcą tylko dostać się na lotnisko i stąd uciec. Dorota poci się z nerwów, Muaid bierze głęboki oddech.

– Odwożę kuzynkę i jej matkę na lotnisko – uprzejmie

tłumaczy młodemu sierżantowi. – Mają rezerwację na samolot do Polski.

– Jaki? Przecież wszystkie rejsowe są odwołane. Nie będzie tysiące ludzi tutaj koczowało i czekało na nie wiadomo co! Zakaz zebrań i gromadzenia się! Nie ma! – Wojak wyrzuca z siebie sieczkę, którą włożono mu do głowy.

– One nie chcą tutaj zamieszkać, tylko odlecieć. Za chwilę ma startować rządowy samolot do Polski – Muaid mówi wolno, cedząc każde słowo.

– Mmm, rządowy mówisz? Paszporty pokazać. – Dorota błyskawicznie wręcza swój, który od dłuższego czasu ściska w ręku. Drugi wojskowy wyciąga dłoń do Marysi. – Libijski? A czego ty w Polsce będziesz szukać? – Marszczy czoło, myśląc nad czymś intensywnie, następnie studiuje dokumenty od przodu i od tyłu i na koniec ściąga wargi. – Zatrzymać się tam na poboczu – decyduje.

– Ale dlaczego, panie pułkowniku? – pyta grzecznie Dorota.

– Bo tak mówię! – wrzeszczy żołdak. – Już, *jalla*!

Zjeżdżają na skraj drogi, gdzie stoi już paręnaście takich samych podejrzanych typków jak oni. Nikt nawet nie wysiada z auta, bo boi się dostać kulkę. Nie wiadomo, czego można się spodziewać.

– Wziął dokumenty – szepcze Dorota.

– Wszystkie? Moje zaświadczenia też? – przestraszona Marysia nachyla się do przodu.

– Wszystkie.

– I co teraz będzie?

– Nie wiem.

Żołnierz wraca po półtorej godzinie, kiedy kobiety zdążyły już zobaczyć na niebie niknący w chmurach samolot z polską flagą na ogonie.

– *Welcome home*. – O trzeciej nad ranem Raszid wita powracających w progu domu. Nie wygląda na zasmuconego, wręcz przeciwnie, twarz mu promienieje radością, lecz kiedy patrzy na wyczerpane i załamane towarzystwo, opanowuje swoją wesołość.

– Idziemy spać. – Noga za nogą, idąc po schodach, Dorota kieruje się do sypialni. – Jutro coś się wymyśli.

Marysia nie odzywa się i zawstydzona wbija wzrok w podłogę, rozmyślając nad tym, jak mogła tak dać się ponieść emocjom i na pożegnanie namiętnie pocałować kuzyna.

– Skoro świt pojadę do Zawii odwiedzić matkę i przy okazji zbadam tę drogę ucieczki – Raszid próbuje się zrehabilitować. – Do granicy tunezyjskiej jest w końcu jedyne trzysta pięćdziesiąt kilometrów, więc może tędy się uda.

– Dziękuję ci, kochany chłopcze – na odchodnym Dorota mówi słabym głosem.

Raszidowi dotarcie do Zawii, która znajduje się około sześćdziesięciu kilometrów od Trypolisu, zajmuje ponad dwie godziny. Już sam wyjazd ze stolicy jest karkołomny, choć to siódma rano i zazwyczaj żaden Arab o tej porze nie spieszy się z wyjściem z domu. Co się dzieje?, zastanawia się chłopak. Czemu dzisiaj jest taki ruch? Zagląda do mijających go aut i widzi w nich całe rodziny z rozbawionymi dziećmi na tylnych siedzeniach oraz z walizkami i pudłami na dachach. Cóż, Libijczycy też uciekają, dochodzi do wniosku, smutno kiwając głową. To kto pozostanie, żeby walczyć? Mija osiedle Regata, którego strzeże wojsko, a przed wjazdem postawiono tankietkę ze stanowiskiem karabinów maszynowych na dachu. Później jest spokojny Dżanzur, spalnia stolicy. Mężczyzna relaksuje się, rozsiada wygodniej, mocno opiera, rozprostowując plecy, i wzdycha zadowolony, mając nadzieję, że wydostał się z największego tłumu. Po drodze nie ma już żadnych większych miejscowości, więc próbuje rozpędzić się na autostradzie. Jednak ruch, zamiast słabnąć, gęstnieje. Wszyscy walą do Tunezji, stwierdza, a stamtąd zapewne z międzynarodowego lotniska na Dżerbie do Europy i w inne strony świata. To może być dobry, choć czasochłonny pomysł. Co chwilę, choć na krótko, Raszida zatrzymują lotne posterunki policji. Na dłużej zostaje przystopowany w pół drogi do Zawii przez kontrolę wojskową. Utworzył się tutaj parokilometrowy korek, bo każde auto jest dokładnie sprawdzane. Niektórym każą nawet ściągać z dachu walizki i pudła i pokazywać ich zawartość. Dzieci z nudów rozrabiają lub płaczą, matki wrzeszczą na nie, mężczyźni zaś z nieziemskim spokojem palą papierosa za papierosem.

– Wysiadać, otwierać bagażnik. – Żołnierz, który ma jeszcze mleko pod wąsem, czuje władzę, bo trzyma w ręku karabin maszynowy, którym nierozsądnie mierzy w Bogu ducha winnego Raszida.

– Opuść tę lufę, chłopie, bo mnie jeszcze niechcący zastrzelisz. – Kierowca dwoma palcami stara się odsunąć celownik na bok.

– Nie dotykać broni!

Chyba dzisiaj zrekrutowany wojak usiłuje przestudiować dokumenty Raszida, ale nie wie, co ma w tym czasie zrobić z rynsztunkiem. Ostatecznie wiesza go sobie na szyi lufą do góry. On się sam jeszcze postrzeli, rozbawiony Raszid patrzy na młokosa i przymyka oczy, nie chcąc okazywać kpiny i rozweselenia.

– Później droga przebiegała już całkiem gładko – relacjonuje zainteresowanym kobietom po powrocie do Trypolisu. – Ponoć bliżej Zuary i przed samą granicą w Ras Dżadir znów jest sporo wojska, ale jakoś szczególnie się nie świnią. Opieszale sprawdzają dokumenty i samochody, ot co. Ale sprawności i szybkości z dnia na dzień się nie nauczą.

– Myślisz, że jest bezpiecznie? – Dorota chce się upewnić.

– Ja wiem? Na razie do ludzi nie strzelają, a to już jest coś.

– Ja bym nie pchała się taki kawał. – Marysia włącza się do dyskusji. – Tam jest odludzie, pustkowie, nie wiadomo, co może się wydarzyć. Nie ma nikogo dookoła, ani osad, ani sklepów czy szpitali. Będzie jechał jakiś wojskowy patrol i w ramach rozrywki czy treningu może z tobą zrobić, co zechce.

– To racja. – Muaid, który właśnie wrócił ze szpitala, potwierdza fakt. – Słyszałem, że w libijskiej armii jest dwa razy tyle najemników, co naszych żołnierzy. A taki jest zdolny do wszystkiego. Jak coś narozrabia, to zrzuci mundurek i da nogę w pustynię. A potem szukaj wiatru w polu, nie ma gościa, nie ma winnego.

– Wszyscy mówicie co innego i co chwilę zmieniacie zdanie – denerwuje się Dorota. – Nie ma co was słuchać. Sama muszę podjąć decyzję i sądzę, że jak najszybciej trzeba dostać się do Tunezji.

– Kochana, ja na razie nie mogę opuścić szpitala – usprawiedliwia się Muaid.

– To zrozumiałe.

– Ja mogę was zawieźć, ale teraz też zacząłem się bać. – Raszid masuje czoło i głęboko się zastanawia. – Poza tym nie wiem, czy wpuszczą mnie z powrotem, a chciałbym być w tych ciężkich i niebezpiecznych czasach przy matce i rodzinie. Może poczekamy, *bukra*, *insz Allah* będzie lepiej.

– IBM. – Dorota nie wytrzymuje, wstaje, bierze portmonetkę i kieruje się do wyjścia.

– A ty dokąd sama się wybierasz? – Marysia biegnie za nią i chwyta ją za rękę. – Ryzykownie teraz samotnie się szwendać.

– Idę tylko do marketu po drugiej stronie ulicy po papierosy. Widziałam przez okno, że jest otwarty.

– To ja z tobą. – Nie chce stracić matki z oczu. Przecież babcia Nadia zginęła w sklepie pięćdziesiąt metrów od domu. – Nie chodź nigdzie beze mnie! – Łapie Dorotę pod pachę i wychodzą do ogrodu. – Kiedyś było tutaj pięknie, ale teraz strasznie jest zaniedbane. – Podchodzi do pnących się po murze różowych bugenwilli i dotyka uschniętych liści. – Brak kobiecej ręki.

– Raczej ogrodnika – podsumowuje Dorota. – Jak Nadżla pracowała w szpitalu i zajmowała się córką plus utrzymywała w porządku taki wielki dom, to na ogród nie mogło jej starczyć czasu.

– Do tego potrzebna jest babcia, ale jej już nie ma.

– Może poopalamy się, jak wrócimy? – Dorota chce oderwać myśli córki od smutnej przeszłości. – Patrz, jaka cudna pogoda! Wykorzystajmy jakoś ten czas, który musimy tutaj spędzić. Przecież nie będziemy non stop siedzieć w domu! Ten budynek zawsze był jak martwy, a teraz to już szczególnie. Tylko duchy snują się po kątach.

– Oby nie zjadały nieproszonych gości. – Marysia śmieje się z lęków matki.

Uliczka przy willi jak zawsze jest spokojna. Nie widać żywej duszy, jedynie w sklepiku po lewej stronie daje się zauważyć jakiś ruch.

– Widzisz, otwarty. – Dorota bierze swoją dorosłą córkę za rękę i idą, machając splecionymi dłońmi. – Nie rzucę tutaj palenia, choć taki miałam plan. Jest nawet gorzej, bo zaczęłam kopcić jeszcze więcej.

– Ja też trochę podkurzałam – przyznaje się Marysia. – W ekstremalnych i niebezpiecznych sytuacjach raczej nie zerwie się z nałogiem – tłumaczy matkę.

Poszły tylko po papierosy, lecz z marketu wychodzą obładowane wypchanymi reklamówkami. Znalazły swoje ulubione libijskie specjały, których do tej pory podczas urlopu jeszcze nie miały okazji spróbować.

– Wiesz, że tej tunezyjskiej *harissy*[1] nigdzie w Polsce

[1] *Harissa* (arab.) – czerwona papryka chili i pasta z niej.

ani w Saudi się nie dostanie? – Dorota jest bardzo zadowolona. – A libijska chałwa z bloku jest najlepsza.

– I koniecznie musi być waniliowa. – Marysia mówi z ustami pełnymi słodkości, bo już nie mogła się doczekać powrotu do domu i zaczęła jeść zaraz po wyjściu ze sklepu.

– Jak już się wyrwałyśmy, to może popatrzymy na dom ciotki Miriam? – nieśmiało pyta Dorota. – Czy nasz? Sama już nie wiem. Twój ojciec miał go sprzedać, ale kto go tam wie. Rzucimy tylko okiem przez ogrodzenie.

– Chce ci się? Masz jakieś dobre wspomnienia z nim związane?

– Jedne z najgorszych i dlatego trzeba się przełamać, pójść tam, popatrzyć, trzy razy odpluć i wrzucić zmory z przeszłości do szafy.

– Tylko nie zapomnij jej potem zamknąć i wyrzucić klucza. – Córka wzdycha, ale idzie za matką krok w krok. Może ona również pozbędzie się przykrych reminiscencji? Przecież teraz są razem i wszystko co złe już za nimi. Od wojny się odizolują, ona ich nie dotyczy. Posiedzą tydzień czy dwa w domu, a potem wyjadą, nie oglądając się za siebie. A głupie romanse należy przekreślić, postanawia Marysia.

Przez sztachety w wysokim ogrodzeniu zaglądają do ogrodu. Wszystko wygląda tak samo, a miejsce jest zadbane i pełne kwiatów. Fontanna na środku działa i widać, że została odnowiona, bowiem oślepia bielą świeżej farby.

– Jednak sprzedał – smutno stwierdza Dorota. – Może to i dobrze, nie zmarnuje się taka piękna posiadłość.

W tej chwili metalowa furta otwiera się i pojawia się w niej nie kto inny jak tylko Ahmed Salimi. Kobiety wstrzymują oddech, bo nie mają możliwości wycofać się lub udać, że go nie poznają. Stoją dosłownie dwa kroki przed mężczyzną ze swoich koszmarów.

– *Ahlan wa sahlan.* – Libijczyk jest zaskoczony, ale wygląda na ucieszonego. – Co za spotkanie! – wykrzykuje z radością na twarzy i rozkłada szeroko ręce, chcąc przytulić zastygłe w bezruchu swoje byłe ofiary.

– *Hi*! – Marysia pierwsza wraca na ziemię i szybko się odsuwa, a jej matka ląduje w ramionach swojego byłego sadystycznego męża.

Ahmed po wyściskaniu nadal skamieniałej Doroty staje naprzeciwko i uśmiecha się słodko. Bardzo ładnie się postarzał, przebiega Dorocie przez głowę. Zapuścił włosy i nad uszami układają mu się w równe fale, tylko na skroniach trochę posiwiał, lecz nie postarza go to, tylko dodaje uroku. Twarz ma jak zawsze nieskazitelnie ogoloną, ubrany jest w garnitur, zapewne włoski, z kamizelką i białą koszulą. Buty też są jak z żurnala, skórzane i najnowszy fason. Musi mu się nadal nieźle powodzić, podsumowuje Dorota. W końcu drań okradł całą bogatą rodzinę.

– Co wy tutaj porabiacie? – pyta matkę i córkę. – Któraś znalazła sobie libijskiego męża?

– Czy tylko pod tym warunkiem można przebywać w tym kraju? – pyta Marysia opryskliwie, nie kryjąc niechęci do ojca.

– A ty jak zawsze krnąbrna i ordynarna. Nic się nie zmieniłaś. Ciebie by i tak nikt nie chciał, chyba że jakiś wariat – śmieje się kpiarsko.

– Chodź, mamo, do domu – dziewczyna mówi po polsku. – Szkoda tracić czas.

– Proszę, proszę, nawet nauczyłaś się mówić jak chrząszcz.

– Przyjechałyśmy odwiedzić stare kąty – włącza się Dorota. – A ty? Mieszkasz tutaj?

– Za żadne skarby! – Idą we trójkę w dół ulicy. – Czasami tylko zaglądam, ale w obecnej sytuacji zaraz wsiadam do auta i spadam z tego gnoju – mówi ze złością i niechęcią w głosie.

– Wyjeżdżasz? Jak? Którędy? – kobieta pyta z nadzieją w głosie, a jej córka patrzy na nią z niedowierzaniem.

– Na Dżerbę – przystojniak mówi, jakby to było oczywiste. – Pamiętasz, kiedyś razem jechaliśmy… – zawiesza głos i obejmuje byłą żonę w pasie.

– Myślisz, że da się tam dotrzeć? – Dorota wykręca ciało i uwalnia się z uścisku. – Ponoć wszędzie są posterunki policji i wojska.

– Trzeba znać skróty. – Ahmed zaciska dumnie wargi i kiwa głową. – Wystarczy zjechać z drogi troszkę w pustynię i wykonać mały łuk, aby ominąć zagrożenie. Mam informacje, co i jak, i gdzie, więc się nie boję. – Zaciera ręce z zadowolenia. – A wy co? Chcecie tutaj nadal siedzieć?

– Chcemy, nie chcemy, ugrzęzłyśmy – wyznaje Dorota, a Marysia się nie odzywa, tylko patrzy spode łba na swoich rodziców. – Tak długo nas sprawdzali przed lotniskiem, że uciekł nam samolot.

– Jak chcecie, możecie się ze mną zabrać – mówi w końcu Ahmed. – Jadę sam, to nawet będzie mi raźniej.

– Co?! – córka już nie wytrzymuje. – Rób, co chcesz, ale ja do niego do samochodu nie wsiądę! – krzyczy, potrząsając matką.

– Dasz nam czas do namysłu? – Dorota odciąga zapalczywą dziewczynę. – Kiedy wyruszasz?

– Miałem teraz, ale mogę za załóżmy… – patrzy na zegarek – dwie godziny.

– Podjedź po nas – prosi Dorota, zatrzymując się przy rodzinnym domu, który Ahmed przehandlował za bezcen. Marysia wsadza klucz do zamka.

– Tutaj mieszkacie?! – Mężczyzna nie potrafi ukryć zdumienia.

– Bądź za dwie godziny.

Pozostawiając go bez odpowiedzi, dwie roztrzęsione kobiety wchodzą do środka.

– Czyś ty oszalała, mamo!? – Marysia zaraz po drugiej stronie ogrodzenia krzyczy na matkę. – Chcesz mu zawierzyć? Jemu? Mało cię skrzywdził? I mnie również?!

– Moje dziecko, ludzie się zmieniają. – Dorota próbuje opanować nerwy. – Wygląda całkiem przyzwoicie, spokojnie i nobliwie – mówi przez ściśnięte gardło.

– Ty, jak go widzisz, to masz od razu mokro w majtkach! – dziewczyna wykrzykuje, kiwając ze zdziwienia głową i łapiąc się z całej siły za włosy, jakby miała ochotę je sobie wyrwać. – Dalej go kochasz? Jak możesz? Jaka ty jesteś głupia i naiwna!

– Nie bądź niegrzeczna, moja pannico. – Matka wchodzi do domu, zatrzymuje się, staje z Marysią twarzą w twarz i wygląda, jakby chciała ją uderzyć. – Ja tylko usiłuję nas stąd wydostać, bo utknęłyśmy jak w czarnej dziurze.

– Czarnej dupie nawet!

– Kto cię uczy takich zwrotów po polsku? – Wściekła Dorota rusza przed siebie.

– Moja fajna siostra, Daria. I dobrze, bo mogę teraz dosadnie się wysłowić. Może dzięki temu zrozumiesz, że po raz kolejny masz zamiar podjąć złą decyzję.

– Jestem starsza i bardziej doświadczona od ciebie i wiem, co robię!

– To jest podstawowy i ostateczny argument wszystkich dorosłych. Nie bądź żałosna, mamo!

– Ech! Ty nie znasz życia! Czasami trzeba iść na kompromisy i tyle. – Dorota macha pogardliwie ręką.

– Ja nie znam życia?! Chciałabym, ale dzięki temu, że miałam za ojca parszywego arabskiego szowinistę, poznałam je aż nazbyt dobrze. I to od tej najgorszej strony.

– Nadal masz ojca Araba, on jeszcze żyje i wygląda, że naprawdę się zmienił. Przecież najgorsi zbrodniarze po resocjalizacji są jak baranki.

– Sraty draty majty w kraty! Mamo, ty nie znasz się na ludziach! Totalnie!

– To jak planujesz naszą drogę ucieczki? Hm?

– Zadzwonię do Raszida. On nas odwiezie, do niego mam pełne zaufanie.

– A ty jak widzisz Raszida, to masz mokro w majtkach! Ha! – matka kpi z córki, bo jej wulgarne słowa w tym wypadku idealnie pasują.

– Ja zwariuję! – Obie padają na wielkie małżeńskie łoże

w apartamencie na pięterku i rechoczą aż do łez. – Tośmy się dobrały. Dwie idiotki! – Marysia usiłuje zadzwonić, lecz po chwili odsuwa aparat od ucha i patrzy na ekran. – Jakaś baba mi mówi, że jest niedostępny. – Próbuje ponownie i słucha podawanej po arabsku informacji. – Teraz gada, że jest poza siecią.

– Odłączyli komórki. – Dorota siada, ściska wargi i z trudem łapie przerywany nerwowy oddech. – Ja z nim jadę i mam nadzieję, że ty też. Przecież dwóch nas nie pobije, zabije czy zgwałci...

– Ja nie wiem... Boję się go i nienawidzę – wyznaje Marysia, przytulając się do matki. – Całe moje życie mogło zupełnie inaczej wyglądać. Gdyby nie on, nie przeżyłabym tułaczki i gehenny w Jemenie, i tysiąca innych parszywych rzeczy.

– Do tej pory nic mi o tym nie mówiłaś. Mam nadzieję, że kiedyś do tego wrócimy.

– O ile ten typ gdzieś nas nie wywiezie i nie zaciuka tępym nożem.

– Czy ta wypowiedź to znów szkoła Darii? – Matka z zażenowaniem krzywi usta. – Ja sobie z nią porozmawiam po powrocie.

– Nie ufam mu. – Marysia wraca do swoich obaw. – Nie dałabym za jego elegancję i uśmiech pięciu groszy.

– Okej, ja też nie. Dlatego spakujmy się do małej podręcznej walizki i twojego plecaczka. Parę najpotrzebniejszych rzeczy. Resztę albo nam odeślą, albo niech szlag trafi.

– No nie wiem. – Dziewczyna powoli mięknie, bo nie znajduje innego rozwiązania. Jednak przede wszystkim nie chce rozstawać się z matką, która jest równie uparta jak ona i podjęła już decyzję.

– Pospieszmy się, trzeba jeszcze wziąć prysznic, coś przekąsić, zapalić papierosa, kupić ze dwie butelki wody… Mamy niewiele czasu. – Obie jak na komendę rzucają się do przygotowań.

– Witajcie. – Ahmed o wyznaczonej godzinie podjeżdża pod dom wielką czarną toyotą camry. – Pomieścimy się wszyscy wygodnie. Wrzucajcie torby do bagażnika. Co tak mało? Na urlop przyjechałyście z torebką na ramię? – Miło się uśmiecha, lecz Marysia widzi jakieś nieokreślone błyski w jego oczach. To jest fałsz, rozpoznaje i zaczyna się pocić. On coś kręci, coś planuje, panicznie myśli, szukając jakiegoś zabezpieczenia. – *Voilà*. – Mężczyzna szarmancko otwiera drzwi i usadawia byłą żonę na siedzeniu obok kierowcy.

– Ja jeszcze przedzwonię do Muaida – roztrzęsiona dziewczyna blefuje. – Powiem mu, że jedziemy z tobą.

– Do tego narkomana? – Ojciec kpiarsko się śmieje. – Myślisz, że będzie wiedział, o co chodzi?

– Już od lat nie bierze – oponuje Dorota.

– Miriam, nie ściemniaj! – Ojciec niecierpliwi się i patrzy na zegarek – Przecież już nie ma żadnych połączeń telefonicznych, tym bardziej komórkowych. Odłączyli i ty doskonale o tym wiesz. Możesz jedynie gołębia wysłać. Wsiadaj.

– Zostawiłyśmy list – zimno informuje Dorota. – No, Marysiu, co z tobą, dziecko? – pogania córkę, choć sama nie jest pewna słuszności podjętej decyzji.

– Raszid! – Uradowana dziewczyna widzi nadchodzącego młodego mężczyznę i pojawiające się rozwiązanie. – On pojedzie za nami do samej granicy – mówi szybko jak katarynka. – Przy okazji pokażesz mu drogę, może później inni z niej skorzystają. – Obraca się i kieruje w stronę chłopaka, machając nad głową rękami. – Jak dobrze cię widzieć! – krzyczy. – Gdzie masz auto?

Kątem oka Marysia zauważa twarz wściekłego ojca, który zatrzaskuje drzwi od strony siedzącej matki, obchodzi samochód, siada za kierownicą i błyskawicznie rusza.

– Mamooooo! – Dziewczyna nie wie, co ma zrobić. Rzuca się biegiem za toyotą ojca, lecz widząc beznadziejność sytuacji, obraca się w stronę Raszida. – Gdzie masz wóz, człowieku, gdzie?!

– Za rogiem przy głównej – zdziwiony szybko odpowiada, pokazując na drogę palcem. – Co się dzieje?

– Matkę porwali! Leć po auto, musimy go złapać!

– Ale kto? Najemnicy, mordercy, kto?

– Mój pierdolony ojczulek! – wykrzykuje wściekła i z obłędem w oczach gna w kierunku wskazanym przez Raszida.

– Co ty wyprawiasz, Ahmed?! – Dorota nie wie jeszcze dokładnie, co się dzieje, ale serce skacze jej do gardła. – Gdzie Marysia? Zaczekajmy na Marysię! – wykrzykuje, obraca się i widzi swoją córkę, która biegnie ulicą i macha rękami.

– Cholerna krnąbrna gówniara. – Mężczyzna gryzie nerwowo górną wargę. – Trzeba z nią było za młodu inaczej postępować, teraz wyrosło toto na uparte wstrętne babsko.

– Co ty mówisz? Boże, ona jednak lepiej cię zna. – Kobieta w panice traci dech i mroczki latają jej przed oczami. – Co za głupia idiotka ze mnie! – Sięga ręką do drzwi, usiłując je otworzyć w biegu, lecz sekundę wcześniej dociera do jej uszu dźwięk kliknięcia automatycznego zamka.

– Siedź na dupie i nie wariuj! A głupia to ty zawsze byłaś, Blondi. – Ahmed śmieje się wrednym głosem.

– Tak, bo pomimo tego, że żyłam z tobą tyle czasu i znam cię jak zły szeląg, to teraz znów ci zawierzyłam! – Dorota w przypływie desperacji rzuca się na mężczyznę i klęcząc na swoim siedzeniu, przechyla się w jego stronę i okłada jego głowę pięściami. – Ty draniu! Już raz pozbawiłeś mnie dzieci! Teraz ci się nie uda! Nie pozwolę, abyś ponownie rozdzielił mnie z córką!

– Pieprz się, kobieto! – Ahmed ogania się jak od muchy, lecz ciosy stają się coraz dotkliwsze. Mężczyzna gwałtownie hamuje, a Dorota uderza skronią w przednią szybę samochodu i osuwa się na skrzynię biegów. – Allah nade mną czuwał, że w końcu wpadłaś w moje ręce – syczy przez zaciśnięte zęby. – Będę mógł zmyć hańbę, którą mnie okryłaś, ty *szarmuto*! – Libijczyk sięga do schowka w drzwiach kierowcy i błyskawicznie wyciąga woreczek z małą buteleczką i chustką do nosa, następnie usadawia swoją byłą żonę na siedzeniu, opiera jej rozbitą głowę o boczną szybę i przytyka środek usypiający do nosa. Teraz uspokojony i zadowolony głęboko oddycha, narzuca na nieprzytomną pled i znów rusza z kopyta. – Dobrych snów, Blondi – szyderczo uśmiecha się pod nosem.

Marysia z Raszidem wjeżdżają na najbliższe rondo, które trzeba minąć, chcąc dostać się na autostradę do Tunezji. W oddali widzą wielką czarną toyotę Ahmeda. Dziewczyna siedzi jak na szpilkach, ale nie śmie popędzać chłopaka. Ten ciśnie gaz do dechy, silnik wyje, lecz auto ledwo się toczy.

– Skąd wziąłeś taką ruinę?! – Marysia nie wytrzymuje. – To coś w ogóle nie jedzie! *Wallahi!*

– Skąd miałem wiedzieć, że będę brał udział w pościgu. To luzak, którego trzymamy dla klientów.

– Widzisz go, widzisz?! – Prawie przykleja nos do szyby, usiłując wypatrzyć ojca. – Nie ma, zniknął, a jadąc tym gruchotem, nie mamy najmniejszych szans... – Zasłania oczy i cicho pochlipuje.

– Przepraszam, Miriam. Nie wiem, co można zrobić. – Raszid zaciska wargi i drapie się po głowie. – Nawet zadzwonić się nie da.

– Mamuś, moja mamuś! – Marysia zaczyna zawodzić, zalewając się łzami. – Ja chcę do mamyyyy... – Potok łez spływa jej po twarzy i tryska spod powiek również na boki. – Aaaaaa! – Chwyta rozczapierzonymi palcami swoje długie kręcone włosy i targa je bez opamiętania, waląc przy tym głową w deskę przed siedzeniem pasażera. – Mamaaa...

Dorota powoli otwiera oczy, które ją niesamowicie pieką. W ustach i nosie czuje suchość i dziwny smak i zapach. Delikatnie odsuwa rąbek koca, przykrywający ją z głową. Siedzi na fotelu pasażera i Bogu dziękuje, że tym razem nie wrzucił jej do bagażnika. Na zewnątrz jest już szarówka, za chwilę zapadnie zmrok. Poznaje odludną drogę do Tunezji. Mruży oczy, żeby odszyfrować arabski drogowskaz. Zuara – dziesięć kilometrów. W tej chwili Ahmed gwałtownie skręca w lewo, przecina dwa pasy prawie pustej autostrady i zjeżdża w boczną kamienistą drogę.

Obudziłam się chyba w ostatniej chwili, stwierdza osłabiona Dorota. Ciekawa jestem, jaki koniec mi szykuje. Byleby się długo nie męczyć, myśli i opuszcza powieki, spod których cienkim strumyczkiem zaczynają wypływać ciepłe łzy. Czuje ukojenie, nie ma ochoty już dłużej walczyć, jest taka zmęczona.

– Cóż, moja mała Blondi, całkiem nieźle jesteś zachowana – mówi Ahmed do swojej towarzyszki podróży, nie spodziewając się jednak, że ta już nie śpi i jest całkowicie przytomna. – Jak na twoje podeszłe lata, to no, no. – Bezpardonowo dotyka jej uda, a Dorota wstrzymuje oddech. – Zanim z tobą definitywnie skończę, to sobie chyba nie odpuszczę – rechoce lubieżnie.

Po chwili auto zatrzymuje się pod rozłożystą palmą otoczoną przez niskie, może metrowe krzaczki. Zaraz obok widać mały kwadratowy baraczek z pustaków.

– Jest i lokum. – Mężczyzna otwiera drzwi, wysiada i przeciąga się. Następnie idzie za palmę i długo sika.

Do środka wozu wpada rześkie pustynne powietrze, owiewa twarz uprowadzonej i muska jej włosy. Dorota czuje, jak wraca jej życie. Głęboko oddycha. Ostrożnie sprawdza, czy nie ma czasami skrępowanych rąk i nóg, i odkrywa, że nie jest związana. Możliwe, że oprawca nie miał na to czasu. Oprócz ustępującego otumanienia po środku usypiającym i bólu w skroni nic jej nie dolega. Tak w każdym razie jej się wydaje. Ahmed gwałtownie otwiera drzwi od strony pasażera i niczego niespodziewająca się Dorota wypada przez nie jak worek kartofli. Leży bokiem na drobnych kamyczkach, które ranią jej ramię i policzek. Jej mięśnie po środku narkotycznym przypominają flaczki, trudno jej nawet ruszyć ręką.

– Zbieraj się, szmato! – mężczyzna krzyczy, pochylając się nad nią. – Czeka cię jeszcze jedna przyjemność w życiu. – Chwyta ją za kołnierz koszuli i ciągnie jak szczenię w stronę śmierdzącego moczem i kałem baraku.

Budynek jest mały, brudny, nieotynkowany i od zewnątrz zdobią go liczne graffiti. Ma jeden otwór, w który nigdy nie wstawiono okna. Wejście stanowi wielka dziura bez drzwi. W środku jest prawie całkiem ciemno. Mężczyzna rzuca swoją ofiarę na środek i z niesmakiem rozgląda się dookoła.

– Trzeba szybko skończyć tę zabawę. Idzie się tutaj udusić. – Wygina pogardliwie wargi i cyka językiem o podniebienie. Powoli rozpina pasek u spodni, guzik i zamek.

Dorota leży na środku i rozgląda się spanikowanym wzrokiem na wszystkie strony. Widzi palenisko z resztkami jedzenia, zardzewiałymi puszkami po tuńczyku i nadpalonymi papierami. Po kątach walają się śmieci i ludzkie odchody. Pod jedną ze ścian leży zrolowana zapleśniała i podziurawiona mata. Kobieta usiłuje się podnieść, opiera ręce na ziemi i kiedy rusza palcami, czuje powracającą siłę w mięśniach. Natrafia po omacku na sporych rozmiarów kamień o ostrych jak nóż brzegach. Nie jest to piaskowiec, cieszy się w duchu, i idealnie pasuje do rozmiaru mojej dłoni. Mężczyzna z opuszczonymi do pół uda spodniami pochyla się nad nią i przyciąga tyłem do siebie. Dorota czuje jego nabrzmiałą męskość i odnosi wrażenie, że zaraz zwymiotuje. Jednak zamiast tego silniej staje na nogach i zagryza wargi.

– Ech, ty zbereźnico! Jednak jeszcze ci się chce pieprzyć z prawowitym mężem! – Ahmed jest zadowolony. – Ten białas na pewno nigdy cię tak dobrze nie zerżnął jak ja. – Pewny siebie i biernego przyzwolenia gwałtownie obsuwa kobiecie spodnie, rozrywa majtki i trzymając ją za biodra, wykonuje pierwsze pchnięcie.

Tego Dorota dłużej już nie może znieść. Kurczy się w sobie i wyślizguje się ze spoconych łapsk gwałciciela. Pada na kolana, ale łapie równowagę, podpierając się dłońmi. Błyskawicznie obraca się przodem do oprawcy i ma tuż przed oczami jego wielkie sterczące prącie. Bierze rozmach. Sporych rozmiarów kamień ląduje na przyrodzeniu byłego męża. Wydaje on z siebie ryk, który przechodzi w skowyt. Zgina się wpół, chwytając za krocze, a później jak na zwolnionych obrotach klęka, a następnie upada na bok nadal skulony, z rękami na genitaliach. Kobieta natychmiast naciąga spodnie i staje w rozkroku nad człowiekiem, który był przyczyną wszystkich jej nieszczęść i cierpienia. Nadal jest, ale to się musi skończyć, postanawia. Raz na zawsze, nie ma co się zastanawiać. Definitywny finał. Poprawia uścisk dłoni na twardym kamieniu. Bierze głęboki wdech.

– Do widzenia, kochasiu, już nie zrobisz krzywdy ani mnie, ani mojej córce, ani nikomu innemu. Dobrych snów. – Ahmed z niedowierzaniem i ciągłą pogardą na twarzy patrzy na byłą żonę. Powoli wyrównuje oddech i odzyskuje siły, lecz w tym momencie spada na niego pierwszy cios, a za nim drugi i następny, i następny. Pada bezwładnie na brudny piach i porozrzucany popiół z paleniska. Jego zmasakrowana głowa ląduje niedaleko grubego, wyschniętego stolca.

– Gówno przy gównie. Tutaj jest twoje miejsce! – Dorota z nienawiścią i odrazą pochyla się nad okaleczonym ciałem. – Żegnaj na wieki – to mówiąc, zadaje jeszcze jeden cios, a kawałki zakrwawionej skóry i szczątki kości kleją jej się do rąk.

Kobieta rzuca kamień w kąt dusznego baraku i wychodzi. Otacza ją ciemna libijska noc. Na zewnątrz powietrze jest krystalicznie czyste, dookoła grają cykady i chrząszcze, zamieszkujące okolice palmy i krzaków. Niebo nad głową z miliardem gwiazd jest na wyciągnięcie ręki. W oddali widać autostradę. Jakoś się tam dostanę, postanawia. Podchodzi do samochodu, otwiera bagażnik, wyjmuje z niego dwie butelki wody i usiłuje zmyć klejącą się zakrzepłą już krew. Spogląda na siebie w lusterku. Jej twarz jest opuchnięta od eteru i porozbijana w paru miejscach. Wyjmuje z torebki fluid i zakrywa sińce i zadrapania. Na koniec przebiera się w świeże ubranie i siada na miejscu kierowcy. Wypija spory łyk wody i zapala papierosa. Do Trypolisu nie dojadę, nie mam szans, dopiero teraz zaczyna myśleć i planować dalsze posunięcia. Nie mówiąc już o licznych posterunkach policji i wojska, nie jestem takim świetnym kierowcą, żebym w nocy po takich ekstremalnych przejściach była w stanie pokonać ponad trzysta kilometrów. Cholera, nie mam też libijskiego ani międzynarodowego prawa jazdy, przypomina sobie. Bez tego to już w ogóle totalna klapa. Może jakoś uda mi się dotrzeć do Zuary i tam znajdę kierowcę, który zawiózłby mnie do stolicy. Pieniądze mam, mogę nawet podarować komuś ten wielki ekskluzywny samochód. To chyba najlepsze rozwiązanie, dochodzi do wniosku. I raczej jedyne w tej sytuacji. Oddycha z ulgą, oceniając swój plan jako całkiem niezły.

Zapala silnik toyoty, włącza długie światła i powolutku jedzie do niedalekiej drogi. Po piętnastu minutach lawirowania pomiędzy sterczącymi skałami i gęstymi suchymi zaroślami, niewielkimi piaszczystymi wzniesieniami i głębokimi zapadlinami dojeżdża do autostrady, na której ruch się wzmógł. Musi teraz skręcić w lewo, więc tym samym przeciąć najpierw trzy pasy biegnące do Trypolisu, a potem wskoczyć na kierunek do Zuary i Tunezji. Po dość długim oczekiwaniu, które wykorzystuje na złapanie oddechu po karkołomnej jeździe, udaje jej się włączyć do ruchu. Im bliżej granicy, tym samochodów ubywa. Gdzież one się podziały?, zastanawia się. Może znają jakiś skrót, może usiłują ominąć posterunek? W tym momencie wyrasta przed nią spory punkt kontrolny, lepiej wyposażony w broń i pojazdy niż te znajdujące się w Trypolisie. Zbliżając się, widzi, że mężczyźni noszą mundury wojskowe. Co ja teraz zrobię?, myśli w panice, a serce chce jej wyskoczyć gardłem. Nie mój wóz, nie mam prawa jazdy i na dokładkę jadę sama w nocy przez odludzie. Patrzy na swoje dłonie, niedomyte z krwi i z poobcieranymi nadgarstkami. Pieniądze, muszę ich przekupić! Przecież to Libia! Tylko ryby nie biorą. Tutaj korupcja kwitnie. *Bakszysz* to normalka, szczególnie w państwowych urzędach. Głęboko nabiera powietrza, usiłując się uspokoić. Będzie dobrze, będzie dobrze, myśl pozytywnie, nakazuje sobie. Uśmiechaj się!

– *Salam alejkum*[1] – wita tradycyjnie po arabsku pochylającego się do otwartej szyby czarnoskórego wojskowego.

– *Salam*[2] – odpowiada tamten gburowato. – Dokąd to po nocy się jedzie?

– Chcę dołączyć do córki, która jest już na Dżerbie. – Dorota kłamie jak z nut. – Jestem cudzoziemką, *adżnabija*, i spędzam w Libii wakacje. Ale już się skończyły. – Wykonuje jeden ze swoich najbardziej czarujących uśmiechów i patrzy na mężczyznę maślanymi oczami.

– Dobra, dobra. – Facet trochę mięknie, bo zaczyna głupio przestępować z nogi na nogę. – Dokumenty wozu, prawo jazdy i paszport. Zjechać tam na bok, bo to może potrwać. – Żołdak opanował pierwsze oczarowanie i burczy swoim typowym wojskowym tonem.

To nie Libijczyk, uznaje Dorota. Całkiem czarny, jako tako mówi po angielsku, po arabsku zaś prawie w ogóle. Niech to licho, to chyba jeden z najemników, o których tyle

[1] *Salam alejkum* (arab.) – dzień dobry, witaj, pokój z tobą.
[2] *Salam* (arab.) – pokój.

się teraz mówi, czyli taki, co się stara wykazać i zabiega o swoje nikczemne stanowisko jak jasny gwint. Poza tym dostaje za to górę kasy. Jestem zgubiona, stwierdza, z przerażenia ledwo łapiąc oddech. On nie weźmie pieniędzy, nie ma mowy. Jednak wkłada dwieście dolarów do dokumentu, w końcu nie ma nic do stracenia. Kobieta drży na całym ciele. Teraz brakuje tylko, żeby mnie wsadzili do libijskiego więzienia na przykład za morderstwo, ironicznie uśmiecha się jedną połówką ust i z niedowierzaniem kręci głową. Ciężko wzdycha. Dokłada trzecią stówkę.

– Na razie znalazłam dokumencik, wie pan, mam straszny bałagan, jak to baba. – Dorota działa na zwłokę i liczy na wpływ „zielonych".

– Co to jest? – Oburzony żołnierz trzyma w dwóch palcach amerykańską walutę, wsadza ją przez otwarte okno do auta i macha kobiecie przed nosem. – Usiłujesz mnie przekupić? Co masz na swoim sumieniu, ślicznotko?

– Ależ skąd! – Dorota udaje zaskoczenie. – Zapomniałam o tych pieniążkach, zupełnie wyleciało mi z głowy. Mój mąż zawsze mi robi takie niespodzianki... prezenciki. – Patrzy wymownie na faceta, mówiąc mu oczami: bierz prezencik, głupku!

– Natychmiast dokumenty wozu i prawo jazdy albo zawieziemy cię na posterunek policji! – mocno już podenerwowany służbista krzyczy i otwiera drzwi auta od strony kierowcy. – Przekupstwo i korupcja zeżrą ten kraj! Ale ja jestem w armii Kaddafiego, a tacy są nieprzekupni! – Paru innych żołnierzy odwraca się, nasłuchując, a następnie zmierza w ich stronę. – Już, ruchy! – Żołdak kieruje w stronę bezbronnej kobiety kałasznikowa, przewieszonego do tej pory przez ramię.

Dorota sięga po butelkę z wodą leżącą na siedzeniu pasażera i pije ją drobnymi łyczkami. Nie ma pojęcia, co teraz począć. Plan był do dupy, myśli. Jestem ugotowana, ugotowana na miękko. W tej samej chwili słychać pierwszą serię z karabinu maszynowego, a za sekundę następną. Wszyscy z posterunku zainteresowali się ładną blondyną, a nikt nie patrzył na drogę, którą właśnie nadjeżdża pikap z powstańcami na pace. Strzelają oni na chybił trafił, ale przecież nie mają żadnego przeszkolenia ani wprawy, a jedynie chęć odzyskania kontroli nad własnym krajem. Dorota, widząc szansę ucieczki, wyskakuje z samochodu, wyrywa z ręki ogłupiałego najemnika swój paszport i rzuca się biegiem na drugą stronę całkowicie pustej autostrady. Byle dobiec do obrzeży, tam okryje mnie mrok i wchłonie pustynia, niczego więcej teraz nie pragnie.

– *Adżnabija!* – słyszy głos wcześniej kontrolującego ją najemnika. – Nie uciekniesz mi!

Kobieta obraca się na sekundę i widzi, że mężczyzna przystawia broń do oka. Że też jego nie ustrzelą!, przebiega jej przez głowę. W tej samej chwili czuje rozrywający ból łydki i pada na kamienie i piach po drugiej stronie jezdni. Ostatkiem sił, wypuszczając z płuc świszczące powietrze, czołga się dalej przed siebie. Po chwili jest już okryta mrokiem nocy. Siada, podciąga nogę z mocno krwawiącą raną i obserwuje sytuację na posterunku. Wśród żołnierzy zapanowała panika, a powstańcy zbierają obfite żniwo. Po chwili odjeżdżają i wszystko cichnie. Dorota ściąga z siebie koszulę i pozostaje w podkoszulku z krótkimi rękawkami. Rwie flanelę na pasy i mocno owija krwawiący postrzał. Jednak co innego jest mi pisane, z ulgą oddycha, usiłując wstać. Nie trafię do libijskiego więzienia, przynajmniej nie dzisiaj. Trzeba iść, zniknąć im z oczu, postanawia. W oddali w głębi pustyni biegnącej na południe kraju migocą jakieś światła. A może to domostwa dobrych ludzi, którzy mi pomogą?, dodaje sobie animuszu i powoli kuśtyka przed siebie. Z pierwszym brzaskiem dociera do jednopasmowej drogi, która prowadzi w stronę rysujących się na horyzoncie gór.

– Ty krasawica, szto ty zdieś dziełajesz? Kto ty? – Dorota nawet nie zauważyła zatrzymującego się samochodu. Jest u kresu sił. A może to fatamorgana?, jeszcze myśli, choć szumi jej w głowie.

– Ja Polka – szepcze, opierając się obiema rękami o rozgrzaną maskę auta.

– Ja znaju ciut ciut po polski. U mienia byli druzia, prijatiele. Nu dawaj, sadiś. Ty ranna? – Pulchna kobietka pochyla się nad jej nogą. – Płocho, znacit niedobrze. Chcesz ze mną pojechać? – pyta życzliwie. – Ja jestem siestra z Centralnego Hospitala w Nalucie. Zina mnie wołają, a ciebie?

– Dorota – ostatkiem sił i tchu odpowiada na zadane pytanie i pada nieprzytomna wzdłuż siedzeń w samochodzie.

Poszukiwania

Raszid postanawia się nie poddawać i jechać dalej przed siebie. Ma plan i będzie się go trzymał. Działania są utrudnione ze względu na całkowity brak łączności, ale nie wolno rezygnować.

– Gdzie ty jedziesz? – Zapuchnięta na twarzy Marysia podnosi wzrok na drogę. – Przecież już go dawno nie widać. Zgubiliśmy drania na dobre. – Głośno siąka nos i rzuca chusteczkę na górkę już wcześniej zużytych. – Przepadło. Libia to wielki kraj, szukaj wiatru w polu.

– Ale trzeba szukać, bo inaczej szanse na znalezienie spadają do zera. Nieprawdaż?

– Co chcesz zrobić? Za dzień czy dwa dojechać do granicy tunezyjskiej i co? On na pewno moją matkę wcześniej zabije albo pojedzie na pustynię i sprzeda ją na jakimś targu z wielbłądami. Śliczna zgrabna blondynka pójdzie za niezłe pieniądze i skończy jako nałożnica jakiegoś afrykańskiego kacyka albo w burdelu w Czadzie, Somalii lub Erytrei.

– *Wallahi*, jakie ty masz czarne myśli! Tak nie wolno.

– Więc?

– Więc plan jest taki. Jedziemy do Zawii do Abbasa i bierzemy najlepszy i najszybszy wóz, jaki ma w salonie. Słyszałem, jak kiedyś opowiadał, że jego brat pracuje w policji. Nie wiem, czy to drogówka, czy dochodzeniówka, ale na pewno ma kumpli i tam, i tam. Koniec języka za przewodnika. Dowie się, czy na którymś posterunku nie widziano Libijczyka z białą kobietą. Takie rzeczy się zauważa. Poza tym przecież twoja mama będzie się bronić, krzyczeć, będzie próbowała wysiąść. No nie? – Kiwa zadowolony głową i dla pokrzepienia poklepuje Marysię po zgarbionych plecach.

– Ten plan może okazać się całkiem skuteczny. – Dziewczyna wzdycha z ulgą. – Jak się pospieszymy, to jest jakaś szansa. Jedna na milion, ale jest.

Wstrząśnięty opowieścią młodych Abbas próbuje zadzwonić z telefonu stacjonarnego, jednak aparat jest głuchy. Niezrażony przystawia do ucha komórkę.

– Jest, podłączyli! – wykrzykuje szczęśliwy jak dziecko. – Te dranie bawią się z nami w kotka i myszkę. Mamy łączność, nie mamy, mamy, nie.

Po wszystkich koniecznych formułkach przywitania bracia przechodzą do konkretów. Abbas daje odbiór rozmowy na głośnik.

– Mógłbyś mi sprawdzić, czy dzisiaj na jakimś posterunku na trasie do granicy z Tunezją nie pojawił się facet w czarnej toyocie camry z białą blond kobietą? Taki jeden wyrzutek z naszej rodziny porwał babkę.

– A niech to, niezły zbój! – poruszony rozmówca z oburzenia podnosi głos. – Ale wiesz, że to potrwa. Pracujemy na zmiany. Możliwe, że dopiero jutro będę mógł ci przekazać pełną informację. Ale to będzie już trochę za późno! – sam zdaje sobie z tego sprawę.

– A czy nie dałoby się go zatrzymać? Jakiś list gończy czy coś w tym stylu? Wystarczy też zapytać tę kobietę, czy z własnej woli chce z nim jechać.

– Przydałoby się zdjęcie tej pięknotki – policjant zastanawia się – tylko że teraz, jak nie ma internetu, mamy związane ręce.

– Fotkę mogę przywieźć osobiście... – włącza się Marysia.

– Tylko jak ją roześlemy? – trzeźwo myśli funkcjonariusz. – Faksem się nie da, bo też nie chodzi. A zanim uzyskam zgodę na teleks, minie tydzień. Wiecie, teraz jest dość gorący okres, więc...

– Tak, tak – Abbas przyznaje bratu rację. – To co proponujesz?

– Jedyne, co mogę zrobić na chwilę obecną, to podzwonić. Mamy nawet specjalną linię telefoniczną łączącą wszystkie posterunki, więc to nie problem. Trzeba jak najszybciej ich ostrzec, bo inaczej ptaszek nam się wywinie.

– Dobrze. – Marysia trochę się uspokaja. – Ale jak my możemy pomóc?

– Siedzieć w domu i czekać. Zadzwońcie do mnie za parę godzin, może koło siódmej wieczorem. A jak znowu odetną telefony, to przyjedźcie na posterunek jutro w południe. Będę już miał dla was jakieś konkretne wiadomości, a do tej pory będę trzymał rękę na pulsie.

– Ja nie chcę siedzieć na tyłku, ja chcę działać! – Dziewczyna znów uderza w płacz.

– Dobrze już, dobrze. Doskonale cię rozumiem. – Gliniarz ma całkiem miły i uspokajający głos. – W takim razie przywieź to zdjęcie, okej? Spróbuję je jakoś przesłać bez zgody wierchuszki, co mi tam. Już mogą mi nagwizdać.

– Dziękuję panu ogromnie – Marysia odpowiada przez zaciśnięte z bólu gardło.

– Muszę wam powiedzieć, że macie szczęście, żeście mnie dzisiaj złapali, bo jutro po południu planuję się stąd wymeldować. Ostatnia szychta i pa, pa – mężczyzna szepcze do słuchawki.

– Ale dokąd? – pyta zaciekawiony Abbas.

– Ty wiesz, chłopie, że nasze plemię przyłącza się do powstańców? W Bengazi aż wrze. Tym razem zwyciężymy, a ja nie będę już dłużej zajmował się wyłapywaniem moich braci, którzy walczą w słusznej sprawie. O nie!

– Czyś ty oszalał!? – Abbas aż czerwienieje na twarzy. – To nonsens, to głupota! Nic z tego nie wyjdzie, tylko ludzie zginą.

– W każdej rodzinie musi być pacyfista, ale ja się do takich nie zaliczam, braciszku. Wiem, że po prostu się o mnie martwisz.

– No właśnie!

– I o swoją rodzinę, i chciałbyś, żeby sobie wszyscy powolutku po staremu żyli. Ale tak się nie da!

– *Wallahi*, przemyśl to jeszcze! Prześpij się z tym pomysłem.

– Dzwońcie, jak się da, albo przyjeżdżajcie. Trzeba wierzyć, że *Insz Allah* wszystko będzie dobrze. Zrobię, co się da.

Nie wiadomo czemu całe popołudnie i wieczór telefonia komórkowa działa bez zarzutu, więc Marysia wykorzystuje okazję i dzwoni do brata Abbasa, Rahmana, chyba z pięć razy. Ostatni raz o ósmej wieczorem, kiedy policjant schodzi ze stanowiska, lecz informuje ją, że nadal nic nie udało mu się wskórać. Dziewczyna do późna w nocy wielokrotnie wybiera numer matki, lecz pomimo uzyskanego poprawnego połączenia nikt nie odbiera. Muaid, kiedy dowiaduje się, co się stało, najpierw blednie na twarzy, a potem dostaje takiej furii, że tłucze pół serwisu w kuchni. Rzuca pięknymi porcelanowymi filiżankami i szklankami z posrebrzanym brzegiem o ścianę i krzyczy jak obłąkany. Uspokaja się dopiero podczas sprzątania.

Następnego dnia po porwaniu matki Marysia wstaje razem z kuzynem o szóstej rano. Postanawia pomóc mu w przepełnionym szpitalu, żeby czymś się zająć i oderwać myśli od tragedii, która się wydarzyła. Znów to samo, ledwie na horyzoncie pojawia się jej ojciec, nieszczęście gotowe. Dziewczyna zdaje sobie sprawę, że jeśli planował coś zrobić jej matce, to już się stało. Milczenie telefonu ją dobija i o dziewiątej postanawia sama zadzwonić do Rahmana. Przy pierwszej próbie dostaje informację, że jest poza zasięgiem, następnie, że jest niedostępny, a na koniec, że nie ma takiego abonenta.

– Znów to samo! Niech to licho porwie! Moja komórka wariuje, zamiast podać zwięzłą informację – jesteś odłączona, tak jak pięć milionów twoich rodaków. Nadawca: wódz – skarży się miłej syryjskiej pani doktor, której pomaga na oddziale położniczym.

– Żeby zablokować nasze połączenia, zainstalowali jakiś program. Nie chcą, żeby w słuchawce było głucho, bo to odebranie nam praw obywatelskich. Masz szczekaczkę w telefonie? Masz. Jest połączenie? Jest. Więc wszyscy Libijczycy mają w chwili obecnej wadliwe aparaty albo nie umieją się nimi posługiwać. To takie mydlenie oczu międzynarodowej opinii publicznej, jakie idealnie sprawdzało się przez ostatnie ponad czterdzieści lat.

– Co ty mówisz? Więc to tacy spryciarze?! I na dokładkę robią wszystko prawie legalnie.

– Aha. – Lekarka śmieje się miło i głaszcze bladą pomocnicę po głowie. – Nie ma dzwonienia. *Chalas*[1]. – Zabawnie podnosi do góry brwi. – Wszystko będzie dobrze – pociesza dziewczynę, bo Muaid wtajemniczył ją trochę w sytuację, ale zapewne podał tylko okrojony wariant prawdy, bo w bagienko rodzinne z zasady nie wprowadza się obcych.

– Wczoraj na wypadek braku łączności wstępnie umówiłam się z Raszidem o jedenastej trzydzieści w Zawii. – Dziewczyna z trudem odnajduje kuzyna na ostrym dyżurze. – Nie do końca przemyślałam sprawę, bo jak ja się tam dostanę? Raczej nie wsiądę do taksówki, bo w tej zawierusze nie wiadomo na kogo się trafi.

– Ja nie mogę się wyrwać, żeby cię zawieźć, ale dam ci ambulans.

– Jak to? Pozbawisz szpital karetki? Nie rozumiem.

– Nie ma telefonów, więc nikt nas nie wzywa. Auta stoją, a kierowcy zmieniają pieluchy dzieciom na pediatrii.

[1] *Chalas* (arab.) – koniec, dość.

– No tak – dziewczyna kiwa głową. – Coś ciężko mi się dzisiaj myśli.

– Jeszcze jeden plus jazdy ambulansem jest taki, że nie sprawdzają cię na posterunkach i możesz pruć, ile fabryka dała. – Mężczyzna śmieje się i obejmuje krewniaczkę w talii. – Jeszcze masz sporo czasu, więc proszę, pomóż mi tutaj trochę, bo usiłuję upchnąć jak najwięcej rannych do sal, aby nie leżeli na korytarzach, a tych, co się da, wypisać. Gdyby teraz pojawiła się u nas kontrola bezpieczeństwa, zabraliby mi prawie wszystkich pacjentów.

– A jak ma się ten facet, którego zabraliśmy w Tadżurze?

– Kiepsko, do tej pory nie odzyskał świadomości, a co gorsza, źle działa na Samirę. Kiedy słyszy jego jęk, to dosłownie skacze na łóżku.

– Każdy by drżał, widząc ludzkie cierpienie.

Po kolejnych dwóch godzinach w szpitalu Marysia ze zmęczenia pada na twarz.

– Nawet nie sądziłam, że to taka ciężka praca – skarży się lekarzowi, któremu asystuje przy zmianie opatrunku. – Zawsze wydawała mi się taka nobilitująca i wspaniała, ale kojarzyła się głównie z noszeniem białego lub zielonego kitla, eleganckim gabinetem z certyfikatami na ścianach i romansami szpitalnymi.

– Naoglądałaś się seriali, moja panno – podsumowuje doktor. – *Ostry dyżur* czy *Lekarze*?

– Chyba oba. Teraz już wiem, że to harówka i tyle.

– Ale jaka satysfakcja!

– Gwarantowana! – chichoczą i nawet pacjent mimo bólu uśmiecha się półgębkiem.

– Do domu idziesz, młody. – Medyk pochyla się nad opatrywanym. – Miriam, zadzwoń jeszcze do jego rodziny i jesteś wolna. Ponoć musisz gdzieś jechać.

Tak jak przewidywał Muaid, karetka pogotowia mknie autostradą bez jednego postoju. Auta uciekają na boki, a na posterunkach policjanci machają im rękami. Sześćdziesięciokilometrowa trasa zajmuje im dwadzieścia minut.

– No i co? Może do was dzwonił? – Od progu Marysia bez żadnego wstępu zarzuca Chadidżę pytaniami.

– Niestety, nie ma jak. Ale Raszid wziął już dzisiaj najlepsze auto, jakie mieliśmy na składzie, tak że szybko i komfortowo wszędzie dojedziecie.

– To dobrze. – Dziewczyna opuszcza głowę, a łzy zbierają jej się w kącikach oczu, by po chwili cichutko popłynąć równym ciurkiem po policzkach.

– *Ja habibti*[1] – szepcze ciotka, tuląc Marysię do piersi jak matka. – *Sza Allah* wszystko będzie dobrze. Twoja matka na taką nie wygląda, ale to silna i sprytna kobieta. Przeszła w życiu swoje i wyszła z najgorszej gehenny. Umie sobie dawać radę.

– Tak, wiem, ale jak my się odnajdziemy? – Marysia zaczyna szlochać. – Ledwo odnalazłyśmy się na końcu świata, a teraz znowu to samo. A mówi się, że dwa razy do tej samej rzeki wejść nie można.

– To wam było pisane. Każda wróci na swoje miejsce i znajdziecie się. A może ktoś ich zauważył, może już tam czeka na ciebie na jakimś posterunku… – Chadidża

[1] *Ja habibti* (arab.) – moja kochana (wołacz).

zawiesza pełen nadziei głos. – Chodź, poczekajmy na słoneczku – ciągnie bratanicę na taras, licząc, że piękna pogoda wpłynie na poprawienie jej nastroju.

– Gotowa? – Raszid wybiega z domu, ubrany w mundur armii libijskiej, a Marysia pomimo płaczu i załamania szeroko otwiera buzię. Ależ on w tym uniformie pięknie wygląda, przelatuje jej przez głowę. I włosy obciął. Co za poświęcenie z jego strony!

– Nie wiem, czy dobrze, synku, zrobiłeś, że doszyłeś inne pagony – niepokoi się jego matka. – Jak każą ci pokazać książeczkę wojskową, to co zrobisz?

– Przeczołgam ich. – Emanujący energią i pewnością siebie, nad wyraz przystojny mężczyzna wybucha szczerym śmiechem. – Miriam, nie mazać się! Jesteś teraz kuzynką wysokiej rangi oficera! Trochę wiary w siebie! Jedziemy!

Posterunek drogowy w Zawii wygląda bardzo porządnie i jest całkiem nieźle wyposażony. Obecnie przebywają w nim nie tylko policjanci, ale też wojskowi.

– Do końca mojej wczorajszej służby nic się na całej trasie nie wydarzyło i nikt nie zauważył blondynki z arabskim mężczyzną. Drań musiał znać objazdy i wiejskie trakty, dlatego przemknął niepostrzeżenie. Lecz po zmroku na posterunku w Zuarze doszło do strzelaniny... – Rahman zawiesza głos.

– Tak? – Marysia wstrzymuje oddech.

– Powstańcy zaatakowali punkt kontroli wojskowej. Podjechali ponoć jednym pikapem i wystrzelali tych płatnych żołdaków – przy tych słowach z niechęcią pokazuje brodą na nieproszonych gości u siebie. – Tacy są świetnie wyszkoleni, a wybili ich jak kaczki – chichocze. – Z dwudziestki zostało dwóch rannych. Wszyscy poddawani w tym czasie kontroli oczywiście uciekli, a na poboczu pozostał tylko jeden samochód. Czarna toyota camry – kończy z satysfakcją.

– O Boże! – Marysi robi się czarno przed oczami i powoli osuwa się po ścianie.

– Hej, nie mdlej mi tutaj! – Rahman chwyta ją w ostatniej chwili, a przestraszony Raszid podsuwa krzesło.

– Zabita? – dziewczyna szepcze ledwie słyszalnym głosem.

– Nie! Auto jest puste, jedynie w bagażniku dwie torby podróżne i jedna na ramię na siedzeniu pasażera. Wojak, który rozmawiał z kierowcą tego wozu, jakimś cudem przeżył masakrę. Twierdzi, że była to biała kobieta.

– Sama?

– Tak. Gdzieś tatusia szanownej panny musiała po drodze wykopać, ale o tym nikomu już nie wspominałem.

– Mama jest w Zuarze? – Marysi drży serce.

– I tutaj mamy problem. Wczoraj podczas tej całej zawieruchy i strzelaniny dała nogę, tylko że nikt nie wie, w którym kierunku. Żołdak twierdzi, że chciał ją aresztować, i jest bardzo niezadowolony, że podejrzana zbiegła.

– Jedziemy tam. – Dziewczyna niepewnie wstaje, błyskawicznie chwyta się ściany i jak niewidoma kieruje do wyjścia.

Prawie trzysta kilometrów pokonują w grobowej ciszy. Marysia już nie płacze, nie wierci się i nie kręci. Wbija tylko tępy wzrok przed siebie i obserwuje, jak pędzące auto łyka kilometry. Zatrzymują ich jedynie na dwóch posterunkach, ustawionych w strategicznych odludnych miejscach, lecz widząc mundur z wysokimi dystynkcjami, tylko salutują i każą jechać dalej.

– To rzeczy mojej matki – stwierdza w Zuarze, zaglądając do bagażnika porzuconego wozu. – A to moje. Miałyśmy jechać razem, ale… w ostatniej chwili ja zrezygnowałam. Ustaliłyśmy, że spotkamy się na Dżerbie.

– Tak też mówiła – potakuje żołnierz z ręką na temblaku. – Znaleźliśmy w aucie dokumenty świadczące, że nie należało do niej.

– Pożyczyła od znajomego. – Dziewczyna kłamie bez mrugnięcia powieką. – Czy to przestępstwo?

– Musi być na to jakiś papier. – Widać, że cudzoziemiec nie zna lokalnego prawa i zaczyna się wahać.

– U nas nie potrzeba. Tak to już jest w Libii.

– Czy u was – żołnierz z sarkazmem kładzie nacisk na poszczególne wyrazy – nie trzeba mieć także prawa jazdy?

– Zapomniała, że zostawiła w mojej torebce. – Marysia błyskawicznie zmyśla odpowiedź. – Czy to jest karane więzieniem? Mandatem? Czy może przez was karą śmierci? – Robi się wściekła, bo jest sobie w stanie wyobrazić wczorajszą indagację matki i niebezpieczną sytuację, w jakiej się znalazła.

– Zbiegła w każdym razie z miejsca przestępstwa i to się liczy – odpowiada płatny sługus Kaddafiego, obserwując przy tym uważnie doszywane pagony na mundurze Raszida.

– Mało się znasz na prawie, chłopcze – kuzyn włącza

się do rozmowy. – Wczorajszego zajścia nie można zaliczyć do czynów przestępczych, lecz trzeba je traktować jako wykroczenie, które wszędzie, w całym cywilizowanym świecie jest karane grzywną. Mam nadzieję, że nie użyłeś w stosunku do tej słabej kobiety siły, bo wtedy to ty pójdziesz pod sąd. – Patrzy uważnie w płaską bezrozumną twarz żołdaka, a ten błyskawicznie z czarnego robi się popielaty. – Książeczkę wojskową i twój numer poproszę. – Raszid wyciąga rękę i kiwa przyzywająco wskazującym palcem.

– Pobiłeś ją? – Dopiero po chwili dochodzi do Marysi zakamuflowane znaczenie wypowiedzi. – Co jej zrobiłeś, ty chamie?! Ty niewolniku! – Nowa zmiana żołnierzy na posterunku obserwuje z zaciekawieniem niezwykłą scenę, lecz chyba z lenistwa nie interweniuje.

– Jedynie ostrzegawczo strzeliłem do zbiega. – Najemnik wbija wzrok w drogę zasypaną po wczorajszym ataku tłuczonym szkłem.

– Strzelałeś do bezbronnej, niewinnej kobiety?! – Dziewczyna przyskakuje do wielkoluda wyższego od niej o dwie głowy i zaczyna na oślep okładać go pięściami.

– Nie trafiłem… to było tylko ku przestrodze… – osiłek tłumaczy się jak dziecko.

– Gdzie pobiegła?

– Tam – pokazuje palcem na drugą stronę autostrady.

– Ty złoczyńco! Allah ci odpłaci pięknym za nadobne. Oby ktoś strzelał do twej matki! – Marysia rzuca *fatwę*[1]

[1] *Fatwa* (arab.) – klątwa.

na najemnika. – Życzę ci tego z całego serca! – szepcze przez zaciśnięte zęby. – I oby trafił. – Popiera swoje słowa parokrotnym opluciem mężczyzny.

– Przygotuj papier. – Raszid spokojnie wydaje polecenie. – Rzeczy pozostawione w aucie weźmiemy ze sobą. Należą do córki poszkodowanej. A skargę złożymy jeszcze dziś, i to na samej górze.

– Ale…

– Masz jakiś problem z wykonywaniem poleceń wyższych rangą oficerów?

– Co z samochodem? Weźcie, jak chcecie. Nie ma go na stanie, jeszcze nie spisałem protokołu. – Żołnierz teraz już usłużnie patrzy Raszidowi w oczy.

– Mam w dupie ten samochód! Sądzisz, że go potrzebuję? – pytając, Raszid wskazuje na nowiutkiego lincolna, którym przyjechał.

Marysia jak niewidoma przechodzi przez ruchliwą o tej porze autostradę. Dookoła słychać jedynie dźwięk klaksonów i pisk kół hamujących i omijających ją samochodów. Raszid puszcza się za nią biegiem. Dziewczyna ma szósty zmysł. Trafia prosto w miejsce, gdzie wczoraj Dorota targała koszulę i zakładała sobie opatrunek na przestrzeloną łydkę. Pozostały tam rękawy i kołnierzyk, na których widać duże czerwone plamy krwi. Dziewczyna bierze strzępy materiału do ręki i przytyka je do twarzy. Klęka i widzi na piasku zaschniętą bordową kałużę.

– Strzał ostrzegawczy?! – Aż charczy z wściekłości, a w jej oczach pojawiają się groźne błyski. – Ja go zabiję, zadźgam skurwysyna! Nie, mam lepszy pomysł! Muaid ma broń, przyjadę tutaj i ostrzegawczo zastrzelę jak psa! – Marysia szamocze się w mocnym uścisku Raszida, który zdecydowanie osadza ją w miejscu.

– Jak teraz wylądujesz w więzieniu, to nigdy nie odnajdziesz matki – spokojnie stwierdza. – Takie rzeczy załatwia się u nas inaczej. – Patrzy jej głęboko w oczy. – Zostaw to rodzinie.

Do samego zmroku wojsko i policja szukają tropu po zranionej przez najemnika kobiecie. Jednak pustynia jest ogromna i wchłonęła swoją ofiarę bez śladu.

Zawijska tragedia

Chadidża jak zawsze wstaje o szóstej rano. Lubi te poranki, kiedy dom jeszcze śpi, a ona w koszuli nocnej schodzi na paluszkach do kuchni i parzy ulubioną kawę z kardamonem. Poranny szatan stawia ją na nogi i utrzymuje w ruchu aż do popołudnia, kiedy pije następnego. Z gorącym kubkiem wychodzi na taras, siada przy stole w wygodnym ratanowym fotelu i rozkoszuje się zapachem małej czarnej, ziemi i wiosennych kwiatów. Ptaki o tej porze dnia są niezwykle aktywne i robią wiele hałasu w otaczających dom oleandrach, niskich sosnach i wysokich eukaliptusach. Pszczoły i bąki lecą zaś do bugenwilli, które kładą się na całej jednej ścianie domu oraz na ogrodzeniu. Jakież to życie jest niesprawiedliwe, rozmyśla Chadidża. Siedzę tutaj w spokoju i ciszy, a niedaleko stąd ludzie do siebie strzelają i zabijają się nawzajem. Chociażby w Bengazi! Takie ładne miasto z cudną promenadą wzdłuż morza, lecz cały czas dręczone i gnębione przez Kaddafiego, jego wojsko i służby. Co on chce od ludzi z tej prowincji? Opowiada, że są płatnymi mordercami, fundamentalistami czy wręcz terrorystami należącymi do Al-Kaidy. Ależ banialuki!

Podenerwowana przymyka oczy i wystawia twarz na delikatne o tej porze promyki słońca. A jakie nieszczęście po raz kolejny spotkało Dorotę?! Kto to wie? Kobieta marszczy ze zmartwienia czoło i łzy napływają jej do oczu. Przyjechała z córką w podróż sentymentalną i zniknęła. Ponownie zaznała w Libii niesprawiedliwości i znowu stało się to za sprawą mojego podłego brata. Ilu jeszcze ludzi może on skrzywdzić?! Na Allaha, ktoś powinien go powstrzymać, i to obojętne jakim sposobem. Wzdycha, ociera wilgotne oczy i siada wyprostowana, patrząc przed siebie z gniewem. Na wspomnienie Ahmeda robi mi się niedobrze, stwierdza, wyginając w dół kąciki ust. Dzisiaj się nie zrelaksuję, szkoda czasu na siedzenie, dochodzi do wniosku i ciężko wstaje, kierując się do dziecięcych pokoi. Na górze w małżeńskiej sypialni słyszy już ruch i puszczoną wodę w łazience. Jej cudowny mąż, jak zawsze z rana, wygwizduje jakąś zagraniczną melodię. Raz jest to tango, raz walc, raz dyskotekowy przebój. Próbuje rozpoznać, co tym razem, lecz macha ręką i daje za wygraną. Czeka ją teraz najmniej przyjemna część poranku – budzenie maluchów, które nie znoszą wcześnie wstawać. Znów będzie kwik i krzyk, ale co zrobić? Dzieci Abbasa są lepiej ułożone od ich wspólnych. Dwunasto- i jedenastolatek słuchają poleceń i noga za nogą idą do łazienki, lecz Asir i Munira wchodzą swojej mamusi na głowę. Zabawa w budzenie trwa dobre pół godziny.

– Mamuniu, mamuniu, bo my mamy pomysł – zaczyna

najodważniejszy ośmioletni Asir w przerwie między jednym czekoladowym puddingiem a drugim.

– Aż się boję – śmieje się Chadidża, prędko pakując do plastikowych pojemniczków drugie śniadanie dla dzieci i męża.

– Wszyscy cię będziemy prosić. – Chłopak kopie pod stołem swoich przyrodnich braci i siostrę, która od razu zaczyna beczeć.

– Mówiąc krótko – głos zabiera najstarszy Abdalla. – Chcielibyśmy rozpocząć sezon letni i zrobić dzisiaj grilla nad basenem. A może też troszeczkę się pokąpać?

– Sezon letni, mówisz? – Chadidża postanawia nieco się podroczyć. – Ale mamy dopiero wczesną wiosnę…

– Ależ jest ciepło jak w lecie! – Asir się nie poddaje.

– Mary, jak przyjdzie, może tam trochę posprzątać, rozścielić matę, ustawić leżaki i dolać parę wiader z gorącą wodą do zbiornika. – Abbas wchodzi do jadalni i od razu włącza się do rozmowy.

– Dzięki, tatusiu! – Dzieciaki z piskiem rzucają się na mężczyznę i obcałowują go na chybił trafił.

– Zaraz, zaraz, to przecież mnie ktoś pytał o pozwolenie! – Chadidża nie wygląda na najszczęśliwszą. – To dla mnie szykuje się dodatkowa robota, ale ty jesteś ten dobry. – Ściska usta i udaje, że się gniewa.

– My pomożemy! – Teraz pociechy obracają się w jej kierunku i wywracając plastikowy dzbanek z sokiem pomarańczowym oraz pojemnik z jogurtem, przez stół, na oślep usiłują się dostać do kochanej mamy, żeby i jej okazać swoją miłość i wdzięczność.

– Wariactwo! Co w takim razie mam kupić w mieście? – pyta udobruchana, usiłując zapanować nad szerzącym się chaosem.

– Malutkie pizze... *buriki* z mięskiem... też ze szpinakiem i fetą... briosze z chrupiącym cukrem... *chobza misrija*[1]... *falafil*[2]... szwormy... kebaby... – przekrzykują się, wymieniając życzenia.

– Hej, miał być grill, a wy zamawiacie ilości gotowego jedzenia jak dla pułku wojska – śmieje się rozbawiona.

– A ja bym chciała tylko amaretto[3] – siedmioletnia, malutka jak na swój wiek Munira w końcu zostaje przez chłopaków dopuszczona do głosu.

– Ostatniusieńka prośba. – Asir oblizuje wargi językiem. – Troszeczkę *kakawijji*[4], okej, mamuś?

– *Quejs*[5] – całkiem już rozbrojona zgadza się na wszystko.

– O której zaczynacie? – pyta ojciec na odchodnym. – Urwę się z pracy i do was dołączę. Aktualnie nikt nie jest zainteresowany kupnem samochodów, więc na jedno popołudnie można zamknąć salon.

– O pierwszej! – krzyczy Samir.

– O drugiej! – Asir poprawia.

– Dobrze, jakoś tak będę.

[1] *Chobza misrija* (arab.) – cienki chleb w formie placków, przypominający pitę.

[2] *Falafil* (arab.) – placki z bobu.

[3] Amaretto – w tym przypadku chodzi o makaroniki migdałowe.

[4] *Kakawijja* (arab.) – orzeszki ziemne (makaroniki z nich).

[5] *Quejs* (arab. libij.) – dobrze.

– A nie moglibyśmy tej zabawy zorganizować w weekend? – przez matkę przemawia jednak głos rozsądku.

– Jutro już jest wolne, pani ogłaszała wczoraj w szkole, więc można uznać, że zaczyna się weekend – tłumaczy najstarszy Abdalla.

– Ale dlaczego? Z jakiej okazji? – dziwi się kobieta.

– Uniwersytety już dawno zamknęli – wyjaśnia Abbas. – Nie chcą, żeby młodzież się gromadziła i coś knuła.

– Ależ to są dzieci! – Chadidża nadal nie pojmuje. – Co one mogą antyrządowego zrobić? W najgorszym przypadku rozbić szybę w oknie. Co za głupota! – załamuje ręce.

– Nic to, pędźcie do szkoły, bo nie wiadomo, kiedy znów ją otworzą. – Ojciec każdemu pomaga założyć plecak, a mama wręcza śniadaniówki. – Już wasz bus trąbi! *Jalla*!

– Hurra! – Żywe jak iskierki, lecz przy tym czułe, kochające i urocze dzieciaczki wybiegają przed dom.

* * *

Chadidża wsiada do swojego ulubionego małego peugeota 207 i zastanawia się, jak zaplanować dzisiejszy dzień. Szkoda, że nie mogę skontaktować się z Raszidem, wzdycha. Od Dnia Gniewu i pierwszych manifestacji chłopak więcej przebywa w Trypolisie niż w domu, a teraz, po porwaniu Doroty, całkiem przeniósł się do Muaida, tłumacząc rodzinie, że musi pomóc kuzynowi w szpitalu. Matka jednak wie swoje. Śliczna Miriam zawróciła mu w głowie, a to niedobrze, żeby tak bliskie kuzynostwo zadawało się ze sobą. Poza tym ona ma przecież męża!, Chadidża aż fuka z oburzenia.

Miejmy nadzieję, że cała ta zawierucha ucichnie, wyjaśni się sytuacja z Dorotą i dziewczyna wróci do siebie. Kobieta podejmuje jeszcze jedną próbę połączenia telefonicznego, lecz z rozczarowaniem odsuwa komórkę od ucha. Co za diabelski pomysł z tym wyłączaniem telefonów! A jak ktoś byłby chory? Jakby miał wypadek samochodowy? Co robić w takiej sytuacji? Uważać, teraz trzeba na siebie uważać i w nic się nie mieszać, odpowiada sama sobie. Cała ta rewolucja na pewno skończy się tak szybko, jak się zaczęła. Chadidży jest wszystko jedno, kto rządzi jej krajem, byleby było spokojnie i dało się żyć. Każdy następny, który zajmie miejsce Kaddafiego, też będzie oszukiwał i kradł, nawet jeszcze więcej, bo zapewne będzie miał puste kieszenie, które trzeba będzie napełnić.

Małe czerwone autko wjeżdża wąskimi uliczkami do Zawii. Miasto jest dziwnie opustoszałe, nie widać kobiet robiących zakupy, dzieciaków, które wagarują, ani mężczyzn pędzących gdzieś w interesach. Sklepikarze pochowali swoje towary do środka i zabezpieczyli witryny czarnymi workami lub kawałkami dykty. Co jest grane? Chadidża czuje walące mocno serce, marszczy czoło i postanawia błyskawicznie zaopatrzyć się w zamówione produkty i wracać do siebie na peryferie. Zaczyna od piekarni, gdzie kupuje jeszcze gorące chlebki, a później pędzi do cukierni.

– *Ahlan*[1], Chadidża – słyszy za sobą głos przyjaciółki. – Co tak się spieszysz? Masz gości na obiedzie?

[1] *Ahlan* (arab.) – cześć.

– Dlaczego nasza ruchliwa Zawia wygląda dzisiaj jak miasto duchów? Co się dzieje? Ja nie chcę się w nic wplątać, jestem spokojnym obywatelem, a nie żadnym rebeliantem.

– Ci, czyś ty zgłupiała?! – Koleżanka kładzie palec na ustach rozmówczyni. – Tego słowa nawet nie należy wypowiadać. Kupuj, co tam masz w planach, i chodź do mnie na kawę, to ci wszystko wytłumaczę. Jedno jest pewne – szepcze jej na ucho. – Jak się będą tłukli, to o rafinerię czy terminal, a nie o rozlatujące się ze starości kamienice. Ja mam najbezpieczniejszy punkt obserwacyjny pod słońcem, bo rezyduję – robi zabawną minę – w zagrzybionej czynszówce przy samym ryneczku naszej cudownej mieściny. Bogu dzięki nie jest to miejsce ani na demonstracje, ani na walki. I przede wszystkim zdecydowanie za dużo cywilów! – Chwyta przyjaciółkę pod ramię i po zapłaceniu w kasie ciągnie do wyjścia. – Gdzie stoisz?

– Przy placu, koło meczetu – odpowiada zdziwiona Chadidża. – A co?

– Strzeżonego Pan Bóg strzeże. Zaparkuj lepiej na tyłach mojej kamienicy. Zawsze znajdziesz miejsce koło kontenera na śmieci z taką samą ilością odpadków, jak i szczurów – śmieje się. – Czekam na ciebie. Dzieciaki dopiero za dwie godziny wychodzą ze szkoły, to mamy trochę czasu dla siebie.

– Ale…

– Nie ma żadnego ale, dla ciebie zawsze jest nieodpowiednia pora. Za bardzo się poświęcasz rodzinie, pomyśl trochę o swoich przyjemnościach.

Chadidża nie chce urazić przyjaciółki ani wyjaśniać jej, że najlepsze momenty jej życia są związane właśnie z domowym ogniskiem i tak naprawdę nikogo obcego do szczęścia nie potrzebuje. Rodzina to cały jej świat, ostoja, radość i raj na ziemi.

– Kawka gotowa. – Fauzija wnosi dzbanek, dwie filiżanki i dwie szklanki z lodowatą wodą oraz talerzyk z właśnie zakupionym ciastkami. – Może napijemy się na balkonie? Będziemy miały świetne miejscówki do monitoringu, a nas nikt nie zobaczy, bo siądziemy sobie za parawanem z bluszczu. Patrz, jaki przyjemny kącik urządziłam – chwali się dumna, stawiając napoje na metalowym stoliku przykrytym jasnym haftowanym obrusem. – Teraz nawet tutaj obiady jadamy.

– Rzeczywiście... – Chadidża jest dziwnie podenerwowana i chciałaby już znaleźć się we własnym domu.

– Brakuje nam przestrzeni, ogrodu, pustyni – skarży się przyjaciółka. – Jednak nadal w nas, Libijczykach, płynie krew Beduinów czy Berberów, nie da się tego ukryć.

Po piętnastu minutach, które dla odwiedzającej trwają wieczność, Chadidża podnosi się i szykuje do wyjścia.

– Jesteś niereformowalna – śmieje się wyrozumiała Fauzija. – Ciebie nie da się zaprosić samej, trzeba od razu z chłopem i całą tą rozwrzeszczaną dzieciarnią.

– Przepraszam, kochana, ale znasz mnie nie od dziś, a kiedy jeszcze są takie rozruchy, to drżę o nich cały czas – tłumaczy się. – Wiesz, że nasz dom jest na drodze dojazdowej do rafinerii, więc po tym, co mi teraz powiedziałaś, myślę, że zabiorę dzieci i pojedziemy do siostrzeńca do Trypolisu. Może tam będzie bezpieczniej.

– Nie panikuj, to nie region Bengazi! U nas przeciwników reżimu możesz policzyć na palcach jednej ręki. – Koleżanka głaszcze roztrzęsioną kobietę po twarzy i mocno przytula. – Mieszkańcy Zawii to zabiegane kobiety, rozwrzeszczane bąki, zaharowani zwykli mężczyźni i cała góra staruszków. Popatrz tylko, przyjrzyj się! Babki i dziadkowie siedzą na balkonach, w oknach, na progach domów czy w bramach, palą szisze, grają w kulki i międlą coś swoimi bezzębnymi dziąsłami. Tutaj nie ma z kim walczyć! Zawia to najspokojniejsze miejsce pod słońcem. Sama tak zawsze mówiłaś i dlatego tutaj się przeniosłaś. Odpuść sobie ten Trypolis, gołąbeczko.

– Ale teraz to już polecę, dobrze?

– No dobrze, dobrze…

W tym momencie do uszu kobiet dochodzi nasilające się dudnienie, łoskot i wycie silników. Lecz nie są to dźwięki, które wydają samochody, autobusy czy nawet traktor. Trzymając się krat, wyglądają na rynek, na który wtacza się kolumna wozów bojowych i czołgów. Obok biegnie grupa żołnierzy w mundurach libijskiej armii. Na chodnikach powstaje zamieszanie, wszyscy chowają się do bram, sklepikarze opuszczają żaluzje i zatrzaskują drzwi, a spóźnialscy przebiegają przez środek placu, usiłując gdzieś się ukryć. Zostaje oddany pierwszy strzał i stojący na jego linii mężczyzna, który niesie na ręku dwuletnie dziecko, pada twarzą w piach skwerku. Malec płacze, a jego opiekun nie wykonuje już żadnego ruchu. We wszystkich oknach i na balkonach pojawiają się twarze ciekawskich.

– Spokojne miejsce – szepcze zaskoczona Fauzija i przyjaciółki patrzą sobie głęboko w oczy. – Czego oni tutaj, do diaska, szukają?! Czego chcą?!

Chadidża otwiera usta i chrapliwie oddycha. Bieleją jej nadgarstki na dłoniach, które wpiły się w kraty. W głowie ma pustkę, nic z tego nie rozumie. Dlaczego? Jak to? Przecież tutaj są sami cywile!

W tej chwili od mieszczącego się po drugiej stronie placu budynku *baladii*[1] padają strzały, najpierw pojedyncze, a potem już całe serie. Czołgi ruszają przed siebie i zaczyna się regularny ostrzał. Ci, którzy opanowali urząd, rzucają przez okno granaty i po chwili sypią się wszystkie szyby z okien pobliskich domów mieszkalnych. Gwałtownie otwierają się odrzwia biura emigracyjnego, staje w nich wysoki mężczyzna w zwykłym ubraniu i w arafatce na głowie, opiera na ramieniu granatnik przeciwpancerny i celuje przed siebie w stronę czołgów. Oddaje strzał i jedna rządowa maszyna wylatuje w powietrze, a potem zaczyna się palić. Wyskakują z niej z krzykiem przerażeni żołnierze i odbiegają na bok, kryjąc się w zaułkach kamienic. Teraz już siły rządowe nie na żarty otwierają ciągły ogień. Z budynku *baladii* sypie się tynk, odpadają kawałki ścian i wylatują framugi okien. Cały rynek spowija coraz gęstsza chmura kurzu i dymu. Wojaków przybywa, napływają teraz z wszystkich wąskich uliczek prowadzących na centralny plac miasta. Puszczają serie na chybił trafił w stronę urzędu miejskiego, urzędu emigracyjnego

[1] *Baladija* (arab.) – urząd miejski.

i banku, ale też oddają pojedyncze strzały w kierunku kamienic. Głowy zszokowanych mieszkańców chowają się. Fauzija i Chadidża trzymają się mocno za ręce. Nie wiedzą, co mają ze sobą począć, i głuche od kanonady stoją jak sparaliżowane. Wejście z balkonu do mieszkania jest najwyżej dwa metry od nich, jednak już niezakryte bluszczem i całkowicie odsłonięte dla obserwatorów z ulicy. W pewnej chwili wśród strasznego hałasu i huku dobiegającego z ulicy Chadidża słyszy tuż przy swoim ramieniu ciche puknięcie. Patrzy zaniepokojona w tym kierunku i widzi na białej bluzce przyjaciółki malutką czerwoną plamkę tuż przy piersi. Z każdą sekundą zaciek się powiększa, a zdziwione oczy Fauzii blakną, gasną i uciekają do góry. Kobieta miękko osuwa się na podłogę balkonu i teraz leży cicho na boku, tak jakby spała. Zmrożona strachem Chadidża stoi w miejscu i wytrzeszcza oczy na to, co dzieje się na dole. Ostatnie strzały na placu cichną, brygada żołnierzy wbiega do urzędu i wewnątrz słychać głuche wybuchy. Czarni najemnicy w narodowych mundurach gwardii rozpoczynają „sprzątanie" rynku. Na środku w wyniku walk powstał wielki dół po wybuchu i do niego zostają wrzucone ciała zabitych. Będzie ich około trzydziestu plus małe dziecko, które zginęło na początku. Jeden wysoki żołdak rozgląda się dookoła i drapie po głowie. Następnie idzie do ciężarówki i przynosi z niej kanister z benzyną. Polewa zwłoki, podpala, a następnie obserwuje efekty swojej roboty. Znad zbiorowego grobu unosi się gęsty, słodki, dławiący dym. Wojacy zapalają papierosy i opowiadają sobie jakieś dykteryjki, śmiejąc się z nich głośno. Chadidża rzuca się biegiem do wyjścia, gna po schodach, przecina wewnętrzne podwórko, jednym kopnięciem rozwala metalową zardzewiałą furtkę na tyłach i siada za kierownicą samochodu.

Kobieta prowadzi auto jak nieprzytomna, lecz robi to bardzo ostrożnie i powoli. Mocno trzyma kierownicę i pulsująco naciska gaz. Nie może zebrać myśli, w głowie ma mętlik. Po jakimś czasie, kiedy wpadające przez uchylone okno świeże powietrze rozświetla jej umysł, zaczyna się zastanawiać, która jest godzina. Już na pewno grubo po południu, dochodzi do wniosku, spoglądając na słońce. Boi się oderwać rękę od kierownicy i spojrzeć na zegarek. W jej sercu tli się tylko nadzieja, że skoro szkoła, do której chodzą dzieci, jest tak jak ich willa na obrzeżach miasta, to maluchy bezpiecznie dotarły do domu. Wszystko będzie dobrze, przekonuje samą siebie, ta wojna nas nie dotyczy. My nie jesteśmy żadnymi rebeliantami, wywrotowcami czy nie wiadomo kim! Staje jej teraz przed oczami obraz mężczyzny z dzieckiem, który został zabity jako pierwszy, i zdecydowanie dodaje gazu. Na dojazdówce do oddalonej od głównej drogi nieruchomości widzi parę wojskowych ciężarówek i czołg. Pojazdy stoją na poboczu, otoczone gwałtownie gestykulującymi i głośno rozmawiającymi żołnierzami. Na horyzoncie widać wielkie zbiorniki rafinerii. Pilnują urządzeń strategicznych, pojawia się w jej głowie cytat z jednego z przemówień wodza w państwowej telewizji. Podjeżdża do ogrodzenia, mija otwartą na oścież bramę i parkuje tuż przed wejściem do domu. W bagażniku ma pełno paczek z zimnym już jedzeniem. Zapewne maluchy będą złe, że nie przywiozłam im na czas zamówionych rzeczy, ale lepiej późno niż wcale, ciężko wzdycha, bo nie lubi nie dotrzymywać dawanych obietnic. Rozgląda się dookoła i czuje dławienie w gardle. Dziwi ją, że żadne z dzieci jej nie wita. Abbas też już powinien być.

– *Mam.* – Z oliwnego gaju, który zakrywa widok do wnętrza ogrodu, wychodzi zgarbiona i obszarpana Mary, ich erytrejska gosposia. – Nieszczęście, *mam* – zaczyna wyć jak zarzynane zwierzę i zgina się wpół, chwytając za zapadnięty brzuch. – To nie moja wina, ja szłam właśnie z tacą pełną kanapek… – przerywa, bo brakuje jej tchu.

Chadidża odskakuje od auta, podbiega do popielatej na twarzy kobiety i zauważa na jej sukni jakieś bordowe plamy. Służka włosy ma w całkowitym nieładzie, bose stopy i brudne od ziemi ręce.

– Gdzie są dzieci?! Gdzie pan?! – Chwyta ją za ramiona i potrząsa. – Co się stało?! Mów!

Służąca pokazuje tylko palcem na ukryty w głębi ogrodu basen. Potopili się!, w głowie troskliwej matki pojawia się makabryczny scenariusz. Ale przecież wszyscy świetnie pływają! Powoli kieruje się w stronę miejsca pikniku. Porusza się, jakby była oklejona watą, uszy ma zatkane i dochodzi do niej tylko jakiś bliżej nieokreślony szum. Nie czuje bicia serca ani gruntu pod nogami. Zauważa jedynie Mary truchtającą obok niej i poruszającą ustami. Murzynka parokrotnie chwyta się za kręcone włosy i wyrywa je z głowy garściami. Chadidża staje w odległości paru metrów od miejsca, gdzie powinien znajdować się basen.

Zamiast niego oraz miejsca na grilla jest tylko dziura w ziemi. Błotnista maź klei jej się do stóp, bo woda ze zbiornika wymieszała się z ziemią, fragmentami kolorowych tkanin, młodymi liśćmi z drzew i zieloną trawą.

– Ja pozbierałam, co mogłam, to pozbierałam... – jak nie z tego świata dochodzi do matki chrapliwy szept Murzynki. – Może zaczekamy na pana, lepiej zaczekajmy – odciąga Chadidżę z miejsca tragedii. – Chodźmy do domu, pani się położy...

Kobieta wyrywa się, zrzuca klapki i na bosaka przechodzi po błocie na drugą stronę jamy. Coś wchodzi jej między palce u stóp, lecz nie widzi przez breję zakrywającą je aż do kostek. Pochyla się i z gliny wyciąga maleńką dłoń Muniry ze złotym pierścionkiem na serdecznym palcu. Wytrzeszcza oczy, wstrzymuje oddech, a następnie wydaje z siebie nieokreślony charkot, tak jakby się dusiła. Mary chwyta się brudną ręką za usta, przeraźliwie piszczy, a następnie przyskakuje do matki i chce odebrać jej szczątki dziecka.

– Nie! – Chadidża osadza ją wzrokiem i przytula ułomek córeczki do serca. Dochodzi do potarganego pledu rozłożonego pod najbliższym zachowanym oliwnym drzewem. Leżą na nim fragmenty ciał dzieci, które jeszcze dzisiaj rano śmiały się i psociły. Zginęły wszystkie, Chadidża rozpoznaje ręce i nogi synów Abbasa, znajduje roztrzaskaną czaszkę z kawałkiem korpusu wesołego Asira oraz biodra z dziwnie powyginanymi chudymi nóżkami małej Muniry. Na okrągłej pupie trzymają się jeszcze kąpielowe majteczki w niebieskie uśmiechnięte kaczuszki. Siada wśród kawałków pokiereszowanych ciał i kurczowo trzyma w dłoni rękę swojej ukochanej córeczki. Tak zastaje ją Abbas.

– Zablokowali drogi, w ogóle nie dało się przejechać! – z tymi słowy, śpiesząc się na grilla, mężczyzna wbiega do ogrodu.

Zatrzymuje się w pół kroku, nabiera powietrza do płuc i już go nie wypuszcza. Przestaje oddychać.

– To musiała być bomba – mówi cicho, jednocześnie w ciągu jednej sekundy zalewając się potem i bordowym rumieńcem. – Jakiś samolot... pomylił się...

Wykonuje jeden krok do przodu, tak jakby chciał potowarzyszyć żonie i dzieciom w makabrycznym biwaku, lecz chwilę później rozmyśla się, odwraca i biegnie do bramy wjazdowej. Po drodze zdejmuje marynarkę i rzuca ją w piach. Podwija rękawy koszuli. Z niedalekiej odległości słychać jego krzyk i głośne odpowiedzi mężczyzn. Głosy zbliżają się do miejsca zdarzenia. Za Abbasem na teren posiadłości wchodzi grupka znudzonych, ziewających żołnierzy.

– Czy coś wam wiadomo na ten temat?! – Abbas, trąc czoło, pokazuje na lej po pocisku.

– Niii, my tylko stoimy przy drodze i sprawdzamy przejeżdżających – odpowiada pierwszy odważny, nie rozumiejąc za dobrze, co się tutaj stało.

– Ale stoicie czołgiem – nieugięcie indaguje cywil. – Czy nikomu nie zechciało się postrzelać?! – podnosi głos.

– Kolumna przejeżdżała... – zaczyna inny mundurowy, widać, że czystej krwi Libijczyk. – Wszyscy strzelali do wiwatu, a jakiś jeden debil pomylił karabin z wyrzutnią granatów przypiętą do niego. Niechcący oczywiście. To chyba będzie to. Tak gdzieś było koło pierwszej po południu.

– Tak, wtedy to się stało, wtedy! – wykrzykuje służąca, potakując gwałtownie głową i pokazując na winnych palcem.

– Pomylił... wystrzelił... niechcący... Ot co. – Abbas nie ma siły na rozmowę z głupcami i ciężko dyszy, rozwścieczony ich ignorancją i nieczułością. – Niechcący zabił niewinne bezbronne dzieci! I już. – Mężczyzna ironicznie wygina wargi i rozkłada ręce na boki, lecz po chwili wpada w szaloną furię, wyrzuca ramiona do góry, targa włosy i drepcze w miejscu. Chadidża, siedząc na ziemi wśród szczątków swoich najukochańszych, patrzy z niedowierzaniem to na męża, to na służkę, to na beztroskich żołdaków.

– Panie, myśmy tego nie zrobili, to była grupa najemników, a my jesteśmy rodowici Libijczycy – tłumaczy starszy mężczyzna, wlepiając oczy w pled i kawałki ciał, które się na nim znajdują.

– Też w mundurach, naszych narodowych, też armia... – Abbas zawiesza głos i wygląda, jakby miał zaraz umrzeć na zawał serca.

– Możemy zgłosić to do dowództwa i winny na pewno zostanie ukarany...

– I zwróci mi to dzieci?! Czwórkę pociech? Będę dzięki temu z powrotem miał szczęśliwą rodzinę?!

Abbas nagle doznaje olśnienia, co widać po groźnym błysku w jego zawsze łagodnych oczach. Odwraca się plecami do towarzystwa i kieruje w stronę garażu. Mężczyźni, kiedy dochodzi do nich bezmiar nieszczęścia, jaki dotknął porządną rodzinę, przestępują z nogi na nogę, drapią się po głowach, wbijają wzrok w ziemię i nic nie mówią. Słychać szybkie kroki powracającego Abbasa i przeładowanie broni.

– Do was chyba tylko to dociera! – krzyczy, oddając z trzymanego w ręce kałasznikowa salwę w powietrze. – Jednak to racja, że niektórych trzeba wyplenić jak wściekłe psy, jak zarazę. Oko za oko, ząb za ząb! – to mówiąc, bierze na cel całą grupę. Najodważniejszy oficer rzuca się w jego kierunku i podbija strzelbę, jednak przed obezwładnieniem przez wojskowych jedną serię udaje mu się wystrzelić. Nikogo nawet nie drasnął.

– Patrz, jaki dzikus! – mówi osiłek z brygady, który siedzi Abbasowi na plecach i wykręca do tyłu ręce. – A człowiek takiemu jeszcze współczuł!

– Daj spokój. – Starszy wojak poklepuje kolegę po ramieniu. – Zabieramy broń i idziemy.

– On powinien wylądować na policji albo od razu w więzieniu – włącza się kolejny młody, którego Abbas nieźle nastraszył. – Zapewne ten karabin posiada nielegalnie. Może to rebeliant?

– Mówię do wozu i spierdalać! Słyszano?! – oficer wydaje służbowe polecenie. – Nie dyskutować, szeregowy! Ci ludzie już dość dostali za swoje, żadna kara więcej nie jest im potrzebna.

Żołnierze tyłem wycofują się do bramy, ciągle obserwując teren przed sobą i szalonego mężczyznę, który odważył się do nich strzelać. Rodzina nadal tkwi tam, gdzie kiedyś znajdował się piękny basen wyłożony biało-niebieskimi kafelkami. Kiedy słońce zbliża się ku zachodowi, ich gosposia, kłaniając się w pas i całując zakrwawione ręce Chadidży, oddala się z miejsca tragedii. Rodzice pozostają na miejscu, nie chcąc po zmroku zostawiać dzieci samych daleko od ich ciepłych łóżeczek i rodzinnego domu.

Abbas wybiera numer w swojej komórce. Spróbuję, a nuż się uda, postanawia. Słysząc sygnał połączenia, ze zdziwieniem odsuwa aparat od ucha i patrzy na ekran, na którym wyświetla się imię Raszid.

– Tak? – jak z zaświatów dochodzi do niego głos chłopaka.

– Synku kochany – mężczyzna zaczyna słabym głosem. – Zawsze bardzo cię kochałem i ceniłem i nigdy nie uważałem za pasierba, tylko za moje własne dziecko.

– Ja też cię kocham, *baba*[1] – Raszid odpowiada zdziwionym głosem. – Coś się stało? – niepokoi się.

– Daj mi powiedzieć, bo nie mam zbyt wiele czasu. – Abbas ściska w ręce mały poręczny rewolwer z torby Muaida, którą tamten zostawił u niego na przechowanie. – Opiekuj się matką, ona cię teraz będzie bardzo potrzebować. I pamiętaj, nie mścij się. Allah zapłaci tym, którzy zgrzeszyli. Zemsta to bardzo zła rzecz. Pilnuj się i bądź zawsze takim dobrym człowiekiem jak do tej pory. Dziękuję ci za wszystko, synku. – Rozłącza się i zdecydowanym ruchem wsadza lufę pistoletu w usta. Pociąga za cyngiel.

[1] *Baba* (arab.) – tata.

IV

REWOLUCYJNA ZAWIERUCHA

Wojenne żniwo

Muaid wchodzi do domu, cicho przekręcając klucz w zamku, i delikatnie zamyka ciężkie drewniane drzwi. Jest godzina jedenasta w nocy i mężczyzna ledwo porusza nogami, na których jest od szóstej rano. Przygarbiony przemierza na palcach wielki mroczny salon, w którym pali się tylko jedna mała lampka przy ścianie.

– Cześć! – wykrzykuje przerażony, kiedy biegnący do wyjścia Raszid niechcący na niego wpada. – Co słychać? – Chwyta młodego mężczyznę za poły rozchełstanej bawełnianej bluzy. W pomroce widzi tylko wielkie, dzikie oczy kuzyna, które stały się jeszcze ciemniejsze niż zazwyczaj, tak że nie można odróżnić źrenicy od tęczówki. – Słyszałeś, co wyprawia się w Zawii? – pyta, co zatrzymuje młodego, który cały zamienia się w słuch. – Jest otoczona przez siły Kaddafiego! Mamy w szpitalu antenę satelitarną nastawioną na programy z Bliskiego Wschodu i łapiemy Al-Dżazirę. Z katarskiej telewizji musimy się dowiadywać, co się dzieje w naszym własnym kraju.

– I co jeszcze mówili?

– Ponoć miasto jest w stanie oblężenia i żeby do niego wjechać, trzeba minąć kilka punktów kontrolnych. W rękach rebeliantów był urząd miejski przy głównym placu, ale nasza wspaniała armia użyła ciężkiej artylerii do ostrzału, więc chyba już jest po wszystkim. W centrum miasta strzelali z czołgów, wyobrażasz to sobie?

– Nie – chłopak mówi martwym głosem i chce już wyjść.

– Mam nadzieję, że nasza rodzinka nie pchała się dzisiaj do city na jakieś zakupy? Nie byliby aż tak nierozsądni. – Zapala górną lampę i z niepokojem patrzy na kuzyna, bo przy lepszym oświetleniu widzi emanujące z jego rysów ogromny ból i cierpienie, ujawniające się w szaleńczo przerażonych oczach i głębokiej pionowej zmarszczce na czole, której nigdy wcześniej u młodzika nie zauważył. – Czy coś się stało? – zadaje retoryczne pytanie, czytając odpowiedź z twarzy krewniaka.

– Abbas dzwonił, muszę jechać. – Raszid na chwilę obecną niewiele wie, ale jedno jest pewne: ojciec się z nim pożegnał.

– Jak to dzwonił, od dwóch dni ani razu nie podłączyli telefonów? – dziwi się Muaid i przykłada swoją głuchą komórkę do ucha.

– Widocznie miał połączenie od Pana Boga. – Młody mija Muaida i chwyta za klamkę.

– Jadę z tobą. Może przyda ci się pomoc ratownika medycznego.

– Dzięki, ale myślę, że raczej grabarza... – zawiesza głos. – I oczywiście kogoś z rodziny – kończy smutno.

***

Muaid w obecnej sytuacji coraz częściej jeździ małym ambulansem. Jest to najszybszy aktualnie środek transportu, a poza tym najbezpieczniejszy. Można też przy okazji komuś pomóc, bo normalne wezwanie karetki pogotowia stało się teraz prawie niemożliwe. Coraz rzadziej włączane są telefony, co całkowicie uniemożliwia pomoc ofiarom zarówno wypadków, jak i walk. Wojsko ma swoją łączność i własnych poszkodowanych przewozi do szpitali i ratuje, rebeliantów zaś likwiduje i całkowicie zaciera ślady.

Mężczyźni podjeżdżają pod nieoświetloną posiadłość Chadidży i Abbasa. Posesja wygląda na wymarłą. Patrzą sobie głęboko w oczy i z przerażeniem wysiadają z auta. Co się stało? Na pewno nic dobrego. Dlaczego oni? Tacy spokojni, nikomu niewadzący ludzie? *Wallahi*, tak jeden, jak i drugi w duchu wzywa imię Boga na pomoc.

– W wozie powinna być latarka. – Muaid otwiera tylną klapę. – Musimy jakoś dotrzeć do domu i nie złamać nogi. – Całkiem blisko słyszą szczekanie dzikich psów i dreszcz przechodzi im po plecach.

W mocnym świetle reflektora wchodzą przez otwarte na oścież drzwi do pustej willi. Dla kurażu zapalają wszystkie możliwe światła.

– Gdzie jest przełącznik na zewnętrzne oświetlenie? – Muaid nie jest najlepiej zorientowany.

Raszid naciska kontakt na tarasie i w tej chwili część frontową oraz ogród przy basenie zalewa ostre światło. Chłopak biegnie na piętro sprawdzić sypialnie dzieci i rodziców.

Pusto. W gabinecie ojca, którego okna wychodzą na tyły budynku, świeci się słabe światło. Syn bierze głęboki oddech i popycha uchylone drzwi. Jego oczom ukazuje się siedzący za biurkiem Abbas z nienaturalnie wygiętą do tyłu głową. Jego twarz jest poznaczona zakrzepłymi strużkami krwi, oczy szeroko otwarte patrzą w przestrzeń, a rozwarte usta są zdeformowane i osmalone. Górnej części czaszki nie ma, rozbryznęła się po pokoju, przyklejając częściowo do sufitu, ściany przy oknie i pstrząc w bordowe kleksy haftowane tiulowe firany. Raszid zamiera w bezruchu, oddycha głęboko i powoli, a szczęki ściska tak mocno, że aż mu zgrzytają zęby. Nie może oderwać dłoni od klamki, wydaje mu się, że jeżeli ją puści, to runie na ziemię. Drży na całym ciele i nie mogąc dłużej patrzyć na szczątki ukochanego taty, wbija wzrok w podłogę.

Po chwili powraca mu trzeźwość umysłu. Gdzie są dzieci? Gdzie jest matka? Dlaczego prosił, aby tylko nią się opiekować? A co z maluchami?, mózg chłopaka zaczyna pracować na najwyższych obrotach. Czemu Muaid nie wraca z ogrodu? Co on tam robi? Raszid rzuca się biegiem do schodów, pokonuje je po dwa stopnie, wlatuje do salonu, ślizga się na grubym wełnianym dywanie i zderza z niskim stolikiem kawowym. Upada, lecz zaraz podnosi się i gna w półmroku, przeciskając się przez chaszcze oleandrów i opuncji w stronę basenu. Targa ubranie i ręce, kolce kaktusów ranią go do krwi, lecz chłopak nie czuje bólu. Widzi stojącą zgarbioną postać Muaida, lecz nie ma ani brodzika, ani wyłożonej lastrikiem alejki wokół niego. Kuzyn, słysząc kroki za plecami, powoli się obraca.

Jego twarz jest ściągnięta z bólu, a w oczach malują się rozpacz i przerażenie. Raszid staje obok krewniaka. To, co ukazuje się jego oczom, przerasta siły człowieka. Po chwili odbiega na bok i wymiotuje do wielkiego leja po pocisku. Zgięty wpół zamiera nad dziurą w ziemi, nie chcąc powrócić do poprzedniego widoku.

– Musimy działać – szepcze Muaid, obejmując młodzieńca w pasie. – Twoja matka żyje i teraz nią musimy się zaopiekować.

Raszid podchodzi do potarganego, zakrwawionego pledu i dotyka zgarbionych pleców Chadidży, która leży zwinięta na boku pośród szczątków swoich dzieci. Kobieta patrzy przed siebie pustymi oczami i nie docierają do niej żadne zewnętrzne bodźce. Kurczowo zaciśnięte dłonie ma przyciśnięte do piersi.

– Mamusiu. – Chłopak pochyla się nad nią, otaczając biedną postać ramieniem. – Wstań, musimy iść. Chodź, pomogę ci. – Usiłuje ruszyć ją z miejsca, lecz w tym momencie kobieta zaczyna wyć dosłownie zwierzęcym głosem i gwałtownie zwija się w kłębek, dociskając kolana do samej brody. Młodzieniec odskakuje w panice i szoku.

– Mam w ambulansie środki uspokajające i… – Muaid biegnie w stronę pojazdu.

– Ale co z resztą? – pyta zupełnie zagubiony chłopak, kiedy kuzyn wraca, trzymając w jednej ręce przenośną apteczkę, a w drugiej jakąś białą tkaninę.

– Jak ojciec? – Muaid zadaje retoryczne pytanie, na które nie doczekuje się odpowiedzi. W pobliżu słychać wycie psów i w ciemnościach widać już nawet ich świecące dzikie ślepia. – Musimy zająć się pochówkiem. Zwierzyna wyczuwa padlinę…

– Padlinę?! – wrzeszczy oburzony brat zabitych.

– Przepraszam. Zapach… Jeśli zajmiemy się twoją matką, a ich zostawimy, to już nie będziemy mieli po co wracać.

– Po kogo, nie po co! – Raszid, jak chłopiec, wygina żałośnie usta w podkówkę, a po policzku spływa mu jedna, wielka jak groch łza.

– Musisz być twardy. Jesteś teraz opiekunem swojej chorej matki. – Starszy kuzyn głaszcze go po krótkich włosach. – Wniesiemy ją do domu – decyduje. – Jeśli tylko da się to zrobić.

Chadidża aż skacze, kiedy próbuje jej dotknąć. Ratownik medyczny nabiera środek uspokajający do strzykawki i błyskawicznie wykonuje zastrzyk w ramię. Po chwili oczy Chadidży robią się mniejsze, opadają jej powieki i usypia.

– Przepraszam, ale to konieczność. – Muaid rozkłada biały kaftan bezpieczeństwa. – Jeśli mamy zostawić ją samą, to musimy zabezpieczyć, aby później znaleźć na tym samym miejscu. – Raszid ściąga usta i nic nie mówi.

Zaczyna świtać. Delikatna biała mgiełka unosi się nad ogrodem, a różowy brzask spowija miejsce w tajemniczy ciepły całun. Ogrzana pierwszymi promieniami słońca ziemia zaczyna oddychać i pachnieć wiosną. Żółte mlecze, które pokrywają całe połacie trawy, wydają z siebie słodki, odurzający aromat. Ze stajni dochodzi rżenie konia i beczenie stadka baranów. Przez szczelinę wydostaje się na zewnątrz kolorowy mały kogucik, który swoim kukuryku oznajmia nastanie nowego dnia. Rześkie powietrze owiewa twarze mężczyzn, którzy usiłują skrępować nieprzytomną Chadidżę. Z trudem odrywają jej podkurczone ręce przyciśnięte do piersi. W tej chwili z garści kobiety wypada mała, poczerniała już dłoń jej córeczki. Raszid aż podskakuje, nie wytrzymuje i coraz głośniej zawodząc, zaczyna płakać jak pokrzywdzone przez los dziecko. Zgina się wpół, trzymając mocno za brzuch, łzy tryskają mu z oczu, katar leje się z nosa, a z otwartych ust ścieka ślina. Jego rozpacz nie ma granic. Po chwili siada na wilgotnej gliniastej ziemi i obejmuje głowę ramionami, skrywając twarz. Nie chce na to wszystko już dłużej patrzeć. Muaid czuje, jak ciche łzy smutku zalewają i jego twarz, a niewypowiedziany ból dławi go w gardle. Milczy, gryząc wargi aż do krwi. Wie, że to on, jako starszy i silniejszy, musi pomóc młodemu krewniakowi uporać się z tragedią, która go spotkała. Wyciera się, cicho siąka nos w rąbek koszuli i zagryza zęby. Unieruchomiona Chadidża spokojnie leży na plecach.

– Najpierw przynieś czarny worek z kuchni, bo nie możemy zostawić ich tutaj bez opieki – dyryguje. – Później zaniesiemy wszystkich do domu i zamkniemy drzwi na klucz. Trzeba pojechać do najbliższego meczetu po *szyrszaf abjad*[1] i ustalić z szejkiem, co i jak. Jeszcze tego ranka muszą zostać pochowani. Nikt z nas niczego nie zgłosi i nie będzie prowadził żadnego dochodzenia,

[1] *Szyrszaf abjad* (arab.) – całun; biała tkanina, w którą zawija się zwłoki przed pochówkiem; nie stosuje się trumny, tylko chowa zmarłego w całunie bezpośrednio w ziemi.

bo żeby zatuszować sprawę, rządowe kacyki gotowe są oskarżyć twoją rodzinę o nie wiadomo co, przyczepią etykietę, skonfiskują dom albo zrobią coś jeszcze gorszego. Wiesz, że u nas uwielbiają odpowiedzialność zbiorową i załatwianie spraw na czysto. Teraz musimy zapewnić bezpieczeństwo tobie i twojej matce. No idź już. – Muaid popycha ogłupiałego chłopaka w stronę domu.

Raszid porusza się jak robot, potykając co i raz na wystających z ziemi kamieniach i kępach zielonych traw. Po chwili przynosi trzydziestolitrowy worek na śmieci i gumowe kuchenne rękawiczki, lecz kuzyn ma już na rękach cienkie chirurgiczne. Ostrożnie zbierają szczątki swoich małych krewniaków i po sztuce delikatnie wkładają do torby. Na koniec ląduje w niej malutka dłoń ślicznej Muniry, którą brat bierze w dwa palce i wrzuca do wielkiego wora. Mężczyźni przenoszą wszystkich do domu i kładą w salonie na dole. Muaid jeszcze wyskakuje na piętro, aby zobaczyć, w jakim stanie jest Abbas. Trudno będzie komuś wmówić, że był to wypadek samochodowy. Taką wersję musi się wesprzeć grubą kasą. Podnosi z ziemi rewolwer i przypomina sobie, że po kłótni z Nadżlą zostawił tutaj na przechowanie torbę podróżną z niezłym wojskowym wyposażeniem. Gdybym tego nie zrobił, gdybym wziął ją do Trypolisu, wyrzuca sobie. Na Allaha, czemuż nasza rodzina musi być tak doświadczana przez los?!

W całkowicie opustoszałym domu Marysia nie może znaleźć sobie miejsca. W nocy słyszała jak przez mgłę jakieś głosy, kroki i trzaskanie drzwiami. Rano, kiedy się obudziła, sądziła, że znów miała koszmary, które często ją nawiedzają po zniknięciu matki. Jednak coś się musiało stać, czuje to szóstym zmysłem. Nie ma Muaida, który teraz codziennie zabiera ją do szpitala. Raszid miał im pomagać, a pokój babci, który chłopak zajmuje, również jest pusty, łóżko nawet nieruszone. Mija południe, Marysia zaś nadal siedzi na balkonie i wypatruje krewniaków. Uliczka przed domem jest prawie pusta, a kiedy ktoś już się pojawi, przemierza ją przyspieszonym krokiem. Przez cztery godziny wjechało na nią może pięć prywatnych samochodów osobowych, należących do mieszkańców okolicznych willi. W pewnej chwili pojawia się policyjna suka, dziewczyna zamiera, lecz policjanci sprawdzają tylko, czy jest spokój i porządek.

Muszę się czymś zająć, myśli Marysia. Nie będę, tak jak kiedyś moja mama, spędzać całego dnia na balkonie. Jakież to arabskie i jak mnie denerwuje, zagryza ze złości wargi. Bierze portfel, zagląda do kuchni, aby sprawdzić lodówkę i szafki, a kiedy się okazuje, że do jedzenia jest tylko spleśniała *chobza*, nadgniła sałata i parodniowy kuskus z mchem na wierzchu, postanawia wybrać się na zakupy. Z duszą na ramieniu przemyka wzdłuż murów i po chwili wychodzi na główną dwupasmową drogę, gdzie ruch jest prawie normalny. Uff, wzdycha. Najgorsze to bać się własnego cienia. Spokojnie kupuje jarzyny w warzywniaku i nieźle obładowana zmierza do małego, ale dobrze zaopatrzonego marketu na rogu. Kiedy ma już wszelkie niezbędne rzeczy, jest tego tyle, że brakuje jej rąk, aby się z wszystkim zabrać.

– Mogę zostawić u pana dwie siatki i zaraz po nie wrócić? – pyta sprzedawcę. – Mieszkam tuż obok, ale tyle rzeczy nie doniosę.

– Wiem, wiem, znam twoją rodzinę od lat, a ty masz w sobie coś z *saidy* Nadii – śmieje się mężczyzna przyjaźnie. – Mój synek ci pomoże, *mafisz muszkila.*

– Dziękuję ogromnie. – Marysia jest szczęśliwa, bo czuje się znów jak w domu.

Dochodzi do wniosku, że taka bezinteresowna życzliwość jest możliwa tylko tutaj, w Libii. Kto by pomógł człowiekowi, a szczególnie kobiecie, na przykład w takiej Arabii Saudyjskiej? Nikt! Może jedynie Filipińczyk, któremu musiałaby za to zapłacić. Uśmiecha się z przekąsem pod nosem. Po powrocie wypakowuje zakupy do lodówki i szafek, a później ze szklanką wody wychodzi do ogrodu. Otwiera paczkę papierosów, które znalazła w torebce Doroty, i zaciąga się po raz pierwszy od niepamiętnych czasów. Popalała trochę w Jemenie, ale po przyjeździe do Saudi nawet jej to do głowy nie przyszło. Ogląda z każdej strony trzymaną w ręce paczkę marlboro i zastanawia się, czy mama ma co teraz palić. Mama, gdzie ona jest? Łzy napływają dziewczynie do oczu, lecz łyka je w ciszy i zaciska wargi. Na pewno żyje, na pewno wróci do mnie, na pewno ponownie się spotkamy, przekonuje samą siebie.

– Kto tam? – Marysia po paru godzinach spędzonych w kuchni słyszy trzaśnięcie wejściowych drzwi.

– Dobrze, że nigdzie nie wychodziłaś. – Muaid obejmuje kuzynkę, spoglądając zdziwiony na gotujące się na kuchence potrawy. – A jednak… No cóż, tutaj jeszcze jest w miarę bezpiecznie. – Całuje ją w czoło.

Dziewczyna uważnie go obserwuje. W ciągu jednej doby mężczyzna postarzał się o dziesięć lat. Czoło poorały mu podłużne bruzdy, pionowe zmarszczki między brwiami i wzdłuż ust się pogłębiły, przez co rysy twarzy stały się ostre i zasępione. Na skroniach włosy prawie całkiem mu zbielały, a cała czupryna przyprószyła się siwizną. Jak to jest możliwe? Marysia wytrzeszcza oczy i otwiera usta ze zdziwienia.

– Co się stało?! – nie pyta, tylko wręcz krzyczy.

– Spokojnie. – Muaid dotyka jej ramienia.

– Coś z mamą?! Nie żyje?

– Ta sprawa nie dotyczy Doroty. Po niej ślad zaginął i teraz tylko musimy liczyć na jej wytrzymałość, wytrwałość i szczęście. Jestem przekonany, że niedługo do nas zawita.

– Więc co? – Dziewczyna oddycha z ulgą i czuje jednocześnie wyrzuty sumienia, że jest taką wredną egoistką, iż cieszy się, że nieszczęście nie dotyczy jej najbliższych.

– Chodź do salonu. – Muaid wychodzi. – To nie jest rozmowa na stojaka przy garach – mówi jeszcze, zatrzymując się w drzwiach.

Marysia wyłącza gaz pod wszystkimi palnikami i idzie posłusznie za kuzynem. Ten otwiera dębowy kredens, wyciąga z niego butelkę Johnnie Walkera, trzy szklanki i pada zmęczony w fotelu.

– Chcesz? – pyta dziewczynę.

– A będzie mi potrzebne?

W tym momencie do domu wchodzi Raszid, przemierza pokój jak lunatyk i wbiega po schodach na górę.

– Posiedź z nami, chłopie! – Muaid krzyczy w jego kierunku, lecz słychać tylko huk zatrzaskiwanych drzwi.

– Coś się stało w Zawii? – pyta Marysia, a serce drży jej z niepokoju, że ktoś mógł skrzywdzić taką szczęśliwą i Bogu ducha winną rodzinę. – Mówże już, do cholery!

– Chadidża jest u mnie w szpitalu. Aktualnie nie reaguje na żadne bodźce. Powinienem ją był zawieźć do psychiatrycznego na Gargareszu, ale nie miałem serca. Spróbujemy poradzić sobie z tym sami.

– Tak? – Marysia pogania, bo chce już usłyszeć najgorsze.

– Abbas i czwórka dzieci nie żyją. Pochowaliśmy ich dzisiaj rano – kuzyn mówi martwym głosem, tak jakby nic nie czuł, tylko relacjonował sytuację, która gdzieś się wydarzyła.

– Co? Jak? Dlaczego? Co im zrobiono? Kto ich skrzywdził? – Marysia duszkiem wypija pół szklanki whisky, krzywi się, przełyka ślinę i załzawionymi oczami patrzy na rozmówcę. – No! – pogania, a Muaid zastanawia się, jak ocenzurować informację i jak ubrać w słowa masakrę, która miała miejsce.

– Do basenu w ogrodzie przy ich willi wpadł jakiś pocisk i zabił ich wszystkich na miejscu.

– Skąd się tam wziął? Kto do nich strzelał? Z samolotu?

– Wygląda, że z jakiejś wyrzutni, raczej nie lotniczy. – Muaid znowu nalewa alkohol.

– Przyniosę coś do jedzenia, a ty się zastanów, co jeszcze chcesz albo możesz mi powiedzieć. – Marysia wychodzi do kuchni i kryje się w kącie za drzwiami. Chce jej się wyć. Zakrywa twarz rękami, gryzie palce, lecz dłużej nie jest w stanie pohamować łez. Płyną one szeroką strugą po jej pobladłej twarzy i spływają aż na brodę i dekolt. Nieujarzmiona woda płynie jej też z nosa, wpływa do uchylonych ust, a ona jak mała dziewczynka zlizuje ją językiem, resztę zaś rozciera po twarzy. Kuca i usiłuje się opanować. Dłońmi zaciśniętymi w pięści trze oczy. Po chwili wstaje, odrywa kawałek papierowego ręcznika, wyciera twarz, opryskuje ją zimną wodą i wchodzi z jedzeniem do salonu.

– Jak tam? – troszczy się kuzyn, widząc jej zapuchnięte powieki i czerwony nos.

– Okej. – Dziewczyna bierze szklankę i wypija jej zawartość, przepijając tym razem pepsi. – Czy nie trzeba by sprawdzić, co tam u Raszida?

– Dajmy mu trochę czasu. W takich wypadkach potrzebna jest samotność. Czy Dorota nie zostawiła jakichś fajek? Dzisiaj mam dobry dzień na łamanie wszystkich zakazów i reguł.

Dziewczyna wyciąga z kieszeni dżinsów paczkę i rzuca na środek stołu. Jedzenie stygnie, a krewniacy siedzą w ciszy w coraz bardziej zadymionym pokoju.

– Co teraz? – pyta Marysia, kiedy czuje, że już musi iść do swojego pokoju, bo straszliwie kręci jej się w głowie.

– Musimy żyć i ciągnąć swój kierat. Pomożecie mi z Raszidem w klinice, a kiedy skończy się rewolucja, siądziemy i zastanowimy się, co dalej robić. Mamy teraz dwie siostry, Samirę i Chadidżę, nasze ciotki, nad którymi musimy roztoczyć szczególną opiekę. Mamy po co żyć, a przyszłość pokaże słuszność podjętych przez nas decyzji.

– Dobranoc. – Dziewczyna wstaje. – Zatem do jutra.

– Tak, śpij… jakoś.

– Raszid, co z tobą? – Zaniepokojony kuzyn wchodzi do pokoju chłopaka. Ten leży na brzuchu z twarzą wbitą w poduszkę.

– W porządku, będę żył – odpowiada chrapliwie. – Nie zabiję się. Powierzono mi przecież misję do wypełnienia.

– Mam nadzieję, że nie będziesz szukał zemsty! To niedobry sposób na ukojenie bólu.

– Tak, tak… masz rację. Śpijmy już, jutro skoro świt chcę pojechać, zobaczyć co z matką. Abbas prosił mnie przed śmiercią, żebym się nią opiekował, a danego mu słowa nigdy nie złamię.

***

– *Allahu azzamek*[1]. – Marysia chwyta Raszida za łokieć i składa mu kondolencje, patrząc smutno w jego zapuchnięte i zaczerwienione od płaczu lub bezsennej nocy oczy.

– Dziękuję, Miriam. – Mężczyzna siada ciężko przy stole z czekającym nań śniadaniem. – Musimy dalej żyć i ciągnąć nasz kierat – wypowiada te same słowa co Muaid. – Choć czasami wydaje się to bez sensu – dodaje.

– Teraz zajmiemy się opieką nad naszymi dwoma chorymi paniami oraz setką innych poszkodowanych będących w szpitalu. – Marysia przedstawia wstępny plan. – Wierz mi, że praca daje ukojenie i ułatwia zapomnienie o własnym nieszczęściu, mogę coś na ten temat powiedzieć.

– Z twoją mamą ciągle jest iskierka nadziei, perspektywa,

[1] *Allahu azzamek* (arab. libij.) – niech Bóg cię wspiera.

że żyje, jeszcze się spotkacie i wszystko będzie w porządku. Jeśli zaś idzie o Abbasa, moich braci oraz siostrę, sprawa jest ostateczna i zamknięta. – Raszid mocno mruga i głośno siorbie kawę, a Marysia, czując się winna posiadanej szansy, spuszcza wzrok.

– To nie są dobre rozmowy przy śniadaniu – włącza się Muaid. – Takie są koleje naszego losu i trzeba dać się ponieść jego biegowi. *Sza'a Allah* – podsumowuje, wstając i kierując się do wyjścia. – Czekam na was w aucie. Trzeba już jechać.

Szpital nie wygląda już jak w stanie wojny, lecz funkcjonuje normalnie swoim wiecznie aktywnym trybem. Jako że teraz nie sposób dodzwonić się po karetkę, pod budynek podjeżdżają samochody osobowe, przywożąc rannych z wypadków, kobiety do porodów i dzieci z gorączką, tak jak to zawsze w Libii miało miejsce. Kiedy łączność działa raz na jakiś czas, wtedy sporadycznie korzysta się ze szpitalnego transportu.

– *Mudir*[1], *mudir* Muaid! – Ledwo przekraczają próg, recepcjonistka od razu krzyczy do kuzyna.

– *Ajła*? – pyta wzywany.

– Gdzie pan wczoraj był? Myśmy tutaj mieli kocioł! Na Allaha, co się działo! Zaczęli zwozić ludzi z oblężonej Zawii. Nie chcieli ich tam zostawiać, bo ponoć żołnierze chodzili po szpitalach, a nawet domach, i wyciągali rannych z łóżek, przed budynek i kulka w łeb, a jak ktoś nie

[1] *Mudir* (arab.) – kierownik, dyrektor.

mógł się ruszać, to zabijali na miejscu na oczach lekarzy czy żony i dzieci. Ponoć jedną rodzinę, co się stawiała, to najemnicy całą wykończyli, a małe dwuletnie dziecko wyrzucili z drugiego piętra przez okno... – Dziewczynie aż brakuje tchu z oburzenia i przerażenia. – Toż to ludobójstwo! – wykrzykuje, wygrażając pięściami. – Nasi libijscy żołnierze, jak mówią, też nie lepsi. – Łzy zaczynają jej się zbierać w wielkich, mocno wymalowanych oczach. – Świat stanął na głowie! – Przybyli stoją przed dziewczyną i martwo na nią patrzą.

Gdybyś ty wiedziała, co nas spotkało, myśli Muaid. Raszid, słuchając nowin, tak mocno ściska szczęki, że aż mu bieleją policzki, Marysia zaś nerwowo wyłamuje palce i chce jak najszybciej przytulić biedną ciocię Chadidżę.

– Gdzie ulokowaliście nowych? – trzeźwo pyta szef. – Przecież już nie było gdzie szpilki wcisnąć.

– Nad basenem w podziemiach – konspiracyjnie szepcze recepcjonistka. – Pana zastępca tak zadecydował.

– Mądry chłop. – Właściciel szpitala oddycha z ulgą.

– Siedział do rana i jeszcze go nie ma, ale dzwonił, że już się zbiera.

– To znów jest łączność? – dziwi się Marysia.

– Godzinę temu tak... – Wszyscy jak na komendę wyciągają telefony komórkowe i przystawiają je do ucha. – Już nie – śmieją się ironicznie.

– Ja idę do matki. – Raszid nie chce dłużej tracić czasu. – Potem jeszcze chcę podskoczyć do Mohameda, bo zapewne nie wie, co się stało. Może razem pójdziemy na cmentarz odmówić *salat al-azza*[1] za naszych ukochanych zmarłych. – Przełyka ślinę, a żyła na jego skroni nabrzmiewa i intensywnie pulsuje.

– Chcesz, żeby pojechać z tobą? – oferuje się Marysia.

– Nie, dzięki – gwałtownie odmawia. – To są męskie sprawy.

– Mam nadzieję… – Muaid wymownie patrzy na kuzyna, lecz ten spuszcza wzrok.

– Tak, pamiętam, co mi mówiłeś, i wziąłem to sobie do serca. – Mocno ściska ramię starszego od siebie mężczyzny i idąc w kierunku sali matki, szepcze mu coś do ucha.

Chadidża leży w małym pokoiku wypełnionym metalowymi łóżkami do granic możliwości. Większość chorych jest nieprzytomna, jęczy i majaczy w malignie. Jest parno, śmierdzi chorobą i fekaliami. Pomimo tego, że ciężko śpi, nadal jest unieruchomiona w kaftanie bezpieczeństwa. Jej twarz przypomina maskę, jest nienaturalnie szara i zapuchnięta. Żaden mięsień w niej nie drgnie i wygląda, jakby już nie żyła.

– Mamo! – Raszid rzuca się w kierunku chorej, pochyla nad nią, dotyka spoconego, lecz zimnego czoła i delikatnie obejmuje ramionami, kładąc swą głowę tuż przy jej twarzy.

– Lekarza! – Wściekły Muaid wybiega na korytarz. – Dyżurny lekarz do mnie! – krzyczy jeszcze głośniej.

– Tak, co się dzieje? – Młody pakistański doktor biegnie w kierunku szefa.

[1] *Salat al-azza* (arab.) – modlitwa za zmarłych.

– Czemu ta pacjentka nadal leży w kaftanie? Przecież spokojnie śpi, więc można ją z tego wyciągnąć – pokazuje palcem na swoją ciotkę. – Możesz mi to wytłumaczyć?

– W nocy była niespokojna, rzucała się, krzyczała i wiła, więc pozostawiliśmy ją w tym dla jej bezpieczeństwa.

– Ale po zaaplikowaniu nie wiem jak silnych uspokajających środków już chyba jest lepsza?

– Tak...

– Zaglądałeś w ogóle do niej? – przerywa Muaid. – Sprawdzałeś, czy jeszcze żyje?

– Ja...

– Czekam na szczerą odpowiedź!

– Nie – wyznaje młody, speszony lekarz. – Mieliśmy tutaj przez ostatnie dwadzieścia cztery godziny urwanie głowy i mnóstwo nawet bardzo ciężkich przypadków wciąż czeka, żeby się nimi zająć. Zespół chirurgów wykonywał tylko operacje, a my serwowaliśmy środki utrzymujące życie. Nie rozerwiemy się! – oburza się w końcu. – Wczoraj znowu tysiące zostało rannych i zabitych, robimy, co możemy – wzdycha ciężko.

– Tak, wiem, ale daj mi teraz tutaj pielęgniarkę, która wyplącze moją siostrę z tych więzów i razem z kuzynką umyją ją i odświeżą – pokazuje palcem na Marysię, a ta chętnie potakuje głową. – Trzeba będzie ją przenieść do innej sali.

– Ale wszystkie pękają w szwach. – Lekarz bezradnie rozkłada ręce.

– A te na fizjoterapii? Tam też lokowaliście rannych?

– Nie, ale na tym oddziale pozostała tylko jedna jedyna

pielęgniarka doglądająca chorych, którym nic nie zagraża, pozostały zespół dołączył do pomocy na ostrym dyżurze. Pana zastępca zadecydował.

– Dobre posunięcie, ale ja zaraz przenoszę stąd moją krewniaczkę. Ona też nie musi leżeć na OIOM-ie.

Raszid i Muaid idą sprawdzić sytuację na oddziale obrażeniowym. Na drugim piętrze panuje przyjemna cisza i spokój, a korytarze pachną lawendą i świeżo parzoną kawą. Zaglądają do sali ćwiczeń i rehabilitacji i nie zastają w niej nikogo. W połowie korytarza jest dyżurka, w której młoda siostra ogląda telewizję i siorbie gorącą małą czarną. Na widok dyrektora szpitala zrywa się na równe nogi, zalewając się przy tym aromatycznym naparem.

– Wszyscy mają się dobrze – relacjonuje, usprawiedliwiając swoje zachowanie. – Stan stabilny.

– W porządku – uspokaja Muaid, uśmiechając się pod nosem. – A jak chory mężczyzna w pokoju mojej siostry? – pyta, zmierzając w tamtym kierunku.

– To pan nie wie? – Dziewczyna rozpogadza się na twarzy. – Odzyskał przytomność i wczoraj wieczorem chlipnął już trochę rosołku. Czuje się tylko skrępowany, że leży z kobietą w jednej sali, i cały czas rozpytuje o swojego wybawiciela.

– Cieszę się, że już mu lepiej, bo wyglądał bardzo niepokojąco – szef z zadowoleniem kiwa głową.

– Ja mu nie wróżyłem wyzdrowienia. – Raszid dziwi się. – Co komu pisane… – Cały czas nie może mu wyjść z głowy nieszczęście, które spotkało jego rodzinę. Aby się z tym pogodzić, mężczyzna będzie potrzebował dużo czasu.

– I jeszcze jedno – mówi pielęgniarka, poprawiając poduszki nadal uśpionej Samirze, która siedząc, patrzy przed siebie nieprzytomnym wzrokiem. – Siostra pana jest coraz bardziej niespokojna. Rzuca się, nie śpi, nie chce jeść. Nie mamy pojęcia, co się dzieje. Wczoraj rano, jeszcze przed tym wszystkim, co wydarzyło się w Zawii, i przed późniejszym najazdem rannych, pielęgniarka z rehabilitacji chciała wziąć ją jak zawsze na ćwiczenia. Jak ta z nią walczyła, jak trzymała się łóżka, nie dała się wywieźć z sali. Nie wiadomo dlaczego. – Dziewczyna rozkłada ręce. – Tak lubiła te zajęcia…

– Samirko, co z tobą? – Muaid pieszczotliwie głaszcze krewniaczkę po głowie. – Czym się tak denerwujesz? – W jednej chwili kobiecie zaczynają płynąć z oczu łzy.

– Ona czuje, że coś niedobrego się wydarzyło – podsumowuje Raszid i czule bierze ją za dłoń, którą uśpiona ściska z całej siły. – Słuchajcie, ta terapia jest niesamowita! Ona ma krzepę jak chłop! – ze zdziwieniem kiwa na boki głową. – Obudź się, ciociu, już pozostał ci tylko jeden mały kroczek – pochyla się nad leżącą i szepcze jej do ucha. – Dawaj, dasz radę. Pobudka! – Nic to jednak nie daje.

Muaid staje nad wymizerowanym, śpiącym chorym, który leży za rozstawionym parawanem. Cały czas chodzi mu po głowie, że skądś go zna, ale może widzieli się tylko przelotnie na jakimś roboczym spotkaniu lub na konferencji z branży medycznej? Ponoć jest lekarzem. W tej chwili mężczyzna otwiera oczy.

– Dzień dobry – mówi słabym głosem, obserwując

pochylającego się nad nim człowieka w białym fartuchu.
– Czy my się skądś nie znamy? – pyta od razu.

– Z Tadżury. – Muaid uśmiecha się z przekąsem.

– To pan jest moim wybawcą? Chcę od razu podziękować. – Próbuje podnieść się na łokciu, lecz głęboka świeża rana w szyi i pęknięty obojczyk uniemożliwiają mu ruch.

– Musimy pana trochę dosunąć do okna, bo dostawimy jeszcze jedno łóżko z następną chorą – tłumaczy mu Muaid, głęboko się nad czymś zastanawiając.

– Ależ oczywiście. Pielęgniarka trochę mnie wtajemniczyła w sytuację panującą obecnie w naszym kraju. Na Allaha, co za nieszczęście!

– Tak właśnie. – W tej chwili otwierają się na oścież drzwi i Marysia przy pomocy sanitariuszki wpycha do pokoju szpitalną pryczę na kółkach.

Chadidża jest już przebudzona, ale patrzy nieruchomo przed siebie. Zostaje umieszczona przy swojej siostrze i wygląda na to, że obie są w takim samym stanie. Młodzi krewniacy stoją w nogach posłań i serca im się krają na ten smutny widok. Ta rodzina jest przeklęta, myśli w duchu Muaid. To chyba wszystko za grzechy matki i jej rozwiązły układ z tym draniem Muammarem. Wisi nad nami klątwa i póki się z niej nie oczyścimy, zabije nas wszystkich, dochodzi do smutnego wniosku.

Raszid opuszcza szpital i jedzie z duszą na ramieniu do brata. Boi się wjeżdżać do centrum Zawii, bo wie, że tam odbywały się najcięższe walki i miasto nadal jest okupowane przez rządowe wojska, dlatego omija je, prując autostradą, i skręca dopiero parę kilometrów za, tłukąc się po dziurawych wiejskich drogach. Mohamed i Zajnab kupili sobie bardzo ładne mieszkanie na obrzeżach Zawii, bo tam było dużo taniej niż w sercu miasta czy w Trypolisie. Młodzi zaręczyli się zaraz po ukończeniu studiów, lecz pobrali dopiero po pięciu latach. Przez cały ten czas zbierali grosz do grosza na swoje własne gniazdko. Abbas chciał dołożyć pasierbowi trochę pieniędzy, lecz ten się uparł, że sam do wszystkiego dojdzie. Ich miłość przetrwała ciężką próbę i stanowią parę, która będzie razem do końca życia. Zajnab to wspaniała, nowoczesna wykształcona kobieta, wykłada na uniwersytecie angielski i zna jeszcze parę innych języków, Mohamed natomiast jest ekonomistą specjalizującym się w bankowości. Mają zawody, w których mogą pracować na całym świecie, a nie męczyć się w Libii i ledwo wiązać koniec z końcem, myśli Raszid, dzwoniąc do drzwi.

– *Ahlan wa sahlan, ja achi*[1]. – Mohamed obejmuje brata ramieniem. – Zapewne wiesz, że mieliśmy tutaj dwa dni temu małą wojnę – uśmiecha się półgębkiem. – My nie ruszamy się z domu na krok i dojadamy zapasy. Teściowa zaoferowała, że coś nam ze wsi przywiezie, ale namawiamy ją, żeby dała sobie spokój.

– To dobrze, że jesteście cali i zdrowi – zduszonym głosem Raszid odpowiada na czułe przywitanie.

– Mój bank ponoć leży w gruzach, więc nie wiem, gdzie

[1] *Ja achi* (arab.) – mój bracie.

mam się teraz udać. Może pojadę do Trypolisu do centrali? – Mohamed bezradnie rozkłada ręce.

– *Salamtek*[1]. – Zajnab wchodzi do saloniku, trzymając na ręku trzymiesięcznego bobasa. – Jak tam rodzice? Jak rodzina? Nikt nie ucierpiał?

– Usiądź, siostro. – Raszid pokazuje jej miejsce na kanapie obok siebie. – Ja niestety przyjechałem ze złymi wiadomościami.

– Matka? Abbas? Dzieciaki? – Mohamed blednie na twarzy.

– Prawie wszyscy nie żyją – szepcze posłaniec – matka zaś leży w szpitalu u Muaida i obecnie wygląda jak Samira, całkiem nieprzytomna.

Zajnab kładzie sobie maleństwo na kolanach, pochyla głowę i bezgłośnie płacze. Gryzie wargi, żeby nie zacząć zawodzić, bo nie chce przestraszyć dziecka. Po chwili prostuje się, wyciąga rękę do swojego męża, kładzie na jego dłoni i mocno ściska. Mohamed siedzi nieruchomo jak słup soli, jego twarz straciła cały wyraz i kolor. Oczy, tak jak oczy matki, patrzą nieruchomo w przestrzeń.

– Kochanie, tak mi przykro – trzęsącym się głosem żona zwraca się do męża.

Odkłada kwilącego niemowlaka na kanapę, podchodzi do mężczyzny i obejmuje jego głowę, przyciskając mocno do piersi. Dopiero w tym momencie Mohamed wydobywa z siebie jęk, przypominający głos ranionego zwierzęcia. Zrywa się i wybiega do łazienki.

1 *Salamtek* (arab.) – pokój z tobą.

– Jak do tego doszło? – Zajnab ociera oczy i mocno przytula swojego bobasa. – Pojechali do centrum? Co za nieostrożność! Przecież wiadomo było, że będą się u nas tłukli o rafinerię i zbiorniki z ropą. Kto ma ropę, ten ma władzę. – Kobieta usiłuje zagadać ból i cierpienie, które zalały jej serce, oraz odsunąć moment, w którym pozna straszliwe szczegóły.

– To się stało w domu, w ogrodzie – szepcze szwagier.

– Jak to?! – Mohamed stoi w drzwiach. – Najechali niewinnych ludzi? Wtargnęli na czyjąś prywatną własność?! Przecież Abbas w nic się nie angażował! Był spokojnym sprzedawcą samochodów, dla każdego życzliwym, bezinteresownie pomagającym innym!

– No właśnie – wściekły Raszid cedzi słowa, miotając przy tym pioruny oczami. – Taki kraj, w takim nienormalnym kraju przyszło nam się urodzić i żyć. Każdy może dostać kulkę w łeb, każdego mogą zamordować, nawet kobietę czy dziecko.

– Co ty mówisz?! – oburza się Zajnab. – To nie może być prawdą! To jakiś przypadek... wyjątek... nieszczęśliwy zbieg okoliczności.

– Powiedz mi w takim razie, za co zabito czwórkę maluchów, pędraków, co ledwo odrosły od ziemi? – groźnie oponuje Raszid. – Za niewinność, ot co! Ja już widziałem podczas manifestacji w Tadżurze, jak traktuje się kobiety i dzieci. Powinniście stąd wyjechać, i to jak najszybciej i jak najdalej!

– Ale dokąd, człowieku?! – oponuje młoda mama. – Tutaj mamy mieszkanie, na które harowaliśmy długie lata, tutaj są nasze rodziny...

– Jednej już jakby nie było… – sarkastycznie uśmiecha się szwagier.

– Zajnab – cicho włącza się Mohamed. – Może powinniśmy to sobie przemyśleć, kochanie.

– Macie siebie i maleńkie dziecko. – Raszid bierze bratanka na ręce, a malec wesoło fika pulchnymi nóżkami. – Dajcie mu lepszą przyszłość.

– Ale… – nadal oponuje przywiązana do ojczyzny kobieta.

– Widziałem, co żołdacy zrobili z takim malcem podczas pokojowego wiecu. – Raszid używa ostatecznego argumentu. – Wrzucili go jak śmieć na ciężarówkę ze stertą trupów i rannych…

– Nie! – Zajnab szeroko otwiera oczy i usta. – To niemożliwe! To potworne!

– A jednak. Rozważ to sobie i zacznij się pakować. Ja zabieram na parę godzin Mohameda, żeby pożegnał się z bliskimi na cmentarzu.

Mężczyźni opuszczają małe przytulne mieszkanko i pozostawiają zszokowaną kobietę z jej myślami. Musi podjąć najtrudniejszą decyzję w życiu i nikt jej nie zagwarantuje, że będzie ona słuszna.

***

Bracia pierwsze kroki postanawiają skierować na mały zawijski cmentarzyk. Nie rozmawiają ze sobą, każdy z nich ma chmurną twarz i poddaje się własnym uczuciom, które targają ich sercami. Mohamed nie może jeszcze tego wszystkiego ogarnąć, tak nagle stracić prawie całą rodzinę, tylu najbliższych? Wspomina ostatniego grilla, którego zorganizowała Chadidża na cześć przyjezdnej kuzynki i jej matki. Jakaż ona wtedy była szczęśliwa! Z jaką dumą prezentowała swoich dorosłych synów i jaką czułością otaczała dzieci Abbasa i ich wspólne. Jakaż z niej dobra, poczciwa kobieta! Dorosły mężczyzna zaciska szczęki, bo czuje, jak trzęsą mu się wargi i zbiera na płacz. A Abbas! Szkoda mówić! Nigdy nie traktował go jak pasierba i okazał mu więcej serca niż rodzony ojciec. Po prostu dusza człowiek.

– Znajdziemy szejka, żeby wyrecytował jakąś *surę*[1] za dusze naszych biedaków. – Raszid widzi, że to on musi pokierować ich działaniami, bo starszy brat nadal pozostaje w szoku.

W chłodnym wnętrzu otwartego dzień i noc meczetu odnajdują modlącego się staruszka w białej galabii i chuście na głowie.

– Chodzi o tych, co ich ostatnio odprowadzaliśmy? – przypomina sobie pomimo podeszłego wieku. – Musicie być dzielni, moi synkowie. – Ściska ich jak ojciec, co bardzo wzrusza Mohameda, lecz Raszid trochę mniej poddaje się ciepłym uczuciom do szejka, pamiętając, ile wziął od Muaida za cichy pogrzeb.

– Chcielibyśmy, abyś pomodlił się za nich.

– Ależ oczywiście, tak trzeba. Zrobię to z wielką przyjemnością.

[1] *Sura* (arab.) – nazwa rozdziału Koranu.

Stają nad sporych rozmiarów piaskowym głazem, pod którym kryją się zmasakrowane szczątki ich rodziny. Raszidowi kręci się w głowie na wspomnienie tego, co pozostało ze ślicznych dzieci i jaki wyraz miała twarz Abbasa. Dobrze, że Mohamed tego nie widział, podsumowuje w myślach, patrząc przy tym na pobladłe oblicze brata. Mnie ten obraz nie opuści do końca życia.

– W Imię Boga Miłosiernego i Litościwego! – zaczyna monotonnym głosem szejk. – Wysławia Boga to, co jest w niebiosach, i to, co jest na ziemi. On jest Potężny, Mądry! Do Niego należy królestwo niebios i ziemi. On daje życie i On powoduje śmierć. – Starzec z namysłem zawiesza głos i robi dłuższą przerwę. – On jest nad każdą rzeczą wszechwładny! On jest Pierwszym i Ostatnim, On jest Jawnym i Ukrytym. On jest o każdej rzeczy wszechwiedzący! On jest Tym, który stworzył niebiosa i ziemię w ciągu sześciu dni; następnie zasiadł na tronie. On wie, co przenika do ziemi i co z niej wychodzi; i co schodzi z nieba, i co się tam wznosi. On jest z wami, gdziekolwiek byście byli. Bóg widzi jasno, co czynicie! Do Niego należy królestwo niebios i ziemi i do Boga zostaną sprowadzone wszystkie sprawy. On sprawia, iż noc przechodzi w dzień, On sprawia, iż dzień przechodzi w noc. On wie dobrze, co kryje się w sercach. Wierzcie w Boga i w Jego Posłańca![1]

Mężczyźni mocno pocą się pod ostrymi promieniami słońca, a dwóch braci bardziej niż od ciepła płonie od ogarniających ich emocji. Mohamed, o spokojnym

[1] Koran, Sura LVII, wersy 1–7, przeł. Józef Bielawski, PIW 1986.

charakterze, poddaje się głosowi recytującego starca i woli Boga, lecz Raszid ma w sobie większą część dzikiej krwi po berberyjskich przodkach i jego nieokiełznane serce pragnie jedynie zemsty. Czuje, że jeśli tylko nadarzy się ku temu okazja, nie będzie umiał dochować danego Abbasowi i Muaidowi słowa. A sposobności do zemsty będzie miał wiele, bo już postanowił, że jak tylko matka trochę wydobrzeje, dołączy do rebeliantów i będzie się mścił na każdym kroku, na każdym jednym żołdaku, obojętne libijskim czy najemniku. To oni są winni tego nieszczęścia, wszyscy, co do jednego, jeszcze raz powtarza w myślach, utwierdzając się w swoim przekonaniu.

***

– Więc powiedz mi teraz, braciszku, jak do tego doszło? – smutny, lecz już pogodzony z losem Mohamed ponownie zadaje nurtujące go pytanie.

– Chodź, pokażę ci, gdzie to się stało. – Raszid ciągnie brata za rękę.

Nie wchodzą do domu, tylko idą przez piękny na wiosnę ogród. Stary ogrodnik, który dba o niego od lat, widocznie był i dzisiaj, bo dookoła porozrzucane są różne narzędzia. Wszystko kwitnie, a ziemia pachnie oszałamiająco. Błękitne niebo wisi tuż nad głową, a popołudniowe słońce przestało już tak dotkliwie doskwierać. Aż się chce żyć, myślą bracia i robi im się niewypowiedzianie smutno, że ich najbliżsi już nigdy nie będą cieszyć się urokami życia. Na spokojnej zazwyczaj drodze, za ogrodzeniem z pustaków słyszą głośny silnik jakiegoś większego pojazdu i postanawiają sprawdzić, co się dzieje.

Starszy oficer przejeżdża wojskowym dżipem pod murami ogrodu, w którym dwa dni temu wydarzyła się wielka tragedia. Co za fatum, myśli, trąc z zakłopotaniem brodę. Co za pech! Zatrzymuje samochód i postanawia sprawdzić, jak pokrzywdzona rodzina daje sobie radę. Sam przeprowadzę ciche śledztwo, nie będę tego nagłaśniał, decyduje. Jeśli to pójdzie wyżej, a nie daj Bóg do zagranicznej prasy, to jeszcze będą gotowi tych ludzi bardziej skrzywdzić. W swojej długiej wojskowej karierze widział już niejedno i zawsze musiał trzymać buzię na kłódkę. Możliwe, że oskarżono by nieszczęśników o udział w rebelii, zburzono dom i zarekwirowano wszystkie dobra. Spotkał się już z tym parokrotnie. Im, wojskowym, wmawiano, że ukarani zostali winni, szpiedzy lub terroryści z Al-Kaidy. Tak, ta ostatnia śpiewka była najpopularniejsza przez ostatnie parę lat. Najłatwiej usuwało się wrogów lub niewygodnych, oskarżając ich o fundamentalizm. Na początku mężczyzna nawet w to wierzył, ale jak długo można być naiwnym. Czas przejść na emeryturę, postanawia. Tylko czy teraz mnie puszczą?

– Co pan tutaj robi? – Za rogiem muru bracia i wojskowy dosłownie wpadają na siebie.

– Przyjechałem zobaczyć, co z rodziną – tłumaczy speszony ostrym pytaniem Raszida.

– A pan kto? Krewny? – nadal atakuje młodzik.

– Nie, nie. Byłem tylko świadkiem dramatu, który się tutaj wydarzył dwa dni temu – spokojnie tłumaczy. – Lecz może przeszkadzam, to już pójdę – próbuje się wycofać, widząc gwałtownie pobladłą twarz Mohameda i groźne błyski w oczach Raszida.

– Ależ skąd! – Bracia dosłownie wpychają go na swoją posiadłość. – Może nas pan oficer oświeci, co dokładnie miało miejsce? – Mohamed przestaje być łagodny i chwyta mężczyznę za mundur, ciągnąc w stronę dziury w ziemi, gdzie jeszcze nie tak dawno znajdował się piękny basen.

– Zjawiłem się tutaj już po wszystkim, a w zasadzie tuż po... – pokazuje palcem na pobojowisko.

– Na pewno?! A może stałeś, stary, po drugiej stronie muru i ćwiczyłeś młodych żołdaków w strzelaniu do celu? – agresywnie inwigiluje Raszid.

– Jesteś w błędzie, synu... – zaczyna przestraszony już żołnierz, wykonując parę kroków do tyłu.

– Synem to ja byłem, ale ktoś mi zabił ojca! – wrogo patrząc, odpowiada mężczyzna. – To jak, trenowaliście strzelanie do dzieci jak do kaczek? Tylko że nie chcieliście marnować za dużo naboi do karabinu, bo ich wam brakuje, więc zdecydowaliście się na jeden grubszy pocisk. Hę? – Przystępuje do wojaka i stoją naprzeciwko siebie w odległości jednego kroku.

– Myli się pan, młody człowieku. Przejeżdżała tędy kolumna czołgów... ja... – W tej chwili Raszid, nie czekając na dalsze wyjaśnienia, z rozmachu uderza zaciśniętą pięścią prosto w twarz oficera. Ten chwieje się na nogach, ale nadal stoi i ufnie ze smutkiem spogląda w oczy atakującego. – Mnie ich szkoda było... – Jeszcze chce wyjaśniać, lecz wściekły mężczyzna chwyta opartą o drzewo motykę i wbija jej ostry koniec w klatkę piersiową żołnierza. Śmiertelnie ranny charczy, a z kącika jego ust zaczyna wydobywać się cienka strużka czerwonej krwi. Raszid targa narzędzie w swoją stronę, wyrywając je jednym ruchem z piersi oficera, który w tej chwili pada plecami na ziemię.

– Nie, Raszid, nie! Co ty wyprawiasz?! – Mohamed podbiega do brata. – Człowieku, co robisz? Nie zabijaj! – Wbija palce w kręcone włosy na swojej głowie i zgina się wpół.

– Życie za życie. – Raszid uderza jeszcze raz. – Oko za oko, nos za nos, ucho za ucho, ząb za ząb; a za rany obowiązuje prawo talionu[1] – recytując fragment Koranu, młodzieniec bierze kolejny zamach, trafiając tym razem w twarz mężczyzny i rozłupując ją na dwie części, jedną z czołem, a drugą z brodą. – Ale kto z ceny krwi uczyni jałmużnę, otrzyma przebaczenie – dyszy obryzgany krwią i kawałkami porąbanych kości. – A którzy nie sądzą według tego, co zesłał Bóg, są ludźmi niesprawiedliwymi[2].

Mohamed patrzy wielkimi oczami na rezultat działania brata i jęcząc, siada na trawie. Raz za razem przełyka ślinę, bo robi mu się niedobrze. Nie jest w stanie oderwać wzroku od zmasakrowanych szczątków mężczyzny. Po chwili wymiotuje na siebie, nie mając nawet siły odchylić się na bok. Prawie trzydziestoletni mężczyzna zaczyna płakać jak dziecko i rozmazuje przetrawione resztki pożywienia na swojej twarzy.

[1] Prawo talionu (*talio* – łac. odwet) – historyczna zasada odpłacania tym samym.

[2] Koran, Sura 5, wers 45, przeł. Józef Bielawski, PIW 1986.

– Idź do domu i weź prysznic. W moim pokoju znajdziesz świeże ubrania. – Raszid patrzy na brata spod oka. Nadal jest przepełniony nienawiścią, żądzą zemsty i krwi. – Ruszaj się! – krzyczy i wygląda przy tym groźnie. – Zaraz do ciebie przyjdę – tłumiąc emocje, mówi już ciszej.

– Jesteś mordercą! Zwykłym mordercą! Takim jak ci, którzy to zrobili! – łamiącym się głosem wykrzykuje Mohamed na odchodnym.

Mściciel sam zakopuje zwłoki zabitego żołnierza. Wrzuca go do dołu po wybuchu i zgarnia nagromadzoną dookoła ziemię. Nie było to takie trudne, myśli, przekonując sam siebie, bo serce wali mu jak młotem. Przy ostatniej łopacie nagle traci równowagę, chwieje się i ląduje na czworaka z twarzą do dołu. Głęboko oddycha, lecz nic nie pomaga, bo w głowie kręci mu się coraz bardziej i coraz głośniej piszczy mu w uszach. Samochód!, nagle zapala się w jego głowie czerwone światełko. Facet przyjechał samochodem! Zrywa się na równe nogi, ściąga zabrudzoną krwią i ziemią koszulę, otrzepuje poplamione spodnie i wybiega na drogę. Przy murze stoi zielony dżip. Niech to szlag!, Raszid klnie w duchu. Chwyta za klamkę w drzwiczkach od strony kierowcy, próbuje następną i jeszcze jedną, lecz wszystkie są zamknięte, a kluczyki znajdują się zapewne w kieszeni spodni martwego żołnierza, leżącego teraz na dnie głębokiego leja pod toną świeżej, mokrej wiosennej ziemi. Szybko!, krzyczy sam do siebie. Wystarczy teraz jeden zbłąkany wojskowy patrol, a wszyscy dostaniemy kulkę w łeb. Nawet malutki bobas Mohameda i przyjezdna Miriam. Cała rodzina, odpowiedzialność zbiorowa. Chłopak rzuca się na świeżo zasypany grób i jęcząc, odrzuca na boki przyklepaną przez siebie przed chwilą ziemię.

– Co ty jeszcze tutaj robisz? – Starszy brat nagle wychodzi zza drzewa, a zaskoczony Raszid bierze na niego zamach szpadlem. – Teraz mnie chcesz zabić? – odskakuje, kręcąc kółka przy głowie, mające świadczyć, że Raszid zwariował. – Muszę już jechać do domu, na dzisiaj wystarczy mi przebywania z tobą. Jesteś opętany, obłąkany i groźny. Nie wiem, czy w ogóle mam ochotę jeszcze kiedykolwiek cię oglądać.

– Ja jestem wariat? Okej, niech ci będzie. Ale przed naszym domem stoi wojskowy dżip i jeśli zaraz go nie uprzątniemy, to na całą wieczność będziesz na mnie skazany, bo razem spoczniemy w tym rowie rozstrzelani przez kręcących się tutaj żołdaków.

– Jaki wóz? Zamknięty?

– Tak.

– Gdzie są kluczyki?

– Chyba przy nieboszczyku – odpowiada Raszid, wracając do odkopywania zwłok.

– Na Allaha! – automatycznie wykrzykuje Mohamed. – Tfu, tfu – odpluwa. – Allaha w twoją zbrodnię nie będę mieszał. – Chwyta opartą o drzewo łopatę i dołącza do brata. – Sam diabeł naznaczył piętnem naszą rodzinę. Nie ma innego wytłumaczenia.

– Dalej rób ze swoim życiem, co chcesz, ale teraz chodź jeszcze ze mną na chwilę do domu. – Umorusani mokrą ziemią bracia patrzą sobie głęboko w oczy. – Dam ci pieniądze, które tata odkładał na czarną godzinę. – Raszid ciągnie Mohameda za sobą.

– On nie był moim prawdziwym ojcem, mnie się nie należą. – Mohamed chce jak najszybciej uciec z tego miejsca kaźni i mordu. Żałuje, że nie wziął swojego samochodu.

– Traktował nas jak swoje rodzone dzieci – tłumaczy młodszy. – Wierzył, że spożytkujesz jego oszczędności uczciwie.

– Nie chcę... nie potrafiłbym... Co za tragedia! – Chwyta się za głowę i odwraca do brata plecami.

– Ojciec zostawił odręcznie spisany testament i jest tam czarno na białym, że chciałby, abyś ty również dziedziczył.

– Jaki testament? Miał czas go sporządzić? – Mężczyźni wchodzą do gabinetu Abbasa i rozglądają się za włącznikiem światła. W pokoju panuje przyjemny półmrok, lecz po chwili zalewa je rażący blask.

– Oto i ostatnia wola ojca. – Raszid na miękkich nogach podchodzi do biurka, bo nadal ma przed oczami tatę, siedzącego w fotelu z odstrzeloną połową czaszki. Bierze poplamiony zaschniętą już krwią papier i wręcza bratu.

– Co to? – Mohamed zaczyna baczniej oglądać pokój. – Co tutaj naprawdę się stało?

– Nie mógł tego znieść i skończył ze sobą.

– Jak? Skąd miał broń?! To nie w jego stylu. Wszyscy uważali go za niepoprawnego pacyfistę, a w gruncie rzeczy był po prostu spokojnym i dobrym człowiekiem.

– Muaid zostawił u niego na przechowanie torbę z paroma pistoletami. A jeśli idzie o samobójstwo, to przelała się czara goryczy. Nie był w stanie przeboleć tak wielkiej straty. Ja to rozumiem. Bywa, że człowiek zachowuje się, jakby zupełnie nie był sobą. Wie jedynie, że musi coś zrobić, i nawet nie myśli, czy czyni dobrze, czy źle.

Raszid otwiera mały sejf ukryty w szafie w kącie pokoju. Na górnej półce leżą nowiutkie dolary, przepasane bankową banderolą, a poniżej grube rulony dinarów, spięte gumką recepturką.

– Co za paradoks! Ojciec chyba nie wierzył w system bankowy, a dumny był z syna pracującego w tej branży. – Mohamed wytrzeszcza oczy, widząc takie bogactwo.

– Nie dowierzał libijskim bankom i chyba miał w tym względzie rację.

– Cóż, ja pensji nie widziałem od dwóch miesięcy.

– Weź to. – Raszid wręcza mu wzięte bez liczenia dolary i dwa zwitki dinarów.

– A dla ciebie? Dla matki?

– Wystarczy dla wszystkich. Ja jestem singiel, a ty masz żonę i dziecko. Bierz i choć raz mnie posłuchaj. Uciekaj stąd i nie zwlekaj z wyjazdem. Co mądrzejsi zwiali od razu, ale prawdziwy exodus dopiero się zacznie, a wtedy jeszcze ciężej będzie się stąd wydostać. Najbliższa droga prowadzi przez Tunezję, zatrzymaj się na Dżerbie na dzień czy dwa, a potem pruj do Europy lub Ameryki. Bez problemu uzyskasz status politycznego azylanta i wszędzie będą musieli cię przyjąć. Tylko zrób to natychmiast, bo jak zaczną się nas zwalać tysiące, to umieszczą cię z rodziną w obozie dla uchodźców i będą tylko obserwowali jak małpy w cyrku. Teraz masz szansę na znalezienie pracy i szybką aklimatyzację.

– A co z tobą?

– O mnie się nie martw. Zawsze spadam na cztery łapy. A poza tym muszę się opiekować matką, ojciec mnie o to prosił. – Chłopak obejmuje swojego kochanego brata i całuje po męsku w oba policzki. – Ale kto wie, może kiedyś, jak gdzieś zagrzejecie miejsce, dołączymy do was.

– Raszid, przepraszam za moje słowa.

– Daj spokój! Okoliczności były dość nieciekawe... – Ściska zakłopotany wargi. – Nigdy w życiu czegoś takiego bym się nie dopuścił, przecież mnie znasz, lecz wydarzenia ostatnich dni pomieszały mi w głowie i złamały serce. – Milknie speszony i intensywnie nad czymś myśli, drapiąc się przy tym po głowie. – Bierz moje auto, ja mam w garażu do wyboru, do koloru. Taki kawał drogi z małym dzieckiem musicie jechać komfortowym wozem. A potem je komuś dobrze sprzedaj, nie daj się oszukać – udziela jeszcze porad starszemu, lecz mniej obrotnemu bratu.

– Żegnaj. – Mohamed otwiera ramiona.

– Żegnaj i dbaj o siebie i o rodzinę. Może się jeszcze spotkamy. Na pewno...

Uchodźcy

Zajnab z Mohamedem i małym synkiem większość rzeczy pakują do wielkiego lincolna w nocy, a pozostałe dorzucają nad ranem.

– Nie jestem przekonana co do twojej decyzji – kobieta słabo oponuje.

– Ja mogę tylko mieć nadzieję, że jest słuszna. Tam przynajmniej nikt nas nie skrzywdzi i nie zabije naszego dziecka – mąż używa ostatecznego argumentu.

– Wiesz, kochanie, że wszędzie za tobą pójdę, więc i tę trudną drogę pokonamy razem. – Zajnab uśmiecha się niepewnie i smutno spogląda po raz ostatni na swoje wymarzone mieszkanko, a następnie zamyka drzwi.

Prawie cała droga w stronę granicy tunezyjskiej przechodzi im bezboleśnie. Mały Hmeda śpi smacznie w foteliku, a młodzi rodzice, zrelaksowani komfortową jazdą, nawet zaczynają podśpiewywać do piosenek Nancy Adżram, które zalewają wnętrze wozu z rozmieszczonych w nim sześciu głośników. Posterunki wojska i policji, kiedy widzą bogatą rodzinę jadącą luksusowym autem i jeszcze z małym dzieckiem na tylnym siedzeniu, przepuszczają ich machnięciem ręki.

– Jest spokojnie, może najgorsze walki już za nami, może się dogadali? – z nadzieją w głosie mówi Zajnab. – Może niepotrzebnie uciekamy? Jak myślisz?

– Kochanie, to tylko przykrywka i droga opanowana przez Kaddafiego. Czy wiesz, co dzieje się w Bengazi, Misuracie, Górach Nafusa czy twoim ukochanym Garianie? Dochodzi do aktów ludobójstwa i na każdym kroku łamane są prawa człowieka.

– Skąd masz takie szczegółowe informacje? Chyba nie z państwowej telewizji czy prasy? – Zajnab uśmiecha się ironicznie, bo od zawsze traktowali te źródła jako rządową sieczkę i strawę dla głupich i ubogich.

– Koledzy z pracy mają tam rodziny i przy pojawiającej się sporadycznie łączności dowiadują się takich strasznych rzeczy, że w głowie się nie mieści. O szczegółach nie będę wspominać, bo jesteś zbyt delikatna. – Czule gładzi rękę żony, a ona z miłością patrzy mu w oczy.

– No dobrze, już kończę trucie – wzdycha – ale przyrzeknij mi, że jeśli po drugiej stronie będzie nieciekawie i nie będzie to ziemia obiecana, to wrócimy. Obiecaj, proszę – naciska.

– Oczywiście.

Mohamed zwalnia, bo widzi przed sobą sznur stojących samochodów, które mają włączone światła awaryjne. Wszystkie pasy autostrady są zablokowane i przez to utworzyły się dwa dodatkowe. Część aut pcha się poboczem, inne prawie trą karoserią o bandę rozdzielającą przeciwne strony ruchu. Kierowcy, jak to zazwyczaj w takich okolicznościach, dostają furii, więc widać mężczyzn wysiadających z maszyn i kłócących się zajadle o przytarty lakier czy zajechanie drogi. Zajnab i Mohamed wzdychają z dezaprobatą i kiwają na boki głowami.

– Może zdarzył się jakiś wypadek? – zastanawia się Zajnab.

– Tuż przed granicą? Pozostało jeszcze jakieś pięć, dziesięć kilometrów, nikt by tutaj nie pędził jak wariat.

– Żartujesz? Nasi rajdowi kierowcy zawsze się spieszą.

Spodziewając się dłuższej przerwy w podróży, Zajnab opuszcza oparcie fotela, przymyka oczy i postanawia wykorzystać czas na drzemkę. Pomimo że Mohamed zaczyna się niecierpliwić, nadal spokojnie przesuwa swój samochód po pół metra do przodu. Po jakimś czasie ruch całkowicie ustaje i widać zbierających się mężczyzn, którzy zażarcie o czymś dyskutują. Mohamed postanawia do nich dołączyć, a Zajnab i Hmedę budzi trzaśnięcie zamykanych drzwi. Matka przechodzi na tylne siedzenie i zaczyna opiekować się swoim maluchem, zmienia mu pieluszkę, przeciera buzię i rączki lanolinowymi chusteczkami, bierze na ręce i przystawia do piersi, nakrywając się wcześniej cieniutkim pledem. Czuje się skrępowana, bo jest skromną Arabką wychowaną w tradycyjnej muzułmańskiej rodzinie, jednak nikt nie patrzy w jej stronę, wszyscy kierują wzrok i wskazują rękami to na granicę tunezyjską, to na góry na południu. O czym oni gadają?, zastanawia się zaciekawiona. Czemu stoimy tyle czasu? Po nakarmieniu dzidziusia Zajnab obraca się i widzi przez tylną szybę, że za ich wozem ustawiła się chyba setka innych i teraz tkwią jak w pułapce, z której nie można się już wydostać. Postanawia rozprostować nogi i czegoś się w końcu dowiedzieć. Z synkiem na ramieniu dołącza do burzliwie dyskutującej grupy.

– To jest kolejka do przejścia granicznego w Ras Dżadir – informuje Mohamed, bezradnie rozkładając ręce na boki.

– To ile będziemy tutaj stać? Dzień, dwa, a może tydzień?! – Zajnab podnosi głos, bo sytuacja wcale jej się nie podoba i jest wręcz niebezpieczna. – Jesteśmy uwięzieni, nie wydostaniemy się z tego tłumu!

– Za jakieś dwa kilometry kończy się pas betonu oddzielający przeciwne strony autostrady i wtedy już zaczyna iść szybciej – informuje nieznany mężczyzna. – A najprędzej będą ci – śmiejąc się, pokazuje palcem na mężczyzn i kobiety, którzy zmierzają do przejścia na piechotę, niosąc cały swój dobytek w wielkich tłumokach na głowie lub plecach.

Większość z nich to mieszkańcy czarnej Afryki, których wódz lata temu ściągnął do Libii, obiecując zatrudnienie, godziwą płacę i mieszkanie. Nadał im nawet libijskie obywatelstwo, więc mieli wszelkie prawo mieszkać na terenie kraju i… wykonywać najcięższą pracę, taką, której żaden Libijczyk by nawet nie tknął.

– Biedni ludzie – podsumowuje czuła na ludzką krzywdę Zajnab. – Dali się omamić, a później reżim wycisnął ich do cna. Dorobili się tyle, co teraz niosą w dziurawych tobołach i starych walizkach.

– Ale będą przed nami i nie muszą stać na tym diabelskim upale przez wiele godzin – podsumowuje okrągła starsza kobieta, która też już nie mogła wytrzymać w aucie. – Mam nadzieję, moje dzieci, że wyłączyliście silnik, bo auta z klimatyzacją żłopią benzynę jak smoki – zwraca się do młodego małżeństwa. – Ciężko wam potem będzie pchać taką kolubrynę przez parę kilometrów. A na pomoc nie radziłabym liczyć, każdy chce tylko stąd uciec i ma w nosie pobratymców.

Mohamed rzuca się biegiem do auta i przekręca kluczyk, lecz za chwilę znów włącza motor, bo kolumna rusza skokowo do przodu. Widzą już w oddali szeregi budek celników.

– Uf, jeszcze chwilę. – Zajnab czuje, że w sidłach otaczających ich coraz szczelniej aut ogarnęła ją klaustrofobia, i spociła się z nerwów nawet na twarzy.

– Panie. – Nieznany mężczyzna puka do szyby od strony Mohameda. – Nie radzę przeprawiać się w Ras Dżadir – nie wiadomo czemu ich informuje. – Po drugiej stronie granicy i na Dżerbie szpilki już się nie wciśnie. Macie coś zarezerwowane? – pyta, szelmowsko się uśmiechając.

– Nie. – Małżonkowie patrzą na siebie z przerażeniem.

– No to kicha! O pensjonatach i kwaterach nie ma co marzyć! Wszystkie hotele mają pełne obłożenie, bo bogatsi, tacy jak wy, szczególnie uciekają. Co mają ryzykować? Jadą do Tunezji jak na wczasy i biorą na przeczekanie.

– To co robić? – Zajnab pochyla się w stronę rozmówcy.

– Ja organizuję grupę samochodów i walimy na Wazzan. W ilości siła, więc zawsze będzie raźniej. Macie dobry wóz, a taki w naszej kolumnie się przyda – mówi na koniec.

– Ale to strasznie daleko! – stwierdzają zgodnie,

wysiadając z auta, żeby przedyskutować sprawę, zwłaszcza że sznur pojazdów znowu stanął.

– Nawet się nie wygłupiajcie! – Ta sama co wcześniej starsza pani pojawia się w okolicy. – Wokół Nalutu i Dehiby oraz w rejonie przejścia granicznego nadal trwają walki pomiędzy siłami reżimowymi a rebeliantami. Chcecie wpaść w ich środek i dostać przez przypadek jakąś rakietą?!

– Nieprawda – oponuje inny człowiek z grupy jadącej na południe. – Ponoć dwustu żołnierzy Kaddafiego przeszło dzisiaj na stronę tunezyjską, w tym oficerowie i jeden generał. Odebrałem właśnie telefon od kuzyna, że Wazzan jest zdobyty przez powstańców. To jedynie dwieście kilometrów stąd, cóż to dla dobrego samochodu? – uśmiecha się zachęcająco, sam wsiada do starego zrujnowanego nissana sunny.

– Kochanieńka. – Nieznajoma o szczerej pulchnej twarzy chwyta Zajnab pod pachę. – Ty nie daj się nabrać – szepcze jej do ucha. – Mnóstwo szumowin wypływa w czasie wojny i żeruje na takich łatwowiernych i uczciwych ludziach jak wy. Na odludnych terenach mordują, gwałcą i rabują naiwniaków, którzy lecą do nich jak pszczoły do miodu. Ostrzegano mnie przed nimi, bo szczególnie grasują tutaj, przy granicy, wśród spanikowanych ludzi. Dla nich to idealna okazja na łatwy zysk. – Mohamed z przerażeniem słucha słów kobiety. – Nie dajcie się nabrać, moje dzieci. Spójrzcie tylko na jego autko. – Kobieta uśmiecha się pod nosem i szybko wsiada do swojego eleganckiego mercedesa.

Kolumna rusza i małżeństwo, nie oglądając się na naciągaczy, już bezproblemowo przekracza granicę. Mijając budki libijskich celników, widzą naganiaczy, którzy dzielą się zyskami z urzędnikami państwowymi, przeliczając na oczach wszystkich grube pliki zrolowanych dinarów. Na czym robią takie pieniądze?! – zastanawia się Mohamed i ciężko oddychając, z ulgą wjeżdża na obcą, ale bezpieczną ziemię.

***

Teren przygraniczny po stronie tunezyjskiej wygląda zupełnie inaczej niż po stronie libijskiej. Jest czyściutko i pachnąco, a budynki straży są schludne i zadbane. Wszystko lśni. Dookoła chodników ciągną się przystrzyżone żywopłoty, a na klombach rosną różnokolorowe kwiaty. Grupy uciekinierów z Libii przesiadują pod murami lub idą przed siebie, kierując się w głąb życzliwego kraju. Inny świat, myśli uspokojona i zadowolona Zajnab. Jest już bardzo zmęczona. Oczekiwanie na przekroczenie granicy zajęło im siedem godzin i nadzwyczaj grzeczne dziecko zaczęło jednak dawać w kość. Jeśli dorosły ledwo wytrzymuje, to co dopiero taki maluch. Matka już od paru godzin siedzi z Hmedą na tylnym siedzeniu, śpiewa mu piosenki, nakręca pozytywkę, trzyma przed nosem karuzelę z postaciami Disneya, poi, karmi i przebiera. I tak w kółko. Ręce jej mdleją, a kręgosłup boli niemiłosiernie.

– Zatrzymamy się na chwilę i dowiemy, gdzie powinniśmy się zarejestrować – wycieńczony Mohamed odwraca się w kierunku żony i słabo do niej uśmiecha. – Będzie można rozprostować plecy i skorzystać z toalety. Co ty na to?

– Świetnie. – Błyskawicznie wypina dziecko z fotelika i już stoi na chodniku z maleństwem na ręku. – Weź go na chwilę, proszę. – Podaje malucha ojcu, a sama wygina się jak kot i naciąga naprężone jak struny mięśnie.

– Czy mógłby nam pan powiedzieć, gdzie jest jakieś biuro, w którym powinniśmy się zapisać? – Libijczyk zaczepia pierwszego przechodzącego mundurowego.

– Uciekinierzy? – pyta, taksując ich wzrokiem od stóp do głów. – Biuro Wysokiego Komisarza do spraw Uchodźców znajduje się w obozie niedaleko stąd, może jakieś dziesięć minut autem – pokazuje palcem na drogę. – Ale chyba nie będziecie się tam zatrzymywać?

– Dlaczego? Czy to nie jest miejsce dla takich jak my?

– Raczej nie. – Celnik z dezaprobatą kiwa na boki głową. – Wy zdecydowanie nie należycie do tej grupy osób. – Cyka lekceważąco językiem. – Mam nadzieję, że macie zarezerwowany jakiś hotel?

– Nie, nie pomyśleliśmy o tym – przyznaje Mohamed.

– W zasadzie to decyzję o ucieczce podjęliśmy dwa dni temu i nie mieliśmy jak sobie czegoś zaklepać – włącza się Zajnab, zdenerwowana przez pogardliwie ich traktującego mężczyznę. – W Libii już od początku zamieszek nie mamy internetu i prawie w ogóle łączności telefonicznej.

– Współczuję. – Mężczyzna zmienia ton, głaszcząc przy tym małego Hmedę po policzku. – W takim razie polecam Dżerbę, może tam jest mniej uchodźców, a i hoteli bez liku. Tutaj już się dusimy i nie sądzę, żeby udało wam się coś znaleźć.

– Spróbujemy – oznajmiają i wsiadają do samochodu.

– Powodzenia! – słyszą jeszcze przez szybę.

– Co za gbur! – złości się kobieta. – To nie jest dla nas odpowiednie miejsce – naśladuje tembr głosu mundurowego. – Też mi znawca! Jak jest obóz dla uchodźców, a my jesteśmy uchodźcami, to tam się zatrzymamy i basta. Chcą oczywiście jak zawsze nabić sobie kieszeń naszymi libijskimi pieniędzmi i naciągnąć na drogi hotel. Ale my się nie damy!

Małżeństwo mimo zapadającego zmroku bezproblemowo znajduje rzęsiście oświetlony obóz i podjeżdża do głównej bramy. Koczowisko znajduje się na odludnym pustynnym terenie i zajmuje wielką powierzchnię. Całość jest ogrodzona siatką zakończoną drutem kolczastym, a do środka można się dostać przez wjazd kontrolowany przez osiłków w mundurach z wielkim napisem UNHCR na plecach. Mohamed i Zajnab milkną, a ich twarze bledną i wydłużają się. Mały Hmeda radośnie kwili.

– Wy czego tu chcecie? – niegrzecznie pyta jeden z mężczyzn pilnujących wstępu.

– Chcieliśmy się zarejestrować i dostać jakieś papiery – cicho tłumaczy Mohamed.

– Podjechać pod ten duży podłużny budynek z flagą, zaparkować i szybko zapisać się w środku. Ponoć za chwilę ma tutaj zjawić się następna falanga uchodźców, którzy dla odmiany przypłynęli promem. Oni myślą, że nasz obóz jest z gumy! Przeznaczono go na dziesięć tysięcy osób, a już mamy trzydzieści. Ruchy, *fisa*, *fisa*! – pogania przybyłych. – Chyba że chcecie w kolejce czekać tutaj z tym dzieciakiem do białego rana?

Młodzi Libijczycy teraz rozumieją słowa celnika, na którego się złościli. To miejsce zdecydowanie nie jest dla nich. Większość uchodźców ma czarny kolor skóry, czystej krwi Libijczyków widzą sporadycznie. Wielkie wojskowe namioty, przeznaczone na sto, sto pięćdziesiąt łóżek są specjalnie oznakowane dużymi tekturowymi tablicami: Ghana, Togo, Erytrea, Czad, Sudan, Somalia, Etiopia. W tej chwili przed jeden z nich wypada grupa krzyczących mężczyzn i okłada się kijami bejsbolowymi. Potężnie zbudowany Murzyn, mając widocznie wprawę w bijatykach, wali pięściami gdzie popadło i rozrzuca przeciwników na boki. Kobiety w kolorowych narodowych afrykańskich strojach i w turbanach na głowach wrzeszczą niemiłosiernie, a dzieci śmieją się i mają dobrą zabawę. W sekundę na miejscu rozruchów pojawiają się mężczyźni w mundurach i kolbami karabinów rozpędzają całe towarzystwo. Zajnab z przerażenia przełyka ślinę. Patrzy wymownie w oczy męża, chcąc przekazać mu jedną jedyną pilną wiadomość: wiejmy stąd.

– Razem wejdźmy do środka, nie zostawię cię tutaj samej. – Mohamed pokrzepiająco ściska żonę za rękę i roztrzęsioną wyciąga z samochodu. – Zapiszemy się, dostaniemy papier i zmykamy – mówi szybko, idąc długim korytarzem. – Na pewno znajdziemy jakieś miejsce w hotelu. Jak będzie trzeba, to damy *bakszysz*. Mamy dość pieniędzy.

– Na kartę i status uchodźcy trzeba będzie poczekać, nie wydajemy tego od ręki. – Wielki piegowaty babochłop nie jest miły, ale małżonkowie już się temu nie dziwią.

– Dzisiaj dostaniecie kwit, żeście się zgłosili, i to na razie tyle – na koniec smutno się uśmiecha. – Nie daliście rady gdzieś u siebie się ukryć? Teraz nie jest najlepszy czas na emigrację – cicho szepcze, a małżonkowie, chcąc ją usłyszeć, pochylają się nad biurkiem. – Ludzie z waszych warstw społecznych zawsze zdążą wyjechać i raczej nie mają problemów z wizą.

– Zamordowano nam całą rodzinę – wyznaje Mohamed. – Na co mieliśmy czekać? Aż i nas wyrżną?!

– Jesteście związani z reżimem? – Kobieta odsuwa się i taksuje młodych wzrokiem.

– Ależ skąd! – Machają rękami. – Pani nie wie, co tam się dzieje! Każdy może trafić pod ostrzał i znaleźć się w nieodpowiednim miejscu. Wszystko zmienia się jak w kalejdoskopie. Wydaje się bezpiecznie, a za chwilę zamiast domu pozostaje dziura w ziemi. – Mężczyźnie staje przed oczami ogród rodziców.

– Współczuję. – Przekonana opowieściami urzędniczka wstaje, poklepuje mężczyznę po plecach i otacza Zajnab ramieniem, całując ją jak matka w czoło. – Postaram się popchnąć waszą sprawę, inaczej będziecie czekali tutaj do przyszłego roku. Ci wszyscy uchodźcy… – zawiesza głos i z lekceważeniem macha ręką. – Na dwieście pięćdziesiąt tysięcy jedynie pięćdziesiąt to czystej krwi Libijczycy tacy jak wy – uświadamia ich, jednocześnie odprowadzając do wyjścia. – Cały świat zastanawia się teraz, co z nimi zrobić.

– Może nam pani doradzi, jak się stąd wydostać i w jakim kierunku zmierzać.

– Jedno wam powiem. – Macha ostrzegająco wskazującym palcem. – Nie wsiadajcie na żadne pontony czy prywatne małe promy. Teraz ludzkie hieny mają używanie. Sprzedają nie wiadomo ile biletów i przepełniają statki, a potem na nabrzeżach my zbieramy trupy. Ostatnio znaleziono ponad sto zwłok! – podnosi głos, sama przerażona liczbą. – Nie wsiadajcie na plaży, jedynie z nabrzeża w porcie. Bandy przemytników tylko czekają na naiwnych. Zaokrętujcie się na rządowy prom ewakuacyjny, oficjalnie i zgodnie z prawem. Może to trochę potrwać, ale bezpiecznie dotrzecie na wybrane przez was miejsce. Najlepiej jedźcie na zachód Tunezji – do Sousse, Monastiru lub Tunisu. Tam jest mniej krętactwa i więcej możliwości.

– Dziękujemy pani. – Młodzi są wzruszeni niespodziewaną życzliwością obcej osoby.

– Tutaj macie mój prywatny numer telefonu – wręcza im wizytówkę. – Nie przyjeżdżajcie niepotrzebnie, tylko dzwońcie.

***

Po drodze małżeństwo zatrzymuje się przy każdym napotkanym hotelu, lecz z każdego odchodzą z kwitkiem. Przed wielkimi resortami stoją naganiacze i proponują nocleg, lecz młodzi ostrzeżeni o dokonujących się teraz oszustwach nie biorą możliwości dogadywania się z nimi w ogóle pod uwagę.

– Jedziemy na Dżerbę. – Mohamed podejmuje męską decyzję. – Tam w części turystycznej jest hoteli, moteli i pensjonatów do wyboru, do koloru – pokrzepiająco uśmiecha się do wyczerpanej żony. – Na pewno znajdziemy coś dla siebie i jeszcze będziemy mogli odpocząć nad morzem w komfortowych warunkach.

W sieci Menzel, Mehari i Abu Nuwas nie ma ani jednego miejsca. Zdesperowani podjeżdżają pod najdroższe typu Radisson czy Vincci, gdzie ceny pokoju dochodzą do trzystu dolarów za dobę, lecz wszędzie jest pełno. Około północy postanawiają przespać się w samochodzie. Nie czują już głodu ani pragnienia, a dziecko, też umęczone, śpi w swoim foteliku jak kamień. Zatrzymują auto na parkingu przed niewielkim hotelem i próbują się jakoś ułożyć do snu.

– Nie potrzeba wam noclegu? – Mały zasuszony mężczyzna w szarej brudnej galabii puka w szybę. – Ja wynajmuję prywatnie.

– A ile za nocleg? – wykończony Mohamed jednak podejmuje rozmowę.

– Niedrogo, panie. – Chłopek usłużnie zgina się wpół. – Jedyne sto dolarów.

– Łazienka jest? – włącza się Zajnab.

– Oczywiście, musowo. – Uśmiecha się chytrze, widząc, że w końcu znalazł potencjalnego klienta. – A rano żona zrobi wam pyszne śniadanko – zachęca, kując żelazo, póki gorące. – Domowe warunki, nie pożałujecie.

– Jedziemy? – Mohamed z nadzieją w głosie pyta żonę.

– Głupie pytanie. – Zajnab oddycha z ulgą, myśląc o kąpieli. – Masz lepsze rozwiązanie?

– Jak daleko do pana?

– Nie tak daleko… – Mężczyzna niepewnie przestępuje z nogi na nogę. – Trzeba tylko wyjechać z wyspy i już jesteśmy w domu.

– Ile?

– No może z pół godzinki… ciut więcej…

– Dobra, jedźmy już! – ostatecznie decyduje kobieta. – Nie traćmy czasu na jałowe dyskusje. Marzę o tym, żeby wyprostować się w łóżku.

Tunezyjski wieśniak wsiada do starego zrujnowanego nissana pikapa i zapuszcza silnik. Auto dymi niemiłosiernie, lecz młodzi, niczym się już nie przejmując, ruszają w ślad za nim. Po opuszczeniu Dżerby wóz przewodnika przecina dwupasmową drogę prowadzącą do Tunisu i zjeżdża na wąską jednopasmówkę wiodącą na południe kraju. Małżonkowie spoglądają na siebie niepewnie, lecz podnoszą tylko ramiona do góry i ściskają usta. Po prawie godzinie jazdy przez odludne pustynne tereny widzą pojedyncze światełka błyskające na horyzoncie.

– Teraz już bym stąd nie trafił do głównej drogi – szepcze Mohamed, a przerażona Zajnab siedzi wyprostowana jak struna. – Musimy tylko mieć nadzieję, że to biedni uczciwi ludzie, którzy chcą zarobić parę groszy.

– A nie mordercy, tak? – Jego żona drży na całym ciele. – Wolałabym być zabita jednak we własnym kraju przez własnych, znanych mi oprawców. – Wybucha histerycznym śmiechem.

Auta parkują przed niskim małym domkiem przypominającym barak. Do środka prowadzą drzwi z obu jego stron. Na podwórze wychodzi kobieta ubrana w tradycyjny chłopski strój, podkoszulek i długi płat materiału zawinięty dookoła jej suchego ciała.

– Witamy, witamy. – Kłania się wpół. – Bóg nam was zesłał – cieszy się na widok młodych i uśmiecha do nich bezzębnymi ustami.

– Stara! Zaprowadź gości do ich pokoju! Nie widzisz, że ledwo stoją na nogach? – Usłużny dla obcych, a brutalny dla swojej kobiety chłopek bierze zamach i rąbie swoją połowicę pięścią po plecach.

Mohamed i Zajnab ze śpiącym niemowlakiem na ramieniu wchodzą do małego pokoiku, w którym znajdują jedynie dwa metalowe łóżka z cieniutkimi wyleżanymi materacami bez prześcieradeł, chwiejący się stół i jedno obłupane krzesło. Szafa została zbita z dykty chyba własnoręcznie przez gospodarza, bo nadal sterczą z niej długie drzazgi. Jedno jedyne maleńkie okienko zasłonięte urwaną z jednej strony żaluzją wychodzi na tyły domostwa, które spowija gęsta ciemność. Zajnab bierze głęboki wdech.

– Gdzie jest łazienka? – pyta martwym głosem.

– Jest, jest – mężczyzna przytakuje jak głupi. – Wyjdziecie z pokoju, pójdziecie w prawo i tam znajdziecie łazienkę i toaletę – chytrze się uśmiecha.

– Pod czym mamy spać?

– Kobieta zaraz przyniesie świeżo wyprane pledy, poduszki i ręczniki.

– A klimatyzacja? – Zajnab sama się śmieje z głupiego pytania, które zadaje.

– A po cóż to? Żeby tylko buczało? Na dworze świeże powietrze, okienko uchylić i zaraz jest czym oddychać.

– Okej, dzisiaj już tutaj zostaniemy, bo oczywiście nie mamy innego wyjścia, ale jutro…

– Jutro jaśnie pan będzie mnie prosił, żeby mógł jeszcze tutaj pomieszkać, bo w całej Tunezji miejsca teraz się nie znajdzie, a przy granicy z Libią to już każde jedno jest na wagę złota. – Wynajmujący jest pewny swego. – Jakiś zadateczek dobrze by było wpłacić…

***

Rano Zajnab budzi się jak nieżywa. Boli ją każda kosteczka, a o kręgosłupie lepiej nie wspominać. Jednak przez małe okienko wpada słońce, a świeże powietrze przyjemnie muska twarz. Cichutko na palcach, żeby nie obudzić swoich śpiących chłopaków, podchodzi do luftu i przez szczeliny w żaluzji spogląda na zewnątrz. Znajduje tam ładny mały ogródeczek, w którym troskliwa ręka posadziła pomidory, ogórki, ziemniaki, zieleninę oraz całą grządkę harissy. Między rabatami spacerują kury, oczyszczając teren z robaków i wszelkich owadów. Przy płocie z desek leży leniwy gruby kot i wygrzewa się na słońcu. Za działką musi być chyba stajnia dla bydła, wskazuje na to zapach dolatujący stamtąd. Jak u mojej babci pod Garianem, z sentymentem wspomina Zajnab. Zwyczajna pustynna osada.

Postanawia pójść do toalety i łazienki, bo wczoraj tak bała się ciemności, że wysikała się za rogiem domu, a ręce i twarz przetarła dezynfekującymi chusteczkami. W długiej koszulinie z kosmetyczką pod pachą i ręcznikiem przewieszonym przez ramię truchta do zewnętrznej umywalni. Byleby tylko nie było robaków, modli się w duchu. Toaleta to całkiem czysta ubikacja w stylu tureckim[1] z górnopłukiem i małym tuszem przyczepionym po prawej stronie. Brak natomiast papieru toaletowego, co jest zrozumiałe w tradycyjnym domu arabskim[2]. Już od tego odwykłam, trzeba będzie kupić, decyduje kobieta. Na jednej ze ścian zamontowano małą umywalkę, na której stoi butelka z dezynfekującym mydłem. Na ścianie jest lustro, a obok wieszak z małym czystym ręcznikiem. Do łazienki jest oddzielne wejście. Oczywiście nie można się spodziewać, że umieszczono w niej wannę, ale jest coś, co może posłużyć za prysznic, to znaczy metalowa rura wychodząca ze ściany, zakończona sitkiem, oraz dziura na środku, do której spływa woda. Do ściany przytwierdzono nawet metalowy koszyczek na kosmetyki. Robaków nie ma, a stare kafle na podłodze są tak wyszorowane, że aż zatraciły swój oryginalny kolor.

Zajnab wpada odświeżona do pokoiku i widzi męża z trudem przewijającego fikającego nóżkami synka. Cały pokój cudnie pachnie świeżym jedzeniem.

– Co to za pyszności? – Kobieta przyskakuje do stolika, na którym spoczywa wielka taca.

– Gospodyni przyniosła – odpowiada dość pochmurnie mąż.

[1] Ubikacja turecka – składa się z aluminiowej czy plastikowej podkładki na nogi i dziury, przeważnie montowana na równi z podłogą lub na niewysokim progu; nie siada się na niej.

[2] Arabowie tradycyjnie myją się po każdej wizycie w toalecie; robią to lewą ręką, dlatego nie należy nią sięgać po pokarmy.

– To co? Źle?

– Za jedyne dziesięć dolarów. – Tutaj jest przyczyna jego złości.

– Trudno żeby karmili obcych ludzi za darmo! – Matka jedną ręką bierze niemowlaka i dostawia go do nabrzmiałej piersi, a drugą podjada domowe smakołyki. – Nawet nie sądziłam, że jestem aż taka głodna – śmieje się zadowolona, bo czuje, jak wracają jej siły i dobry humor.

– To się cieszę. – Mohamed całuje żonę w głowę i czuje świeży zapach szamponu i perfum. – Wszystko będzie dobrze – pociesza ją, ale to raczej sobie usiłuje dodać odwagi.

– No pewnie! Ja jestem dziewczyną ze wsi, mnie się tutaj podoba!

Małżonkowie aklimatyzują się w obcych warunkach i jak to młodzi, błyskawicznie zaczynają dawać sobie radę. Gospodyni żywi ich znakomicie, serwując trzy posiłki dziennie po dziesięć dolarów każdy. Jedzenie jest naturalne, świeże i typowo arabskie. Na śniadanie dostają *leben*, tak gęsty, że można go ciąć nożem, ciepłe placki chlebowe, warzywa i oliwki, oliwę oraz miseczkę z tymiankiem lub jajecznicę z właśnie zniesionych żółciutkich jaj. Zdarza się też kozi ser i mleko. Obiad składa się z dość wodnistej pikantnej *szorby* i kuskusu z dużą ilością jarzyn i małymi kawałeczkami mięsa. Na kolację mają serwowane świeżo upieczone *buriki* lub drożdżowe bułki z miodem lub domowym dżemem z opuncji. Wszystko jest robione z produktów, które wieśniacy mają u siebie na małej farmie. Co parę dni gospodarz przywozi dla nich wielkiego arbuza lub melona z własnych pól w głębi lądu. Te owoce daje im już za darmo. Na beztroskim nicnierobieniu mijają im prawie dwa tygodnie.

– Czy w Tunezji po przewrocie jest bezpiecznie? – siedząc na wielbłądziej derce pod drzewem oliwnym, Mohamed pyta wieśniaka palącego razem z nim sziszę.

– No a jakże! Nic się nie dzieje, spokój, cisza i stopniowe reformy. U nas to nie tak jak u was. My mieliśmy jaśminową rewolucję. – Stary mężczyzna jest dumny z kultury i wyższości swojego narodu. – A u was chcecie się wszyscy pozabijać! – Pogardliwie wygina wargi i spluwa.

– Tak, masz dziadku rację. W Libii sytuacja wymknęła się spod kontroli, a swoją drogą Kaddafi to psychopata i świr. On polubownie nie odda władzy. – Mohamed się zasmuca.

– Tak, tak, znamy tego typka. W końcu jesteśmy najbliższymi sąsiadami, a on wielokrotnie skłócał nasze narody. Tylko szkoda mi zwykłych Libijczyków, takich jak ty i twoja rodzina. – Pochyla się i poklepuje młodego po policzku. – Jest was jedynie jakieś pięć milionów, a teraz będzie jeszcze mniej. Wielki bogaty kraj i brak ludzi to niedobra sytuacja. Obsiądą was zagraniczniaki jak sępy i będą cyckać, a jak teraz jeszcze wyginie lub ucieknie cała inteligencja, to wszystko pójdzie na zagładę i w obce ręce. – Mohamed zamyśla się nad mądrością słów starca i czuje się jak dezerter. – Całe pieniądze i bogactwo od was wywiozą i może być jeszcze gorzej niż z pułkownikiem.

– O nie, tak źle to nie będzie!

– Oby – pokrzepiająco kiwa głową.

– Libijczycy i tak nic a nic nie korzystali z własnych

dóbr. Wszystko szło do kieszeni Muammara, jego rodzinki i popleczników.

– Ot polityka! Mówią, że to największa ladacznica wszech czasów – podsumowuje ludowy myśliciel. – A jak tam z waszymi sprawami? – zmienia temat. – Długo musicie jeszcze czekać? Nie żebym was wyganiał, bo raźniej nam z młodymi, ale czekanie musi być dla was męczące.

– Planuję zadzwonić dzisiaj po południu. – Mohamed zaciska usta ze zdenerwowania.

– To nie zwlekaj, zrób to teraz! Będziesz miał z głowy.

Młody mężczyzna popchnięty do działania czyni to z ulgą. Zajnab z Hmedą przysiada przy nim na pledzie i nasłuchuje.

– Pani Asley Scott? – zagaja Mohamed po angielsku. – Nie chciałem wcześniej niepokoić, ale czy już coś wiadomo w naszej sprawie? – pyta drżącym głosem, uważnie słucha odpowiedzi, następnie jego twarz stopniowo się rozpogadza, a na koniec śmieje się już od ucha do ucha.

– *Yes, yes, yes!* – Po zakończeniu rozmowy skacze na równe nogi i jak dzieciak wyrzuca ręce w górę. – Jutro o dziesiątej! – wykrzykuje.

– *Wallahi*! – cieszy się Zajnab, a dziadek z babcią chichoczą, wykrzywiając swoje bezzębne usta.

– *Mabruk, mabruk!* – życzy im stara kobieta.

***

Auto mają zapakowane po dach, tak jakby mieli jechać na koniec świata, a nie do oddalonego o tysiąc kilometrów

Monastiru, w którym znajduje się wielki port. Sama pani komisarz poleciła im to miejsce, mówiąc, że tam przypływa najwięcej promów z pomocą humanitarną i odpływają statki z oficjalnie zarejestrowanymi uchodźcami. Żadna wolna amerykanka i przemyt ludzi!

Po parogodzinnym pakowaniu i krzątaniu się nadeszła nieunikniona chwila rozstania. Dziadkowie żegnają się z nimi jak z rodziną i to oni głównie zapełnili im auto prowiantem i prezentami. Kupili Hmedzie parę zabawek, dwa komplety chłopięcych ubranek, do których wsadzili prawie wszystkie dolary otrzymane jako zapłatę za pobyt. Na koniec dumni z siebie przynieśli bujany leżaczek dla dziecka, żeby Zajnab nie musiała cały czas trzymać go na rękach.

– Ale nam będzie bez was smutno. – Stara kobieta ociera łzę w oku. – Najpierw nasza córka wyjechała, a teraz wy – mówi jak do członków najbliższej rodziny.

– Żegnaj, babciu. – Zajnab obejmuje ją czule, tuląc się do jej suchego drobnego ciała. – To *hadaja*[1] na pożegnanie. – Na siłę wciska starowinie etui ze swoim złotym wisiorkiem i dwustoma dolarami w środku.

Staruszkowie we dwójkę odwożą młodych do autostrady prowadzącej na zachód do Monastiru i Tunisu. Droga jest długa, lecz szosa szeroka, a auto komfortowe. Młodzi pełni nadziei na przyszłość i rychłego zakończenia swojej tułaczki mają dobre humory. Późnym popołudniem wjeżdżają do brzydkiego robotniczego miasta Monastir. Znów zaczyna

[1] *Hadaja* (arab.) – prezent.

się tura po obłożonych tłumem przyjezdnych hotelach, lecz teraz już mają doświadczenie i korzystają z oferty naganiacza, który zaczepia ich na parkingu pod jednym z drogich i niewartych tych pieniędzy resortów.

– Łazienka i toaleta mają wejście z pokoju? Jest lodówka? Czy działa klimatyzacja? Jakie łóżko, co z pościelą? – zarzucają pytaniami zdziwionego właściciela lokalu. – Czy znajduje się w mieście, czy na obrzeżach?

– Wszystko jest, jak się należy – uspokaja ich mężczyzna i okazuje się, że mówi prawdę.

Na drugi dzień rano Mohamed postanawia zacząć szybko działać. Najważniejsze dla niego jest teraz dodzwonienie się do brata. W domku dziadków próbował wielokrotnie, lecz bez powodzenia. Zawsze jest szansa, że na tę jedną chwilkę pojawi się łączność, myśli, z nadzieją wybierając numer.

– Tak? – słyszy głos młodego.

– Cześć, braciszku! – krzyczy do słuchawki, bo połączenie jest kiepskie.

– Jak wam tam? Już w Europie? Wszystko w porządku? Jak twoja rodzinka? Zdrowa? – Raszid zarzuca brata pytaniami.

– Okej. Ja tylko prędko chcę powiedzieć, że mamy już wszystkie papiery i status politycznych uchodźców. Teraz idę do portu i lada dzień ewakuujemy się stąd.

– Jednak to trochę trwało, no nie? – Raszid się niepokoi. – Nie idzie tak błyskawicznie, jak się spodziewaliśmy. Starczy wam pieniędzy?

– Tak, nie martw się. – Mohamed uspokaja brata.

– Jedzenia mamy na jakiś tydzień, a Hmeda żywi się darmowym mlekiem od Zajnab. – Zawstydzona kobieta czerwieni się po uszy i grozi mężowi palcem.

– Bądź w kontakcie – smutno prosi Raszid.

– Oczywiście! Jak tylko będę miał dostęp do internetu, to zacznę wysyłać maile. Może u was też niedługo podłączą.

– Dobra.

– Uważaj na siebie, młody! Nie pakuj się w jakieś niebezpieczne sytuacje! Słyszysz mnie?! – krzyczy do słuchawki, bo słyszy tylko ciszę przerywaną trzaskami.

– Tak, pewnie – niechętnie zgadza się Raszid.

– Przyrzeknij mi, że nie przyłączysz się do powstańców i nie dasz się zabić! Proszę! – Połączenie zostaje zerwane, ale Mohamed nie wie, czy to wina kiepskiej łączności, czy jego brata, który prawdopodobnie nie chciał dać mu słowa, że nie zaangażuje się w bratobójczą walkę.

Po paru godzinach, które Zajnab spędza z synkiem na balkonie, z miasta wraca jej umęczony mąż. W ręce trzyma dwa kolorowe pomięte bilety na prom, jednak jego mina nie świadczy o szczególnym triumfie czy nawet zadowoleniu.

– Nie wiem, kochanie, czy to jest dla nas dobra droga ewakuacji – zastanawia się i chce jeszcze przed ostateczną decyzją omówić sprawę z żoną.

– Teraz to mówisz? – Kobieta złości się i marszczy czoło. – Ja to powtarzałam jeszcze w naszym pięknym mieszkanku w Zawii, potem w kilkukilometrowym korku do granicy, następnie na Dżerbie i w obozie dla uchodźców… – Przerywa, żeby wziąć oddech. – Ale obecnie zaszliśmy za daleko!

– krzyczy. – Jak chcesz wracać? Dokąd? A jeśli toczą się walki na trasie od granicy tunezyjskiej do Trypolisu, to co zrobimy? Wywiesimy sobie białe prześcieradło przez okno samochodu, żeby nas nie zastrzelili? – Mohamed opuszcza głowę. – Już nie ma odwrotu! Klamka zapadła! – podejmuje ostateczną decyzję.

– Przeglądnij zatem rzeczy i odłóż te, które możemy tutaj zostawić. – Mężczyzna kieruje się do wyjścia. – Ustaliłem już z gospodarzem, że kupi nasze auto…

– Za ile? – przerywa kobieta.

– Za bezcen oczywiście. Dorzucimy mu jeszcze nasze bety, da za nie parę groszy.

Do samego wieczora małżonkowie nie odzywają się do siebie i omijają wzrokiem. Zajnab z drżeniem serca oddaje swoje ulubione swetry i sukienki oraz zimowe buty, bo należy ponoć zapakować się w jedną walizkę. Kiedy Mohamed zabiera fotelik Hmedy, który ten dopiero co otrzymał w prezencie od życzliwych dziadków, nie wytrzymuje tego i z płaczem wybiega na balkon. Pół nocy nie śpią, a drugie pół dręczą ich koszmary. Nawet zwykle spokojny synek jęczy przez sen i parokrotnie zrywa się ze spazmatycznym krzykiem.

Jak to zazwyczaj bywa o tej porze roku w tej części świata, poranek jest piękny. Prawdopodobieństwo, że się zachmurzy czy będzie padał deszcz, jest bliskie zeru. Mohamed z Zajnab i Hmedą zostają podwiezieni do portu przez usłużnego gospodarza, który nieźle się na nich obłowił. Mężczyzna zostawia ich w pobliżu nabrzeża i budki strażnika, który sprawdza bilety i przepustki i nie pozwoli wejść na teren przystani nikomu niepowołanemu. Jest dziwnie spokojnie i pusto. Młody mundurowy chłopak, widząc wejściówkę Libijczyków, ze zdziwieniem podnosi brwi, lecz się nie odzywa.

– W którą stronę? – cicho pyta Mohamed.

– Terminal piąty – burczy młodzik. – Prosto do nabrzeża, a potem w prawo z pięćset metrów. Jak zobaczycie tłum, to nie będziecie już mieli wątpliwości. Oni przyszli z pięć godzin temu, a wy jak na samolot, tylko dwie przed czasem. Ale to nie moja sprawa...

Małżeństwo rzuca się biegiem we wskazanym kierunku, lecz kiedy pokonują zakręt, stają jak wryci. Przed nimi po prawej stronie jest linia wielkich jak domy kontenerów, po lewej zaś wzburzone czarne morze, na którym dość mocno kołysze się przycumowany nieduży prom zapakowany do granic możliwości pasażerami pochodzącymi głównie z czarnej Afryki. Sporadycznie z tłumu wyziera jaśniejsza twarz Libijczyka, który siedzi na swoich tobołach albo nadal ma je na plecach. Nikt z tych ludzi nie ma walizki, wszyscy targają tłumoki, paki czy pakunki, przeważnie zrobione z wielkich stulitrowych worków na ryż czy kuskus lub po prostu ze starego koca czy pledu. Na nabrzeżu kotłuje się rzesza krzyczących i zawodzących uchodźców, którzy usiłują jeszcze dostać się na pomost. Jest ich drugie tyle co już zaokrętowanych.

– Ci, co mają bilety, stają w linii wzdłuż brzegu! – krzykiem instruuje potężnie umięśniony i piegowaty jak indycze jajo mężczyzna w mundurze z plakietką UNHCR. Za pomocą policyjnej pałki przesuwa nierozumiejących po angielsku chętnych do wejścia na pokład. – *Ticket! Ticket!* – wrzeszczy jeszcze głośniej i macha nad głową kolorową wejściówką. – Nie ma biletu – staje tam! – bezosobowo zwraca się do biedaków, traktując ich jak bydło.

Prawie wszyscy zebrani z dumą pokazują kartę wstępu. Zrezygnowany urzędnik macha z dezaprobatą głową.

– Jak się chcą potopić, to ich sprawa. – Młode libijskie małżeństwo słyszy jego słowa, wypowiadane po angielsku do kolegi.

– Ale kto drukuje i sprzedaje im te cholerne fałszywe bilety? Trzeba ukrócić ten proceder! Ponoć płacą za nie nawet po tysiąc dolarów! Zgroza!

– Walcz z wiatrakami! Co robimy?

– Wpuszczamy, chyba się nie poduszą, a prom jest nowy, to może przetrzyma. – Współpracownik patrzy na piegowatego bezradnie. – Jak im ich Allah da, to dopłyną, a jak nie, to nie – ironicznie podsumowuje człowiek zajmujący się prawami człowieka, a mający za nic ludzkie życie.

Przedstawiciel Biura do spraw Uchodźców macha przyzwalająco ręką, na co hurma ludzka tylko czeka i rusza przed siebie z krzykiem pełnym agresji. Parę kobiet, jeden chłopiec i dwóch mężczyzn wpadają do morza, a reszta, wywracając się i wzajemnie tratując, wbiega na pokład.

Mohamed oraz Zajnab z małym synkiem na ręku obracają się plecami do całego zajścia, bo nie mają ochoty dłużej oglądać takiej hańby i upodlenia ludzkiego gatunku. W milczeniu idą przed siebie, wychodzą z portu i kierują się do postoju taksówek.

– Udał się wam urlop? – zagaduje taksówkarz. – Statkiem

to fajnie popłynąć… – rozmarza się. – A jaśnie państwo dokąd?

– Do Libii – cicho mówi pobladły na twarzy Mohamed.

– Panie, ale ja mogę tylko do granicy – tłumaczy się kierowca. – Potem będziecie musieli sobie już coś innego wynająć.

– Dobrze, proszę nas dowieźć do Ras Dżadir.

Zabawa w kotka i myszkę

Marysia z Raszidem nie są zaprawieni w ciężkiej pracy i swoją codzienną służbę w szpitalu rozpoczynają o dziewiątej, a nie jak Muaid o szóstej czy siódmej rano. Poza tym są przecież tylko wolontariuszami. Jest im trochę wstyd za swoją słabość, ale tłumaczą się sami przed sobą, że i tak pracują po dziesięć czy dwanaście godzin i ze zmęczenia padają na twarz.

Po wejściu do kliniki młodzi przeważnie rozdzielają się. Raszid od razu podąża na ostry dyżur, a Marysia na dobre objęła służbę na oddziale pourazowym. Całkiem podoba jej się to nowe zajęcie i coraz częściej dochodzi do wniosku, że właśnie to chciałaby w życiu robić. Pomagać ludziom, leczyć ich, dawać im szansę na zdrowe i szczęśliwe życie.

– *Salam alejkum* – Marysia wita się z Muaidem i rozmawiającym z nim Hassanem.

– *Alejkum as-Salam*[1] – odpowiadają, błyskawicznie rozpogadzając swoje chmurne twarze.

[1] *Alejkum as-Salam* (arab.) – z tobą (także) pokój; odpowiedź na powitanie.

– Jak ci się podoba praca w szpitalu? – całkiem odmieniony Hassan grzecznie zagaduje, mocno ściskając jej dłoń. Mężczyzna zmienił się nie do poznania, jakby przytył, trzyma się prosto, a garnitur, który ma na sobie, leży na nim jak mundur. Przecież jest starym wojskowym, przypomina sobie dziewczyna. Ale mu to odejście żony posłużyło, w duchu kpiarsko podsumowuje.

– Myślę, że znalazłam swoje powołanie, wujku – odpowiada na zadane pytanie. – A co u ciebie? Świetnie wyglądasz – słowa same wyrwały jej się z ust.

– Bo ja też odnalazłem cel w życiu – szczerze wyznaje, a Muaid patrzy na kolegę porozumiewawczo, żeby czasami coś nie chlapnął przy nierozsądnej kobiecie.

– Kuzynie, nie rób przede mną tajemnic. – Marysia delikatnie puka go pięścią w pierś. – Kobiety mają szósty zmysł i bez zbędnych słów wszystko odkryją. Wam, mężczyznom, wydaje się, że jesteśmy słabe i należy nas przed wszystkim chronić i w nic nie wtajemniczać, ale to są jakieś durne stereotypy! – denerwuje się.

– Przecież ja nic nie mówiłem – krewniak tłumaczy się ze słabym uśmiechem.

– Więc kiedy, wujku, dołączasz do powstańców w Bengazi? – pyta dziewczyna, szelmowsko się uśmiechając, a nie doczekawszy się od zbaraniałego Hassana odpowiedzi, obraca się na pięcie i tanecznym krokiem idzie na swój oddział.

– Ty mała szelmo! – za jej plecami krzyczy po polsku Hassan. – Powinnaś w wywiadzie pracować! – śmieje się i macha na pożegnanie ręką.

Dyżur Marysia zawsze rozpoczyna od sali, w której obecnie leżą już dwie jej ciotki. Samira odmawia od jakiegoś czasu uczestnictwa w jakichkolwiek zajęciach rehabilitacyjnych poza pokojem, więc jest poddawana jedynie regularnym masażom i ćwiczeniom w lub przy łóżku. Wygląda na to, że kobieta za nic nie chce opuścić sali. Leży też cały czas obrócona w kierunku okna, gdzie znajdują się Chadidża i nieznany ranny mężczyzna za parawanem. Marysi wydaje się, że uśpiona wyczuwa obecność siostry, dlatego też po porannych zajęciach dosuwa ich łóżka i leżą tak naprzeciwko siebie, cały czas trzymając się za ręce. Chadidża jest już zdecydowanie zdrowsza, czasami nawet zawiesi na czymś przytomny wzrok, lecz nadal jest cicha, smutna i prawie w ogóle się nie odzywa. Mocne środki psychotropowe, którymi lekarze usiłują ją wyprowadzić z załamania nerwowego, ogłupiają ją na potęgę, lecz sprowadzony najlepszy specjalista, kanadyjski psychiatra z kliniki na Gargareszu, twierdzi, że tak przebiega terapia w takich przypadkach. Kiedy nerwy się wzmocnią, zacznie się wyciągać ją z depresji, stosując do tego inne leki, prawdopodobnie tabletki szczęścia.

– *Salam*. – Marysia pochyla się nad mężczyzną i poprawia mu poduszki. – Jak się pan dzisiaj czuje? Może już niedługo wypiszemy pana do domu?

– Dobrze by było – odpowiada pacjent, słabo się uśmiechając. – Doskonale zdaję sobie sprawę, że zgruchotany obojczyk kiepsko się goi, a zerwane ścięgno i mięsień na szyi będą dawać mi się we znaki chyba już do końca życia, ale nie będę wam blokować tak teraz potrzebnego miejsca.

– Cóż, pan wie najlepiej, ponoć jest pan lekarzem.

– Tak się składa i kiedy mimochodem usłyszałem o waszych kłopotach kadrowych, to pomyślałem, że może mógłbym pomóc. Do Szpitala Centralnego raczej już nie wrócę, zwłaszcza że niepokojąca się o mnie matka zgłosiła, że zginąłem. W ten sposób chciała mnie uchronić przed poszukiwaniami i koniecznością pracy dla reżimu. Służbę wojskową odrabiałem jako lekarz armijny, więc mogliby mnie teraz zwerbować, rozumiesz?

– Sprytna kobieta z tej pana mamy, nie ma co – dziewczyna kiwa potakująco głową. – A czemu żona pana nie odwiedza? – zwycięża w niej ciekawość.

– Jakoś nie złożyło się do żeniaczki. Widać nie spotkałem odpowiedniej partnerki.

W tej chwili słyszą ruchy za parawanem, szuranie kapci i widzą Samirę, która noga za nogą, opierając się o specjalny stelaż, podąża do łazienki.

– Wydaje mi się, że znam skądś tę dziewczynę – szepcze pacjent.

– Nie sądzę, od piętnastu lat stąd nie wychodzi. Chyba że poznaliście się w zamierzchłej przeszłości.

– Czy to czasami nie jest jedna z sióstr Salimi? – Chory podnosi się wyżej i siada wyprostowany na łóżku.

– Tak. Nie mogę panu nic więcej powiedzieć, bo obowiązuje mnie ochrona danych osobowych. – Marysia wycofuje się, marszcząc ze zdziwienia czoło. – Rodzina mogłaby sobie tego nie życzyć. – Szybko wychodzi z pokoju, zastanawiając się, kim jest ten facet.

Samira, wracając z toalety, staje naprzeciwko łóżka mężczyzny i patrzy niewidzącym wzrokiem nad jego głową. Nadal jest bardzo ładna, choć lata i choroba odbiły się na jej twarzy, która jest poznaczona siatką drobnych i głębszych zmarszczek. Włosy już nie są takie lśniące i gęste jak kiedyś, a krucza czerń została przyprószona siwizną. Opiekunki splatają je przeważnie w młodzieńczy krótki warkocz spadający jej na szyję. Ciało ma szczupłe, a długie nogi w domowym dresie nadal mogą przyciągać wzrok mężczyzn. Z wyjątkiem tego, że nie mówi i ma nieobecne spojrzenie, nic nie wskazywałoby na to, że kobieta jest chora.

– Miriam, Miriam! – na korytarzu łapie kuzynkę podniecony Raszid. – Mamy znów łączność telefoniczną i ponoć będzie już na dłużej.

– Super! A do kogo mogłabym zadzwonić? Gdyby mama wzięła komórkę, uciekając…

– Ale jeśli żyje… – Chłopak gryzie się w język. – Cóż, ona będzie mogła skontaktować się z tobą! – pociesza. – Nie rozstawaj się teraz z aparatem – mówi na pożegnanie i rusza w swoją stronę, aby pomóc sanitariuszom z ciężej rannymi przy ich myciu, przygotowywaniu do operacji i przenoszeniu.

– Nie schodź na dół na izbę przyjęć, a jak będziesz szła do domu, to przez wyjście ewakuacyjne – Muaid dzwoni do kuzynki, dziękując Bogu, że nie musi załatwiać już teraz wszystkich spraw, biegając po piętrach.

– Dlaczego? Co się dzieje?

– Odbyła się kolejna manifestacja w Trypolisie – informuje grobowym głosem. – Na obrzeżach miasta na otwartym terenie, uczestniczyło w niej chyba parę tysięcy osób.

– Tak? – z drżeniem nasłuchuje dziewczyna.

– Siły naszego pułkownika rozgromiły demonstrantów za pomocą lotnictwa i czołgów.

– *Wallahi*! – Marysia chwyta się ręką za czoło. Chce jej się płakać.

– Ponoć jest co najmniej trzystu zabitych, a ilu rannych, tego nigdy się nie dowiemy. Znów żołdacy usuwają ślady i zbierają martwych razem z jeszcze żywymi. Musimy spodziewać się napływu większej liczby pacjentów.

– Czy nikt nam, Libijczykom, nie pomoże?! – oburza się Marysia. – Co na to wszystko siły międzynarodowe, jakieś rady bezpieczeństwa, organizacje praw człowieka? Przecież tutaj nadal są zagraniczni korespondenci i informacje wydostają się na zewnątrz. Chcą nas tak wszystkich zostawić na śmierć?!

– Tym razem chyba nasz kochany wódz przesadził. Hassan dzwonił i mówił, że ogłoszono sankcje ONZ i zakaz lotów nad Libią i że zanosi się na międzynarodową interwencję wojskową pod egidą NATO – mężczyzna szepcze do słuchawki.

– Na czym miałoby to polegać? Teraz oni będą do nas strzelać?

– Nie, będą jedynie bombardować obiekty i magazyny wojskowe reżimu i wykurzą naszego znienawidzonego lidera z jego koszarów i schronów.

– Potrafią tak? Z dokładnością do centymetra czy do metra? Strzelą w hangar z bronią i amunicją, a co z domem mieszkalnym, który przy nim stoi? Przecież nie wszystkie znajdują się na odludziu. Przeważnie budowano je w zaludnionych dzielnicach, widać na wypadek takiej sytuacji, jaką mamy teraz.

– Miriam, nie bądź fatalistką! Teraz są już takie aparatury i systemy namierzania, że można w szpilkę trafić.

– Jeśli idzie o system namierzania... – nagle orientuje się dziewczyna – to co z systemem podsłuchiwania? Chyba już jesteśmy ugotowani. – Rozłącza się, mocno ściskając komórkę w ręce. Ależ my jesteśmy debile!, podsumowuje w duchu, a serce ze strachu chce jej wyskoczyć gardłem.

Tak jak się spodziewali, placówka zostaje zalana ogromną ilością rannych i poszkodowanych i zamienia się w szpital wojenny. Ponoć inne tego typu ośrodki nie chcą przyjmować nikogo z ranami postrzałowymi czy urwanymi kończynami, bo w całym mieście nasiliły się lotne kontrole bezpieczeństwa i sprawdzają teraz każdą klinikę i najmniejszy ośrodek zdrowia. Muaid stąpa po cienkim lodzie.

– Zamknęli szwajcarsko-libijską klinikę przy Ben Aszur. – Muaid zaciska usta i oddycha przez nos, nie chcąc okazywać paniki.

– A co z kierownictwem, lekarzami, co z chorymi?! – pyta zszokowana Marysia, stawiając na stole wielką miskę spaghetti na spóźnioną kolację.

– Szwajcarski dyrektor dostał cynk i zwiał nocą za granicę, a libijski przedstawiciel zapadł się pod ziemię, co silniejsi pacjenci uciekli, natomiast obłożnie chorzy zostali ponoć przewiezieni do państwowych szpitali. Rodziny nie mogą jednak nikogo znaleźć. Lekarze, przeważnie cudzoziemcy, kryją się i udają, że ich tutaj nie ma. Paru zaprzyjaźnionych do mnie dzwoniło i stąd mam tę informację.

– Nie wiem, co ci doradzić… – Z przemęczenia Raszid sam wygląda jak chory, ale terapia pracą zdaje egzamin w stu procentach. Nie ma teraz ani czasu, ani sił myśleć o wymordowanej rodzinie i chorej matce.

– Coś trzeba będzie wymyślić, bo nie ma sensu dłużej tak ryzykować – decyduje Muaid. – Pacjentów jednak na bruk nie wyrzucę! – twardo oznajmia. – Prześpijmy się z tym.

Rano Marysia jak burza przebiega przez swój oddział. Jest bardzo podminowana i przestraszona, bo nie wie, kiedy i czego może się spodziewać. Niższy personel chyba puszczą wolno?, myśli egoistycznie. Ale jestem wredna!, po chwili beszta sama siebie. Jeszcze tylko zajrzę do ciotek i lecę szukać Muaida, postanawia. On na pewno coś już wymyślił, łebski z niego facet, podnosi się na duchu. Kiedy przekracza próg sali, dzwoni jej komórka. Podskakuje, bo odwykła już od tego dźwięku. Może to kuzyn? Patrzy na ekran, lecz wyświetlający się numer jest jej nieznany. Odebrać?, zastanawia się. Może służby chcą mnie namierzyć?

– Odbierz, kobieto! – szepcze siedzący na łóżku pacjent. – Tutaj są chorzy i ten wariacki dźwięk raczej nie pomoże ich skołatanym nerwom.

– Tak, tak, przepraszam!

– W szpitalu telefon powinnaś nastawić tylko na wibracje, takie są zasady. – Uśmiecha się do niej życzliwie.

– Tak? Kto mówi? – Dziewczyna przyciska słuchawkę do ucha, lecz słyszy tylko szum i trzaski. – Kto tam?

– Tutaj mama! Marysiu! Słyszysz mnie teraz?

– Mama, moja mama?! – Siada na podłodze i zaczyna płakać.

– Kochanie moje, posłuchaj! Jestem cała i zdrowa...

– A co z raną?! Ten najemnik cię przecież postrzelił! – Dziewczyna mówi po polsku, lecz słowo „mama" jest uniwersalne. Przebudzona Chadidża siada na łóżku i całkiem przytomnym wzrokiem wpatruje się w bratanicę. Obcy mężczyzna również obserwuje młodziutką szlochającą kobietę.

– Nie przerywaj, kiciu, bo muszę powiedzieć ci najważniejsze! Rozumiesz wszystko, czy mam mówić po angielsku?

– Rozumiem.

– Jestem w Centralnym Szpitalu w Nalucie.

– Więc jednak jesteś chora! – wykrzykuje przerażona córka.

– Nie! Pracuję jako ochotniczka, pomagam nielicznym lekarzom i pielęgniarkom, którzy jeszcze pozostali.

– To tak jak ja.

– Słuchaj, teraz najważniejsze. Jeśli tylko będziesz miała pewny środek transportu, to uciekaj stąd jak najszybciej i jak najdalej. W Libii już się nie odnajdziemy. Spotkamy się w domu w Arabii Saudyjskiej. Chciałabym wiedzieć, że jesteś bezpieczna.

– Ależ mamo, razem tutaj przyjechałyśmy i razem wyjedziemy!

– Marysiu, raz mnie posłuchaj, moje ty kochane, lecz uparte jak osioł dziecko! – Matka traci cierpliwość i podnosi głos. – Mnie jest bliżej do granicy tunezyjskiej, a tobie albo do egipskiej, albo do jakiegoś promu. Ponoć zaczynają takie pływać.

– A kiedy ty planujesz stąd wyjechać? – posłusznie już pyta dziewczyna.

– Za jakiś czas, teraz nie mogę zostawić chorych ludzi i bezdomnych dzieci, których jest tutaj coraz więcej – tłumaczy Dorota. – Ta zawierucha niedługo powinna się skończyć, choć walka tutaj wygląda jak zabawa w kotka i myszkę. Raz jedni zdobywają jakąś miejscowość, my mamy rannych i zabitych, a później drudzy ją odbijają, i u nas znowu to samo żniwo.

– Ja też mam jeszcze parę spraw do załatwienia, parę do dokończenia i nie mogę tak z dnia na dzień wyjechać – wyznaje dziewczyna, myśląc o swoich chorych ciotkach i o Raszidzie. – Zresztą na razie nie mam jak i czym, a do samochodu z byle kim nie wsiądę – wbija złośliwą szpilę, bo nie jest w stanie wybaczyć matce jej głupiego postępku. – Skoro już działają komórki, to przynajmniej raz dziennie będziemy wysyłały do siebie esemesa z wiadomością co i jak. Jeśli da się zadzwonić, to ja jestem wolna przeważnie wieczorami, a w zasadzie koło północy.

– To tak jak ja – śmieje się matka. Kobiety nawet nie zauważyły, że w międzyczasie połączenie telefoniczne zyskało na jakości i słyszalność jest perfekcyjna.

– Będę próbowała się z tobą łączyć. Kocham cię, mamo – wyznaje Marysia. – Tak się bałam, tak szalałam z rozpaczy.

– Ja też, moja mała dorosła córuniu. Zawsze byłaś moją pierwszą i moją ostatnią myślą za dnia, a w nocy, kiedy nie wiedziałam, co u ciebie, dręczyły mnie koszmary.

– Tak jak mnie.

– Już niedługo się zobaczymy – obiecuje Dorota.

– Mam nadzieję…

– Poczekaj! Byłabym zapomniała! – wykrzykuje podenerwowana. – Jak dasz radę, to zadzwoń do Łukasza, bo ja w moim telefonie nie mam wyjścia za granicę, a może w ogóle ten region został zablokowany.

– Okej, spróbuję – obiecuje. Całkiem zapomniała, że w Saudi zostawiły swoje rodziny.

– Oni tam wszyscy na pewno od zmysłów odchodzą! Kontaktowałaś się z Hamidem? – pyta, a córka słyszy w jej głosie przyganę.

– My też nie mieliśmy łączności, mamo! – denerwuje się.

– Dobrze, już dobrze. Więc zrób to teraz.

– Pa, muszę już kończyć. – Córka rozłącza się i szybko chowa komórkę do kieszeni.

Na korytarzu słychać trzaskanie jednych drzwi po drugich, podniesione męskie głosy i tupot ciężkich buciorów. Po chwili do sali gwałtownie wpada trzech atletycznie zbudowanych mężczyzn, a za nimi blady jak ściana Muaid. Faceci, jeśliby ktoś miał wątpliwości co do ich profesji, mają na sobie długie czarne płaszcze z widocznym wybrzuszeniem pod pachą i wojskowe buty. Zaskoczeni widokiem zapłakanej pielęgniarki w białym fartuchu siedzącej na podłodze, zatrzymują się jak wryci, co daje czas mężczyźnie za parawanem na ciche wskoczenie do łóżka i nakrycie się prześcieradłem wraz z głową.

– Sami widzicie, że nic podejrzanego w mojej klinice

nie ma. – Muaid obejmuje ramieniem stojącą już Marysię i ze zdziwieniem patrzy jej głęboko w oczy.

– A czemu ta siedziała na posadzce? – próbują się do czegoś doczepić.

– Właśnie zmarła pani, która tutaj leżała już od dłuższego czasu. – Dziewczyna kłamie jak z nut, ostrożnie zerkając na łóżko. – Tak mnie to poruszyło, że zakręciło mi się w głowie i straciłam równowagę. – Gra jak stara aktorka, pochylając przy tym z rozpaczą głowę i spuszczając wzrok.

– Nie! Panu nie wolno! – krzyczy dziewczyna, zasłaniając przejście własnym ciałem, bo funkcjonariusz bezpieki wykonuje jeden krok do przodu, chcąc zobaczyć, co rzeczywiście jest ukryte za parawanem.

– Bardzo mi przykro, ale ja w tej chwili jestem *mahramem* tej kobiety – służbowym, spokojnym już głosem oznajmia Muaid. – Rodzina powierzyła mi jej zdrowie, ale też honor i nie pozwolę go splamić, tym bardziej po śmierci.

– Co mi tutaj za głupoty będą gadać! – Nachalny osiłek pcha się do przodu i w tej samej chwili Samira wydobywa z siebie nieprzytomny, gardłowy jęk.

– Ona jest naga! – Marysia używa ostatecznego argumentu, który poznała z seriali telewizyjnych. – Obłożnie chorych rozbieramy, bo w ten sposób lepiej możemy się nimi opiekować i łatwiej jest przeprowadzić natychmiastową reanimację.

– Czy chce pan pohańbić biedną zmarłą, gapiąc się na jej gołe stare szczątki? – Muaid jest pełen podziwu dla kuzynki, bez niej zapewne nie dałby sobie rady.

Teraz do jęków siostry dołącza Chadidża, która pomimo ogłupiających środków uspokajających doskonale zdaje sobie sprawę z niebezpiecznej dla wszystkich tu obecnych sytuacji. Zaczyna piszczeć, rzucać na boki głową, a częstotliwość dźwięków przez nią wydawanych jest nie do wytrzymania. Samira też wzmacnia siłę głosu i w tej chwili obie siostry zgodnie dają koncert, a przy tym targają prześcieradło rękami i rzucają się w łóżkach z jednej strony na drugą. Mężczyźni są przerażeni, bo chore kobiety wyglądają jak obłąkane.

– Takie powinno się w wariatkowie zamykać! – Szef grupy kieruje się ku drzwiom, zatykając sobie uszy. – Albo po prostu wsadzić do komórki i dać zdechnąć. Toż to zwierzęta, a nie ludzie.

– Widzi pan, a my musimy się takimi opiekować – z satysfakcją stwierdza już na korytarzu właściciel kliniki.

– Ty nie myśl sobie, że się wykręcisz sianem! – Funkcjonariusz chwyta Muaida boleśnie za ramię. – Sądzisz, że jak nas oprowadzisz po porodówce i oddziałach dla świrów, to ci uwierzymy, że nie ukrywasz tutaj żadnych rebeliantów? Następnym razem przeczeszemy to gniazdo opozycji od piwnic do strychu! Masz szczęście, że na dzisiaj mam już dosyć. – Z lękiem spogląda na salę, z której dochodzą krzyki i zawodzenia. – Daj im, do cholery, jakieś prochy na uspokojenie! – Odwraca się i maszeruje w kierunku schodów.

– Odprowadzę panów do wyjścia, żebyście trafili. – Muaid nie chce zostawić śledczych samopas. – Pielęgniarka doskonale wie, co ma robić.

Kiedy głosy i rumor na korytarzu cichną, Marysia zamyka drzwi i przykładając palec do ust, uspokaja kobiety.

Szybko podchodzi do łóżka mężczyzny i odkrywa prześcieradło, znajdując pod nim uśmiechniętego, lecz jeszcze bladego ze strachu pacjenta.

– Dobra jesteś! – Ocalony siada i mocno przyciąga dziewczynę za szyję, aby ją ucałować. – Uratowałaś mi życie.

– Mojemu kuzynowi też. – Marysia oddycha z ulgą. – A może i sobie?

– Miriam – słaby zachrypnięty głos dochodzi z pierwszego łóżka przy drzwiach, na którym leży wyczerpana Samira. – Miriam, chodź mi pomóc.

Zszokowana Marysia błyskawicznie obraca się i widzi ciotkę patrzącą całkiem przytomnym wzrokiem prosto w jej oczy. Przebudzona kobieta wstaje, mocno trzymając się poręczy, i stawia stopy na zimnej podłodze pokoju. Przechodzi ją dreszcz, lecz całym wysiłkiem silnej woli z pomocą bratanicy zmierza w kierunku okna. Zastaje tam mężczyznę w średnim wieku i od razu rozpoznaje w nim Mahdiego, jej jedyną, wielką miłość z przeszłości.

– Sami! – Mężczyzna wyciąga do niej rękę, a jego poszarzała z choroby i ze strachu twarz jaśnieje teraz radością. – Moja najukochańsza Samirka! – Kochankowie padają sobie w objęcia.

***

Kobiety z rodziny Salimich opuszczają szpital kuzyna i dla bezpieczeństwa zostają odwiezione do domu ambulansem. Siły rządowe jeszcze nie strzelają do szpitali i karetek pogotowia, ale nigdy nie wiadomo, co przyniesie przyszłość. Muaid z Raszidem i Mahdim planują, jak przeprowadzić ewakuację kliniki. Lekarz dzwoni do swoich zaprzyjaźnionych i przeciwnych reżimowi kolegów po fachu, Muaid zaś łączy się z ukrywającymi się przestraszonymi medykami z prywatnych, zamkniętych już klinik. Raszid robi za fizycznego oraz „przynieś – wynieś – pozamiataj", ale jest w tym niezastąpiony. Właściciel szpitala wie, że nie ma co zwlekać ani minuty dłużej. Jest przekonany, że funkcjonariusze organów bezpieczeństwa pojawią się niedługo, i to we wzmocnionym składzie.

– Mam pomysł, jak wykiwać ubeków – mówi na nocnej szybkiej naradzie, zorganizowanej w dużej sali rehabilitacyjnej na drugim piętrze budynku. – Pobawimy się z nimi w kotka i myszkę, to ich ulubiona gra. – Uśmiecha się przebiegle. – Jeśli ktoś zdecydował się na opuszczenie Libii, to będzie lepiej, jeśli teraz wyjdzie i nie pozna szczegółów. Także ci, którzy postanowili nadal pracować w szpitalu w Trypolisie, ale nie chcą uczestniczyć w ryzykownej ewakuacji rannych, mogą iść do domu i stawić się jutro rano na swoją zmianę. Detale chciałbym omówić z zaangażowanymi w sprawę lekarzami, siostrami i pielęgniarzami. – Wychodzi trzech doktorów oraz dziesięć sióstr, w większości Libijek. Pozostają głównie cudzoziemcy. Smutne, myśli Mahdi, patrząc na odchodzących. Bardziej angażują się w naszą walkę obcy niż swoi. Dobrze, że mamy takich Muaidów, uśmiecha się i patrzy z zaufaniem na nieustraszonego szczupłego mężczyznę.

– Czy wszyscy obecni na sali są pewni swojej decyzji

i mają dusze bohaterów? – Mahdi chce wesprzeć kolegę i trochę rozweselić spięte towarzystwo.

– Nie damy się zastraszyć! – Pakistański chirurg neurolog ze sporym brzuszkiem i dłońmi pianisty macha nad głową zaciśniętą pięścią.

– Dla mnie i mojej rodziny Libia to jakby druga ojczyzna – wyznaje skromnie maleńka filipińska pielęgniarka. – Żyję tutaj od dwudziestu lat! To jak teraz mam zostawić poszkodowanych sąsiadów czy znajomych? To byłoby nieuczciwe! – Wszyscy zgodnie potakują głowami.

– Może by przenieść chorych do kościoła na Dahrze? – poddaje pomysł egipski Kopt. – Świątynie to najbezpieczniejsze miejsce podczas każdej wojny.

– Dzięki za wasze słowa, wsparcie i porady, lecz wysłuchajcie mojego planu. Musimy zacząć szybko działać. – Muaid, jak typowy mówca, wyciąga ręce przed siebie i ucisza towarzystwo. – Zapewne wiecie, albo przynajmniej część z was, że prowadzę ośrodek odwykowy dla narkomanów i ludzi uzależnionych – zaczyna. – Znajduje się on około stu kilometrów od miasta na zabitej dechami prowincji. Otacza go z hektar moich prywatnych gruntów, przeważnie nieużytki, piach i kłujące kaktusy. Mój lazaret sam się utrzymuje, bo leczymy w nim pracą. Kuracjusze uprawiają warzywa, owoce i hodują zwierzęta domowe. Do tej pory musieliśmy jedynie kupować cukier, kuskus oraz leki.

– Wspaniale! *Mabruk!* – rozlegają się głosy podziwu.

– Problem polega na tym, że jest przeznaczony dla dwudziestu, góra trzydziestu chorych.

– Ojej! To co będzie? Takie dobre miejsce!

– Wypisaliśmy prawie wszystkich uzależnionych pensjonariuszy, oni spokojnie mogą kurować się w domu – Muaid kontynuuje niezrażony. – Ci, co zostali, są już praktycznie zdrowi i postanowili nam pomóc w utrzymaniu ogrodu, karmieniu bydła, gotowaniu czy sprzątaniu. Będą mieszkali w dużym rozbitym na dworze namiocie weselnym.

– Hej! Super! Ale ty masz łeb! – Niektórzy bardziej impulsywni wstają i poklepują organizatora przedsięwzięcia po plecach czy ramieniu lub ściskają jego dłoń.

– Właśnie wysłałem ciężarówką dwadzieścia szpitalnych łóżek, leki i niezbędny sprzęt do gabinetów zabiegowych. Żadnej operacji tam nie przewiduję, bo oczywiście nie ma do tego odpowiednich warunków. Lżej i średnio rannych wypisywaliśmy z naszej kliniki przez całe dzisiejsze popołudnie. Rodziny płaczą, bojąc się, że im się pogorszy, ale po tym jak naświetlam im naszą nieciekawą sytuację, pędem ich zabierają – śmieje się z goryczą.

– To ilu nam zostało?

– Około pięćdziesięciu świeżo przywiezionych, niedawno zoperowanych i w kiepskim stanie oraz dziesięciu z komplikacjami.

– Dużo – szepcze jeden poważny doktor.

– Są też z wylewami wewnętrznymi i grożącą gangreną.

– Do diaska! – Mahdi nie panuje nad językiem – Ale damy radę! – poprawia się, nie chcąc zniechęcić zaangażowanych medyków.

– Jak ich przewieziemy? Jak chcesz ruszyć pacjentów z ostrego dyżuru? – pyta odpowiedzialny za chorych chirurg. – To ich może zabić!

– Tak, nie wykluczam takiej opcji – przyznaje Muaid. – Ale jeśli wpadną w ręce bezpieki jako przeciwnicy wodza angażujący się w walkę z reżimem, to na pewno tego nie przeżyją – podsumowuje smutno. – Nie wmówimy smutnym panom w długich czarnych płaszczach, że wszyscy kuracjusze są po wypadkach samochodowych, w wyniku których mają pourywane ręce, nogi i rany postrzałowe. Aż tak głupi to oni nie są!

– Bez pisemnej zgody rodzin ja się nie piszę na taki transport – ostatecznie wstaje zdenerwowany palestyński doktor, a reszta potakująco kiwa głowami. – Jak mnie wojsko, najemnicy czy urząd bezpieczeństwa nie wykończy, to dobierze mi się do tyłka rodzinka takiego zmarłego pacjenta. Oko za oko, ząb za ząb, znasz zasady. Nie mamy prawa za nich decydować i narażać życia ich krewniaków.

– Już się tym zająłem – odpowiada inicjator ryzykownego przedsięwzięcia, doskonale orientujący się w arabskich realiach. – Te rodziny, które zezwolą nam na przewiezienie ich krewnych w nowe bezpieczne miejsce, mają do godziny piątej rano przynieść oświadczenie w formie pisemnej i zostawić je w naszej małej aptece przy Suku Dżuma Saga na Ben Aszur. Zaprzyjaźniony farmaceuta będzie tam dzisiaj trzymał dyżur całą noc.

– W jaki sposób w obecnych warunkach tak szybko się z nimi skontaktowałeś? Informację wysłałeś gołębiem? – Mahdi nie może wyjść z podziwu dla sprytu mężczyzny.

– Zawsze bierzemy numer telefonu kogoś z familii pacjenta lub nawet sąsiadów, aby móc w razie potrzeby zawiadomić na przykład o zgonie albo o konieczności przeprowadzenia ryzykownego zabiegu. Dzisiaj mamy fart, że łączność komórkowa nadal działa! – Wszyscy jak na komendę przykładają telefony do ucha i z zadowoleniem słyszą sygnał. – Inaczej nasz plan od razu skazany byłby na niepowodzenie.

– Allah nad nami czuwa! *Sza Allah*! – słychać szepty mocniej wierzących muzułmanów.

– Do czego my możemy ci się przydać? Co teraz robić? Co dalej? – zebrani pytają już jeden przez drugiego.

– W ośrodku mam na każdej zmianie dwóch rozleniwionych lekarzy i jedną pielęgniarkę – informuje Muaid, z niezadowoleniem zaciskając usta. – Więc sami widzicie, do czego jesteście potrzebni. Do wszystkiego! – słuchacze są zadowoleni, bo każdy lubi czuć się niezastąpiony i niezbędny.

– Pacjentów z OIOM-u będziemy przewozić ambulansami pojedynczo i pod opieką lekarza. – Mahdi zastępuje prelegenta, który koordynuje sprawy organizacyjno-papierkowe. On jako medyk opracował w miarę bezpieczny transport. – Do każdej karetki można upchnąć jeszcze z przodu i na tylnych siedzeniach dla ratowników po paru lżej rannych, ale nadal wymagających bieżącej kontroli i stałej opieki medycznej.

– To pozwolisz, że zadzwonię do żony i poproszę o parę gaci na zmianę – śmieje się pakistański dowcipny doktor.

– Ja to samo… Ja też… – Lekarze po kolei wstają i szykują się do wyjścia.

– Czekajcie, jeszcze nie skończyliśmy – śmieje się Muaid, zadowolony, że w sumie tak łatwo poszło. – Tych, co można przewieźć na wózkach lub którzy choć trochę poruszają się o własnych siłach, przetransportujemy busami i tam przydałaby się opieka pielęgniarek.

– Okej, jadę. – Pierwsza podnosi rękę Filipinka, a zaraz po niej Ukrainka i Bułgarka.

– Jak ustalimy kolejność dyżurów, to dwa razy na dobę będę po was wysyłał małe stare autobusiki. Tak dla niepoznaki całkowite ruiny – chichocze złośliwie.

– Dzięki ci, mój ty dobroczyńco, dzięki. – Dla odstresowania zaczynają robić sobie kpinki i podejmują rozmowy w grupach. Jest druga w nocy, a nikomu nie chce się spać.

– Panie, panie. – Stara koścista salowa z Erytrei, która od lat sprząta też w domu Muaida, wchodzi do pomieszczenia bez pukania. Głowy wszystkich obracają się w jej kierunku. – Mam już tyle pisemnych zgód! Ha! Przywieźli z apteki – oznajmia wtajemniczona kobieta i śmieje się, pokazując swoje krzywe żółte zęby. – Patrzcie, jak ufają mojemu panu. – Macha przed oczami zebranych plikiem zapisanych, pomiętych i poplamionych kartek.

– To do roboty! Czas nas goni! – Wszyscy wybiegają z sali.

Jest trzecia w nocy, Marysia nie ma już kompletnie siły, lecz Samira nie daje jej spać. Chce się dowiedzieć o wszystkim, co wydarzyło się przez długie piętnaście lat jej śpiączki. Mowę ma jeszcze niewyraźną, mylą jej się słowa, język plącze, gardło męczy i chrypi, ale bratanica rozumie wszystko, co ciotka chce powiedzieć i o co zapytać. Chadidża też siedzi z nimi w salonie, lecz jest całkowicie zatopiona w swoich myślach. Nie wygląda zdrowo, martwi się Marysia. I ten jej pusty, martwy wzrok. Muszę poprosić o zmianę kuracji, postanawia. Nie wystarczy ją ogłupiać, trzeba tchnąć w nią życie, dziewczyna wydaje lepszą diagnozę niż renomowany lekarz.

– Jak zginęła Malika? – pyta Samira, bo w historii rodzinnej są już przy Ghanie.

– Strasznie, została zastrzelona. – Marysia zaczyna opowieść o ich życiu w Afryce i opisuje miłość ciotki do przystojnego ambasadora Erytrei.

– Mieli się pobrać? Co za nieszczęście! Nawet jej nie należała się aż tak straszna kara za grzechy – podsumowuje siostra. – Miewała pewne przebłyski dobroci… – zawiesza słaby głos, usiłując sobie je przypomnieć.

– Ja bardzo ciocię Malikę kochałam – wyznaje Marysia. – Była dla mnie jak matka.

– Nawet więcej, sama przedkładałaś ją ponad swoją rodzicielkę! – oburza się ciotka. – Biedna Dorota, jak ona rozpaczała, kiedy się dowiedziała, że nie przyjechałaś na spotkanie do ambasady.

– Wiem – kaja się dziewczyna, a łzy zbierają się w jej pociemniałych z żalu oczach. – Teraz to rozumiem…

– Teraz?! Dałaś jej straszliwie w kość! – denerwuje się rozmówczyni, lecz po chwili lekceważąco macha ręką. – Cóż, nie ma co płakać nad rozlanym mlekiem, przecież w końcu się odnalazłyście.

– Tak, po bardzo długim czasie.

– A gdzie? W Trypolisie?

– Ona przyjechała tutaj, kiedy byłam nastolatką. Odszukał mnie jakiś włoski detektyw.

– Jak to dobrze! To już lata jesteście razem! – cieszy się ciotka.

– Nie. Wtedy z nią nie pojechałam – wyznaje skruszona.

– Co? – Samira poprawia się w fotelu, prostując jak struna. – Czyś ty oszalała?! – chrypi.

– Mmm, chyba tak. – Marysia aż poci się od tak bezpardonowej krytyki. – Spotkałyśmy się dużo później w Arabii Saudyjskiej – wyznaje, skracając już całą pozostałą historię swojego życia. – Dopiero rok temu znów nawiązałyśmy kontakt.

Samira zawsze była szczera aż do bólu, podsumowuje ciotkę w myślach. Trochę przypomina w tym Polkę Kingę z Arabii i może dlatego tak ją polubiłam. *Wallahi*..., nagle coś jej się przypomina i aż zagryza wargi.

– Miałam zadzwonić do Łukasza! Ależ ja jestem nieodpowiedzialna, ależ beznadziejna! – krzyczy i zrywa się na równe nogi, chcąc natychmiast znaleźć komórkę.

W tej samej chwili domem wstrząsa potężny huk, a przerażone kobiety podskakują, chwytają się za ręce i kulą za sofą. Z paniką rozglądają się dookoła.

– Co się dzieje? – pyta Samira, patrząc na sufit, z którego sypie się biały tynk. – Ja cię rozpytuję o zamierzchłą przeszłość, zamiast się dowiedzieć, co jest, do cholery, aktualnie grane w naszym kraju? Mahdi był ranny, tyle wiem, lecz nie chciałam tak od razu go wypytywać, zwłaszcza że był zajęty z Muaidem. Myślałam, że to w jakiejś zawierusze na ulicy. Nieraz u nas już strzelano, gangi narkotykowe, przemytnicy, zawsze można się było znaleźć w złym miejscu o złej porze...

– Ciotko moja kochana! Mamy wojnę! – wykrzykuje Marysia. – Rewolucję! I sami wybijamy się nawzajem.

– Zabito mi całą rodzinę, droga siostro – do rozmowy włącza się cicha do tej pory Chadidża. – Wystrzelono z jakiejś śmiercionośnej maszynerii pocisk do czwórki dzieciaczków bawiących się nad basenem.

– Co? – Samira przestaje się bać bombardowania, bo informacje, które do niej dochodzą, są bardziej szokujące i straszne od tego, co dzieje się za oknem. – Co ty opowiadasz?! Jak to jest w ogóle możliwe?!

– To, co słyszysz. – Siostra chwyta przebudzoną za ramiona i delikatnie nią potrząsa. – Wiecie, co zostaje z ciała siedmio- czy nawet dwunastolatka po takim wybuchu? – pyta, patrząc na rozmówczynie. – Co ja bym dała, żeby tak usnąć jak ty i nigdy się już nie obudzić! – Spuszcza głowę.

– Chadidża, na Boga! – Samira zakrywa usta dłonią i cichutko roni łzy.

Na zewnątrz eksplozje stają się coraz głośniejsze i przechodzą w kanonadę. Krewniaczki patrzą bezradnie na siebie. Szyby w oknach drżą.

– Muaid dostał informację, że ONZ i NATO nie będą bezczynnie patrzeć na to, co Muammar z nami wyprawia. Może to oni? Mieli zacząć bombardować obiekty wojskowe – przypomina sobie Marysia.

– To czemu walą w centrum miasta? A co z cywilami? – trzeźwo pyta Samira, kuląc się przy każdym kolejnym głośniejszym wybuchu.

– Ponoć mają być bezpieczni…

– Tralalala. – Chadidża nie może w to uwierzyć. – Bzdury! Oni poza tym nie walczą o nas, tylko o nasze złoża ropy i gazu. Naiwniacy, co myślą inaczej! – ironicznie się uśmiecha.

– Natychmiast powinnyśmy się stąd wynieść. – Marysia aż drży. Wydaje jej się, że bomby spadają już na podwórku. – Trypolis stał się jeszcze bardziej niebezpieczny niż do tej pory.

W tej chwili dzwoni telefon, co Marysia wyczuwa tylko po wibracjach, bowiem nie słyszy nawet własnych myśli.

– Miriam! – Raszid krzyczy do słuchawki. – Pakujcie się, przyjadę po was najszybciej, jak się da! – Rozłącza się.

Kiedy około piątej nad ranem nalot się kończy, kobiety słyszą hałas odsuwanej bramy wjazdowej i ryk silnika samochodu. Siedzą w salonie na walizkach i boją się ruszyć. Po chwili Marysia, jako najodważniejsza, podchodzi do okna i obserwuje podwórze przez grube firany.

– Już są! – informuje, podbiega do ciotek, chwyta swoją torbę i bierze Samirę pod ramię. Pierwszy dzień po przebudzeniu był dla niej wyczerpujący, ledwo powłóczy nogami i trudno jej utrzymać równowagę. – Może Mahdi ci pomoże? – Młoda dziewczyna nie ma tyle sił.

– To on też przyjechał? – Oczy Samiry od razu zaczynają błyszczeć i wraca jej energia. – Niech mnie nie widzi w takim stanie, dam sobie radę.

– Chodźcie, moje panie. – Mahdi wchodzi do pokoju i spogląda na obecne. – Przestraszyłyście się, co? – śmieje się, lecz widać, że jest u kresu sił.

Po zerwaniu ścięgna w szyi, uszkodzeniu mięśnia, złamaniu obojczyka i głębokim zranieniu w barku, które nie goi się za szybko, powinien jeszcze być pacjentem i powoli wracać do zdrowia na szpitalnym łóżku, poddając się stopniowej rehabilitacji. Jednak w warunkach wojny jako lekarz czuje powinność pomocy innym, ciężej poszkodowanym. Wszystko, co robi, jest ponad jego siły.

Wychodzące z domu nadal przestraszone kobiety owiewa przyjemne rześkie powietrze poranka. Głęboko oddychają i rozglądają się dookoła, szukając wzrokiem śladów zniszczeń, lecz wszystko jest na swoim miejscu. Raszid biega co chwilę do służbówki, przynosząc to stare materace, to nieużywane pledy i koce oraz puste kanistry na benzynę. Na podjeździe stoi wielki ford pikap, na którego pakę mężczyzna wrzuca znalezione rzeczy.

– To były natowskie siły sprzymierzone – informuje szczęśliwy. – Wykurzą lisa z nory, zobaczycie! Już niedługo będzie koniec tej bratobójczej walki.

– Oby. – Samira chwyta za klamkę drzwi wozu i ciężko oddycha. Z osłabienia trzęsie się na całym ciele.

– Gdzie nas zabieracie? – Marysia zadaje zasadnicze pytanie.

– Muaid ewakuuje szpital na farmę, która kiedyś należała do twojego ojca – mówi Raszid. – Ty też tam ponoć jakiś czas mieszkałaś?

– Oj! Tak chciałam tam pojechać i zobaczyć stare kąty! – Dziewczyna aż łapie się za głowę.

– To masz okazję. Wpadniemy jeszcze tylko do szpitala po ostatnich chorych, bo powoli idą nam te przenosiny, i lecimy na wieś. – Raszid otwiera drzwi przed Samirą i gna do domu po swoje osobiste rzeczy. Ledwie przebudzona ze śpiączki jednak nie ma na tyle silnych mięśni, żeby podnieść nogę do góry i wsiąść do auta. Próbuje nieznacznie unieść kończynę, lecz zaraz ją opuszcza i udaje, że jeszcze chwilę chce się nacieszyć ożywczym powietrzem.

– Przepraszam, kochanie. – Mahdi rzuca się z pomocą. – Zupełnie zapomniałem o twojej chorobie, zachowuję się jak nielekarz. – Podnosi kobietę na zdrowym ramieniu, wykrzywiając się przy tym z wysiłku i bólu.

– Stop! Co ty wyprawiasz?! – Raszid już jest przy nich, odpycha chorego, przez co ciotka o mały włos nie ląduje na betonie. – Co ci Muaid mówił? Jak będziesz tak przesadzał i zerwiesz jeszcze raz to ścięgno, to będziesz wyglądał jak kogut ze skręconym karkiem. O tak. – Chłopak przedstawia obrazowo i bardzo dobitnie opisywaną sytuację, przechylając głowę na lewą stronę i wysuwając z ust czerwony język.

Wszyscy zaczynają się śmiać i w dobrych humorach ruszają w drogę, uodpornieni już na odgłosy pojedynczych bomb. Pomimo wczesnej pory przed szpitalem wrze. Małe dziesięcioosobowe busiki powoli są zapełniane ledwie poruszającymi się rannymi. Głównie są to mężczyźni, ale nie tylko. Mimo że Kaddafi był uważany za feministę i całe życie otaczał się kobietami, to i one mają go już dość. Chciały to tylko zamanifestować i okaleczone trafiły do szpitala.

– Mamy paru leżących w niezbyt ciekawym stanie, ale myślę, że ambulansy nie zdążą już obrócić przed siódmą, a do tego czasu klinika musi zostać wyczyszczona i powrócić do swojego normalnego trybu – Muaid mówi do Raszida i Mahdiego, a dziewczyny w wozie nasłuchują przez otwarte okna. – Kogo nie uda nam się wywieźć, przetasujemy z chorymi na serce, gruźlicę czy nerki, byleby ich ilość i obrażenia nie rzucały się w oczy.

– Okej, brachu, dawaj! – Mahdi poklepuje niedoszłego krewniaka po plecach, patrząc ze współczuciem na jego spoconą, zmizerowaną twarz i rozchełstany niedbały strój.

– Oni mają amputowane albo ręce, albo nogi, a jeden starszy jest naprawdę w kiepskim stanie, ale rodzina wyraziła zgodę na wywiezienie go z miasta, a nawet o to prosiła – szeptem objaśnia właściciel szpitala, popychając przy tym nosze na kółkach.

Mała zgrabna pielęgniarka wskakuje na pakę wozu i poprawia, wygładza i przyklepuje wrzucone tam przez Raszida materace i pledy, które mają uczynić jazdę bardziej komfortową. Dołącza do niej kuzyn i sanitariusz. Razem usiłują wciągnąć na skrzynię jęczących, bladych, pokiereszowanych mężczyzn. Najciężej chorego kładą przy brzegu, koło niego może szesnastoletniego chłopca z amputowaną przy kolanie nogą, a potem jeszcze trzech innych, których ciała śmierdzą chorobą, zgnilizną i detergentami. Leżą ciasno zwinięci jak ryby w puszce, lecz przytakują, że wszystko jest *quejs, tamam i mija-mija*[1]. Na koniec Raszid naciąga na otwarty bagażnik pikapa plandekę i mocuje ją z wszystkich stron, zostawiając tylko szczeliny w rogach u wezgłowia tego prowizorycznego łóżka.

[1] *Mija-mija* (arab.) – doskonale.

– Jedź powoli. – Muaid klepie kuzyna w plecy. – I nie daj się złapać! Że też musimy ryzykować bezpieczeństwo naszych kobiet. – Niezadowolony z siebie kiwa na boki głową i zaciska usta. – Trzymajcie się, dziewczyny! – zwraca się do przestraszonych krewniaczek. – Wszystko będzie dobrze, po południu przyjadę was odwiedzić – uśmiecha się dla dodania im odwagi. – Przygotujcie dla mnie jakąś dobrą *siorbę*.

– To odludzie, byłem już tam dzisiejszej nocy z trzy razy i nie widziałem żywej duszy – pociesza Raszid. – Ani jednego posterunku policji, nie mówiąc już o wojsku. Czego mieliby tam pilnować i kogo sprawdzać, jeśli tamtymi dróżkami przejeżdża jeden rolniczy sprzęt lub samochód na godzinę? W czasie pokoju to i owszem, ludzie spędzają weekendy na swoich farmach, spotykają się tam z rodziną czy znajomymi, grillują, ale teraz wszystkie sąsiadujące domy są zamknięte na głucho. Muaid panikuje, bo jest już zmęczony. Biedna porządna chłopina.

Do prowizorycznego szpitala można by dojechać i w godzinę, ale nie jak się ma taki delikatny ładunek i nie chce się rzucać w oczy. Kierowca prowadzi bardzo ostrożnie, omija większe dziury, zwalnia na zakrętach i osiąga szybkość maksymalną nie więcej jak sześćdziesiąt kilometrów. Pasażerowie w kabinie samochodu, pomimo zmęczenia i nieprzespanej nocy, siedzą milczący i smutno patrzą przed siebie. Nikt nie zmrużył nawet oka. Cały czas się zastanawiają, jak się mają chorzy leżący na pace pod plandeką. Czy przeżyją wstrząsy? Czy mają czym oddychać? Czy nie są spragnieni? Czy nie potrzebują pomocy albo po prostu czy nie chcą skorzystać z toalety? Dojeżdżają na miejsce dopiero po półtorej godziny. Samira i Mahdi zastali się i mają problemy z poruszaniem, ale nikt nie ma teraz czasu, żeby się nimi zajmować. Nic im nie będzie. Raszid, Marysia i Chadidża, która prawdopodobnie nie dostała swoich ogłupiaczy, więc wszystko kojarzy i jest w pełni świadoma sytuacji, wyskakują z samochodu i podbiegają na tył wozu. Trzęsącymi się rękami wyplątują linkę mocującą plandekę. Ze środka dochodzą głośniejsze jęki i westchnięcia. Zlani potem, bladzi jak śmierć pacjenci wykorzystują resztki swoich sił, żeby wydostać się na zewnątrz. Podpierają się na łokciach, chwytają blachy i podciągają, chcąc usiąść. Obecni już na miejscu lekarze i pielęgniarki podbiegają do nowo przybyłych. Pierwszych zabierają tych najbardziej niecierpliwych i w końcu na pace pozostają tylko chłopiec i starszy mężczyzna. Obaj leżą i patrzą nieruchomym wzrokiem w błękit nieba. Nastolatek w końcu mrugnął i cichutko zaczyna szlochać. Chadidża dla pocieszenia chce go poklepać po nodze, lecz nie znajdując jej, odkrywa koc i jej oczom ukazuje się okaleczone chude ciało.

– Biedaku! – Wyciąga do niego ramiona jak do własnego dziecka. – Co oni z tobą zrobili? Co za mordercy żyją w tym przeklętym kraju? – Chłopak na rękach podsuwa się do brzegu bagażnika i przytula się do obcej kobiety jak do matki.

– Ten pan nie żyje – szepcze jej na ucho. – Wyzionął ducha na moim ramieniu – mamrocze przerażony.

– I jeszcze… – szloch zatyka mu gardło. – I jeszcze przy tym zesrał się na mnie. – Trze oczy rękami i zawstydzony patrzy dookoła, jakby to jemu się przydarzyło.

– Nic nie szkodzi! – Uśmiechnięta ukraińska pielęgniarka o jasnej i pełnej jak księżyc twarzy pociesza młodego pacjenta. – Damy radę! Wykąpiemy się, odświeżymy i będziesz jak nowy. Dobrze? – Przejmuje go od zamarłej w bezruchu Chadidży i mokrymi od ekskrementów spodniami piżamy sadza na metalowym inwalidzkim wózku. – Kąpiel czeka na jaśnie pana. – Figlarnie czochra chłopaka po skołtunionych krętych włosach. – Jak masz na imię, młody? Założę się, że Mohamed – żartuje, bo w każdym arabskim kraju mężczyzna albo na pierwsze, albo na drugie, a na pewno na trzecie imię musi mieć Mohamed.

– Skąd pani wiedziała? – Chłopak powoli zapomina o strasznych przejściach minionej godziny.

– Co za sodoma i gomora?! – Chadidża podbiega do samochodu, przy którym stoją już wszyscy członkowie jej rodziny. – Co za gehenna?! – Targa włosy na głowie, wyrywając je sobie garściami. – Pokuta za grzechy i rozpustę, ot co! Pokaranie boskie! – Kręci się w kółko i wymachuje rękami. – To nawet nie jest czyściec, tylko piekło na ziemi! – Pada na kolana i zaczyna uderzać czołem w kamienistą ścieżkę. – Ja nie chcę żyć! – wyje. – Zabijajcie się i gnijcie sobie tutaj sami! Beze mnie! – wykrzykuje i wyrzucając ramiona do góry, pada nieprzytomna twarzą w piach.

***

Marysia cały czas trzyma w ręce telefon, żeby pomimo tragicznych przeżyć nie zapomnieć zadzwonić do Łukasza. Póki jest łączność, bo przecież nie wiadomo, jak długo będzie.

– Cześć, jak się masz? Jak Daria i Adamek? Jesteście zdrowi? – pomimo tego, iż powinna od razu zrelacjonować swoją i matki sytuację, nie opuszcza klasycznych arabskich pytań na przywitanie.

– Mary, to ty? Źle cię słyszę! Mów głośniej! Czemu się nie odzywacie? My tutaj z Hamidem wariujemy!

– Nie było łączności – odpowiada dziewczyna, zdziwiona nagłym zainteresowaniem męża.

– Że co?

– Nie działają telefony i internet! – wykrzykuje.

– Jak to? Abonament macie zapłacony, więc możecie dzwonić do woli. Ja próbowałem chyba ze sto razy i Dorota po prostu nie odbierała, a twój operator informuje, że jesteś poza zasięgiem. Co wy tam, do cholery, robicie?

– Telefon mamy możesz na razie zawiesić i nie opłacać – dopiero po wypowiedzeniu tych słów rozumie, jakie mogą mieć znaczenie dla oddalonego o tysiące kilometrów mężczyzny. Nawet na taką odległość słyszy jego chrapliwy oddech. – To znaczy mama go już nie używa… bo zgubiła – nie chce wdawać się w szczegóły, na to przyjdzie odpowiedni czas. Kiedy Dorota będzie chciała, sama wszystko opowie mężowi.

– Możesz mi ją dać do telefonu? – szepcze Łukasz.

– Nie za bardzo. Ja jestem pod Trypolisem, a ona w Nalucie.

– Gdzie? Dlaczego? Czemu nie jesteście razem?

– Tak się złożyło. Spróbujemy się jeszcze spotkać w Libii, ale jeśli się nie uda, to mama doradzała, żebyśmy się ewakuowały na własną rękę. Ona ma bliżej do granicy tunezyjskiej, a ja może zaokrętuję się na jakiś prom. Nie wiem jeszcze.

– Gdzie jest ten Nalut?

– W Górach Nafusa. Całkiem spore miasto…

– Przecież tam toczą się ciężkie walki! – wykrzykuje zaniepokojony. – Czemu nie wyleciałyście samolotem?

– Trzeba by najpierw dojechać na lotnisko. Nie ma cię tutaj i nie wiesz, co się dzieje.

– We wszystkich wiadomościach pokazują, że z Libii uciekają setki tysięcy ludzi, a wy nie możecie? Jak to możliwe?

– Mamy niefart. – Dziewczyna jest już zmęczona tą rozmową, bezpodstawnymi zarzutami i głupimi radami.

– A może nie chcecie? Może ty urwałaś się ze swojego małżeńskiego powrozu, a Dorota przypomniała sobie libijskie klimaty i przystojnego libijskiego męża? – Łukasz wysuwa podłe oskarżenia.

– Dobrze, że mamie tego nie mówisz, bo to wredne i tylko byś ją zranił. Nie znalazłyśmy się w centrum wojny z własnej woli. Zaprezentowałeś typowo samczą postawę – mówi zimno. – Podaję ci numer telefonu do mamy, może jak trochę ochłoniesz i przemyślisz sobie swoje słowa, to do niej zadzwonisz. Ona nie ma możliwości połączeń zagranicznych. – Wzburzona dziewczyna prędko dyktuje cyfry i bez pożegnania rozłącza się. Nawet nie próbuje dzwonić do Hamida. Obawia się, że ich rozmowa przebiegałaby w podobnym tonie. Nasi faceci nie są w stanie zrozumieć, że utknęłyśmy tutaj jak w czarnej dziurze, myśli, ciężko wzdychając. Nikt siedzący w fotelu przed telewizorem w ciepłym komfortowym domku nie potrafi sobie wyobrazić okrucieństw wojny.

Marysia postanawia się uspokoić, bo przecież wściekanie się nic nie pomoże. Chodzi po farmie coraz bardziej nią zauroczona. Jest jak zahipnotyzowana. Czuje się tak, jakby wyjechała stąd wczoraj. Nie obchodzą jej pretensje Łukasza, własne kłopoty małżeńskie, depresja i choroba Chadidży ani cierpienia ludzi, którzy czekają na rozlokowanie, leżąc na materacach w cieniu drzewek oliwnych, w namiocie weselnym albo na szpitalnych łóżkach pod domem. To jest jej miejsce szczęśliwości z dzieciństwa, to jest jej eden. Słyszy śmiech rodziców dochodzący w nocy z ich sypialni, płacz małej Darii, murzyńskie przyśpiewki gosposi Joice, z którą tak uwielbiała przebywać w kuchni, i chropawy głos polskiej babci, która cały czas czytała jej kolorowe książeczki. Bungalow jest niezmieniony. Wchodzi się do niego przez obszerny, wyłożony lastrikiem taras. Nadal stoją na nim plastikowe białe stoliki i krzesła, zajęte teraz przez chorych. Lecz Marysia nie widzi tych ludzi i ich cierpienia, nie w tej chwili. Wkracza do dużego, może trzydziestometrowego salonu i odnajduje jego widok we wspomnieniach. Podłoga była zasłana pięknym bordowo-granatowym wełnianym dywanem, w jej nadal ulubionych kolorach i stylu. Pod jedną ścianą znajdował się skórzany zestaw wypoczynkowy, a naprzeciwko wielki telewizor zawieszony na niewidocznych hakach. Pod nim, na specjalnej mahoniowej szafce stał sprzęt audio-wideo, który nauczyła się obsługiwać wcześniej od mamy, oglądając do upadłego ulubione bajki. W odległości może dwóch metrów od niego zainstalowano kominek, wyłożony ręcznie malowanymi kaflami w kwiatowo-zwierzęce arabskie wzory. To było cudo! W każdym kącie pokoju znajdowało się coś – to zielona palma wysoka na półtora metra, to narożna komoda, to skórzany puf zdobiony w orientalne esy-floresy, a przy oknie to, co zawsze uwielbiała – bujany fotel, z mięciutką poduszeczką i ciepłą chustą rozłożoną na oparciu. Pamięta, jak biła się z mamą, kto będzie na nim siedział, i kończyło się tak, że upychały się na nim razem. Teraz przypomina sobie ciepło i czułość rodzicielską, którymi zawsze była obsypywana tak ze strony matki, jak i ojca. Przed oczami przelatują jej obrazy wspólnych zabaw i brykania właśnie na tym wełnianym dywanie. Pamięta, jak skakała tacie po brzuchu, a on udawał, że go boli, a potem podnosił ją do góry na wyciągniętych rękach i kręcił nią młynki. Wszystkie te wspomnienia skrzętnie ukryła w najgłębszych zakamarkach dziecięcego zranionego serca, aby chronić się przed bólem rozstania i braku rodziców. Młoda kobieta mruga oczami, tak jakby chciała się obudzić z cudownego snu, i widzi, że z jej obrazu pozostał do dziś tylko kominek i stary telewizor przymocowany do ściany. Cały luksus i piękno gdzieś zniknęły. W salonie stoją dostawione do ścian małe czteroosobowe stoliczki z jasnego drewna, twarde krzesła bez poduszek na siedzisku i barowa lada. Teraz to miejsce wygląda jak stołówka i chyba nią jest, podsumowuje zawiedziona.

Marysia rozsuwa drzwi prowadzące z salonu do kuchni. To pomieszczenie nadal wygląda jak dawniej, oddycha z ulgą. Jest w nim wszystko, co tylko można sobie wymarzyć, włącznie ze zmywarką i dwudrzwiową stalową lodówką, którą zawsze się zachwycała, że mogłaby pomieścić ją na stojąco. Dziewczyna chodzi w kółko, dotyka szafek i sprzętów, wodzi ręką po zimnym kamiennym blacie. Całość nie jest już nowa, ale ciągle najwyższej jakości. Po chwili przytyka nos do szyby drzwi prowadzących na patio, na którym latem spędzała cudowne chwile, kąpiąc się w dmuchanym plastikowym baseniku. Nadal stoją tam kamienny stół i ławy, a w kącie stacjonarny grill z czerwonych palonych cegieł. To było ulubione miejsce mamy, wspomina. Gdyby mogła, przesiadywałaby tutaj non stop. Zaraz, zaraz, przecież była gdzieś i łazienka, marszczy czoło, usiłując sobie przypomnieć, odwraca się i kieruje do białych drzwi prowadzących z salonu. Zatrzaskuje zamek i siada na toalecie. Ciężko oddycha, kręci jej się w głowie. Szkoda, że nie ma ze mną mamy. Nie wiem, czy byłaby ucieszona takimi zmianami, ale na pewno przeżyłaby powrót do przeszłości równie mocno jak ja. Byłoby nam raźniej, wzdycha, ściskając komórkę w ręce. Zadzwonię, kiedy już obejrzę wszystkie pokoje, postanawia. Łazienka, tak jak kiedyś, reprezentuje komfort jak z włoskiego folderu, podsumowuje, rozglądając się dookoła. Glazura imituje mozaikę i jest w ulubionych przez Dorotę odcieniach błękitu, granatu i gołąbkowego. Nad sporą wanną zamontowano długą półkę, w tej chwili zapełnioną detergentami i kosmetykami dezynfekującymi, septycznymi wacikami i gazą. Nie ma już artystycznie porozrzucanych muszli i skorup morskich żyjątek, którymi uwielbiała się bawić podczas kąpieli, brak lampionów i świeczników. Jednak na parapecie okna stoi długi wąski wazon z przezroczystego szkła z ciętymi zielonymi gałązkami.

Następne kroki Marysia kieruje do sypialni rodziców. Otwiera drzwi i wspomnienie pięknego pokoju urządzonego w pastelowych barwach z ogromnym małżeńskim łożem nakrytym puszystym pledem z górą kolorowych poduszek pierzcha. Od razu chce się wycofać, lecz stoi jak słup soli, patrząc szeroko otwartymi oczami na salę ostrego dyżuru. Przy frontowej ścianie poustawiano w równych odstępach szpitalne nowoczesne łóżka, na każdym leży nieprzytomny lub śpiący pacjent podłączony do komputerowej aparatury, niektórzy do tlenu, a każdy z kroplówką sączącą powoli do żył konieczne medykamenty. W powietrzu unosi się zapach chloru, leków i choroby. Szumią urządzenia medyczne i klimatyzacja, okno jest przysłonięte grubą zasłoną i tylko mała lampka oraz światło z ekranów dają niezwykłą kosmiczną poświatę. Siedząca na krzesełku pielęgniarka uśmiecha się i kładzie palec na ustach. Dziewczyna wycofuje się na paluszkach. Pozostało jeszcze jedno miejsce do odwiedzenia, które zostawiła sobie na koniec. Jej własny pokoik urządzony był jak cukiereczek, bombonierka, pudełeczko w pięknym papierku przewiązanym wstążką.

Pamięta, że nad małym tapczanikiem wisiał baldachim z delikatnego różowego tiulu z licznymi postaciami z bajek Disneya. Wszystko było takie kolorowe, że aż biło po oczach. Na biurku stał jej wymarzony domek dla Barbie, który dostała od cudownego w tym czasie taty. Marysia opiera się o framugę i zwleka z otwarciem drzwi. Boi się, że jej wizja pryśnie jak kolorowa mydlana bańka.

– Miriam, gdzie ty się podziewasz?! – słyszy tuż za sobą karcący głos Raszida. – Dziewczyno, chodźże coś pomóc, bo inaczej tak pacjenci, jak i my dzisiejszą noc spędzimy na dworze wśród skorpionów, węży i dzikich psów.

Silny jak tur młodzieniaszek sam jeden ciągnie złożone metalowe szpitalne łóżko. Kuzynka nie jest w stanie tak natychmiast się ocknąć i powrócić do rzeczywistości, lecz po chwili przyskakuje do Raszida i stara się pomóc.

– Gdzie z tym?

– Otwieraj drzwi przed tobą! To będą wasze cztery ściany. – Chłopak ledwo dyszy i wskazuje głową na wejście do byłego pokoju Marysi. Ta bierze głęboki oddech i wie już, że cały czar wspomnień uleciał, ale teraz pozostanie już na zawsze w jej złamanym sercu.

– Dobrze, że wszystko usunęli, mamy teraz łatwiej i szybciej nam pójdzie – stwierdza zadowolony Raszid.

– Co tutaj Muaid urządził? – Pomieszczenie jest sporych rozmiarów, ale zakurzone, z pajęczynami po kątach i nie ma w nim ani jednego sprzętu.

– Jakaś sala rekreacyjno-fitnessowa. Wszystkie sprzęty są w służbówce, więc jak się skończy ta zawierucha, to będzie można przywrócić ośrodkowi poprzedni wygląd.

– Poczekaj chwilkę z wnoszeniem łóżek. – Marysia wstrzymuje zdziwionego chłopaka. – Jeśli ja mam tutaj spać, to najpierw muszę to miejsce posprzątać, wymyć i zdezynfekować. Nie chcę, żeby w nocy jakiś pająk wszedł mi we włosy – otrzepuje się z obrzydzeniem, wyjmuje z kieszeni dżinsów gumkę, spina swoje kędziory i idzie po wiadro i miotłę.

– Musimy natychmiast gdzieś położyć Chadidżę. Dzielna Samira też ledwo trzyma się na nogach. – Mężczyzna nie rozumie potrzeby porządku u kobiety.

– Pięć sekund ich nie zbawi.

Kiedy już wszystko pachnie świeżością i zostały przytachane trzy łóżka, do jadalni wpada spocony Mahdi.

– Super! Dobra robota! Całkiem niezły pokój wygospodarowaliście – uśmiecha się z aprobatą. – Wstawcie tutaj z pięć łóżek, a ja zorganizuję transport ciężej rannych. – Młodzi patrzą na siebie. – Dobrze będzie trzymać ich blisko sali ostrego dyżuru. Zawsze lekarz czy pielęgniarka będą mieli na wszystkich oko.

– A gdzie my z dziewczynami się podziejemy? – nieśmiało pyta Marysia.

– Słuchajcie, skończcie, co zaczęliście, a potem już przygotujecie miejsce dla siebie. Jest jeszcze jedna izba, długa, wąska jak tramwaj i z deczka zagracona, ale jak wam tak dobrze idzie, to dacie sobie radę. – Mahdi obraca się i zgarbiony szybko podąża do ogrodu po chorych.

– Aha, już sobie przypominam. – Dziewczyna idzie jak we śnie i otwiera wąskie drzwiczki wiodące z salonu tuż przy wejściu do domostwa. – Raszid, widzisz tutaj trzy łóżka? – śmieje się ironicznie, cofając o krok z zatęchłej i zakurzonej klitki.

– Jest tylko jedna możliwość. – Chłopak masuje się po zaroście na brodzie. – W głębi położymy na ziemi dwa wąskie materace, a za tym prowizorycznym przepierzeniem damy jedno łóżko. Nie będzie tak źle. Przecież to w końcu tylko pobyt tymczasowy – pociesza Marysię.

– Okej, jak tak ma być… – ciężko wzdycha niezbyt zadowolona, lecz Raszid już wyciąga połamane graty, więc przenosi środki czystości do nowego miejsca i zabiera się do sprzątania.

Po chwili do jej byłego pokoiku z dzieciństwa wjeżdżają śmiertelnie bladzi ciężko chorzy, a po godzinie można już ulokować Chadidżę i Samirę. Marysia pada na twarz, jest zakurzona i brudna, a ubranie klei jej się do ciała. Wyciągnęła z tego składziku, ile się dało, i patrzy teraz z zadowoleniem na efekt swojej ciężkiej pracy.

– Że co? – Chadidża staje w progu. – Niby mam tutaj spać? – Przez tyle godzin, kiedy wszyscy biegali jak w ukropie i ciężko harowali, ciotka nie angażowała się w żadne działania i nie odzywała. Marysia dochodzi do wniosku, że mogłaby jeszcze pomilczeć przez chwilę.

– Nie będziesz sama. My z Samirą będziemy ci tutaj towarzyszyć.

– Świetnie, kochana. – Sami blado się uśmiecha. – Dla mnie super! – ledwo szepcze. – Dziękuję, że tak się napracowałaś, i przepraszam, że nie mogłam ci pomóc – docenia robotę bratanicy i delikatnie całuje ją w umorusany policzek. – To gdzie chcesz się położyć, siostro? – pyta oschle.

– Przynajmniej na łóżku. – Chadidża bez najmniejszego skrępowania gramoli się na jedyną w tym pokoju metalową pryczę.

– Dobrze, oczywiście. – Zażenowana Samira przełyka ślinę, a Marysia wbija wzrok w podłogę. Nie wie, jak ciotka, która przeleżała piętnaście lat w śpiączce i obecnie ma mięśnie w stanie śladowym, wykona przysiad, aby się położyć. A jak jutro wstanie?, zastanawia się, lecz patrząc na Chadidżę, widzi tylko jej plecy. Już jej się stąd nie wykurzy, gorzko podsumowuje.

– Pomogę ci. – Bierze Sami pod pachę i prowadzi wąskim na pół metra przejściem do rozłożonych na podłodze obok siebie legowisk. – Jakbyś chciała wstać w nocy lub czegoś potrzebowała, to będę dosłownie na wyciągnięcie ręki – pociesza.

– Zobaczysz, za tydzień będę wskakiwać i wyskakiwać z wyrka jak kozica – obiecuje ambitna i niczym niezrażona ciotka.

Życie na farmie toczy się spokojnie według rutyny i szpitalnego schematu. Nic nadzwyczajnego się nie dzieje i nikt pensjonariuszy odludnej kliniki nie nęka i nie prześladuje. Chorzy powoli dochodzą do siebie i prawie połowa wróciła już do domów. Zdarzyły się jeszcze tylko trzy przypadki śmiertelne, ale jak na partyzancki transport i prowizoryczne warunki, to i tak cud od Boga. Czas jak zawsze biegnie nieubłaganie i po pięknej libijskiej wiośnie nastaje ciepłe słoneczne lato. Kobiety z rodziny znajdują dla siebie zajęcia i nie można powiedzieć, żeby któraś się nudziła. Chadidża oddaje się swojej rozpaczy i albo leży na metalowym łóżku obrócona do całego świata plecami, albo od rana do wieczora chodzi wśród zadowolonych z powracającego zdrowia ludzi i dokucza każdemu, wszystkich się czepia. Zalewa ją żółć, a boleść przemienia się w złość. Sporo czasu spędza nad basenem, siedzi na jego brzegu, patrząc załzawionym wzrokiem w niebieską wodę, tak jakby widziała pluskające się w niej swoje dzieci. Załamanie i depresja, zamiast z czasem zniknąć, pogłębiają się i przybierają jeszcze poważniejszą formę, a bezradni lekarze twierdzą, że aby się poprawiło, pacjent sam musi tego chcieć, co w tym przypadku nie ma miejsca. Samira kontynuuje rehabilitację, ale już we własnym zakresie. Kiedy Muaidowi jakimś cudem udaje się w końcu dostać chlor i środki dezynfekujące przeznaczone do basenu, kobieta rozpoczyna swoje ulubione zajęcia w wodzie. Oprócz tego znalazła w służbówce zamienionej teraz na magazyn rowerek treningowy i ławeczkę z ciężarkami i codziennie intensywnie na nich ćwiczy. Egoistyczne zachowanie Chadidży zmobilizowało ją do ogromnego wysiłku. Widać, jak wracają jej siły, a mięśnie rosną w oczach. Poza ćwiczeniami dużo czasu każdego dnia poświęca na pracę w ogrodzie i sprzątanie długiego baraku, który Muaid dobudował i w którym mieściła się główna część kliniki odwykowej, bowiem w byłym domu Marysi znajdowały się jedynie sale rekreacyjno-rozrywkowe. Tam teraz umieszczono większą część pacjentów, którzy początkowo gnieździli się nawet po trzech w salkach przeznaczonych dla jednego kuracjusza. Z czasem jednak komfort powraca, ogółem pozostało nie więcej jak czterdziestu chorych. Wieczory Samira spędza w towarzystwie cudem odzyskanego ukochanego, który najprawdopodobniej stanowił ten ostateczny bodziec do jej przebudzenia. Mają sobie tyle do powiedzenia, że niejednokrotnie przesiadują w ogrodzie do późna w nocy, szepcząc sobie czułe słówka. Marysia, zafascynowana służbą medyczną, coraz bardziej wdraża się do zawodu, który postanowiła w życiu wykonywać. Odnalazła w końcu swoją drogę i... spotkała też prawdziwą miłość. Realizacja pierwszej części planów na przyszłość wydaje jej się banalnie prosta i możliwa, lecz co zrobić z uczuciem, które zalewa jej serce i niepokoi duszę?

– Fajnie tutaj masz – oznajmia Raszidowi, który w końcu pewnego wieczoru zaprasza ją do swojego królestwa na dachu zbiornika na wodę.

– Potrzebuję trochę prywatności – tłumaczy mężczyzna. – Nie jestem w stanie wytrzymać dzień w dzień w towarzystwie pięćdziesiątki obcych mi ludzi i na dokładkę spać w zbiorowym namiocie – śmieje się. – A w lazarecie otoczony smrodkiem chloru też jakoś siebie nie widzę.

– Sama chciałabym tutaj spędzać noce. – Marysia kładzie się na plecach na dużym wygodnym materacu położonym na plecionej słomianej macie i przykrytym grubym pledem. – Tak blisko do gwiazd. – Wyciąga w górę rękę, próbując ich dotknąć.

– Pomyśl marzenie, a się spełni. – Młodzieniec pada obok i przymyka oczy.

Jakież on ma długie rzęsy, myśli dziewczyna, zapominając o gwiazdach i nie mogąc oderwać wzroku od towarzysza.

– Trzeba patrzeć w niebo, jeśli ma się ziścić. – Raszid, czując spojrzenie, przekręca się na bok, podpiera głowę na dłoni i patrzy głęboko w oczy dziewczynie, która jest miłością jego życia. Po czasie spędzonym razem jest o tym święcie przekonany.

– Już niczego więcej nie pragnę – wyznaje Marysia przez zaciśnięte ze wzruszenia gardło. – To, co chcę, mam przy sobie. – Dotyka jego włosów, które zdążyły już odrosnąć i kręcą się, opadając spiralkami i zakrywając do połowy jego piękne czoło. – Ten ktoś jest na wyciągnięcie ręki – szepcze i pochyla się, aby delikatnie pocałować zmysłowe usta mężczyzny. On jednak nie odpowiada jej tym samym, tylko patrzy bardzo poważnie przed siebie. – Raszid? Może ja się myliłam co do… – Kobieta czuje się zawstydzona swoją nachalnością i nie chce już wypowiadać tego najważniejszego. – Ależ ja jestem głupia!

– Wiesz, że nie, ale… – Zawiesza głos, przybliża się do niej i obejmuje swoim silnym szczupłym ramieniem. Leżą na boku twarzą w twarz, ich oddechy się splatają, usta są tak blisko, namiętne, rozchylone i gotowe do pocałunków, lecz mężczyzna, będąc uczciwym muzułmaninem, nie chce przekroczyć bariery poufałości. – Masz męża – wydusza w końcu i odsuwa się od Marysi, padając na plecy. – Nie chcę być z tobą tylko ten jeden jedyny raz, chciałbym do końca życia, ale nie ma na to szansy.

– Czy nie słyszałeś o możliwości rozwodów? – Kobieta delikatnie kładzie mu rękę na nerwowo drgającym policzku. – On napisał liścik przed moim wyjazdem, dając mi pełne prawo wyboru i zwracając mi wolność – mówiąc te słowa, przybliża się i opiera pierś o tors mężczyzny.

– To nie byliście kochającym się małżeństwem? Nie rozstaliście się na dwa tygodnie urlopu wśród łez i pocałunków? – Dopiero teraz dochodzą do niego informacje, które Marysia już od jakiegoś czasu usiłuje mu przekazać.

– No właśnie nie! Nasz związek szlag trafił! – Po tych słowach Raszid zrywa się i turlając na bok, przykrywa swoim ciałem kruchą kobietkę. – Taka prawda. Inaczej by mnie tutaj z tobą nie było – wyznaje Marysia szeptem, bo nie jest w stanie złapać oddechu, nie tyle z powodu ciężaru szczupłego mężczyzny, ile z podniecenia.

Pasja, uniesienie i pożądanie zalewają młodą parę. Wpijają się w siebie palcami, drapią paznokciami, ich usta piją miłość z tych drugich upragnionych ust wielkimi haustami. Świat dookoła nich przestaje istnieć, nic się nie liczy, tylko czarne niebo nad ich splecionymi ciałami chłodzi ich zimnym deszczem mrugających gwiazd. Podniecony do granic możliwości Raszid jedną ręką zsuwa kobiecie spodnie, rwie delikatne majtki, a drugą ma zaplątaną w jej bursztynowe włosy. Wchodzi w nią ostro i bez wstępów, bez dotknięć i bez pieszczot. Ona wydobywa z siebie tylko głośny krzyk, który niesie się echem przez otaczające ich odludzie. Wielkie nabrzmiałe męskie prącie rozsadza ją i rani, czuje, jakby dotykało jej wnętrzności i uderzało o niewidoczną zaporę w podbrzuszu. Marysia traci dech, lecz po chwili czuje zalewający ją strumień ciepłej lawy. Wtedy mężczyzna bez słowa wychodzi z niej, staje między jej nogami i ściąga z siebie pomiętą flanelową koszulę, podkoszulek i spodnie, zsuwa buty i kobieta widzi go teraz w świetle księżyca, tak jak go Pan Bóg stworzył. Patrzą na siebie przez dłuższą chwilę, a ona obłędnie pragnie jego bliskości. Następnie on klęka między jej kolanami i zaczyna delikatnie zdejmować z niej bluzkę, stanik, przesuwa mimochodem palcami po jej obfitej piersi, chwyta ją pod pośladki, podnosi jak piórko do góry i jednym ruchem ściąga spodnie razem z trampkami. Marysia siedzi na materacu naprzeciwko klęczącego mężczyzny, mając tuż przed sobą jego potężnego penisa w ciągłym wzwodzie. Delikatnie dotyka żołędzi, czuje pod opuszkami palców śliską maź, pragnie jej spróbować, lecz w tym momencie mężczyzna chwyta ją pod brodę i wchodzi językiem w jej usta, gryzie jej wargi i muska białe równe zęby. Zagłębia dłonie w jej falujących włosach, przeplatając kosmyki między palcami, przejeżdża swoim nieogolonym policzkiem po jej delikatnej gładkiej twarzy. Marysia wyciąga ręce do góry, obejmuje go za szyję, podciąga się i siada na nim. Tym razem wchodzi w nią gładko, lecz ona czuje każdy jego ruch, każde drgnienie. Dotykają swoich ciał, poznają się językiem i opuszkami palców, ocierają o siebie i chcąc być jak najbliżej, wręcz we wnętrzu drugiego, splatają się nogami, rękami, mocno obejmują, miażdżąc przy tym piersi i gniotąc pośladki. Ich ciała idealnie do siebie pasują, stanowią dwie połówki tego samego owocu, są dwiema bliźniaczymi duszami o tych samych pragnieniach i upodobaniach. Nic ich nie dziwi i nic nie żenuje, to, co robią, pragnęli zrobić od zawsze. Blady świt zastaje ich otoczonych ramionami i zatopionych w ich małym świecie, małej kruchej prywatności. Różowa mgiełka szybko pierzcha, rozgoniona ciepłym wiatrem od pustyni niosącym drobny niewidoczny piasek. Przysypuje on ich ciała cienką warstewką pyłu, ukrywając nagość przed zbliżającym się jasnym dniem.

– Mamo, tak się o ciebie niepokoiłam! – Marysia krzyczy do słuchawki. – Co z tobą? Od tygodni nie mamy połączenia. Odcięli was?

– U nas na dobre się zaczęło – słyszy głos jak z innej planety. – Wyłączają prąd, łączność, nie ma wody i jedzenia. Dookoła tłuką się już na poważnie, a wojska rządowe używają wyrzutni rakiet i pocisków, jak Ruscy pod Stalingradem. Nazywają się chyba Katiusze, za młodu w telewizji widziałam to na starych filmach.

– Uciekaj stamtąd jak najszybciej! Proszę cię!

– Aktualnie już nie da rady, bo walki na granicy blokują ją całkowicie. Wczoraj żołnierze Kowalskiego tak się zagalopowali, że wpadli na tunezyjskie ziemie. Dostali tam niezłego łupnia – słychać, jak Dorota się śmieje.

– I co teraz będzie? – niepokoi się córka, której bynajmniej nie jest do śmiechu.

– Trzeba przeczekać. Zresztą, w takiej sytuacji, moje dziecko, nie mogę opuścić szpitala. To byłoby nieetyczne.

– Ty nie jesteś lekarką i żadna etyka cię nie obowiązuje, co ty mówisz?! Ja jeszcze chcę cię zobaczyć żywą! – Zbiera jej się na płacz.

– Zrozum, zwożą nam teraz mnóstwo rannych, zarówno powstańców, jak i żołnierzy, wrogowie leżą obok siebie prycza w pryczę. Nie ma wystarczającej liczby lekarzy, nie ma sióstr, a za sanitariuszki czy salowe i kucharki robią dziewczyny z gór. Świetne baby! Baby z jajami!

– Co?

– To, co słyszysz. Biegają tutaj do nas przez góry i wadi[1] pod ostrzałem kul i niczego się nie boją. Niektóre dźwigają jeszcze ze sobą dziecko na plecach albo jakąś wałówkę, żeby wesprzeć wygłodniałych ludzi. Mnie się wydaje, że to oni wygrają tę wojnę. Są niezniszczalni. Wiele się można od nich nauczyć.

– Oj, mamo, mamo – Marysia poddaje się, bo wie, że matki nie przekona, gdyż jest tak samo uparta jak i jej nieodrodna córeczka. – Ty jesteś wystarczający twardziel – mówi miękko.

– A co u ciebie? Ewakuowałaś się już z Trypolisu, a może z Libii?

– Nie, nadal tutaj tkwię i tak jak ty prędko stąd nie wyjadę – oznajmia. – Jestem w bardzo pięknym i bezpiecznym miejscu – oznajmia. – Nie zgadniesz gdzie! – wykrzykuje radośnie.

– No to mi powiedz.

– A może chcesz strzelać? Ja ci trochę podpowiem.

– Daj już spokój, bo umrę jak nie z ciekawości, to z niepokoju! Jesteś więcej niż zadowolona, nie słyszę aut ani strzelaniny…

– Jest to miejsce, które doskonale znasz. – Marysia ją naprowadza. – Libijska piękna prowincja…

[1] Wadi (arab.) – koryto wyschniętej rzeki.

– Nasza farma! – wykrzykuje Dorota.

– No właśnie – śmieje się Marysia. – Tutaj przenieśliśmy szpital z rannymi. Ach! Nie mówiłam ci! – przypomina sobie. – Samira się przebudziła!

– Co? Niemożliwe! Po tylu latach! *Mabruk, mabruk*, przekaż jej ode mnie! – podnosi głos, usiłując przekrzyczeć zakłócenia.

– Sama to zrób, właśnie zebraliśmy się na dachu zbiornika i dzisiaj będziemy tutaj ucztować. Muaid w końcu ma przywieźć jakieś normalne jedzenie z Trypolisu, bo już nam bokiem wychodzi dietetyczne gotowanie. Chcemy pikantnego czy wręcz ostrego jak żyletki i niezdrowego smażonego czegokolwiek! Sami, mam mamę na linii! – krzyczy w kierunku ciotki. – Życzy ci powodzenia!

– *Szukran dżazilan*[1] – odpowiada rekonwalescentka, która teraz w ogóle nie wygląda, jakby kiedyś była chora. Jej opalona twarz emanuje zdrowiem i energią, a chude ciało jest bardziej umięśnione i wysportowane niż przed wypadkiem. Cuda się zdarzają, myśli Marysia, z zadowoleniem patrząc na ozdrowiałą.

– I jeszcze jedna niespodzianka! – Córka chce wtajemniczyć matkę we wszystkie sprawy.

– Co takiego? Ale się tam u was dzieje!

– Pamiętasz Mahdiego? – Dziewczyna przechodzi na arabski, żeby otaczająca ją rodzina zrozumiała każde słowo. – Wtedy kiedy byłaś w Libii, to był młody przystojny chłopak.

[1] *Szukran dżazilan* (arab.) – bardzo dziękuję.

– Ależ oczywiście, przypominam go sobie! Przecież to narzeczony Samirki – matka odpowiada po libijsku, bo pomimo upływu czasu nadal świetnie zna ten dialekt.

– Teraz wprawdzie jest to już stary posiwiały zgred, ale dalej niczego sobie. Obejmują się właśnie i mizdrzą do siebie, chyba znów są parą – chichocze, a Mahdi wygraża jej palcem za niekorzystny opis.

– Tak się cieszę, że jesteś w bezpiecznym miejscu wśród krewniaków – Dorota zmienia temat. – Słyszę też po twoim głosie, że jesteś szczęśliwa. Może jednak pomimo wszystko dobrze się stało, żeśmy tutaj przyjechały.

– Też tak myślę. – Marysia schodzi z dachu budynku i oddala się od rodziny. – Przypomniałam sobie mnóstwo szczegółów z dzieciństwa, które wyrzuciłam z mojej pamięci – mówi cicho, siadając na kamiennej ławie na swoim ulubionym patio za domem. – Kiedyś byliśmy kochającą się szczęśliwą rodziną i nawet tata był normalnym, czułym mężem i ojcem. – Marysia zaciska wargi, przypominając sobie, co potem się z nim stało.

– Córuniu, on cię uwielbiał, świata poza tobą nie widział, uchyliłby ci nieba – wyznaje Dorota. – Dlatego też nie odeszłam od niego i nie wyjechałam z Libii, zrobiłam to dla was, żebyście mogli być razem. Poza tym musisz pamiętać, że ja twojego ojca bardzo kochałam – przyznaje ze smutkiem.

– A czy nadal nie czujesz do niego jakiejś mięty? Wsiadłaś do jego samochodu i całe twoje bezsensowne zachowanie… wszystko o tym świadczy. – W słuchawce zapada cisza.

– Już nic między nami nie ma, ten człowiek dla mnie nie istnieje – Dorota mówi martwym głosem.

– Powiesz mi kiedyś, co się wydarzyło na trasie do Tunezji? – Marysia zdaje sobie sprawę, że zaszło coś złego, ale nie wie, czy teraz jest gotowa to usłyszeć.

– *Insh Allah* – odpowiada matka. – Idź już na piknik, ta wieża ciśnień to wspaniałe miejsce. Baw się dobrze i do usłyszenia.

Dziewczyna idzie powoli, rozmyślając, ileż to w swoim życiu przeszła jej biedna matka. Jeszcze podziwia innych za hart ducha i witalność, choć sama jest przecież nie do zdarcia! Córka jest z niej taka dumna i tęsknota ogarnia jej serce. Do pełni szczęścia brakuje jej tylko, żeby Dorota tutaj była.

– Co taka smutna? – Raszid cicho podbiega, obejmuje ją w pasie i jako że w okolicy nie ma żywej duszy, czule całuje. – Coś się stało?

– Pragnę, żeby moja mama z nami była – wyznaje, wtulając się w jego ramię.

– Jeszcze tutaj razem przyjedziecie. – Pocieszająco ściska jej dłonie. – Nie będzie wojny, kraj przeobrazi się w mlekiem i miodem płynący, a wszyscy Libijczycy będą się kochać jak bracia. A może chciałabyś zamieszkać w tym naturalnie pięknym miejscu, a twoja mama z rodziną przyjeżdżałaby latem w odwiedziny? – pyta nieśmiało.

– Samej mi się nie uśmiecha. – Dziewczynie po takim oświadczeniu od razu poprawia się humor. – Niby z kim miałabym tutaj zbierać truskawki, uprawiać pomidory i kartofle i doić kozy? – kpi z zakamuflowanego wyznania.

– Niejeden by chciał, ale znam takiego, co bardziej od innych marzy o tym i śni. – Raszid odciąga Marysię ze ścieżki i wpadają do gaju oliwnego, w którym stoi pachnący chlorem basen.

– Czyżby to była jakaś propozycja? – dziewczyna droczy się z zakochanym po uszy mężczyzną.

– No właśnie chciałem powiedzieć… – Raszid przerywa, słysząc czyjeś kroki.

– Tutaj jesteście! – Muaid patrzy na nich krytycznym wzrokiem. – Może ktoś by mi pomógł przenieść całe to żarcie, które wiozłem przez ponad sto kilometrów, hę? – mówi niemiłym tonem.

– Nie rozumiem cię, stary. – Raszid podchodzi do kuzyna i klepie go po plecach. – O co się wściekasz? Przerzucimy wszystko do pikapa i podjedziemy pod samo miejsce naszej imprezki – śmieje się, a radość i szczęście promieniują z jego twarzy.

– To chodź mi pomóc, a ty, Miriam, zobacz, czy wszystko jest już gotowe – rozdziela młodych kochanków. – Czyś ty, chłopie, oszalał?! – Kiedy tylko zostają sami, chwyta Raszida za ramię i miażdży je w uścisku.

– O co ci chodzi? – zaatakowany patrzy ostro i marszczy brwi.

– Nie udawaj niewiniątka! Na Allaha, tak się nie postępuje! Dziewucha może jest i piękna i przejściowo sama, ale ma męża! Czyżbyś o tym nie wiedział?! – wykrzykuje teatralnym szeptem.

– Nie wtrącaj się w moje życie! Zwłaszcza jak nie znasz szczegółów! – Chłopak wyrywa się z żelaznego uścisku.

– Więc mnie uświadom, a wtedy będę już całkiem uspokojony. – Stają naprzeciwko siebie i mierzą się wściekłym wzrokiem.

– Przed przyjazdem tutaj mąż Miriam zwrócił jej wolność i sam napisał, że jak nie ma ochoty, to może do niego nie wracać – Raszid mówi z dużą satysfakcją. – A ty nie wpierdalaj się z butami w nasze życie! – niegrzecznie ostrzega, przy czym kiwa wskazującym palcem. – Jesteśmy w końcu dorosłymi ludźmi! Osiemnaście lat już dawno temu skończyliśmy! – Tymi słowy kończy wyjaśnienia i szybko kieruje się do auta.

– Tak? – Muaid, chcąc go dogonić, musi biec. – A pamiętasz o tym, że jesteście kuzynostwem w pierwszej linii? To chyba niezbyt zdrowy układ? – używa jeszcze jednego, niezbyt adekwatnego argumentu.

– Ale z ciebie światowy człowiek! Ojoj! – naśmiewa się Raszid. – A historii Arabów pan nie znasz? – szydzi. – W krajach muzułmańskich dość często koligacą się bliscy krewni, kiedyś było to nawet wymagane, mój ty mądraliński.

Muaid nie ma już żadnego asa w rękawie, fuka tylko gniewnie, bo obecna sytuacja bardzo go niepokoi. W tej chwili jest w końcu *mahramem* Miriam i powinien dbać o jej czystość i reputację. Cokolwiek by powiedzieć, ona nadal jest mężatką, a rozwód prędko nie nastąpi. W każdym razie nie stanie się to, dopóki będzie tutaj. Jak mógł do tego dopuścić?!, oskarża sam siebie. Jak do tego doszło, że porządna dziewczyna pod bokiem opiekuna uprawia beztrosko seks!? Muaida aż szlag trafia ze złości. Kiedy ma już pewność, że tak się dzieje, bo w zasadzie Raszid niczego się nie wypiera, postanawia ukrócić ten gorszący proceder. Należy jak najszybciej wysłać krewniaczkę do domu, decyduje. Jeśli to jest prawdziwa miłość, czego obojgu w sumie życzy, to przetrwa próbę czasu i kiedy uregulują już wszystkie swoje sprawy, będą sobie mogli żyć długo i szczęśliwie. W prezencie ślubnym mogę im nawet podarować tę farmę, mężczyzna łagodnieje, bo przecież bardzo kocha dwójkę kuzynostwa i jedynie chciałby, aby ich związek był uczciwy.

No i się zaczęło. Spokój i bezpieczeństwo prysły jak mydlana bańka. Farma znajduje się na drodze na stare wojskowe lotnisko Metiga, mało używane i zaniedbane, ale teraz, w czasie wojny, kluczowe dla lotnictwa Kaddafiego. Wiedzą o tym siły NATO, które po kolei niszczą wszystkie obiekty strategiczne i militarne w kraju ogarniętym zawieruchą. Chcąc uniemożliwić siłom reżimu loty nad Libią, bombardują teraz to miejsce dzień i noc. Na odpowiedź z lądu nie muszą długo czekać i obecnie trwa stała wymiana ognia. Autostrada wiodąca na lotnisko jest obstawiona lojalistami – znajduje się na niej wiele posterunków policji i wojska, które kontrolują każdego jadącego. Tym samym farma zostaje odcięta od dostaw leków i żywności, a lekarze i pielęgniarki nie wracają już na noc do swoich domów i nie wymieniają się dyżurami. Łączność telefoniczna ponownie zostaje zerwana. Pacjenci i ich opiekunowie znaleźli się w pułapce.

– Musimy jakoś dostać się do miasta. – Raszid z Mahdim i dwoma lekarzami debatują, siedząc na tarasie. – Mamy jeszcze trochę warzyw, worek kuskusu, parę paczek makaronu i puszek tuńczyka, ale za chwilę głód zacznie nam zaglądać w oczy. A Muaid się do nas nie przebije, nie ma co na to liczyć.

– Dwa baranki poszły już pod nóż, a kury dawno przerobiliśmy na rosół – włącza się przechodząca obok Marysia. – I Salomon z pustego nie naleje, a tutaj jest jeszcze mnóstwo osób do wyżywienia.

– Leki się kończą, antybiotyki mam na dwa dni, a środki septyczne może na trzy – składa raport zmartwiony lekarz. – Za chwilę będziemy musieli drzeć prześcieradła.

– Brak proszku, chloru i detergentów do kuchni i łazienek – przysiada się Samira, informując o deficytach w jej branży.

– Trzeba jechać, nie ma innej opcji. – Raszid wstaje i zaczyna nerwowo chodzić.

– Kiedy tylko wyjedziesz z naszej szutrowej drogi, stróże bezpieczeństwa przygwożdżą cię i jak od razu nie zastrzelą pod nieodpartym zarzutem, że jesteś młody i zdolny do walki, to wsadzą do więzienia. Tak na wszelki wypadek. – Marysia aż trzęsie się z lęku o ukochanego. – Ja się nie zgadzam! – Wszyscy potakują głowami.

– Mam inny pomysł – mężczyzna nie poddaje się frustracji. – Przejadę przez to odludzie na przełaj! – Pokazuje ręką na kilometry opustoszałych farm, wyschniętych poletek i nieużytków, które rozpościerają się między nimi a miastem.

– To się może udać – Mahdi popiera inicjatywę.

– Przecież tam nie ma żadnej drogi, nawet wadi, żebyś

mógł bezpiecznie poruszać się autem. – Marysia ostudza ich zapał. – Jeszcze jako dziecko włóczyłam się po tym terenie i wierz mi, że iść tamtędy ciężko i można zwichnąć nogę, a co dopiero przejechać ciężkim pojazdem. Po pierwszych stu metrach zakopiesz się, bo piasek tam jest jak miał.

– Pamiętasz stare czasy sprzed dwudziestu lat…

– Zaraz, zaraz! – przerywa oburzona dziewczyna. – To wcale nie było tak dawno temu. – Dwudziestodwulatka broni się przed postarzaniem, a stojące w drzwiach bungalowu kobiety chichoczą, zasłaniając usta ręką.

– Od tamtej pory wybudowano tutaj mnóstwo farm, a nawet piękne wille z ogrodami. Między nimi są utwardzane przejezdne drogi i łatwo dotrzemy do autostrady. Tylko naszą posiadłość otacza taki wielki pusty teren, bo ciotka Malika dostała kiedyś dwie działki, które połączyła w jedną, a Muaid odkupił całą ojcowiznę. Na wszelki wypadek weźmiemy jednak deski i podkłady, widziałem parę za domem. – Raszid nie rezygnuje ze swojego planu.

– Ja stanę na pace z lornetką i będę go prowadził – Mahdi rozwija pomysł.

– To zaczyna wyglądać całkiem realnie – nawet rozważni lekarze popierają śmiałków.

– Myślę, że najlepiej wyruszyć koło wieczora. – Dwóch ryzykantów wstaje i opuszcza pozostałych. – O zmierzchu nikt nas tam nie wypatrzy, a my jeszcze damy radę obserwować nierówności terenu. Mówię wam, najgorzej będzie przejechać przez nasze, a potem to już bułka z masłem – stwierdza Raszid na odchodnym.

– Ale to niebezpieczne! – impulsywna Marysia aż krzyczy, nie popierając karkołomnej akcji. – Samira, powiedz coś! – szuka wsparcia u ciotki, lecz ta tylko zaciska usta i spuszcza głowę.

– Jutro rano macie nas z powrotem! – Raszid zachwycony możliwością działania aż się pali, żeby już ruszać. – Będziecie nam dziękować, że podjęliśmy wyzwanie, choć w zasadzie ja w tej jeździe nic groźnego nie widzę.

O zmroku, który w Afryce zapada błyskawicznie i w mgnieniu oka przemienia się w czarną noc, mężczyźni wsiadają do swojego niezawodnego pikapa. Wszyscy, którzy tylko mogą się ruszać, żegnają ich przed domem, a oni, dumni muszkieterowie, ruszają na pełnym gazie, kierując się na tyły posesji, potem już wolniej mijają basen i wieżę ciśnień ze zbiornikiem wody, szklarnie kryte plastikiem i poletka z ziemniakami i kapustą. Po lewej stronie zostawiają zagrodę dla ostatnich dwóch baranów, kozy oraz stareńkiej krowy, i w tym miejscu kończy się twardy ubity grunt. Raszid włącza napęd na cztery koła i zwalnia do trzydziestu, czasami nawet dwudziestu kilometrów na godzinę. Bardzo ostrożnie wloką się w kierunku wymarzonej autostrady. Czasami zatrzymują się i badają teren. Stojący na pace Mahdi trzyma się kurczowo framugi otwartego szyberdachu i przykłada do oczu lornetkę. Przy pokonywaniu zapadlin i dołów boleśnie uderza klatką piersiową o blachę paki. Powoli zaczyna wątpić, czy to był dobry pomysł, bo wielkie ciężkie auto niebezpiecznie huśta się na boki, koła podnoszą tumany piachu i pyłu, oznajmiając przypadkowym obserwatorom, że coś porusza się po tym terenie. Zostawili za sobą rzadko porozrzucane domy, które wyglądają na niezamieszkane. W żadnym nie pali się światło i nie widać najmniejszego ruchu. Pola zaś albo leżą odłogiem, albo są pokryte uschniętymi czy zgniłymi warzywami lub owocami. Dookoła jadącego pojazdu nie ma żywej duszy, ale czemu się dziwić, przecież kraj jest ogarnięty wojną i nikomu nie w głowie uprawianie marchewki. Mahdi wypatruje oczy, ale Raszid nadal nie włącza świateł, nie chcąc odkryć ich położenia. Na domiar złego zmierzch ogarnia wszystko szarością i mało co już da się zauważyć. Po godzinnej jeździe oczywiście nie widać już ich domostwa, ale zdają sobie sprawę, że niewiele się od niego oddalili. Mimo wszystko nie rezygnują i tłuką się dalej. W pewnym momencie na horyzoncie dostrzegają asfaltową drogę, po której mkną oświetlone samochody. Mężczyźni oddychają z ulgą, a obserwator z radości macha nad głową rękami. Kierowca przyspiesza, a mężczyzna z lornetką ponownie boleśnie uderza żebrami o pakę i szybko chwyta się karoserii. Nieoczekiwanie Mahdi zauważa jakiś ruch w rachitycznym gaju oliwnym tuż przed nimi i puka w dach samochodu.

– Co jest? – pyta Raszid, zatrzymując się.

– Coś tam się porusza przed nami, dobrze nie widzę, ale zmienia położenie – pochylając się, krzyczy przez okno.

– Masz omamy! – Kierowca rusza. Jest już zmęczony eskapadą i chce mieć trasę jak najszybciej z głowy. Poci się z upału panującego we wnętrzu pikapa, gdyż aby nie obciążać silnika, nie włączył klimatyzacji. Jest też poniekąd trochę mokry ze strachu. Niech to kule biją, mówi w duchu, obyśmy nie utknęli na koniec na tym odludziu. Przecież jesteśmy tak blisko!, ekscytuje się widokiem drogi szybkiego ruchu, która jest już prawie na wyciągnięcie ręki, może kilometr, może dwa od nich. Trzeba było jechać za dnia, teraz prawie nic nie widać, a Mahdi jeszcze panikuje jak baba, podsumowuje współpracę z kolegą. Niech to!, złości się i uderza ręką w kierownicę. Dodaje gazu, lecz w tej samej chwili sam zauważa poruszające się w oddali cienie. Co to może być? Przecież nie jakieś pojazdy, bo za małe, ale też nie ludzie, bo za szybkie. Wytęża wzrok.

– Stado psów! – Mahdi ze śmiechem krzyczy do szoferki. – Tylko dzikie pieski – kpi ze swoich obaw.

Już bez lornetki rozróżniają pojedyncze zwierzęta, ich maść i wielkość. W Libii zawsze było pełno nieoswojonych kundli, które niejednokrotnie nawet atakowały ludzi i osady. Zachowują się jak wilki, które watahami przemierzają odludzia w poszukiwaniu pożywienia. Jednak w czasie wojny widzi się ich coraz więcej, bo nikt nie ma czasu zająć się odstrzałem – teraz strzela się do ludzi. Powoli jadący mężczyźni raptem widzą przed sobą podnoszący się tuman piachu, a dopiero po chwili do ich uszu dochodzi huk. Potem następny i następny, a psy ze skowytem rzucają się przed siebie i biegną w ich kierunku. Raszid gwałtownie hamuje, pasażer znów uderza poobijanym ciałem w karoserię, a ostatnie zwierzę eksploduje trzy metry przed ich maską. Mahdi kuli się na pace, a po chwili spadają na niego jak grad kawałki mięsa, skóry i flaków.

– Żyjesz?! – Pobladły kierowca przeciska się przez

szyberdach. – Chłopie?! – krzyczy przerażony, widząc pasażera całego we krwi.

– To nie ja – tłumaczy Mahdi, wstając. – Chyba jestem cały, odłamki poszły bokiem. – Dla pewności dotyka głowy i ramion.

– Dziękować Allahowi, że te psy się tutaj przyplątały. – Raszid oddycha z ulgą. – Chyba jesteśmy, staruszku, na polu minowym – kpiarsko uśmiecha się i jak na komendę rozglądają się dookoła. – Mieliśmy więcej szczęścia niż rozumu.

– Niekoniecznie. – Mahdi stara się myśleć logicznie. – Mógł to być niewybuch, a może jednak mina. Licho wie, a my nie będziemy tego sprawdzać. Zasadnicze pytanie brzmi – nabiera powietrza w płuca – czy zaminowany jest tylko teren przed nami, czy myśmy już jechali po takim? – W ciemności widać jego wielkie przerażone oczy.

– Niech to diabli! – wykrzykuje młodzik. – Wiedziałem, że coś za łatwo nam szło – złości się.

– Zostajemy tutaj do rana, a jutro wracamy po własnych śladach. – Starszy podejmuje jedyną możliwą decyzję, gdyż cały otaczający ich świat spowija już gęsty mrok.

– Wskakuj do środka, rozłożymy siedzenia i będzie całkiem wygodnie – z tymi słowy Raszid jednym pociągnięciem wyrywa szyberdach z zawiasów.

O świcie połamanych od spania w szoferce mężczyzn budzą promienie słońca wpadające przez szyby do wnętrza wozu. W pierwszym odruchu otwierają drzwi i chcą wysiąść, lecz zaraz zamierają z wiszącymi, jeszcze niedotykającymi ziemi nogami. Uważnie obserwują grunt dookoła, lecz oczywiście nic nie widzą.

– Nie wiem, czy będziemy ryzykować i zawracać, czy jechać tyłem? – zastanawia się młody kierowca, usiłując uruchomić silnik, który dwa razy tylko wydaje ciche warknięcie i na tym koniec.

– Niech to, trzeba zobaczyć, co się stało – to mówiąc, podciąga się na rękach i przeciska swoje szczupłe ciało przez luk w dachu.

– No i?! – Mahdi wychyla się przez boczne okno. – Odłamki mogły uszkodzić chłodnicę i motor – snuje przypuszczenia.

– Tak właśnie. – Chłopak siada na masce, na której chwilę temu leżał i obserwował przód samochodu. – Jesteśmy ugotowani – stwierdza, przedostając się na pakę. – W przenośni i dosłownie. Na dokładkę jak idioci nie wzięliśmy ze sobą nawet butelki wody.

– Ile kilometrów mogliśmy zrobić? – poważnie pyta kompan, który z trudem przechodzi na tył wozu. Od takich ćwiczeń, które od wczoraj jest zmuszony wykonywać, i ciągłych obtłukiwań o blachę czuje rwanie w ścięgnie na szyi i głęboki ból w klatce piersiowej. Wygląda na to, że złamałem wczoraj żebro, sam wydaje orzeczenie lekarskie. Oby tylko jedno!

– Sądzę, że pomimo żółwiego tempa i naszego głupiego krążenia w poszukiwaniu dobrej utwardzanej drogi, musieliśmy wczoraj przejechać co najmniej piętnaście czy dwadzieścia kilometrów – określa kierowca. – Jakbyśmy pruli prosto, byłoby może dwa razy mniej. Nie powiem ci jednak dokładnie, bo nie sprawdzałem drogomierza – podsumowuje kpiarsko.

– Nie przedstawia się to różowo – oświadcza spocony na twarzy Mahdi, trąc przy tym czoło trzęsącą się ręką.

– Coś kiepsko wyglądasz, ale nie mogę cię tutaj zostawić. – Młody z zaniepokojeniem obserwuje towarzysza niedoli. – Taki dystans zajmie ze trzy godziny, z odpoczynkami trochę więcej, no może maksimum pół dnia, ale nie ma na co czekać, bo jak wiatr zasypie nasze ślady, to można będzie wylecieć w powietrze już po jednym kroku. Nawet nie wiem, czy teraz wypatrzymy, którędy jechaliśmy – obserwuje drogę i ze zdenerwowania zaciska usta.

– Ruszamy. – Mahdi wykonuje pierwszy ruch.

– Zawiń tym głowę i ile się da twarz. – Raszid wręcza mu swoją przedartą na pół koszulę. – Oprócz min najbardziej grozi nam udar i pył między zębami – uśmiecha się pokrzepiająco, widząc przerażoną twarz kolegi. – Wszystko będzie dobrze, *sza Allah*. – Z tymi słowy staje na prawie już niewidocznym śladzie po szerokim kole samochodu.

Mężczyźni nie patrzą już tak jak na początku co pięć minut na zegarki. Orientują się po położeniu słońca na niebie, bo to jest najlepszy wyznacznik czasu. Kiedy myślą, że nie wykonają ani jednego kroku więcej, zatrzymują się, lecz boją oddalać od trasy, którą najprawdopodobniej wczoraj jechali. Wszystkie krzaczki czy rachityczne uschnięte drzewka są poza nią, bo oczywiście je omijali. Nie znajdują zatem cienia na swojej drodze, a że nie chcą rozsiadać się w pełnym słońcu, po chwili noga za nogą ruszają dalej. Kręci się im w płonących od słońca głowach, ćmi przed oczami, a język, przypominający wyschnięty kołek, przykleja się do podniebienia. Po południu wchodzą na gęściej zabudowany teren i obserwują znajdujący się niedaleko piękny biały dom otoczony zielonymi palmami. W okolicy jednak nie widać żywej duszy, a budynek ma opuszczone ciężkie drewniane żaluzje i kłódki na wszystkich drzwiach.

– Musimy odpocząć – postanawia Raszid, widząc mokrą i bladą twarz Mahdiego. – Jeśli nawet było to pole minowe, na pewno uzbroili pas tylko wzdłuż autostrady. Dzięki niemu pozbywają się takich sprytnych śmiałków jak my, którzy chcą na gapę dostać się do asfaltowej drogi i niepostrzeżenie dotrzeć do miasta. Kto by minował ludzkie osiedla? Jaki w tym sens? Idziemy – decyduje, stawiając pierwszy krok w miałki piasek poza szutrową drogą. – Czas na sjestę w cieniu palmy.

Młodszy mężczyzna obchodzi posesję dookoła i orientuje się, że sprytny i oszczędny gospodarz nie ma żadnego kraniku z wodą na zewnątrz, zapewne żeby czasami jakiś sąsiad pod jego nieobecność nie podłączył się na lewo. Stelaże do irygacji poletek są rozmontowane i stoją pod ogrodzeniem, tylko koło palm rosnących blisko domu wychodzi z ziemi cienka rurka nawadniająca, z której woda anemicznie kapie pojedynczymi kropelkami. Pragnienie bardzo im dokucza, ale nie ma na to rady. Po dwugodzinnym płytkim śnie ruszają dalej. O zmierzchu Mahdi pierwszy raz pada. Wkroczyli już na własne terytorium, na którym aż do farmy i otaczających ją poletek uprawnych nic i nikogo nie mają prawa spotkać. Młodzik odkłada drąg, który zabrali z auta dla ochrony przed dzikimi psami, przyklęka na kolano i opierając się na jednej ręce, delikatnie trąca drugą leżącego.

– Mahdi, przyjacielu, już mamy bliżej niż dalej! – krzyczy przestraszony. – Wstawaj! Jeszcze nie czas na odpoczynek! Ej!

– Dłużej nie dam rady – szepcze wycieńczony mężczyzna. – Mam chyba połamane żebra, rana postrzałowa mi się otworzyła, nie wspomnę już o moim ścięgnie. Idź sam, ja cię tylko blokuję. – Wyciąga rękę i odganiająco macha nią w kierunku kompana.

– No chyba cię Pan Bóg opuścił! – oburza się Raszid. – W życiu cię tutaj nie zostawię! Jak chcesz chwilę sobie poleżeć i odpocząć, to ja też z chęcią posiedzę i złapię oddech.

– Nie ma czasu, idź! Zaraz zapadnie zmrok.

– Więc rusz swój zapocony tyłek i wracamy do domu. – Młokos rozgląda się dookoła i zawiesza wzrok na czerwonej kuli słońca, która niebezpiecznie szybko zbliża się do linii horyzontu. – Dawaj, poniosę cię kawałek. – Wykonuje krok i staje przy leżącym na boku mężczyźnie.

– Nie wygłupiaj się! – Mahdi usiłuje sam wstać, lecz kręci mu się w głowie i ponownie pada, tracąc już na dobre przytomność.

– Jestem silny jak tur. – Młody przerzuca sobie omdlałego chorego przez ramiona i szybko rusza przed siebie, jednak jego kolana uginają się pod ciężarem co najmniej siedemdziesięciu kilogramów.

Kiedy słońce pozostawia na pamiątkę po sobie tylko czerwony blask, Raszid widzi w jego tle białą wieżę ciśnień, która przewyższa wszystkie budynki na farmie. Jego prędki marsz przechodzi w trucht, a bezwładnie wiszący Mahdi cicho jęczy.

– Sorry, stary, ale teraz już cię nie mogę ściągnąć – młodzik mówi ni to do siebie, ni do nieprzytomnego mężczyzny. – Wierz mi, że jeśli to zrobię, to cię z powrotem nie dźwignę. – Głośno dyszy, a powietrze wydostaje się z jego wyschniętego gardła ze świstem. – Na Allaha, już nie daję rady! – Pot strumieniami spływający mu z czoła zalewa i drażni solą jego czerwone od słońca i wysiłku oczy. – Boże, pomóż mi – błaga szeptem. – Zaprawdę, Bóg kocha tych, którzy ufają – dla pokrzepienia zaczyna się modlić. – Jeśli pomoże wam Bóg, to nie będzie zwycięzcy nad wami! A jeśli On was pozostawi bez pomocy, to któż wam pomoże prócz Niego?! Niech więc wierzący zaufają Bogu![1]

Marysia od paru godzin stoi na dachu zbiornika na wodę, a teraz przykłada dłoń nad oczy, aby zasłonić pobłyski ostatnich ostrych promieni zachodzącego słońca. Jak to zazwyczaj bywa o zmierzchu, kiedy pożegnalne blaski światła bronią się przed odejściem, oświetlają one cały świat, nadając otoczeniu niesamowitą ostrość i przejrzystość. Może z dwa, może z trzy kilometry od farmy dziewczyna zauważa poruszający się punkt, który szybko się przybliża. Serce zamiera jej w piersi, by po chwili zacząć łopotać jak spłoszony ptak. Widzi biegnącego szczupłego mężczyznę, który niesie bliżej nieokreślony ciężar na plecach. Już go poznaje. Przed kim on ucieka? Co się stało z autem? Gdzie Mahdi? Pytania szybko przelatują przez jej głowę.

[1] Koran, Sura III, wersy 159–160, przeł. Józef Bielawski, PIW 1986.

Broń, muszę lecieć po broń, odrywa się od kamiennego ogrodzenia i rusza do tylko sobie znanego schowka, w którym trzyma dwa kałasznikowy, rewolwer i trzy granaty. Zostawił je Muaid, żeby w razie napaści mieli się czym bronić. Marysia nie ma pojęcia, jak się z tym obchodzić, lecz kiedy wybiega ze swojego pokoju na taras, mężczyźni przejmują od niej niebezpieczne zabawki.

– Co się stało?! – krzyczą spanikowani. – Co jest grane?

– Raszid wraca – pokazuje ręką kierunek i sama, chwytając po drodze inwalidzki wózek, pędem rzuca się w tamtą stronę.

Młody mężczyzna, będący już u kresu wytrzymałości, widząc tak blisko cel swojej wędrówki, nieopatrznie zwalnia kroku. Teraz dopiero ogarnia go zmęczenie i ból całego ciała. Ramię i kark mu zdrętwiały, ale nie do tego stopnia, żeby nie czuł rwania w mięśniach i w naciągniętych do granic możliwości ścięgnach. Kręgosłup łupie go tak, że nie może złapać oddechu. Wkracza na szutrową ścieżkę prowadzącą prosto do domu. Tutaj już na pewno nie ma min, przecież zauważylibyśmy żołnierzy, gdyby je zakładali. Ulga i odprężenie ogarniają jego serce i członki, które odmawiają posłuszeństwa i nie chcą już zdobyć się na dodatkowy wysiłek. Widzi ludzi biegnących z krzykiem w jego kierunku. Rzuca się na kolana, delikatnie ściąga Mahdiego i układa jego bezsilne ciało na piasku. Podpiera się rękami i ciężko dyszy. Kręci mu się w głowie, ale pomimo tego próbuje jeszcze stanąć. W tej chwili jego oczy zasnuwa ciemna mgła rozświetlana jedynie migającymi czerwonymi i złotymi plamkami. Raszid bez czucia pada na ziemię.

Przez długi tydzień kanonada dochodząca od strony lotniska nie słabnie. Uwięzieni na odludziu kuracjusze i opiekunowie rzadko wychodzą teraz na dwór i snują się z opuszczonymi głowami z kąta w kąt małej zatłoczonej kliniki. Po ostatniej próbie łączności ze światem wszyscy doszli do wniosku, że muszą przeczekać.

Raszid po przespaniu dwunastu godzin budzi się jak nowy. Doskwiera mu tylko ból w nadwerężonych ścięgnach i naciągniętych mięśniach, który niweluje znieczulającą maścią dla sportowców. Nad kręgosłupem musi trochę popracować, robiąc skłony i inne ćwiczenia pod okiem rehabilitanta, ale nie jest to jakaś ciężka przypadłość.

Gorzej jest z Mahdim, który znów ląduje w łóżku jako pacjent, lecz tym razem nie ma szans na wybryki, bo jak Cerber pilnuje go Samira. Jeśli gdziekolwiek się rusza, to jedynie parę kroków do łazienki, gdzie idzie powolutku, wspierając się przy tym na kuli. Na słońce przed dom jest już zawożony na wózku inwalidzkim. Złamane dwa żebra zostają opatrzone i unieruchomione elastyczną kamizelką, dzień i noc na szyi ma zabezpieczający kołnierz, a głęboka rana postrzałowa, która otworzyła mu się podczas eskapady, musi się sama zagoić, w czym pomagają antybiotyki.

Marysia ze starą erytrejską kucharką robią cuda, aby wyżywić prawie pięćdziesiątkę ludzi. Dziewczyna, myszkując w zagraconym magazynie, znajduje pięćdziesięciokilogramowy worek zatęchłej mąki z larwami i pełzającymi robakami. Nie przejmuje się tym jednak. Pozbawione silnych męskich ramion we dwie przenoszą skarb na patio za kuchnią i postanawiają uzdatnić do spożycia. Z wielkim obrzydzeniem przesiewają mąkę przez sito i chowają w metalowych pudłach po duńskich maślanych ciastkach do zamrażalnika. Co nie wybrały, zostanie wyplenione niską temperaturą. Stara Kristina, która pamięta jeszcze czasy swojego dzieciństwa i młodości w ogarniętej wojną Erytrei, twierdzi, że nawet z robakami mąka jest w porządku i na pewno nikomu nic by się nie stało. Dla niej larwy to bardzo cenna proteinowa wkładka, lecz Marysia, słysząc takie wywody, otrząsa się z odrazą. Barany zostały zarżnięte przez wprawionych w tym mężczyzn, w końcu każdy z nich robił to przynajmniej raz w życiu na święto ofiarowania. Kobiety sprawiły mięso i podzieliły na małe porcyjki. Musi wystarczyć na obiady na nie wiadomo jak długo. Z uratowanej mąki wypiekają chleb i placki, które są serwowane na śniadanie i kolację. Marysia mnoży jedzenie jak Jezus w Kanie Galilejskiej i jeszcze stara się, żeby było smaczne. Na cztery paczki makaronu wrzuca jedną puszkę tuńczyka, parę cebul, dwie łyżki przecieru pomidorowego i oczywiście małą chili. Do tego każdy dostaje po kawałeczku chleba, małej szklance rozcieńczonego wodą mleka i kolacja gotowa. Nie ma już teraz nawet co marzyć o zjedzeniu pomidora, papryki lub bakłażana. Warzywa są pod ścisłym nadzorem i dodaje się je po trochu do rzadkiej zupy, w której przeważają kapusta i cebula. Jeśli sytuacja się przedłuży, konieczne będzie pojechanie główną drogą i znalezienie najbliższego wiejskiego sklepu. Trzeba tylko mieć nadzieję, że cokolwiek będzie w nim do kupienia.

Z czasem jednak bombardowania słabną i ludzie ostrożnie wychodzą z zatęchłych szpitalnych pomieszczeń, by wygrzewać kości na słoneczku. Marysia, co chwilę spoglądając na swój telefon komórkowy, liczy na przywrócenie łączności.

– Nie ma co się denerwować. – Raszid hamuje jej odruch. – Jak się tylko będzie dało, to pierwszy zadzwoni Muaid.

– Wiem, ale ja niepokoję się też o mamę.

– No tak, a ja nie mam już ani siły, ani czasu na zamartwianie się – wyjawia młody, wychudzony mężczyzna. – Nawet zapomniałem o tragedii, która mnie spotkała, i już nie rozpamiętuję widoku, jaki stawał mi przed oczami o każdej porze dnia i nocy. Koszmar powoli oddala się i niknie.

– To już nie wspominajmy. – Dziewczyna czule głaszcze go po policzku. – Nie należy do tego wracać, nie wolno nurzać się w bólu, bo potem można popaść w taką depresję jak twoja mama. A żyć trzeba dalej, tak to już jest.

– Masz rację, ale łatwo ci mówić.

– Ja też straciłam w moim życiu kochane i drogie mi osoby – smutno stwierdza Marysia. – Nie wspominając o babci, o czym ci mówiłam, zdarzyło się, że na moich oczach mina rozerwała moją najbliższą przyjaciółkę Leilę. To było straszne, lecz właśnie dalsza zawierucha spowodowała, że obraz jej zmasakrowanej twarzy zatarł się w mojej pamięci, a serce już tak nie boli. Czas leczy rany, kochanie. Tylko nie należy ich rozdrapywać.

W tej chwili całkiem blisko zabudowań niespodziewanie wybucha pocisk. Młodzi skaczą na równe nogi, lecz oprócz kurzu unoszącego się w powietrzu nie widzą i nie słyszą niczego. Żadnych samolotów, silników czy świstu i następnego uderzenia. Klinikę ogarnia panika. Niektórzy biegają bez ładu i składu, inni siedzą, obejmując ze strachu kolana, a kobiety oczywiście piszczą. Wszyscy czekają na kolejne uderzenie, lecz nic się nie dzieje.

– Aparatura nakierowująca im siadła – żartuje Raszid, a obecni spoglądają na niego z dezaprobatą. – No co, chcecie tak tutaj siedzieć i trząść portkami? Cieszmy się, że żyjemy, i tyle.

– Tak, co racja, to racja – chorzy i lekarze wzdychają ciężko, kręcą głowami i już spokojniej udają się każdy w swoim kierunku. Co ma być, to będzie, myślą w duchu. My na to nie mamy najmniejszego wpływu, podsumowują bezradnie.

Tego samego dnia po południu na podwórze wtacza się stara rzężąca mazda. Rezydenci wytrzeszczają oczy, bo nikogo raczej się nie spodziewają. Przez pobrudzoną szybę ledwo widać osoby znajdujące się w środku. Za kierownicą auta siedzi nieznany nikomu farmer ubrany w szarą pomiętą galabiję, z przekrzywionym turbanem na głowie, a obok niego kobieta w tradycyjnym szerokim płaszczu i kolorowej chustce z małym, może trzyletnim dzieckiem na kolanach. Wszyscy obecni na dziedzińcu z zaciekawieniem otaczają samochód. Drzwi od strony pasażera otwierają się i z wnętrza wyskakuje matka ze swoim rozbrykanym synkiem, którego wręcza najbliżej stojącej pielęgniarce, sama zaś jednym ruchem rozpina zatrzaski szerokiej kapoty, zrywa nakrycie głowy i oczom wszystkich ukazuje się szczupła siostra ze szpitala Muaida w dżinsowej minispódniczce i obcisłym podkoszulku.

– Uf, myślałam, że się zagotuję – śmieje się, ukazując równe białe zęby. – W tym rzęchu nie ma klimatyzacji!

– Ha, ha! – Obecne pielęgniarki i lekarze podchodzą do niej i wybałuszają oczy.

– No i co? Niezły kamuflaż? – Muaid usiłuje wyswobodzić się z grubej galabii. – Typowa wieśniacka rodzinka. – Obejmuje Raszida, który z niedowierzaniem kiwa głową.

– Stary, ty to masz łeb! – Młodzik podziwia kuzyna.

– Przecież nie mogłem was dłużej zostawić bez leków i jedzenia.

– Hurra! Brawo! – Wszystkim wraca humor i cieszą się jak dzieci.

– Nie próbowaliście dostać się do miasta? – pyta przyjezdny. – Przejeżdżając, widziałem ze dwieście metrów od domu głęboki lej po bombie – relacjonuje zaniepokojony. – Mam nadzieję, że nie zginął nikt z naszych? Strzelali do was? Bombardowali?

– Nie, tak źle nie było – uspokaja go Raszid. – Myśmy próbowali dojechać inną drogą, na skróty, ale się nie udało – informuje enigmatycznie. – Ten wybuch koło domu to niewypał, na który na pewno nadepnął jakiś zbłąkany pies. Coraz więcej takich zaczyna się tutaj kręcić. Jedzenia brakuje dla ludzi, a co dopiero dla nich.

– Otwierajcie bagażnik i wypakowujcie wszystko! – Organizator ryzykownego przedsięwzięcia krzyczy do mężczyzn odpoczywających pod drzewem. – Pod siedzeniami i z tyłu też coś znajdziecie. Upychaliśmy w każdą szczelinę i każdy schowek. – Muaid idzie w kierunku tarasu. – Żebyś wiedział, że jest kiepsko, w Trypolisie sklepy zieją pustkami – po drodze relacjonuje kuzynowi sytuację. – Tak samo było dawno temu w pierwszych latach sankcji, olej, przecier pomidorowy i puszki z tuńczykiem na półkach.

– Udało ci się coś dostać? Jak jest z lekami?

– Mam przyjaciół, mam układy i mam dawnych pacjentów. Nie zginiemy! – Właściciel szpitala śmieje się zadowolony z siebie.

Lotem błyskawicy roznosi się wiadomość o przyjeździe wybawcy. Wszyscy chcą się z nim przywitać, uścisnąć jego dłoń, poklepać po plecach. Rodzina stoi z boku, z dumą patrząc na niewysokiego, szczupłego bohatera.

– Chodźcie, musimy pogadać na osobności. A tobie co się stało? – Muaid przejmuje od Samiry wózek z siedzącym na nim Mahdim i mężczyźni wymieniają parę zdań podczas okrążania domu po drodze nad basen, gdzie znajdują zadumaną Chadidżę. – Mam dla was parę nowinek i propozycję – ogłasza na wstępie, siadając na plastikowym krześle. – Co najpierw?

– Plotki poproszę – wybiera Marysia jak to kobieta.

– Po pierwsze, muszę wam oznajmić, że ta wojna tak prędko, jak się spodziewaliśmy, to się nie skończy – zaczyna. – Mamy teraz parę frontów, na których walki są prowadzone równolegle. Więc na wschodzie stabilna sytuacja jest w wyzwolonym Bengazi, które i tak od czasu do czasu jest bombardowane przez siły Kaddafiego. Lecz nasz nowy rząd tymczasowy trzyma się mocno, a na jego czele stoi… – zawiesza głos.

– No kto, kto? Skąd mamy wiedzieć?

– Nasz zaprzyjaźniony oficer…

– Hassan! – teraz już wykrzykują jedni przez drugich. – Ale numer! Kto by się spodziewał! Urósł nam na bohatera narodowego!

– Do niego jeszcze wrócę, a teraz chcę wam naświetlić niewesołą sytuację w naszym kraju. Miejscowości przechodzą z rąk do rąk, a przy tym leje się krew. Tak dzieje się w Zawii, Adżdabii, Marsa al-Burajka, w Nalucie... Długo by wymieniać. Jednego dnia zajmują je powstańcy, by następnego oddać z powrotem siłom reżimu. Taka zabawa w kotka i myszkę, a najbardziej na tym cierpią zwykli ludzie. Najgorzej jest pod Misuratą, gdzie brakuje żywności, wody i środków medycznych. Armia Muammara bombarduje dzielnice mieszkalne, a po naszej stronie walczą nawet kilkunastoletni chłopcy. Mamy do czynienia z klęską humanitarną! Brytyjczycy tak się wkurzyli na tę sytuację, że dokonali bombardowania sił rządowych i zniszczyli czołgi, wyrzutnie rakiet, centrum łączności i składy amunicji. Dzięki temu, na razie Misurata jest w rękach powstańców.

– Czego Kaddafi od nich chce, czemu tak się na nich uwziął? – Marysia nie wytrzymuje i przerywa kuzynowi.

– Jest to kluczowy port na wschodzie kraju, z którego w czasach pokoju korzystało wiele plemion i przez który szły dostawy z całego świata przeznaczone dla tego regionu. Nasz tyran chce nastawić wielkie i silne szczepy przeciwko powstańcom, udowadniając im, że podczas jego rządów ich okno na świat było otwarte, a teraz przez rebeliantów, narkomanów i terrorystów muszą się borykać z problemami i latają im bomby nad głową. Społeczności te składają się głównie z prostych Beduinów, więc jeśli wódz, którego znają od zawsze, tak im mówi, to na pewno ma rację. I hajda na powstańców, którzy sieją zamęt, dawaj odcinać im dostawy wody i niszczyć infrastrukturę! – Z wściekłości Muaid aż wymachuje rękami, a całe towarzystwo słucha z przerażeniem i niedowierzaniem jego słów. – Oczywiście nie wszyscy, nie należy generalizować, bo znajdują się też mądrzy, rozsądni ludzie, którzy nie wierzą w ani jedno słowo Kaddafiego i pomagają naszym. Ale to, moi kochani, już jest otwarta bratobójcza walka.

– A co w innych rejonach kraju? – cicho pyta poważny Mahdi.

– Podobnie. Oprócz Misuraty najcięższe walki toczą się w Górach Nafusa, a szczególnie w okolicach Nalutu. – Marysia traci dech. – Miałaś jakieś wieści od mamy? – Muaid zwraca się do niej.

– Nie – szepcze dziewczyna. – Najpierw ona nie miała łączności, a teraz my. Ostatni raz rozmawiałam z nią w dniu naszej biesiady na dachu u Raszida.

– Jeśli Dorota nadal pracuje w Centralnym Szpitalu, to ma ręce pełne roboty. Nie chciała ewakuować się do Tunezji? Przecież ma żabi skok?! – Muaid pyta zdziwiony.

– Uważała to za nieetyczne. Prawie cały zespół medyczny uciekł, pozostało jedynie około pięćdziesięciu lekarzy i pielęgniarek, a co to jest na taką wielką klinikę? – Rodzina ze zrozumieniem kiwa głowami. – Poza tym o przejście graniczne cały czas toczą się walki i tylko momentami jest bezpiecznie. Panuje taka sama sytuacja jak w całym kraju, raz ci, raz tamci obejmują to miejsce w posiadanie.

– Trzeba przeczekać – podsumowuje Samira.

– Tak właśnie mama powiedziała. – Marysi kręci się łza w oku, ale usiłuje zapanować nad płaczem.

– Zadzwonisz do niej, kiedy skończymy i ustalimy dokładny plan działania. – Muaid wstaje, obejmuje załamaną dziewczynę i pocieszająco poklepuje po plecach.

– Jak zadzwonię, dzwonkiem? – pyta z nosem na ramieniu kuzyna.

– Przywiozłem ze sobą telefon satelitarny, który zostawił mi Hassan. Mamy łączność ze światem. Jeśli tylko u niej coś działa, to będziecie mogły pogadać. Głowa do góry!

– Okej, teraz przejdźmy już do twoich pomysłów i planów, bo aż się boję. – Raszid nerwowo drapie się po głowie i przełyka ślinę. Po ostatniej kłótni wie, że kuzyn będzie go usiłował rozdzielić z Miriam. Stary tradycjonalista!, myśli w duchu, zaciskając przy tym szczękę. Kiedy znalazłem w końcu swoją drugą połówkę i miłość mojego życia, to nie dam jej sobie wyrwać, zatrwożone serce wali mu w gardle i mężczyzna groźnie marszczy brwi.

– Jeszcze dzisiaj rano rozmawiałem z Hassanem – zaczyna Muaid, patrząc przy tym poważnie na wszystkich zebranych. – Chadidża, słuchaj uważnie, bo ciebie to też dotyczy! – Zamyślona kobieta podnosi głowę i patrzy zdziwionym wzrokiem. – Do Bengazi już regularnie przypływają statki z pomocą humanitarną, zaopatrzeniem zarówno w żywność, leki, jak i broń. Zabierają zaś rannych i poszkodowanych Libijczyków. Kiedy siły rządowe zbombardowały szpital w Misuracie, Narodowa Rada Tymczasowa podjęła decyzję, że najbliższy okręt, który przybędzie w te strony, popłynie również do Misuraty, aby zaopatrzyć nieszczęsne miasto i zabrać stamtąd najbardziej pokrzywdzonych. Ten akt ludobójstwa w stosunku do chorych i rannych przeważył szalę goryczy. Ministerstwo Spraw Zagranicznych Kataru uchwaliło, że podejmą ryzyko i to właśnie z Bliskiego Wschodu przypłynie tam fregata.

– No i? Jak to ma się do nas? – Marysia czuje pismo nosem i pospiesza kuzyna.

– Misurata jest jedyne dwieście pięćdziesiąt kilometrów od Trypolisu i przy odrobinie szczęścia dojedziecie tam w parę godzin. Po przybyciu do miasta udacie się do szpitala i razem z chorymi zostaniecie wśród eskorty Czerwonego Krzyża i Czerwonego Półksiężyca bezpiecznie dowiezieni do portu i wprowadzeni na pokład. Hassan załatwił wam wejściówkę na prom.

– Komu mianowicie? – pyta Raszid, z wściekłości zgrzytając zębami.

– Myślałem oczywiście o Miriam, Chadidży oraz Samirze z Mahdim. Mahdi miał być kierowcą, lecz po waszym ostatnim bohaterskim wybryku widzę, że jest to niemożliwe – teraz Muaid już dokładnie ujawnia swój chytry plan.

– Ale dlaczego ja? – pierwsza oponuje Marysia. – Tutaj jest bezpiecznie i mogę spokojnie przeczekać tę całą rewolucję i wyjechać już razem z matką. Nie widzę potrzeby…

– Właśnie, czy brałeś pod uwagę niebezpieczeństwo? – Raszid wstaje i podnosi głos. – Mówiłeś, że Misurata przechodzi z rąk do rąk i otaczają ją nieprzychylne dzikie plemiona. Po drodze nigdzie nie toczą się walki? A co ze Zliten? Musimy je minąć.

– Przecież nie wjedziesz do centrum miasta, a autostrada ciągnie się obwodnicą. Jeśli będzie zablokowana, to można trochę zjechać z drogi…

– Aby wpaść na pola minowe?! Ja nie mogę!

– Chcesz się nas stąd pozbyć czy jak? – Dziewczyna dziwi się, jak ryzykowną eskapadę zaplanował jej kuzyn.

– A my niby dokąd mielibyśmy się udać? – cichym i spokojnym głosem pyta Samira.

– Byle dalej! – wykrzykuje już Muaid. – W Trypolisie co noc prowadzone są czystki i wyłapywani przeciwnicy rządu. Kaddafi wezwał mieszkańców do oczyszczenia libijskiej stolicy z rebeliantów i buntowników. Przychodzą do domów i wyciągają śpiących mężów i ojców z łóżek, by następnie niejednokrotnie zabić ich na oczach rodziny. Pobicia i przemoc zdarzają się już notorycznie, a najemnicy bezkarnie gwałcą Libijki, tak dojrzałe kobiety, jak i małe dziewczynki. W ten sposób mają karać naród za bunt. Czy wyobrażacie sobie, jaka byłaby jatka, gdyby tutaj wpadli?! – kończy i ciężko opada na krzesło.

Wszyscy milkną. Nikt na nikogo nie patrzy, wbijają jedynie wzrok w ziemię. Cisza jest ciężka do zniesienia, lecz żaden z obecnych nie ma zamiaru jej przerwać. Każdy zatapia się w swoich myślach i z niedowierzaniem rozważa usłyszane przed chwilą słowa.

– Na dniach będę chciał zlikwidować ten prowizoryczny szpitalik, tylko muszę najpierw wymyślić, jak niepostrzeżenie przewieźć taką ilość ludzi – podsumowuje Muaid.

– Ja nie wyjadę – szepcze Chadidża. – Nie wyjadę z Libii i nie zostawię tutaj prochów moich najbliższych.

– Nikt nie każe ci opuszczać kraju na stałe – tłumaczy pomysłodawca. – Jak się uspokoi, to wszyscy możecie wrócić. Jednak powiedzmy sobie szczerze, że nieprędko to nastąpi. Prawo wendety w naszym kraju obowiązuje od wieków i nawet po wszystkim będzie lała się braterska krew. A może wtedy szczególnie… – Zamyśla się. – Każdy będzie chciał się zemścić za swoje krzywdy, a czy słusznie, czy nie, to już nikogo nie będzie obchodzić. Może tak się zdarzyć, że spokój i porządek zapanują tutaj dopiero za parę lub nawet paręnaście lat.

– Bardzo optymistyczny scenariusz – ironizuje Raszid.

– Najbardziej prawdopodobny z możliwych. Kaddafi tak prędko się nie podda, będzie walczył do ostatniego żołnierza i najemnika, do ostatniej kropli krwi i w każdej chwili może przejść do wojny partyzanckiej. Czy wiecie, ile on przez te wszystkie lata swoich nikczemnych rządów wybudował ukrytych willi, bunkrów i tajemnych przejść? I nadal ma swoich zagorzałych zwolenników!

– Chciałabym zadzwonić do mamy. – Marysia wyciąga rękę po telefon.

– Chodź ze mną, aparat mam w aucie. – Muaid wstaje. – Prześpijcie się z tym – mówi na odchodnym. – Jednak bardzo was proszę, abyście decyzję podjęli jak najszybciej, by dobrze przygotować się do drogi. Kiedy dostaniemy sygnał, trzeba będzie wsiąść do auta i ruszać. – Odwraca się, szybko maszeruje przed siebie, lecz po chwili gwałtownie zatrzymuje się i zawraca. – W takim razie może ty byłbyś kierowcą? – z niechęcią pyta Raszida. – Ja niestety nie mogę zostawić na pastwę losu moich pacjentów i szpitala.

Marysia wykręca numer matki raz za razem, lecz cały czas słyszy sygnał zajętości. Uzgadnia z Muaidem, że do jutra rana ona będzie miała telefon przy sobie i jeszcze wieczorem i w nocy spróbuje się połączyć. Dziewczyna wybiera numer centrali szpitala w Nalucie, lecz tam z kolei nikt nie podnosi słuchawki. Albo ich zbombardowali, albo odłączyli, albo matce coś się stało, a jej komórkę przejęła inna osoba, snuje domysły. Przecież ona też ma aparat po zabitym żołnierzu, zadręcza się. Aby nie zwariować z niepokoju, postanawia pomóc przy kolacji. Wszyscy mieszkańcy farmy ze smakiem jedzą świeże pieczywo i pieczone mięso, które przywiózł Muaid. Do tego w końcu są warzywa i oliwki, a na ladzie wystawiono jeszcze miskę pełną pasty humus. Same libijskie przysmaki, ostatnia wieczerza, podsumowuje Marysia, która nie bierze nawet kęsa do ust. Wśród biesiadników nie widzi nikogo z członków rodziny, widocznie odbyta burzliwa dyskusja i nerwy nią wywołane odebrały im apetyt. Czyż nie mniejsze prawdopodobieństwo śmierci jest tutaj lub w Trypolisie niż na autostradzie wiodącej przez walczące miasta? Chyba tym razem Muaid przeteoretyzował, podsumowuje. Nigdzie nie pojadę i basta!, postanawia. Zauważyła też, że kuzyni patrzą na siebie wilkiem, tak jakby mieli do siebie jakiś żal. Czemu Muaid w planie ewakuacyjnym nie ujął Raszida?, nagle pojawia się w jej głowie pytanie. Jeśli sam chce zostać i poświęcić się dla pacjentów, to już jego sprawa, ale kiedy mówi, że w mieście jest tak niebezpiecznie, to czemu miałby w nim pozostawać jego najbliższy krewniak? O co tutaj chodzi? Czyżby o coś się pokłócili? Dziewczyna przez kuchnię wychodzi na patio i po jeszcze jednej nieudanej próbie połączenia z matką postanawia pójść do kochanka i dowiedzieć się, co jest grane. Spogląda na dach zbiornika z wodą i widzi panujące tam ciemności. Może już śpi albo daje sygnał, żeby go nie niepokoić?, zastanawia się. On również musi sobie wszystko przemyśleć. Marysia chce jeszcze przez chwilę pobyć sama. Mimo że Samira coraz częściej nie wraca na noc, pozostając w pojedynczej sali ukochanego Mahdiego aż do białego świtu, a Chadidży jakby w ogóle nie było, wąski pokój z trzema ciasno ustawionymi legowiskami działa na Marysię przygnębiająco. Przypomniała już sobie, że kiedyś mieszkała w nim jakaś nieznana Arabka, a potem miła starsza pani, polska babcia, która czytała jej książeczki. Ich fragmenty pamięta nawet do tej chwili, pojawiły się w jej głowie zupełnie nie wiadomo skąd. „Proszę państwa, oto miś. Miś jest bardzo grzeczny dziś. Chętnie państwu łapkę poda. Nie chce podać, a to szkoda". Marysia idzie w kierunku basenu, przy którym świeci się tylko jedna ostrzegawcza lampa. Siada na tym samym krześle co po południu i patrzy przed siebie. Może Chadidża ma rację, że spędza tutaj całe dnie?, zastanawia się. Szum filtrów i kolor niebieskich płytek, zapach ziemi pomieszany z chlorem i ten spokój dają ukojenie. Dziewczyna zauważa w przeciwległym kącie zbiornika jakiś ciemny kształt. Marszczy czoło niezadowolona, że ktoś wrzucił koc do wody. Ci Libijczycy! Porządek utrzymują tylko na odległość własnego nosa! Interesuje ich tylko własne, a cudze można zniszczyć i zabrudzić! Co za naród!

Wstaje, podchodzi do miejsca na środki do czyszczenia i bierze sito na długim kiju, które służy do wyławiania liści. Pochyla się nad wodą i zanurza przyrząd w wodzie. Popycha zawiniątko w górę i dziwi się, że jest takie ciężkie. Za drugim razem udaje jej się podłożyć sito pod spód i jednym mocnym szarpnięciem ciągnie do góry. Powoli na powierzchnię wody wypływa coś, co bynajmniej nie jest kocem. Przerażona dziewczyna wstrzymuje oddech. Po plecach przebiega jej dreszcz. W basenie unosi się ciało, a Marysia już doskonale rozpoznaje kolor i wzór materiału. To długa suknia ciotki Chadidży. Dla pewności delikatnie obraca topielca i jej oczom ukazuje się zrozpaczona martwa twarz kobiety z otwartymi oczami, które patrzą w odległą przestrzeń. Nawet teraz jej usta mają grymas jak przy płaczu, a czoło jest poorane tragicznymi zmarszczkami. Jej kręte bujne włosy układają się promieniująco wokół czaszki. Nieodwołalnie zdecydowała się nie pozostawiać swoich dzieci i męża.

Ewakuacja statkiem

– Zliten jest w naszych rękach, a w Misuracie od dwóch dni panuje cisza i spokój! – Muaid z samego rana wpada do pokoju Marysi. – Trzeba się zbierać! Raszid, wstawaj! Jedziecie!

– Muaid, ja się boję. – Samira kręci przecząco głową. – Teraz pokój, a za dwie godziny może być jatka. Śmierć Chadidży to zła wróżba…

– Nie bądź przesądna, to żaden znak, tylko samobójstwo kobiety w depresji. Palec boży?! – złości się Muaid. – Że teraz niby wszyscy powinniśmy ze sobą skończyć?! *Wallahi!* I my żyjemy w dwudziestym pierwszym wieku?! – z tymi słowy zbiega szybko po schodach.

Raszid ukradkiem wymyka się z pokoju Marysi i wpada do siebie. Funkcja jedynie kierowcy nie bardzo przypada mu do gustu, zwłaszcza że kuzyn nie wspomina nic o wpisaniu go na listę uchodźców do ewakuacji. Oznacza to, że po prostu ma dostarczyć przesyłkę, a potem wracać do Trypolisu lub Zawii. Co za niesprawiedliwość! Gdyby jego układy z Muaidem były takie jak dawniej i ten poprosiłby go o pomoc w szpitalu, to może by się nad tym zastanawiał. Ale teraz, kiedy patrzą na siebie wilkiem i w ogóle przestali rozmawiać, powrót oznacza bezczynne życie w Zawii, w której stale toczą się walki i miasto raz jest rządowe, a raz partyzanckie. Pobyt tam to wyrok śmierci wykonany albo przez jednych, albo przez drugich. Chłopak ma swój własny plan i na pewno już tutaj nie wróci, w każdym razie nie do końca rozruchów. Jeśli nie ma już domu i bliskich, cóż ma do stracenia? Ostatnią drogą jego sercu osobę na siłę od niego odrywają i wysyłają jak najdalej, więc Raszid decyduje się na przyłączenie do rebeliantów. Widać jest mu pisana realizacja pierwszego pomysłu, który zaświtał mu w głowie zaraz po śmierci Abbasa i dzieciaków. Może tam ktoś doceni jego poświęcenie i powie dobre słowo. Może tam będzie mu lepiej, bo z Muaidem dłużej nie są już w stanie przebywać pod jednym dachem.

Marysia ociąga się z wyjazdem. Jeden kuzyn mocno ją nastraszył, a drugi o sprawie nie chce w ogóle z nią rozmawiać. We dwójkę tylko zgadzają się co do tego, że tak będzie dla niej najlepiej. A ona przecież sama wie, co jest dla niej dobre. Raszida nie zostawi i albo on popłynie razem z nią, albo ona zostaje. Ma dziwne przeczucie, że jeśli wyjedzie, to już nigdy w życiu go nie zobaczy.

Samira z Mahdim mają tyle nieprzespanych i przegadanych nocy, że w zasadzie nic nowego już nie wymyślą. Temat został przedyskutowany, każda ewentualność wzięta pod uwagę i każdy wariant rozebrany na czynniki pierwsze. Najważniejsze to trzymać się razem i już nigdy nie rozstawać. Pakują dosłownie parę rzeczy i stawiają się w salonie jako pierwsi.

– To dla was na nową drogę życia. – Muaid wręcza im opasłą kopertę.

– Ale dlaczego? Skąd to? – pytają zaskoczeni.

– Na trasie i w Misuracie przydadzą się wam dinary i macie też trochę zielonych na początek w Katarze. W środku jest list i numer konta, na którym czeka na was reszta funduszy. Wszystko tłumaczę na piśmie. Zmykajcie już i trzymajcie się ciepło. – Przytula najpierw jedno, potem drugie. – Dajcie znać, jak gdzieś osiądziecie, lub wracajcie po wojnie, jeśli tego będziecie pragnąć. – Popycha ich w kierunku drzwi. – Miriam, Raszid, do diaska, ruszajcie się! – krzyczy, obracając twarz w kierunku schodów.

– Jeszcze muszę zadzwonić – oznajmia Marysia, lekko zbiegając ze schodów. – Może tym razem uda się połączyć.

– Okej, ale jak zaczniesz sobie ucinać godzinną pogawędkę z mamą, to od razu lepiej zrezygnować. Sytuacja na froncie zmienia się z minuty na minutę i trzeba spróbować wskoczyć w lukę. – Kuzyn wręcza jej duży aparat i obrażony obraca się plecami.

– Jest po twojej myśli, nie ma połączenia. – Obrażona dziewczyna po chwili oddaje krewniakowi telefon.

– Nie rozstawajmy się w gniewie. – Muaid jest naprawdę smutny. – Miriam, nie wiem, czemu tak wściekacie się z Raszidem na mnie? Przecież chcę tylko waszego dobra – mówi w momencie, kiedy kochanek dziewczyny jest w połowie schodów.

– Na pewno! – Raszid wykrzywia w gniewie twarz.

– Jesteś niereformowalnym tradycjonalistą, tak zresztą jak i twoja matka! – dogryza mu. – Ona tylko udawała wyzwoloną i nowoczesną, albo była taka, kiedy jej to odpowiadało, a najchętniej w stosunku do samej siebie.

– Jeśli tak uważasz... – Muaid blednie na twarzy. – W każdym razie jesteś wraz z pozostałymi na liście do ewakuacji – kończy i nawet bez uścisku dłoni rusza do swojego pokoju. – Urządzicie sobie życie, jak chcecie, a ja, chłopcze, bynajmniej nie chcę twojej śmierci, która niechybnie by cię tutaj czekała – obraca się jeszcze i mówi, wymachując dłonią. – Myślałem, żeby cię przeszmuglować przez tunezyjską granicę, skąd są otwarte drogi do Europy, ale jeśli sytuacja tak się ułożyła, a nie inaczej, to wyjedźcie razem.

Opuszczając głowy i nie mając sobie nic więcej do powiedzenia, kuzynostwo rozstaje się na dobre. W aucie czekają już podenerwowani Samira i Mahdi. Ruszają z podjazdu przed domem, powoli wyjeżdżają z bramy i włączają się do ruchu. Kiedy stoją na skrzyżowaniu, czekając na swoją kolej, Raszid obserwuje we wstecznym lusterku rodzinną willę i czuje, że już nigdy w życiu nie zobaczy tego miejsca.

Podróż przebiega uciekinierom bez zakłóceń. Wjeżdżają na autostradę i prują piękną nadmorską trasą, tak jakby jechali na wycieczkę. Aż chciałoby się zatrzymać, bo morze wabi swoim błękitem i czystą wodą. Delikatne fale rozbijają się o brzeg lub delikatnie omywają jasny piasek. Gdy dojeżdżają do Homs, samochód wspina się na wzniesienia w cieniu drzew rosnących wzdłuż drogi z jednej i drugiej strony. Z rzadka widzi się przydrożne zabudowania, lecz pozostały jeszcze drewniane liche budki, w których w czasie pokoju okoliczni farmerzy sprzedawali świeże orzeszki ziemne i miód. Teraz jest tutaj niepokojąco pusto. Mijają pierwszy posterunek policji, na którym funkcjonariusze ucinają sobie popołudniową drzemkę. Kiedy widzą, że w aucie siedzą dwie pary, machają na odległość rękami, żeby jechać. Po pewnym czasie pojawiają się metalowe tablice z oznaczeniem odległości do Leptis Magna.

– Mam nadzieję, że zabytki nie zostały zniszczone podczas działań wojennych na tym terenie – odzywa się Marysia, zakłócając martwą ciszę, która panuje w aucie od początku podróży. – Czy wiecie, że są to jedne z najlepiej zachowanych na świecie ruin starożytnego miasta rzymskiego?

– Sorry, Miriam, ale teraz mało mnie to obchodzi. – Samira patrzy ostro na bratanicę. – Mam gdzieś, czy zbombardowano to miejsce, czy nie, i myślę jedynie, żeby w nas nie trafiono. Czy ty nie zdajesz sobie sprawy, że wkraczamy w gniazdo żmij, żmij kąsających bardzo boleśnie, a czasami nawet śmiertelnie?! – mówi szeptem, akcentując każde słowo.

– *Wallahi*, wyluzuj, kobieto! – Dziewczyna nie rozumie takiego nastawienia. – Czy wiesz, że jeśli będziesz się bała i cały czas spodziewała najgorszego, to sama ściągniesz na siebie nieszczęście? Myśl pozytywnie, to roztacza dobrą aurę.

– Też mi teorie! Czy sądzisz, że dzieci Chadidży były źle nastawione do kąpieli w basenie, kiedy trafił je pocisk?

– O ja nie mogę! Jadę karawanem! – młoda załamuje ręce i odwraca twarz w stronę okna. Przecież jest spokój i cisza, podbudowuje się na duchu, bo przecież też obawia się dalekiej drogi i ataku. Jeśli miałabym zginąć, to wolałabym z uśmiechem na ustach i dobrze się bawiąc, niż w osranych ze strachu gatkach – nadal beztrosko i młodzieńczo podchodzi do sprawy śmierci. Jak dotąd stykała się z nią, i owszem, ale kostucha nigdy jej osobiście swoją kosą nawet nie musnęła. Chcąc mieć szczęście, trzeba oddalać myśli od nieszczęścia, wypowiada w myślach swoją życiową regułę. Gdybym tak pesymistycznie podchodziła do wszystkich przeciwieństw losu, które mnie spotkały, to już dawno wylądowałabym w wariatkowie. A świat jest taki piękny!

Kiedy ta refleksja przebiega jej przez głowę, uśmiecha się sama do siebie. Słoneczko świeci, ptaszki świergoczą, w oddali szumi turkusowe morze... a ja mam do towarzystwa smutne zgredy. Mahdi siedzi, jakby kij połknął, Samira ze spuszczoną głową nerwowo kręci w rękach frędzel cienkiego szala, a Raszid, wnioskując po fragmencie jego twarzy widocznym w lusterku, nadal się wścieka. Ma swoją miejscówkę na statku, może wyjechać i udać się, dokąd zechce, Marysia dziwi się jego humorom. W końcu będziemy mogli być razem, mama na pewno nam pomoże, przecież kocha mnie ponad życie i chce dla mnie jak najlepiej, a najlepiej oznacza życie z Raszidem, dziewczyna układa szczęśliwy naiwny scenariusz. Nie jest on łatwym człowiekiem, podsumowuje po paru tygodniach znajomości i lepszym poznaniu, ale nikt nie jest idealny.

Tak bardzo go kocham, wzdycha i kładzie ręce na spięte ramiona mężczyzny, który już od dwóch godzin siedzi za kółkiem.

– Może zajedziemy do Leptis? – proponuje Marysia. – Można by się wysikać, umyć ręce, coś przekąsić? – namawia, patrząc na towarzyszy.

– To nie jest wycieczka krajoznawcza! – Samira aż blednie ze złości. – Dojedźmy jak najszybciej na miejsce i ukryjmy się w szpitalu. Tam chronią nas wszystkie międzynarodowe prawa i konwencje.

– Już mamy niedaleko – przyłącza się Mahdi, wypowiadając pierwsze słowa od początku podróży. – Może wytrzymasz? Jak jesteś głodna, to na oknie leży reklamówka od Muaida, prawdopodobnie z wałówką.

– Ależ ty jesteś jeszcze dziecinna i nieodpowiedzialna! – Ciotka nie ukrywa krytyki.

– Cóż, jeśli coś się zacznie dziać, to od razu zsikamy się w majtki – burczy dziewczyna, krzyżując ramiona na piersi i obniżając się na siedzeniu. – Mam was gdzieś! – wybucha po chwili. – Po odzyskaniu życia i otrzymaniu drugiej szansy ty, zamiast się cieszyć – zwraca się do Samiry, dotykając jej dekoltu wskazującym palcem – tylko oczekujesz gromu z jasnego nieba i katastrofy. Nie widzisz uroków świata, bo cały czas tylko trzęsiesz się ze strachu!

– Teraz po prostu bardzo dobrze wiem, co mogę stracić! – ciotka podnosi głos. – Raszid! Zatrzymaj się! Muszę się przewietrzyć! – Jeszcze chłopak dobrze nie zdążył zjechać na pobocze autostrady, jak kobieta otwiera drzwi i wyskakuje z wozu. Zmierza w kierunku przydrożnych zarośli.

– Stój! – młodzik krzyczy wniebogłosy. – Stój! Oni minują przydrożne tereny! – Samira jak na komendę zatrzymuje się w miejscu, a Marysi i Mahdiemu aż robi się słabo na myśl, co mogłoby się wydarzyć.

Po chwili maszyna rusza z kopyta. Mijają chwilowo spokojne Zliten, które rozpościera się z prawej strony obwodnicy, przejeżdżają przez parę posterunków obsadzonych lojalistami, na których nie spotyka ich nic nieprzyjemnego, i podjeżdżają pod Misuratę. Na odległość widać, że jest zrujnowana. Kiedyś przeludnione piętnastopiętrowe bloki, stojące na przedmieściach miasta, wybudowane w nowoczesnym stylu orientalnym przez tureckie przedsiębiorstwo, teraz zieją pustkami. Od strony toczących się walk widać liczne ślady po bombardowaniach i atakach moździerzy. W budynkach nie ma okien, gdzieniegdzie wydarło także framugi, ale najstraszniej wyglądają budowle z wyrwaną całą ścianą. Sprawiają wrażenie rannego zwierzęcia z wnętrznościami na wierzchu, tylko że w tym przypadku zamiast kiszek sterczą stalowe powyginane stelaże, rury kanalizacyjne, na drutach wiszą wyrwane klimatyzatory, tu i ówdzie widać domowe sprzęty i meble, kolorowe pledy i zasłony. Strach przechodzić koło takich budynków, mogą one w każdej chwili runąć. Przyjezdni podjeżdżają do pierwszego powstańczego posterunku. Stoi przy nim parę starych aut osobowych, ale większość to pikapy, które na pakach mają ustawione karabiny maszynowe gotowe do strzału. W samochodzie panuje grobowa cisza, nikt nie wykonuje najmniejszego ruchu, jedynie Marysia rusza nerwowo szczęką, żując z głodu gumę.

– A wy tu po co? Kto zacz? Dokumenty! – Może trzydziestoletni mężczyzna w brudnych spodniach koloru khaki, pomiętej koszuli i wojskowej kurcie z arafatką luźno zarzuconą na ramiona wciska głowę przez otwarte okno.

– Jedziemy do szpitala – spokojnie tłumaczy Mahdi. – W ramach pomocy humanitarnej.

– Aha? A co to, nie mamy swoich lekarzy? – Powstaniec podejrzliwie obserwuje każdego z osobna i powoli obchodzi auto. Uchyla klapę bagażnika i pasażerowie dziękują w duchu swojej przezorności, że wzięli tylko małe podręczne torby i plecaczki. Mężczyzna otwiera jeden bagaż za drugim i bezczelnie grzebie w ich osobistych rzeczach. Przy drzwiach auta zgromadziło się już czterech innych, którzy blokują im ewentualną drogę ucieczki.

– A ty młody, niby kto? – Dowódca, po tym jak nie znalazł nic podejrzanego, podchodzi do Raszida i trąca go lufą gotowego do strzału kałasznikowa w ramię. – Wysiadaj! – decyduje.

– Jestem sanitariuszem – mówi chłopak przez ściśnięte ze strachu gardło.

– Nie wygłupiaj się, bracie! – Mahdi też wychodzi i idzie w kierunku zebranych, rozkładając bezbronnie ręce. – Przejechaliśmy taki kawał drogi nie po to, by teraz tutaj utknąć! – teatralnie podnosi głos. – Czy uważasz, że twoim krewnym czy krewnym twoich kolegów nie należy się godziwa pomoc? Przecież wszyscy wiedzą, co tutaj się dzieje i jak przepełnione macie szpitale. Oto moja książeczka lekarska. – Wręcza plastikowy dokument nieufnemu rewolucjoniście.

– A ty ze Szpitala Centralnego w Trypolisie, znaczy się rządowego. – Libijczyk uśmiecha się zadowolony, że w końcu znalazł haka na przyjezdnych. – Tylko żołnierzy się leczyło, a powstańców zabijało, hę? Ty myślisz, że my z wiochy jesteśmy, niekumaci i niepisaci? My wszystko wiemy!

– Facet, nie denerwuj mnie nawet! – Mahdi jak nigdy staje się agresywny i chwyta rewolucjonistę za poły panterki, co owocuje odbezpieczeniem broni przez pozostałych bojowników i wycelowaniem jej w przybyszy. – To zobacz sobie, jak mnie załatwiło wojsko podczas pokojowej demonstracji. – Puszcza zbaraniałego gościa, rozchyla swoją koszulę na boki i ukazuje głęboką ranę poniżej obojczyka. Nadal jest sina i zaczerwieniona dookoła. – Ostatnie dwa miesiące leżałem w prywatnej klinice i to tylko dzięki temu, że ten chłopak uratował mi życie – palcem wskazuje na Raszida, którego trzymanie na muszce całkiem zamurowało. – Wyniósł mnie spod kul! – Powstańcy powoli opuszczają karabiny. – A wy teraz chcecie mi w łeb strzelić, bo przyjechałem wam pomóc?! Ludzie! Co się z wami dzieje?!

– Dużo przyjeżdża tutaj takich, co nam domy zaminowują i kobiety gwałcą... – usprawiedliwia się agresor. – Teraz to już nie wiadomo, kto jest kto i po czyjej stronie stoi.

– My jedziemy do szpitala leczyć ludzi. – Mahdi opuszcza głowę i kieruje się do samochodu, a Raszid idzie w jego ślady. – Nie mam jak ci udowodnić, że to prawda, ale czy jechałbym tutaj z moją żoną i jej bratanicą, gdybym miał zamiar działać w dywersji? Czy narażałbym kobiety?

– Butny i sceptyczny rewolucjonista nadal stoi na swoim miejscu, lecz pozostali schodzą z drogi.

– Może się jeszcze spotkamy i oby było prawdą to, co mówisz – nadal grozi.

Raszid zatrzymuje się tylko raz, by zapytać przechodzące wymizerowane kobieciny o drogę, a następnie bez błądzenia podjeżdżają pod duży regionalny szpital. Pomimo tego, że na dachu łomocze flaga z czerwonym półksiężycem, budynek z paru stron jest poznaczony śladami od kul i ciężkich pocisków.

– My do pomocy przy ewakuacji. – Mahdi przejmuje inicjatywę, bo całe przerażone towarzystwo jest nadal w ciężkim szoku. Teraz już wszyscy rozumieją, jak łatwo jest dzisiaj stracić życie w Libii. Wystarczy jedno pomówienie, jedno nieuważne słowo lub krok.

– Zaraz poproszę doktora al-Dżarirjego. – Miła recepcjonistka robi maślane oczy do przystojnego nieznajomego.

– Witam, witam. – Lekarz w zielonym kitlu już maszeruje raźnym krokiem w ich kierunku. – Mam listę, proszę podać nazwiska.

– Nazywam się Sanussi…

– Z tych Sanussich? – przerywa.

– Tak, mój ojciec był świetnym chirurgiem.

– Ha! – doktor wykrzykuje radośnie. – Pamiętam zajęcia na uniwersytecie w Trypolisie, ale dawał w kość! U niego robiłem specjalizację – śmieje się i poklepuje Mahdiego po plecach. – Ale czy myśmy nie widzieli się na kongresie w Lozannie? – Patrzy uważnie w twarz rozmówcy. – Czy kolega czasami też nie robi w neurochirurgii?

– Dokładnie.

– Słuchaj no, kochanieńki. – Obejmuje medyka w pasie. – Mam taki ciężki przypadek, ale na cztery ręce można by faceta uratować.

– Z przyjemnością razem z tobą popracuję. – Mahdi cieszy się jak dziecko, bo medycyna, w szczególności chirurgia, to jego pasja, a przez długi czas choroby i rekonwalescencji był niezdolny do wykonywania swojego zawodu. W końcu łatanie nerwów to wręcz koronkowa robota, wymagająca delikatnej, a zarazem pewnej i silnej ręki.

– Czy statek dzisiaj wpłynie do portu? – poważnym głosem pyta Raszid.

– Mamy taką nadzieję, ale czekamy na sygnał z pokładu, że decydują się na wejście. Stoją już na redzie od rana. Teraz wszystko zależy od tego, czy cisza i spokój się utrzymają. Mają na pokładzie chorych z Bengazi i kontenery z pomocą dla nas, więc nie chcą ryzykować. Nasz człowiek płynie z nimi i zadzwoni na tyle wcześniej, że będziemy mieć jeszcze co najmniej godzinę lub dwie na przewiezienie wszystkich do przystani. – Doktor bacznie lustruje ich wzrokiem, a szczególnie pobladłe panie.

– Czy masz jakieś miejsce, gdzie dziewczyny mogłyby odpocząć? – Mahdi musi o to poprosić, bo Samira jest ledwo żywa. Nieprzespana noc, nerwy od rana i kontrola groźnych zdesperowanych rebeliantów dają jej się we znaki. Pomimo zażytych proszków głowa boli ją niemiłosiernie i nadal trzęsie się na całym ciele. Boi się, żeby nie zemdleć. – One nie potrzebują komfortu – tłumaczy, wiedząc, że szpital jest przepełniony.

– Moglibyście trochę odetchnąć w naszym bocznym

skrzydle – gospodarz mówi niepewnie. – Kiedyś były plany, żeby otworzyć tam oddział fizjoterapii, ale pieniędzy nam nie przyznali, więc zrobiła się graciarnia.

– A są jakieś łóżka i klimatyzacja? – indaguje zatroskany Mahdi.

– Trzeba by sprawdzić, ale klimy to na pewno nie ma.

– Ja nie potrzebuję wypoczywać, wcale się nie zmęczyłam. – Marysia szybko rezygnuje z takiej propozycji.

– My może posiedzimy sobie w aucie albo... na dachu i poobserwujemy miasto. – Raszid powoli otrząsa się z szoku i już jest ciekaw sytuacji.

– W takim razie dla pani znajdzie się miejsce u mnie w gabinecie, dobrze? – Lekarz bierze pod rękę słabą Samirę. – Przepraszam, ale wiecie, jak jest. Młodzi niech lepiej idą na dach i trzymają wartę. Dostaniecie lornetkę i nasz jeden jedyny telefon satelitarny, więc pilnujcie go jak oka w głowie. Kiedy Hassan zadzwoni, to biegiem macie mnie o tym poinformować, okej?

– Hassan Nazim, przyjaciel naszej rodziny? – Marysia aż podskakuje na takie wieści.

– We własnej osobie – śmieje się al-Dżarirji. – Czy to nie on wpisał was na listę? Dusza człowiek, wspaniały organizator i genialny wojskowy. To w zasadzie Hassan uratował naszą rewolucję, spadł nam jak z nieba! – cieszy się, przybyli zaś wiedzą, że Bóg tak zadecydował, wyciągając rękę po jego ukochanego syna.

– Super! Do czegoś się przydamy i będziemy na świeżym powietrzu. – Raszid cieszy się, bo jest urodzony do działania i dusi się zamknięty w czterech ścianach.

– Tylko nie wychylajcie się za bardzo, żeby wam ktoś łebków nie odstrzelił – medyk kiwa ostrzegawczo palcem. – Wprawdzie ani w jednym, ani w drugim wojsku snajpera nie uświadczysz, jednak wypadki chodzą po ludziach. Zaparkujcie samochód z boku i dogonicie nas. Gabinet mam na drugim piętrze. My, Mahdi, może zrobimy wspólnie jakiś mały obchód z konsultacjami? Myślę jednak, że chyba bezpieczniej i rozsądniej będzie operować już w Doha, nie? – Uśmiecha się jak łobuziak. – Jeszcze musielibyśmy kogoś zawozić do portu z nożyczkami w brzuchu.

Marysia zabiera z auta swój plecak i reklamówkę z jedzeniem, Raszid zaś rzeczy Samiry i Mahdiego.

– Zrobimy sobie piknik na dachu? – już odprężona i zadowolona pyta kochanka. – Czemu taki złośnik jesteś?

– Ja nie popłynę – oznajmia mężczyzna, szybko maszerując z powrotem. – Nie będę nigdzie na doczepkę, nie mam zamiaru być piątym kołem u wozu!

– Co ty w ogóle wygadujesz?!

– Co ja mówię? Nic takiego, same bzdury! – Mężczyzna nagle zatrzymuje się i obraca przodem do kobiety, patrząc rozwścieczonym wzrokiem prosto w jej oczy. – Popłyniemy do Kataru, tak? Pięknie. Stamtąd ty masz już żabi skok do domu do Rijadu. Świetnie! – wykrzykuje z przekąsem. – I pojedziemy sobie razem przywitać się z twoim mężem. A któż to jest, ten pan?, zapyta rogacz. – W biegu Raszid modeluje głos i robi sobie teatrzyk. – Nikt ważny, tylko mój kochanek. Ale nie przejmuj się, trójkąty są teraz w modzie. Szczególnie w Arabii Saudyjskiej – z tymi słowy wpada do gabinetu lekarza, porywa z jego rąk lornetkę i telefon i dalej pędzi na taras na dachu.

– Przecież możemy zatrzymać się u mamy. – Marysia ledwie dyszy, usiłując dogonić Raszida. – Jestem przekonana, że będzie tam przede mną.

– Żona Saudyjczyka, muzułmanka, opuszcza męża, występuje o rozwód i mieszka pod jednym dachem ze swoim kochasiem w Królestwie Arabii Saudyjskiej. Super, po prostu znakomity pomysł! – Mężczyzna śmieje się szaleńczo. – Oprócz siebie chcesz narażać jeszcze swoją rodzinę?!

– Ależ...

– Rzeczywiście Samira ma rację, że z ciebie jeszcze straszne dziecko! – przerywa z grymasem pogardy na ustach, a Marysi łzy zbierają się w oczach, by po chwili polać się szerokim strumieniem po twarzy.

– Jaki ty jesteś niesprawiedliwy! – szlocha.

– A ty głupia! Ciebie ukamienują za zdradę małżeńską, mnie obetną głowę, a twoich najbliższych, jako niemuzułmanów, tylko osadzą w więzieniu z karą co najmniej pięciu lat i dwustu batów. Żyjesz w tym kraju wahabitów już nie wiem jak długo, a dalej nie wiesz, że tam nadal rządzi prawo szariatu, i to w najbardziej ortodoksyjnej formie? Podpisują wszystkie konwencje międzynarodowe, ale zawsze jest napisane maczkiem na końcu strony: jeśli nie jest to sprzeczne z prawem muzułmańskim.

Młodzi wbiegają na dach szpitala, wielki teren otoczony metrowym murem. Marysi odeszła chęć do jedzenia i w ogóle czegokolwiek, rzuca reklamówkę i bagaże w kąt zaśmieconego przestronnego tarasu i siada obok, podkulając nogi pod siebie.

– Więc jednak dla ciebie nasz związek był tylko tymczasowym kaprysem, przygodą – mówi przez zatkany nos, wycierając go przy tym w palce.

– Nie, ale liczyłem, że ty zajmiesz się uregulowaniem swoich spraw i że będziemy mogli żyć uczciwie. Ja ci w tym pomóc nie mogę i nie powinienem się w to angażować. Takie postępowanie byłoby nie fair. Musisz, moje dziecko, odbyć poważną rozmowę z mężem i albo mu się przyznać do wszystkiego, co nie polecam w związku z jego pochodzeniem, albo skłamać, mówiąc, że nic się nie stało, ale dłużej nie możesz go znieść.

– Więc podjąłeś decyzję, tak? Nie jedziesz? – Marysia chce się jeszcze upewnić.

– Nie jadę. – Zapada milczenie, a Raszid, wzdychając, siada obok dziewczyny, która stanowi jego największy skarb. – To nie jest dla mnie odpowiedni kierunek. Muszę teraz przyznać Muaidowi rację.

– W takim razie ja też nie jadę. – Kochanka patrzy na niego zapuchniętymi od łez oczami i jak dziecko układa usta w podkówkę.

Jakaż ona jest słodka, mężczyźnie serce chce wyskoczyć z piersi. Jakże ją kocham! Przymyka oczy, żeby nie widzieć pięknej twarzy i nie dać się złamać. Jednak nie mogę pakować się w takie kłopoty, postanawia. Absolutnie!

– Nie wracam ani do Trypolisu, ani do Zawii – oznajmia sucho.

– To co chcesz zrobić?

– Dołączę do powstańców – oznajmia dumnie.

– Czyś ty oszalał?! Jak przedostaniesz się do Bengazi?

– Nie tylko tam toczą są walki. Pamiętasz Rahmana, brata Abbasa, który pomagał nam w poszukiwaniach twojej matki?

– Aha...

– Tak jak mówił, odszedł z policji, a w zasadzie uciekł, i jest w tych rejonach, bo to tereny plemienia, z którego pochodzi. Zajmuje się teraz szkoleniem Beduinów w obsłudze karabinów maszynowych i innej broni. Kiedy przez chwilę była łączność, udało mi się z nim skontaktować i dostałem adres, pod którym mogę go zastać albo gdzie będą wiedzieli, jak go odnaleźć. Jego żona z dziećmi zatrzymała się u swojej matki w małej wiosce piętnaście kilometrów od Misuraty.

– Tak to sobie obmyśliłeś. – Marysia głęboko nad czymś się zastanawia. – Chcesz ryzykować życie, bo na niczym ci nie zależy – dochodzi do wniosku. – Brat z bratową i dzieckiem wyemigrowali i siedzą już zapewne gdzieś we Włoszech lub Francji, ojciec, matka, mali braciszkowie i siostra nie żyją, a z Muaidem kontaktu nie łapiesz, więc zostałeś sam i w ten bohaterski sposób chcesz ze sobą skończyć.

– Nieprawda! – oburza się.

– Ależ tak! Problem tylko w tym, że ty nie jesteś żadnym bohaterem! Wiesz, dlaczego Abbas tak cię kochał? Bo jesteście kropka w kropkę tacy sami, jak rodzony ojciec i syn. Łagodni, dobrzy, troskliwi mężczyźni, żadni agresywni bojownicy, nie, nie, nie dam sobie tego wmówić!

– Dla mnie liczyłaś się tylko ty, Miriam, najważniejsza i najukochańsza, ale aktualnie niedostępna i daleka, osoba z innego świata, do którego należysz, ale ja nie – mężczyzna wyznaje na koniec. – Nie wiem, czy kiedykolwiek nastanie dla nas odpowiedni czas, więc lepiej rozstać się na początku. Musisz wracać do siebie, moja mała.

– Nic nie muszę! – uparta dziewczyna oburza się. – Ja bez ciebie nie wyjadę! – oznajmia zdecydowanie. – Jeśli chcesz iść na pustynię i żyć z Beduinami, to ja pójdę z tobą, jeśli jednak zdecydujesz, że wracasz do Trypolisu, idę z tobą. – Mężczyzna chce jej przerwać, lecz kochanka kręci przecząco głową i mocno zatyka mu usta ręką. – Nie masz co odmawiać! Tak postanowiłam w mój dziecinny i głupi sposób. Jeszcze do jutra masz czas, żeby zmienić decyzję i popłynąć ze mną, bo z Kataru możemy polecieć prosto do Polski albo do dowolnego kraju w Europie. Będą nas musieli przyjąć jako uchodźców. Ja zgubię paszport i tyle będzie po moim małżeństwie zawartym w Jemenie, gdzie toczy się wojna i nie pozostał już kamień na kamieniu. Sądzisz, że ktoś będzie szukał notariusza, który udzielał nam ślubu, a ten na dokładkę w tym chaosie znajdzie dokument? Nie ma najmniejszej szansy!

– Miriam. – Podniecony wyznaniem bezwarunkowej miłości namiętnie miażdży swoimi twardymi ustami wargi szalonej kobiety. – Nawet nie wiesz, ile dla mnie znaczysz, ale… nie mogę iść w bój z takim obciążeniem.

W tej chwili rozlega się najpierw gwizd, a potem niesamowity huk. Młodzi kulą się w sobie, wbijając w kąt, a mężczyzna zasłania sobą kruche ciało kobiety. Wielki budynek trzęsie się w posadach. Po chwili na taras spadają fragmenty jakichś urządzeń, tynku, cegieł, rur i drutów. Słychać brzęk tłuczonego szkła. Następnie zapada martwa cisza. Marysia z Raszidem, przygarbieni, idą na palcach w stronę miejsca wybuchu i widzą ruiny przybudówki, w której mieli odpoczywać. Podłużny barak płonie żywym ogniem, który rozchodzi się na pozostałe części gmachu. Już biegną do niego ochotnicy z wodą, gaśnicami i workami piasku. W środku musiały być jakieś łatwo palne materiały, bo co chwilę dochodzi do pomniejszych pożarów.

– Co z wami? – Na dach wpada przerażony Mahdi, a za nim al-Dżarirji i Samira.

– Wszystko w porządku – odpowiadają, jeszcze trochę ogłuszeni od eksplozji. – Na pewno mamy się lepiej, niż jakbyśmy znajdowali się w tym magazynku – z sarkazmem stwierdza Marysia.

– Znowu palec boży – szepcze Samira. – Jak długo Bóg będzie nas chronił? – Ze strachu aż szczęka zębami.

– Mamy szczęście i oby nas nigdy nie opuszczało. – Marysi żal przerażonej ciotki i czule obejmuje ją ramieniem. – Idź do środka, miejmy nadzieję, że w główny szpital nie będą strzelać.

– Te debile po prostu nie potrafią dobrze namierzać, bo ja nie wierzę, że chcą bombardować obiekty cywilne! Po prostu nie mogę albo nie chcę w to uwierzyć, żeby celowo atakowali szpital! – Lekarz ze zdenerwowania wygraża rękami. – Taki już jestem naiwny!

– Co znowu? – Słyszą kolejny wybuch i widzą latające fragmenty blachy. – To samochody ustawione na parkingu zajęły się od ognia – informuje Raszid, z wściekłością wyginając wargi i marszcząc czoło.

W tym momencie nad ich głowami przelatuje seria rakiet. Teraz już wiedzą, co było celem rządowej armii. Pociski rozbijają się na nabrzeżu, bo widać łunę rozprzestrzeniających się pożarów. Płoną kontenery i zbiorniki z paliwem. Następna i kolejna kanonada trafia już do wody, dalej i dalej, aż oświetla stojące na redzie statki. Nie trzeba długo czekać na odzew z ich strony i teraz nad głowami obserwatorów niebo lśni od wymiany ognia. Samira chowa się w wejściu na dach i macha do pozostałych, żeby poszli w jej ślady. Hałas jest nie do zniesienia.

– Tak? – Raszid zauważył świecącą się czerwoną lampkę w telefonie, porywa go i wbiega do środka. – Nie słyszę! – krzyczy. – Zaraz będę we wnętrzu. – Między ścianami jest już trochę, choć niewiele, lepiej.

– Niech to licho, ale na nabrzeżu znów trwa walka – wszyscy słyszą podniesiony głos Hassana. – Lojaliści przystąpili do kolejnej ofensywy. Na Allaha! Widzę przez lornetkę, jak szybko poruszają się w kierunku cywilów oczekujących na ewakuację. Cholera! – klnie, co raczej mu się nie zdarza. – Trzeba było jednak wykorzystać tę parogodzinną przerwę i ratować, kogo się dało! Startujemy jutro skoro świt, więc wy postarajcie się przez noc znaleźć jakieś bezpieczne miejsce w porcie i przetransportować tam rannych. Jak bombardowanie będzie się przedłużało, to poprosimy o wsparcie siły NATO.

– Dobrze, zrobimy, co w naszej mocy. – Al-Dżarirji przejmuje słuchawkę.

– Do zobaczenia.

– Idę zorganizować zwiad z lokalnych odważnych mężczyzn, którzy ośmieliliby się teraz zbliżyć do przystani i określić, gdzie możemy się zebrać przed zaokrętowaniem – medyk i bojownik w jednej osobie opuszcza zszokowanych ochotników do ewakuacji. – Siedźcie w moim gabinecie – mówi na odchodnym – i już nie wyściubiajcie nawet nosa na zewnątrz. Czuję się za was odpowiedzialny… tak jak i za te dwie setki pacjentów, których muszę żywych dowieźć na statek. – Macha zrozpaczony ręką.

– Ja panu z chęcią pomogę. – Raszid podbiega do mężczyzny i obejmuje go ramieniem. Zanim Marysia zdążyła cokolwiek powiedzieć, znikają za zakrętem.

Całą noc dziewczyna czuwa i kiedy tylko słyszy jakieś ruchy na korytarzu, rzuca się do drzwi. Samira śpi nerwowo, kręcąc się na kozetce doktora, Mahdi zaś zastępuje go, doglądając chorych. Tutaj jest dopiero rannych!, myśli w duchu. A co najważniejsze, w naszej profesji nie ma podziału na lepszych i gorszych, szpital opiekuje się zarówno lojalistami, jak i rebeliantami. Nieraz leżą na sąsiednich łóżkach, rozmawiają ze sobą, pomagają nawzajem. Jednak najemników nie przyjmuje się, bo pozostali pacjenci od razu poderżnęliby im gardła. Nad tą nienawiścią nie da się zapanować. Ciekaw jestem, jak to będzie, kiedy cała ta wojna się skończy?, zadaje sobie nurtujące go pytanie. Co z prawem zemsty? Jak wytłumaczyć ludziom, którzy stracili domostwa czy najbliższych, żeby nie brali odwetu? Ciężko będzie, dochodzi do wniosku. Może i dobrze, że stąd wyjeżdżamy?

– Już jesteśmy. – Raszid delikatnie trąca w ramię Marysię, która nad ranem już nie wytrzymała i przysnęła na siedząco w fotelu.

– I co, i co? – pyta przestraszona.

– Natarcie się zatrzymało, bo nasi zaczęli im łupać tyłki. Zachodnia część nabrzeża jest spokojna, znaleźliśmy wielki jak stodoła hangar i tam już zaczęli zwozić chorych. Wywiesiliśmy białe flagi z czerwonym krzyżem i półksiężycem na dachu, więc nie powinni do nas strzelać – pociesza, sam nie wierząc w to, co mówi.

– No i?

– I tyle. – Mężczyzna nie wie, co jeszcze mógłby powiedzieć.

– Co z twoją decyzją? – kobieta pyta z drżącym sercem, bo jednak najbardziej pragnęłaby stąd uciec.

– Już ją podjąłem, mówiłem ci! – denerwuje się Raszid. – A dzisiejsze przeżycia jeszcze bardziej przekonały mnie o słuszności mojego postanowienia. – Chce wyjść i dłużej nie patrzyć na dziewczynę, która chce zmieniać jego plany i życie. Taki związek przestaje mu się podobać. Nie spodziewał się tylu kłopotów.

– W takim razie ja też nigdzie nie płynę – stanowczo oznajmia Marysia. – A jeśli mnie zostawisz na nabrzeżu i sam zmyjesz się jak tchórz, to i tak nie wsiądę na statek i zostanę tutaj pod tym straszliwym ostrzałem. Radzę, żebyś uwierzył w moje słowa! – Jej wielkie oczy płoną niczym węgle, a gorącą ręką mocno przyciąga mężczyznę do siebie. – Jestem dość stanowcza i konsekwentna! Uwierz mi!

– Chcę jeszcze pomóc przy transporcie. – Raszid

z krzywym uśmieszkiem spogląda na upartą kobietę. Powoli zaczyna mu świtać myśl, że wpakował się w niezłe tarapaty.

– Jadę z tobą, też się przydam. – Dziewczyna rusza za nim. – W końcu jako pielęgniarka czy sanitariuszka mam już niezły staż.

Chorych do portu zwozi się nie tylko karetkami, bo nie ma na to czasu. Organizatorzy załatwili półciężarowe mitsubishi, w których paki wyścielili materacami i kocami, i w ten sposób jest szansa, że zdążą przed świtem. Każda para rąk jest na wagę złota, więc Marysia goni z rozwianym włosem, to poprawiając opatrunek, to zakładając ponownie wypadnięty wenflon, to trzymając kroplówkę, to nawet pomagając się załatwić.

– Jeszcze ja, jeszcze ja! – żebrzą przykuci do łóżek pacjenci pozostawieni w opustoszałych salach i żałośnie wyciągają ręce przed siebie.

– Następnym statkiem – tłumaczy cierpliwy lekarz, głaszcząc ich po spoconych wychudłych policzkach. – Na razie nie nadajesz się do transportu – ogłasza jakby wyrok śmierci, zwłaszcza że wraz z brzaskiem znów zaczęły latać nad ich głowami serie pocisków.

– Jak nas pan zostawi, to co z nami będzie? – Niektórzy nawet płaczą.

– Wrócę, ale teraz muszę zagwarantować pomoc przewożonym chorym – tłumaczy się, uciekając wzrokiem. – Zostawiam was w dobrych rękach…

– Ale tutaj już prawie nie ma lekarzy! Panie doktorze złociuteńki! Niechże pan ma Boga w sercu!

Mężczyzna, spuszczając głowę, wychodzi i ostatnią ciężarówką, w której jadą też Mahdi i Samira, udaje się na miejsce zbiórki. Rebelianci ostro zbliżają się do portu i wypierają lojalistów, którzy zajmowali go przez całą noc. Teraz słychać głównie serie z karabinów maszynowych, moździerze i huk granatów. Oby tylko przez przypadek auto nie znalazło się na linii ognia, modli się Samira. Boże, wróciłeś mi życie, to przynajmniej jeszcze chwilę pozwól mi pozostać na tym padole i pocieszyć się nim, składa ręce na piersi, w której panicznie łomocze jej serce. Ciężarówka skręca w prawo i oddala się od miejsca walk, bo odgłosy wybuchów są coraz cichsze. Kobieta ociera zimny pot z czoła. Patrzy na zaniepokojonego jej stanem Mahdiego i czule się uśmiecha.

– Pomożemy. – Marysia i Raszid są już na miejscu i wyciągają ręce do samodzielnie poruszających się pacjentów. Pod wejście na pakę podstawiają metalową skrzynię, która służy za stopień, i wysiadka przechodzi bardzo sprawnie.

– Dzwonię do Hassana, że już wszyscy jesteśmy. – Pobladły od przeżyć doktor al-Dżarirji bierze głęboki wdech i wybiera numer. – Za chwilę przybliżą się do nas na bezpieczną dla nich odległość – oznajmia obecnym – i od razu zaczną wysyłać małe ewakuacyjne łodzie. Ponoć są przewidziane nawet na dwadzieścia osób, więc jak nie będą mogli przycumować przy nabrzeżu, to mamy inne wyjście.

– Okej, nawet szybciej pójdzie – przytakuje Raszid.

– Tylko że kontenery z pomocą diabli wezmą – narzeka mężczyzna. – Ale co zrobić, ludzie są najważniejsi – odchodząc do chorych, ściska z niezadowoleniem usta. Zdaje sobie sprawę, że bez dostawy leków jego pozostawieni w misurackiej klinice pacjenci nie mają żadnych szans na wyzdrowienie, bo szpitalna apteka zieje już pustkami. Takie to życie niesprawiedliwe, podłamuje się, lecz już po chwili bierze głęboki oddech i powraca do działania.

– Słuchajcie, wy nie jesteście jeszcze tak zmęczeni jak ja, stary dziad, więc wspinajcie się na dach hangaru, tam z boku jest metalowa drabinka, i zobaczcie, jak przedstawia się sytuacja na polu walki. Macie dwie lornetki, co dwie pary oczu, to nie jedna. Może nasi już zwyciężyli i jesteśmy bezpieczni, a my o niczym nie wiemy i fajdamy ze strachu w portki.

Widok z góry blaszanego budynku, wysokiego co najmniej na dziesięć metrów, jest oszałamiający. Marysia zwraca się w kierunku morza, które mimo walk nic nie straciło na swoim pięknie. Nieduże fale rozbijają się o nabrzeże, a na falochronach tworzą się małe grzywacze. Woda jest spokojna i czysta. Wielki ewakuacyjny statek z wywieszoną katarską flagą w kolorze białym i kasztanowym o ząbkowanej linii jest już dobrze widoczny. Na burtach i najwyższym maszcie umieszczono symbole organizacji humanitarnych i medycznych. Bandera płynie w eskorcie dwóch pancerników, silnie uzbrojonych, z oznaczeniami międzynarodowych sił zbrojnych. Wygląda to imponująco, aż zapiera dech w piersiach. A może Raszid zgodzi się i popłynie, może zmieni zdanie?, dziewczyna robi sobie nadzieję, wiedząc jednak, że arabski mężczyzna rzadko ustępuje kobiecie.

– Patrz! – Chłopak szarpie ją za ramię i obraca w kierunku

portu. – Teraz już wiemy, czemu nasi zaprzestali bombardowania – mówi zdławionym głosem.

– Boże, to niemożliwe! – wykrzykuje dziewczyna. – Ci mordercy zrobili sobie z ludzi żywe tarcze!

Przed oczami obserwatorów roztacza się widok pobojowiska; zniszczonego od bomb wybrzeża, rozłupanych kontenerów, dołów i sterczących jak kikuty ruin portowych zabudowań osmalonych od wciąż płonących zbiorników z paliwem. Na otwartym terenie prowadzącym do centralnej części przystani brygada żołnierzy rządowych okopała się za co najmniej setką cywilów, którzy najprawdopodobniej oczekiwali w porcie na ewakuację. Powstańcy są bezradni, bo przecież nie będą strzelać do swoich, i przegrywają tę rozgrywkę, wycofując się z pola walki. W takiej sytuacji NATO zaniechało oczywiście nalotów, więc uciekinierzy, czekający na przycumowanie promu, są zupełnie bezbronni. Żołdacy, w większości czarni najemnicy, wiwatują z okazji nikczemnego zwycięstwa. Podchodzą do przerażonego żywego muru, który jęczy i zawodzi, tak że słychać ich nawet z daleka, rozwiązują ich i odganiają kolbami karabinów i kopniakami. Uwolniony tłum w panice rozbiega się po całym terenie, część rzuca się w kierunku wyjścia z przystani, inni z histerycznym krzykiem na ustach pędzą na oślep, wpadając do wyrw lub do wody. Niektórzy nie dają już znaku życia i leżą w błocie i własnej krwi, a opieszali nieraz trafiają na zapalczywego wojaka, który bije ich tak długo, aż ofiara przestaje się poruszać. Teraz lojaliści wchodzą do portu już przez nikogo niezatrzymywani. Ich oczy przyciąga biały kolor flag zamocowanych na oddalonym hangarze z pacjentami i zaczynają jedni przez drugich pokazywać sobie to miejsce palcami.

– Przyspieszyć! – Raszid zbiega po metalowej drabince na złamanie karku. – Wojsko tutaj idzie, nie podarują nam fortelu!

Łodzie ewakuacyjne są już przy nabrzeżu i po tych słowach uciekinierzy zaczynają do nich wskakiwać, niebezpiecznie je rozhuśtując. Parę osób wypada, a że są to chorzy skrępowani bandażami, kroplówkami lub po prostu osłabieni, nie wypływają już na powierzchnię i na wodzie ukazują się tylko bąbelki powietrza. Nikt nie ma czasu ich ratować. Marysia kuca na dachu, przykłada lornetkę i chce przynajmniej ostatni raz zobaczyć Hassana, który jest na statku. Rozpoznaje jego szczupłą sprężystą sylwetkę. Mężczyzna biega po pokładzie i wydaje polecenia. Takim go zapamięta. Jej wzrok przyciąga jeszcze inna postać, dziewczyna marszczy brwi i wytrzeszcza oczy. Niemożliwe!, zapewnia siebie w duchu. Wysoki mężczyzna w spodniach amerykańskiego wojska, w podkoszulku khaki i kepi na głowie dyskutuje o czymś z libijskim przywódcą. Kiedy Marysia kiwa z niedowierzaniem głową, człowiek ten podnosi czapkę i znanym jej doskonale ruchem drapie się po czole. Później ściąga przeciwsłoneczne okulary. Statek jest już blisko brzegu, zostało mu może pięćset metrów. Dziewczyna wstrzymuje oddech, a obserwowany obraca się w jej kierunku. Hamid! Hamid!, dźwięczy jej w mózgu, a serce chce wyskoczyć gardłem. Co on tutaj robi?! Niech się coś stanie, niech się coś wydarzy!, błaga. Niech on zniknie! Ja nie chcę go spotkać, ja nie chcę wracać z nim do Arabii! Boże, ześlij grom z jasnego nieba, zrób cokolwiek, prosi, zaciskając oczy i szczęki aż do bólu. Ja chcę być z Raszidem, tak go kocham! W tej sekundzie jak na zamówienie zaczyna się ostrzał portu. Serie rakiet orzą niebo i sypią się jak grad w spokojne dotąd morze. Małe łódki wywracają się, ludzie trzepocą się w wodzie jak ryby, silniejsi usiłują się czegoś przytrzymać lub wejść z powrotem, a ewakuacyjny wielki prom dodaje gazu, by jak najszybciej dobić do przystani. Uchodźcy są przygotowani do skoku i tylko czekają na tę możliwość, wyciągając przed siebie ręce, a marynarze i wojskowi na pokładzie ustawiają wszystko gotowe do przeładunku. Obronne pancerniki oddają pierwsze salwy i nad zebranymi huczy burza ognia. Wszystko zasnuwa pył, piach, bryza morska okleja ciała, a ludzie krzyczą wniebogłosy. Marysia zeskakuje z drabinki i drżąca z przerażenia chowa się za rogiem hangaru.

– Teraz wasza kolej! – Al-Dżarirji jednak ją odnajduje. – Obiecałem Hassanowi, że bezpiecznie was przetransportuję, więc tak zrobię. – Popycha Mahdiego i Samirę w kierunku nabrzeża. – Raszid, chłopcze, ruszaj się!

– Ja nie płynę z wami. – Raszid, tak jakby się bronił, kładzie skrzyżowane dłonie na piersiach. – Nie mogę znieść krzywdy, którą wyrządza się mojemu narodowi, to jest ludobójstwo! – wykrzykuje. – Nie dlatego chcę dołączyć do powstańców, żeby się mścić, bo straciłem całą swoją rodzinę, o nie! Tutaj giną bezbronne matki, ojcowie i ich niewinne dzieci! Może w duszy miły ze mnie facet, pacyfista podszyty tchórzem, ale jestem też młodym, silnym mężczyzną, który umie posługiwać się bronią i jest zdesperowany, żeby pomóc swoim, rodakom, przeciętnym poczciwym Libijczykom – oznajmia wśród huku wystrzałów i pocisków latających im nad głową.

– Masz. – Misuracki lekarz po takiej przemowie nie dyskutuje, lecz wręcza mu kluczyki od samochodu. – Jestem pełen podziwu dla ciebie. Możesz podkulić ogon pod siebie i uciec, lecz ty ofiarujesz krajowi swoje ramię, abyśmy my, zwykli ludzie, mogli kiedyś godziwie żyć. – Bierze chłopaka w ramiona. – Mam nadzieję, że mój wóz stoi jeszcze na parkingu przed głównym wejściem szpitala. Będzie ci potrzebny.

– Dziękuję.

– A ty dokąd? Miriam? – Zdziwiona Samira wyciąga ręce do bratanicy. – Co ty wyprawiasz?

– Idę z nim. – Marysia obraca się i odchodzi, nie oglądając za siebie.

Statek cumuje, błyskawicznie zostaje zrzucony trap, po którym nawet obłożnie chorzy wskakują na pokład. Od razu zostają przejęci i ulokowani w bezpiecznym miejscu. Oprócz załadunku osób, przybyli muszą wypakować kontenery z pomocą humanitarną, którą przywieźli. Do tego służy inny metalowy i mocny pomost. Najpierw zjeżdżają na ląd cztery ambulanse, nabite aż po dach środkami medycznymi, później parę wojskowych ciężarówek, a na koniec mały niepozorny autobusik, popularny w Libii civilian z lokalną rejestracją, który jest prowadzony przez Hamida. Teraz mężczyzna jest już ubrany jak typowy Libijczyk, zniknęły wszelkie wojskowe symbole i zagraniczne bibeloty. Żegna się serdecznie z Hassanem, a ten udziela mu jeszcze paru pożytecznych porad na drogę. Kawalkada wozów jedzie ostrożnie pomiędzy metalowymi kontenerami i bokiem opuszcza port.

Samira wskakuje na rozkołysany pokład wielkiego promu. Dookoła rozlegają się liczne salwy wybuchów, krzyk ludzi i huk pracujących silników. Traci równowagę, lecz w ostatniej chwili podaje jej rękę nieznajomy amerykański żołnierz, chyba arabskiego pochodzenia, na co wskazują jego rysy.

– *Thank you so much* – szepcze przerażona, spoglądając w jego migdałowe brązowe oczy.

Mężczyzna przez mgnienie oka zatrzymuje na niej wzrok, lecz po chwili z uśmiechem na ustach obraca się w kierunku pozostałych uciekinierów i pomaga, komu może. Kobieta zauważa, że odbiegając w kierunku pojazdów z pomocą humanitarną, na sekundę się zatrzymuje i obserwuje ją uważnie. Przecież ja go nie znam, w życiu go na oczy nie widziałam, zastanawia się. Może nadal jestem atrakcyjną babką i warto na mnie zawiesić wzrok?, podsumowuje z zadowoleniem. Wszystko będzie dobrze, oddycha z ulgą, usadawiając się przy metalowej bandzie.

Statkiem buja na wszystkie strony, lecz po chwili czuć wzmożoną pracę silników, które dają na wsteczny, by jak najszybciej uciec spod obstrzału. Słychać huk spadających metalowych trapów i ciągłych wystrzałów z broniących ich pancerników. Samira pochyla głowę i obejmuje ją ramionami. Kule i odłamki świszczą nad pokładem, słychać, jak niektóre odbijają się od blachy. Ci, którym udało się zaokrętować, w podziękowaniu Allahowi za ocalenie życia niemo poruszają ustami, recytując po cichu sury Koranu. Parę osób nagle chwyta się za pierś czy ramię i po chwili widać cieknącą im pomiędzy palcami krew. Dostali rykoszetem. Misuracki lekarz i paru sanitariuszy, zgięci wpół lub wręcz czołgając się na kolanach, podchodzą do trafionych i usiłują opatrzyć ich rany.

– Mahdi, chodź do mnie! – Samira wykrzykuje do swojego ukochanego, wyciągając do niego ręce jak dziecko. – Skryj się, jeszcze chwila, a będziemy poza zasięgiem. – Mężczyzna macha przecząco głową, chcąc pomóc pokrzywdzonym rodakom. Dusza lekarza bierze w nim górę nad strachem. W pewnej chwili chwieje się jednak delikatnie, zdziwiony podnosi głowę, całkiem prostuje plecy i wykonuje parę kroków w stronę przerażonej ukochanej kobiety. Wyciąga w jej kierunku ramiona, delikatnie siada obok na metalowym twardym pokładzie i kładzie jej głowę na ramieniu.

– Ty jeszcze jesteś rekonwalescentem. – Samira gładzi go uspokajająco po policzku. – Nie możesz tak się przemęczać – wzdycha. – Kiedy już jesteśmy uratowani, to muszę ci coś powiedzieć – uśmiecha się szczęśliwa, patrząc przed siebie na bladoniebieskie bezchmurne niebo. – Przed nami nowe życie i nowe wyzwania – zaczyna. – Czeka na nas nowa szczęśliwa przyszłość, a ja w podarku chcę ci dać największy skarb. – Mahdi, ciężko opierający się o kobietę, bezwładnie obsuwa się na jej kolana. Ręka kochanki ześlizguje się z jego zarośniętego policzka, przejeżdża po szyi i zatrzymuje na szczupłej piersi. – Będziemy mieć dziecko, kochanie. – Kobieta patrzy na swoją dłoń, z której skapuje świeża czerwona krew, a następnie spogląda przerażona w martwe już oczy swojego najdroższego. – Przeznaczenie… – szepcze czule, tuląc mężczyznę do swojej piersi i niewielkiego brzemiennego brzuszka. – Klątwa nas nie opuści, nigdy!

V

POSŁANNICTWO

Bin Laden w Libii

– Mój drogi Jusufie, Allah nam ciebie zesłał. – Hassan klepie Hamida po plecach, a ten skromnie się uśmiecha. – Myślałem, że bohaterowie tylko w Libii rodzą się na kamieniu, a tutaj proszę. Pomimo bogactwa i splendoru chce się wam z odległego Kataru angażować w naszą bratobójczą walkę. Nawet nie wiesz, jak jestem ci wdzięczny.

– To dla mnie zaszczyt móc poznać człowieka z przyszłego wyzwolonego rządu nowej Libii. – Saudyjczyk postanawia odwdzięczyć się dobrymi słowami.

– To mówisz, że działasz w organizacjach charytatywnych? – Libijczyk indaguje, bo chce się dowiedzieć czegoś więcej o tajemniczym posłanniku. – Czemu zatem nosisz amerykański mundur?

– Jestem mieszańcem, matka Amerykanka, a ojciec Katarczyk, wiesz, jak jest. – Hamid nie da się podejść i pociągnąć za język. Zbyt długo siedzi w działalności konspiracyjnej, aby puścić parę z ust na temat siebie czy tego, co robi.

– Dobrze rozumiem twojego ojca. – Hassan wzdycha smutno. – Ja też przed laty ożeniłem się z piękną blondynką, takie kobiety mają zupełnie inną krew – patrzy mężczyźnie porozumiewawczo w oczy. – Są nie tylko gorące, ale też ciepłe.

Mężczyźni przerywają konwersację i zatapiają się we własnych rozmyślaniach. Jednemu i drugiemu serce się kraje. Nie zauważają nawet, że nad ich głowami latają pociski, że kołysze wielkim statkiem, a fala przelewa się kaskadami przez pokład i wpływają w paszczę lwa, z której jest nikłe prawdopodobieństwo, iż się wydostaną. Hassan nadal ma przed oczami martwą twarz swojego syna i szalone z bólu błękitne oczy żony, która go porzuciła. Nie ma jej jednak tego za złe i doskonale ją rozumie. Po tylu latach walki o wszystko kobieta chce ustawić się i mieć trochę spokoju i normalności na starość. Arabski mężczyzna myśli i czuje bardzo nowocześnie i tolerancyjnie, jakby nie urodził się w tym kraju. Trudno mu jedynie przejść do porządku dziennego nad faktem cielesnej zdrady, ale po utracie syna uznaje tę sprawę za nic niewartą błahostkę. Niech jedno z nich będzie szczęśliwe i cieszy się życiem. On całkowicie poświęcił się walce i czuje się w tym spełniony. Odnosi wrażenie, jakby po kropelce spłacał swoje grzechy Bogu i przyczyniał się do wiecznej szczęśliwości Adama. Może uda się uratować jeszcze niejedno takie młode życie, a to będzie dla mnie największą nagrodą, podsumowuje w myślach.

Hamid podjął ryzyko przypłynięcia do Libii tylko z jednego względu. Nie może sobie podarować ochłodzenia stosunków z Marysią i tego, że tak łatwo oddał jej wolność. Czemu tak się na nią złościł, czemu odtrącał, czemu zaczął na nią krytycznie patrzeć? Sam już nie wie, ale jedno stało się dla niego jasne: bez tej jasnowłosej bladolicej kobiety nie wyobraża sobie życia. Szkoda, że zrozumiał to dopiero po jej wyjeździe, ale póki powietrza w płucach i serce bije, nigdy nie jest za późno, żeby coś naprawić. Tak zresztą doradził mu starszy i mądrzejszy kuzyn z Dżeddy. Jedź, chłopie, i nie zwlekaj!, powiedział. Amerykańscy współpracownicy pomogli dograć resztę. Hamid nie ma pojęcia, jak ją odszuka i czy ona jeszcze żyje, lecz kiedy usłyszał, że najcenniejszą przesyłkę ma dostarczyć do Trypolisu panu Muaidowi Salimiemu, od razu wiedział, że jest w tym palec boży. Miriam, tak za tobą tęsknię, tak mi ciebie brakuje, moja śliczna, moja piękna, rozmawia w myślach z żoną, pocierając przy tym zatroskane czoło. Jeśli tylko chodzisz jeszcze po świecie, to cię odnajdę, obiecuje jej i sobie.

– Nie wiem, jak my przycumujemy, ale chyba trzeba to będzie zrobić na wariata. – Hassan przerywa tok myśli smutnego kochanka. – Jeśli teraz ich nie zabierzemy, to już nigdy!

– Dawaj, spuśćmy nasze łodzie ewakuacyjne! – Saudyjczyk otrząsa się z melancholii i zaczyna działać. – Zawsze trochę ludzi na nie wejdzie, a resztę w trymiga zgarniemy, jak tylko uda się dotknąć lądu.

Biegnie do wielkich ciężarówek z wszelakim humanitarnym i mniej humanitarnym zaopatrzeniem, rozmawia z kierowcami, stara się ich wesprzeć na duchu, bo młodzi chłopcy nigdy nie uczestniczyli w żadnej akcji i są w armii żółtodziobami. Czemu mi takich dali?, dopiero teraz się zastanawia. Czyżby nikomu nie zależało na powodzeniu tej misji? Już wolałbym mieć przy sobie sześćdziesięcioletniego, ale doświadczonego emeryta.

– Jak tylko przybijemy, rzucacie trap i wynocha mi ze statku, słyszano!? – krzyczy wojskowym tubalnym głosem, a jego podwładni prostują się jak struny i już mają lepsze humory, widząc, że dowodzi nimi ktoś pewny i doświadczony.

– Szykujcie wszystkich w linii na nabrzeżu! – Hassan woła do słuchawki telefonu satelitarnego, równocześnie zatykając sobie drugie ucho. – Bardziej sprawnych dawajcie do łodzi, a po obłożnie chorych jakoś dopłyniemy.

– Patrz! – Hamid stuka współpracownika w ramię, podaje mu lornetkę i pokazuje kierunek palcem.

– A niech mnie kule biją! – Libijski bojownik aż zagryza z wściekłości wargi. – Przyspieszyć! – krzyczy tak do słuchawki, jak i do obsługi statku. Nie zważając na podłożone ponoć morskie miny, latające rakiety Grad i huk salw ich własnych pancerników, fregata dodaje gazu i wpływa do portu pełną parą. Hassan oddaje lornetkę wysłannikowi, który ponownie przytyka ją do oczu. W zasadzie sytuację na nabrzeżu można już obserwować gołym okiem, ale Hamid woli zapoznać się ze szczegółami ewakuacji. Po omieceniu wzrokiem żołdaków Kaddafiego, którzy w haniebny sposób zdobyli wejście i zmierzają teraz w kierunku oczekujących pacjentów ewakuowanych ze szpitala, mężczyzna skupia wzrok na tych ostatnich, chcąc zobaczyć, czy dużo jest ciężko rannych. W pewnej chwili zauważa młodą kobietę w dżinsach i kolorowej bluzce. Najbardziej rzuca mu się w oczy kolor jej włosów, ni to dojrzałej pszenicy, ni miodu. Wyostrza maksymalnie soczewki i stoi zamurowany, nie mogąc nawet oddychać. Toż to jego ukochana żona, Miriam!, radośnie wykrzykuje w duchu. Nie może uwierzyć we własne szczęście. Jednak po chwili wśród ewakuowanych dzieje się coś dziwnego, bo najpierw jeden szczupły mężczyzna odbiega od grupy w stronę kontenerów, a po chwili dołącza do niego jasnowłosa dziewczyna. Kiedy statek uderza o brzeg, Hamid widzi tylko spody kolorowych adidasów uciekającej.

– Podaj rękę. – Saudyjczyk wyciąga dłonie do wsiadających na pokład, spanikowanych ludzi, lecz nie odrywa wzroku od miejsca, gdzie zniknęła Marysia. To na sto procent była ona, jest tego pewien.

– Bardzo panu dziękuję – z własnych myśli budzi go miły kobiecy głos, zwracający się do niego po angielsku. Mężczyzna spogląda na szczupłą przestraszoną Libijkę i widzi twarz swojej żony. Mruga oczami, bo dochodzi do wniosku, że już całkiem zwariował, lecz gdy obraca się i ponownie ukradkiem rzuca okiem na siadającą na pokładzie kobietę, uznaje, że podobieństwo jest niesamowite.

– Chodź już się przygotować. – Hassan ciągnie go za rękę. – Nie ma czasu!

– Wszystko przecież jest gotowe – dziwi się. – Zaraz startujemy.

– I chcesz jechać przez Libię w tym stroju? – Dowódca pokazuje na amerykańskie wojskowe spodnie, przy czym kpiarsko wygina w dół wargi.

– No tak, jakoś tego nie przemyślałem.

Mężczyźni udają się za budkę sternika, gdzie kierowcy ciężarówek już czekają przebrani w zwykłe libijskie ciuchy, szerokie płócienne spodnie, kraciaste koszule, luźne rozciągnięte swetry lub znoszone marynarki i kraciaste arafatki omotane dookoła głów lub szyi. Hamid nie jest zbyt zadowolony z takiego teatrzyku, lecz karnie zrzuca wojskowe portki i wyciąga rękę po brudne używane łachy, szarawary i krótką galabiję.

– A to co? – zdziwiony Hassan pokazuje palcem.

– Slipki, majtki, szorty, jak zwał, tak zwał – ironizuje Saudyjczyk. – Wy nie nosicie gatek?

– No tak, ale z materiału…

– Te też nie są ze szkła czy metalu.

– No to z czego? – Libijczyk maca i podnosi zdziwiony brwi do góry.

– Z mikrofibry, żeby ci się zadek i jajka nie pociły. Nie znacie tego?

– To jest na pewno amerykański wymysł dla bogaczy takich jak Saudowie czy Katarczycy. Ciekaw jestem, czy ten ich stary król Abdullah lub jakiś emir noszą takie? – chichocze ubawiony Hassan.

– Nie zaglądałem im pod toby. – Niezadowolony Hamid stoi bezradnie, tracąc czas na jałową dyskusję. – Dasz mi te ciuchy?

– Najpierw wyskakuj ze swojej mikro-coś tam – Hassan śmieje się. – Chyba nie chcesz dostać kulki w łeb za gacie? Wrogie reżimowi gacie – ironizuje. – No dawaj, nie krępuj się, w końcu mam to samo, może tylko ja parę lat starsze, ale za to większe. Nic to, nie przejmuj się, chłopie – dowcipkuje, obracając się plecami.

– Znasz może tę piękną kobietę, która siedzi w objęciach z tym facetem? – przebrany Hamid postanawia na koniec zadać nurtujące go pytanie.

– A, to Samira Salimi, krewniaczka Muaida, do którego jedziesz. Obudziła się ze śpiączki po piętnastu latach, odnalazła swojego ukochanego, żeby go dzisiaj stracić. Dostał rykoszetem po wejściu na pokład.

– Niefart – podsumowuje pobladły posłannik. – A nie było z nią jeszcze kogoś?

– Tak jakbyś zgadł! Zarezerwowałem miejsca dla jej bratanicy Miriam i siostrzeńca Raszida, ale ponoć nie chcieli wsiąść na pokład. Uciekli do powstańców! – mówi z oburzeniem. – Co za dzieciaki! Szkoda by było zmarnować ich życie, ale co zrobisz, młodego nie przekonasz.

– Muszę lecieć, czas nagli. Miło mi było cię poznać, Hassanie Nazim. – Hamid czuje, jak serce pulsuje mu w gardle i traci oddech, lecz po sekundzie opanowuje słabość, odkasłuje i z całej siły zaciska szczęki, żeby nie zacząć krzyczeć z rozpaczy i żalu, że jego ukochana Miriam była tak blisko, a teraz znów jest nie wiadomo gdzie.

– Dla mnie to przyjemność i zaszczyt – wyznaje Hassan. – Jeśli zmieniłbyś zdanie i zechciał eskortować transport jeszcze do Nalutu, byłbym ci strasznie zobowiązany. Lecz jeśli nie i dotrzesz tylko do Garianu i Trypolisu, to też dla nas jest bardzo wiele.

– Przemyślę to. – Mężczyzna spuszcza wzrok i nie udziela zdecydowanie negatywnej odpowiedzi. – Jesteśmy w satelitarnym kontakcie! – wykrzykuje na pożegnanie, wskakując na chwiejący się pomost.

– Jak naprawdę się nazywasz, emisariuszu pokojowej misji? – Sprytny bojownik nie da się zwieść. – Już zapewne nigdy się nie zobaczymy, więc możesz spokojnie mi powiedzieć. Chciałbym znać imię wybawcy tylu libijskich dusz.

– Hamid bin Laden! – odpowiada Saudyjczyk, odwraca się i wskakuje do małego białego busa, którego teraz musi przewieźć przez pół ogarniętej wojną Libii.

* * *

Marysi wydaje się, że jej mąż ją zauważył, czuje to przez skórę i nie jest jej z tym dobrze. Co on tutaj, do diaska, robi?!, krzyczy jej serce i dusza. Czyżby przypłynął jej szukać? Bo przecież, co go obchodzi Libia?! Z tymi wszystkimi myślami w głowie chwyta swój mały podręczny plecaczek i biegiem udaje się za znikającym za zakrętem, nieoglądającym się za siebie Raszidem. Jej romantyczny kochanek zdecydowanie chciał, żeby się ewakuowała, a teraz zachowuje się, jakby uciekał, co niepomiernie dziwi dziewczynę. Trudno jest zrozumieć mężczyzn, a arabskich już w ogóle nie należy próbować, bagatelizuje zachowanie partnera. Ja tak łatwo nie dam się zbyć i nie odczepię od niego, zagryza wargi. Po tych wszystkich cudownych nocach na farmie miałabym teraz pozwolić mu odejść? O nie! Ledwo dotrzymuje mężczyźnie kroku. Czuje, jak łapią ją skurcze w łydkach i kolka w boku. Nie rozumie też ostrego bólu w pachwinach, tak jakby ktoś ją nożem krajał.

– Raszid! – już nie wytrzymuje. – Ty uciekasz przede mną? Bo nikogo innego dookoła nie widzę.

– Blokujesz mnie. – Mężczyzna odwraca spoconą wściekłą twarz. – Nie mam ochoty od razu wpaść w łapska najemników.

– Chyba ja byłabym pierwsza, nie? To dlatego chcesz mnie zostawić, żeby mną się zajęli, a tobie dali spokój?

Mężczyzna z niezadowoleniem chwyta gorącą spoconą dłoń Marysi i ostro ciągnie ją za sobą, a ta ledwo łapie oddech od przeszywającego bólu w podbrzuszu. Kiedy jechali samochodem, wydawało się, że ze szpitala do portu nie jest tak daleko, lecz na piechotę to straszny kawał. Kiedy dobiegają na parking, Marysia jest ledwie żywa. Pochyla się przy aucie doktora al-Dżarirjego i ciężko dyszy, trzymając się dwiema rękami za brzuch. Raszid patrzy na nią z niezadowoleniem, wygina pogardliwie wargi i siada za kierownicą. Mężczyzna czeka, bo jego kochanka, kiedy już się zatrzymała, nie jest w stanie wykonać jednego kroku. Mocne skurcze ogarniają już cały jej brzuch, a pachwiny rwą, jakby ktoś je wyżymał. W pewnej chwili Marysia czuje wzbierające mdłości, a żołądek przewraca jej się do góry nogami. Nic dzisiaj nie jadła i zastanawia się, co mogło jej zaszkodzić. Po chwili zgina się wpół i oddaje całą zawartość trzewi na rosnący obok rachityczny żywopłot. W ustach ma samą gorycz i absmak, nie ma czym wymiotować, lecz torsje nie ustają. Po dobrych pięciu minutach małymi kroczkami zbliża się do wozu i delikatnie siada. Raszid, nie pytając o nic, ciągle na coś obrażony i niezadowolony rusza z kopyta.

Marysia obniża się w fotelu, głęboko oddycha i nie patrząc na naburmuszoną twarz swojego kochanka, oddaje się rozmyślaniom. Teraz poniewczasie do niej dociera, że Raszid wścieka się z powodu podjętej przez nią decyzji. On nie chciał, żebym została! On już mnie dłużej nie potrzebuje!, dochodzi do niej tragiczna prawda. Mój Boże!, ciężko wzdycha. Co ja zrobiłam? Dlaczego? Co ja w nim widziałam? Niespodziewane pytania pojawiają się w jej głowie i działają na nią jak kubeł zimnej wody. Gwałtownie siada wyprostowana jak struna i jeszcze raz rzuca okiem na siedzącego obok mężczyznę. Potem zaciska zęby i wyłamuje zaplecione palce. Jak za dotknięciem czarodziejskiej różdżki cała różowa romantyczna zasłona otaczająca jej partnera i ich związek rozwiała się i zniknęła. Po uroku cudownych szalonych chwil nie zostaje nic. W tej chwili kobieta zauważa swoją okropną zdradę i grzech, które na niej ciążą. Co za nieszczęście! Co za głupota!, wykrzykuje w duszy. Z Hamidem przechodzili kryzys małżeński, co zdarza się przecież na początku związku bardzo często, i nie byli w tym względzie wyjątkiem, lecz ona, jak głupia, rzuciła się w ramiona pierwszego lepszego faceta, który ją adorował i oświadczył, że kocha nad życie. Mój własny mąż od tak dawna mi tego nie powiedział, tłumaczy się przed sobą. Jednak pamiętam doskonale, jaki był w Jemenie i na początku w Arabii, w zamyśleniu przytyka palce do ust, a następnie trze czoło. Zapomniałam, jak było nam dobrze i jaki on jest czuły, wspaniały i odpowiedzialny, albo po prostu chciałam zapomnieć, stwierdza. Teraz nagle ją oświeciło i rozumie złość i niezadowolenie Muaida, który jest starszy i bardziej doświadczony i wie, że kryzysy trzeba przetrzymać, a nie rzucać się na niepewne wody romansu. Mój Boże, Marysia ciężko wzdycha, ale dałam ciała! Dosłownie i w przenośni. Co ja teraz zrobię? Jak będę z tym żyć?, zadaje sobie pytanie, na które nie potrafi znaleźć odpowiedzi.

Zamyka oczy, bo zbiera jej się na płacz, lecz zamiast tego oddaje się słodkim wspomnieniom. Od razu widzi scenę, kiedy pierwszy raz zobaczyła Hamida. Jakiż on był elegancki i przystojny! Wściekła zbiegała na oślep po schodach w jemeńskiej centrali firmy Bin Laden, gdzie została dość paskudnie potraktowana przez kuzyna Hamida, Falila, który później okazał się dusza człowiekiem. Z nerwów nie zauważała niczego i nikogo i potrąciła dżentelmena w elegancko skrojonym garniturze, a kuzynka Leila, poprawiając nikab, wpadła na dwójkę przed sobą. W tej samej chwili Marysia straciła równowagę i przewróciła się. Słabo umocowana chusta spadła jej z głowy i odsłoniła pukle długich do połowy pleców złotych kręconych włosów. Wtedy Hamid zbaraniał i patrzył na nią jak na nowy cud świata.

– Przepraszam panie. – Młody, dwudziestopięcioletni mężczyzna pomógł Marysi wstać, a Leilę dwoma palcami chwycił za ramię przez czador. Jej zasłona na twarzy przekrzywiła się do tego stopnia, że otwór na oczy miała z boku głowy. Ależ to było zabawne!, zrozpaczona kobieta jednak uśmiecha się do swoich myśli, usiłując oderwać się od otaczającej ją okrutnej rzeczywistości. – Przepraszam ponownie! Cóż ze mnie za niewychowany prostak, nie przedstawiłem się. Hamid bin Laden, do usług pięknych…

szanownych pań. Zapraszam do mojego biura. – Taki szarmancki był i jest mój mąż, myśli Marysia, a ja go zdradziłam z libijskim prostakiem. Z dezaprobatą wygina wargi i swoim zwyczajem wyciera je jednorazową chusteczką, tak jakby chciała zetrzeć z nich cały brud i występek.

– Jak ty jedziesz, do cholery! – W pewnej chwili już nie wytrzymuje i wali Raszida pięścią w ramię, kiedy ten najpierw wyprzedza wolno sunącą ciężarówkę, jadąc na czołowe zderzenie z autem z naprzeciwka, a potem traci kontrolę nad wozem i wpada na przydrożny szuter, w ostatniej chwili unikając śmierci. – Chcesz nas wysadzić w powietrze na jakimś polu minowym? Dokąd nas wieziesz, człowieku?

Dookoła rozpościera się bezludna kamienista Pustynia Libijska. Droga nie jest już tak dobra jak autostrada wzdłuż morza łącząca cały kraj od wschodu do zachodu. Teraz muszą poruszać się po jednopasmówce bez poboczy, zamiast których są głębokie doły, wyżłobione przez deszcze i koła ciężarówek.

– Nie jadę do Bengazi, przecież ci mówiłem! – burczy wściekły. – Tam się nie przedostaniemy, usiłuję trafić do osady czy miasteczka Furusija, które należy do plemienia Rahmana. Zbiera się w nim ponoć coraz więcej jego pobratymców i potrzebują kogoś, kto by ich umiał przeszkolić w strzelaniu i obsłudze rakietnic. Możliwe, że na tym promie była dla nich jakaś dostawa, ale większość uzbrojenia sami zdobywają, bo na początku mieli jedynie sześćdziesiąt zdezelowanych starych karabinów, a teraz posiadają nawet wyrzutnie pocisków.

– To świetnie, ale znasz drogę?

– Oczywiście, że nie, ale wujek wszystko mi wytłumaczył i opisał. Mężczyźni nie potrzebują mapy i kompasu, żeby trafić z punktu A do B – ironizuje.

– Kompasu to może wy w Libii nadal używacie, bo na świecie istnieje już coś takiego jak GPS. – Marysia kończy miłą wymianę zdań, obraca się do okna i ściska wargi. Czuje palące łzy pod powiekami, lecz po paru głębokich oddechach dla uspokojenia wraca myślami do najszczęśliwszych chwil swojego życia i zaraz czuje się lepiej.

Pamięta jak dziś sytuację, kiedy Hamid poprosił ją o rękę. Były to chyba najbardziej niezwykłe oświadczyny pod słońcem. Oj, wzdycha, wydaje mi się, jakby to było wieki temu. Przyniósł wtedy na ich randkę w starym domu-wieży w Sanie artykuł z saudyjskiej gazety, chcąc jej przybliżyć warunki życia panujące w jego rodzimym kraju. Sam sobie z nich pokpiwał, a później, kiedy już tam wylądowali, idealnie się do nich dostosował. Dlaczego?, zastanawia się. Może tylko sprawiał takie pozory, zresztą jak większość mieszkańców Arabii? Może trzeba nauczyć się grać w tę grę, a życie będzie łatwiejsze, krnąbrna dziewczyna poniewczasie dochodzi do tego wniosku.

– Dla rozweselenia przeczytaj ciekawy tekścik, który specjalnie dla ciebie przyniosłem. – Z tymi słowy wręczył dziewczynie dziennik, a ona po dwóch latach jeszcze pamięta bzdury, które były tam napisane. – Jeśli jesteś taką znawczynią islamu, powinnaś to wszystko wiedzieć.

– „Pięćdziesiąt siedem sposobów na zdobycie miłości swojego męża” – przeczytała na głos. – A cóż to? Jakiś dowcip? Czemu akurat pięćdziesiąt siedem, a nie siedemdziesiąt trzy?

– Wszystkie podane metody redaktorka zebrała z bloga islamskich kobiet i innych internetowych źródeł w tym samym stylu. To doświadczenia saudyjskich zawoalowanych damulek. Bardzo pouczające – mówiąc to, tajemniczo uśmiechał się półgębkiem.

– No to dawaj! – była coraz bardziej zaciekawiona. – „Zachowuj się jak dziewczyna… ubieraj się atrakcyjnie i uwodzicielsko, a jeśli siedzisz w domu, to nie chodź cały dzień w koszuli nocnej”… Zaraz, zaraz, po co im supermodne ciuchy, skoro na nie i tak zakładają czador czy abaję?

– No właśnie. – W charakterystyczny dla siebie sposób Hamid zrobił usta w ciup. – Chyba chodzi o to, żeby w domu dla męża tak się stroiły. Jest to jakieś wytłumaczenie zakupoholizmu babek w Arabii.

– „Dobrze pachnij”! – Wtedy razem zgodnie chichotali, a teraz Marysia uśmiecha się pod nosem. – „Nie truj mężowi, nie strofuj go, nie indaguj, o czym myśli. Poznaj wszystkie prawa i obowiązki żony muzułmańskiej. Zaspokajaj męża zawsze, kiedy tylko tego zażąda”… Ho, ho, ho! Nieźle macie z tymi żonami – kpiła, chcąc ukryć zmieszanie, lecz i tak czerwieniła się po same uszy. – „Naucz się sztuczek i technik, aby zadowalać swojego męża”. – Ale jej wtedy było wstyd to czytać, a teraz sama okazała się bezwstydnicą. – „Mów mu wielokrotnie, że go kochasz. Dawaj mu prezenty”. – Była zażenowana tematyką i cały czas miała spuszczone oczy jak mała niewinna gąska, którą wtedy jeszcze była. – „Szczotkuj włosy. Nie zapominaj o praniu" – na koniec wybiórczo czytała punkty. – „Nie opuszczaj domu bez zgody męża i bez opieki. Dobrze się zachowuj; nie śmiej się, nie mów i nie chodź za głośno"... Ale jaja! – dziwiła się, że takie brednie publikują w państwowej gazecie.

– Muszą poddać jakiś temat swoim obywatelom, żeby nie zaczęli interesować się czymś poważniejszym – stwierdził Saudyjczyk. – Zresztą to przecież brukowiec. – Hamid chciał już wyjąć gazetę z rąk dziewczyny.

– Czekaj, czekaj! – Nie pozwoliła mu na to. – Najciekawsze zostawiłam na koniec. „Bądź sprawna i dbaj o swoje zdrowie, bo przecież musisz być silną matką, żoną, kucharką i gosposią". Ha! – zaśmiewała się w głos i pukała przy tym złożoną gazetą w głowę, w której przeczytane głupoty nie chciały się pomieścić.

– Czy po zapoznaniu się z wszystkimi zasadami dobrej muzułmańskiej i tym samym saudyjskiej żony zechcesz wyjść za mnie? – na koniec zapytał Hamid, dokumentnie szokując tym Marysię. Zamilkła wtedy i gapiła się na niego jak cielę na malowane wrota.

– *Hey, you*?! Zadałem ci pytanie!

– Zaskoczyłeś mnie... Kończę dopiero średnią szkołę... Nie znamy się za dobrze... Tak nagle... szybko... – Z trudem próbowała złapać powietrze.

– To nie nastąpi jutro ani pojutrze, ale w przyszłości. Mam jednak nadzieję, że nie za bardzo odległej, bo ja już sobie życia bez ciebie nie wyobrażam. – Pochylił się wtedy w jej stronę i po raz pierwszy delikatnie pocałował ją w usta, czule przejeżdżając palcami po włosach.

– Jeśli nie za chwilę, tylko za jakiś czas, to… – spontanicznie zarzuciła mu ręce na szyję – tak, Hamidzie bin Laden! Wyjdę za pana, zostanę pańską arabską żoną na dobre i na złe – szczerze mu wyznała, a teraz pozostało tylko to, co złe, myśli Marysia, a łzy ponownie zbierają się w kącikach jej oczu. Spuszcza głowę i spogląda na brudną podłogę wozu, lecz błyskawicznie podnosi brodę, bo czuje, jak torsje powracają i cały świat dookoła niej zaczyna wirować. Czemu mnie tak cały czas mdli? To chyba nie z jedzenia? Zastanawia się i dochodzi do wniosku, że prawie nic nie jadła od paru dni, a jeśli już, to biały chleb i suche ciasteczka. Przecież jestem bezpłodna, od dwóch lat próbowaliśmy z Hamidem i nic nam z tego nie wychodziło!, krzyczy w myślach, a serce ze strachu przed oczywistą prawdą trzepocze w jej piersi. Moje pokancerowane przez skrobankę jajniki nie są przecież w stanie przyjąć żadnego plemnika, przekonuje siebie, siadając prosto w fotelu i z przerażenia łapiąc krótki oddech. A może to nie była moja wina? Może to nie ja jestem niepłodna?, nagle sobie uświadamia. Może jest tak, jak mówiła hinduska doktor, że nie zawsze problem leży po stronie kobiety? To byłby niezły numer! W młodzieńczy sposób podsumowuje i ze zdenerwowania przełyka ślinę. Nie, nie mogę być w ciąży! Niemo kiwa na boki głową. Zrobiło mi się niedobrze ze zmęczenia. Tak się zdarza. Poprawia się na siedzeniu zdrętwiała już od długiej jazdy i trze z namysłem spocone czoło. Czemu dopiero dzisiaj doszło do mnie, że Raszid nie jest wart zachodu i że to wcale nie jest prawdziwa miłość? Czy dlatego, że zobaczyłam męża w porcie, czy dlatego, że kochanek chciał mnie zostawić? Mój amant pokazał dzisiaj, że kiedy już ma mnie na własność, zupełnie nie jest zainteresowany moją osobą. Typowy arabski samiec, nie wytrzymał konfrontacji z Hamidem, czułym, dobrym i przede wszystkim nowoczesnym mężczyzną. To, że trochę kurczowo trzyma się zasad i religii, nie jest przecież takie złe, nie jest grzechem, naśmiewa się z siebie i swojego stosunku do tych spraw. Co ja narobiłam?! Mamo, pomóż, ratunku! Ależ jestem głupia i nieodpowiedzialna! Na Allaha! Odrywa się od swoich rozbieganych przerażonych myśli, bo zjeżdżają na jeszcze gorszą drogę. Auto podskakuje na wybojach, co powoduje u Marysi ponowny ból i szczypanie w pachwinach. Chwyta się za nie obiema dłońmi i zaciska zęby.

– Myślisz, że to jest dobry pomysł? – mówi cynicznie, patrząc z wściekłością na spiętego Raszida. Jego wąski orli nos jakby jeszcze bardziej się wydłużył, a na policzku widać pulsującą ze zdenerwowania żyłę. – Czy w czasach, kiedy wszyscy mają broń i nikt nikomu nie dowierza, rozsądnie jest jechać do dzikiego zbuntowanego plemienia, w którym nawet pies z kulawą nogą cię nie zna?

– Chyba Rahman zna mnie dość dobrze?! – burczy podenerwowany i z dezaprobatą kręci głową.

– Nie bierzesz pod uwagę faktu, że mógł sobie gdzieś wyjechać albo nawet zginąć, i co wtedy?

– Pojedziemy do jego żony pod Misuratę – oznajmia tonem, jakby tłumaczył dziecku.

– Co?! To masz jeszcze jeden kontaktowy adres pod Misuratą, gdzie byliśmy dobrych pięć godzin temu, i zamiast sprawdzić tam, gdzie jest bliżej, ty tłuczesz się ponad trzysta kilometrów po pustyni?! Co za głupota!

– Zamilcz, kobieto! – Raszid ostro krzyczy. – Ty tutaj jesteś na doczepkę. Nikt cię nie prosił, żebyś ze mną jechała, jak i żebyś dawała mi jakieś pseudoporady. Instrukcje możesz wydawać twojemu mężowi rogaczowi.

On mną gardzi!, dochodzi do zszokowanej Marysi. Nikczemnie mnie wykorzystał, a teraz mną gardzi!, krzyczy w myślach, martwo patrząc przed siebie. Moje całe życie to jedno wielkie bagno, ale to szambo, w którym teraz tonę, sama sobie urządziłam, podsumowuje załamana. Nie odzywa się już ani słowem i tylko wściekła gryzie wargi i wyłamuje palce.

Wjeżdżają do osady rozłożonej po obu stronach drogi. Wszyscy tubylcy gapią się na nich jak na zjawisko. W końcu dwóch uzbrojonych w kałasznikowy mężczyzn wyskakuje na drogę i zatrzymuje samochód.

– Co wy tutaj robicie? Czego szukacie? Imię, nazwisko, dokumenty! – krzyczą jeden przez drugiego, mierząc do nich z broni, a Marysia nie tyle się boi, ile ma wielką satysfakcję, bowiem sprawdziły się jej słowa.

– Jestem Raszid Haszi, a to moja żona. – Przybyły blednie, odrywając ręce od kierownicy i wyciągając je przed siebie.

– Wysiadać! Tylko powolutku!

– Mój wuj Rahman Tantusz dał mi ten adres i mówił, że jak będę chciał dołączyć i wesprzeć powstańczą walkę, to jestem mile widziany. – Bojownicy chwytają go brutalnie za fraki, obracają przodem do auta i rzucają na maskę.

Marysia nadal siedzi w środku i nie jest w stanie wykonać jednego kroku. A nie mówiłam?, kołacze się jej po głowie. Teraz ci bezwzględni, dzicy ludzie nas zamordują.

– A skąd jedziesz? – pytają, trochę uspokojeni faktem, że pojmany nie ma broni.

– Z Trypolisu przez Misuratę – cicho i łagodnie tłumaczy.

– No to mamy cię, ptaszku! Bo Rahman właśnie pojechał do Misuraty po dostawę broni i pomóc przy transporcie zaopatrzenia z Kataru. Jakbyś go znał, tobyś się tam z nim spotkał. Ha!

– Nie ma łączności, a kiedy jakiś czas temu z nim rozmawiałem, to jeszcze nie wiedział o swojej przyszłej misji. Mówił, że praktycznie cały czas tutaj siedzi – odpowiedź Raszida trochę zbija z pantałyku buńczucznych partyzantów. Wokół auta gromadzi się coraz więcej osób, pojawiają się też kobiety i dzieci.

– Spotkałeś po drodze nasz patrol? – pyta ktoś z tłumu.

– Tak, oczywiście – nie wiadomo po co kłamie nierozsądny młodzik. – Powiedziałem im to co wam, uścisnęliśmy sobie ręce i pozwolili mi jechać. Gdzieżbym coś knuł, jadąc z kobietą? I to jeszcze taką, która jest w ciąży. – Patrzy wymownie na Marysię, a ta dochodzi do wniosku, że mężczyzna nie jest taki głupi, na jakiego wygląda. – Myślałem, że u was bezpiecznie będzie można przetrwać zawieruchę i jeszcze wam pomóc w szkoleniu partyzantów, bo byłem w wojsku i trochę się na tym znam.

Teraz już wszyscy potakują głowami, a uśmiechnięte kobiety otwierają drzwi od strony Marysi i podają jej ręce, pomagając wysiąść.

– Długą drogę musiałaś przetrzymać, biedulko – szczerze jej współczują. – Najgorzej to chyba było na naszych wertepach, nie? A który miesiąc? Macie już jakiegoś bobasa, czy to pierwsze? Jaki ty masz dziwny kolor włosów. W stolicy taką farbę potrafią położyć? – Chcą się wszystkiego dowiedzieć, złaknione informacji i nowinek.

– Wojsko jedzie! – W tej chwili na pełnym gazie do wsi wpada zdezelowany stary pikap, a mężczyźni na pace krzyczą i wymachują rękami. – Ktoś nam sprzątnął ludzi z patrolu, tak jakby granat rzucił! Nic z nich ani z wozu nie zostało! – Wieśniaczki zaczynają zawodzić, wykonując jednocześnie parę kroków do tyłu, a powstańcy przeładowują broń, kierując ją w stronę przyjezdnych. W mgnieniu oka uśmiech niknie z ich twarzy i przybierają teraz chmurne maski.

– To nie my! – tłumaczy Raszid. – Nie mamy broni! – Orientując się, że jego słowa nic dla nich nie znaczą, powoli podnosi ręce do góry. – Może najechali na minę – używa ostatecznego argumentu, który jednakże do nikogo z zebranych nie przemawia.

Jednak kulka w łeb, stwierdza Marysia, która jest tak zszokowana ciągłą zmianą sytuacji, że już nawet nie potrafi się bać. Nagle słychać buczenie silników i wszyscy podnoszą głowy do góry. Nadlatują dwa małe wojskowe samoloty i widząc łatwy cel, kierują się w ich stronę. Ludzie pierzchają na wszystkie strony, a niesłusznie oskarżeni przyjezdni wykorzystują okazję, żeby dać nogę. Wskakują do samochodu i najszybciej jak się da, wjeżdżają do pobliskiego palmowego gaju, który rośnie przy tradycyjnej arabskiej studni z sadzawką. Kurczą się w sobie na dźwięk wybuchów i salw z karabinów maszynowych. Jak tylko ostrzał trochę słabnie, ruszają z kopyta przez opustoszałą w tej chwili osadę. Na drodze pozostały tylko ciała zabitych i rannych bojowników oraz resztki z ich samochodu, który płonie, dając uciekinierom zasłonę w formie czarnego gęstego dymu. Uciekinierzy słyszą jeszcze za sobą krzyki i parę kul odbijających się od maski ich wozu, lecz opuszczają tylko głowy i ani razu nie oglądają się za siebie.

Słońce dawno minęło zenit i szybko zmierza ku zachodowi. Nadal jest gorąco, ale w powietrzu czuć już nadchodzący wieczór.

– Będziemy jechać po ciemku – martwym głosem stwierdza Marysia.

– No to będziemy.

– Ciekawa jestem, jak znajdziesz drogę w egipskich ciemnościach, kiedy jadąc za dnia, cały czas gubiłeś się i błądziłeś? – Mężczyzna nie odpowiada. – Nawet taki prostaczek z pustyni powiedział ci, że według logiki, to będąc w Misuracie, najpierw powinieneś sprawdzić, czy tam nie ma Rahmana. – Kobieta uśmiecha się kpiarsko. – Świetny z ciebie organizator i jeszcze lepszy konspirator – nie przestaje krytykować.

– Czy ty chcesz wracać na piechotę? – Mężczyzna gwałtownie hamuje i chwyta pasażerkę za nadgarstek, miażdżąc go w swojej silnej dłoni. – Nie musisz kontynuować podróży ze mną. Wyjedziemy na główną drogę i tam z łatwością złapiesz sobie stopa – kpi, patrząc na nią złym wzrokiem. – Na pewno załapiesz się na jakąś ciekawą podwózkę, obojętne czy to z prymitywnymi powstańcami, jak ich nazywasz, czy z inteligentnymi żołdakami. A jak będziesz miała fart, to może trafią ci się czarniutcy jak heban najemnicy – syczy, puszcza ją jednak, łapie za kierownicę i momentalnie rusza, aż spod kół sypią się drobne kamyczki, kurz i pył, a tył samochodu znosi na jedną stronę.

Od tej chwili podróżnicy nie zamieniają ze sobą ani słowa. Mężczyzna usiłuje jak najszybciej dojechać do dobrej asfaltowej drogi, a kobieta tępo patrzy na mijany monotonny krajobraz. Nie myśli o niczym, obrazy bezwiednie przewijają jej się przez głowę. Jak w niemym kinie, wszystko jest wyblakłe i odległe. Jej życie nie zawsze było takie straszne. Teraz to do niej dociera. Pomimo zawirowań i tragedii, które przeszła, były też piękne i szczęśliwe momenty. Do takich należy jej tradycyjny arabski ślub w Sanie. A dzięki komu przeżyła tę chwilę szczęścia?, pyta samą siebie. Dzięki Hamidowi, którego tak haniebnie zdradziła. Słońce kładzie się ku zachodowi, Marysia przymyka powieki i czuje, jakby znów znalazła się w starej medinie przy Bab al-Jemen[1] wśród otaczających ją kochających, dobrych i życzliwych osób. Wczesnym popołudniem, kiedy kobiety z rodziny szykowały ją do ceremonii zaślubin, pod ich wysokim domem-wieżą rozległy się dźwięki bębenków i trąbek. Tłum kupujących, przechodniów i turystów rozstąpił się na boki, a dzieciarnia torowała drogę grupie wystrojonych mężczyzn. W środku dumnie kroczył piękny jak marzenie

[1] Bab al-Jemen (arab.) – brama Jemenu, nazwa starożytnej bramy prowadzącej na stare miasto w Sanie w Jemenie.

Hamid w odświętnym jemeńskim stroju: śnieżnobiałej galabii, na którą włożył czarną kaszmirową marynarkę. Za ręcznie haftowany pas zatknął najdroższą i najpiękniejszą dżambiję, jaką kiedykolwiek w życiu wykonał kuzyn Marysi Aszraf. Głowę miał owiniętą białą chustą, a na niej wianek z kolorowych kwiatów. Na ramieniu opierał miecz w błyszczącej złotej pochwie. Wokół niego szli męscy przedstawiciele rodu Bin Ladenów z *hadżem* na czele. Starszy mężczyzna ubrany był w tradycyjny strój saudyjski i wyglądał jak czystej krwi książę. Miał na sobie nieskazitelnie białą tobę z brylantowymi spinkami przy mankietach, z głowy opadała mu biała *ghutra*[1] umocowana za pomocą czarnego *igala*[2]. Na ramiona narzucił przezroczystą, przewiewną czarną pelerynę z szeroką złotą lamówką. Kuzyn Hamida Falil odróżniał się od starca tym, że nosił biało-czerwoną chustę i brązowy płaszcz. Z tyłu podążali już przeważnie reprezentanci jemeńscy, w większości ubrani konserwatywnie, choć zdarzali się też młodzi w strojach europejskich, takich jak dżinsy i podkoszulek czy kraciasta sportowa koszula.

Kuzyn Aszraf wyprowadził Marysię z domu i ulicę zalało głośne *zaharid*[3]. Dziewczyna miała na sobie tradycyjną szatę ślubną w złoto-bordowe pasy, na niej zawieszoną misternie wykonaną kolię ze złota, sięgającą jej aż do pasa, na głowie spinkami przymocowano jej złoty diadem oraz wianek

[1] *Ghutra* (arab.) – chusta na głowę dla mężczyzn.

[2] *Igal* (arab.) – również *iqal*; obręcz pleciona z czarnego sznurka, którą umieszcza się wokół głowy, by przytrzymywała chustę.

[3] *Zaharid* (arab.) – okrzyki kobiet przypominające jodłowanie.

z kolorowych małych kwiatuszków. Jej niesforne włosy, pomimo butelki lakieru i żelu, kręciły się wokół tej dekoracji jak węże. Twarz dziewczyny wyglądała jak maska, tak gruba była warstwa makijażu, ale kuzynka Leila była z jego wykonania bardzo dumna. Mężczyźni z rodziny panny młodej pomogli jej wsiąść na udekorowanego osiołka, z kutasami przy uszach oraz bogato zdobionym tkanym siodłem w czerwono-czarnych barwach. Aszraf, jako opiekun panny młodej, wręczył Hamidowi cugle, w ten sposób symbolicznie przekazując mu Marysię jako żonę. W tym momencie zapanował nieziemski hałas trąbek, bębenków, *zaharid*, pisków i krzyków. Państwo młodzi, czyniąc zadość tradycji, doszli w ten sposób do Bab al-Jemen. Później, plącząc się w długich szatach, przesiedli się do białego mercedesa, ozdobionego balonikami, kwiatami, z wielką lalką na przedniej szybie. Kierowca ruszył z piskiem opon i rykiem klaksonu, by za chwilę utknąć w korku. Reszta gości podążyła w swoich autach za młodymi. Skierowali się w stronę Wadi Dhahr, gdzie przygotowano ucztę weselną. Kiedy nowiutką asfaltową drogą dojechali na miejsce, rozeszli się do wielkich kilkudziesięcioosobowych namiotów, z których jedne były przeznaczone dla kobiet, drugie dla mężczyzn. Dzieci miały wszędzie wstęp wolny i było ich co niemiara. Podczas uczty mężczyźni po sto razy wykonywali swój taniec z nożami, żując przy tym nieustannie *kat*, a dziewczyny podglądały ich i piszczały z radości. Stare kobiety, siedząc w swoim namiocie na materacach na ziemi, oplotkowywały wszystkich i wszystko. Jedzenia były niewyobrażalne ilości, także przyjęcie mogło się ciągnąć w nieskończoność do wyczerpania zapasów i sił.

Nad ranem z namiotu państwa młodych Marysia i Hamid wystawili zakrwawione prześcieradło, co zostało przyjęte pojedynczym już *zaharid*… Kobietę z tak pięknego wspomnienia budzi szum piachu, pył wpadający przez uchylone okno, podskoki wozu i gwałtowne uderzenie o coś z przodu. Przerażona szybko otwiera oczy, lecz widzi przed sobą tylko pas oświetlonej skały.

– Chyba rzeczywiście rozsądniej było iść na piechotę – docina, a Raszid z poszarzałą ze zmęczenia twarzą ignoruje jej słowa.

Marysia otwiera drzwi i postanawia wykorzystać przerwę w jeździe na rozprostowanie nóg. Odchodzi kawałek od wozu i widzi, że wpadli przednim kołem do głębokiego dołu i zatrzymali się tuż przed wielkim głazem. Może Raszid usnął, zastanawia się i robi jej się go trochę żal, lecz kiedy patrzy na spiętą i wściekłą twarz mężczyzny, uczucie to znika. Dziewczyna kuca za samochodem i postanawia się wysikać, bo po wielu godzinach podróży rozrywa jej pęcherz. Kiedy tak siedzi w kucki, mimochodem obserwuje grunt pod nogami i w pewnej chwili zauważa jakiś dziwny cylindryczny kształt sterczący z ziemi. Wstrzymuje oddech i rozgląda się dookoła siebie, zwracając szczególną uwagę na to, na czym stoi. Powoli prostuje się, podciąga spodnie, lecz nadal nie może z siebie wydobyć głosu.

– Raszid! – wrzeszczy po dobrej chwili, widząc mężczyznę drepcącego dookoła auta. – Minyyyyy! Tutaj są miny! – Opuszcza głowę i zaczyna cichutko płakać, a jej towarzysz staje w miejscu bez ruchu. Wydaje się, jakby przestał oddychać.

– Natychmiast wsiadaj i patrz, gdzie stawiasz stopy – mówi szeptem. – Znowu miny, ja chyba od tego zginę. – Z niedowierzaniem kiwa głową. – To musi być jakiś znak, moje cholerne przeznaczenie – biorą w nim górę przesądy.

Jednocześnie wskakują na siedzenia w samochodzie, zamykają drzwi i siedzą jak sparaliżowani.

– W takim razie trzeba będzie się tutaj przespać, a rano jakoś wydobyć auto i wrócić po swoich śladach. *Sza Allah* przeżyjemy, a jeśli nie, to trudno. To już nie leży w naszych rękach.

– Jaki ty prymitywny jesteś! – Kobieta patrzy na niego z pogardą. – Jakoś to będzie i *sza Allah*, to najlepsza wymówka. Najlepiej zawiąż sobie oczy i zdaj się na Boga. Czy ty myślisz, że on nie ma nic lepszego do roboty, jak chronić twój zafajdany tyłek?

– Wydawałaś się całkiem inna… – smutno stwierdza mężczyzna.

– Ty również – odpowiada Marysia ze złością i ciężko wzdycha. – Ja jutro będę patrzyć pod nogi, a jeśli trzeba będzie czołgać się lub skakać z kamyka na kamyk, to tak zrobię, bo mój los lubię trzymać we własnych rękach – podsumowuje. – Gdyby jeszcze można było się do kogoś dodzwonić, ale oczywiście tym razem może i jest łączność, ale nie ma zasięgu. Jak ja nienawidzę pustyni!

Ma ochotę tupać ze złości, jednak zamiast tego układa się na tylnym siedzeniu i usiłuje uspokoić. Zasypia płytkim snem, w którym dręczą ją mary z przeszłości i nawiedzają wszyscy, którzy odeszli. Nie straszą jednak, lecz zachowują się, jakby przyszli w odwiedziny.

Budzi się dobrej myśli, że tyle kochających dusz nad nią czuwa.

Ranek wstaje rześki, a powietrze jest krystalicznie przejrzyste. Będzie dobrze widać śmiercionośne ładunki, dziewczyna, przecierając oczy, pierwszą myśl kieruje w stronę swojego ocalenia. Ja z nim nie pojadę, to libijski kamikadze albo jakiś zatraceniec, grający w rosyjską ruletkę. Pójdę w odpowiedniej odległości po śladach kół. Po podjęciu nieodwołalnej decyzji ostrożnie wysiada z auta i wykonuje dwa kroki w stronę swojej wczorajszej pseudotoalety. Jest tylko jedna mina, zauważa, dokładnie obserwując grunt. Dobrze, że jej nie obsikałam, uśmiecha się. Ciekawa jestem, czy od tego też by wybuchła?, głupia myśl pojawia się w jej głowie.

– Patrz pod nogi! – Raszid już siedzi na masce i obserwuje grunt pod autem. – Dam wsteczny, bo teren jest, o dziwo, czysty. Może to jeden jedyny niewypał, który ty wczoraj znalazłaś. Masz taki niefart!

– Ty jedź, ja będę szła za autem.

– Jak sobie chcesz, ale w takim razie musisz się ździebko odsunąć, bo będzie pyliło.

Mają szczęście i samochód rzeczywiście z łatwością wyjeżdża z zapadliny. Mężczyzna zjechał z szutrowej utwardzonej drogi może tylko trzy metry, więc cofając, szybko wraca na trakt. Kusi go, żeby zabawić się z kobietą i udać, że odjeżdża, lecz rezygnuje z głupiego pomysłu. Stoi cierpliwie na jezdni i obserwuje jej niezdarne kroki. Stąpa ona na palcach, rozkładając ręce na boki, tak jakby coś jej to mogło pomóc. Raszid wie, że najlżejsze dotknięcie wyzwalacza spowoduje eksplozję. Nie chciałby jej zobaczyć po takim wybuchu. Jeszcze nie tak dawno nie wyobrażał sobie bez tej cudnej blondyny życia, a teraz wszystko w jego sercu się odmieniło. W ciągu dwóch dni jego miłość uleciała z wiatrem i sam dobrze nie wie dlaczego. Nie ma do niej za grosz zaufania ani szacunku. Może mąż ją rzucił, bo była latawicą i oddawała się każdemu, kto miał na nią ochotę? Może próbuje go wrobić w dziecko, bo przecież mogła już tutaj przyjechać w ciąży z jakimś swoim saudyjskim kochankiem? Czemu zostawiła rodzinę, czemu do niej nie chciała wracać? Tysiące pytań ciśnie mu się na usta, lecz pozostawia je dla siebie. Nie chce usłyszeć od niej żadnej odpowiedzi, żadnego wytłumaczenia. Kobiety potrafią kłamać jak z nut. Są w tym najlepsze, podsumowuje, opierając się na swoich doświadczeniach.

Po przygodzie z minami i po pokrzepiającym śnie podróż do Misuraty mija już bez zakłóceń. Można by pomyśleć, że w kraju panuje spokój, tak leniwie toczy się życie w tej części libijskiej prowincji. Po drodze jeździ niewiele samochodów, na polach pasą się jak dawniej barany i wielbłądy, nie widać żadnego wojskowego pojazdu czy posterunku. Im bliżej do powiatowego miasta, tym bardziej ruch gęstnieje i tam już baczny obserwator zauważy niepokojące symptomy. To lej po bombie na poboczu, to ślady po kulach na przyszkolnym murze, to opustoszałe suki[1] i stragany oraz sklepy z do połowy

[1] Suk (arab.) – targ.

opuszczonymi żaluzjami. Tym razem młodzi nie dojeżdżają już do samej Misuraty, lecz skręcają grubo przed miastem, jadą nadmorską drogą i wjeżdżają na gminne tereny pełne ubogich domków i lichych farm. Nie ma tak licznej jak zazwyczaj wiejskiej dzieciarni, dla której przeżyciem jest przejeżdżający samochód, ani zapracowanych kobiet, niosących na głowach wielkie kosze wypełnione zakupami bądź dziecko w tłumoczku przytwierdzonym do pleców. Teren wygląda jak wymarły. Raszid jedzie jak po sznurku i po paru zakrętach odnajdują poszukiwaną osadę. Pukają do drewnianych drzwi i otwiera im nie kto inny jak uśmiechnięty Rahman. Marysia z płaczem wpada mu w ramiona, a Raszid oddycha z ulgą.

* * *

Hamid rusza z piskiem kół i zanim jego lokalny przewodnik jest w stanie wyartykułować z siebie choćby jedno słowo, wpada pomiędzy kontenery i pruje byle dalej od portu, ostrzału i nadchodzącej rządowej armii. Od czasu do czasu, kiedy mija skrzyżowanie lub wypada na otwarty teren, rozgląda się dookoła w poszukiwaniu kobiety w kolorowej bluzce, o zadziwiająco jasnych włosach. Chce się upewnić, czy to czasami nie jego żona. Nie ma jednak tyle szczęścia i nikogo po drodze nie napotykają.

– Dawaj, zmieniamy się za kierownicą. – Blady z przerażenia Libijczyk chwyta za klamkę. – Zatrzymaj auto, mówię! – podnosi głos. – Po pierwsze, mam ochotę jeszcze trochę pożyć i nie jestem jakimś samobójcą, żeby dać się wieźć takiemu wariatowi jak ty, a po drugie, ja jestem tutaj przewodnikiem i ja znam drogę do bazy. No już. – Zdesperowany brakiem posłuszeństwa przyjezdnego mężczyzny lekko uchyla drzwi.

– Naprawdę?! – Hamid hamuje gwałtownie, a niezabezpieczony pasami człowiek leci na szybę jak bezwładna kukła. Za nimi słychać ciężkie dyszenie wielkich ciężarówek transportujących tony zaopatrzenia. – Wystarczy, że powiesz mi na czas w prawo lub w lewo, to będzie już dostateczna pomoc z twojej strony. Jeśli siedzisz tutaj jak na tronie i gapisz się jedynie jak sroka w gnat, to wsparcie z twojej strony jest żadne. Nie musisz trzymać kółka, żeby doprowadzić mnie do celu.

– Nie wiem, o co ci chodzi, człowieku, ale ja mam prowadzić to auto. – Chłopek, masując rozbitą głowę, ze złością spogląda na cudzoziemca. – Tak było ustalone i na to przystałem.

– Tej decyzji ze mną nikt nie przedyskutował, więc ja cię tutaj nie puszczę.

– To nie dojedziesz i już. – Śmieje się zażółconymi od nikotyny zębami.

– Umiesz coś takiego prowadzić? – Hamid sięga po ostateczny argument.

– Od dziesiątego roku życia jeżdżę różnym sprzętem, więc…

– Takim? – Posłaniec pokazuje palcem na zautomatyzowaną skrzynię biegów z elektronicznie sterowanym sprzęgłem, a wieśniak niczego nowego czy innego w niej nie zauważa.

– Panie, ja traktor, pikapa, osobówkę i busa prowadzę, o cóż ci chodzi? – oburza się. – Takim złomem to każdy jeden chłopak u nas jeździ – mówi z lokalną dumą.

– Znasz się na automacie? Tak?

– O czym ty do mnie gadasz? Zmieniasz biegi i tyle. Hamulec, sprzęgło i gaz. Jeszcze klakson jest ważny.

– W tym aucie nie zmieniasz biegów i nie tykasz sprzęgła, debilu! Albo mnie poprowadzisz, wskazując drogę jako pasażer, albo wynocha! – Hamid traci cierpliwość i otwiera na oścież drzwi rozmówcy. Nie wspomina mu, że auto można przełączyć na tryb manualny, bo całkowicie nie ma do mężczyzny zaufania, uważając, że jedyne, co mógłby poprowadzić, to wielbłąda.

– Jak sobie pójdę, to ciekaw jestem, jak dojedziesz? – Urażony mężczyzna kpiarsko się śmieje, bowiem wydaje mu się, że ma asa w rękawie. Saudyjczyk, widząc, że się nie dogadają, włącza małe czarne pudełko przyczepione na przyssawce do przedniej szyby. Po chwili ekran już się świeci, a miły kobiecy głos prosi po arabsku o wprowadzenie danych. Wieśniak patrzy złym okiem na gadającą skrzyneczkę i bacznie obserwuje przybysza, a ten spisuje dane z mapy satelitarnej, którą ma rozłożoną na kolanach. Po chwili na ekraniku wyświetla się trasa, a kobiecy głos oznajmia, że mają jechać pięćset metrów prosto, a potem drugi zakręt w prawo.

– Wysiadasz czy jedziesz? – niewinnie uśmiechnięty Hamid z dużą satysfakcją zwraca się do pasażera. Ten marszczy czoło i wygina wargi, lecz domyka uchylone drzwi i usiłuje zapiąć pas.

Saudyjczyk jest zadowolony, że GPS dał się uruchomić. Obawiał się, że w Libii może mieć z tym kłopoty. Dostał wprawdzie najlepszą i najnowszą aparaturę używaną przez amerykańskie wojsko w Iraku i Afganistanie, ale licho nie śpi. Przewodnikowi wydaje się, tak jak i wszystkim niewtajemniczonym, że poobtłukiwany nissan jest zwykłym starym minibusem z ogromnym przebiegiem na liczniku. To oczywiście tylko kamuflaż. Ze zdezelowanego autobusiku pozostawiono jedynie blachę, którą w saudyjskim tajnym warsztacie nasadzono na wypełnione elektroniką bebechy, wzięte z najnowszego modelu. Do tego zamontowano podwójną tytanowo-aluminiową podłogę, pod którą kryje się najtajniejsza przesyłka przeznaczona dla odbiorcy z Trypolisu oraz najnowszej generacji środki bojowe i tysiące dolarów potrzebnych na zakup broni czy przekupienie rządowych przedstawicieli, by szybciej złożyli broń i przeszli na właściwą stronę. Pieniądze mają też być przeznaczone na ewakuację najbardziej zagrożonych z Trypolisu oraz szybkie „zakupy" na Malcie, która więcej za darmo dać już nie może, bo całkowicie ogołociłaby swój budżet.

Hamid otwiera okno, opiera się o nie łokciem i rozkoszuje zapachem ziemi i kwiatów. Co chwilę otula go aromat jaśminu, który w Libii rośnie w każdym wolnym miejscu i chyba powinien być to kwiat narodowy tego kraju. Mężczyzna porównuje mijane widoki do swoich ojczystych. Cóż, rzeczywiście jest tutaj czym oddychać, przyznaje rację słowom swojej żony. Wszędzie rosną jakieś drzewa, ale nie tylko palmy. Strzeliste eukaliptusy otaczają bogatsze farmy i co chwilę pojawiają się przydrożne laski sosnowe, oleandrów zaś, bugenwilli czy opuncji jest tutaj na pęczki. Ziemia nie jest goła i jałowa, lecz ma barwę palonej pomarańczowoczerwonej gliny. Fragmentami pokrywają ją kobierce drobnych polnych kwiatków lub zwykła zieloniutka trawa. O tej porze roku w Arabii jest tylko pył i piach, a sztucznie hodowaną trawę kupuje się w rulonach, które następnie rozwija się w ogrodach u bogaczy, bowiem jest nieziemsko droga. Długo jednak się nie utrzymuje, usycha w ciągu góra trzech miesięcy i należy zacząć wszystko od nowa. Nasz kraj jest wielki, ale chyba przeklęty, stwierdza Saudyjczyk, nie mamy ani żyznych ziem, ani powietrza do oddychania, ani normalnych warunków życia. Obrodziło nam tylko ropą, ale nie wszystko da się za nią kupić.

Hamid z zaciekawieniem zagląda na dziedziniec mijanego ubogiego gospodarstwa, gdzie kolorowo ubrane kobiety i dziewczyny, śmiejąc się beztrosko, bawią się z małymi dziećmi. Farmerzy siedzący na progu i palący sziszę coś im dogadują i zabawa trwa w najlepsze. Nikomu nie przeszkadza, że niewiasty mają odsłonięte twarze i niezakryte włosy, noszą podkoszulki z krótkim rękawkiem i legginsy i przekomarzają się z mężczyznami. Nikogo tym nie obrażają, nie czynią także afrontu Allahowi, w którego wierzą. Hamid widzi zdecydowaną różnicę między swoim krajem a tym, w którym obecnie przebywa. Od zawsze religijni mentorzy wbijali Saudyjczykom do głów, że tylko zgniła Europa i Ameryka dopuszczają niezakrywanie się kobiet. Egipt i Tunezję również zaliczano do rozpustnych, opanowanych przez szatana rejonów, lecz istnieje przecież jeszcze mnóstwo arabskich muzułmańskich krajów takich jak ten, gdzie prawo idzie z postępem, który niekoniecznie musi prowadzić do grzechu, a co za tym idzie, upadku i katastrofy. Nawet mnie pomieszało się w głowie, kiedy wróciłem z Jemenu do Saudi i zacząłem się przychylać do ścisłego przestrzegania szariatu i ciągłego umartwiania, w duchu przyznaje Hamid. We wszystkim, co przyjemne i zabawne, szukałem grzechu i kusiciela *Szejtana*[1]. Może dlatego popsuło się między mną a Miriam?, w końcu oświeca go myśl. Stałem się bardziej saudyjski od samych Saudyjczyków! Na Allaha, dopiero musiała mnie porzucić żona, musiałem wyjechać z kraju na ryzykowną misję, żebym zrozumiał, w czym tkwił błąd i po czyjej stronie była wina! Ależ jestem głupcem! Zadumany mężczyzna masuje się po czole i mija skręt w lewo, o czym GPS informuje go natarczywym głosem, a towarzyszący mu Libijczyk wybucha gardłowym szczerym śmiechem.

– Olej tę babkę – mówi już udobruchany. – Ja znam lepszą drogę na skróty, gdzie mamy pewność, że nie natkniemy się na żaden posterunek.

– Okej, stary – młodszy od przewodnika Hamid zgodnie potakuje głową i wyłącza magiczną skrzyneczkę z mapami. Od razu atmosfera się ociepla i jadą już teraz jak dobrzy kumple.

– Jesteś pewien? – Saudyjczyk po zjechaniu na utwardzaną

[1] *Szejtan* (arab.) – przeciwnik, złe moce, Szatan, utożsamiany z Lucyferem.

szutrową drogę na odludziu zatrzymuje się gwałtownie, a wielka transportowa ciężarówka za nim hamuje dosłownie dziesięć centymetrów od jego zderzaka. – Coś mi się tu nie podoba – stwierdza i uważnie lustruje pilota.

Przed nimi rozpościera się wielka połać ziemi, istnego pustkowia, dopiero na horyzoncie maluje się parę małych parterowych baraczków z blachy falistej, dwa większe budynki z pustaków oraz pięć wielkich hangarów, które wyglądają na wojskowe. To musi być jedna z ukrytych baz Kaddafiego, bo przecież kogo w tym biednym kraju byłoby stać na wybudowanie czegoś takiego i komu by na to pozwolono. To są ewidentnie składy broni, amunicji i sprzętu wojskowego, do tych budynków spokojnie weszłyby helikoptery czy małe samoloty bojowe, Saudyjczyk dochodzi do słusznego wniosku, pocąc się przy tym obficie. Ale dałem się złapać w zasadzkę. Hassan powinien był ze mną pojechać, ale teraz jest już za późno na takie wnioski. Posłaniec nie wie, co ma zrobić, i tylko mocno ściska kierownicę.

– Hej, przyjacielu, co cię tak zamurowało? – Szczera twarz Libijczyka wyraża jedynie zdziwienie. – Nasz wódz budował takich obiektów tysiące – wyznaje. – To akurat stawiała polska firma w latach dziewięćdziesiątych. Zostali poinformowani, że wznoszą magazyny na żywność i sprzęt domowy. W każdym razie taki kontrakt podpisali, wiem o tym, bo jako młodzik pracowałem wtedy dla nich. Pięknie udawali, że łyknęli kłamstwo, bo przecież każdy przyjeżdżał tutaj tylko po to, żeby zarobić, i gówno go obchodziło, na co, po co i dla kogo coś tam buduje. Ja na tej robocie też nieźle się obłowiłem i ubawiłem po pachy. Polacy to fajny naród, a jaką wódkę robią, człowieku! Musisz kiedyś spróbować. – Klepie towarzysza po plecach.

– Niby czemu mamy się zatrzymać w koszarach czy składach Kaddafiego?

– Bo teraz przeszły w nasze rączki. – Zabawnie kręci dłońmi, jakby regulował kran. – I jeszcze z jakim wyposażeniem, ho, ho! Jak w końcu ruszysz, ty bohaterze tchórzem podszyty, i dojedziemy na miejsce, to ci pokażę nasz skarb. Zdobyliśmy dwa czołgi T-72, trzy T-55, pięć pojazdów opancerzonych i dwie ciężarówki. Dobrzy jesteśmy?! Potrafimy walczyć, a nie tylko kozy wypasać? Jak jeszcze odzyskamy pieniądze z ropy i gazu, które się narodowi należą, wykształcimy nasze dzieci i wybudujemy nowoczesną infrastrukturę, to wtedy przeskoczymy i Saudyjczyków, i Katarczyków, i jakichś tam emirów kuwejckich – mówi z dumą. – Dajcie nam pięć, maksymalnie dziesięć lat.

– Dobra, już dobra – Hamid tłumaczy się w imieniu bogatych narodów Bliskiego Wschodu. – Po to wam w końcu pomagamy, nie?

Zajeżdżają pod jeden z małych baraków mieszkalnych, przed którym czeka już na nich cała delegacja. Wszyscy mężczyźni mają broń, a niektórzy nawet zatknięte za pasy noże. Przyjacielskie przywitanie, myśli przybyły, uśmiechając się pod nosem. Ale w końcu czego wymagać, to jest kraj w stanie wojny. Ci ludzie już nikomu nie mogą ufać.

– *Salamu alejkum, ja sadiki*[1]. – Mężczyzna stojący

[1] *Salamu alejkum, ja sadiki* (arab.) – pokój z tobą, mój przyjacielu.

w środku grupy występuje parę kroków do przodu i wyciąga do Hamida ręce.

– *Alejkum as salam* – odpowiada przybysz grzecznościowo i zarazem dość sztywno, lecz po chwili gospodarz obejmuje go i całuje w oba policzki. Po nim podchodzą pozostali, którzy to poklepują go po plecach, to ściskają mu dłoń.

– Ratujesz naszą biedną Misuratę z opresji – oznajmia przywódca. – Dziękujemy ci za to. Człowiek mieszkający w bogatym odległym kraju angażuje się w naszą walkę i ryzykuje dla nas własne życie. To jest godne podziwu i naśladowania.

– Dziękuję. – Saudyjczyk nie wie, co odpowiedzieć na takie pochwały. Nie oznajmi im przecież, iż przede wszystkim liczy na odszukanie żony, która od niego odeszła, a teraz najprawdopodobniej przebywa wśród partyzantów takich jak oni.

– Ja jestem Rahman Tantusz, a to moje najwierniejsze chłopaki. – Mężczyźni zaczynają wymieniać swoje imiona.

– Ja jestem Katarczykiem i nazywam się Jusuf Ibn Mohamed.

– Zatem witaj, synu Mohameda, na naszej libijskiej ziemi i zaszczyć nas swoim towarzystwem w czasie skromnego obiadu. Jak się posilimy i trochę odpoczniemy, omówimy twoją dalszą trasę. Udajesz się w nią tylko swoim busikiem z jedną ciężarówką, nieprawdaż?

– Tak, druga oraz ambulanse są przeznaczone oczywiście dla was i dla szpitala w Misuracie. W obu tirach znajduje się to samo, więc wybierzcie, który chcecie, i już możecie zacząć rozpakowywać. Miejsca do składowania macie aż nadto – śmieje się, pokazując głową na hangary.

– Udało nam się zdobyć te składy przy całkiem niewielkich stratach – przyznaje zadowolony Rahman. – Moi plemienni pobratymcy coraz lepiej walczą, choć przed wojną trudnili się głównie hodowlą i uprawą ziemi. Nawet w rolniku może tkwić bojownik i bohater.

Po skromnym męskim posiłku, na który składa się kurczak z grilla z chlebem, oliwkami i sałatką z pomidorów, partyzanci rozchodzą się do swoich kwater lub na służbę, a ich przywódca zaprasza gościa na herbatę i sziszę. Rozkładają się wygodnie na materacach wyniesionych na mały tarasik przed barakiem i zaczynają rozmawiać o wszystkim i o niczym. W zasadzie Libijczyk opowiada o wojnie i jej okropieństwach, a zmęczony przeżyciami i nieprzespaną nocą Hamid jedynie słucha.

– Takie potworności się tutaj wyprawiają, że nie masz pojęcia, przyjacielu. Mam nadzieję, że sprawcy mordów, gwałtów i rabunków zostaną w uczciwy sposób ukarani. Przedstawicielom praw człowieka nawet w najgorszych koszmarach nie śniło się, co człowiek może zrobić drugiemu. Ale ja myślę, że to głównie wina szalonego Kaddafiego i jego synka Saifa, którzy do zbrodni namawiają szumowiny ściągnięte z całego świata. – Przybysz słucha jednym uchem, bo po jedzeniu i przeżyciach ostatniego dnia ogarnia go senność. – Wyobraź ty sobie, że jeden taki ponoć niechcący nacisnął spust i z wyrzutni przyczepionej do karabinu AK wystrzelił granat w kierunku ogrodu, w którym bawiły się dzieci mojego brata. Nie było co zbierać po czwórce małych szkrabów. Co i komu one zawiniły? Powiedz ty mi! Brat tego nie przetrzymał i strzelił sobie w łeb, a jego żona się utopiła. – Hamidowi przechodzi ospałość i poprawia się na poduszkach. Co za tragedia, myśli. – Z całej licznej rodzinki zostali tylko dwaj synowie jego żony, ale dla mojego bracha jak właśni. Jeden uciekł z naszego libijskiego piekiełka i jest zapewne w jakimś obozie dla uchodźców w Europie, a drugi, młodszy, chce teraz do nas dołączyć. Niedawno dzwonił i dokładnie opisałem mu drogę. Może w walce znajdzie ukojenie swego bólu, bo ja sam nie wiem, jak on to wszystko przetrzymał. Uczciwa walka jest po tysiąckroć lepsza niż wendeta, podczas której można kogoś niesłusznie skrzywdzić. Nie uważasz?

– Też jestem przeciwny samodzielnemu wymierzaniu kary. Od tego są sądy. W końcu nie żyjemy w średniowieczu!

– Powiem ci, że cała rodzina mojej szwagierki, tej co się potopiła, jest jakaś nieszczęsna, tak jakby ktoś klątwę na nich rzucił. Jej siostra była w śpiączce przez chyba piętnaście lat, w końcu się przebudziła, teraz udało jej się zaokrętować na twój statek, to zabili jej narzeczonego…

– Tak, widziałem ją – przerywa całkiem już obudzony słuchacz. – Piękna kobieta.

– No i co jej z tej urody? Zestarzeje się w samotności, bo takie jak ona kobiety są jak łabędzice, jeden wybranek na całe życie i basta.

– Smutne.

– Tak więc widzisz, jaka to pechowa rodzinka. Chadidża się utopiła, Samira przebudziła, a teraz na pewno wolałaby spać już do śmierci, Malika, ich siostra, już dawno temu została zamordowana, a brat to psubrat. Tuż przed rewolucją przyleciała w odwiedziny do Libii jego była żona, piękna Polka z równie śliczną córką, a ten skurczybyk porwał matkę, chyba po to, żeby ją zabić.

– Jak to? – Hamidowi włosy stają dęba i czuje dreszcz na plecach.

– No tak! On to w ogóle niezły zbój zawsze był, kiedyś to nawet się za terroryzmem opowiedział...

– Ale co z tą matką i córką, mówże!

– Robiłem całe dochodzenie, bo wtedy jeszcze pracowałem w policji w Zawii, i okazało się, że udało jej się uciec zarówno przed mężem, jak i przed najemnikami, którzy złapali ją tuż przed granicą tunezyjską. Kiedy tylko pojawiła się łączność, kochana Miriam poinformowała mnie, że jej mama aktualnie jest w Nalucie i pomaga w Centralnym Szpitalu. Nie jest to teraz najbezpieczniejsze miejsce pod słońcem, ale jak przeżyła porwanie i napaść, to może da sobie radę w bombardowanym mieście. Tam jeszcze do zakładów lecznictwa nie strzelają, są widać trochę mądrzejsi niż ci z Misuraty. Nikt nie podcina gałęzi, na której siedzi, a ci nasi lokalni idioci myślą, że kule będą ich omijać i że nigdy nie wylądują w lazarecie. Poza tym to jakieś bestie bez serca, żeby atakować chorych i rannych! Parszywe sługusy największego wariata dwudziestego i dwudziestego pierwszego wieku, naszego kochanego pana Kaddafiego!

– Tak się sprawa przedstawia… – Hamid zamyśla się. Ileż musiała wycierpieć jego biedna żona, a on w międzyczasie podejrzewał ją o nie wiadomo jakie niecne czyny. Nie dzwoniła, bo tutaj co chwilę nie ma łączności, a jak jest, to możliwe, że całkowicie zablokowali połączenia zagraniczne. Tak, na pewno to było przyczyną, cieszy się z wydedukowanych usprawiedliwień. Ona tutaj przeżywała piekło, a on myślał tylko o czubku własnego nosa, potępia siebie w duchu za nieufność. Ten cały nasz małżeński kryzys to moja i tylko moja wina. Boże, jeśli ją odnajdę, to przysięgam już nigdy jej nie skrzywdzić i nigdy tak surowo nie oceniać. Moja mała biedna blond gołąbeczka, wzdycha smutno, a serce mu się kraje z bólu i tęsknoty.

– Słuchaj, my tutaj gadu-gadu, a czas płynie. Za chwilę trzeba iść spać, a jutro skoro świt ruszać. Prawdę ci powiem, brachu, że ta twoja dostawa leków i żywności oraz broni – robi konspiracyjną minę, kładąc przy tym palec na ustach – to bardziej by się przydała właśnie w Nalucie, a nie w Garianie. Tam pod granicą tunezyjską mają strasznie dużo rannych, więc w szpitalu brakuje im leków i w zasadzie wszystkiego, nie mają jedzenia, czasami wody i dość często wyłączają prąd. Nie mam pojęcia, jak ci dzielni ludzie dają sobie radę. Na początku dostawali regularne dostawy z Tunezji, ale kiedy granica zaczęła przechodzić z rąk do rąk, to przeprawa przez nią w obie strony stała się bardzo trudna, a przewiezienie transportu wręcz niemożliwe. Pomyśl nad tym, mój ty przyjezdny bohaterze. Sam widzisz na przykładzie jednej rodziny, ile my tutaj musimy znosić i jak srodze cierpimy. Jeśli ta wojna nie zakończy się jak najszybciej, to takich pokrzywdzonych ludzi będzie jeszcze więcej. A nie wszyscy są tak cywilizowani jak ty i ja, więc później jeszcze przez lata będą brali odwet, szukając odpowiedzialnych za ich tragedie. A ilu niewinnych przy tym zginie, to jeden Allah wie!

– Czy to ta sama trasa? – pyta Hamid, bo teraz wpada mu do głowy, że możliwe, iż Marysia zrezygnowała z ewakuacji, aby dostać się do matki i z nią wrócić. Córka na pewno nie chciała jej zostawić.

– Cały czas i tak będziecie musieli omijać główne drogi, bo przy najmniejszej wojskowej kontroli leżycie. Teraz, zamiast jechać piękną spacerową autostradą wzdłuż morza, musisz odbić kawał na południe do Bani Walid. Dzisiaj teren jest nasz, ale nie obiecuję, co przyniesie jutro. Potem starą górską serpentyną wdrapiecie się do Garianu, ale podam ci jeden fortel, jak go ominąć. Mam nadzieję, że silniki macie mocne i kierowców dobrych, bo ta dróżka jest naprawdę niebezpieczna. W czasach pokoju zagraniczni pracownicy z kontraktów jeździli tam górskimi rowerami dla sportu i w zasadzie na ten środek lokomocji ten trakt aktualnie się nadaje.

– Motory w autach są okej, ale kierowców mam młodych i niedoświadczonych. Może użyczyłbyś mi jakiegoś swojego górala?

– Właśnie dlatego pytam. Mam tutaj takiego jednego geniusza, który tak samo dobrze jeździ na ośle, jak i za kółkiem – śmieje się rubasznie. – Macie tam jakieś kosmiczne wydziwienia czy da się po staremu?

– W transporterze jest tradycyjnie, a mojego busa i tak nikomu nie chcę i nie mogę przekazać.

– Rozumiem. – Rahman podnosi do góry brwi, ale

oczywiście o nic nie pyta. – To tyle by było w temacie trasy do Garianu. Pół dnia drogi. Ty jeszcze ponoć masz spotkanie w Trypolisie, to będziesz musiał zabrać swoich ludzi i zjechać tą samą drogą na dół. Ale wiesz, że pod górkę ciężej, także jak tylko nie wpadniecie w łapska wojska, to migiem wylądujecie już na dobrej drodze, bo stara oczywiście łączy się z nowoczesną autostradą. Jednym malutkim busikiem już nie musisz się kryć, bo takich u nas pełno. Papiery libijskie oczywiście masz? – zadaje głupie pytanie, a skupiony rozmówca kiwa potakująco głową. – Potem z większych miast mijasz tylko Aziziję i wjeżdżasz do Trypolisu.

– Dobra, a jakbym się zdecydował na dowiezienie towaru do Nalutu, to co?

– Wtedy w ogóle nie pchasz się na Garian, o który toczą się zacięte walki, i jedziesz jeszcze dalej w głąb kraju. W zasadzie to nawet bezpieczniejsze. Zataczasz takie półkole, bo z Bani Walid walisz na Nismę, Mizdę, gdzie diabeł mówi dobranoc i nie ma o co się bić, Jefren, Dżadu i już jesteś w domu w Nalucie. Piękna krajoznawcza trasa.

– Aha. – Saudyjczyk myśli, trąc czoło. – Prześpijmy się z tym.

– W porządku, oczywiście. Satelitarne mapy ściągnąłem, pracując jeszcze na posterunku, także masz tam wszystkie długości i szerokości dla swojej gadającej maszynki.

– To się nazywa GPS – poważnie wyjaśnia Hamid.

– Czy ty myślisz, że ja nie wiem i że takich u nas nie ma? Z epoki kamienia łupanego jakiś czas temu wyszliśmy i ze średniowiecza też. – Klepie speszonego kompana. – To może wywołać zdziwienie, a nawet panikę, tylko wśród Beduinów czy Tuaregów, którzy od wieków wyznaczają swoje trasy bez kompasu i nigdy nie błądzą.

– Przepraszam.

– Daj spokój. Idź spać, bo jutro czeka cię ciężki dzień.

Poranek budzi się piękny, a oddalony od miasta teren jest jak dziewiczy. Słychać śpiewające ptaki, chrzęszczenie cykad, ujadanie psów i z odległego, niewidocznego meczetu głos muezina, który wzywa wiernych na *salat*[1]. Może by tak się pomodlić, myśli Hamid, lecz postanawia zrezygnować z tego pomysłu, gdyż nie chce wydać się tubylcom zbyt radykalny. Wychodzi na dwór i widzi Libijczyków i swoich kierowców wspólnie oddających cześć Allahowi. Podnoszą ręce, klękają, by dotknąć czołem ziemi, i ponownie wstają. Nasza religia jest wielka, tylko trzeba znać umiar, stwierdza zadowolony i przyłącza się do grupy. Po oddaniu pokłonu Bogu wszyscy od razu czują się lepiej. Zasiadają do szybkiego śniadania i ruszają już bez zbędnych ceregieli. Saudyjczyk na pożegnanie wymienia męski uścisk dłoni ze swoim wczorajszym przewodnikiem i Rahmanem.

– Mam nadzieję, że Allah spojrzy przychylnym okiem na pozostałych przy życiu członków twojej rodziny – Hamid życzy miłemu człowiekowi.

– Oby, we wszystkim jest jego wola, której musimy się poddać. Żegnaj. Jakbyś przez przypadek wylądował jeszcze kiedyś w tej okolicy, to napisałem ci na mapie mój adres

[1] *Salat* (arab.) – modlitwa.

w osadzie, którą wczoraj mijałeś. Nigdy nie wiadomo, co komu pisane, i może wiatr wojny przygna cię jeszcze w te strony. Mój dom zawsze stoi dla ciebie otworem.

Transport wyjeżdża na jednopasmową wąską drogę i tak jak mówił Rahman, jest ona spokojna, nie widać żadnych oznak wojny. Dla Hamida jest za cicha i zbyt wyludniona. To oznacza, że albo ludzie się boją, albo gdzieś się czają. Saudyjczyk jak najszybciej chce mieć ryzykowną misję za sobą, ale oczywiście zdecydował się na dotarcie z dostawą do Nalutu. Po pierwsze, przekonuje sam siebie, to miasto bardziej potrzebuje pomocy, a po drugie, może w końcu odnajdę żonę. Po paru godzinach podróży robią przerwę. Zatrzymują się w pewnej odległości od Garianu, lecz nawet ze stu kilometrów widać salwy rakiet i łunę nad miastem. Dobrze, że tamtędy nie pojechałem, dziękuje Bogu. Jefren jest już terenem na prawie tysiącu metrów nad poziomem morza i tak pięknym, że Hamid nie jest w stanie porównać go z niczym, co występuje w jego kraju. Może Taif i Abha trochę temu dorównują, ale jedynie trochę, przyznaje. Kierowca ciężarówki twierdzi, że zna jakiś rewelacyjny skrót, a że to są jego góry, więc należy mu wierzyć.

– Panie, ja tutaj od dziecka na bosaka biegałem! – wykrzykuje z dumą. – Jest tam takie wyschnięte wadi, szersze od autostrady, a o tej porze roku podłoże jest twarde jak beton. Niejedną wyprawę tamtędy się przeprowadziło! – chwali się. – Jak pojedziemy tym traktem, to miniemy wszystkie przydrożne mieściny, zasadzki i patrole i wylądujemy prosto pod Nalutem – kusi.

– No nie wiem... – opiera się ostrożny Saudyjczyk.
– Mam całą trasę dokładnie rozpisaną przez Rahmana – macha pomiętymi mapami.

– Ale on nie jest stąd, tylko spod Misuraty, to skąd niby miałby wiedzieć – śmiałek używa ostatecznego argumentu.
– Dał mnie jako kierowcę, więc wiedział, co robi.

– Jedź w takim razie pierwszy, ale jak utkniesz, to ci uszy oberwę!

– Jakby co, trzymajmy dystans, przynajmniej jeden wóz musi być sprawny, no nie?! – Zadowolony, że wyszło na jego, wskakuje do szoferki, a za nim dwaj młodzi uśmiechnięci saudyjscy kierowcy. Chcą się czegoś od genialnego mistrza kierownicy nauczyć, ale chyba najprędzej kaskaderki.

Jazda po niepewnym terenie idzie bardzo opieszale i Hamid teraz żałuje, że dał się namówić. Jestem nierozsądny i nieodpowiedzialny!, wyrzuca sobie. Zatrzymuje swojego busa, idzie za drzewko i siada na skale z papierosem w dłoni. I tak ich dogonię, myśli z przekąsem. Nigdzie mi nie uciekną. Ciężarówka, niebezpiecznie chybocząc się na boki, mija zakręt. Jest on tak wąski, że gałęzie drzew trą lakier, a krzaki zostają wmielone pod koła.

Nagle powietrze przeszywa donośny huk, a po paru sekundach następny i następny. Dochodzą zza wirażu i Saudyjczyk nie musi już sprawdzać, co się stało. Albo ich zestrzelili, albo najechali na minę lub niewybuch. Teraz to już wszystko jedno, chwyta się za głowę i zaciska z wściekłości zęby. Przewożona amunicja i materiały wybuchowe eksplodują, sprawiając wrażenie, jakby to było centrum pola bitwy. W powietrzu unoszą się tekturowe paki, otwierają na wysokości ponad dziesięciu metrów i rozsypują medyczne specyfiki po okolicy. Większe kawały blachy z karoserii lecą niżej i zmiatają wszystko na swojej drodze, tnąc karłowate drzewka i wbijając się w miękką gliniastą ziemię jak noże.

Hamid z powodu podmuchu ledwo jest w stanie dojść do busa. Chwyta za kierownicę i już nie zastanawiając się nad pułapkami tkwiącymi w podłożu wyschniętej rzeki, nawraca i rusza z kopyta. W błyskawicznym tempie dojeżdża do drogi, z której nadal widać ciągłe detonacje na odludnym terenie. Ten pokaz sztucznych ogni za chwilę przyciągnie patrol lub nawet lotnictwo. Muszę jak najszybciej stąd zmiatać! Ależ ze mnie idiota! A przecież mówili mi, że siły rządowe zaminowały wielkie tereny. Nie wpadło mi do pustej głowy, że mogą to zrobić z nieużywanym odludnym wadi! A może jest to tajemna trasa wszystkich partyzantów, lojaliści zwiedzieli się o tym i zrobili buntownikom niespodziankę? W obecnej sytuacji już się nie pcham do Nalutu, decyduje. Nie mam zresztą ani przewodnika, ani zaopatrzenia. Nie mogę jeździć po mieście autem z takim ładunkiem, jaki mam pod podłogą, i pytać przechodniów, gdzie jest szpital. Zaraz zauważą obcego i wezmą mnie na spytki, a wtedy leżę. Potrzebuję Libijczyka, żeby mnie tam bezpiecznie doprowadził.

Mężczyzna zdecydowanie bierze kurs powrotny na Misuratę. Dobrze, że Rahman zostawił mi swój adres, szkoda tylko, że jestem takim głupcem i nie wziąłem od niego numeru telefonu. Z wściekłości wali pięścią w kierownicę.

Jak niepyszny wraca z niczym do dumnych i zadowolonych z niego libijskich towarzyszy. Jak teraz go przyjmą?, zadaje sobie pytanie. A jak on im spojrzy w oczy?

* * *

Po wypłakaniu żalu i bólu, który przytłaczał Marysię już od paru dni, dziewczyna daje się ukoić w ramionach czułej i pulchnej Leili, żony Rahmana. Kobieta jest tak urocza i tak dobrze wszystko rozumie jak matka. Ma zresztą dwójkę małych córeczek, Aiszę i Munę, które patrzą na starszą Marysię wielkimi oczami pełnymi podziwu.

– Kochanieńka moja, toż są ludzie prości i pełni niedowierzania – tłumaczy nieufnych pobratymców męża. – Oni, żeby się do ciebie przekonać, muszą najpierw zjeść z tobą beczkę soli... albo michę kuskusu – śmieje się. – Wiele krzywd ich spotkało, także są tacy, jak ich życie ukształtowało, a ono nigdy nie było i nie jest dla Beduinów łatwe. Począwszy od samych warunków, w których przyszło im bytować, a skończywszy na biedzie, którą od pokoleń klepią. Kiedy teraz nastała taka niepewna sytuacja, że nie wiadomo, kto wróg, a kto przyjaciel, oni nie są w stanie tego ogarnąć. Hołdują zasadzie albo białe, albo czarne, bez odcieni szarości.

– Ty chyba jesteś wykształconą kobietą albo ludowym mędrcem – stwierdza Marysia, patrząc na wieśniaczkę ubraną w tradycyjny lokalny strój z kolorową chustką zawiniętą dookoła głowy.

– Jakbyś zgadła, moja gołąbeczko. – Rahman staje

w drzwiach kuchni i patrzy na żonę z dumą. – Taka była mądra w tej swojej wsi, że aż ją wysłali do miasta na stypendium, a potem nawet uczyła się za granicą.

– Jestem z wykształcenia psychologiem – skromnie uśmiecha się Beduinka. – Ale z upodobania i urodzenia wiejską przemądrzałą babą – chichocze, zasłaniając usta ręką.

– Czym chata bogata, tym rada, chodźcie, upieczemy kurczaki na grillu. To obecnie jedyne ekskluzywne danie, jakie można zaserwować gościom. – Wuj zapraszająco macha ręką, chwyta tacę i wychodzi na tyły małego wiejskiego domku.

– Ale co my teraz ze sobą zrobimy? – Marysia ciągle się martwi. – Dokąd pójdziemy? Strach wracać do Trypolisu, bo nie mamy pojęcia, gdzie toczą się walki i czy po drodze nie wpadniemy w jakąś zasadzkę. Wasze plemię nas nie zaakceptowało, a po kretyńskim kłamstwie Raszida uważają, że to my zlikwidowaliśmy ich patrol. Na domiar złego połowa z nich została wystrzelana jak kaczki z wojskowych samolotów, co także nam przypiszą. Oko za oko, ząb za ząb. Teraz nie tyle będą usiłowali się nas pozbyć, ile zabiją w ramach słusznej według nich wendety!

– Nie dramatyzuj, młoda! – Raszid krytycznie wygina wargi. – Jak wuj powie, że jesteśmy swoi, zaraz im wszystkie dąsy przejdą. No przecież jak mogą przypuszczać, żeśmy rządowy samolot na nich nasłali?! Toż to czysta głupota! Myślmy logicznie!

– Wiesz, z nimi nigdy nic nie wiadomo, ale mam nadzieję, że mają na tyle zaufania do starego pobratymca, żeby dać wiarę jego słowom. – Rahman nie jest taki pewny swego jak młodzik.

– No widzisz, Miriam. Tylko pozytywne nastawienie może nas uratować. – Naiwny chłopak rozluźnia się i wygodnie opiera o ścianę drewnianego domu, wystawiając twarz na ostatnie ciepłe promyki słońca.

– Gdybym wiedział, że tutaj jesteście, tobym cię, dziewczyno, zapakował do wozu takiego jednego miłego Katarczyka. Przypłynął tym statkiem, na który wyście, głupole, nie wsiedli. – Rahman aż trze brodę ze zmartwienia. – On jechał z transportem aż do Nalutu i mógłby cię zawieźć do matki. W końcu byłybyście razem i może udałoby wam się jakoś stąd wydostać.

– Rzeczywiście szkoda. – Teraz Marysia pojechałaby już z każdym, byle dalej od tego dzikiego miejsca i tych dziwnych ludzi. – Chciałabym już być z mamą – mówi smutno, a Leila głaszcze ją po policzku. – Czemu jeden naród tak sobie nie dowierza i zabija nawzajem? Nie rozumiem – głośno się zastanawia, bo nie chce się jej to pomieścić w głowie.

– Tutaj pod Misuratą zupełnie niepotrzebnie znaleźliście się w centrum naszego libijskiego piekiełka. Nie dość, że ścierają się partyzanci z lojalistami, to dochodzą do tego tarcia plemienne, zawiści i skrywany latami gniew. Leży on też na linii: ludzie z miasta i ci z pustyni, którzy uważają, że zawsze byli gorzej traktowani, mieli mniej i wiedli cięższe życie. Po tylu latach spędzonych w Trypolisie i Zawii widzę, że ja już od nich odstaję, i jakoś nie wierzę w ich pełne do mnie zaufanie. Udało mi się na początku zdobyć wielkie hangary z wyposażeniem i tym ich podbiłem, ale czuję przez skórę, że oni mnie akceptują, bo muszą, a w głębi serca uważają za innego i obcego. A może nawet za zdrajcę, który porzucił swoich, by pławić się w miejskim dobrobycie.

– No to ładnie – stwierdza dziewczyna. – Ja chyba nie będę ryzykowała jazdy na pustynię, aby wśród nich żyć.

– Zostań ze mną, pomożesz mi na naszej małej farmie i w domu, co mi tam taka jedna chudzina więcej do wykarmienia. – Leila szczerze zaprasza. – Teraz trzeba przeczekać. Ja myślę, że wy, chłopy, też nie powinniście się angażować – zwraca się do mężczyzn, którzy tylko pogardliwie machają rękami. – Z tego, co przed chwilą wyznałeś, mój mężu, wyciągam jasny wniosek, że niebezpieczeństwo czyha na was z dwóch stron, wrogiej rządowej armii i swoich – mówi bardzo poważnie i widać smutek i łzy w jej oczach.

– Kobieta nie rozumie patriotyzmu. Dla niej najważniejszy jest dom, dzieci i miłość, ale żeby to wszystko mieć i nie bać się, że za chwilę się straci, to musi panować pokój, o który walczą faceci. Taki podział ról. – Rahman wstaje, obejmuje swoją żonkę i czule całuje w czoło.

Zapada męcząca ciężka cisza. Mały ogródek na tyłach domu jest bardzo przytulny, otacza go klasyczny dla Libii żywopłot z opuncji, zdobią też kolorowe bugenwille pnące się po ścianach domu i małej stodółki dla bydła, z której co chwila dochodzi pobekiwanie i specyficzny zapaszek świeżego łajna. Marysia jest zadowolona z propozycji Leili i myśli, że mogłaby tutaj na jakiś czas pozostać, zrelaksować się, przemyśleć swoje dotychczasowe życie i podjąć jakieś rozsądne kroki na przyszłość. Przecież jej matka spędziła na farmie na Saharze aż dwa lata, i to nie jako gość i przyjaciel, lecz praktycznie niewolnica. Dziewczyna oddycha z ulgą, bo w końcu znalazła spokojne miejsce na libijskiej ziemi.

– Jakbym mogła i nie przeszkadzała... – Odgłos samochodu zatrzymującego się przed domem przerywa jej wypowiedź.

– Na wszelki wypadek schowajcie się w stajni. U nas nikt nie lubi obcych i od razu stają się podejrzani. Sami się już o tym przekonaliście – szepcze Rahman, idąc na palcach w kierunku wejścia. Dyskretnie wygląda zza ogrodzenia, aby przekonać się, kto ich odwiedza. Leila w międzyczasie cicho otwiera komórkę i dosłownie wpycha do niej młodych. Dwie małe córeczki sprytnie chowają dwa dodatkowe talerze i sztućce.

– A, cieszę się, że wstąpiliście w moje skromne progi – gospodarz mówi rozluźnionym, radosnym głosem. – Wejdźcie, może czegoś się napijecie, coś zjecie? – zaprasza gości, a ukryci wśród baranów oddychają z ulgą i już chcą wyjść.

– Jeść nic nie będziemy, bo my w innej sprawie. – Postawny Libijczyk wchodzi na małe podwórze, omiatając wszystko badawczym wzrokiem. – Doszło do ataku na naszą siedzibę, i to za sprawą twoich krewniaków – mówi gniewnie. – Wymordowano mi ludzi! – wykrzykuje, a towarzyszący mu dwaj rośli mężczyźni odbezpieczają broń.

– Jak to możliwe? – Rahman cofa się, rozkładając bezradnie ręce na boki. – Ilu ich było? Strzelali do was?

– Namierzyli naszą kryjówkę i pokazali rządowym świniom!

– Miał do was przyjechać mój bratanek z żoną, ale oni, po pierwsze, są z najbliższej rodziny i mogę za nich ręczyć, a po drugie, bez broni. Kobieta do was strzelała?

– Nie udawaj niewiniątka! – Przywódca łapie gospodarza za gardło, a Leila rzuca się w obronie ukochanego. – Może tyś ich nasłał? – Jakby od niechcenia bojownik macha ręką i uderza kobietę w twarz. – W końcu całe lata byłeś psem na usługach rządu Kaddafiego. Może ty sprowadziłeś na nas to nieszczęście? – Pochyla się do przerażonego Rahmana i prawie przytyka swoje czoło do jego, patrząc przy tym badawczo w jego oczy.

– Mohamed, co ty wygadujesz?! – Żona zna widać napastliwego chłopa i niepomna na razy usiłuje go odciągnąć od zagrożonego męża.

– Leila, ja jeszcze nie skończyłem! Nie wtrącaj się do męskich spraw! Idź do domu i zabierz stąd dzieci!

– Bracie! – Kobieta dostaje jeszcze jeden cios, tym razem mocniejszy, i z zakrwawioną twarzą ląduje na klepisku.

– Mama! – Dziewczynki rzucają się w jej kierunku i tulą przerażone.

– Nie chcemy mieć w swoich szeregach zdrajców. – Przybyły wyciąga zza pasa nóż. – Z takimi rozprawiamy się krótko.

– Ależ… – Rahman nie kończy zdania, kiedy oprawca ostrym kindżałem podrzyna mu gardło, a następnie charczącego odrzuca od siebie. Ciało pada bezwładnie między ławę a stolik, tłukąc talerze i szklanki, które na nim stały. Małe córeczki zamordowanego zrywają się na równe nogi i niemo patrzą na swojego ojca. Nie ruszają się na krok, przytykając z całej siły swoje chude plecki do ciepłej drewnianej ściany domu. Z przerażenia zamarły w bezruchu i wyglądają, jakby nawet przestały oddychać. Oczy byłego policjanta zachodzą mgłą, a krew cienkim ciurkiem wypływa mu z kącika wykrzywionych ze zdziwienia ust.

– Ty, kobieto, też jak najprędzej się stąd wynoś. Już nie należysz do naszego plemienia – oprawca zwraca się do swojej krewniaczki, która bez lęku, a z czystą nienawiścią patrzy na mordercę.

– Jeszcze ci Allah odpłaci! – syczy przez zaciśnięte zęby. – Jeszcze on z tobą wyrówna rachunki! Niewinnego i uczciwego mordować łatwo! To ty jesteś psem, psem bezpańskim i wywłoką! – krzyczy histerycznie, na co przywódca z całego rozmachu kopie kobietę w brzuch, z uśmiechem lekceważąc jej gniewne słowa, obraca się i zmierza do wyjścia. Mijając grilla, bierze kawałek upieczonego kurczaka i z apetytem wbija weń zęby.

Długo nie trzeba czekać na spełnienie klątwy Leili. W tej samej chwili do osady wjeżdża rządowy patrol i widząc zaparkowanego przy drodze pikapa, chce sprawdzić, kto przybył do wioski.

Za dużo rzeczy dzieje się ostatnio w okolicy i jednostki dostały polecenie, aby baczniej sprawdzać każdą mieścinę i każdy dom. Rebelianci za bardzo podnoszą głowę, a lokalne plemiona stają się bezkarne. Armia Kaddafiego traci w tym regionie grunt pod nogami, więc postanowiono przysłać posiłki – nowych napalonych najemników prosto z Sudanu i Czadu. Młodzi mężczyźni aż rwą się do bezkarnego mordu, gwałtów i rabunku, którymi ich zachęcono przy werbunku. Są żądni krwi. Zaglądają teraz pod plandekę półciężarowego samochodu i nie mogą uwierzyć własnym oczom. Znajdują tam ułożone w stosik kałasznikowy, pudła z amunicją i granatami oraz z medykamentami. Skradają się do pobliskiej chaty, cicho wbiegają na podwórko i zaraz za rogiem wpadają na uzbrojonych partyzantów. Zanim krewniak Leili zdążył przełknąć jeden kęs kurczaka, już leżał w śmiertelnych drgawkach, przeszyty serią z karabinu. Jego towarzysze szybko do niego dołączają. Teraz wśród żywych pozostała tylko Leila z córeczkami i ukryci Raszid z Marysią. We wsi rozlegają się pojedyncze strzały.

– Nie ruszaj się, jeszcze do ciebie wrócę. – Wielki czarnoskóry mężczyzna z nosem na pół twarzy pokazuje palcem na przerażoną zszokowaną kobietę, nadal siedzącą na ziemi. – Nieźle się później zabawimy, ptaszynko – obiecuje, a Beduinka aż wstrzymuje oddech na myśl, co ją i jej dziewczynki czeka. Wszyscy, jak Libia długa i szeroka, wiedzą, co najemnicy wyprawiają z kobietami opozycjonistów, nawet takimi małymi jak jej córki. Matka drży z przerażenia i lęku. Panicznie poszukuje w myślach jakiegoś fortelu, aby uchronić nie tyle samą siebie, ile przynajmniej swoje kruszyny od hańby i niechybnej śmierci.

Sparaliżowana ze strachu Marysia mruga szybko oczami i zagryza wargi, żeby nie zacząć krzyczeć. W popłochu usiłuje jak najciszej odsunąć się od prowizorycznego, wykonanego z pojedynczych desek wejścia do stodółki, robi na palcach krok w tył i niechcący nadeptuje na leżącego barana. Zwierzę zrywa się z bekiem, a dziewczyna pada jak długa na plecy i uderza głową w blaszaną miskę, a ta w koryto. Naczynia wydają głośny dźwięk i opuszczający już posesję najemnik zatrzymuje się, nasłuchuje i wraca w kierunku stodoły.

– Panie, tam tylko bydlaczki trzymamy. – Leila zrywa się, chcąc bronić swoich gości własną piersią.

– To i nam się przydadzą. – Mężczyzna odpycha ją bez pardonu i Beduinka znów ląduje na ziemi. – Też coś musimy jeść.

Po tych słowach łapie za odrzwia, które przy jego sile zostają mu w ręce, i staje jak wryty. Nie wie, czy ma od razu zacząć strzelać, czy nie, ale kłamstwo i ukrywanie zbiegów musi zostać ukarane.

– To są owce? – pyta z przekąsem. – Może ta i podobna, bo takie ma jasne futro – to mówiąc, chwyta Marysię pełną garścią za włosy i wyciąga na zewnątrz – ale tego to już trzeba zaliczyć do czarnych tryków. – Puszcza pierwszą ofiarę, która przyskakuje do gospodyni, a następnie targa Raszida za koszulę, ciągnąc do wyjścia. – Idziemy! – Kieruje w stronę całej przerażonej gromadki swój błyszczący karabin i dziobiąc ich w plecy, wypycha przed dom i gna na drugą stronę ulicy. Tam, przed jedynym większym budyneczkiem we wsi, w którym mieszczą się sklepy i warsztat mechaniczny, zebrała się już spora grupka mieszkańców. Najemników nie jest wielu, może pięciu czy sześciu, ale są duzi, silni i uzbrojeni. Ich przewagę stanowi też agresja, którą w sobie noszą. Dwóch z nich wraca po ciała Rahmana z poderżniętym gardłem i trzech zastrzelonych partyzantów.

– W waszej osadzie ukrywaliście buntowników! – Przywódca żołnierzy przemawia do przerażonych wieśniaków łamaną arabszczyzną. – Takie zachowanie musi zostać ukarane! – Kiwa przyzywająco palcem na mechanika, który niepewnie do niego podchodzi, wysłuchuje jakiegoś wypowiadanego szeptem polecenia, a po chwili potakuje głową i biegnie do warsztatu. Kiedy wraca, w ręce trzyma gruby parciany sznurek. – Baby, stawać pod tymi kaktusami – komenderuje wojak, na co Marysia, Leila z córeczkami i jeszcze z pięć ładnych młodych dziewczyn oraz parę okrąglutkich starszych gospodyń i dwie tradycyjnie ubrane babcie jak najszybciej przemieszczają się w podanym kierunku.

Stoją przy samej drodze, posłusznie zbite w gromadkę, wbijając wzrok w asfalt, jedynie przyjezdna rozgląda się bacznie dookoła, szukając drogi ucieczki. Kątem oka widzi nadjeżdżającego białego busa, który gwałtownie hamuje i wtacza się na wiejską dróżkę między domami. Najemnicy niczego nie zauważają, są bardzo zajęci wykręcaniem do tyłu i związywaniem rąk zebranych na chybił trafił mężczyzn, którzy doskonale wiedzą, że otrzymali właśnie wyrok śmierci.

Farmerzy poddają się jak owce idące na rzeź, lecz Raszid, jako jedyny, szamoce się, pada na ziemię, wierzga nogami i nie chce dać się skrępować. Żołdacy tracą cierpliwość i jeden z nich oddaje strzał wymierzony prosto w twarz młodego krnąbrnego mężczyzny. Pojedyncza kula z pistoletu przystawionego na odległość dziesięciu centymetrów czyni z jego przystojnego oblicza krwawą miazgę.

Marysia i Leila zamierają w bezruchu, przykładają tylko ręce do ust i nie wydają najmniejszego odgłosu, lecz przerażone wieśniaczki zaczynają piszczeć i w panice rozbiegają się na boki. Dwie krótkie serie z karabinu zatrzymują je w miejscu. Jedne padają na asfaltową pustą drogę, inne na pomarańczową ziemię pobocza, wijąc się w ostatnich śmiertelnych drgawkach. Przy życiu pozostały tylko dwie kobiety z dwoma małymi dziewczynkami. Stoją one jak wryte przy żywopłocie z opuncji, jednak po chwili przykucają, chowając w ramionach cicho płaczące dziewuszki z kucykami przewiązanymi kolorową wstążką, i spuszczają wzrok, nie chcąc dłużej obserwować rozgrywającej się jatki. Najemnicy każą mężczyznom obrócić się do siebie plecami i klęknąć.

Hamid wjeżdża do opisanej przez Rahmana osady, myśląc o wszystkim, tylko nie o niebezpieczeństwach wojny. Jakoś niewiele go obchodzi strata parotonowej dostawy. Bardziej interesuje go własne życie i odszukanie żony.

Nagle jego oczom ukazuje się przerażający widok i mężczyzna odruchowo skręca w ubitą wiejską ścieżkę między domami. Więc to prawda, co piszą w prasie i nagłaśniają w telewizji obrońcy praw człowieka! W Libii są wykonywane egzekucje na niewinnych bezbronnych cywilach! Na Allaha! Nie ściągając nogi z gazu, pruje między lichymi oliwnymi drzewkami. Nagle miga mu w oddali biała budowla małego meczeciku. Stojący przy nim minaret jest dość wysoki i ma tuż pod zakończoną półksiężycem kopułą ładny ganeczek, z którego muezin ogłasza, że nastał czas modlitwy.

W głowie Hamida rodzi się plan, bowiem to, co zobaczył, przeraziło, a zarazem ucieszyło jego serce. Przy wiejskiej drodze stała ta sama kobieta, którą wczoraj obserwował w porcie, i nadal miała na sobie tę samą kolorową bluzkę. Teraz już nie ma wątpliwości, że to jego Marysia. Jej rozpuszczone jasne kędziory powiewały na wietrze, kontrastując z włosami wszystkich zebranych we wsi mieszkańców.

Zatrzymuje samochód i otwiera schowek ukryty w podłodze pod tapicerką. Błyskawicznie wyciąga z niego składany snajperski karabin, montuje go w ciągu minuty i biegnie na złamanie karku krętymi schodkami na wieżę. Gdy staje na balkonie, uśmiecha się z zadowoleniem, bowiem całą scenerię osady ma jak na dłoni. Dla tak dobrego karabinu odległość nie jest wielka, jedynie trzeba się spieszyć, bo kiedy najemnicy skończą z mężczyznami, na pewno zabiorą się za kobiety, w tym za jego piękną żonę. Przykłada celownik do oka i namierza pierwszego oprawcę, który po sekundzie pada. Potem następny i następny.

Wieśniacy rozglądają się dookoła, nie wiedząc, co się dzieje i kto jest ich wybawcą. Zapewne tłumaczą sobie, że to Allah usuwa zbrodniarzy, i kolejno kierują twarze w stronę nieba, mamrocząc słowa modlitwy. Jedna Marysia widziała busa i wie, że kierowca czy pasażer ma niezłą broń. Musi też należeć do partyzantów, skoro zajął się sprzątnięciem żołnierzy Kaddafiego.

Dziewczyna czeka na jego przybycie, lecz w międzyczasie postanawia pożegnać się z Raszidem, który dzisiaj stał się kolejną ofiarą reżimu. Siada na brudnym klepisku przy martwym chłopaku i będąc tak blisko, boi się spojrzeć w miejsce, gdzie kiedyś była jego przystojna uśmiechnięta twarz. Chwyta go delikatnie za zimną już rękę i ma pustkę w głowie. Mój Boże, jeszcze nie tak dawno ten człowiek był namiętnym, cudownym kochankiem, roześmianym beztroskim dowcipnisiem, miał plany na przyszłość i żarliwe uczucia, a dzisiaj, co po nim zostało? Już nic, ziemska powłoka, skorupa bez życia. Marysia przesuwa wzrok i spogląda na zmasakrowaną twarz, a łzy same napływają jej do oczu. Szlochając, zgina się wpół i dotyka czołem ramienia byłego przyjaciela. Dobrze, że przynajmniej zorientował się, iż noszę jego dziecko, więc w ostatniej chwili swojego życia wiedział, że coś po nim pozostanie, stwierdza, lecz jej nie daje to pocieszenia. Co ja teraz zrobię?, w kółko zadaje sobie nurtujące ją pytanie. Co ja zrobię? Jak z tego wybrnę? Co się stanie z tą małą istotką, którą noszę pod sercem? Ilu ludzi jeszcze skrzywdzę moim nieprzemyślanym i haniebnym postępkiem? Jaka ja jestem niedojrzała, nieuczciwa, smarkata, rozpuszczona pannica…

– Żyjesz? – Mężczyzna ubrany w brudnobiałą krótką galabiję i pantalony, z głową zawiniętą turbanem delikatnie dotyka pleców rozpaczającej dziewczyny.

– Hamid?! – Marysia podnosi załzawione oczy. – Ty

tutaj?! – Zrywa się na równe nogi i stoi zaskoczona naprzeciwko swojego męża, nie wiedząc, czy po tym wszystkim, co zrobiła, może rzucić się w jego objęcia.

– Chodź do mnie, kochana. – Mężczyzna otwiera ramiona, a Marysia wpada w nie bez tchu, wtulając się jak biedne przerażone kocię.

* * *

Jadą już jakiś czas, ciągle milcząc. Oboje pogrążają się we własnych rozmyślaniach i zadają w duchu tysiące pytań, które boją się wypowiedzieć na głos.

– Kim był ten zabity mężczyzna? – Hamid nie wytrzymuje.

– Moim kuzynem, synem zmarłej ciotki Chadidży – informuje Marysia martwym głosem.

Znowu zapada cisza. Saudyjczyk intensywnie myśli, zastanawiając się, co teraz robić. Czy jechać do Trypolisu, jak najszybciej skończyć misję i wracać do domu, czy pchać się do Nalutu i przekazać bojownikom przynajmniej trochę wiezionych pieniędzy i broni, którą ma pod podłogą? Jedna i druga opcja jest ryzykowna, bowiem w czasie wojny, która ogarnęła cały kraj, nie ma w Libii spokojnych i pewnych dróg. Sytuacja zmienia się jak w kalejdoskopie i tam, gdzie dzisiaj bawią się dzieci i śmieją młodzi, jutro może przebiegać linia frontu.

Teraz, kiedy z Hamidem jest ukochana kobieta, mężczyzna nie chce jej narażać, a obecnie najbardziej niebezpieczna byłaby jazda w nocy. Zmierzch zbliża się wielkimi krokami, osnuwając piękne odludne tereny różową mgiełką. Gdzie mogą się zatrzymać, kto poda im pomocną dłoń? Czy ma dzwonić do Hassana, czy wstrzymać się z obawy przed namierzeniem rozmowy? Hamid wie jedno – muszą jak najszybciej gdzieś się ukryć. Złapanie tak przez jedną, jak i drugą stronę konfliktu mogłoby się dla nich tragicznie skończyć. Skręca z asfaltowej drogi i ubitym traktem powoli kieruje się przez otwarty teren w stronę jeszcze większego pustkowia. Na horyzoncie majaczą wielkie wojskowe hangary.

– Co ty robisz? Gdzie jedziesz? – Marysia wpada w panikę. – Po której jesteś stronie?

– Po tej właściwej – uspokaja mąż, zatrzymuje busa, staje na jego progu i przykłada do oczu profesjonalną lornetkę. Nie widzi żadnego ruchu. – Po przypłynięciu do Libii właśnie tutaj spędziłem pierwszą noc – pokazuje palcem na odległe zabudowania. – W realia kraju wprowadzał mnie twój bardzo miły krewniak, Rahman.

– Też nie żyje.

– Widziałem. Co za bandyci z tych najemników!

– Zabili go swoi – oznajmia Marysia z przekąsem. – Jego ludzie, współplemieńcy.

– Dlaczego? Przecież widziałem na własne oczy, że cieszył się wśród nich ogromnym szacunkiem.

– U nas tak już jest, a przynajmniej tak się zrobiło podczas tej parszywej bratobójczej wojny. Wystarczy jakieś pomówienie, drobne nieporozumienie, zła dedukcja i z przyjaciela czy brata stajesz się w mgnieniu oka wrogiem, którego należy zabić. Niczego i nikogo nie można być pewnym.

– Wydaje się, tak na pierwszy rzut oka, że jest spokojnie, więc spędzimy tutaj noc – mężczyzna podejmuje decyzję. – Nic lepszego nie przychodzi mi w tej chwili do głowy. – Hamid powolutku rusza i po chwili podjeżdża pod znany sobie domek. Parkuje na jego tyłach od strony rozległego pustkowia. Biały samochód zlewa się z kolorem baraku i jasnym beżem piasków, które otaczają odludne magazyny. – Będziemy mieć całkiem niezłe warunki, jest nawet łazienka z prysznicem, jednak spać proponowałbym ci w busie, bo widziałem w domu mnóstwo pająków, wielkich karaluchów, a pod podłogą są szczury.

– No to waruneczki znakomite! – Po raz pierwszy od momentu spotkania Marysia się uśmiecha. Bierze swój mały plecaczek i zmierza do umywalni. Czuje, jak ubrania kleją się do niej i jak paskudnie śmierdzi. W końcu całą ostatnią dobę pociła się ze strachu jak mysz. Z prysznica leci przyjemna letnia woda i kobieta stoi pod nim, usiłując zmyć z siebie cały brud i okropieństwa wojny. Namydla ciało i od niechcenia przejeżdża ręką po delikatnie wydętym podbrzuszu.

Hamid nie da się oszukać, zbyt dobrze zna moje ciało, podsumowuje. A zresztą, czy ja chciałabym go okłamywać w tak ważnej, wręcz kluczowej kwestii, której efekty będą z nami do końca życia?, zastanawia się. Lecz z drugiej strony, jak mu powiedzieć prawdę?, ironicznie uśmiecha się do siebie. Kochany mężu, zerwałam się z małżeńskiego łańcucha i puściłam z pierwszym lepszym chłopem. No właśnie! I co ty na to, kochanie?, prowadzi wewnętrzny cyniczny dialog. Współczuj mi utraty kochanka, bo taki ładny trójkącik mogliśmy stworzyć…

Łzy rozpaczy pojawiają się w jej bursztynowych oczach. Czy będziesz dobrym tatusiem dla mojego bękarta?, nadal w duchu indaguje męża. Opiera głowę o ścianę, a strumień wody spływa teraz na jej chude plecy. Płacze już nie tyle nad straszną śmiercią Raszida, nie nad swoim przeklętym losem, ile dlatego, że haniebnie zdradziła takiego dobrego i uczciwego człowieka. Teraz z całą mocą to do niej dociera. Cały czas ma przed oczami wyraz jego twarzy emanujący smutkiem, niepewnością i goryczą.

Patrzy na wielkiego, może czterocentymetrowego karalucha w kolorze dojrzałego daktyla ze sterczącymi do góry długimi czułkami, jak wspina się na jej duży palec u stopy. Zamiera w bezruchu, mniej brzydząc się robaka niż siebie. Na zewnątrz zapada zmrok, a do środka łazienki przez małe okienko pod sufitem wpada już bardzo niewiele światła. Ze stropu smętnie zwisa izolowany drut z rozbitą żarówką na końcu.

– Nic ci się nie stało? – Hamid delikatnie puka w niedomknięte drzwi, a zadumana Marysia aż skacze na dźwięk jego głosu, wielkie karaluszysko zaś, równie przestraszone, zwiewa do rury kanalizacyjnej. – Żyjesz?

Mężczyzna wchodzi do środka. Jest już bez swojej śmierdzącej i niedopranej galabii i pantalonów. Ma na sobie krótkie szorty Nike i elastyczny podkoszulek bez rękawków. Gdzie ja miałam oczy?, Marysia zadaje sobie retoryczne pytanie, bo jej mąż jest zabójczo przystojnym i nawet w sportowym stroju eleganckim mężczyzną. Co mi odbiło z tym Raszidem?! Obraca się w stronę przybyłego, kładzie skromnie jedną rękę w poprzek piersi, a drugą na dół brzucha, chcąc zasłonić choć część swojego nagiego ciała.

Hamid, nie bacząc na lecący strumień wody, podchodzi do swojej ukochanej, otacza ją delikatnie ramionami i przytula do siebie. Marysia opiera czoło o jego pierś i mocno obejmuje szczupłymi rękami w pasie. Hamid podnosi jej zapłakaną twarz i delikatnie całuje rozchylone namiętne usta. Następnie wplątuje palce w jej kręte mokre włosy i rozkoszuje się ich gładkością i gęstwiną. Patrzy uważnie w jej oczy, okolone firaną długich czarnych rzęs, lecz prócz bezdennego smutku i rozpaczy nic nie jest w stanie z nich wyczytać. Nie chcę zadawać jej żadnych pytań, decyduje.

Nie chcę nic wiedzieć i niczego dociekać. Chcę tylko z nią być i nigdy już się nie rozstawać. Czule tuli dziewczynę i scałowuje całą gorycz rozstania i żałość z jej policzków, oczu, szyi i piersi. Marysia w ekstazie ściąga jego mokre ubranie i wodzi dłońmi po gołym szczupłym ciele mężczyzny. Są teraz tak blisko siebie, we dwójkę nadzy i okryci ciemnością, którą rozprasza jedynie łuna księżyca wpadająca przez okno. Kobieta zamyka oczy i poddaje się miłosnemu rytmowi, pragnąc, aby ta chwila uniesienia i intymności nigdy się nie skończyła. Chce zapaść się w ciało partnera jak w bezpieczną skorupę i już niczego się nie bać i przestać uciekać, przestać uciekać przed prawdą i odpowiedzialnością oraz przed jego miłością, którą teraz dopiero widzi jak na dłoni. Hamid w uniesieniu krzyczy, przygarnia ją jeszcze mocniej, wchodząc w nią aż do samego dna. Prysznic zalewa ich złączone ciała, a woda daje ukojenie i zmywa zło tego świata, które ich oblepiło.

– Jedziemy do Trypolisu do Muaida czy do Nalutu do twojej matki? – Następnego dnia o świcie, kiedy tylko Hamid otwiera oczy, pyta leżącą obok żonę, która wbija w niego wyczekujący i niecierpliwy wzrok.

– Chcę do mamy – bez najmniejszego wahania odpowiada Marysia. Kobieta nie pyta, skąd mąż wie o miejscach pobytu jej rodziny i czy zna wszystkie szczegóły jej wizyty w Libii. Pozostawia wyjaśnienia na później, lub raczej na święty nigdy.

Szpital w Nalucie

– Mama? – Marysia kurczowo trzyma słuchawkę telefonu satelitarnego i krzyczy do niej na całe gardło. Dzień już w pełnej krasie, a para bezproblemowo przemierza trasę pokonaną wczoraj przez Hamida. Mężczyzna zna już teraz każdy kamień i każdy zakręt. O dziwo, nie natykają się na ani jeden posterunek policji ani rządowy konwój. Mają też szczęście nie spotkać powstańców, bo teraz już wcale nie są przekonani, że byliby oni przyjacielsko nastawieni.

– Marysia? – Dziewczyna słyszy jak przez watę głos swojej ukochanej i wytęsknionej rodzicielki. – Tyle czasu się nie słyszałyśmy!

– U nas nie było łączności!

– U nas też! I prądu, i wody, i jedzenia. Zwozimy teraz resztkę zapasów z okolicznych osad, ale nawet górale nie mają już czym się podzielić.

– To czemu, do diaska, nie uciekłaś przez granicę tunezyjską? – pyta Marysia rozzłoszczona i przerażona sytuacją matki.

– Cały czas toczą się walki i nie wiadomo, czy nie wpadnie się pod grad rakiet lub nie nadepnie na minę. Można też dostać się w łapska najemników, a oni nie bawią się z takim zbiegiem. Kulka w łeb i po sprawie – tłumaczy spokojnie, jakby było to całkiem normalne i zrozumiałe. – Dobrze, że ty w końcu się wyrwałaś i płyniesz do Kataru. A może już tam bezpiecznie wylądowałaś? – Marysia słyszy dziwną nutę w jej głosie.

– Skąd wiesz?

– Muaid dzwonił.

– Nie wsiadłam na statek. – Dziewczyna spodziewa się lawiny oskarżeń i wyrzutów, lecz słyszy tylko ciszę. – Nie chciałam wyjechać bez ciebie, przepraszam. Powstańcy mieli mnie podwieźć do Nalutu – kłamie jak z nut, czując, że jej mąż zamienia się w słuch, usiłując wyłapać jakieś słowo i coś zrozumieć z burzliwej polskiej konwersacji. – Plany trochę się zmieniły, ale już bezpiecznie jadę.

– Chcesz się pchać przez pół ogarniętej wojną Libii?! – matka szepcze, lecz w jej głosie czuje się napięcie i dezaprobatę. – Czyś ty zwariowała, moja niepoprawna, głupkowata córko?! – jednak wybucha.

– Mamy za sobą ponad połowę drogi, więc jest bliżej niż dalej – niezrażona Marysia spokojnie tłumaczy.

– Złapałaś stopa czy namówiłaś tego durnego Raszida, żeby coś wam zorganizował? Dobrała się para idiotów jak w korcu maku! – Dorota nie wytrzymuje i postanawia dokładnie obsztorcować nierozważną córkę. – Już mi Muaid mówił, jak tam ładnie się prowadziłaś! – dodaje obwiniająco. – Aż biedak się tłumaczył, że cię nie upilnował!

– Kochana moja, ja jadę z Hamidem! – Marysia, podnosząc głos, natychmiast przerywa wywody matki, a z przerażenia, iż jej zdrada jest znana tylu osobom, aż dygocze na całym ciele. Dobrze, że rozmawiają po polsku i świeżo odzyskany mąż nie rozumie ani jednego oskarżającego ją słowa. Młoda kobieta wzdycha z ulgą.

– Cześć, Dorota. – Saudyjczyk, słysząc swoje imię, przejmuje słuchawkę od roztrzęsionej żony. – Mam nadzieję bezpiecznie dowieźć twoją córkę do Nalutu. – Śmieje się sympatycznie. – Ona jest uparta jak oślica i nic na to nie poradzisz. Jak chce do mamy, to musi dojechać do mamy, choćby wiało, grzmiało i się paliło – tłumaczy. – Musisz albo to pokochać, albo przechodzić nad tym do porządku dziennego. I tyle.

– Hamid, jak dobrze cię słyszeć! – Dorota się uspokaja. – Opiekuj się tą małą wariatką. Ja na was czekam, ale powiedz mi, którędy jedziecie, od strony Zuary, Surmanu czy ze wschodu? Nad Jefrenem powiewa już nowa flaga i jest wolny, ale nie pchaj się na Zintan. Stamtąd regularnie zwożą nam najwięcej rannych. Dosłownie raz w tygodniu robią sobie z tego miasta poligon wojskowy. Chyba nie uspokoją się, aż całkiem nie zrównają z ziemią.

– My wspięliśmy się w okolice Jadu, dobrze, że tutaj jest już spokojnie – mężczyzna jest zadowolony.

– Jednak nie zjeżdżaj z głównej drogi! Nie pchaj się na żadne skróty! Wszystkie ścieżki i wyschnięte koryta rzek są zaminowane. Wczoraj przywieźli do nas resztki z transportu z pomocą humanitarną, który wjechał na jeden taki ładunek. Niewiele tego zostało, a z kierowców tylko szczątki, bo prawdopodobnie pod medykamentami była amunicja. Straszne! Ile czasu potrwa rozminowanie tego wielkiego kraju? Ile lat po wojnie dzieci będą jeszcze tracić życie, lub tylko ręce i nogi, na ukrytych minach czy niewybuchach?! – kobieta oburza się. – Mamy tutaj takich małych pacjentów, dlatego tak mnie to porusza – tłumaczy swoje podenerwowanie.

– Stęskniłam się, mamo. – Marysia bierze telefon. – Nawet pomimo tego, że mnie cały czas opieprzasz – polską wymowę ma nadal trochę koślawą, ale udaje jej się wygrzebać z pamięci brzydkie słówko od Darii.

– Ty mała rozrabiaro! – Dorota tym razem nie reaguje na przekleństwo, choć bardzo tego u swoich dzieci nie lubi. – Masz takie szczęście w życiu, jesteś w czepku urodzona! Kocham cię straszliwie, córuniu moja – wyznaje drżącym głosem. – Przyjeżdżaj jak najszybciej i już nigdy się nie rozstaniemy. Przenigdy, przenigdy…

– Obiecaj – prosi dziewczyna, lecz nie doczekuje się odpowiedzi. Słyszy tylko zakłócenia na linii, a po chwili telefon jest głuchy.

* * *

Dorota przywykła już do codziennych trudów i niedostatków w górskiej miejscowości oraz do ciężkiej pracy w szpitalu. Otacza ją przyjaźń i szacunek, jakim nigdy do tej pory się nie cieszyła. Dla lokalnych prostych ludzi i pacjentów jest europejską panią doktor, i to taką, która ich nie zostawiła. Jej ukraińska przyjaciółka Zina zaraz po przyjeździe zakwaterowała ją w opuszczonym przez polskiego lekarza domku na terenie przyszpitalnego osiedla. Jest to ponoć najlepsza kwatera, lecz dla rozpieszczonej przez los Doroty to zwykła blaszanka z wykutymi dziurami na klimatyzator, okna i drzwi. Ma jednak dwa przytulne pokoiki za wysokim szpitalnym murem i chroni ją immunitet służby zdrowia oraz konwencja genewska.

Czuje się tutaj bezpieczna, usatysfakcjonowana i prawie szczęśliwa. Sama nie rozumie, jak to jest możliwe, bo przecież jej rodzina, kochany Łukasz, Daria i Adaś, jest tak daleko i zamartwia się o nią dzień i noc. Rzadkie rozmowy telefoniczne nie dają nikomu pocieszenia, potwierdzają jedynie, że nadal żyje. Na domiar złego Marysia utknęła paręset kilometrów od matki, też w nieciekawej sytuacji.

Najbardziej Dorota niepokoi się właśnie o nią. Jakaż ona jest jeszcze niedojrzała i dziecinna! Jaka nieodpowiedzialna! A do tego taka uparta! To matkę denerwuje najbardziej. Już dawno mogła uciec z Libii, czy to przez granicę tunezyjską, czy statkiem. Gdyby wtedy wsiadła z nią do samochodu Ahmeda i byłyby we dwie, nic by się nie stało. Nie musiałyby uczestniczyć w wojnie domowej obcego sobie kraju. Nie musiałyby patrzeć na okropieństwa, które się tutaj wyprawiają.

Kobieta po przejściach z byłym mężem i najemnikiem, który próbował ją zastrzelić, ma fobię – nie chce w ogóle opuszczać murów szpitala. Boi się wszystkiego i wszystkich. Gdyby tylko chciała, też dawno mogłaby uciec przez Wazzan, najbliższe przejście graniczne, które jest oddalone od Nalutu o jedyne czterdzieści kilometrów.

Kiedy organizowano wielki transport rannych, oznaczony białymi flagami z czerwonym krzyżem i półksiężycem pod eskortą sprzymierzonych sił z powietrza, Zina, widząc jej stan, namawiała ją do tego, lecz Dorota bała się przekroczyć próg szpitala. Utknęła w nim na dobre i teraz przekonuje samą siebie, że wyjdzie z tej bezpiecznej kryjówki tylko wtedy, kiedy ucichną wszystkie strzały. Już dość narażała swoje życie, już dość ryzykowała i podejmowała głupie decyzje. Teraz czas na rozsądek. Nie raz widziała górali – łączników, którzy dostarczali im żywność z bezpiecznych farm – jednego dnia śmiali się i żartowali, pełni sił i zdrowia, a po chwili przywożono ich okaleczonych, bez rąk lub nóg. Jak ma zdecydować się na jazdę po kraju, w którym miejscowości co chwilę przechodzą z rąk do rąk, a wtedy jedni podrzynają gardła drugim, wyrównując niekończące się porachunki? To jest jakaś chora sytuacja! Paranoja! A naloty NATO to może dużo dają w Trypolisie czy Bengazi, ale nie tutaj!

Wielokrotnie dochodziła do wniosku, że w Górach Nafusa jest jak w Afganistanie. Za dużo krętych, mało znanych ścieżek, jaskiń i tuneli, w których można się niepostrzeżenie ukryć i zaczaić na wroga. Ta wojna będzie się ciągnąć w nieskończoność, stwierdza zrozpaczona. Jak to dobrze, że Marysia odnalazła się i że jest pod opieką rozsądnego Hamida. Z nimi pojadę i na koniec świata, ale też trzeba będzie wszystko na spokojnie zaplanować i sprawdzić. Nie rzucimy się w stronę Tunezji czy Trypolisu, kiedy będą tam trwać ciężkie walki. Aż drży z przerażenia. Chyba będą mnie musieli czymś ogłupić albo wsadzić w kaftan bezpieczeństwa, podsumowuje swój stan, ironicznie uśmiechając się pod nosem. Co za cykor ze mnie, z przyjemnością używa zwrotu swojej młodszej córki Darii, a przy tym jej wielkie niebieskie oczy napełniają się łzami tęsknoty. Nie ma co się rozczulać, otrząsa się ze słabości. Młodzi lada chwila mogą tutaj być!

– *Ja sadiki*[1] – zwraca się do starego szczerbatego stróża przy bramie, a ten aż rozpływa się z radości. – Za chwilę przyjedzie do mnie córka z zięciem, więc nie rób zbytnich ceregieli i wpuść ich do środka. Do doktor *Bulandija*[2], *quejs*?

– *Ajwa* – dziadek zgodnie potakuje, opierając przy tym brodę o lufę karabinu AK.

Jak oni mogli dać mu broń? Dorota z dezaprobatą kręci głową i biegnie do domu prędko zrobić jakiś porządek. Ogarnięcie dwóch pokoi kosztuje ją półtorej godziny i wiele potu. Ledwo wychodzi spod prysznica i narzuca na siebie zielony lekarski kombinezon, słyszy pukanie do drzwi. Rzuca się w ich kierunku i otwiera na oścież. Widzi wymizerowaną córkę, saudyjskiego zięcia przebranego w strój libijskiego fellacha i sterczącego za nimi stróża, który celuje kałacha prosto w ich plecy.

– Opuść tę broń, *szabani*[3]! – wykrzykuje przerażona, a dziadek uśmiecha się niewinnie, odsłaniając bezzębne dziąsła, usłużnie się kłania i odchodzi.

– Marysiu, moje dziecko kochane! – Matka i córka wpadają sobie w objęcia i zalewają się tak długo zbieranymi

[1] *Ja sadiki* (arab.) – mój przyjacielu (wołacz).

[2] *Bulandija* (arab.) – polska, Polka.

[3] *Szabani* (arab.) – starzec.

łzami, a zadowolony z siebie, lecz speszony tą sytuacją Hamid niepewnie przestępuje z nogi na nogę. – Chodźcie do środka, moje dzieci. – Dorota opanowuje się, bierze mężczyznę za rękę i trzymając kurczowo córkę w talii, ciągnie ich do wnętrza. – Siadajcie i opowiadajcie. – Podekscytowana aż wyłamuje sobie palce. – Jak to dobrze, że się odnaleźliście! I jak to dobrze, że znów jesteśmy razem! – Pojedyncza słona łza spływa jej po nadal mokrym policzku.

Młodzi milczą, to spuszczają wzrok, to patrzą na siebie, nie wiedząc, od czego rozpocząć opowieść. Czy w ogóle kiedyś będą w stanie powiedzieć sobie wszystko? Marysia kiepsko się prezentuje; jest zabiedzona, twarz ma jak szczurek, bladą i zmęczoną, z niewyspania pojawiły jej się worki pod oczami, lecz bacznemu oku matki nie umyka też fakt, że o dziwo zaokrągliła się w biodrach i na brzuszku. To libijskie jedzenie, tłumaczy sobie. Cały czas tylko *chobza* i makaron. Hamid jest bardzo spięty. Jego rysy wyostrzyły się, policzki zapadły, przez co semicki nos wydaje się jeszcze większy. Jest chudy jak szczapa i śmierdzące arabskie ubranie wisi na nim jak na haku.

– Zmieniłaś kolor włosów – córka pierwsza się odzywa, dotykając rudej czupryki matki. – I zmieniłaś fryzurę – dziwi się.

– Nie chciałam tak bardzo się tutaj odróżniać, a poza tym bez farby jestem już mocno siwa – tłumaczy. – Na tutejszym rynku dostępna jest jedynie henna, więc poddałam się lokalnej modzie. – Smutno się uśmiecha, a Marysia po raz pierwszy w życiu zauważa zmarszczki na gładkiej do tej pory twarzy mamy. Na czole nie wiadomo skąd pojawiły się głębokie pionowe i parę poprzecznych bruzd, a pod oczami gęste pajączki. Co jej jest?, młoda martwi się. Chyba nie jest chora? I ta jej bieluteńka, papierowa wręcz skóra, wzdycha. Czy ona nie wychodzi na dwór? Przecież słońce operuje w Libii przez dziewięćdziesiąt procent roku i trudno nawet niechcący się nie opalić.

– Dobrze się masz? – pyta nieśmiało.

– Tak, bez obaw – pociesza matka, widząc zmartwioną minę Marysi i jej badawczy wzrok. – Wojna to czas zmartwień i cierpienia, a to wszystko maluje się na twarzy, zwłaszcza ponadczterdziestoletniej.

– Nie to miałam na myśli!

– Daj spokój, jesteśmy najbliższą rodziną i możemy, a wręcz powinnyśmy, sobie wszystko mówić.

– Okej. Wyglądasz marnie i jakoś dziwnie. – Marysia proszona o szczerość z ulgą wyznaje. – Jak tylko się stąd wyrwiemy i wrócimy do domu, to Łukasz będzie musiał zainwestować dla ciebie w botoks. – Śmieje się, a Dorota zszokowana taką prawdomównością marszczy czoło i robi wielkie oczy. – Może nawet jakiś mały lifting? – Dziewczyna żartuje po raz pierwszy od niepamiętnych czasów.

– Co?! Ty mała jędzo! – Szczęśliwa matka czochra córkę po głowie. – Nic się nie zmieniłaś! To i dobrze. – Hamid uśmiecha się łagodnie, przyglądając rodzinnej scence. – Ojej! Ależ my jesteśmy niewychowane! – Dorota łapie się za usta, przechodząc na angielski. – Przepraszam, synku. – Chwyta zadowolonego mężczyznę za rękę. – Marysia mi docinała, a ja się broniłam.

– Oto cała ona. – Patrzy na żonę z miłością, ale jej nie dotyka. Oprócz wczorajszego romantycznego wieczoru dystans pomiędzy nimi nadal się utrzymuje. On nie mówi, jakim cudem i dlaczego znalazł się w Libii oraz co wiezie w swoim tajemniczym wozie, a ona nie wie, od czego zacząć i czy w ogóle, bo we wszystkich wydarzeniach minionych miesięcy uczestniczył Raszid.

– Może jesteście zmęczeni? Chcecie się wykąpać? Położyć? – troszczy się Dorota. – Jesteście głodni? Ładna ze mnie gospodyni! – Wstaje i rzuca się do małej kuchenki.

– Ja bym się trochę opłukał i rzeczywiście zdrzemnął, bo w zasadzie od paru dni nie miałem możliwości spokojnego wypoczynku. – Hamid wstaje i rozgląda się za łazienką.

– A my, mamo, chodźmy gdzieś razem i pogadajmy. – Marysia poważnieje. – Jest tutaj bezpiecznie? Można pójść do miasta?

– Poza teren szpitalny nigdzie nie wychodzimy! – ostro oponuje Dorota. – Zrobimy to dopiero wtedy, kiedy wsiądziemy do bezpiecznego transportu, który nas stąd wywiezie.

– Okej, okej, nie denerwuj się.

– Nie krępujcie się, poplotkujcie sobie. – Mężczyzna wchodzi do łazienki, ledwo trzymając się na nogach.

– Idziemy na ławeczkę na zewnątrz. – Marysia ciągnie matkę za sobą.

– Tam też nie jest bezpiecznie. Chodź ze mną do szpitala – decyduje.

– Czy ty masz jakąś fobię?

– Tak – krótko odpowiada Dorota. – Mam nadzieję, że kiedy to wszystko się skończy, zapomnę o niej.

Kobiety wchodzą do gmachu kliniki. Jest ona wielka, ale wygląda na wymarłą. Przemierzają białe, lecz zaniedbane i brudne korytarze, a ich kroki odbijają się echem. Straszne miejsce, myśli dziewczyna. Jak z horrorów, aż deszcz przebiega jej po plecach. Na pierwszym piętrze jest już lepiej, słychać rozmowy w salach, czasami jęk i płacz dziecka. Stają przed drzwiami pokoju z tabliczką „Dr Adam Nowak".

– Odziedziczyłam po nim nie tylko domek, ale także gabinet – uśmiecha się matka.

– Czemu tutaj jest tak pusto? Przecież to zakład na paręset osób.

– Więcej, moje dziecko. To przecież szpital centralny, regionalny, coś takiego jak u nas w Polsce wojewódzki. Ale kiedy prawie wszyscy lekarze i pielęgniarki uciekli, to kto ma leczyć chorych? Teraz przyjmujemy tylko rannych, których też jest mnóstwo, oraz bezdomne dzieci. W tej sytuacji miejscowe kobiety znów zaczęły rodzić w domach, bo mamy tylko jedną panią ginekolog, która obecnie zajmuje się amputacjami, bo ponoć kiedyś chciała być białym chirurgiem, ale słabe zdrowie i siły jej na to nie pozwoliły. Biedula ledwo już żyje. Nieraz asystowałam jej przy operacjach, zwłaszcza jak zwozili pokiereszowanych żołnierzy i powstańców z pola walki. Masakra! – Zamyka oczy, tak jakby nie chciała tego oglądać. – Trochę zmarszczek i mała fobia to żadne skutki uboczne po takich przejściach – smutno wyznaje.

– Przepraszam, mamo. – Marysia przytula się jak dziecko. – Nie chciałam cię urazić, tylko rozbawić. Sama też nie pamiętam, kiedy się śmiałam.

– Zrzucaj to cywilne wdzianko – matka zmienia temat. – Pójdziemy na obchód, ale już jako dwie lekarki, albo pani doktor ze stażystką.

Marysia, rozbierając się, obraca się do matki plecami, lecz ta podchodzi od przodu i wręcza jej zielony uniform. Przy okazji szybko rzuca okiem na lekko wydęty brzuszek córki i nabrzmiałe piersi. Już wszystko wie, lecz nic nie mówi, ściska tylko wargi. Dobrze, że ta ginekolog jeszcze tutaj została, wzdycha z wściekłością, ale też ulgą.

– *Doktora* Dora! – ledwo wyszły, słyszą kobiecy głos.

– Tak? – tymczasowa lekarka odwraca się.

– Ja już muszę lecieć, a przecież nie zostawię tego drobiazgu samopas – tłumaczy góralka, podbiegając i plącząc się w swojej długiej zamaszystej spódnicy. Marysia lustruje ją i widzi, że ma do czynienia z typową przedstawicielką Berberów. Podłużna ospowata twarz młodej dziewczyny ma ostre rysy przez sterczący wąski duży nos i spiczasty podbródek. Wargi ma wąskie, czoło szerokie, lecz całość rozświetla przyjemny szczery uśmiech. – Mogę dzisiaj zabrać tego biednego Mohameda? – pyta prosząco, patrząc na Dorotę. – On i tak sierota, więc lepiej, żeby go ktoś od razu przygarnął, a nie żeby trafił do państwowego przytułku. Tak się fajnie bawią z moim synkiem.

– Jak ty dasz radę z jeszcze jednym dzieckiem? U was tyle ludzi w jednej izbie mieszka, a bieda aż piszczy. – Dorota studzi jej zapał.

– Pani, jak się tyle dzieciów ma, to co tam komu jeszcze jedno będzie przeszkadzało. A zawsze lepiej w rodzinie.

– Jutro przyjdziesz? – Polka zmienia temat, dając tym nieme przyzwolenie.

– Widzę, że macie teraz nową pomocnicę. – Wesoła dziewczyna pokazuje palcem na Marysię i chwyta ją za długie jasne włosy. – Też *Bulandija*?

– Moja córka – z dumą oznajmia Dorota.

– Co? Taka stara? Kiedyś ty ją zdążyła urodzić? W dzieciństwie?

– Dobra, dobra. – Dorota śmieje się, zadowolona z komplementu. – Zmykaj już, bo daleka droga przed tobą. – Nieprzyzwyczajona do czułości dziewczyna szybko całuje elegancką kobietę w policzek, podwija spódnicę i chwyta ją w garść, wystawiając przy tym na widok publiczny umięśnione długie nogi w czarnych legginsach. Następnie zabiera czekające za drzwiami maluchy pod obie pachy i biegnie do wyjścia. Po drodze mniejszego szkraba zgrabnie lokuje na swoich plecach, a starszego dźwiga bez wysiłku na ramieniu.

– Dla relaksu posiedzimy trochę z naszymi sierotkami. – Matka wprowadza córkę do dużej sali, która jest pełna. Może trzydzieścioro libijskich dzieci, dziewcząt i chłopców w wieku pomiędzy dwa a pięć lat, cicho siedzi lub leży na materacach na podłodze. Jak to możliwe, że nie krzyczą i nie rozrabiają?, zastanawia się Marysia, ale patrząc w ich smutne, czasami nadal przerażone oczy, już wie wszystko. One też za dużo widziały w swoim jakże krótkim i niewinnym życiu. Co za tragedia! Marysi chce się płakać. Siada między maluchami i przygarnia do siebie najbliższe z nich, a po chwili następne i następne nieufnie przybliżają się do niej. Opiera się o szafkę i wyczekująco patrzy na matkę. Wie, o co ta będzie pytać, lecz dla niej najważniejsze jest, co w tej delikatnej sytuacji doradzi. W obliczu tych wszystkich sierot chyba nie przejdzie jej przez usta propozycja ostatecznego rozwiązania, nad którym sama Marysia zastanawia się od dłuższego czasu. Nie jestem już dzieckiem, stwierdza. Czas dorosnąć i wziąć odpowiedzialność za kogoś. I trzeba też zapłacić za grzechy młodości, które tak bezmyślnie popełniłam.

– Kiedy spotkałaś Hamida? – Matka dłużej nie wytrzymuje, lecz postanawia dowiedzieć się wszystkiego nie wprost.

– Masz na myśli, jak byłam panną? – Dziewczyna usiłuje z niej zadrwić, lecz widząc surowy wzrok, spuszcza z tonu. – Wczoraj.

– A wcześniej tak przyjemnie spędzałaś czas w czyim towarzystwie? – Dorota ironizuje i już wiadomo, że nie będzie to miła pogawędka matki z córką.

– Przecież wiesz, mamo. Po co pytasz?

– A jak się miewa twój kochaś Raszid? Kiedy się zorientował, jak bardzo narozrabiał, to cię porzucił? – wbija kolejną szpilę.

– Definitywnie mnie zostawił. – Marysia postanawia ukarać matkę za jej oschłość, wpuścić w maliny, żeby później wylać na nią kubeł zimnej wody. Jakaż ona jest niewyrozumiała!, myśli. Przecież sama wpadła ze mną, a teraz zgrywa cnotkę.

– No tak! Tego rodzaju typki jak świat światem w ten sposób się zachowują. – Dorota wygląda na zadowoloną, że i w tym przypadku jej teoria się sprawdza.

– Znowu generalizujesz. Nie zawsze są takie ekstremalne sytuacje jak podczas wojny.

– Dla takich wrednych samców nie ma wytłumaczenia!

– Też tak uważam. – Marysia postanawia zadać cios. – Zwłaszcza dla tych, którzy mordują niewinnych ludzi.

– To on jeszcze zabijał?! Wszystkiego można się było po nim spodziewać!

– Jego zabito – dziewczyna mówi głucho, już dłużej nie mając ochoty bawić się w gierki słowne. – Wczoraj po południu. Była piękna pogoda.

– Co? – Do Doroty nie docierają wypowiedziane bez emocji słowa.

– To co słyszysz.

Milkną, a po takiej pyskówce nawet nie mają śmiałości spojrzeć jedna na drugą. Dorota ma do siebie pretensje, że tak naskoczyła na córkę, o której nie wie, ile przeżyła, a Marysia, że prosto z mostu nie powiedziała wszystkiego. Czują żal i ból w sercu. Po dłuższej chwili matka wyciąga rękę, obejmuje szczupłe plecy córki, przyciąga pokrzywdzoną i cicho tuli do siebie, głaszcząc jak w dzieciństwie po włosach. Dziewczyna nie ma już łez, by więcej płakać, czuje tylko otumanienie. Wie, że jej impulsywna i złośliwa mama zajmie się nią, pomimo krytyki wesprze i na pewno pomoże znaleźć wyjście z patowej sytuacji. Już ona coś wymyśli, powtarza sobie w duchu jak mantrę.

– Mamy tutaj całkiem niezłą bułgarską ginekolog – mówi Dorota po paru minutach.

– I co?

– Mogłabyś skorzystać z jej usług.

– W jakim sensie? – Marysia chce prosto z mostu usłyszeć okrutną prawdę, a nie zawoalowane i niedopowiedziane słowa. Jednak nie spodziewała się takiej propozycji. Jest rozgoryczona i zrozpaczona.

– Chyba jesteś już na tyle duża! – Dorota znów się denerwuje, bo młoda przyciska ją do muru, żądając takiej szczerości, na jaką w chwili obecnej jej nie stać. – Jak umiałaś zajść w ciążę…

– To powinnam umieć ją wyskrobać?! – Dziewczyna odsuwa się i patrzy na matkę wściekłym wzrokiem. – Czy ty potrafisz powiedzieć coś wprost? Czemu jesteś tak cholernie zakłamana, mamo?!

– Czy sądzisz, że to dla mnie łatwe?

– Chyba ja jestem w trochę gorszej sytuacji?

– Nie bierzesz pod uwagę usunięcia ciąży? – pyta Dorota, ściskając wargi, bo jest jej strasznie przykro, że rozmowa przebiega w takim tonie. Tak jak zazwyczaj moje rozmowy z matką, Dorota obiektywnie stwierdza. Ona też pierwsze co, jak byłam w ciąży z Marysią, zaproponowała mi zabieg. Jestem tak samo wredna jak ona, a moja córka ma pełne prawo mnie teraz znienawidzić. Opuszcza głowę, lecz chce jej się nie tyle płakać, ile krzyczeć. Kiedy zdążyłam tak upodobnić się do mojej matki, którą całe życie krytykowałam?, zadaje sobie gorzkie pytanie. Cały charakter człowieka wychodzi właśnie w takich trudnych sytuacjach. Jestem skończoną francą, surowo siebie ocenia.

– Co powiedziała moja polska babcia, kiedy dowiedziała się o twojej wpadce przed ponad dwudziestu laty? – dziewczyna czyta w jej myślach.

– Zaproponowała mi to samo, co ja tobie teraz. – Dorota zaciska zęby i nabiera przez nie powietrza, wydając przy tym syk. Siedzący obok maluszek wybucha perlistym śmiechem.

– Okej, powiedz mi teraz szczerze, myślisz, że lepiej było to zrobić? Że popełniłaś karygodny błąd? Zmarnowałam ci parę niezłych lat życia, bo przecież wszystko, co spotkało cię złego, to z mojej winy. Gdybyś wtedy posłuchała matki, byłabyś inną, szczęśliwą osóbką, niemającą pojęcia, co to ból, cierpienie, mordy i zło. I wszystkie ciemne strony arabskiej kultury.

– Nigdy nie żałowałam, Marysiu – szepcze matka, już nie wytrzymuje i zaczyna ronić rzęsiste łzy. – Ani w jednym, nawet najgorszym momencie mojego życia.

– Więc czemu mnie proponujesz taki niegodny uczynek? Bo jestem emocjonalnie niedojrzała? Bo jestem nadal rozpieszczonym dzieckiem? Czas dorosnąć i ja właśnie tego pragnę. Poza tym ostatnie parę miesięcy spędzone w Libii bardzo mnie zmieniły. Zaczęłam doceniać szczęście i pokój, cenić ludzką godność, szczerość i uczciwość. Nauczyłam się rzetelności, bo też pracowałam w klinice i pomagałam poszkodowanym przez wojnę ludziom. Wiem teraz, co to wyrzeczenie, ból i poświęcenie oraz narażanie własnego życia dla innych. Tylko w jednym się nie wykazałam, ale w tych strasznych czasach ludzie potrzebują miłości i wsparcia. Uciekają w to – tłumaczy. – Zbłądziłam, lecz czasu już nie cofnę i muszę ponieść konsekwencje mojego czynu.

– A co z Hamidem? On wie? Głupie pytanie – poprawia samą siebie. – Chcesz go rzucić, dobrego, kochającego męża i w przyszłości zapewne idealnego ojca?

– Przybranego tatusia mojego bękarta?

– Daj spokój!

– Sądzisz, że powinnam mu o wszystkim powiedzieć, a on nad tym przejdzie do porządku dziennego i przyjmie moje dziecko jak swoje własne? – Matka na te słowa macha przecząco nie tylko głową, ale też rękami. – Powiedzieć Saudyjczykowi o małżeńskiej zdradzie to wydać na siebie wyrok śmierci.

– Wiem, też tam żyję. Który to miesiąc? – Dorota przechodzi do konkretów i widać, że jakaś myśl kiełkuje jej w głowie.

– Może skończył się pierwszy? Tak dokładnie to nie wiem – wyznaje Marysia po krótkim namyśle. – Mamo, ja chcę być uczciwa. Chcę móc bez obrzydzenia spojrzeć na swoje odbicie w lustrze i patrzeć ludziom prosto w oczy.

– Nie kochasz swojego męża? Przecież mówiłaś, że wyszłaś za niego z miłości.

– Kocham, tylko tak jakoś z bólem serca. Odsunęliśmy się od siebie, wyobcowaliśmy, nie potrafimy już szczerze rozmawiać…

– Ja wiem, to wszystko moja wina! – wykrzykuje Dorota i ze złości zaciska swoje małe dłonie w pięści. – Cały czas cię do niego źle nastawiałam, cały czas twierdziłam, że nie ma dobrych i porządnych Arabów. Łukasz miał rację, zainfekowałam cię moją nienawiścią!

– Nie przesadzaj. – Marysia stara się ją pocieszyć, lecz musi przyznać, że jest w tym trochę racji. Od spotkania z matką zaczęła patrzeć na swojego męża przez szkło powiększające, a przecież nawet w stuprocentowym ideale można znaleźć rysę.

– Ja to zbabrałam i ja teraz muszę naprawić. – Dorota mocno chwyta córkę za nadgarstki. – On cię kocha ponad życie, ślepy by to zobaczył. Czy nie lepiej będzie dla waszej trójki, abyście byli razem? Dla ciebie, jako matki i kobiety, dla małego dzieciaczka, który zawsze potrzebuje ojca, i dla mężczyzny, którego jeśli tak boleśnie zranisz, to nigdy już może się z tego nie podźwignąć? Patrz! W swoich rękach trzymasz teraz szczęście trzech osób.

– Chcieliśmy z Hamidem mieć dziecko – szepcze Marysia. – Próbowaliśmy ponad rok, ale nic z tego nie wyszło.

– Dlaczego? Jesteście młodzi i zdrowi. Byliście razem u lekarza?

– Ja byłam w Rijadzie u doktor Singh.

– Też do niej chodzę. To najlepsza ginekolog w Zatoce.

– Mam blizny na jajniku i do tej pory sądziłam, że to jest przyczyną – wyznaje.

– Bliznowce? Bakteryjne? Mogły wchłonąć się po kuracji antybiotykowej. – Matka jest dobrej myśli.

– Nie, mamo, to uszkodzenia po niefachowo przeprowadzonej skrobance – wyjawia swój największy sekret.

– Aha. – Dorota baranieje. – On o tym wie?

– Skądże! Ciotka Malika zapłaciła jeszcze za odnowę błony dziewiczej, więc do ślubu szłam czysta jak łza. – Uśmiecha się gorzko.

– Znowu niefortunnie się zakochałaś? Przecież byłaś wychowywana w tradycyjnej arabskiej rodzinie, gdzie nie ma mowy o seksie pozamałżeńskim. Co na to twoja libijska babcia?

– Oczywiście nic nie wiedziała. Tylko ciotka była wtajemniczona i jak to zazwyczaj bywało, otoczyła mnie swoją opieką. Wtedy nie było żadnej innej możliwości jak tylko potajemne usunięcie ciąży.

– Dlaczego? – Matka indaguje z drżącym sercem, bo wie, że dziewczyna i tak bardzo dużo już jej powiedziała.

– Miałam niecałe czternaście lat i zostałam zgwałcona. To się stało w Ghanie. – Milkną, a Marysia wstaje i jak gdyby nigdy nic zaczyna bawić się piłką ze znudzonymi dziećmi. Maluchy cieszą się z zainteresowania i ich buźki jaśnieją ze szczęścia. Dorota wychodzi z sali bez słowa.

– Za niecałą godzinę będzie kolacja. – Wraca po dziesięciu minutach śmierdząca tanimi papierosami. – Później przyjdzie Aisza, siostra góralki Manar, którą już poznałaś. Te dziewczyny marzą o skończeniu szkoły, jedna chciałaby być przedszkolanką, a druga nauczycielką. Po wojnie przyjadę tutaj i postaram się im pomóc. Mają nawet całkiem światłych mężów, którzy twierdzą, że jeśli robota w chałupie będzie zrobiona, a dzieci oprane, to dziewczyny mogą iść na nauki. – Smutno uśmiecha się, patrząc na swoją pokrzywdzoną przez los dorosłą córkę. Sama pamięta, co to za straszne uczucie być zgwałconą, a teraz niestety dowiaduje się, że jej córka też tego musiała doświadczyć. Jaki ten los jest niesprawiedliwy!

– Siadaj. – Marysia wskazuje matce mały dziecięcy stołeczek i jednocześnie układając z dziećmi domki z klocków, zaczyna opowieść. Nigdy w życiu nikomu tego nie mówiła i uznaje, iż nadszedł czas wyrzucić to z siebie. Przed oczami staje jej gęsty zielony busz. – Szkolna wycieczka do fortu Elmina. Tak o nią zabiegałam, tak chciałam pojechać, a później na długie lata okazała się największą tragedią mojego życia. Po tym wyjeździe już nikomu nie potrafiłam zaufać, bałam się ludzi, a w obliczu chłopców czy mężczyzn wpadałam w panikę... – Zawiesza głos. – Jechaliśmy dużym pikapem po pięknej afrykańskiej prowincji. W grupie było trzech chłopaków, kierowca Kofi, Mohamed, syn erytrejskiego narzeczonego Maliki i jeszcze jeden nieznany mi licealista oraz dwie dziewczyny, Ghanki, które nie cieszyły się w szkole najlepszą opinią. Po półgodzinie tłuczenia się po typowej afrykańskiej drodze, pełnej wybojów i dziur, skręciliśmy i pruliśmy jak szaleni przez gęste zarośla. Zajechaliśmy w odludne miejsce, dość ciemne z powodu otaczających je wysokich drzew i zadymione spalinami z jakiejś aparatury, stojącej na środku placyku pod zadaszeniem z blachy falistej. Domyśliłam się, że przyjechaliśmy po bimber, bo opary alkoholu unosiły się w powietrzu, a mężczyźni, którzy nas przywitali, wyglądali na mocno zawianych. Transakcja przebiegła szybko, chłopcy dali tamtym plik dolarów o małych nominałach, w zamian za co dostali flaszki domowej gorzały i papierowy worek z jakimś zielskiem. Gadali też na ucho i zaśmiewali się w dość ordynarny sposób, a na koniec klepali z zadowoleniem po plecach. Zrobimy jej numer?, usłyszałam słowa, ale nie wiedziałam, czego i kogo miały dotyczyć. Po raz pierwszy widziałam uśmiechniętego Mohameda, który zawsze był dla mnie wredny. Głupia koza, doszłam do wniosku, że jest nieziemsko przystojny. Ghanki w międzyczasie snuły się po okolicy, paląc namiętnie papierosy. Wtedy chłopak zawołał mnie, mówiąc, że producenci bimbru mają jeszcze do sprzedania jakieś ciekawe maski i amulety. Skusiłam się, chcąc zrobić prezent ciotce Malice. Niepewnie oddaliłam się od auta, do którego ze strachu prawie przyrosłam. Kiedy podeszłam do śmierdzących gorzałą i potem tubylców, usłyszałam za sobą śmiechy i wycie silnika. Obejrzałam się i osłupiałam. Całe towarzystwo wskoczyło do samochodu i odjechało w tumanie pyłu, zostawiając mnie samą w gęstym buszu z nieznanymi, groźnymi typami. Rzuciłam się za nimi biegiem, lecz po chwili dwóch obleśnych brudnych typków zastąpiło mi drogę. Śmiali się, pokazując dziąsła i obrzydliwie żółte, dziurawe zęby. Możemy się trochę zabawić, co, mała? Podeszli do mnie jeszcze bliżej, tak iż dokładnie widziałam ich przekrwione, nieprzytomne oczy. Zaczęłam ich wyzywać, lecz musiało to wyglądać dość śmiesznie, krucha szczupła dziewczynka naprzeciwko wielkich umięśnionych chłopów. – Marysia krzywi się, spoglądając w pobladłą twarz swojej matki. – Odwal się, ty murzyński menelu, bo inaczej będziesz miał do czynienia z moją rodziną!, krzyczałam, usiłując zastraszyć towarzystwo, lecz do pijanych i naćpanych facetów nic nie docierało. Dostali pyszny, młodziutki kąsek na talerzu i mieli zamiar go skonsumować. Najodważniejszy i najbardziej napalony zaczął ciągnąć mnie za ręce w kierunku jednej z glinianych chat, a ja ile sił zapierałam się nogami, następnie padłam na ziemię, dziko wyjąc z przerażenia. Mężczyzna chwycił mnie wpół i wrzucił do lepianki na środek klepiska. Inni podążyli za nami. Starszy i widać rozsądniejszy zaczął tłumaczyć kumplom, że wyglądam na panienkę z dobrego domu i może by odpuścić, ale reszta nie chciała go słuchać. Mohamed im powiedział, że jestem tylko dobrze ubraną dziwką. Jeszcze nikt w życiu mi nie zapłacił za dupczenie!, główny oprawca śmiał się lubieżnie, a ja już wiedziałam, czemu ten wredny chłopak tak się cieszył. Chciał się zemścić na ciotce Malice i wybrał mnie jako znakomite narzędzie. Mężczyźni zrobili w ciemnej i dusznej małej chacie krąg i popychali mnie, wrzucając sobie z rąk do rąk. Dotykali mojego gołego brzucha, przejeżdżali rękami po nagich nogach, które prowokująco wychodziły z krótkich dżinsowych szortów. Później już nigdy w życiu tak się nie ubrałam. W końcu prowodyr szarpnął za podkoszulek na ramiączkach, który trzasnął, ukazując moje piersi. Mężczyźni zaczęli sprośnie wyć i już dłużej nie panowali nad zwierzęcym, samczym instynktem. Przywódca odgonił pozostałych, na siłę ściągnął ze mnie szorty, rozerwał majtki i obrócił plecami do siebie. Poczułam przeszywający, straszny ból w kroczu, a później szum w uszach. Kiedy pierwszy Murzyn skończył, puścił moją talię i padłam całym swoim ciężarem na brudne klepisko. Po nim używali mnie następni, a ja już nic nie czułam. W momencie kiedy odzyskałam przytomność, jedynie płakałam, jęczałam i zawodziłam, jak biedne małe zwierzątko. Z ust spływała mi ślina, z nosa katar, a po nogach ciekła paskudna biała sperma pomieszana z krwią. Później całymi latami robiło mi się niedobrze na wspomnienie tego zapachu. Dopiero przy Hamidzie poznałam piękno i radość cielesnej miłości. Wtedy w tym buszu wydawało mi się, że już nigdy nie pozwolę, aby jakiś mężczyzna mnie dotknął – wyznaje, a matka nadal siedzi jak zamurowana. – Po jakimś bliżej nieokreślonym czasie – dziewczyna kontynuuje swoją straszną opowieść – usłyszałam jak przez mgłę zrzędliwy kobiecy głos. Opieprzała swoich synalków, że nie pilnują aparatury i że zaraz wszystko wybuchnie. Mężczyźni z paniką uciekli z chaty, zostawiając mnie, ich ofiarę, na udeptanej ziemi. Stara Afrykanka zajrzała do środka i stanęła w drzwiach jak wryta. Klęła jak furman, wyzywała ich od najgorszych, lecz mnie to nie mogło zwrócić utraconej niewinności. Wybiegła na podwórze, chwyciła najbliższy kij i rzuciła się na przerażonych chłopów. Bała się, że jestem biała i że jej pomagierzy mogą za to pójść do więzienia na resztę życia. Słysząc przebiegającą na zewnątrz awanturę, z trudem podniosłam się i stanęłam na niepewnych nogach. Kobieta chciała mi pomóc. Podbiegła do mnie, pozbierała porozrzucaną garderobę i poprowadziła za rękę do pobliskiego źródła. Usprawiedliwiała synów, ile mogła, i obiecała dać mi ziołowy specyfik na te rzeczy, widząc z przerażeniem krew spływającą po moich nogach. Kiedy doprowadziłam się do jakiego takiego porządku i obolała siedziałam na drewnianym stołku, pijąc herbatę, na podwórze zajechał znany mi pikap. Za kierownicą siedział drań Mohamed, z jak zawsze zaciśniętymi szczękami i wściekłością w oku. Chłopak machnął na mnie ręką, żebym podeszła. Stara Ghanka rzuciła się w jego stronę i wrzeszczała, żeby swoje porachunki wyrównywał u siebie. Była wściekła i wygrażała mu pięścią. Co miałam robić? – Marysia zadaje retoryczne pytanie, rozkładając na boki ręce i patrząc na przerażoną i osłupiałą matkę. – Zbrukana weszłam do auta i tkwiłam nieruchomo na siedzeniu obok kierowcy. Patrzyłam tylko tępo w ciemny gąszcz. Ten cham zapytał mnie, jak się teraz czuję. I czy dobrze mi z tym. Wtedy nie wiedziałam, co ma na myśli, mówiąc, że już przynajmniej wiem, co przeżywała jego matka, kiedy zrobiliśmy jej coś takiego – dziewczyna wyznaje drżącym głosem. – Nie miałam pojęcia, kto zrobił i co, ja czy moja ciotka Malika, czy babcia? A on miał na myśli Libijczyków, którzy skrzywdzili w obozie internowania w Surmanie jego tragicznie zmarłą matkę. Działo się to podczas czystek etnicznych w 2001 roku. Wyobrażasz sobie?! Ja zostałam zbrukana, a Malika przez niego zabita dlatego, że kochający syn wyznawał odpowiedzialność zbiorową i prawo zemsty – kończy Marysia, a Dorota ociera zimny pot z czoła.

– Jeśli, tak jak wyznałaś, Hamid był pierwszym i jedynym mężczyzną, przy którym czułaś się spełniona i szczęśliwa, to ja zrobię wszystko, żeby naprawić wasze małżeństwo. Jeszcze mi podziękujesz, córeczko. – Dorota mówi szeptem, bo nie jest w stanie wydobyć z siebie głosu, jednocześnie delikatnie odgarniając córce włosy z czoła. – Czy po spotkaniu w Libii kochaliście się? – pyta cicho.

– Tak – wyznaje Marysia speszona.

– W takim razie trzeba wziąć na przetrzymanie i dać sobie przynajmniej miesiąc. Niech on jedzie i załatwi to, co ma do zrobienia w Trypolisie. Może do tego czasu sytuacja uspokoi się lub wręcz wojna się skończy i bezpiecznie przyjedzie po nas. W końcu będziemy mogły uciec z tego nieszczęsnego kraju. Miesięczną ciążę od tygodniowej odróżnisz, lecz dwumiesięczną od jedno- już nie tak łatwo. – Marysia próbuje oponować, lecz tylko otwiera usta. – Do cholery jasnej! Choć raz posłuchaj starszej i bardziej doświadczonej osoby! – Dorota wybucha. – Chcesz być odpowiedzialna i dojrzała, to naucz się słuchać innych. Jeśli w międzyczasie dojdziesz do innego wniosku i będziesz mieć lepszy pomysł na swoją i dziecka przyszłość, to mi o tym powiesz i podejmiesz taką decyzję, jaką będziesz chciała. Na spokojnie przemyśl to sobie. Dobrze, uparciuszku? – łagodnieje i wstaje, słysząc tłukące się o metalowe wózki garnki i talerze, wiozące marną kolację dla pensjonariuszy szpitala.

– Czy ja coś mówię? – Marysia wyciąga rękę, prosząc o pomoc przy wstaniu z podłogi. – Jestem cicha i pokorna jak baranek.

* * *

Hamid odświeżony i wypoczęty po parogodzinnym śnie rozgląda się po małym mieszkanku Doroty. Jego stosunek do luksusów diametralnie zmienił się po przejściach z Marysią i na libijskim froncie, i dochodzi do wniosku, że lokum jest całkiem miłe. W kuchni i lodówce nie znajduje wiele do jedzenia i żałuje, że wielka ciężarówka z zapasami wyleciała w powietrze. Tutaj naprawdę jest ciężko, stwierdza. Trzeba będzie te dziewczyny jak najszybciej stąd wywieźć, ale najpierw muszę się dowiedzieć, jak bezpiecznie to zrobić. Na drodze do Trypolisu nadal jest wiele punktów zapalnych i toczą się ciężkie walki. Dobrze, że co jakiś czas wygasają, mamy szansę wskoczyć w lukę. Z tą myślą wybiera numer, który oczywiście zna na pamięć.

– *Salamu alejkum said*[1] Muaid – wita się z rozmówcą.

– I pokój z tobą – słyszy głos tak dobrze, jakby mężczyzna siedział przy nim na kanapie.

– Tutaj posłaniec z Kataru, Jusuf Ibn Mohamed – przedstawia się swoim pseudonimem, ale wie, że za chwilę będzie musiał wyznać nieznajomemu krewniakowi swoje prawdziwe imię.

– Witam cię. Jak podróż? Jak zdrowie? – Zwyczajowe pytania muszą zostać zadane nawet w ciężkich czasach wojny, a może tym bardziej teraz. – Gdzie jesteś?

– W Nalucie, zdecydowałem się na transport pomocy humanitarnej, ale się nie powiodło – wyznaje.

– Wiem.

– Dostałem niezbyt rozsądnego przewodnika, któremu zbyt spieszno było do domu – Saudyjczyk tłumaczy się.

[1] *Said* (arab.) – pan.

– Ja też nie wykazałem się większym sprytem, zupełnie wyleciało mi z głowy, że tutaj ogromne połacie ziem są zaminowane. To zbrodnia przeciwko ludzkości! Przecież zwykli ludzie, a szczególnie ciekawskie i wszędobylskie dzieciaki, mogą tam stracić życie!

– Kaddafi ma to w nosie, jego obchodzi tylko utrzymanie władzy. Wracając do tematu, mówi się trudno, najważniejsze, że ty jesteś zdrowy i cały.

– Mam jeszcze nienaruszoną przesyłkę dla ciebie. – Hamid oddycha z ulgą, słysząc brak złości i akceptację w głosie Libijczyka. – I chciałbym ci ją jak najszybciej dostarczyć.

– Po drodze do Trypolisu masz Zintan, o który co chwilę toczą się zacięte walki. Zuara i Zawia też raz są nasze, a raz wojsk rządowych. Dam ci przewodnika…

– Tylko mam nadzieję, że już trochę lepszego – Saudyjczyk przerywa. – Przynajmniej takiego, który jest stąd i zna nie tylko drogi, ale też zastawione na nich pułapki.

– To Berber, który znakomicie orientuje się w terenie.

– Czy mógłbym jemu przekazać trochę środków i zabawek, żeby wesprzeć walkę w tym regionie? Mam tego wystarczająco dużo, ale odbiorcą musi być zaufany człowiek.

– Dzisiaj jest już za późno, żeby zbiegał z gór, ale pojawi się jutro około południa. W dzień jest najbezpieczniej, najciemniej pod latarnią – słychać, że się uśmiecha.

– Teraz, chcąc nie chcąc, muszę wyznać ci parę osobistych rzeczy. – Hamid przechodzi do meritum.

– Tak? – rozmówca dziwi się, bo propozycja posłańca jest całkowicie nietypowa i wręcz niedopuszczalna. To w końcu ma być konspiracja!

– Są ze mną Miriam i Dorota.

– Co? – Spokojnego zazwyczaj Muaida ogarnia gniew. Czyżby ten przybysz był przekupiony? Czyżby chciał go teraz szantażować? Porwał te biedne dziewczyny? Tysiące pytań ciśnie mu się do głowy, ale milczy, czekając na wyjaśnienia.

– Tak naprawdę nazywam się Hamid bin Laden i jestem mężem Miriam. Przybyłem do Libii również z myślą, aby ją odnaleźć. – Po drugiej stronie linii panuje cisza.

– Nie wiem, co mam o tym myśleć – po dobrej chwili odzywa się Muaid. – Kto temu zaświadczy?

– Jak to kto? – Saudyjczyk wybucha szczerym śmiechem. – Moja żona i teściowa. Teraz poszły gdzieś na ploty, a ja siedzę w służbowym przyszpitalnym mieszkaniu Doroty.

– Głupio pytam, ale bardzo się zdenerwowałem. – Libijczyk oddycha z ulgą. – Dorotę parę miesięcy temu, zaraz na początku ich pobytu, porwał jej były mąż, a mój wuj, więc ja już nie wiem, czego można się po ludziach spodziewać, choć akurat po nim można najgorszego. Cóż, najważniejszą, kluczową dostawę do Libii przywozi mój krewniak... – Zamyśla się. – Spotkałeś Rahmana i Raszida? – słychać niepokój w jego głosie.

– Tak. Niestety, obaj nie żyją. Rahmana załatwili swoi, a młodego najemnicy. Wtedy właśnie znalazłem Miriam. Można powiedzieć, że ją odbiłem i uratowałem przed pohańbieniem lub egzekucją, albo jednym i drugim.

– Na Allaha, co ta dziewczyna w swoim życiu przechodzi! – kuzyn rozpacza. – A Rahman i Raszid, tacy dobrzy, przyzwoici ludzie... Jeszcze jedna strata, jeszcze jedna zbrodnia, następna i następna śmierć! Wszyscy Salimi i ci, co do nas dołączają, są przeklęci! Powinieneś wziąć te dwie nieszczęsne kobiety i jak najszybciej wywieźć z kraju. Może daleko stąd będą bezpieczne.

– Nie przesadzaj. – Hamid usiłuje go uspokoić. – Trwa wojna, wtedy zdarzają się straszne rzeczy, a każda rodzina ma lepsze i gorsze dni, porządnych i wrednych członków. Ludzie rodzą się i umierają, śmieją i płaczą, takie to jest życie.

– Z naszej wielkiej familii pozostało już tak niewiele osób, że można pomyśleć, iż jakaś plaga nas wybiła. Nie ma co! – Muaid otrząsa się z przygnębienia. – Przejdźmy lepiej do konkretów i sfinalizujmy nasze dzieło. Jutro do domu Doroty przyjdzie Hmeda Berberi. Daj mu, co uważasz za stosowne, a on sam już ustali czas i trasę waszej ewakuacji z gór. Z Trypolisu ja już zorganizuję wasz przerzut na Maltę lub do Tunezji. Myślmy pozytywnie, wszystko będzie dobrze i wszystko się uda – wypowiada to jednak martwym głosem, bez deka wiary w to, co mówi.

– Tak, koniecznie. Na pewno dobrze się skończy. Skoro w takim wielkim kraju odnalazłem żonę i teściową, to uważam, że Allah nad nami czuwa – kończy Hamid optymistycznie.

Po odbyciu rozmowy Saudyjczyk dochodzi do wniosku, że Muaid jest człowiekiem w ciężkiej depresji i z takim podejściem Libijczycy tej wojny nie wygrają. Walka niesie ze sobą straty, ale bojownicy muszą wierzyć w lepsze jutro, a dla tego człowieka tak jakby ono w ogóle nie istniało. Niedobrze, stwierdza i zastanawia się, czy dawać mu te parę kilogramów plastiku, bo jeden Bóg wie, do czego on to wykorzysta. A jak dojdzie do wniosku, że przyszłość nie ma sensu, i wysadzi siebie i innych w centrum Trypolisu?, snuje mroczne przypuszczenia. Ja mam skrzywienie zawodowe!, z przekąsem śmieje się sam z siebie. Walka z terroryzmem mnie całkiem zwichrowała. To nie Bliski Wschód i Al-Kaida, człowieku, myśl!, mówi sobie w duchu i wychodzi na zewnątrz, kierując się do busiku.

Otwiera drugi luk w podłodze, znajdujący się z tyłu wozu, i wyciąga stamtąd podłużną sportową torbę. Z siedzenia bierze jeszcze parę siatek wypełnionych po brzegi torbami z ryżem, makaronem, kuskusem i mąką. Puszki z konserwą cicho pobrzękują, a czekolady, które przetrwały długą trasę, rozpuściły się w pełnym libijskim słońcu. Hamid w ogóle nie przejmuje się, że kobiet tyle godzin nie ma w domu. Jako arabski mężczyzna zdaje sobie sprawę, że plotki są dla nich najważniejsze, i od dziecka jest przyzwyczajony, iż należy to wręcz do tradycji i nie można się z tego powodu zżymać. Zabiera się do pichcenia i nawet nie zauważa, jak za oknem zaczyna ciemnieć.

– Przepraszamy, tyle czasu nas nie było! – Dwie piękne kobiety wpadają do domku z usprawiedliwieniami na ustach. – Zagadałyśmy się! Musiałyśmy się zająć dziećmi w szpitalu, bo opiekunka wychodziła. Czy ty wiesz, ile tutaj jest biednych małych sierot? – wzburzona Marysia zadaje mężowi pytanie, a ten przecząco kiwa głową. – To straszne! Jaka ta wojna jest okrutna!

– Nie zgłodniałyście podczas tych wszystkich prac? – dziwi się Hamid.

– Teraz dopiero zaczynam czuć głód, ale to pod wpływem tych smakowitych zapachów – przyznaje Marysia.

– Skąd to wziąłeś? – pyta Dorota, buszując po kuchni i ze zdziwienia unosząc swoje ładnie wyprofilowane brwi. – U mnie prawie nic nie ma, z wyjątkiem kawy, herbaty, suchych ciastek i makaronu z robakami.

– Wiedziałem, że jest krucho z zaopatrzeniem, i byłem na to przygotowany. Moje auto mieści wiele ciekawych rzeczy – wyznaje, a Marysia nie chce nawet pytać, co jeszcze. – Czekolady jednak rozpuściły się i teraz tężeją w lodówce.

– Czekolada – obie panie szepczą z rozmarzeniem.

– Skontaktowałem się z Muaidem i jutro pojawi się łącznik z gór, który postara się wyprowadzić nas spokojną drogą. – Po sutym posiłku Hamid przechodzi do najpilniejszej sprawy.

– Czyś ty oszalał? – wybucha Dorota. – Tutaj i teraz nie ma bezpiecznych szlaków. Mówiłam ci przez telefon, że nie dalej jak wczoraj na minę najechał transport, na który tak wszyscy liczyliśmy. Z kierowców została marmolada, a medykamenty rozleciały się na odległość kilometra. Górskie ścieżki wydają się bezpieczne, ale jak życie pokazuje, nie przy sprytnym Kaddafim i jego technice wyniszczania własnego narodu – ledwo dysząc, kończy przemowę.

– Wiem coś o tym, bo to ja wiozłem tę dostawę. Przypłynęła aż z Kataru. – Dorocie ze zdziwienia opada szczęka.

– Tym bardziej nie powinieneś kusić losu – kontynuuje zawzięcie. – Raz ci się udało, to nie ryzykuj drugi raz.

– To znaczy co? Mam tutaj siedzieć na tyłku do końca

wojny i trząść portkami? – Mężczyzna zaczyna się denerwować.

– Przeczekanie nie jest głupim sposobem na przetrwanie. – Marysia włącza się do dyskusji. – Też już mam dość brawury i bohaterskich czynów i po prostu cholernie się boję – smutno wyznaje. – Chyba mam do tego prawo? – Pytająco patrzy mężowi w oczy.

– Ja muszę jechać – głucho stwierdza Hamid. – Nie ma wyjścia, jak powiedziało się a, trzeba powiedzieć b. Wasz transport nie dotarł, ale następną przesyłkę, choćby nie wiem co, dowiozę do Trypolisu. – Zaciska usta i spuszcza wzrok, a kobiety patrzą na siebie porozumiewawczo, bowiem ich plan powoli sam się realizuje.

– Nie chciałabym narażać Marysi. – Dorota prosząco spogląda na zięcia. – Ostatnio dość przeszła. Może ty załatwisz swoje sprawy, a my poczekamy tutaj na ciebie? Przyjechałbyś wtedy osobowym autem i nie rzucalibyśmy się tak bardzo w oczy. Twój autobusik aż się ugina, a pasażerów w nim nie widać.

– Tak, masz rację. – Hamid wie, że śmiertelnie ryzykuje, siedząc na takiej ilości materiałów wybuchowych, granatów i naboi. Gdyby on, a nie ciężarówka, najechał na minę, to w ekspresowym tempie poleciałby do Pana Boga. Teraz musi być odpowiedzialny za dwie słabe kobiety. – Mój bus jest jak beczka prochu, wystarczy, że ja narażam życie. Co prawda, to prawda.

– Jak dasz radę, to wrócisz po nas do Nalutu. – Dorota przedstawia swój pierwotny plan. – Ale najbezpieczniej byłoby – wpada na nowy pomysł – jakby Muaid przetransportował cię przez granicę tunezyjską w Ras Dżadir, a my spróbujemy wykorzystać pierwszą spokojną chwilę i przedostać się przez Wazzan, do którego mamy jedyne czterdzieści kilometrów – kończy swój wywód. – Spotkalibyśmy się na Dżerbie, co ty na to?

– Jak dla mnie to trochę za dużo tych wersji. – Hamid nie wygląda na zadowolonego. – Wszystko już miesza mi się w głowie, bo tłukę się po Libii tam i z powrotem, a tutaj jednak toczy się wojna – mówi z lekką pretensją w głosie. Tak bardzo nie chce rozstawać się z Miriam, czuje, jakby mu serce miało pęknąć, lecz jego żona nie oponuje na pomysły matki i wcale nie pali się, żeby z nim pojechać. To go boli najbardziej. – Dla was dotarcie do Tunezji rzeczywiście jest najprostsze i najbezpieczniejsze – musi obiektywnie przyznać. – Może jak szybko wszystko załatwię, uda mi się jeszcze raz dotrzeć do Nalutu i razem się ewakuujemy, a jak nie, to zobaczymy się na Dżerbie, niewielka wyspa, to jakoś się znajdziemy – smutno wzdycha. – Czas na spanie, bo jutro czeka mnie ciężki dzień. – Wstaje ze ściągniętą twarzą. – Ja już tutaj posprzątam, a wy kładźcie się razem w sypialni. – Obraca się plecami i wychodzi do małej kuchenki, co oznacza, że decyzja kobiet została zaakceptowana. Mąż nie chce spojrzeć swojej żonie w oczy, bo nie wie, co w nich zobaczy. Może oziębłość, niechęć czy żal? Tak, zdecydowanie lepiej będzie teraz wyjechać i dać sobie jeszcze trochę czasu, postanawia.

– Zadzwoń, kiedy dojedziesz do Trypolisu. – Marysia smutno mówi na odchodnym, a mężczyźnie serce rośnie, że jeszcze nie wszystko jest stracone.

Libijscy zwyczajni bohaterowie

– Jestemy jus na twej ulicy – przewodnik z Gór Nafusa informuje Muaida przez telefon, więc kiedy podjeżdżają małym busem pod bramę willi, stoi ona przed nimi otworem.

– Pokój z tobą, saudyjski posłanniku. – Gospodarz otwiera ramiona przed swoim nieznanym gościem.

– I z tobą, libijski krewniaku – otrzymuje ciepłą odpowiedź. Przez chwilę mężczyźni lustrują się wzrokiem, lecz błyskawicznie czują do siebie sympatię i zaufanie i szczerze się obejmują.

– Ja jus bede lecioł. – Góral zmierza do furtki.

– Jak to? Zostań na kolację! Zostań na noc! – Pan domu usiłuje zatrzymać odchodzącego.

– Ni, panie – broni się. – Ja dzisiaj po nocy jeszcze do Tunezji po broń jade. – Aż mu się oczy błyszczą i widać, że lubi być w akcji. – Dostalimy pieniąski od jasnego pana, to od razu zamówilimy – stara się mówić poprawnie w dialekcie libijskim, lecz jego regionalna gwara jest silniejsza.

– A jak się tam dostaniesz? – martwi się Hamid, bo polubił odważnego chłopaka.

– Jus tam furka na mnie na ulicy ceka, ani się obejze, a bede doma. – Macha na pożegnanie ręką i tyle go widzieli.

– Wejdź zatem w moje skromne progi, a samochód rozpakujemy po zmroku – szczupły, zmizerowany Libijczyk zaprasza do pustej rezydencji. – Miejsca u mnie pod dostatkiem, bo żona z córeczką wyjechały zaraz na początku zawieruchy, babka, matka i jej najstarsza siostra nie żyją, ostatnia ciotka jest w Katarze, ale po drodze zabito jej narzeczonego…

– Tak, wiem, spotkałem ją na promie. – Hamid stara się przerwać straszną żałobną litanię.

– Tak więc dom zieje pustkami, ale duchy nie straszą – ironicznie oznajmia gospodarz, widząc przerażenie w oczach przybyłego, i wybucha nerwowym śmiechem. – Dobrze, że odnalazłeś Dorotę i Miriam, *sza Allah*. Że też one się uchowały i na dokładkę spotkały w naszej wielkiej Libii! I żeś ty odnalazł żonę! – nie może się nadziwić. – Jesteście sobie pisani.

– Też tak myślę. – Gość dochodzi do wniosku, że ten miły delikatny mężczyzna jest całkowicie złamanym człowiekiem. – Mógłbym umyć ręce i twarz? – pyta, chcąc ochłonąć i na chwilę wyrwać się z depresyjnie działającego towarzystwa. – Czuję się trochę nieświeżo po pokonaniu tyluset kilometrów.

– Ależ oczywiście! Co ze mnie za niegościnny cham! – Muaid zrywa się na równe nogi i prawie biegnie w kierunku schodów. – Przygotowałem dla ciebie na górze apartament, w którym za dawnych czasów mieszkała Dorota ze swoim mężem, a parę miesięcy temu obie dziewczyny. Znajdziesz tam nawet ich walizki, które zostawiły na przechowanie. Nie chciały uciekać z dużym bagażem. Czuj się jak u siebie w domu – teraz już rozpogodzony mówi z radosnym uśmiechem. – Dać ci jakieś ciuchy na zmianę? Wprawdzie jestem od ciebie dobre dwadzieścia centymetrów niższy, ale może znajdę jakieś portki dresowe i podkoszulek?

– Mam normalne ubranie w aucie, zaraz sobie przyniosę. – Hamid macha ręką i z obrzydzeniem dotyka swojej przepoconej galabii.

– Świetnie. Zatem za chwilę zapraszam na libijską siorbę i kuskus, nasze narodowe dania.

– Jeszcze jedno pytanie. Nie widzę nigdzie strzałek czy znaków wskazujących kierunek na *Kiblę*[1]...

– Tam – zszokowany Muaid pokazuje palcem na wschód. Co za Saud, myśli, ściskając wargi. Biedna Miriam! Nie dziwię się jej! Facet wiezie kilogramy śmiercionośnych materiałów i będzie się modlił do Boga? O co? Żeby zadziałały? Żeby zabiły jak najwięcej ludzi? O dżihad[2]? Nie rozumiem tych ortodoksów.

[1] *Kibla* (arab.) – kierunek, w którym muzułmanie powinni zwracać się podczas modlitwy; obecnie muzułmanie na całym świecie modlą się w stronę świątyni Kaaby w Mekce.

[2] Dżihad – walka w imię propagowania islamu, zarówno poprzez akcję zbrojną, nawracanie niewiernych, pokojowe propagowanie islamu, jak i wewnętrzne zmagania wyznawcy; często rozumiany przez Zachód tylko jako święta wojna.

Hamid wchodzi do apartamentu na piętrze i czuje się, jakby komuś myszkował po domu. Wszędzie widać ślady Doroty i Marysi, widocznie opuszczały to miejsce w pośpiechu. W kącie stoją dwie wielkie walizy, jedna z nich bardzo dobrze mu znana, bo sam ją kupował. Nie waży się ich dotknąć, byłoby to ingerowanie w czyjąś prywatność. A może Miriam schowała tam jakieś rzeczy, których on nie chciałby widzieć? Może jakieś zdjęcia? Kompromitujące pamiątki? Ciężko wzdycha i z niedowierzaniem kręci głową. Muszę zacząć jej ufać!, nakazuje sobie. Nigdy nie zrobiła niczego, żebym miał zwątpić w jej uczciwość i wierność małżeńską. Jestem niepoprawny, sam siebie karci.

Wsadza torby do wielkiej zabudowanej szafy i zmierza do łazienki. Po długim gorącym prysznicu, ogoleniu zarośniętej twarzy, spryskaniu perfumami i włożeniu świeżego ubrania jest gotowy do modlitwy. Siada na piętach, jednak nie może się skupić. Wychwycił kątem oka wyraz twarzy Muaida, kiedy zapytał go o kierunek na Mekkę. Pełna dezaprobata i pogarda. Dlaczego? Czyż nie łatwiej iść przez życie z Bogiem?

Już teraz rozumie krytyczne podejście Miriam do jego religijności. Ona nigdy tego nie doznała, nie była wychowywana w duchu islamu, bo jej rodzina jest praktycznie ateistyczna. Hamid zaś jedynie na długie lata odciął się od okazywania bojaźni bożej, lecz ta została mu przekazana z mlekiem matki. Teraz uśmiecha się z przekąsem, wspominając ich pielgrzymkę do Mekki. Jego żona w wielkim meczecie musiała czuć się jak na tureckim kazaniu! Ale jej zafundował przeżycie, a jednak zgodziła się. Chyba zrobiła to dla niego. Jeśli mamy być ze sobą na dobre i złe, trzeba to będzie wypośrodkować, mężczyzna dochodzi do jednoznacznego wniosku. Wstaje, nie wykonawszy ani jednego pokłonu, i zbiega na dół, skąd dobiega smakowity aromat libijskich potraw.

Po pysznej kolacji mężczyźni zapalają papierosa na ganku, rozkoszując się jego dymem oraz zapachem jaśminu i kwitnących róż z otaczających ich ogrodów. Zmierzch już zapadł i obaj wiedzą, że czas rozładować auto, jednak żaden po sutym posiłku nie kwapi się do ciężkiej pracy. Rozmowa im się nie klei, patrzą na siebie spode łba, obserwując jeden drugiego. Obaj są Arabami, wyznają tę samą religię, a dzieli ich tak wiele. Różne kraje pochodzenia, różne odłamy wiary, różny status społeczny. Żaden nie potrafi przełamać bariery.

– Czas zabrać się do roboty. – Hamid nie jest w stanie znieść męczącej ciszy i postanawia skrócić męczarnie. – Jutro, pojutrze wracałbym już do Nalutu, więc lepiej wszystko sfinalizować dzisiaj. Muszę kupić samochód osobowy, bo już dłużej nie mam ochoty udawać farmera – uśmiecha się na wspomnienie swojego przebrania.

– Na razie z tym powrotem może być kiepsko. – Muaid przecząco kiwa głową. – Kiedy się modliłeś, dostałem telefon, że znów rozpoczęły się walki o Zuarę i Zintan. Chcąc je ominąć, musiałbyś pojechać na przełaj terenowym wozem, a tego stanowczo nie polecam. Kaddafi zaminował połowę Libii, a poza tym na odludziach kryją się grupy tak partyzantów, jak i lojalistów. Mógłbyś dostać kulkę od jednych lub od drugich. Przyjdzie ci, drogi przyjacielu, trochę ze mną posiedzieć. – Uśmiecha się cynicznie.

– Zadzwonię do Miriam. – Niezadowolony Hamid łapie za telefon.

– Znów brak łączności.

– Do diaska! – Wściekły Saudyjczyk wchodzi do domu, zmienia ubranie na sportowy dres i po chwili jest już z powrotem. – Wypakujmy zatem ten koks. Ustawiamy busa pod ogrodzeniem, żeby sąsiedzi nie widzieli, czy dostawiamy do samego wejścia? Drugi wariant jest mniej konspiracyjny, ale łatwiejszy. Wszystko mam wrzucone luzem, żeby więcej się zmieściło – tłumaczy.

– Idę zatem po torby i pudła. Dobrze, że gosposia już sobie poszła.

Mężczyźni z zapałem i napięciem zabierają się do dzieła. Hamid odkręca śruby, wspólnie podnoszą jeden rząd siedzeń razem z podłogą i ich oczom ukazuje się jaskinia Ali Baby.

– Niech mnie licho. – Muaid z niedowierzaniem patrzy na dostawę. – I ty to wszystko przewiozłeś przez pół Libii? – chichocze.

– Nawet więcej, bo wyruszyłem z Misuraty do Nalutu, a później zawracałem spod Jefrenu, gdzie pozostały transport wyleciał na minie w powietrze. Znów zaliczyłem Misuratę, odbiłem Miriam z rąk najemników, a ta chciała pojechać do mamy, więc dawaj, pokonałem tę samą trasę i wylądowałem w Nalucie. Udało się.

– Przez cały czas siedziałeś na materiałach, że tak powiem, łatwo wybuchowych.

– Tak jakby. I dlatego też postanowiliśmy, że dziewczyny teraz ze mną nie pojadą, tylko niebawem wrócę po nie bezpieczniejszym pojazdem.

– No tak, słuszna decyzja – przyznaje Libijczyk. – Nie denerwuj się, na pewno lada dzień wszystko się uspokoi i droga będzie bezpieczna. – Z uznaniem poklepuje Hamida po ramieniu. – Zbierajmy te klocki do domu, później pogadamy.

Po półgodzinie mężczyźni spoceni, lecz zadowoleni padają na sofę w salonie. Czują się jak w nieźle wyposażonej zbrojowni. Na podłodze leżą wory po cukrze wypchane karabinami maszynowymi, wyrzutniami granatów i rakietnicami rozebranymi na czynniki pierwsze. W pudle po przecierze pomidorowym znajdują się granaty, na kawowych stolikach zaś spoczywa parę min. Na ławie przed nimi centralne miejsce zajmuje wielka paka materiału wybuchowego, popularnie zwanego plastikiem.

– Ile żeś tego przywiózł?! – Muaid pokazuje na nią palcem.

– Pięć kilo.

– Po co aż tyle? Prosiłem o kilogram.

– Do czego może się przydać kilo semteksu? Na kamizelkę? – Hamid bacznie obserwuje rozmówcę, bo coś mu tutaj nie gra.

– No tak! Wy, Saudyjczycy, macie hopla na punkcie zamachów samobójczych – gospodarz bagatelizuje słowa Hamida i przerabia odpowiedź w żart.

– Żebyś wiedział, ale nie tylko my mamy z tym problem. Więc, do czego potrzebny ci kilogram? – nie odpuszcza.

– Zaplanowaliśmy taką małą, lecz skuteczną akcję. – Libijczyk wyjaśnia enigmatycznie, nie dając się pociągnąć za język, lecz nie z Hamidem takie numery. Za długo w tym siedzi i dostrzega jakiś niedobry błysk w oku mężczyzny.

– Już teraz wiesz, że skuteczną? – drąży. – Macie wysoko wykwalifikowanych specjalistów? Co można rozwalić taką ilością? Chyba nie most, nie lotnisko ani magazyn z bronią? Hę?

– A ty tak dobrze się na tym znasz? Jesteś wojskowym?

– Z wykształcenia inżynierem architektem, lecz również nieźle przeszkolonym członkiem brygad antyterrorystycznych – szczerze wyznaje, zaskakując Muaida.

– Anty, nie terrorystycznych? – pyta Libijczyk, trochę pokpiwając. – Twoje nazwisko mogłoby wskazywać na inną działalność…

– Nie bądź wredny, krewniaku! – Saudyjczyk blednie na twarzy, siada sztywno wyprostowany i zaciska pięści.

– Sorry, ale nie lubię, jak ktoś ze mnie szydzi i traktuje mnie jak gówno! – Muaid też podnosi głos.

– Ja widzę, że ty planujesz coś niedobrego. Jeszcze zanim tutaj przyjechałem, czułem to w twoim głosie. Ochotników samobójców zwietrzę na kilometr.

– Skąd ta wprawa? Twoje brygady rozwalają ich na odległość, nie zdążysz z nimi zamienić słowa! Przecież z takimi nie przeprowadza się negocjacji! Usiłujesz wcisnąć mi do głowy jakąś psychoanalityczną papkę!

– Brałem kiedyś udział w przygotowaniach pewnego młodego człowieka do samobójczego zamachu. – Hamid nie wytrzymuje i uchyla rąbka swojej najściślej strzeżonej tajemnicy. W pokoju zapada martwa cisza. Mężczyźni patrzą sobie głęboko w oczy.

– Co ty wygadujesz?! Jeślibyś takiego poznał, zaraz wsadziłbyś go do paki albo nawet sprzedał kulkę w łeb.

– Niekoniecznie. To jest polityka, a nie podwórkowa łomotanina. On był nam potrzebny, tylko że ładunek nie mógł eksplodować z taką siłą, jak by tego organizatorzy przedsięwzięcia chcieli. Zminimalizowaliśmy ryzyko. Dwudziestoośmiolatek rozbryzgnął się po ścianach, sobowtór człowieka, którego miał zabić, był do pozszywania, a rząd dostał wolną rękę w sprawie antyterrorystycznych czystek.

– Nieźle. – Muaid przeżuwa drastyczny opis sytuacji. Perlisty pot zrasza mu czoło, a na twarzy robi się popielaty.

– Dobrze to sobie przemyśl. Lepiej zużytkować ten materiał na wysadzenie lub przynajmniej przerwanie podziemnych bunkrów w Trypolisie. Ponoć ciągną się pod całym miastem. – Nie chcąc dłużej drążyć drażliwego tematu, gość wstaje i machając ręką na pożegnanie, udaje się na spoczynek.

Po tak nerwowej dyskusji Hamid nie może usnąć i przewraca się z boku na bok. Co za czasy!, myśli. Jestem przekonany, że on chce kogoś zabić osobiście. Dlaczego tak się dzieje?, zastanawia się. Przecież jest miłym, delikatnym i wykształconym człowiekiem. W dodatku zamożnym. A my tłumaczyliśmy sobie wszystkie akcje terrorystyczne brakiem wykształcenia i biedą. Skąd u tego Libijczyka taka determinacja i kto ma być jego ofiarą? Saudyjczyk słyszy jakieś głosy dobiegające z parteru. Postanawia podsłuchać, może uda mu się czegoś dowiedzieć o planowanej akcji?

– Hassan, przyjacielu mój! – Muaid mówi teatralnym szeptem, który roznosi się echem po całym pustym domu. – Nawet o tym nie myśl! Ty nigdy w życiu się do niego nie dostaniesz, nigdy nie uda ci się podejść tak blisko. Jak to mnie też? Kochany, ja mam tam otwartą wejściówkę. – Następuje przerwa w wypowiedzi, widocznie rozmówca po drugiej stronie linii wyłuszcza swoje argumenty. Czyżby to był znany mi przywódca rewolucji, ten sam, który kazał mi ściągać gatki z mikrofibry, uważając, że zdradzą mnie jako szpiega?, zastanawia się Hamid. Następny do raju!, ciężko wzdycha. – Ty jesteś potrzebny naszej sprawie żywy! Musisz bronić naszego kraju przed twardogłowymi i zasiąść w nowym rządzie! Tak, tak… – Znów zalega milczenie. – Ja jestem psu na budę! Nie mam rodziny, nawet żona złożyła pozew o rozwód. I owszem. Hassan! Nie próbuj się z nimi kontaktować, bo nasi mogą to później wykorzystać przeciwko tobie. Zostaw sprawę w moich rękach, bo ja jestem do niej jedyny. Przynajmniej do tego się nadam – westchnięcie gospodarza dochodzi aż na pierwsze piętro i zapada w duszę Hamida. Więc niewiele się myliłem, zadowolony, a zarazem zrozpaczony uznaje swoją rację. Niech to wszyscy diabli! *Wallahi*! Dlaczego w ten sposób? Dlaczego osobiście, czemu od razu pozbawiać się życia? Przecież na pewno są tysiące innych metod. Można na przykład drania zastrzelić, otruć… Co on planuje? Zaniesie ofierze tort urodzinowy nie z ciasta, lecz z plastiku? Kto to może być? Bo chyba nie Kaddafi? Nie, niemożliwe! Po cichu wycofuje się z korytarza i z powrotem kładzie do łóżka. Nie może się uspokoić. Tysiące myśli plącze mu się po głowie. Wracają straszliwe jemeńskie wspomnienia. Nad ranem, wraz z wołaniem muezina na pierwszą modlitwę, zasypia skołatany całonocnymi rozważaniami.

– Stary, wypijesz ze mną kawę? – Pukanie do drzwi stawia czujnego Hamida na równe nogi.

– Już lecę! – woła, pomimo że jest nieprzytomny i kręci mu się w głowie.

– Chcesz jeszcze dzisiaj odpocząć czy zobaczyć kawałek Trypolisu? – Uśmiechnięty i zadowolony Muaid zachowuje się tak, jakby wczoraj nie odbyli ostrej wymiany zdań i jakby w nocy miał słodkie sny, a nie planował swój samobójczy atak.

– Nie chcę ci głowy zawracać. Może trochę się polenię, a potem sam przejdę po okolicy?

– Nie polecałbym. – Libijczyk wymownie kręci głową i wygina wargi z dezaprobatą.

– A dlaczego? Nadal toczą się walki w mieście? NATO strzela do cywilów? Czy co? – denerwuje się.

– Chłopie, ty jesteś z innej bajki! – Muaid wybucha szczerym śmiechem.

– Nie rozumiem.

– Od razu widać, żeś obcy, cudzoziemiec, niby Arab, ale nie swój. Takich na ulicy pierwszy lepszy patrol wyhaczy. – Hamid robi wielkie oczy. – No tak, ty tego nie widzisz, ale zaraz ci wyłuszczę sprawę. – Bierze łyk kawy. – Po pierwsze, twoje najgorsze ciuchy są lepsze od naszych wyjściowych. Wszystko markowe, a u nas marką dominującą jest made in China lub Turkey. Po drugie, twój sygnet błyszczy jak psu jajca – parska śmiechem – i prosi się, żeby ci obciąć palec. Jeszcze jedno. Twój arabski to czysta *fusha*[1], mówisz tak, jakbyś książki czytał. Ten język całkowicie nie przystaje do naszego libijskiego dialektu i nawet odmianę masz inną. Widać tam, na Półwyspie Arabskim, wszyscy tacy są wykształceni. – Puszcza figlarnie oczko.

– To mnie podsumowałeś. – Hamid patrzy na siebie i nie dowierza. – Ten sygnet dostałem gratis, kiedy kupowałem Miriam pierścionek na urodziny – tłumaczy.

– To nieźle musiał kosztować ten pierścioneczek, że ci jeszcze drugi dorzucili – kpi Libijczyk, który do tej pory uważał siebie za dość bogatego.

– Hm. – Hamid rozkłada ręce.

– Dobra, zbieraj się. – Muaid patrzy na zegarek i wstaje. – Muszę przynajmniej na chwilę zajrzeć do mojej kliniki, a potem jestem już do twojej dyspozycji. Miło mi będzie w końcu mieć jakieś towarzystwo, tak że nie czuj się winny.

– Okej, skoro tak mówisz.

Po pięciu minutach Hamid wychodzi ze swojego apartamentu i nasłuchuje. Na dole panuje cisza, tylko zza niedomkniętych drzwi słychać rumor przestawianych sprzętów.

– Jesteś tutaj? – Nieśmiało puka i wsadza głowę do środka. Widzi Muaida wyciągającego sporych rozmiarów pudło z dna ciężkiej drewnianej szafy.

– To sypialnia mojej zmarłej matki – tłumaczy z umazaną od kurzu twarzą. – Ona zawsze zbierała różne pamiątki, więc chciałem ci pokazać parę zdjęć Doroty i Miriam

[1] *Fusha* (arab.) – literacki język arabski.

z dawnych czasów. Nie miałem okazji im tego przekazać, bo praktycznie od razu po ich przyjeździe rozpoczęła się wojenna zawierucha.

Hamid rozgląda się dookoła i pomimo panującego półmroku postrzega tradycyjny arabski pokój w starym dobrym stylu. Meble z litego drewna są ciężkie i bogato zdobione złotymi ornamentami. Orientalne esy-floresy przyozdabiają każde oparcie czy zagłówek. Łóżko jest przykryte jedwabnym perskim pledem w kolorze granatu i czerwieni, a ściany obłożone ciemnymi tapetami. Miriam też lubi taki styl, mąż ciągle wspomina żonę i stara się ją umiejscowić jako młodą dziewczynę w tym teraz opustoszałym domu. Zauważa piękną wielką toaletkę, na której nadal stoją kolorowe flakony na perfumy, niektóre w kształcie lampy Aladyna. Wygląda, jakby właścicielka pokoju wyszła z niego tylko na chwilę, a z tego co wie, Malika nie żyje już od parunastu lat. Straszne, mężczyznę, który niejedno w życiu widział, przechodzi dreszcz grozy. Podnosi wzrok, bowiem na lustrze dostrzega wetknięte za framugę stare fotografie.

– Moja mama. – Muaid podąża za jego spojrzeniem. – Piękna, nie? – mówi z dumą.

– Tak, bardzo.

Hamid nie może nie zauważyć dużej czarno-białej karty zatkniętej tuż obok zdjęcia libijskiej piękności. Wszyscy znają twarz tego przywódcy, gdyż od miesięcy nie schodzi ona z pierwszych stron gazet. Tutaj jednak jest młody, bardzo przystojny i porywająco się uśmiecha. Zza tej fotki wystaje inna, jakby ukryta. Hamid delikatnie bierze ją w dwa palce, a gospodarz nie oponuje. Ktoś uchwycił w kadrze zakochanego wodza, który czule obejmuje Malikę. Mężczyźni poważnie spoglądają na siebie, lecz Hamid jeszcze raz rzuca okiem na zdjęcie młodego Muammara i powraca do krewniaka. Co za uderzające podobieństwo! Cały czas Hamid zdawał sobie sprawę, że Muaid kogoś mu przypomina. Teraz już doskonale wie, dla kogo jest przeznaczony semteks, który wiózł do Libii aż z Arabii Saudyjskiej.

* * *

Po wyjeździe Hamida matka z córką organizują sobie wspólne życie, które kręci się dookoła szpitala i pomocy poszkodowanym. Dorota wraca do swoich codziennych obowiązków i pomaga przy rannych, a córka zajmuje się osieroconymi dziećmi. Działania wojenne osłabły, a więc jest łączność i jest prąd. Może niedługo cała zawierucha się skończy i znów zapanuje pokój? Wszyscy mają taką nadzieję. Hamid dzwoni regularnie, jednak nie zanosi się na jego rychły przyjazd. Tłumaczy, że cały czas coś go zatrzymuje w Trypolisie i musi pomóc Muaidowi w pewnej sprawie. Jaka to sprawa, ani Marysia nie pyta, ani on nie informuje. Rozmawiają ze sobą o wszystkim i o niczym, lecz ona zna swojego mężczyznę i czuje w jego głosie znane sobie napięcie. Taki zestresowany był w Jemenie podczas okropnej akcji z terrorystą-samobójcą, ale przecież w Libii nie jest to możliwe. Tym się pociesza.

Kiedy Hamid nie dzwoni, Marysi jest smutno i nie może znaleźć sobie miejsca. Bacznie obserwująca ją matka jest bardzo zadowolona z rozwoju sytuacji. Marysia zaprzyjaźnia się z dwoma siostrami, Manar i Aiszą, które regularnie przychodzą z gór, aby odciążyć nieliczny zespół kliniki w prostszych pracach, ale szczególnie chętnie pielęgnują osierocone lub okaleczone maluchy. Pomimo młodego wieku dziewczyny są już mężatkami z niezłym stażem i oczywiście mają swoje pociechy.

– Słuchaj, ty nie możesz tak jak twoja mama zamknąć się w tym gmachu i nigdzie nie wychodzić. – Manar nie rozumie takiego zachowania. – Jesteś młoda i zdrowa i potrzebujesz przestrzeni. – Marysia kiwa potakująco głową, bo po dwóch tygodniach czuje już lekką klaustrofobię.

– A gdzie mogłabym pójść? – pyta.

– W odwiedziny. – Rozmówczyni uśmiecha się. – Zapraszamy cię do nas. W piątek odbędą się zaręczyny naszej najmłodszej siostry. Jest trochę głupkowata, ale ładna, więc kandydat się znalazł i rodzina wydaje przyjęcie. Twoja mama oczywiście odmówiła, ale ja wierzę, że ty nie jesteś takim tchórzem jak ona. – Bierze dziewczynę na ambicję, choć wcale nie musi. Marysia bardzo już chce gdzieś się stąd wyrwać.

– A co zrobimy z dzieciakami? – martwi się.

– Jak Dorota nie ma zamiaru iść, to niech będzie użyteczna i z nimi zostanie. – Aisza chytrze się uśmiecha.

– Zgodziła się? – Marysia dziwi się, znając nastawienie matki do wychodzenia poza teren szpitala i jej troskę o nią.

– No nie, myśmy jej tego nie proponowały. Już twoja

w tym głowa, żeby ją przekonać. – Siostry cieszą się z wizyty światowej kobiety w ich skromnym domostwie. – Chyba ci nie odmówi?

– Jaka ty jesteś nierozsądna, nieodpowiedzialna, głupia! – Pierwsza reakcja Doroty jest bardzo nerwowa, ale dziewczyna nie oponuje, tylko spokojnie postanawia wysłuchać całej litanii. Jakiś czas temu zorientowała się, że jest to świetna metoda. – No czemu nic nie mówisz?

– Czekam – córka pobłażliwie na nią patrzy.

– A na co?

– Aż powiesz mi, co jej zanieść w prezencie. – Przewrażliwiona, ale już udobruchana rodzicielka daje się objąć.

– Nadal jesteś uparta jak osioł, tylko że obrałaś inną taktykę, ty spryciaro. – Daje córce lekkiego klapsa. – Tutaj jest wszędzie straszliwie niebezpiecznie – szepcze, a jej błękitne oczy robią się ogromne.

– Mamo, dziewczyny codziennie od nie wiem jak dawna pokonują tę trasę i jakoś jeszcze żyją, więc może ten jeden raz mnie się też uda?

– Ja z tobą osiwieję! – Dorota z udawaną dezaprobatą kiwa na boki głową i wchodzi do przyjemnej chłodnej sypialni. Podchodzi do toaletki i szuka czegoś w szufladzie.

– To będzie odpowiednie. W sam raz na prezent od *adżnabii*. – Macha dziewczynie przed nosem pięknym wisiorkiem z małym brylancikiem zawieszonym na plecionym dość grubym łańcuszku.

– To za drogie, coś ty! – córka oburza się. – Poza tym ja nie jestem żadną cudzoziemką, jestem Libijką i nawet już biegle mówię w ich góralskim dialekcie. Po co takiej dziewczyninie brylant?

– Coś taka sknera?! Mnie to na nic, jeszcze jeden breloczek do kolekcji, a dla niej taka błyskotka może mieć ogromne znaczenie. Sprzeda i kupi mnóstwo rzeczy na swoje przyszłe biedne gospodarstwo albo będzie trzymać jako największy skarb. Gdzie twoja szczodrobliwość, moja ty muzułmańska Libijko?

– Złapałaś mnie, chyba jestem skąpiradłem, ale nie chcę pozbawiać cię tej pięknej rzeczy. – Marysi robi się głupio.

– Właśnie, dla mnie to tylko rzecz. – Dorota przez lata nauczyła się współczuć ubogim i poszkodowanym, a pomoc im sprawia jej większą przyjemność niż wydawanie pieniędzy na siebie. Poznała w swoim życiu tyle biedy i nędzy, cierpienia i bólu, że w podzięce za szczęśliwy los, jak tylko może, stara się ulżyć innym.

– Hamid zostawił mi trochę dolarów, to ja od siebie też jej coś dołożę – dziewczyna postanawia się zrehabilitować.

– Tak trzymać! – Zadowolona matka głaszcze po głowie swoją dorosłą córę jak małe dziecko. – I uważaj na siebie, ja cię proszę!

Piątek wstaje cudowny, słoneczny i bezchmurny, jednak nie za gorący, lecz uroczo ciepły, pełen zapachów ziemi i otaczających miasto drzew i krzewów. Podekscytowana Marysia jest już na nogach od szóstej rano. Wyciąga z szafy mały plecaczek i postanawia wziąć trochę prowiantu. Początkowe mdłości minęły jak ręką odjął, może rzeczywiście bardziej wynikały z nerwów i stresu, a teraz tylko łapią ją napadowe ataki głodu. Jeśli wtedy nie zje przynajmniej kęsa, robi jej się niedobrze, słabo albo łapie ją migrena. Dziwne objawy, ale zaprzyjaźniona z matką pani ginekolog twierdzi, że dość częste.

Na początku Marysi delikatnie wydął się zawsze zapadnięty chudziutki brzuszek, lecz teraz przestał powiększać się w zastraszającym tempie i jeśli ktoś jej nie zna, w życiu by nie powiedział, że jest brzemienna. Wieczorami mama opowiada jej liczne historie ze swojego życia, w tym także te z Polski, kiedy była panienką, lub z początków jej związku z ojcem. Dziewczyna zaśmiewa się do rozpuku, kiedy dowiaduje się, że jej bohaterska rodzicielka zdawała maturę w szóstym miesiącu ciąży i nikt się tego nie domyślił. Marysia ma nadzieję, że jej również jak najdłużej uda się ukrywać odmienny stan, a wtedy łatwiej będzie trochę pomieszać miesiące.

Marysia ponownie zbliżyła się ze swoim mężem do tego stopnia, iż przyznaje, że szkoda, iż Hamida nie ma z nimi, bo na pewno skusiłby się na wycieczkę w góry. Z nim także czułaby się spokojniejsza, bo jednak włóczenie się po bezdrożach w czasie wojny nie jest najbezpieczniejszym zajęciem. Teraz, tuż przed wyprawą, przyznaje po cichu sama przed sobą, że liczyła trochę na zdecydowaną odmowę matki. Czy to odpowiedzialne łazić po nieznanym, może zaminowanym terenie z dzieckiem pod sercem? Może się jednak wycofam?, rozmyśla, siedząc po turecku i zajadając kruche ciasteczka, które miała wziąć ze sobą.

– Miriam, Miriam – słyszy ciche pukanie do okna i swoje imię wołane szeptem.

– Jak nie chcesz, to nie idź. – Matka stoi w drzwiach

sypialni, uważnie ją od jakiegoś czasu obserwując. – Przecież zmienić zdanie to żaden wstyd, i zawsze możesz im powiedzieć, że ja ci nie pozwoliłam.

– Nie! – Marysia aż podskakuje na dźwięk jej głosu. – Przecież wszyscy mówią, że strony będą pertraktować i wojna się skończy. Od wielu dni nie przywieziono do szpitala ani jednego rannego. – Dziewczyna nie chce stchórzyć, a w zasadzie przyznać się do głupiej słabości. Przecież zawsze była odważna i taka musi pozostać. – Zobaczysz, że będę miała świetny dzień, a ty pożałujesz, że się z nami nie wybrałaś.

– Róbta, co chceta i oczywiście życzę wam świetnej zabawy. – Dorota otwiera drzwi i wpuszcza dwie siostry do środka. – Temu mojemu żarłokowi muszę coś zapakować na drogę – śmieje się, wyjmując z rąk Marysi plecaczek i upychając do środka małe paczuszki zwykłych herbatników i soki w kartonikach z rurką.

– Bierzesz ze sobą własne jedzenie?! – Manar, trzymająca może dwuletnie dziecko na jednym biodrze, a drugie za rękę, oburza się i patrzy groźnie. – Ty myślisz, że myśmy cię zaprosiły i jeść ci nie damy? – Robi krok do przodu, jakby chciała się bić.

– Ty, siostra, wyluzuj! – Aisza bezpardonowo odpycha zapalczywą dziewczynę i bierze od zbaraniałej Marysi słodycze dla swojej małej córeczki, która od razu wyciąga po nie tłuściutkie rączki. – Ja też tak miałam na początku, jak nie zjadłam, to rzygałam. – Uśmiecha się uroczo, pokazując braki w uzębieniu.

– A to ja nic nie wiedziałam. – Berberyjka tak szybko,

jak się wściekła, łagodnieje i też szczerzy swoje nierówne żółte zęby. – *Mabruk*! – Już bez najmniejszej urazy rozsiada się wygodnie w saloniku. – Droga zajmie nam góra dwie godziny, a w chacie jedzenia będzie w bród. Chłopy zgnały stado baranów z gór, bo i nam potrzeba, i dla szpitala coś się uskubie. A tobie, Dorota, przyniesiemy już upieczone.

– Dziękuję. – Gospodyni uśmiecha się pod nosem, bo zna porywczy charakter tutejszych ludzi. Według niej tylko oni mogą wygrać i zakończyć tę wojnę, ale przebywanie z nimi nie zawsze jest miłe i bezpieczne.

– Będzie tego! Idziem, bo zaraz się ściemni. – Manar, żartując, pogania dziewczyny, a sama obładowana dziećmi staje w drzwiach gotowa do wymarszu.

Marysia ubrana podobnie jak koleżanki wygląda na tutejszą. Matka załatwiła jej ciężkie buciory do kostki i na grubej podeszwie, chroniące przed ukąszeniami skorpionów i węży, które w tym rejonie dość licznie występują. Zamaszyste kolorowe ubranie owija ją dokładnie, chroniąc przed słońcem i pożądliwym okiem mijanych mężczyzn. Jest też przewiewne, więc dziewczyna czuje się lekko i komfortowo. Kiedy wychodzi z domu i opuszcza teren szpitala, oddycha pełną piersią. Dobrze, że nie zrezygnowałam, myśli. Zaczynam jak moja mama dostawać fobii, to jest rzeczywiście zaraźliwe, uśmiecha się i raźno maszeruje za swoimi przewodniczkami.

Szybko mijają miasto, po chwili zbaczają z głównej drogi i zbiegają z niewielkiego wzniesienia na kamienny szlak. Przed nimi rozpościera się otwarta przestrzeń, zakończona zielonym lasem, w którego kierunku zmierzają. Drzewa porastają wzgórze i nie widać ich końca. Z czasem eukaliptusy ustępują miejsca odurzająco pachnącym sosnom i karłowatym liściastym drzewkom. Są też połacie całkiem puste, po których duje wiatr i unosi z ziemi pył, drobne kamyczki i wielkie kule z wyschniętych traw. Natrafiają na dzikie gaje oliwne, lecz im wyżej się wspinają, tym teren jest bardziej zarośnięty i niedostępny. Nieraz muszą pochylać głowy czy iść zgięte wpół, przeciskając się między skałami. Góralki nie biorą pod uwagę kondycji Marysi, uważając, że dla każdego trasa jest prosta. Dziewczyna po półgodzinie spływa potem, ledwo łapie oddech i czuje kłucie kolki w brzuchu.

– Możemy chwilkę odpocząć? – zatrzymuje się w końcu, bo nie jest już w stanie dłużej iść.

– Wy, miastowe, to takie słabe ludzie jesteście. – Manar nie jest najprzyjemniejsza, lecz kiedy Marysia dochodzi do przewodniczek, widzi pot, który też perli się na ich czołach. Chyba żadna nie chciała pierwsza przyznać się do swojej słabości i zaproponować przerwy w marszu.

– Czy my gdzieś na wyścigi pędzimy? – pyta, przysiadając na nagrzanej słońcem skale.

– Nie, ale jak cię w dupę skorpion ugryzie, to trzeba będzie. – Dziewucha ciągnie przyjezdną za rękę, stawia ją do pionu, a sama kopie w głaz i obtłukuje go kijem, który przez całą drogę trzyma w dłoni. – Teraz se przysiądź – oznajmia zadowolona.

– Mieszkacie wśród drzew? – Marysia chce się czegoś dowiedzieć. – To wioska czy osada? Ile tam jest chat? Tylko wasza rodzina czy jeszcze jakieś inne? – zarzuca je pytaniami.

– Teraz to kwaterujemy w takim prowizorycznym obozie – tłumaczy Aisza. – Bezpieczniej, zwłaszcza że nasze chłopy zaangażowały się w partyzantkę.

– Mój stary twojego wiódł do Trypolisu – oznajmia dumna Manar.

– Jaki ten świat jest mały! – Przyjezdna nie może się nadziwić.

– A co ty myślałaś, że tu same wsiowe prostaki mieszkają? – Starsza siostra jest strasznie drażliwa. – Hmeda skończył szkoły w Nalucie, na mechanika się wyuczył i w wojsku był. Zna się na wszystkim. Już rozminowali cały ten teren, wielkie wadi, gdzie twój elegancik wpakował transport dla nas. Owszem, pomagali specjaliści z Tunezji i Francji, ale nasi też w niczym im nie ustępują. Jeszcze mają ręce i nogi, więc muszą być dobrzy.

– Ty wiesz, że tam były nie tylko miny przeciwpiechotne, ale też wielkie jak talerze przeciwpancerne? – włącza się Aisza. – Jakieś brazylijskie i chińskie gówna – denerwuje się. – A jakby tam kiedy ktoś się zapuścił, dziecko wypasające owce czy kozy, kobieta szukająca jagód? To granda! Było tego z trzysta sztuk, jedna obok drugiej! – Wstają i idą już spacerkiem, kontynuując rozmowę.

– Ta wojna to straszne chamstwo – Manar dosadnie wyraża swoje myśli. – Powinni się bić żołnierze z żołnierzami, a nie żeby na bezbronne kobiety i dzieci się zasadzać. – Staje w miejscu. – Ale mnie to wkurza! – Tupie nogą. – Mój stary dzisiaj w nocy znów przez granicę tunezyjską broń przemycał. – W jej czarnych jak węgle oczach pojawiają się łzy. – Kiedyś go złapią lub zabiją albo jedno i drugie. A takie piękne mamy plany…

– Dobrze będzie, na pewno już jest w domu, nie martw się. – Aisza obejmuje ją.

– Chcieliśmy mieszkać jak ludzie i tuż przed wojną Hmeda załatwił dla nas i dla nich – pokazuje palcem na młodszą siostrę – przydział na takie piękne nowiusie farmy. Nikt nie chciał brać, bo miejsce odludne jak diabli. – Ironicznie się uśmiecha, kantem spódnicy osuszając oczy. – Ale dla nas to chleb powszedni, my tu urodzeni i tutaj zapewne pomrzemy.

– Cudne domy. – Osiemnastolatka staje w miejscu. – Słuchaj, na dole salon… salon! – Aż podskakuje w miejscu, a jej śpiąca na ręku córeczka nic sobie z tego nie robi. – Do tego kuchnia i dwa pokoje. Na piętrze jeszcze trzy duże sypialnie. Łazienka na dole i na górze, od zewnątrz dodatkowy sraczyk. Z parteru wyjście na podwórzec, a myśmy miały jedna przy drugiej, więc wiesz, ile miejsca?! – opowiada chaotycznie, tak jest podekscytowana.

– Może znajdziemy chwilkę, to jeszcze dzisiaj mogłybyśmy podskoczyć i ci pokazać, co to za cuda. – Manar wpada na znakomity pomysł i obu siostrom od razu jaśnieją twarze. – Tam nie ma nikogo, więc nic się nie bój. Jedynie otwarty płaski teren, ale mieli w planie zadrzewianie. Dawno tam nie byłyśmy, nie?

– Nigdy nie ma czasu – skarży się Aisza. – Albo robota w domu, albo w szpitalu, albo coś dla naszych partyzantów trzeba przemycić pod spódnicą…

– Albo dać coś spod spódnicy – śmieje się druga, a młodsza czerwieni się jak dziewczynka.

– To przyspieszmy, jeszcze słońce nie jest w zenicie, to do piątej mamy sporo czasu. – Zapalone do swojego planu rzucają się przed siebie prawie biegiem. – Zostało nam może z pół godziny marszu, a do wioski pojedziemy na osiołkach – oznajmiają, nie pytając nawet Marysi, czy umie i chce dosiadać krnąbrnego zwierzaka.

Jednak pomimo trudów wędrówki dziewczyna pragnie obejrzeć wymarzone domy swoich libijskich rówieśniczek. Jakbyście zobaczyły moją willę w Rijadzie, to chyba umarłybyście z zachwytu, myśli bez dumy, lecz raczej ze smutkiem. Po co jednemu taki dobrobyt i przepych?, zastanawia się. Chyba jedynie po to, żeby drugi cierpiał biedę. Mama ma rację, trzeba ludziom pomagać. Co nam po bogactwie, jeśli napychamy nim tylko własne brzuchy. Poproszę Hamida, on i jego rodzina są tacy szczodrobliwi. Marysia doskonale pamięta ich działalność charytatywną w Jemenie. Tylu ludziom można pomóc, nagle do niej dociera, tylko trzeba patrzeć sercem.

Dziewczyny wpadają do osady, a przyjezdna staje jak zamurowana na środku przy studni i nie może oderwać oczu od otaczającego ją naturalnego piękna. Kotlina wygląda jak z bajki. Otoczona jest ze wszystkich stron wzniesieniami, po których pną się chaszcze. Z jednej strony słychać szumiący mały wodospad wypływający ze skalnego źródła, z drugiej zaś widać utworzoną z roślinności jakby bramę, która wiedzie na otwarty plac. Głęboka zieleń palm przeplata się z seledynem otaczających miejsce sosen.

Roślinność jest tutaj tak bujna, iż zapomina się o rozpościerającej się nie tak daleko ekspansywnej Saharze. Domy są albo zbudowane z kamienia, albo w nim wykute. Wejścia mają ciężkie drewniane odrzwia, a maleńkie okienka umiejscowiono prawie pod sufitem. Tylko część z nich ma szyby, większość służy do wymiany powietrza, więc zostawiono je bez żadnych zabezpieczeń. Do każdego małego domostwa doklejono stodółkę lub zagrodę skonstruowaną z patyków połączonych drutem. Między chatami umiejscowiono małe ogródki, w których zamiast roślin ozdobnych przezorne gospodynie zasadziły warzywa. Ożywia je czerwień papryk, pomidorów i pikantnej chili oraz żółte kwiaty dojrzewających cukinii.

– Co tak stanęła jak wryta? – Manar daje Marysi kuksańca w plecy. – Prymitywizm, nie? – Wykrzywia wargi. – Nie ma telewizji satelitarnej ani stacjonarnych telefonów, nie wspominając już o internecie.

– Tutaj jest tak pięknie, że aż zaparło mi dech w piersiach.

– A widzisz! – Starsza kobieta z tatuażami na czole i brodzie, okutana w długą płachtę materiału w bordowo-granatowe pasy, podchodzi, szczerze się uśmiechając i ukazując przy tym tylko jednego zęba. – Tej się nie podoba i jeszcze nabuntowała młodszą i głupią i swojego chłopa, żeby się stąd wynieść. Gdzie ci będzie tak dobrze, gdzie tak bezpiecznie? – Chce dotknąć ramienia córki, lecz ta aż się obrusza.

– Nie bzdurz, matka! – odpowiada ostro. – Trzeba iść z postępem. Mów, co jest do roboty, bo my jeszcze chcemy turystce coś pokazać. – Gospodyni obraca się, wzruszając tylko ramionami, i kieruje w stronę największej chaty, a córki wraz z gościem podążają za nią.

– Dzisiaj jest dzień *guffy*[1], więc młoda się cieszy. – Aisza podchodzi do uśmiechniętej od ucha do ucha siostry, która siedzi na środku izby na wysokim stołku i posłusznie daje sobie barwić henną dłonie i stopy. – Tyle prezentów, co dzisiaj nazbiera, to już chyba nigdy w życiu. – Całuje ją w policzek.

– *Ahlan*, jestem Basma, a ty Miriam?

– Tak właśnie. – Marysia pochyla się nad dziewczyną i wręcza jej etui z irchy, które przekazała jej Dorota.

– Nie teraz, później! – Manar wybija małe pudełeczko z rąk siostry. – Nie czas na to! – wykrzykuje, jakby była zazdrosna.

– A może dziewczyna będzie chciała to założyć na uroczystość? – Marysia mocno zdenerwowana grubiańskim zachowaniem podnosi podarunek z klepiska.

– Cóżeś taka zła dzisiaj, jeszcze gorsza jak zazwyczaj – krytykuje siostrę Aisza i widać, że też ciężko jej z nią wytrzymać.

– Nie odbiera telefonu i nikt go nigdzie nie widział – wyznaje młoda żona, trzęsąc się na całym ciele. – Tyś taka mądra, bo twój stary siedzi sobie na dupie w Tunezji i broń tylko podwozi pod granicę, a mój całe ryzyko bierze na siebie.

– Trzeba się było uczyć! – wykrzykuje już zdenerwowana

[1] *Guffa* (arab. libij.) – koszyk.

siostra. – Abdalla zna francuski, to i jest przydatny, a Hmeda ma kłopoty z porozumieniem się nawet po arabsku, bo jedynie w gwarze gada. Taka jest prawda! Chciałaś to usłyszeć?

– Mam złe przeczucie – szepcze Manar i oddala się na bok, znów próbując nawiązać połączenie.

– Basma, chcesz prezent teraz czy później? – Marysia w końcu zwraca się do panny młodej.

– Pewnie, że teraz. – Zainteresowana wstaje i widać, jaka jest jeszcze mała i krucha. Nie ma więcej jak trzynaście lat, zauważa przybyła. Prawa człowieka tutaj nie docierają, ale przecież sam Kaddafi ustalił minimalny wiek dziewcząt wychodzących za mąż na szesnaście lat? Cóż, nie będę się wtrącać, postanawia. Nie moja sprawa, zwłaszcza że dziewczynka wygląda na uradowaną.

– Lecz zanim ci dam, musisz mi coś szczerze powiedzieć – nie wytrzymuje jednak i pyta: – Jesteś szczęśliwa?

– No pewnie – śmieje się Basma, lecz tak jak określiły ją siostry, robi to niezbyt mądrze.

– Znasz swojego narzeczonego?

– Aha! Barany razem pasaliśmy.

– Ile ma lat?

– A kto go wie?

– Kochasz go?

– Phi – śmieje się w kułak.

– Ona nie ma pojęcia, co to znaczy. – Aisza słyszy pytania i uśmiecha się ironicznie. – My tutaj w osadzie i w naszym plemieniu żyjemy normalnie, dziewczyny z chłopakami, kobiety z mężczyznami. Nikt nikogo nie separuje, nie zasłania, nie kryje. Wszystkie znałyśmy swoich przyszłych mężów i same sobie ich wybrałyśmy. Nasze życie jest wystarczająco ciężkie, żeby sobie jeszcze je utrudniać. Słyszałam o zwyczajach w innych krajach arabskich, takich jak Arabia czy Jemen, ale tego u nas nie uświadczysz.

– Ale czy ona nie jest za młoda? – Marysia zadaje nurtujące ją pytanie.

– Może i stara nie jest, ale to dobrze. Będzie rodzić zdrowe dzieci – przedstawia tutejsze podejście do sprawy i na tym kończy się krępująca rozmowa. Marysia, tak jak obiecała, wręcza Basmie prezent, a ta, kiedy widzi wisiorek, ze zdziwienia, podziwu i radości krzyczy i piszczy wraz z otaczającymi ją kobietami z rodziny.

– Od razu go zakładam i już nigdy w życiu nie ściągnę – obiecuje, usiłując zapiąć łańcuszek trzęsącymi się z podekscytowania dłońmi. – Jak mój chłop go zobaczy, to będzie już wiedział, że nie bierze sobie byle jakiej żony, tylko elegancką panią. – Rzuca się ofiarodawczyni na szyję i obsypuje pocałunkami. – Teraz to ja, moja dobrodziejko, jestem szczęśliwa! Oj, jaka szczęśliwa! – Tańczy dookoła taboretu, a otaczające ją Berberyjki dołączają. Jedna z nich zaczyna chropawym głosem śpiewać melancholijną rytmiczną pieśń o zakochanych, a reszta mruczy słowa pod nosem. Atmosfera święta i wesela ogarnia całą małą osadę.

Po krótkiej przerwie na radosne pląsy dziewczyny zabierają się do przygotowań. O piątej po południu z panem młodym ma przyjść z dwudziestu mężczyzn i drugie tyle kobiet z jego rodziny. Niektóre krewniaczki już od paru dni pomagają, tak jak to od wieków w krajach arabskich bywa. Zapachy dochodzące z kamiennych palenisk, pieców i grilli są wspaniałe. Wszystko jest na czas i strawa powoli dochodzi w wielkich garach. Dziewczyny mają tylko pięknie przyozdobić stoły, ławy i krzesła oraz podium dla pary młodej. Używają do tego beli białego płótna i zielonych gałązek, których jest tutaj pod dostatkiem. Baldachim już rano umocowali mężczyźni, których teraz w osadzie w ogóle nie widać.

– To co? Przewietrzymy się? – Nadal podenerwowana Manar chce się wyrwać z osady i spod bacznego wzroku matki. – Ciotka Farida popilnuje dzieciaków, także mamy wolne ręce.

– No ja nie wiem. – Aisza nie jest pewna, czy to dobry moment.

– Jak tam sobie chcecie! Ja idę! – oznajmia najstarsza, a dwie pozostałe konspiratorki nie mają wyjścia i dołączają do niej.

Podróż na osiołku okazuje się nie taka trudna, choć oczywiście jadą na oklep. Marysia dostała starą klaczkę, opasłą i potulną, całkowicie zaprzeczającą opinii o tych zwierzętach. Ja jestem bardziej uparta od niej, myśli, śmiejąc się w duchu. Początkowo kamienisto-piaszczysta szeroka droga prowadzi przez las, ale później staje się mniej przyjemna – z jednej strony pojawiają się skały, a z drugiej zarośnięte chaszczami urwisko. Amatorka zdobywająca pierwsze szlify w jeździe wierzchem jakby mogła, przytuliłaby się do ściany i nie zrobiła już ani jednego kroku, lecz jej zwierzę jest przywiązane do osła Manar, który leniwie ciągnie je do przodu. Nie ma wyjścia, Marysia musi poddać się losowi. Czasami kamienie sypią się spod kopyt i lecą długo w dół.

– Głęboka ta przepaść? – przestraszona szuka pocieszenia.

– Ni, ni tak bardzo – słyszy za sobą rozbawiony głos. – Później będzie dopiero wielkie urwisko, ale my tam nie jedziemy.

– Nic się nie bój. – Starsza siostra wykazuje się zrozumieniem i litościwie pociesza mokrą ze strachu miastową. – Już blisko.

– Ale my tędy nie będziemy wracać! – dziewczyna krzyczy przerażona, bo dopiero teraz to do niej dociera. – Potem będzie z górki…

– I na pazurki – góralki zgodnie się naśmiewają.

Ledwie dziewczyny wspinają się na wzniesienie, las rzednie i ich oczom ukazuje się płaskowyż całkowicie pokryty litą skałą i piaskiem. Wzrok musi się przyzwyczaić do braku zieleni i zalewającej ten obszar ostrej barwy beżu, rudego i cielistego. Szok. W odległości może dwustu metrów widać osiedle składające się z około dziesięciu wolno stojących budynków w kolorze pistacji. Każdy jest ogrodzony i ma spore obejście dookoła, lecz oprócz tego nic tutaj nie ma. Marysia nie wie, czy zdoła wyrazić zachwyt wymarzonym domem dziewcząt. Dla niej jest to tylko odludzie, pustynia i dzicz.

– Hej, tam ktoś chodzi! – Manar ma sokoli wzrok.

– Kto to może być? Przecież nikt z rodziny? – Aisza się niepokoi.

– Chodu! – Starsza siostra zawraca posłusznego osła i wszystkie pędzą na złamanie karku w kierunku linii lasu.

– Żołdacy – szepczą ukryte w gąszczu. – Czego oni szukają w naszych domach?

– Jednak trzeba było siedzieć na dupie w osadzie, tak jak mówiłam! – złości się Aisza. – I jeszcze narażamy naszego gościa! Co za wstyd! Wracajmy!

– Wy jedźcie, ja jednak muszę sprawdzić, co jest grane. – Odważna Manar wyciąga ukryty pod wełnianą kulbaką obrzyn. – Może tam jest mój stary...

– Ja rozumiem, że ty poza nim świata nie widzisz, bo i twój świat jest dość malutki i wąziutki, ale nie bądź skończoną idiotką! – Młodsza jest zdecydowanie najmądrzejsza i najrozsądniejsza z całej rodziny. – Chłopy tutaj przyjadą dopiero po nocy. Kiedy teraz wyjdziesz z lasu, to wojacy mają cię jak na dłoni! Jak na strzelnicy! – Manar macha ręką, jakby się oganiała od natarczywej muchy, nie słucha ani jednego słowa, wskakuje na osła i pogania posłuszne zwierzę przed siebie.

– Sorry, ale ja do niej nie dołączę – Marysia zdecydowanie odmawia, choć zdaje sobie sprawę, że sama nie jest w stanie ani na ośle, ani na piechotę wrócić do obozu. Za nic nie pamięta drogi, bo całą uwagę koncentrowała na warunkach jazdy i czyhających niebezpieczeństwach, a nie na skrętach w prawo czy w lewo.

– Jesteś brzemienną kobietą pod moją opieką i nie pozwolę cię skrzywdzić – uspokaja ją towarzyszka. – Nic się nie bój! Nie będę ryzykowała twojego życia dla głupich wybryków mojej narwanej siostrzyczki. Poczekajmy tylko chwilę, może wróci, a jak nie, to ruszamy biegiem w dół. Ona zawsze daje sobie radę, więc mam nadzieję, że i tym razem jej się uda. W porządku?

– W porządku.

Manar niknie dziewczynom z oczu po wjechaniu za wysokie ogrodzenie pierwszego domostwa. Po chwili z drugiej strony osiedla wytacza się wojskowy wóz i jak gdyby nigdy nic kieruje się asfaltową drogą w dół wzniesienia. Nie słychać ani strzałów, ani krzyków, ani nawet świstu wiatru wśród piasku i kamieni. Dziewczyny patrzą na siebie porozumiewawczo i powoli ruszają z powrotem. Każda bije się z myślami, czy postąpiła uczciwie, zostawiając Manar w niepewnej sytuacji. Droga niesamowicie im się dłuży, bo w dół muszą jechać zdecydowanie wolniej.

Tuż przed osadą do ich uszu dochodzą krzyki, pojedyncze strzały i piski kobiet. Aisza staje jak wryta, zsiada z osiołka, pomaga Marysi i przywiązuje zwierzęta do rosnącego obok wyschniętego drzewka. Skradają się zgięte wpół i wyglądają zza dużej skały, która skrywa ich drobne sylwetki. Obraz mrozi krew w żyłach. Na środku uroczyście przyozdobionego placu stoi ciężarówka przykryta plandeką w kolorze khaki, jej pasażerowie zaś, głównie czarni najemnicy w mundurach libijskiego wojska, biegają po przysiółku, wyłapując jak pisklęta uciekające przed nimi kobiety, dziewczyny i dziewczynki. Jak tylko któraś wbiegnie w las, oddają w jej kierunku serię z karabinu i nawet się nie pofatygują, żeby sprawdzić, czy zatrzymali krnąbrną Libijkę. Nie widać ani jednego berberyjskiego mężczyzny, a może już nie żyją?

Basma siedzi w różowej długiej sukni z tiulu, przywiązana za ręce do tronu panny młodej, a matka klęczy w jej nogach, trzymając się kurczowo fotela. Podekscytowani mężczyźni zganiają góralki do małej obórki opróżnionej z inwentarza, który meczy i beczy na pace ciężarówki. Kury są wyłapywane i po parę wiązane za łapy, a następnie również wrzucane do transportu. Na jeszcze nie tak dawno pięknie ozdobionym stole weselnym panuje straszliwy bałagan. W wielkich misach stoją dymiące dania, które co rusz podjada jakiś wojak, chlapiąc przy tym po białym obrusie.

Gdy już realizują swoją grabieżczą misję, postanawiają na koniec się zabawić. Piją wino daktylowe domowej roboty prosto z dzbanów, po czym kierują się do roztrzęsionych kobiet. Najwyższy postawny Murzyn, który dowodzi całą akcją, podchodzi do Basmy. Matka próbuje go odegnać, lecz ten jednym kopnięciem pozbawia ją przytomności.

Trzynastoletnia drobna dziewczyna usiłuje się bronić, piszcząc przy tym jak kot. Przez to, że ma skrępowane ręce, brak jej możliwości ruchu, ale też napastnik ma utrudnione zadanie. Podnosi ślubną sukienkę i usiłuje dotrzeć przez falbanki i zwoje materiału do jej krocza, lecz ręka plącze mu się w tkaninie. Panna młoda wije się jak piskorz, kopiąc agresora to w nogę, to w piersi, a na koniec w genitalia. O to jej chyba chodziło, lecz mimo tego, że najemnik ledwo oddycha, zgięty wpół, Basma nie jest w stanie wyzwolić się z mocnych więzów. Szarpie rękami, prawie wyłamując sobie nadgarstki, lecz nic to nie daje.

Chwilowo osłabiony żołdak dochodzi do siebie, przecina więzy dziewczyny, targa spódnicę i rzuca pannę na weselny stół, następnie obraca ją tyłem do siebie i bez ceregieli wchodzi w jej dziewicze, nienaruszone źródełko. Mała kobietka wydaje przeraźliwy krzyk, a jej czarne oczy zachodzą najpierw łzami, a następnie mgłą. Traci świadomość i pada bezwładnie, uderzając przy tym ozdobioną w wianek głową o glinianą misę pełną jeszcze gorącego kuskusu. Kiedy gwałciciel dostaje to, czego chciał, chwyta dziewczynę i rzuca na jej ślubny tron. Panna młoda pada na niego zemdlona, jej nogi rozkładają się na boki, ukazując wygolone krocze, głowa zaś opada na odsłonięte piersi. Resztki różowej sukni barwią się w podołku na czerwono. Obserwatorki widzą tylko, że najemnik pochyla się nad młodą i coś jeszcze szepcze jej do ucha. Dotyka przy tym jej kruchego ciała swoimi wielkimi brudnymi łapskami. Aisza zasłania oczy, nie chcąc patrzeć na upodlenie swojej rodziny. Nie wie, co ma zrobić, i niepewnie kręci się w miejscu.

– Nijak nie możesz im pomóc. – Marysia obejmuje biedną dziewczynę ramieniem. – Jeśli tam pójdziemy, to dołączymy tylko do grona pohańbionych kobiet.

– Wiem, ale to takie straszne! Czuję się jak tchórz chowający się w norze – szepcze. – Manar by się nie kryła, Manar by się tak nie zachowała.

– Teraz trzeba się tylko modlić, żeby wasi mężczyźni nie przyszli. Wtedy niechybnie doszłoby do rzezi. – Przerażona Marysia przytyka dłoń do ust, bo powiedziała to w złym momencie.

W czystym górskim powietrzu roznosi się najpierw słaby, a po chwili coraz głośniejszy odgłos piszczałek, trąbek i bębenków. Dziewczyny patrzą na zegarki. Jest piąta i pan młody nadchodzi z orszakiem gości, niosąc na grzbiecie wystrojonego osiołka parę kolorowych dużych koszy z prezentami. Już go widać na skraju osady. Kroczy dumnie wyprostowany w nowiutkiej białej galabii i szarawarach, a jego kędzierzawą głowę zdobi wianek z polnych kolorowych kwiatów. Żołnierze stają jak wryci, bowiem w swojej naiwności i głupocie nie spodziewali się nieproszonych gości i myśleli, że będą sami bawić się na tym wiejskim weselu. Pierwszy sięga po broń dowódca, ten, który zgwałcił pannę młodą, a zaraz po nim pozostali. Oddają krótkie serie i radośni przybysze jeden po drugim padają na ziemię. Nawet osioł dostał kulkę i ryczy teraz rozpaczliwie, miotając się w śmiertelnych konwulsjach, a kolorowe koszyki łamią się i odpadają z jego pleców. Ta scena sprawia oprawcom niewypowiedzianą radość. Śmieją się ubawieni, klepiąc przy tym po udach i pokazując sobie konające zwierzę palcami.

– Niezła zabawa. – Aisza z Marysią zszokowane widokiem rzezi nie słyszały kroków za sobą. – Macie wesoły teatrzyk. – Manar z rozwianym włosem i rozchełstaną na piersi kolorową koszulą patrzy przed siebie oczami jak szparki. Wściekłość wyraża się również w jej zaciśniętych, wąskich teraz jak kreska ustach.

– Siostrzyczko! Co robić? Wymyśl coś!

– Wy się dobrze ukryjcie, a ja tym psubratom nie odpuszczę. – W tej chwili żołdacy zabierają się do czyszczenia terenu. Podnoszącą się z klepiska matkę dziewczyn zabijają jednym strzałem w głowę, a do zbitych w gromadkę pohańbionych kobiet oddają na chybił trafił parę salw. Utworzyły one kopczyk z ciał, trzymając się za ręce i tuląc z przerażenia. Niektóre nadal się poruszają, jedna trzyma się za brzuch i wyje z bólu, a bardziej rozsądna lekko ranna młoda kuzynka zaciska zęby i udaje martwą. Półprzytomna Basma cicho siedzi na swoim ślubnym tronie i tępo obserwuje, co się dookoła niej dzieje.

– Gdzie są dzieci? – pyta wojownicza rewolucjonistka, a przerażone dziewczyny kręcą tylko przecząco głowami, oświadczając, że nie wiedzą. – Aisza, jakby co, zajmij się moim. – Manar prosi siostrę, wydobywając z fałdów spódnicy swoją strzelbę.

– Poczekaj, na pewno zaraz przyjdą chłopy! Sama nic nie zdziałasz! – Aisza błaga starszą siostrę. – Oni są od walczenia, a my od rodzenia. Nie chciej być taką bohaterką, daj sobie na wstrzymanie!

– Żaden facet z rodziny już się nie pojawi, nikt nas nie uratuje – mówi Manar z martwym wyrazem twarzy. – Wszyscy zostali zabici w naszych wymarzonych domach.

– Co? – Marysia nie może uwierzyć własnym uszom.

– To była kryjówka partyzantów i jak nie mogłam namierzyć mojego starego, to zawsze go tam znajdowałam.

– On też? – szeptem pyta Aisza.

– Tak.

– A mój? – trzęsie jej się głos.

– Musi być za granicą. Zastrzelili jeszcze ojca, naszych braci, zarąbali nawet najmłodszego, dziesięciolatka, który zawsze tylko broń czyścił. I jeszcze dwóch kuzynów – dodaje. – Wszyscy leżeli na kupie na podwórcu z rękami związanymi sznurkiem. Dostali kulkę w tył głowy. – W tej chwili słychać zapuszczany motor i ciężarówka lawiruje do odjazdu. Jednak nie wszyscy najemnicy są na pace. Dwóch największych wbiega do środkowej chaty i wynosi z niej małe płaczące dzieci, trzymając je za nogi, głowami w dół. Co im dzieci zawiniły? Przecież nic nikomu nie powiedzą!, łomocze się po głowach obserwującym dziewczynom. Najeźdźcy wrzucają piątkę dzieciaków do komórki dla zwierząt, a matki oddychają z ulgą. Odpuszczą im, pocieszają się w duchu. Jednak nadal stoją spięte i jak pantery gotowe do skoku w obronie swoich małych. Na koniec żołdak rzuca niedopałek w kierunku szopy, a sam szybko biegnie w kierunku ciężarówki, która rusza z kopyta.

– Tam składujemy w kanistrach benzynę! A także olej opałowy w dużym baniaku! – Manar jest już na ścieżce, a pozostałe dwie odważne towarzyszki pędem rzucają się za nią.

Ogień na razie liże suche siano, lecz powoli ogarnia resztę stajenki. Słychać pisk dzieci. Kuzynka, która udawała, że nie żyje, biegnie w ich stronę. Manar ściąga z pleców karabin i oddaje serię w szoferkę. Kierowca i dwóch pozostałych padają na twarz na deskę rozdzielczą. Paru najemników wychyla się zza plandeki, lecz szukająca zemsty kobieta strzela do nich jak do kaczek. Marysia, nie bacząc na niebezpieczeństwo, wpada do stajni i porywa na ręce dwoje maluszków. Aisza obejmuje mocno swoją córeczkę i cicho szlocha. Nie wiadomo dlaczego stoi w miejscu, tępo gapi się w kąt i nie ucieka. Inna dziewczyna z rodziny wraca drugi raz i wypycha z sąsiedniej stajni pozostałe przy życiu kobiety.

Marysia biegnie na złamanie karku w kierunku zadaszonego podestu z tronem. Kładzie dzieci na drewniany parkiet i potrząsa otumaniałą Basmą. W tej chwili Manar, widząc, że w pojedynkę nie ma szans, po upewnieniu się, że rodzina jest w odpowiedniej odległości, rzuca na pakę ciężarówki mały granat i skacze do wnętrza kamiennego domu. Gdzie jest Aisza?, Marysia rozgląda się z niepokojem, poszukując wzrokiem dziewczyny.

Z pomocą oprzytomniałej niedoszłej panny młodej przenoszą dzieci i lokują je na ściółce za grubą palmą. Eksplozja granatu ogłusza, lecz żadna z mieszkanek nie jest poszkodowana, bo wojskowy transporter zdążył znacznie oddalić się od centrum osady. Problem z najemnikami został ostatecznie rozwiązany. Ich ciała wylatują z roztrzaskanego wozu, niektóre już martwe, a parę płonących jeszcze w konwulsjach. Żywych poparzonych i wrzeszczących jak zwierzęta żołdaków dopadają pokrzywdzone kobiety, z Basmą na czele. Dziewczynka rzuca się na jęczącego w agonii swojego gwałciciela i jednym ruchem odcina mu głowę szpadlem. Następnie, używając tego samego narzędzia, spokojnie masakruje resztę jego ciała, a jedynie marszczy brwi, zawzięcie siekając genitalia. Pochyla się nad nim i sprawdza mu wnętrza zakrwawionych dłoni, a potem wszystkie kieszenie. Resztki jej różowej sukni ślubnej przybierają teraz kolor krwisty i panna młoda wygląda jak z horroru.

Obserwująca to wszystko Marysia nadal stoi przy drzewie, po chwili jednak czuje miękkość w nogach i powoli siada wśród zebranych tam wiejskich dzieci. Przygarnia je do siebie, szukając w nich ciepła i niewinności. Jej wielkie bursztynowe oczy z przerażenia całkiem poczerniały, w ustach jej zaschło, a w głowie czuje szum i pikanie własnego tętna. Jak można być tak okrutnym? Znów znalazła się w centrum rzezi, a mogła sobie teraz wygodnie siedzieć na kanapie u mamy i oglądać stare filmy na DVD. Co ja tutaj robię? Na Boga! Ja już dłużej nie chcę oglądać takich okropności!, krzyczy w duchu. Jedni krzywdzą drugich, a potem ci poszkodowani mszczą się, a następnie ktoś z przeciwnego obozu będzie wyrzynać mścicieli. Jakaś matnia, przelatują jej przez głowę nieskładne myśli. W dalszym ciągu nie jest w stanie się ruszyć, choć tak bardzo chciałaby stąd uciec. Wstrząsa nią dopiero słaby wybuch, który brzmi jak fajerwerk. Od eksplozji zwiało prowizoryczne ogrodzenie z drewnianych desek, ukazując kolorowe odzienie jednej z sióstr, Aiszy, o której wszyscy zapomnieli. Dół jej spódnicy już płonie. Nie przejmując się tym, nadal trzyma ona na ręku swoje roczne dziecko i usiłuje coś wyciągnąć z kąta obórki, jednak nie widać co, bo dym z płonącego siana zasnuwa wszystko. Rozgląda się i widząc, że nie da rady, puszcza się biegiem, jednak na ucieczkę jest już za późno, bowiem następny wybucha duży zbiornik z paliwem i wyrzuca ciało dziewczyny na środek placu. Manar jest przy niej pierwsza i gasi tlące się na ubraniu płomienie.

– Cóżeś tam robiła?! – nie może się nadziwić. – Czegoś tyle czasu zmitrężyła?

Aisza niemo porusza wykrzywionymi z bólu ustami. Jej dziecku, oprócz paru zadrapań, nic się nie stało i siedzi teraz obok matki, kwiląc radośnie.

– Trzeba ją szybko opatrzyć. – Marysia nabrała w tym wprawy w szpitalu Muaida w Trypolisie. – Trzeba zatamować krwotok i zabezpieczyć większe obrażenia. Potem sobie pogadacie! – Szorstko odpycha bohaterską Berberyjkę i klęka przy rannej. – Pomogę ci – szepcze. – Jakoś dowieziemy cię do szpitala, a tam już będziesz miała profesjonalną opiekę. – Obraca niespełna dwudziestolatkę na bok, chcąc zobaczyć, jaki jest jej stan. Wlepia oczy w plecy dziewczyny, która stała tyłem do wybuchu. Są w całości okaleczone. Nie ma na nich deka skóry, a odkryte ciało jest fragmentami spalone na czarno. Jedno żebro wydostało się spod cienkiej warstwy tkanki i straszy żółtym kolorem kości.

– Wody. – Marysia ledwo wydusza z siebie, a pozostałe dziewczyny wstrzymują oddech. – Zimnej wody ze studni – mówi już głośniej. – Na okłady – tłumaczy.

– Z oliwą. – Manar odzyskuje trzeźwość umysłu.

– Na bandaże podrzemy obrusy i pokrycie tronu. – Basma biegnie zrealizować swój plan, ale wcześniej wpada do chaty i błyskawicznie przebiera się w swoje codzienne ubranie.

– Lecę po dzieci. Przyszykuję też osły do drogi, bo trzeba natychmiast ruszać. Następnej inwazji wojska nie przetrzymamy. Poza tym zaczyna się ściemniać. – Młoda, lekko draśnięta w ramię kuzynka pokazuje głową na bordową kulę słońca szybko zmierzającą ku zachodowi.

– My idziemy w góry, nie będziemy was blokować.

– Ocalałe góralki z tobołkami na plecach kierują się w stronę pociemniałych już gąszczy. – Poza tym duża grupa bardziej rzuca się w oczy i jest łatwiejsza do wytropienia. Żegnajcie – mówią na odchodnym.

– Z Bogiem – odpowiadają cztery osamotnione dziewczyny, które muszą dostarczyć ranną do szpitala w Nalucie i odważnie kierują się w otwarte miejskie tereny.

Po wykonaniu prowizorycznego opatrunku zawieszają cienki kilimek pomiędzy dwoma osłami i kładą w nim jak w hamaku ranną Aiszę. Dziewczyna jęczy. Gorączka rośnie z każdą minutą, osłabiając przy tym organizm.

– Znam jedną kryjówkę po drodze – oznajmia Manar po godzinie, kiedy posuwają się bardzo powoli w prawie całkowitych ciemnościach. – Spora jaskinia, zwierzęta też wejdą. Trzymamy tam na wszelki wypadek nawet zapasy jedzenia i wodę.

– Ona może nie doczekać rana. – Marysia zupełnie niepotrzebnie mówi szeptem, bo chora majaczy w malignie i jej nie słyszy.

– Mamy pięcioro dzieci, których nie możemy zabić na skałach. Osioł to głupie zwierzę, w przepaść wejdzie bez strachu. One nie mają takiego instynktu jak konie czy wielbłądy.

– To może się podzielimy. – Milcząca od początku drogi Basma zabiera głos. – Ty z Suriną i dziećmi zostańcie, a ja z Miriam i Aiszą powoli pójdziemy do szpitala.

– Czy ja wiem? – Najstarsza siostra niechętnie chce pozwolić na samodzielną wyprawę niedoświadczonej dziewczynie.

– Znam te góry równie dobrze jak ty – młoda przewodniczka zdecydowanie trzyma pokorną klaczkę za uzdę i ciągnie w kierunku miasta.

– Niech was Bóg prowadzi – żegnają się. – *Insz Allah* skoro świt do was dołączymy.

Nie oglądając się, ruszają przed siebie. Z przodu idzie mała szczupła góralka, za nią pokorne osły z ranną kobietą, a z tyłu, prawie trzymając się ich ogonów, Marysia. Po jakimś czasie, kiedy wzrok już się przyzwyczaja, sama zauważa skały, krzewy, kłujące opuncje czy niebezpieczne rowy. Po paru godzinach zatrzymują się na postój, dają chorej zimnej źródlanej wody i same studzą pragnienie.

– Powiedz mi, boś starsza i zapewne bardziej rozumna ode mnie. – Basma na chwilę przysiada przy Marysi. – Co ten wielki czarny chłop miał na myśli, mówiąc po tym… no wiesz… – peszy się, nie chcąc dosłownie nazwać gwałtu – że to, co mi zrobił, jest karą za bycie żoną, siostrą i córką rebeliantów. Jakich rebeliantów? My proste górale, nasze chłopy chciały coś więcej od życia, ale ja to już w ogóle o niczym nie wiem – smutno wyznaje. – Cały ostatni rok pragnęłam tylko tego ożenku i że w końcu tak jak siostry będę miała dzidziusia i swojego chłopa.

– Tak bardzo tego chciałaś? Nie za młoda jesteś? – Marysia dziwi się, że nastolatka może mieć takie dorosłe marzenia. Powinna jeszcze bawić się lalkami, podsumowuje w myślach.

– U nas życie ciężkie, nie tak jak u was, miastowych. Szybciej się dojrzewa i szybciej umiera. Po co nie wiadomo jak długo czekać na szczęście i marnować czas?

– No tak. – Rozmówczyni dochodzi do wniosku, że to jest zupełnie inny świat. Chodzimy po tej samej ziemi, ale chyba w innych butach. Nie powinniśmy chcieć zmieniać siebie nawzajem. Może dla niej wczesne małżeństwo to błogosławieństwo i wypełnienie pustych dni? Może dzięki temu czułaby się bardziej wartościowa i potrzebna?

– Najbardziej to mi szkoda wisiorka od ciebie. – Basma podsumowuje, wstając. – Ten łotr mi go zerwał i zabrał. A potem drań jeden zgubił! Ech!

– A nie żal ci narzeczonego, matki, krewniaczek? – Dobrze, że w ciemności nie widać oburzonej miny Marysi.

– Takiego wisiorka to ja już w życiu nie będę miała.

* * *

Na wzniesienie przed miastem dziewczyny docierają wczesnym świtem.

– Nigdzie się nie ruszaj – w słuchawce telefonu słabo słychać głos Hamida. – Na dzisiaj jest planowane wielkie natarcie na Nalut.

– Czemu wcześniej nie zadzwoniłeś? – Marysia rozgląda się z paniką, lecz spowite mgłą miasto śpi spokojnie.

– Próbowałem, ale nie miałaś zasięgu. Dopiero Dorota powiedziała mi, że jesteś na jakimś weselu w górach. Jak tam udała się zabawa? – pyta ciekawy.

– Niczego sobie. Wystrzałowa – ironizuje, nie chcąc wdawać się w szczegóły.

– Jesteś już oczywiście w domu? – troskliwy mąż niepokoi się.

– Do szpitala mam jeszcze z pół godziny drogi. Jak biegiem, to może nawet mniej. – Zamiast riposty słychać ciszę i stłumione westchnięcie, bo Hamid usiłuje nie krytykować poczynań żony.

– Ja nadal muszę pozostać w Trypolisie – informuje – aby pomóc Muaidowi w realizacji jednego dość poważnego przedsięwzięcia. Może do tego czasu wojna się skończy, a jeśli nie, to dzięki jego planom na pewno – wyznaje. – Ty już nie ruszaj się poza klinikę, bo obecnie tylko tam jesteś bezpieczna… – Zawiesza głos, jakby nad czymś się zastanawiał. – Miriam, kochanie, lepiej by było, żebyś takich dalekich eskapad nie robiła – na koniec jednak delikatnie doradza.

– Wierz mi lub nie, ale to była pierwsza i ostatnia moja wyprawa! – gwałtownie oświadcza, po raz pierwszy od niepamiętnych czasów całkowicie zgadzając się ze swoim mężem.

Słychać trzaski i szumy i telefon w jednej chwili staje się głuchy.

– Basma, musimy przyspieszyć! – Marysia krzyczy do towarzyszki, bo ta wygląda, jakby spała na stojąco.

– Że co? – pyta młoda głupkowato.

– Biegiem do szpitala! – Na horyzoncie od północy pojawia się pierwszy samolot, a zaraz za nim następny i następny. Słychać pierwsze strzały i spadające bomby. Dziewczyny gnają na złamanie karku, nie zważając na nierówności terenu i pył dostający im się do oczu i ust. Teraz trzymają osły z obu stron i wręcz ciągną za sobą. W okamgnieniu wpadają na wąską krętą szosę ciągnącą się wśród drzew i prowadzącą z gór do miasta. Osiołki stukają kopytkami, dziewczyny dudnią ciężkimi buciorami, a chora wydaje to ciche, to głośniejsze jęki. Miasto jest jak wymarłe, przecież nikt w takiej sytuacji nie wychodzi z domu.

Marysia trzyma się jedną ręką za brzuch, bo znów czuje rozrywający ból w pachwinach. Jeśli ja nie stracę tego dziecka, to będzie cud, tłucze jej się po głowie. Jednak teraz nie jest dobry moment, aby się oszczędzać, młoda przyszła mama musi uratować już nie tylko siebie, ale małe życie, które w niej rośnie i chce zobaczyć światło dzienne. Przysięgam, przysięgam, jak tylko dotrę do tego cholernego szpitala, mówi w duchu, już nigdy z niego nawet nosa nie wyściubię. Boże, dopomóż! Nadzieja w tym, że placówek służby zdrowia NATO nie bombarduje, a i Libijczykom zdarza się to dość rzadko. W Misuracie to był wyjątek, który potwierdza regułę. Mamo kochana, szepcze Marysia, módl się za mnie. Jaka szkoda, że ja nie umiem tego robić w żadnej religii, a przecież byłam wychowywana aż w dwóch wyznaniach. Na Allaha, jak tylko przeżyję, to zacznę z moim mężem chodzić do meczetu, przyrzeka spanikowana. Albo z matką do kościoła, przekupuje drugiego Boga. Albo przynajmniej poczytam Koran czy Biblię, albo obie księgi. Marysia ledwo łapie oddech i ze zmęczenia plączą jej się nogi. Basma cicho sapie, lecz ta krucha dziewczyna jest silna jak wół. Ostrzał trwa na obrzeżach miasta, widać tam znajdują się pozycje lojalistów albo ich magazyny uzbrojenia. Dziewczyny dobiegają do szpitala i wpadają na opuszczony szlaban.

Nawet stróż gdzieś się ukrył i nie ma ochoty wykonywać swojej pracy.

– Marysiu! – słychać krzyk i po chwili dorosła córka wpada w ramiona oczekującej ją matki.

– Mamuś, mamuś! – szlocha. – Znowu wpakowałam się w straszne rzeczy. Dlaczego ja mam takiego pecha?!

Córka i matka, po dostarczeniu poparzonej i poranionej od wybuchu Aiszy na ostry dyżur, oddalają się ze szpitala, chcąc przynajmniej chwilę spędzić w zaciszu domowym. Marysia zrzuca z siebie przepocone i zakurzone ubranie i idzie pod prysznic. Staje pod strumieniem letniej wody i usiłuje zmyć z siebie całe zło i gnój otaczającego ją świata. Dorota przez chwilę krząta się w kuchni, lecz dłużej nie wytrzymuje i delikatnie puka do drzwi łazienki.

– Mogę wejść, kochanie?

– Oczywiście, dlatego nie zamknęłam. – Marysia spodziewała się, że kochająca matka natychmiast będzie chciała się dowiedzieć, czy nie spotkała jej jakaś krzywda.

– Co tam się wydarzyło? – pyta Dorota z niepokojem. – Czy ktoś zrobił ci coś złego? – Jej głos drży.

– Tym razem nie mnie, ale to tylko dzięki temu, że miałam więcej szczęścia niż rozumu – wyznaje, przysiadając na piętach i polewając wodą sklejone od potu i pyłu włosy.

– Co tam się stało? Chcesz mi powiedzieć?

– Nie należy do przyjemności nurzanie się w ledwo co zaszłej tragedii, ale czuję, że powinnaś wiedzieć. Dotyczy to głównie twoich miłych współpracownic i moich nowych koleżanek.

– Tak? – Dorota wstrzymuje oddech, bo szkoda jej dobrych, życzliwych i niewinnych ludzi.

– Więc… – Marysia odgarnia czupryne z twarzy, wyciska w ręcznik, narzuca szlafrok i razem idą do saloniku. Ciężko padają na stare wysiedziane fotele.

– Więc?

– Manar straciła męża, ojca, braci i kuzynów, i nie wiem, kogo jeszcze, ale chyba prawie wszystkich przedstawicieli męskiego rodu. Jej matkę zabili na naszych oczach. – Dziewczyna bierze głębszy oddech na wspomnienie okropieństw, które widziała zaledwie wczorajszego dnia. – Basma została zgwałcona…

– O mój Boże! – wykrzykuje Dorota. – Ona była taka szczęśliwa i tak marzyła o tym zamążpójściu!

– Jej męża zastrzelono, kiedy nieświadom niczego wkroczył do osady na uroczystość zaślubin. – Dorota chwyta się za głowę, opuszcza twarz, chowając ją na kolanach podkurczonych nóg, i cichutko płacze.

– Wiele nieznanych mi krewniaczek naszych zaprzyjaźnionych dziewczyn zabito przy próbie ucieczki, trudno zliczyć. Te, co pozostały, zgwałcono, pobito, zmaltretowano. Biedna Aisza srogo ucierpiała, bo nie dość, że okaleczył ją wybuch, to jeszcze spaliły płomienie. W składziku, w którym nie wiadomo czemu straciła tyle czasu, przechowywano zbiorniki z benzyną i opałem. Jeden z najemników celowo je podpalił, rzucając niedopałek papierosa na wyschniętą ściółkę.

– To nie są ludzie, to zwierzęta! – Dorota miota iskry oczami. – Odkąd to można podczas działań wojennych krzywdzić bezbronne kobiety i dzieci? Jak udało się wam uciec? – nie może się nadziwić.

– Manar pomściła zabitych. – Marysia nadal nie może pojąć bohaterstwa tej zwykłej dziewczyny.

– To do niej podobne. – Dorota lepiej zna góralkę i wie, na co ją stać. – A co z nią? Zginęła bohaterską śmiercią?

– Nie, zwyciężyła, zabiła wszystkich napastników i razem wracałyśmy do miasta, lecz ona okazała się bardzo odpowiedzialną osobą i wolała nie ryzykować życia powierzonych jej dzieci. W nocy w górach przepaście i wąwozy oraz śliskie od wypływających z ziemi niewidocznych źródeł kamienie są bardzo niebezpieczne. Powinna niedługo pojawić się tutaj.

– Zuch dziewczyna! – Dorota cieszy się z zakończenia strasznej historii. – Jak tylko ją zobaczę, wyściskam z całych sił! Postaram się też pomóc, aby spełniły się jej edukacyjne plany. Szkoda jej męża, to był dobry i odważny człowiek.

– Czy wiesz, że to on był przewodnikiem Hamida na trasie do Trypolisu? – dodaje Marysia. – Mamo, co za życie?! Czemu my zawsze musimy znajdować się w złym czasie w złym miejscu? Powiedz mi?

– Nie wiem, kochanie, ale teraz ja czuję się zobowiązana zobaczyć, co z Aiszą. Bardzo ją lubię, to taka mądra dziewczyna, a większość swojej wiedzy czerpie z życiowych doświadczeń. Ty sobie odpocznij, prześpij się, niedługo wrócę. – Czule głaszcze córkę po głowie, lecz Marysia zrywa się gwałtownie i narzuca na siebie zielony lekarski uniform.

– Czy ty myślisz, że ja zostanę w domu, kiedy tam moja przyjaciółka cierpi? Może niewiele mogę jej pomóc z punktu widzenia medycznego, ale pod względem psychicznym i czysto ludzkim na pewno. Kiedy boli, zawsze lepiej ściskać dłoń bliskiego i oddanego sobie człowieka, któremu na tobie zależy, a nie jedynie błagać znieczulonych lekarzy o morfinę.

– Skąd ty to wiesz? – Dorota uśmiecha się, dumna, że córka naprawdę zaczyna dojrzewać i myśleć oraz czuć kategoriami dorosłego człowieka, a nie rozpieszczonego dzieciaka.

– Ta wojna wiele mnie nauczyła, mamo. – Dziewczyna już stoi w drzwiach i pogania wzrokiem. – Mówiłam ci przecież.

Kobiety szybko przemierzają uśpiony, jakby wymarły szpital. Dorota prowadzi na ostry dyżur, gdzie widać jakiś ruch, lecz okazuje się, że Aiszę przeniesiono z OIOM-u na zwykły oddział położniczy. Dostała za to separatkę.

– Dlaczego, do cholery?! – Marysia denerwuje się, klnąc przy tym po polsku, a trochę rozumiejąca ten język Zina podchodzi do zainteresowanych i wyprowadza je na zewnątrz.

– Nie ma co krzyczeć ani się wściekać – tłumaczy, uśmiechając się pogodnie. – Lekarze zrobili wszystko, co się dało, nawet dali antybiotyk i znieczulenie, a sama wiesz, jak u nas teraz z tym krucho.

– Ale czemu…

– Mamy natarcie i lada moment zaczną nam zwozić ciężko rannych. Dobrze, że wyście dotarły przed wszystkim, bo za chwilę będziemy mieli tutaj najazd. Dla dziewczyny, która jest w ciężkim stanie, lepiej leżeć w ciszy i spokoju niż na oddziale, gdzie jest ruch jak w poczekalni dworcowej. Wojownicy są odważni tylko na polu bitwy, w szpitalu zaś często ryczą jak zarzynane zwierzęta.

– Może masz rację – młoda zapalczywa kobieta musi przyznać słuszność podjętej decyzji.

– Powiedz mi tylko jedno, Miriam – indaguje Ukrainka. – Gdzie to się stało? Jej plecy po niespełna dwudziestu czterech godzinach gniją, a stan zapalny ogarnął już cały organizm.

– Wybuch nastąpił w oborze, więc nie są to czyste rany – wyjaśnia Marysia. – A potem padła na plecy na klepisko, na którym było też niemało zwierzęcych odchodów. Starałyśmy się ją obmyć, ale wiesz, jak jest, kiedy ktoś bliski krzyczy i rozpacza. Nie robisz tego dokładnie, lecz rozczulasz się i nie chcesz zadawać jeszcze większego bólu.

– Ponimaju. – Zina kiwa ze zrozumieniem głową. – Kak w howno papała, będzie ciężko! Trzeba tylko liczyć, że ma twardy organizm, bo antybiotyku ukradłam – przy tych słowach konspiracyjnie kładzie palec na wargi i rozgląda się dookoła – tylko na trzy dni. Musi pomóc.

– Może bym przejrzała pozostałości po tej dostawie, co na minie wyleciała w powietrze? – Marysia wpada na genialny pomysł, chcąc ratować życie koleżanki. – Przecież było tam też zaopatrzenie dla szpitala.

– Da, da. – Zina uśmiecha się z goryczą. – Wsio już rozgrabili, na wsiakij pożarnyj słucziaj[1]. Nam przywieźli

[1] Na wszelką ewentualność.

dwie skrzynki z medykamentami, których nazw lub zastosowania nie znają. A tam nic pożytecznego nie ma, wot co!

– A kto to zrobił? – przyjezdne nie mogą się nadziwić. – Najemnicy?

– Swoi, górale. Chcą być niezależni i też trudno im się dziwić, bo zanim kogoś od siebie dowiozą do kliniki, to przeważnie jest już zimny. Wot, takaja żyźń – wzdycha doświadczona pielęgniarka. – Dorotka, pieried wojnoj wypijom wodki, a zagryziem ogórcem? – proponuje polskiej przyjaciółce.

– Nu dawaj. – Elegantka ze smutnym uśmiechem zgadza się, a córce opada szczęka. Jej mama też zmieniła się pod wpływem ekstremalnych wydarzeń.

– To ja idę do chorej i posiedzę przy niej. Spotkamy się w domu. – Marysia kieruje się na porodówkę.

Bez trudu odnajduje małą separatkę, widać urządzoną dla kobiet z elit tego regionu, bo jest w niej i telewizor, i łazienka. Nietypowe jak na państwowy libijski szpital na prowincji. Aisza, goła, leży na brzuchu pod namiotem tlenowym. Niewyobrażalne byłoby ubrać ją w cokolwiek. Począwszy od łydek, przez uda, pośladki i całe plecy dziewczyna ma żywą ranę. Gdzieniegdzie sterczą szwy, a dziewięćdziesiąt procent powierzchni jest poparzone. Spalone strupy zostały wycięte, a całość zdezynfekowana środkiem antyseptycznym, którego ostra woń szczypie w oczy. Pod namiotem jest straszliwie duszno i śmierdzi od potu dziewczyny, leków i odoru zgnilizny, która powoli ogarnia całe jej młode i jeszcze wczoraj tak silne ciało. Marysia usiłuje ostudzić rozpalone ciało koleżanki, przecierając je co chwilę wilgotnym ręcznikiem zamoczonym w lodowatej wodzie. Sama ma już skostniałe ręce, lecz Aisza płonie od wysokiej gorączki. Na dworze zapada zmierzch, a stan chorej coraz bardziej się pogarsza. Kiedy wolontariuszka cichutko wstaje i postanawia udać się po pomoc i wyżebrać jakieś leki, bezwładnie leżąca chora otwiera szeroko oczy. Najpierw nieprzytomnie wodzi wzrokiem dookoła, a po chwili skupia go na twarzy swojej opiekunki.

– Nie odchodź – szepcze. – Zostań! – Nad podziw silnie chwyta koleżankę za rękę. – Tam była babcia… – Głos jej się rwie, ale koniecznie chce coś powiedzieć. – Starowina myślała, że się uchroni w stodole, i cały czas siedziała w kucki w kącie… tuż koło kanistrów. – Słabo się uśmiecha. – Przekonywałam… prosiłam… na koniec chciałam ją wyciągnąć na siłę, ale było już za późno. – Głośno wzdycha. – Za późno… – Jej ostatni oddech wydobywa się z młodego gardła ze świstem. Oczy Aiszy zachodzą mgłą, uścisk dłoni słabnie. Dziewczyna bezwolnie opada na przepocone białe prześcieradło.

Marysia szczelnie zasłania poły namiotu, uchyla okno i na paluszkach, jakby nie chciała obudzić śpiącej, wychodzi z sali. Kieruje się w stronę ostrego dyżuru, chcąc odnaleźć matkę. Wie, że Dorota na pewno tam jest i pomaga nielicznym lekarzom i pielęgniarkom. Za to poświęcenie i starania wszyscy tutaj tak bardzo ją cenią. Dziewczyna otwiera szerokie skrzydłowe drzwi i wchodzi na oddział, tak jakby przekraczała bramy piekieł. Ranni żołnierze Kaddafiego i opozycjoniści leżą obok siebie, tak samo krzyczą i rozpaczają i podobnie cierpią. Teraz, w tym szpitalu, po bratobójczej walce znów stają się braćmi. Matka od razu ją zauważa i biegnie w jej kierunku. Ma na sobie zielony uniform i czepek zasłaniający włosy, a na dłoniach gumowe rękawiczki. Plamy krwi są na całym jej stroju.

– Nie wchodź, córuniu, to nie jest dobre miejsce dla kobiety w ciąży. – Mocno ściska dziewczynę za ramię i wyprowadza z tej libijskiej Sodomy i Gomory.

– Ależ mamo…

– Nie dodawaj sobie traumatycznych przeżyć do swojej i tak już bogatej kolekcji. Idź do domu. – Całuje córkę w policzek i delikatnie popycha do wyjścia. Pod jej ślicznymi błękitnymi oczami pojawiły się czarne cienie, twarz ma pokrytą zimnym potem i tak bladą, że prawie przezroczystą. Zaciska mocno zęby i widać, że jakby mogła, to zaczęłaby płakać. Stres i rozpacz malują się w całej jej sylwetce, lecz Marysia wie, że pomimo kruchości ciała jej mama jest twardą kobietą, na pewno nie podda się i do końca będzie służyła chorym. Spełnia tym swoją powinność, nie jako lekarz, lecz jako człowiek.

– A ty kiedy przyjdziesz? – zadaje niemądre pytanie.

– Mam dobrą wiadomość. – Dorota uśmiecha się, unikając sprecyzowanej odpowiedzi. – Manar dzwoniła. Powiedziała, że jak zobaczyła atak na miasto i bojowe samoloty, to zdecydowała się pójść w góry. Tam dzieci będą bezpieczne.

– To wspaniale!

– Prosiła, żeby przekazać Aiszy, że jej córeczka ma się dobrze i jak zawsze zajada się ciasteczkami. Powiesz jej?

Może usłyszy pomimo gorączki i podbuduje ją to w walce z chorobą?

– Za późno. – Marysia bierze wdech, wstrzymuje go i zamyka oczy, a spod powiek jak groch powolutku spływają pojedyncze słone łzy.

– Nie mów, nie… – Matka przygarnia córkę. Stoją naprzeciwko siebie i patrzą ze smutkiem, nie wypowiadając ani słowa. – Teraz nie powinnaś siedzieć sama. Idź do naszych sierotek i nakarm maluchy, które jeszcze sobie z tym nie radzą.

– Dobry pomysł.

– Ja za jakiś czas przyjdę po ciebie. Może oglądniemy jakiś film?

– Tak.

– Dobrze się czujesz?

– Tak, tak, nie ma problemu. – Marysia ma pustkę w głowie i zranioną krwawiącą duszę. – Może zadzwonię do Hamida? – zastanawia się na głos.

– Świetny pomysł! – Dorota cieszy się, że jej zagubiona córka szuka wsparcia u męża.

Dziewczyna idzie na chwilę do domu, myje ręce i twarz zimną wodą, a następnie siada na ławce pod zieloną akacją. W gałęziach drzewa zrobiły sobie gniazdo cykady i śpiewają tak głośno, że kobieta ledwo łowi uchem sygnał połączenia w telefonie.

VI

GORZKIE ZWYCIĘSTWO

Zabójczy bękart

Tydzień w Trypolisie mija Hamidowi jak z bicza trzasł. Muaid jest wspaniałym gospodarzem i przewodnikiem. Widać, że mężczyzna odżywa, mając towarzystwo, bo śmieje się i dowcipkuje, a nawet zaczął coś jeść i wygląda dużo zdrowiej. Nie kwapi się jednak z wypuszczeniem gościa, choć w satelitarnej telewizji Al-Dżazira mówią, że walki w Libii osłabły. Politycy i dziennikarze twierdzą, że strony szykują się do ostatecznego ataku. Saudyjczyk zdaje sobie sprawę, że jest to idealny moment, aby pojechać po żonę i teściową i uciekać. Kiedy sytuacja znów się zaostrzy, to nie wiadomo, jak szybko nastąpi koniec wojny i ile ofiar jeszcze za sobą pociągnie. Hamid decyduje się na odbycie poważnej rozmowy z krewniakiem i przedstawienie mu swoich racji.

– Słuchaj, Muaid. – Słysząc ciche kroki na schodach, wybiega ze swego apartamentu i łapie gospodarza za rękaw. – Musimy pogadać, ja…

– Tak, koniecznie. Wieczorem będziemy mieć gości, to może wtedy, co? Teraz lecę prędko coś kupić na kolację. Chcesz iść ze mną?

– Dobrze, będzie okazja do pewnych ustaleń. To nasza rodzinna sprawa, więc nie będziemy się nad tym rozwodzić przy obcych.

– Jacy obcy? Będzie Hassan, którego znasz i który bardzo mile cię wspomina, a przyjeżdża do nas aż z Bengazi. Drugim zaproszonym jest przyjaciel rodziny, Abdalla. Sami swoi. Lepiej najpierw ich wysłuchaj, a potem podejmiesz decyzję, czy chcesz nas opuszczać. – Muaid oczywiście domyśla się tematu, który chce poruszyć posłaniec.

– Co ty knujesz? Hę? – Hamid zagląda rozmówcy w oczy.

– Od dłuższego czasu coś planuję i zdaje się, że nadchodzi odpowiednia chwila do realizacji.

– Aż się boję.

– Ty nie masz czego, a ja… – Macha lekceważąco ręką. – Jestem gotowy.

Wieczór nastaje szybko, bowiem pomimo ciepła i ciągle świecącego za dnia słońca jest już w końcu jesień. Mężczyźni po przywitaniu i krótkiej, nieklejącej się rozmowie siadają do stołu. Dwóch przybyłych prawdopodobnie wie o czymś, o czym Hamid nie ma pojęcia, a czego może się jedynie domyślać. Ich twarze są spięte i pełne smutku. Jedynie Muaid kwitnie, śmieje się i polewa whisky szklankami. Po chwili, kiedy już zostaje opróżniona pierwsza butelka, mężczyźni z wypiekami na twarzy zaczynają mówić monosylabami.

– Szkoda, Hamid, że ten transport wyleciał w powietrze. – Hassan kręci na boki głową i z niezadowoleniem cyka językiem. – Tyle medykamentów! Tak by się przydały w szpitalu w Nalucie, zwłaszcza przed ostatnią ofensywą.

– Wiem, też się zdenerwowałem, ale twój przewodnik był nieodpowiedzialnym szarlatanem. Albo, tak jak już ci mówiłem, spieszyło mu się do domu.

– Tak, niestety, był skończonym głupcem – przyznaje wojskowy. – Mówi się trudno. Po tym jak dałeś im pieniądze, przywieźli z Tunezji nie tylko broń, ale też trochę antybiotyków.

– Słyszałem, że ten transport został przechwycony – włącza się Muaid. – Biedny Hmeda wraz z ojcem i braćmi został zabity.

– O nie... – Saudyjczyk wspomina roześmianą twarz górala. – Taki miły młody człowiek.

– Zdziesiątkowano mu rodzinę. Najemnicy zrabowali ich osadę, zgwałcili kobiety i dziewczyny, a kogo się dało, zabili. Nie wystarcza im pozbawić ludzi dobytku, muszą jeszcze pohańbić libijski naród! Co za psy! I kto ich ściągnął na nasze ziemie?! Kto płaci im po dziesięć tysięcy dolarów miesięcznie za takie czyny?!

– Wszyscy wiemy. – Abdalla klepie uspokajająco mężczyznę po ręce.

– Słyszeliście tę plotkę, że ponoć ci pseudożołnierze dostają do swojej podręcznej apteczki viagrę? – Hassan uśmiecha się z przekąsem.

– No nie! Coś ty? Po co im lek na erekcję? – zebrani nie mogą się nadziwić. – Przecież tym Afrykanom stoi dzień i noc.

– Widocznie tak na wszelki wypadek, jakby się przepracowali. – Wojskowy ironicznie ściska wargi i speszony poruszanym tematem drapie się po swojej kędzierzawej głowie. Hamid przysłuchuje się rozmowie i w duchu dziękuje Bogu, że w jego kraju panuje pokój. Wojna niesie ze sobą samo zło. Wszyscy do końca stracili już apetyt i przechodzą do salonu na kawę. Zapada krępująca cisza.

– Niektórzy wiedzą, po co się tutaj zebraliśmy, a niektórzy nie – poważnie zaczyna gospodarz. Przybyli potakują głowami i Hamid dochodzi do wniosku, że tylko on nie został wtajemniczony. Zapewne zaraz to nastąpi, myśli, nie odzywając się ani słowem i ze strachem czekając na oświadczenie.

– Ja od razu jeszcze raz wyrażę moją opinię, że jest to głupi pomysł – zazwyczaj spokojny Abdalla z nerwów aż ściska pięści. – Nonsens! Tak nie powinno się postępować! To grzech!

– Stary, czy ty mnie chcesz piekłem straszyć? – kpiarsko pyta Muaid. – Nawet mocno wierzący ludzie, kiedy nie widzą innej drogi, decydują się na taki czyn lub go popierają. – Spogląda porozumiewawczo na Hamida.

– Nie wiem, co masz na myśli? – W głowie gościa zapala się czerwona lampka. Więc jednak, podsumowuje, ściskając zęby.

– Doskonale wiesz, kolego. Czemu brałeś udział w przygotowaniach terrorysty samobójcy? Bo to popierasz? Nie! Dlatego że jego śmierć była potrzebna do wygrania batalii. Była konieczna, aby oczyścić twój kraj z Al-Kaidy. Ja zaś chcę skrócić cierpienia mojego narodu i usunąć tyrana, który zamorduje każdego na swojej drodze, byle tylko utrzymać władzę. Nasz wielki kraj zamieszkuje jedynie sześć milionów obywateli, a on uśmiercił już tysiące.

Zrobił to w uczciwej walce? Nie! Podstępem i intrygą, wykorzystując nasze narodowe bogactwo. Ropa daje mu środki do eksterminacji, a powinna uczynić moją ojczyznę krainą mlekiem i miodem płynącą. – Wszyscy milczą, bo w słowach desperata jest wiele prawdy.

– Co zatem planujecie i do czego ja jestem wam potrzebny? – Hamid wykłada kawę na ławę. – Dostarczyłem wam materiał wybuchowy. Teraz czekam na informację, kto i jak go wykorzysta.

– Muaid wymyślił szalony plan – zaczyna Hassan. – Brakuje mu tylko detali, o które zapewne ciebie będzie prosił jako specjalistę z brygad antyterrorystycznych. Bez urazy, ale będąc w takiej grupie, stałeś się mimo woli specem od mokrej roboty. Czy temu zapobiegasz, czy organizujesz, wiesz, jak to robić i czym to się je.

– Ja nadal uważam, że tak nie należy postępować! – Abdalla znów się irytuje, a w oczach ma łzy. Widać, że kocha Muaida jak syna i nie chce go stracić. Sam nie wie, jak go przekonać, aby zrezygnował. Brak mu argumentów.

– Daj już spokój! – Wojskowy denerwuje się, bo nie chce tracić czasu na jałową dyskusję. – Jeśli człowiek podjął taką decyzję, to jej nie zmienisz. Możesz tylko pomóc lub zaszkodzić w jej realizacji. Określ się, po której jesteś stronie! – rzuca ostre słowa. – Jeśli z nami, to przestań kwęczeć, a jeśli nie, to idź do domu.

– Twój zamachowiec ładunek wybuchowy miał w odbycie, prawda? – Muaid zadaje retoryczne pytanie, bo przecież zna tę historię, a Hamid tylko przytakuje. – Ja też potrzebuję mieć go w sobie, bo przecież w wybuchowej kamizelce nie dostanę się w pobliże Kaddafiego. Tortu również nie dadzą mi przynieść – ironizuje.

– Włożenie plastiku do zadka wymaga czasu i fachowców. Musi być lekarz i środki przeciwbólowe. Na mnie nie licz, po tamtej akcji miałem taką traumę, że nadawałem się na psychiatryczne leczenie zamknięte. – Mężczyźni patrzą na rozmówcę ze zrozumieniem.

– Może specjalista cię przekona, że to nie jest dla ciebie! – Abdalla nie poddaje się, ale pod krytycznym spojrzeniem organizatorów ścisza głos i spuszcza oczy.

– Kiedyś, dawno, dawno temu, kiedy ćpałem, przewoziłem z Anglii do Libii marychę. Nie chciałem ryzykować zakupu tutaj, bo grozi za to kara śmierci. – Wszyscy potakują głowami i słuchają z zapartym tchem, a Hamid już wie, gdzie zamachowiec chce umieścić ładunek z semteksem. – Połknąłem ją w hermetycznie zamkniętym woreczku, a na miejscu po dwóch dniach miałem świeżutki i pachnący towar. – Uśmiecha się jak chłopiec, który coś zbroił. – Łatwe, nie?

– Tego co teraz chcesz łyknąć, już raczej nie wydalisz. – Saudyjczyk jest śmiertelnie poważny.

– Jak to nie? Bum i po sprawie. – Muaid chwyta się za brzuch, a następnie wyrzuca ręce przed siebie. – Czy potrafisz to cacko uzbroić? – poważnieje i zadaje konkretne pytanie.

– Tak, oczywiście. Jednak detonator nie może być ani w telefonie komórkowym, ani w zegarku. To już oklepane metody, o których każde dziecko wie.

– A w tym? – sprytny Libijczyk chwyta za muzułmański

różaniec, z którym zwłaszcza w stresujących i ekstremalnych sytuacjach religijny Saud się nie rozstaje, ściskając go cały czas w dłoni i przerzucając koraliki.

– Nieźle kombinujesz – przyznaje. – A kto umieści ci plastik w kapsułce czy opakowaniu, które zdołasz połknąć? – Po tym pytaniu zdruzgotany Abdalla zrywa się na równe nogi i wybiega z pokoju. – Czy coś powiedziałem nie tak? Czym go zdenerwowałem?

– Jest farmaceutą i specem od proszków na zamówienie.

– A jakie jest twoje miejsce w układance? – Hamid zwraca się do Hassana.

– Poinformuję was, kiedy NATO rozpocznie skomasowane ataki na podziemne bunkry Kaddafiego. Ma to nastąpić lada chwila.

– Nie rozumiem? Jak ustrzelą Muammara, to na co ci plastik w brzuchu?

– Ja w to nie wierzę. On jest przebiegły jak lis, a podziemne miasto pod Trypolisem jest ogromne. Żeby się do niego dobrać, musieliby zrównać naszą stolicę z ziemią – sceptycznie podsumowuje organizator.

– Ale jeśli? To co wtedy? Wysadzisz się z radości?

– Wprawdzie sprzedałem już klinikę, ale mam tam nadal przyjaciół. Świetny egipski chirurg wyciągnie to gówno ze mnie – przedstawia awaryjny plan. – Nie jestem wariatem i nie chcę skończyć ze sobą, bo taki mam kaprys. Ja chcę zabić zbrodniarza Muammara, lecz jeśli ktoś mnie w tym wyręczy, będę sobie żyć zwyczajnie i po bożemu jeszcze długie lata. Mam farmę, osiądę na niej i będę uprawiał własny ogródek i hodował barany.

– Oby tak się stało – szepcze Abdalla stojący w kuchennych drzwiach. – Oby miłosierny Bóg tak sprawił.

* * *

– Tak jak mówiłem, nie ustrzelili bydlaka. – Muaid odsuwa słuchawkę od ucha i włącza w telewizji Al-Dżazirę, która na żywo pokazuje zniszczenia dokonane w Trypolisie przez natowski skomasowany atak z powietrza.

– Niestety. – Hamid zaciska usta, bo wie, co ich teraz czeka.

– Abdalla, już czas – zamachowiec informuje przez telefon swojego przyjaciela. Jest gotowy.

– Jak planujesz się tam dostać? Jaki masz kontakt? Co im powiesz? Że po latach stęskniłeś się za tatusiem i chcesz go uściskać i sprawdzić, jak się miewa? – Saudyjczyk wali prosto z mostu.

– Mam numer bezpośrednio do niego, prywatna zastrzeżona linia – z dumą informuje. – A to jest dla mnie wystarczający pretekst – pokazuje palcem na ekran i pogłaśnia dźwięk. – Kondolencje to dobra okazja, żeby się zobaczyć po ponadtrzydziestoletniej przerwie, albo nawet pierwszy raz w życiu. Żaden człowiek, a tym bardziej Arab, nie odmówi przyjęcia wyrazów współczucia po stracie najbliższych. Choćby bękartowi. – Szyderczo się uśmiecha.

– Szkoda, że tak musi być. – Hamid obejmuje mężczyznę ramieniem. – Przemyśl to sobie jeszcze raz. Czy tak bardzo go nienawidzisz, żeby odbierać sobie życie? – pytanie pozostaje bez odpowiedzi, bo do pokoju wchodzi blady i spocony na twarzy Abdalla. W papierowej aptecznej torebce niesie śmiercionośne pigułki.

– Muszę zadzwonić w jedno miejsce, a później możemy przystąpić do dzieła. – Muaid idzie na piętro do swojej sypialni, zostawiając mężczyzn samych.

– Nie wiem, jak go odwieść od tego szatańskiego planu – skarży się starszy człowiek. – Tak bardzo go kocham, jest dla mnie jak syn... – Głos mu się trzęsie. – Może ty spróbujesz, bo widzę, że nie popierasz tej akcji.

– Obawiam się, że nikt nie jest w stanie przemówić mu do rozumu. Ty znasz go dłużej i sam musisz przyznać, że uparty z niego człowiek. Jeśli raz coś sobie wbije do głowy, musi to zrealizować. Teraz jedynie pozostaje nam pomóc przyjacielowi, żeby nie zginął bezsensownie.

– Gdyby jeszcze żona przy nim została. – Zmartwiony Abdalla pociera czoło. – Gdyby tutaj była jego córeczka... – Cicho szlocha. – Muaid zawsze miał obsesję na punkcie tego faceta, a im stawał się starszy i zewnętrznie do niego podobny, tym jego fobia się pogłębiała. Obciąża go winą za wszystkie nieszczęścia, które spotkały jego rodzinę. Uważa, że przez Muammara wisi nad nimi klątwa, którą on i tylko on, jego syn z nieprawego łoża, może usunąć. *Haram, haram*!

– Cóż poradzisz. *Sza'a Allah*. – Hamid poddaje się woli Pana i godzi z sytuacją, jednak mniej wierzący Libijczyk wcale takiego podejścia do życia nie popiera.

– Bzdura! – wykrzykuje. – My sami jesteśmy panami swojego losu!

– Co z wami, panowie? – zadowolony Muaid pojawia się nagle. – Mam spotkanie umówione na ósmą wieczorem, więc chyba czas zabrać się do roboty. I bardzo proszę już bez niepotrzebnych kłótni i dąsów. *Sza'a Allah*. Nieprawdaż, mój saudyjski przyjacielu?

Hamid udaje się na piętro do zajmowanego przez siebie apartamentu. Na stoliku stojącym pod oknem wszystko jest już przygotowane. Sprzęt wypożyczono od zaprzyjaźnionego jubilera, więc z zamontowaniem detonatora nie powinno być najmniejszego problemu, jednak przezorny organizator na wszelki wypadek zakupił jeszcze dwa różańce. Saudyjczyk musi się uspokoić i skoncentrować. Wychodzi na balkon i zapala papierosa. Czuje, jakby miał w żołądku kamień, bo wie, że za chwilę krewniak będzie miał w swoim coś dużo gorszego. Czemu Bóg mnie karze takim losem?, pyta sam siebie. Czemu znów muszę przechodzić przez taką gehennę? Tym razem jest jeszcze gorzej, bo znam tego człowieka, szanuję go i wiem, jak moja żona go kocha. Jakby się dowiedziała, że pomagam mu w przygotowaniach do samobójczego zamachu, już nigdy nie chciałaby mnie widzieć. I znów będę miał przed nią kolejną nikczemną tajemnicę, wzdycha. Miriam, Miriam, moja ukochana, jak mi ciężko i źle, rozmawia z nią w duchu. Tak chciałbym położyć głowę na twojej piersi i zapomnieć o okropieństwach tego świata. Na Allaha, jak tylko uda nam się z tego piekła wydostać, to przysięgam już nigdy nie angażować się w takie sprawy. Niech to robią inni, bardziej wytrzymali i twardzi. Ja chcę wieść normalne, spokojne życie, może uda się w końcu powiększyć rodzinę i spokojnie nią zająć. Będę sobie zwyczajnym gryzipiórkiem i niczego bardziej nie pragnę, wyznaje sam przed sobą. *Wallahi*, mocno drapie się po zaroście, Panie Miłosierny, daj mi to z honorem przetrwać.

Gasi niedopałek i wchodzi do środka. Zakłada powiększający binokl, bierze w palce szczypce i montuje detonator w największym koraliku w muzułmańskim różańcu. Po chwili schodzi na dół. W salonie widzi zapłakanego Abdallę obejmującego smutnego Muaida.

– Żałuję, że nie jesteś moim tatą – słychać szept. – Ale dziękuję też Bogu za takiego dobrego przyjaciela.

– Gotowe. – Hamid kładzie różaniec na ławę.

– Czas zatem coś przekąsić. – Zamachowiec żartuje, chcąc rozweselić swoich towarzyszy, lecz im wcale nie jest do śmiechu. – Zwilżę tylko gardło – wypija z oszronionej szklanki jeden mały łyk zimnej wody. Teraz widać, jak trzęsą mu się ręce. – Ładne serdelki przygotowałeś, dziękuję ci, mój druhu.

Mężczyzna parokrotnie robi przerwę, głęboko oddycha, ale po trzeciej porcji zbiera mu się na wymioty. Jednak udaje mu się opanować i materiał wybuchowy zostaje na swoim miejscu. Co chwilę sięga po miąższ *chobzy*, żuje go i połyka, aby okleić ładunek.

– Grzeczna gąska ze mnie, no nie? – nie spuszcza z tonu, choć twarz mu pobladła i pokryła się zimnym potem. – Teraz tylko muszę uważać, żeby przypadkowo nie nacisnąć detonatora.

– Jest zabezpieczony – tłumaczy Hamid. – Tutaj nie może być pomyłki.

– Aha. – Mężczyzna po połknięciu ponad dwustu gramów semteksu delikatnie obejmuje swój brzuch i kładzie się na sofie. Przymyka oczy. To już koniec, myśli. Podjąłem słuszną decyzję i teraz muszę tylko doprowadzić sprawę do końca. Nie stchórzę. Przynajmniej jedną rzecz w moim życiu chcę zrobić dobrze, bo jak do tej pory wszystko udawało mi się jedynie spieprzyć. Spod przymkniętych powiek obserwuje swoich towarzyszy. Ich twarze są popielate, ściskają dłonie i mają nieobecny wzrok. Mam nadzieję, że pozbierają się po tym wszystkim, myśli. Niezłą traumę im zafundowałem. Płytko łapie powietrze, bo czuje, jakby ładunek pęczniał mu w brzuchu. Trzeba liczyć, że do wieczora się nie rozpuści, demonicznie uśmiecha się pod nosem. Czuje zimną spoconą dłoń na swojej ręce. To Abdalla smutno spogląda mu w oczy.

– Żegnaj, mój drogi. Już czas na was, bezpiecznej drogi. – Muaid zarzuca swojemu najlepszemu powiernikowi ramiona na szyję, a potem wręcz odpycha go od siebie. – Teraz jestem wybuchowy gość, lepiej tak blisko mnie nie przebywać – jeszcze próbuje straszną sytuację przerobić w żart. Widać taką znalazł metodę na przetrwanie i zbagatelizowanie całego przedsięwzięcia. Starszy mężczyzna obraca się na pięcie i wybiega z domu, głośno przy tym trzaskając ciężkimi wejściowymi drzwiami. Hamid ma przygotowane bagaże i też powinien już odejść, jednak na koniec chce uzyskać odpowiedź na nurtujące go od miesięcy pytanie.

– Powiedz mi w obliczu śmierci, drogi przyjacielu – pochyla się nad bladym, mokrym od potu mężczyzną

– czy przysięgniesz na Allaha, że moja żona Miriam zachowywała się w twoim domu godnie? – Wyczekująco patrzy mu w oczy.

– Jak mi Bóg miły… – Muaid zawiesza głos, bo brak mu tchu, a w pełnym żołądku czuje piołun. – Mogę trochę wody? – Usiłuje odciągnąć moment odpowiedzi, głęboko zastanawiając się nad sensem prawdy i kłamstwa. Ja już jestem jedną nogą na tamtym świecie, myśli, i jeśli Allah jest litościwy, to wybaczy mi to małe przewinienie, a moja nierozsądna kuzynka ma całe życie przed sobą i teraz leży ono w moich rękach. Czy przejdzie przez nie szczęśliwa z dobrym człowiekiem u boku, czy odrzucona i wzgardzona jako samotna zhańbiona kobieta. Nie ma nad czym dumać, *sza Allah*, postanawia. – Drogi emisariuszu pokoju – zaczyna z rozmysłem. – Twoja żona, piękna kobieta, mieszkała przez cały czas pobytu w Libii pod moim dachem i była pod moją opieką. Ja w twoim zastępstwie byłem jej *mahramem* i gwarantuję ci, że jej postępowanie zawsze było nienaganne – kłamie bez mrugnięcia powieką i jest zadowolony z podjętej decyzji, bo widzi, jak napięcie pierzcha z twarzy Hamida.

– Dziękuję ci za wszystko. – Młody mężczyzna oddycha z ulgą. – Wierzę twoim słowom. Życzę ci powodzenia bohaterskiej misji i niech przyniesie takie skutki, jakich się spodziewasz.

– Czas na ciebie, mój saudyjski druhu i niech Allah prowadzi twoje kroki. – Potomek przeklętego rodu Salimich delikatnie ściska mu dłoń.

Hamid wychodzi z wielkiej willi, ogląda się jeszcze za siebie, wiedząc, że już nigdy nie zobaczy tego miejsca.

Tak jak i jego właściciela. Czuje ogromny żal i smutek, że taki dobry człowiek zdecydował się na straszną samobójczą śmierć. Czyżby nie można było tego uniknąć?, ciągle zadaje sobie to pytanie. Wsiada do samochodu Abdalli i ruszają w kierunku Tunezji. Czuje wibracje dzwoniącego telefonu i cieszy się na widok wyświetlonego imienia rozmówcy.

– Miriam? To ty? Bardzo źle cię słyszę.

– Ja też, ale o dziwo pomimo szturmu jest połączenie.

– Mam nadzieję, że szpital to bezpieczne miejsce. A tak w ogóle, co tam u ciebie?

– Cóż… – Dziewczyna zawiesza głos. – Przed chwilą zmarła od ran moja koleżanka. – Cicho pochlipuje.

– Współczuję – smuci się mąż. – Chciałbym tam teraz być i cię pocieszyć.

– A co z tobą? Jak długo jeszcze chcesz być w Trypolisie?

– Właśnie jadę do Tunezji – oznajmia. – Moja misja została sfinalizowana i wojna powinna się skończyć lada moment.

– Nie chcę nawet pytać, co to było za zadanie. Aż się boję.

– Mam nadzieję, że działałem w dobrej sprawie, bo na pewno w dobrej wierze – Hamid wyznaje, nie podając oczywiście szczegółów.

– Czy libijska operacja była tak samo straszna jak ta w Jemenie? – Marysia wspomina zamach terrorysty samobójcy, w którego przygotowaniu uczestniczył jej mąż.

– Gorsza, ale o tym, jeśli bardzo będziesz chciała, opowiem ci kiedyś osobiście.

– Gdzie się spotkamy? Hamid, świat nie jest małą wioską!

To, że odnalazłeś mnie w wielkiej Libii, to był cud, a cuda dwa razy się nie zdarzają.

– Codziennie od piątej do siódmej wieczorem będę na was czekał w Ras Dżadir. Oczywiście już po stronie tunezyjskiej.

– Jak w starym filmie, tylko że tam spotkanie było na moście. – Kobieta uśmiecha się na myśl o romantycznym scenariuszu.

– Tak, zatem jesteśmy umówieni na przejściu granicznym i mam nadzieję, że najpóźniej za dwa dni do mnie dołączycie – mężczyzna potwierdza z radością w głosie. W tym momencie w pobliżu szpitala wybucha pocisk, później następny i następny. Marysia rzuca się biegiem w stronę kliniki.

* * *

Muaid podjeżdża pod typowy państwowy dom handlowy wykonany z blachy falistej. W oknach nie świeci się żadne światło, dookoła nie widać żywej duszy. Nie rozumie, dlaczego ma czekać przy tylnym wyjściu, ale przecież nie mógł dyskutować z despotycznym wodzem. Może naśle tutaj kogoś, żeby mnie zabił?, zastanawia się. Choć po głosie słyszałem, jakby się ucieszył i chciał ze mną widzieć. Może czuje, że jego koniec jest blisko? Mężczyzna chwiejnym krokiem zbliża się do budynku i w słabym świetle żarówki widzi kogoś przy drzwiach. Macha do niego ręką. Zamachowiec ma serce w gardle i ledwo łapie oddech. Umieszczenie ładunku w ciele to jest najlepsza metoda, żeby ochotnik nie zrezygnował, uśmiecha się z przekąsem. Śmierć noszę już w sobie i nie ma przed nią ucieczki. Nawet jakbym się wycofał, to jestem ugotowany, bo obawiam się, że po tylu godzinach nie dałoby się tego gówna ze mnie wydobyć.

Wysoki Libijczyk przy bramie pracuje chyba jako ochroniarz, bo jest potężnie zbudowany, a broń wypycha mu połę marynarki. Przy nim Muaid czuje się jak chucherko. Facet głową wskazuje, aby przybyły podążał za nim. Przekraczają próg centrum handlowego i kierują się w stronę oznakowanych toalet. No to koniec, zamachowiec ściska zęby i widzi, że wszystkie starania pójdą na marne. Jakiż ja byłem naiwny, myśląc, że ten potwór chce się ze mną zobaczyć!, gryzie z wściekłości wargi. Matka miała rację, że kopnęła go w dupę. Nawet kondolencji nie chce przyjąć od swojego nieślubnego syna, ja dla niego po prostu nie istnieję. Tak zresztą było przez trzydzieści osiem lat mojego życia. Osiłek otwiera kluczem drzwi ubikacji dla personelu, a podążający za nim człowiek nie ma ochoty uciekać. Idzie z godnością na śmierć. Po chwili ze zdziwienia wybałusza oczy. To pomieszczenie jest tylko wąskim korytarzykiem zakończonym zbrojonym włazem z szyfrowym kodem.

– Ręce na boki. – Teraz ochroniarz staje naprzeciwko i fachowo obmacuje ciało i ubranie gościa, sprawdzając, czy ten czasami nie ma jakiejś broni. – Dostaniesz przy wyjściu – bezpardonowo zabiera Muaidowi telefon komórkowy i zegarek. Hamid zna się na tej robocie, przyjaciel docenia doświadczenie Saudyjczyka. – Będziesz się modlił? – zdziwiony funkcjonariusz ściska usta, bo nie wie, czy może zabrać bogobojnemu muzułmaninowi jego różaniec.

– Tak – bez wahania odpowiada konspirator. – Nigdy się z nim nie rozstaję. Przecież to nie bomba – mówi z przekąsem, a w duchu śmieje się ze swojego podstępu.

– Dobra, już dobra. – Ochroniarz macha niecierpliwie ręką.

Po otwarciu metalowych drzwi ukazuje się wejście do windy, która zwozi mężczyzn dwa piętra w dół. Wychodzą z niej i dalej podążają słabo oświetlonymi krętymi korytarzami w osławionych podziemnych bunkrach Kaddafiego. Droga jest czasami szeroka na dwa metry, by po chwili przejść w wąski tunel. Nie dla grubasów, dowcipkuje w duchu odprężony już zamachowiec, będąc teraz pewnym, że dokona swojego wielkiego dzieła. Co jakiś czas mijają wejścia do pomieszczeń, ukrytych za betonowymi ścianami. Większość jest niewidoczna, lecz ogromna sala dowodzenia lśni światłami z mnóstwa monitorów przez grubą pancerną szybę.

Po co najmniej piętnastominutowej wędrówce, wbijając kod, przewodnik otwiera dwuskrzydłowe wielkie odrzwia. Mężczyźni wchodzą do pięknie urządzonego korytarza, który wygląda, jakby znajdował się w domu, a nie pod ziemią. Miękkie dywany tłumią kroki. Ze ścian obitych tapetami w delikatnych pastelowych kolorach odznaczają się tabliczki z fragmentami Koranu powieszone na przemian ze zdjęciami Muammara z czasów jego świetności. Libijski przywódca spotykał się i ściskał chyba z wszystkimi wielkimi tego świata, niekiedy tymi samymi, którzy teraz próbują go pozbawić władzy lub wręcz życia.

Polityka to największa ladacznica wszech czasów, podsumowuje Muaid, rzucając tylko okiem na pojedyncze zatrzymane w kadrze sceny. Wchodzi do dużego pięknego salonu, którego podłogi wyłożone są najwyższej klasy kobiercami, na ścianach zaś wiszą haftowane firany i bogate ciężkie zasłony, aby sprawiać wrażenie, iż za nimi są okna. Na środku ustawiono już na pierwszy rzut oka miękkie wygodne sofy i fotele skupiające się wokół drewnianego niskiego stolika, którego blat stanowi gruba szyba. Pod nią umieszczono orientalną dekorację z miedzianymi floralnymi motywami. W jednym z foteli spoczywa stary mężczyzna w tradycyjnym arabskim stroju. Dzisiaj, na znak żałoby, nosi on barwę złota i czerni. Zauważa gościa i próbuje się dźwignąć, lecz ten powstrzymuje go ręką.

– W imię Boga Miłosiernego, Litościwego… – przybyły pozdrawia słowami z Koranu. – Najszczersze i najgłębsze wyrazy mojego współczucia z powodu niepowetowanej straty… syna, synowej i wnuków. – Muaid pochyla się i delikatnie klepie załamanego człowieka po plecach, przytykając swoje spocone czoło do jego czoła, a ten wyciąga do niego ramiona jak do ukochanego, wytęsknionego, dawno niewidzianego dziecka.

– Siądź przy mnie, mój synku – mówi zachrypniętym głosem, ciężko wstaje, wykonuje dwa kroki i pada zmęczony na kanapę obok. Pokazuje miejsce obok siebie, klepiąc ręką miękką tapicerkę. Wzrokiem wygania ochroniarzy, którzy zaniepokojeni rzadkim tutaj widokiem obcego nie chcą się wycofać. Stary doradca wodza, który od zawsze stanowi jego cień, bierze ich prawie za fraki i wyrzuca z pokoju. Sam jednak powraca i sadowi się w kącie przy małym okrągłym stoliczku, na którym stoi przepełniona popielniczka. Zapala papierosa i odwraca spojrzenie, sugerując tym, że go tutaj nie ma.

– Skąd miałeś mój prywatny numer telefonu? – Muammar najpierw musi zbadać przybyłego.

– Znalazłem w starym notesie mamy – wyznaje szczerą prawdę. – I jeszcze ty, panie, pozostawiłeś go w skrytce w Szwajcarii. Oba zapiski pokrywały się, więc byłem pewien.

– Szkoda, że wcześniej nie zadzwoniłeś. – Ojciec klepie go po nodze. – Wielokrotnie o tobie myślałem, lecz nie chciałem rujnować ci życia – wyznaje. – Moje dzieci, to znaczy te, które żyją przy mnie, są straszliwie rozpuszczone. A ty jesteś normalnym, dobrym, prawym człowiekiem. Tak się cieszę. – Silny nieustraszony tyran pochyla się w stronę Muaida i obejmując w pasie, bezbronnie kładzie mu głowę na ramieniu. – Bardzo przypominasz mnie z młodych lat… – Zamyśla się.

– Dziękuję… ojcze – bękart wydusza przez ściśnięte wzruszeniem gardło, słysząc przy wypowiadaniu tego magicznego słowa chóry anielskie. Nigdy do żadnego mężczyzny tak się nie zwracał. Całe swoje, tak dziecięce, jak i dorosłe życie, marzył i śnił, żeby mieć tatę. Ale nie byle jakiego, pragnął, żeby właśnie ten człowiek chciał być jego ojcem.

Cały drży, przesuwając między palcami koraliki różańca. Boże, dopomóż mi, błaga o siłę w realizacji swojego przedsięwzięcia. Teraz u boku tego mężczyzny jestem słaby i bezbronny jak dziecię. Przecież muszę pamiętać, że to potwór!, krzyczy sam do siebie. To jest człowiek, który morduje swój własny naród, który na nas, Libijczyków, nasyła najemników! Ściągnął obcych ludzi do naszego kraju, żeby wyrównali nasze własne rachunki! Jakież to podłe! A jeszcze gorsze jest, że zezwala im gwałcić kobiety i dziewczynki w ramach zemsty za udział w rewolucji i tym samym zgadza się na pohańbienie setek matek i sióstr! To jest straszne i świadczy o nim jednoznacznie. Muammar Kaddafi, mój ojciec, jest w stanie wszystko zrobić i wszystko zaakceptować dla zwycięstwa, dla tego, żeby nadal siedzieć na swoim ropodajnym stołku. On nie ma serca i ja, tylko ja mogę ukrócić jego zbrodnicze działania. Uratuję tym samym setki, może tysiące istnień ludzkich, Muaid przekonuje sam siebie.

– Wiesz, mam trochę zdjęć z dawnych czasów, pokażę ci. – Muammar obraca się do swojego doradcy i macha niecierpliwie ręką. – Jest na nich twoja mama, ale też i ty, bo trochę cię obserwowaliśmy. Chciałem wiedzieć, jak mój synek rośnie, co robi, czy jest grzeczny, czy nie… – Zawiesza głos.

– Ja też przyniosłem jedno. – Muaid wyciąga małą fotkę z kieszonki na piersi. – To takie niewielkie zdjęcie do legitymacji czy paszportu.

– Pamiętam, robiliśmy je razem! – Kaddafi ogląda i szczerze się śmieje. – Ależ ona się wtedy wygłupiała, jacy byliśmy beztroscy i weseli. Śliczna z niej była dziewczyna.

– Tak, tak właśnie. – Mężczyzna, pocąc się coraz obficiej, prawie wyrywa fotografię z rąk ojca. – Nie chodzi już po ziemskim padole, bo ty zmarnowałeś jej życie, zblazowałeś ją za młodu i potem już nie wiedziała, jaką drogą ma podążać. Zerwałeś młody niewinny kwiat, by go zbrukać! – syczy Muaid przez zęby. – Teraz zaś odbierasz życie swoim rodakom i robisz to bez mrugnięcia powieką. Za twoją niepisaną zgodą piękne libijskie kobiety i ich młodziutkie córki są gwałcone. – Pochyla się blisko do ucha rozmówcy. – Nie masz dla nas, twoich dzieci, litości, ojcze.

– Jakże to? – Starzec dziwi się takiej zmianie zachowania i usiłuje odsunąć na bezpieczną odległość, lecz chudy, ale silny syn trzyma go jak w kleszczach.

– Jesteś tyranem i mordercą! Czy ktoś ci już to powiedział? – Muaid patrzy głęboko w załzawione przerażone oczy Kaddafiego.

– Coś ty? Synku mój! – jęczy płaczliwie.

– Żegnaj na wieki i mam nadzieję, że nigdy nie spotkamy się u bram piekieł. – Muaid zarzuca ojcu ręce na szyję i wtula w niego całym ciałem. Czuje, jak grubawy brzuch starca drży i faluje pod wpływem gwałtownych oddechów. Słyszy przyspieszone bicie jego i swojego serca. Zamyka oczy i odnajduje palcami większy koralik łączący obie strony różańca. Naciska wypustkę.

* * *

Saif al-Islam, słysząc huk, wpada do saloniku ojca i staje w progu jak wryty. Całe pomieszczenie jest zrujnowane od wybuchu, choć największe spustoszenia widać tam, gdzie kiedyś stały wygodne eleganckie sofy i niski stoliczek kawowy. Doradca ojca stoi z drugiej strony pokoju, a cała jego postać jest pokryta ludzką miazgą, kawałkami organów i krwią. W przerażonej twarzy widać tylko wielkie, czarne, płonące oczy.

– Aaaaaaa! – Syn wodza wykonuje mały krok do przodu, lecz zatrzymuje się bezradnie i chwyta za głowę. – Aaaaaa! – krzyczy, nie panując nad sobą.

– Nie czas teraz na rozpacz! – Rodzinny mentor chce ukrócić atak rozpaczy, jednak Saif obraca się do niego plecami i kieruje do drzwi, tak jakby chciał wyjść z pokoju. Po paru głębszych oddechach zawraca jednak i staje nad ludzkimi szczątkami. Samobójca leży na jego ojcu i nadal jedną ręką trzyma go za ramię. Z dłoni zwisa mu *tasbih*, muzułmański różaniec, w którym najprawdopodobniej był detonator. Saif odtrąca go butem i jego oczom ukazuje się bezmiar tragedii. Z młodego mężczyzny pozostała tylko górna część korpusu, począwszy zaś od klatki piersiowej po biodra wszystko zostało rozerwane i rozbryzgnięte po pokoju. Jedna noga z fragmentami kości biodrowej i genitaliami leży z jednej strony, druga zaś na zniszczonej kanapie. Syn zwraca oczy na ojca. Jest on w lepszym stanie, lecz bliskość ładunku również poczyniła w jego ciele wielkie spustoszenie. Klatka piersiowa się zachowała, ale przepona pękła, a najbliższe żebra połamały na drobne szpilki. W miejscu brzucha, gdzie znajduje się miękka tkanka i narządy, jest dziura, dół ciała zaś osadzony na mocnych kościach pozostał nietknięty. Całość łączy zakrwawiony kręgosłup, który o dziwo nie pękł. Jest on jeszcze gdzieniegdzie pokryty fragmentami ciała. Potargane nadal broczące krwią skóry zwisają z piersi. Po dokładnym obejrzeniu szczątków kochanego taty Saif blednie jak ściana, obraca się, gwałtownie pochyla i wymiotuje na podłogę, ochlapując przy tym swoje granatowe spodnie od Armaniego. Potem przyklęka w resztkach przetrawionego jedzenia i usiłuje złapać oddech.

– Kto to był? – charczy, obracając twarz do starego przyjaciela, który ze smutkiem obserwuje rozpacz i zmagania młodego mężczyzny.

– Syn Muammara – wyznaje szeptem, a rozmówca podnosi na niego zdziwione oczy.

– Jak to? Ja go nie znam!

– Z nieprawego łoża. Twój ojciec bardzo chciał ożenić się z jego matką, ale ta stawiała niemożliwe do spełnienia warunki.

– To znaczy?

– Chciała być jedyną żoną, a nie jedną z wielu.

– Idiotka! – oburza się. – To znaczy, że ojciec miałby się rozwieść z moją matką?!

– Ożenił się z nią dopiero wtedy, jak dostał kosza od Maliki – przyjaciel rodziny bez skrupułów wyznaje, a Saif marszczy groźnie brwi. Jeszcze raz, już z większym szacunkiem, spogląda na swojego martwego nieznanego brata i zauważa zakrwawiony kawałek papieru w jego dłoni. Dwoma palcami sięga po niego.

– Ładna kobieta, nie powiem – kiwa ze zrozumieniem głową, uważnie oglądając fotografię.

– Oprócz tego miała również wiele innych wspaniałych cech. Nie żyje.

– Cóż, jakże ogromna musiała być nienawiść tego człowieka, że zdobył się na taki czyn! – przyznaje, kiwając potakująco głową, tak jakby doskonale rozumiał postępowanie zabójcy.

– Nie czas na rozdrapywanie ran. Trzeba działać! – Stary podchodzi do Saifa i kładzie mu zakrwawioną rękę na ramieniu.

– Co?! – oburza się syn.

– Myśl! Twój ojciec nie może tak odejść, musi umrzeć jako legenda, musi skonać jak męczennik, niesłusznie oskarżany przez zgniły Zachód i swój własny ogłupiony naród! – Mężczyzna podnosi na niego zdziwiony wzrok. – Władzę teraz może i stracimy, ale należy myśleć perspektywicznie. Ten nowy rząd pastuchów i rebeliantów nie pociągnie długo, nie ma szans, a kiedy padnie, to my będziemy w pobliżu, a naród poprosi dziedziców męczennika Muammara, aby znów objęli nad nim pieczę i poprowadzili w świetlaną przyszłość. Twój niezwykły ojciec, a mój przyjaciel, nie odejdzie jak byle jaki śmieć wysadzony w powietrze przez własnego bękarta. Nikomu nie damy tej satysfakcji!

Saif uspokojony i skoncentrowany chwiejnie wstaje, ociera twarz z łez i potu, otrzepuje spodnie i długimi tunelami kieruje się do wyjścia. Na zewnątrz cały czas stoi przygotowany specjalny mercedes, który tylko z nazwy przypomina to niemieckie auto. Uzbrojona po dach maszyna rusza z piskiem kół, a za nią dwa nieoznakowane samochody z ochroniarzami. Zanurzają się w ciemną trypolitańską noc, opuszczają miasto i kierują w stronę gór Garianu. Po dwóch godzinach dojeżdżają do Mizdy i zatrzymują się przed nieoświetloną, elegancką willą z białego piaskowca. Urzędnicy bezpieczeństwa w cywilu po chwili wyprowadzają z niej starszego mężczyznę pod siedemdziesiątkę, poruszającego się żwawym krokiem. Ubrany jest w domową, pomiętą galabiję szarego koloru, a na głowie ma przekrzywiony turban z jednym końcem zarzuconym na twarz. Widać mu tylko oczy. Zostaje przez ochroniarzy brutalnie wepchnięty do samochodu, a kierowca, nie czekając na zamknięcie drzwi, rusza.

– Jak się masz? – Saif zadaje klasyczne arabskie pytanie powitalne. – Jak żona? – Mężczyzna z trudem przełyka ślinę i łypie na boki oczami, jakby szukał drogi ucieczki. – Ponoć kuracja antynowotworowa w Szwajcarii powiodła się. Popatrz, medycyna teraz czyni cuda.

– Dzięki, o panie… – Pojmany człowiek zachrypniętym ze strachu głosem usiłuje coś powiedzieć.

– Tak, tak… – Saif nie daje mu dokończyć, tylko niecierpliwie macha ręką. – A jak dzieci? Porozrzucane po całym świecie – sam sobie odpowiada. – Bardzo dobrze, bardzo mądrze. Córki w Londynie, a jeden syn ponoć zaczął pracę w jakiejś żydowskiej kancelarii adwokackiej w Nowym Jorku. No, no, moi państwo! A to szczęściarz! – Mężczyzna siedzi wyprostowany i już nie próbuje się odezwać. On już wie.

– Nadszedł czas, *ja said*[1] Mohammed, spłacić dług – to mówiąc, Saif al-Islam Kaddafi ordynarnie zdziera z głowy mężczyzny przybrudzony turban. W nikłym świetle deski rozdzielczej i pełni księżyca ukazuje mu się jak prawdziwa twarz ojca.

[1] *Ja said* (arab.) – panie (wołacz).

Nowy rząd

Wysokiej rangi oficer Hassan Nazim, ubrany po cywilnemu w swoje codzienne niebieskie, wytarte na kolanach dżinsy, kraciastą koszulę i wyświechtaną marynarkę, jedzie starym autem na miejsce spotkania w hotelu Tibesti w centrum Bengazi. Nie cieszy się, że zobaczy swoich kamratów, zagranicznych przedstawicieli i libijskich dysydentów, którzy pod koniec wojny tłumnie powrócili na łono ojczyzny. Nie jest już tak jak na początku. Wszystkie idee i zapał gdzieś się rozmyły, pierzchły w nieznane, teraz zaczęła się zwykła polityczna przepychanka. Już poprzednim razem próbował natchnąć towarzyszy, aby zakończyć jak najszybciej tę bratobójczą walkę, ale zakrzyczeli go, nie chcąc wysłuchać ani słowa. Oni nie mają na względzie dobra Libii i jej obywateli, którzy cierpią w wyniku wojny, myślą tylko o sobie i o tym, oby jak najwięcej wyrwać ze zwycięskiego tortu. Władza, władza, władza i oczywiście pieniądze. Ogromne ilości petrodolarów, które do tej pory Kaddafi pożytkował jedynie dla siebie, swojej rodziny i popleczników. Nagle ludzie dowiedzieli się, o jakie kwoty tutaj chodzi, i po pierwszym szoku zażądali udziału, notabene słusznie im należnego. W Libii każdy obywatel powinien być bogaczem. Lecz czemu zwlekać z zakończeniem wojny, kiedy sam dyktator występuje do nich z propozycją podpisania ugody? Czemu ma służyć ta rozgrywka?

Hassan chciał skonsultować się w tej sprawie z mądrym Muaidem, ale od co najmniej tygodnia żaden jego telefon nie odpowiada. Nawet satelitarny. Może jednak dokonał szalonego czynu, który zaplanował, ale przecież nic się nie zmieniło i nie ma o tym żadnej informacji, a gdyby zrealizował plan, byłoby o tym głośno i gazety na całym świecie zamieszczałyby taki sensacyjny materiał na pierwszej stronie. Musiał w ostatniej chwili zrezygnować. Niewykluczone, że wyjechał za granicę. I dobrze, myśli. Takich prawych, uczciwych i oddanych krajowi ludzi Libia będzie w przyszłości bardzo potrzebować.

Hassan jedzie bardzo wolno prawym pasem autostrady i wszystkie auta mijają go, prując, jak to zawsze w Libii, na złamanie karku. Nie spieszy mu się, chce dokładnie obmyślić taktykę. Dzisiaj przedstawi swoją ostateczną propozycję porozumienia stron konfliktu, a jeśli tymczasowy rząd jej nie przyjmie, to będzie musiał zrezygnować z dalszego udziału w dowodzeniu. Może stąd wyjadę? Starsza córka, Miriam, wielokrotnie dzwoniła i zapraszała. Mógłbym spokojnie siedzieć na tyłku w Düsseldorfie i hodować wnuki, puszcza wodze fantazji i z rozmarzeniem uśmiecha się do siebie. Nawet wariatka Madżda proponowała mu emigrację i obiecywała znalezienie pracy w Toskanii. Dobre ma córki i kochające, więc po co się zamartwiać, ryzykować życie i ciągle rozgrzebywać stare rany? Może najlepiej byłoby dla mnie nie odzywać się dzisiaj, spakować walizki i w końcu uciec z tego bagna? Tutaj nigdy nie będzie lepiej!, podsumowuje. Taki naród i taki przeklęty kraj! Z goryczą zagryza wargi i ze złości robi się popielaty na twarzy. Tyle zmarnowanych istnień ludzkich! Mój Adam..., ciężko wzdycha na wspomnienie ukochanego syna.

Postanawia zaparkować samochód przy promenadzie i przewietrzyć się trochę przed naradą. Ma jeszcze dobre pół godziny, więc bez pośpiechu idzie noga za nogą. Pięknie tutaj, myśli, siadając na kamiennej ławce na nabrzeżu i zrelaksowany głęboko oddycha. Jakoś to będzie, podsumowuje w duchu. Jestem człowiekiem honoru, wojskowym i kiedy powiedziałem a, muszę powiedzieć b. Nie mogę, nie potrafię uciekać z podkulonym ogonem jak jakiś byle Burek. Chciałbym bardzo, ale nie podarowałbym sobie tego do końca życia. Takim postępowaniem przyniósłbym wstyd córkom. Niech będą dumne z ojca, potakuje sam sobie. Muszę postąpić godnie, tak jak to czyniłem przez całe moje życie. Cokolwiek potem by się działo, chcę móc patrzeć ludziom prosto w oczy, postanawia i podbudowany psychicznie raźnym krokiem zmierza na piechotę do nieodległego hotelu. Już na parkingu widać, że miejsce jest okupowane przez tłumy.

Hassan dziękuje Bogu, że wybrał odleglejszą lokalizację dla swego auta. Bacznie obserwuje mijających go ludzi. Co za wybuchowa mieszanka, sceptycznie podsumowuje, uśmiechając się pod nosem. Pozdrawiają go wojskowi, tak po cywilnemu, jak i w mundurach, niektórzy przykładają rękę do daszka czapki. Zagraniczni obserwatorzy, reporterzy i przedstawiciele dyplomatycznych przedstawicielstw ustępują mu z drogi, czasami kiwają głową, patrząc na niego z estymą. Przedstawiciele rodowych klanów lub plemion, wychowani w prostocie wśród natury, nie czują zbytniego respektu i podchodzą zwyczajnie, klepią swojego rodaka po ramieniu lub ściskają jego dłoń.

Hassan Nazim podczas wojny stał się kimś i dzisiaj jest już znaną postacią. Każdy chciałby z nim zamienić parę słów, a dziennikarze daliby wszystko za krótki wywiad. Ludzie, jestem zwykłym arabskim facetem, nie róbcie ze mnie gwiazdy, speszony przywódca mówi w duchu do otaczających go ludzi. Uśmiecha się miło i zaprasza wszystkich do prawie zapełnionej sali konferencyjnej. Są już tam świeżo przybyli z Kataru, Bahrajnu, Emiratów czy Arabii Saudyjskiej dysydenci libijscy. Patrzą na dowódcę spode łba i bledną im policzki, kiedy widzą, jaki szacunek wzbudza skromna osoba Hassana wśród wszystkich zebranych. Oni dzisiaj będą usiłowali zrobić ze mnie szmatę, przywódca czyta to z oczu emigrantów. Nie będzie lekko, ale nie dam się tym brodatym politycznym oszołomom, postanawia, słodko się do nich uśmiechając, czym wzbudza owację na stojąco zgromadzonej widowni. Kieruje swe kroki na podwyższenie, gdzie wśród libijskich ortodoksów pozostawiono jedno krzesło dla niego. Znajduje się ono na szarym końcu konferencyjnego stołu ustawionego dla lepszej widoczności na niewysokim podium.

– Witamy! Niech żyje Hassan! Brawo, Nazim! – słychać wiwaty libijskich patriotów.

– *Welcome*! – dołączają głosy cudzoziemców. – Czy zechce pan udzielić nam wywiadu? Odpowiedzieć na parę pytań dotyczących przyszłości libijskiego rządu? Co planujecie? – Dziennikarze od razu zasypują świeżo przybyłego serią pytań. – Czy przychylacie się do ugody? – Błyskają flesze aparatów fotograficznych i słychać dookoła klik migawek.

– Właśnie! – ciężko wstając, zabiera głos opozycjonista, przybyły po piętnastu latach z Kataru.

– A może wypowie się na ten temat dowódca? – Odważny amerykański reporter nie ma ochoty słuchać człowieka, który w ogóle nie zna sytuacji panującej w ogarniętym rewolucją kraju.

– Trzeba sobie szczerze powiedzieć, że nasza tymczasowa rada jest do niczego. – Stary Libijczyk nie przekazuje mikrofonu Hassanowi, lecz kontynuuje przedstawianie swojego stanowiska. Jego stwierdzenie wywołuje jęk rozgoryczenia, niektórzy wręcz machają zrezygnowani rękami. – Taka jest prawda! Jesteśmy słabi, skłóceni i nieefektywni. Rewolucja trwa stanowczo za długo, bo potyczki prowadzone są nieudolnie. Ileż miesięcy zmagaliśmy się o Misuratę? To nie do pomyślenia! Teraz w naszych rękach są tylko ruiny i zaminowane ziemie.

– To czemu nie chcecie posłuchać rady doświadczonych i rozpocząć negocjacji? – Hassan, jak to wojskowy, ma donośny głos i świetnie go słychać nawet bez elektronicznej aparatury.

– Zdrada! – oburzają się wszyscy siedzący przy stole i co poniektórzy patrioci na sali. – Knujesz zdradę!

– Czemuż to? W cywilizowanych krajach tak kończy się wojny. – Przywódca robi teatralny ukłon w stronę zagranicznych przedstawicieli, a ci kiwają z poparciem głowami. – Czy chcecie wymordować do końca nasz i tak już nieliczny naród? Cierpią kobiety, dzieci i starcy! Czy wy tego nie widzicie?

– Jakbyś lepiej prowadził walki, to już dawno zapanowałby pokój – odzywa się inny ortodoksyjny polityk. – Przy takim wsparciu z powietrza nie jesteś w stanie wygrać głupiej bitwy. Co z ciebie za dowódca? Co za strateg?

– Przepraszam, że co? – Hassan złości się nie na żarty. Żyła idąca przez środek jego wysokiego czoła nabrzmiewa, mięśnie w policzkach pulsują, a twarz staje się ciemnobordowa. – Jak śmiesz! Czyś ty w życiu oddał jeden strzał?! Twoja walka polega na przesiadywaniu w meczecie i modleniu się pięć razy dziennie, ale Allah nie pójdzie za nikogo w bój! – uderza w bogobojność rozmówcy, czym wzbudza na sali szmer dezaprobaty. Przesadziłem, myśli, lecz poniosły mnie nerwy. Jednak wypowiedzianych słów już nie da się cofnąć i muszę brnąć dalej, postanawia. Dobrze będzie nastraszyć zebranych fundamentalizmem islamskim, Al-Kaidą czy braćmi muzułmańskimi. – A może uważacie, że najlepiej zakończyć naszą wojnę paroma atakami terrorystycznymi? Co? Ściągnąć chętnych z Bliskiego Wschodu będzie wam łatwo. W końcu żyliście tam wszyscy przez ostatnie dwadzieścia lat. – Spogląda wymownie na obcokrajowców, a tym bledną twarze.

– Co za bezczelność! – słychać oburzone krzyki opozycjonistów. – To potwarz!

– Mówię zatem – Hassan podnosi głos – że trzeba dogadać się z Kaddafim, zwłaszcza że to on pierwszy z taką propozycją wystąpił. Taka jest moja opinia – kończy, ciężko siadając na drewnianym krześle.

– Nawiązałeś z nim kontakt? Osobiście?... – Jeden ze zbulwersowanych banitów zadaje pytanie, zawieszając głos, aby zebrani mogli rozważyć wypowiedziane przez niego słowa. – To ty, właśnie ty, nasz przywódca i reprezentant nowej władzy potajemnie prowadziłeś, a może nadal prowadzisz, rozmowy z rządem w Trypolisie?! Bez konsultacji z resztą?!

– Zdrada! – na sali rozlegają się krzyki. – Zdrajca! – tłum zaczyna wrzeć, a cudzoziemcy z przerażeniem rozglądają się dookoła, szukając wzrokiem ochroniarzy. Wielcy żołnierze stojący w drzwiach nie kwapią się do działania i martwo patrzą przed siebie. Chyba czekają na jakiś sygnał, ale nie wiadomo, z której strony ma on nadejść.

– Moja zdrada polega na tym, że pragnę oszczędzić ludzi, moich rodaków. Ty zaś planujesz wprowadzić w wolnej, nowoczesnej, niezawisłej Libii rządy ortodoksyjne, kierujące się starym, tradycjonalistycznym kanonem i prawem szariatu! – Hassan przekrzykuje rzesze swoich byłych zwolenników, którzy dzisiaj, pod wpływem pomówień i wyssanych z palca oskarżeń, najchętniej rozszarpaliby go na kawałki i dokonali samosądu.

– Jesteśmy krajem arabskim i powinno u nas bezsprzecznie panować prawo muzułmańskie. – Zszokowani wypowiedzią dziennikarze wstrzymują oddech i robią zdziwione miny.

– Ty, człowieku, nie zmieniaj tematu! – włącza się inny opozycjonista, elokwentny pisarz, który przez dwadzieścia lat przebywał w Arabii Saudyjskiej i ponoć na swych politycznych poglądach zbił niezły majątek. – Zostałeś zdemaskowany. Wykryliśmy w naszych szeregach grupę bojowników, którzy zdradziecko współpracują z rządem Kaddafiego, stanowiąc tak zwaną piątą kolumnę wyzwoleńczej armii libijskiej. Teraz staje się jasne, kto jest ich przywódcą i dlaczego nie zdobyłeś miasta Marsa al-Burajka.

Hassan robi wielkie oczy, obejmuje dłońmi kędzierzawą głowę i z niedowierzaniem rozgląda dookoła. Na takie oszczerstwo nie znajduje już riposty. Na sali jest cicho jak makiem zasiał. Zagraniczni goście pocą się ze strachu i drżą z obawy o swoje życie, Libijczycy zaś zaciskają zęby, marszczą czoła, przestępują z nogi na nogę i nie wiedzą, jak mają teraz zareagować. Wiadomo jednak, że jeśli jeden odważy się na ruch, pójdzie za nim cała fala. Nagle z hukiem otwierają się wielkie konferencyjne drzwi i do środka wmaszerowuje uśmiechnięty od ucha do ucha przedstawiciel NATO.

– *Sorry I am late*[1] – usprawiedliwia się. – Mieliśmy pełne ręce roboty, ale ostatecznie kolejna bitwa została przez nas wygrana.

Hassan Nazim błyskawicznie wykorzystuje chwilę nieuwagi i odwrócenie zainteresowania od swojej osoby.

[1] *Sorry I am late* (ang.) – przepraszam za spóźnienie.

Szybkim wojskowym krokiem kieruje się do bocznego wyjścia. Teraz cieszy się, że siedział na końcu stołu. Wychodzi z tyłu hotelu i postanawia ukryć się na jakiś czas w restauracji u zaprzyjaźnionego Turka. Tam nikt go nie będzie szukał. Muszę teraz pomyśleć i postanowić, co dalej robić, oddycha z ulgą, siadając za drewnianym parawanem w kącie małego lokaliku. Właściciel, nie pytając, przynosi jego ulubioną zupę z soczewicy oraz *safihę dżubna* i *laham*, turecką pizzę z serem i mięsem. Uciekinier bezmyślnie pochłania pierwszy posiłek dzisiejszego dnia i nadal ma w głowie pustkę. Dzwonią mu jedynie wypowiedziane, nie!, wykrzyczane słowa oskarżenia. Zdrajca, zdrajca, zdrajca!, odbija się echem. Dzisiejsze posiedzenie tymczasowej rady było po prostu moim wyrokiem śmierci, podsumowuje, siorbiąc wrzącą czarną herbatę. Jeśli nie zabiją mnie na ulicy pobratymcy lub byli współpracownicy, to dopadnie bezpieka. My, Libijczycy, system obserwacji i inwigilacji mamy rozbudowany do granic możliwości. Oni potrafią człowieka znaleźć wszędzie, wyciera zimny pot z czoła. Mam, co chciałem, podsumowuje swoje rozmyślania. Bohaterski koniec uczciwego żywota. Nie, nie, raczej haniebny finisz, zaciska wargi. Przebiega go dreszcz. Nic to, teraz trzeba pojechać do domu, zabrać parę rodzinnych pamiątek i zwiewać, gdzie pieprz rośnie. Może jeszcze się nie dowiedzieli, że mieszkam u mojego przyjaciela Karima? Może ich to wcześniej nie interesowało?, pociesza sam siebie.

– *Salam alejkum, sadiki*. – Przekraczając próg, wpada na swojego starego kumpla z czasów studenckich. – Gdzie się wybierasz? Jedziesz na wakacje? – kpiarsko pyta, bo odpowiedź wyczytuje z przerażonych oczu mężczyzny i zapłakanej twarzy jego żony.

– Ty jeszcze masz czelność sobie żartować? – mężczyzna oburza się. – Jak śmiesz?!

– Już się z tobą skontaktowali. – Hassan wyciąga słuszny wniosek.

– Oczywiście, że tak. A co ty myślałeś? Że jesteś niewidoczny?

– Jak możesz narażać naszą rodzinę na takie niebezpieczeństwo?! – włącza się roztrzęsiona kobieta. – I ty nazywasz mojego męża swoim przyjacielem? – Postępuje krok do przodu i wygląda, jakby chciała go uderzyć. – Raczej jest niepoprawnym naiwniakiem i głupcem! – Na koniec daje kuksańca swojemu mężczyźnie.

– Mało to wspólnie przeżyliśmy w Polsce podczas studenckich czasów? Przecież znasz mnie i wiesz, że zdrada nie leży w mojej naturze! Człowieku, nie daj się omamić! – oskarżony broni się.

– To stare dzieje, a teraz ty po prostu mnie wykorzystałeś. – Karim robi smutną minę.

– Nieprawda! Nie bierzesz pod uwagę, że to pomówienia?

– Na potrzeby swojej diabelskiej konspiracyjnej działalności zmieniłeś adres i trzy miesiące temu przeniosłeś się do nas – kolega przerywa. – Dokładnie od tamtego czasu zaczęliśmy przegrywać prawie wszystkie bitwy. Dogadałeś się z tym tyranem Kaddafim! On jeszcze ma dużo szmalu, żeby przekupywać ludzi.

– Kto ci tych głupot nakładł do głowy? I ty w to uwierzyłeś? Też jesteś wojskowym i doskonale wiesz, że raz się jest na wozie, a raz pod wozem, lecz na wojnie chodzi o kluczowe pozycje, a one są w naszych rękach.

– Nie opowiadaj mi jakichś sloganów! Już nie wierzę w ani jedno twoje słowo!

– Wychodzimy, chcesz, to możesz sobie tutaj mieszkać, jak długo się da. – Libijka chwyta najbliższą walizkę i pogania męża. – My już nie będziemy cię kryli, nie będziemy pomagać zdrajcy!

– Dżamila ma rację. Oszukałeś nas i żaden z ciebie przyjaciel. – Karim patrzy w podłogę i podąża za żoną.

– Dajecie sobą manipulować! – Hassan jeszcze próbuje ich przekonać, lecz widzi, że starego przyjaciela nie wzruszają żadne argumenty, wsiada on do samochodu, odpala silnik i sięga po telefon komórkowy. Mówi do niego parę słów, jeszcze raz rzuca wściekłym wzrokiem w kierunku byłego kompana i rusza z kopyta.

Zadenuncjował mnie!, krzyczy w duchu Hassan. Zaraz tutaj będą! Rozumiem, że go zaszantażowali, ale jak mógł?! Ja bym tak nie postąpił. Co mu nagadali, co mu wpakowali do tej jego durnej wojskowej łepetyny?

Biegnie co sił w nogach do swojego pokoju na piętrze. Postanawia wziąć parę najważniejszych rzeczy, bo jeśli uda mu się uciec, co będzie graniczyło z cudem, to już nigdy do Libii nie wróci. Wyciąga z szafy małą podróżną torbę i wrzuca do niej na chybił trafił zdjęcia, ustawione w równym szeregu na nocnej szafce. Jedno w starej drewnianej ramce jest najcenniejsze i na nim mężczyzna na dłużej zatrzymuje wzrok. Stara pożółkła czarno-biała fotografia przedstawia jego i młodziutką szczuplutką Baśkę na molo w Gdańsku. Jacyż wtedy byli zakochani! Hassan obejmuje ją ramieniem, a ona szczęśliwa uśmiecha się od ucha do ucha. Nic to, myśli, przeszło, minęło. Następna ważna fotka. Miriam ze swoim mężem. Choć to niemiecki Turek, a nie Arab, ale dobrze, że jest muzułmaninem, cieszy się. Wnuki będą wychowane w duchu islamu, tak jak wszyscy od wieków w mojej rodzinie. Przecież jestem dobrym wiernym mahometaninem, dzisiaj nie krytykowałem naszej wiary, lecz przesadę i ortodoksję. Jakże mógłbym sobie pozwolić na złe traktowanie córek i nieszanowanie ich poglądów i wybranej drogi życiowej? Jakżeby Madżda miała nosić abaję i nie daj Bóg zasłaniać twarz?, uśmiecha się z przekąsem, spoglądając na umieszczony w ramce wycinek z magazynu, ukazujący jego piękną córkę jako modelkę na pokazie w Rzymie z wytłuszczonym napisem: „Nowa gwiazda »Vogue'a«. Czas dla mężczyzny jakby stanął w miejscu, oddalił się myślami o tysiące kilometrów z pokoiku, w którym przebywa.

Z letargu budzi go pisk kół samochodu przed domem. Porywa już zapakowane rzeczy i biegnie do tylnego wyjścia. Szarpie za klamkę. Zamknięte. Sprawdza dłonią zamek, w którym zawsze był klucz, lecz nic nie znajduje. Dranie uwięzili mnie w pułapce. Pochyla głowę i powoli obraca się, gdyż czuje za sobą obecność intruza. Jak spod ziemi w półmroku wyrasta osiłek, którego Hassan pamięta z sali konferencyjnej. Tam udawał ochroniarza, teraz zaś ze złym błyskiem w oku wykonuje szybki krok w kierunku osaczonego.

– Spokojnie, przyjacielu, ani nie będę uciekał, ani nie będę się bić – starszy doświadczony wojskowy uśmiecha się ironicznie, bowiem pomimo szczupłej sylwetki w walce wręcz mógłby powalić tę kupę mięsa bez najmniejszego wysiłku. Trzeba zakończyć życie z honorem i nie dać się tym zbójom sprowokować, powtarza sobie w myślach.

– Pan pozwoli z nami. – Do kuchni wchodzi dobrze znany w całym Bengazi i okolicy oprawca. Od niepamiętnych czasów pracuje on w Ministerstwie Spraw Wewnętrznych i stanowi postrach zarówno szanujących się obywateli, jak i kombinatorów. Całe wieki służył Kaddafiemu, lecz widać nowy rząd zapomniał o wszystkich jego ofiarach i pozostawił go na stanowisku. Najwidoczniej musi być w tym dobry, naigrawa się Hassan. – Spokojniutko idziemy do auta – mężczyzna zapraszająco wskazuje ręką. W drzwiach wejściowych stoi jeszcze dwóch innych cichociemnych po cywilnemu, lecz na pierwszy rzut oka widać, że to służby mundurowe. Poły ich długich kaszmirowych płaszczy są wybrzuszone od kiepsko ukrytej broni.

Czarna limuzyna marki BMW z przyciemnionymi szybami cicho rusza spod pięknej willi w spokojnej dzielnicy. Na ulicy nie ma żywego ducha, ale Hassan wie, że w Libii domy mają oczy. Zauważa gdzieniegdzie poruszającą się firankę lub błysk gaszonego światła. Jeśli ktoś widzi samochód tej marki i takich gabarytów bez rejestracji, od razu wie, że są to służby. Jakie, dobre czy złe, to już obojętne. Ludzie wiezieni takimi wozami nigdy nie wracają do swoich domów.

– Najpierw przejedziemy się po mieście – oznajmia

specjalista, który wie, jak najłatwiej zmiękczyć podejrzanego. – Podoba ci się nasze Bengazi? – zadaje grzecznościowe pytanie.

– Tak – głucho odpowiada Hassan, a w duchu usiłuje nastawić się na najgorsze.

– To dobrze – miło uśmiecha się rozmówca, ukazując przy tym swoje nierówne pożółkłe zęby. – Nadmorska promenada jest najpiękniejsza, szczególnie nocą – kontynuuje, chcąc osłabić uwagę zatrzymanego. – Ty zdaje się lubisz po niej spacerować? – zawiesza głos, jakby czekając na odpowiedź.

– Tak – powtarza uwięziony. Czego ode mnie chcą? Jego mózg pracuje na najwyższych obrotach. Co mogą ze mnie wycisnąć? Nigdy nie kombinowałem i nie kręciłem. Zawsze byłem uczciwym człowiekiem. Ale czy to w tej sytuacji wystarczy? Już wiem! Złapali Muaida, o to musi im chodzić! Zaraz, zaraz, ale w takim wypadku tak mój trypolitański przyjaciel, jak i ja powinniśmy dostać raczej medal, a nie kulkę w łeb. Już wszystko mi się miesza, strudzony pociera wilgotne od potu czoło. Co będzie, to będzie, nic nie wymyślę. Niech to szlag trafi!, przypomina sobie ulubione przekleństwo swojej ukochanej żony Baśki i uśmiecha się pod nosem.

– Tak ci wesoło?! – Nawet delikatny grymas twarzy nie umyka uwadze śledczego.

– Przypomniałem sobie pewne zabawne zdarzenie – tłumaczy Hassan. – A powinienem się już martwić? Czy od razu płakać? – Patrzy wymownie w oczy mężczyzny.

– Jak sobie chcesz. Możesz się jeszcze pośmiać i zabawić,

ale tylko pod warunkiem że zeznasz wszystko jak na spowiedzi.

– Oczywiście! A co chcecie wiedzieć? Nie mam nic do ukrycia.

– Czyżby? Jesteś tego pewien?

– Tak.

– To powiedz mi, co knułeś z władzami w Trypolisie i kiedy ostatecznie chciałeś nas wystawić? – przechodzi do sedna sprawy.

– Nigdy nie spiskowałem przeciwko libijskiemu ruchowi wyzwoleńczemu, a za rządów Kaddafiego dwa lata siedziałem w więzieniu. Jakby chcieli z kimś się dogadywać i szukali zdrajcy w naszych szeregach, to raczej nie wybraliby mnie, ich zagorzałego wroga.

– Dobra, dobra – szpicel mówi niepewnym głosem, po czym widać, że o dziwo tej wiadomości mu nie podano. Trochę go to zbija z pantałyku i przez chwilę siedzi bez słowa, uważnie obserwując ruch za oknem. Wygląda na to, że zbiera myśli.

– Większość rewolucyjnych aktywistów odchodziła od starej władzy już podczas trwania rewolucji, a ja zrobiłem to z niezłym wyprzedzeniem. – Hassan kuje żelazo póki gorące i łapie się swojej opozycyjnej działalności jak tonący brzytwy.

– A ja ci tam nie wierzę.

– Mam to w aktach, a ty zapewne uważnie je przestudiowałeś.

– Nic takiego tam nie znalazłem, a zresztą, jakie to ma znaczenie?

Hassan jest w szoku i zdegustowany wygina usta, gdyż po tym stwierdzeniu wie już na sto procent, że wyrok śmierci został na niego wydany, a teraz tylko ten zbój musi go na nim wykonać.

– Jak to nie ma znaczenia? – broni się jeszcze.

– Tak to! Mów, psie, z kim się kontaktowałeś? Z kim omawiałeś warunki? Czy to sam Kaddafi, czy jego synalek Saif kupił twoją chudą dupę? A może ktoś o niższej randze, tylko przez nich wysłany?

– To bzdury i pomówienia! – Hassan z niedowierzaniem kręci głową. – Okropność! O co wam chodzi? Co wam przyjdzie z mojego odejścia? Jeśli tak bardzo tego chcecie, to sam się wycofam i wyjadę z kraju.

– Chciałbyś! Za bardzo narozrabiałeś i teraz trzeba za to zapłacić, mój panie.

– Więc to tak. – Bojownik zdaje sobie sprawę, że ta przejażdżka to tylko przygrywka dla rozluźnienia oskarżonego, żeby potem, kiedy zmienią się warunki i miejsce przesłuchania, z przerażenia zaczął sypać informacje jak z rękawa. – Wiesz doskonale, że ja wam nic nie mogę wyznać, bo nie mam nic do powiedzenia. Nie zrobiłem niczego, o co mnie oskarżacie! Zabij mnie od razu i nie zawracaj sobie głowy!

– Ja jedynie spełniam swój obowiązek wobec narodu. – Tajniak daje kierowcy znak ręką, aby skręcił w prawo.

Zjeżdżają z autostrady, pokonują niewielki dystans i lądują pod dobrze znaną wszystkim bengazyjczykom siedzibą Ministerstwa Spraw Wewnętrznych. Mijają ją jednak i zatrzymują się na parkingu przed sąsiadującym z nią trzypiętrowym przysadzistym budynkiem. Hassan zostaje brutalnie wyciągnięty z samochodu, zakuty w kajdanki, na głowę zakładają mu czarny worek na śmieci, który następnie mocno zawiązują sznurkiem na gardle. Pojmany ledwo oddycha. Dwóch osiłków prowadzi go pod ręce w stronę słabo oświetlonego wejścia. Przekraczają wrota piekieł i szybko maszerują w nieznanym mężczyźnie kierunku. W pewnej chwili traci on grunt pod nogami i dopiero po chwili natrafia stopą na schody prowadzące do podziemi. Ciężkie buciory łotrów głośno dudnią na betonowej podłodze. Do zmysłów Hassana dochodzi słaby jęk i płacz, a z każdym krokiem jego natężenie rośnie. Zatrzymują się. Worek zostaje brutalnie zerwany i w słabym świetle żarówki wiszącej na drucie u sufitu oczom pojmanego ukazuje się okropny widok. Przywiązany za ręce grubym sznurem do metalowej rury wisi nagi jego przyjaciel Karim. Na Boga, gdybym spodziewał się obecnego rozwoju wypadków, nigdy bym go nie narażał na takie cierpienia, żałuje Hassan. Jakże jest mi przykro, smutno wzdycha i odwraca spojrzenie od zakrwawionego, pokrytego sińcami bezwładnego ciała kolegi. Natrafia wzrokiem na zewłok człowieka leżący w kącie sali. Jest to kobieta, bo ma na sobie długą szeroką suknię w granatowym kolorze w czerwone róże. Taką samą miała dzisiaj Dżamila, kiedy wieczorem wraz z mężem opuszczała dom. Jej głowę szczelnie opatula czarna reklamówka, lecz widać została przerwana, bo dookoła niej odznacza się czarnobordowa plama. Krew. Zastrzelili niewinną, a ja używałem argumentu, że powinniśmy zakończyć wojnę, aby oszczędzić kobiety i dzieci. Hassanowi kręci się w głowie i robi niedobrze. Pochyla się i wymiotuje na brudną podłogę. Twardy wojskowy, który widział w swoim życiu niejednego trupa, nie jest w stanie znieść obrazu zamordowanej niewiasty. Wstyd, okazuję słabość!, złości się na siebie, szybko prostuje i dumnie podnosi głowę.

– Jeszcze masz szansę wyjść z tego – oświadcza główny śledczy i popycha mężczyznę na metalowe krzesło.

– To znaczy, że jeśli zacznę sypać, to mnie wypuścicie? – głupio pyta, bo doskonale wie, że to niemożliwe.

– Bez przesady! – rechocze oprawca. – Możesz krócej się męczyć. To chyba zdrowy układ?

– Tak, bardzo zdrowy. Ale nie wiem, co ja mógłbym wam powiedzieć. Trafiliście pod zły adres. – Pierwszy cios przychodzi niespodziewanie i zwala oskarżonego z siedziska. Później już nie będzie tak bolało, pociesza się. Tego uczyli mnie w wojsku. Przerabiałem tortury i zaliczyłem je nawet na piątkę. Leżąc na lodowatym klepisku, wykrzywia zakrwawione usta w słabym uśmiechu, czym doprowadza funkcjonariusza do szału i za co od razu otrzymuje serię kopniaków.

– Ty psubracie! Ty synu osła! Będziesz sobie z nas kpiny robił?! – wykrzykuje. – Ściągnąć mi tego tam – pokazuje palcem na zmasakrowane ciało Karima. – Z niego już żadnego pożytku nie będzie. Niech podąża za swoją głupią babą. – Skatowany do nieprzytomności zostaje odcięty, pada bez czucia na ziemię, jednak przy uderzeniu o beton wydaje słaby jęk. Jeszcze żyje. Pomagierzy przerzucają go w pobliże żony, obwiązują głowę folią i oddają strzał. Jakie czyściochy, myśli Hassan. Nie chcą, żeby rozbryzgujący się mózg pobrudził im buty. – Do góry z nim! Jeśli jest takim żartownisiem, to zobaczymy, jak za chwilę będzie się śmiał.

Ze szczupłego ciała oficera ubranie zostaje brutalnie zerwane i po chwili Hassan zajmuje już miejsce swojego starego kolegi. Muszę myśleć o wszystkim, tylko nie o tym, co oni mi będą robić, wspomina jeden ze studenckich wykładów. Najlepiej rozpamiętywać najszczęśliwsze lub najtragiczniejsze wydarzenia z życia. Lub takie, które doprowadzają do wściekłości. Wolę jednak te radosne, postanawia i odpływa w daleką przeszłość, kiedy studiował w Polsce i poznał Basię, miłość swojego życia.

– Mów, z kim się spotykałeś i gdzie? – pada pytanie poparte potężnym ciosem zadanym kijem bejsbolowym. Hassan wydaje z siebie przeraźliwy wrzask. Nad krzykiem trudniej zapanować niż nad emocjami, przebiega przez głowę torturowanemu. Nikt nie jest doskonały. – Nazwiska, telefony, adresy! Wy, wojskowi, zawsze wszystko zapamiętujecie, bo wiecie, że nie wolno nic zapisywać. Gadaj, głupcze!

Cisza. W ogromnej izbie kaźni jest tak cichusieńko, że można by usłyszeć muchę, gdyby tam latała. Zamiast niej dochodzi do uszu chrobot, który zapewne wydają szczury. Bicie nie jest takie straszne, jak opowiadają, podsumowuje Hassan. Zobaczymy, co będzie następne. Cokolwiek by to było, muszę znieść to z godnością i tak też umrzeć, jeśli honorowa może być śmierć przez zakatowanie. Adam na mnie czeka i już niedługo go spotkam.

Będziemy razem biegać po ogrodzie *al-Dżanna*[1] i kąpać się w rzekach z krystalicznie czystą wodą, winem, miodem i mlekiem. Ciekaw jestem, czy są tam rowery, bo mój mały synek tak lubił na nich jeździć.

Przypomina sobie pierwszy trzykołowy, który kupił Adamowi na czwarte urodziny. Jaka była radość w domu! Wstawili go pod choinkę, bo wtedy akurat święto Eid al-Fitr na zakończenie ramadanu zbiegło się z Wigilią. Zawsze twierdził, że Bóg jest jeden i kto wie, czy nie wspólny dla muzułmanów i dla chrześcijan. Dlatego też co roku celebrowali wszystkie religijne święta i jednej, i drugiej religii. Pozwolił Basi ochrzcić dzieci i chodzić z nimi co niedzielę do kościoła. A w każdy piątek stroił siebie i małego synka w świąteczne galabije i zabierał go na modły do meczetu. Mały nie mógł się zdecydować, gdzie jest fajniej, czym sprawiał uciechę obojgu tolerancyjnym rodzicom.

Nagle jak biczem uderza Hassana strumień lodowatej wody. Jego chude ciało huśta się jak w wesołym miasteczku. Przyjemnie, myśli, usiłując zagłuszyć rozsadzający ból w nadgarstkach, za które został przywiązany. Chłodzi moje rozpalone ciało, nie będę się pocił jak szczur i okazywał tym słabość. Mogliby jeszcze pomyśleć, że to ze strachu, a do tego mi bardzo daleko. Trochę zimno. Tak samo zmarzłem, kiedy pojechaliśmy wieki temu z trzyletnią Miriam do Zakopanego. Pamiętam, jak zamówiłem sobie w karczmie golonkę i setkę wódki. Po chwili podszedł do mnie nieznany Arab, zaczął wyklinać i na koniec napluł

[1] *Al-Dżanna* (arab.) – muzułmański raj.

mi do jedzenia. Kiedy w końcu się wyniósł, gospodarz przyniósł mi świeże danie, a gorzałkę stawiali wszyscy dookoła. Co to komu szkodzi i komu przeszkadza, że raz do roku zjem sobie wieprzowinę? A jak zakazany owoc smakuje! Wyśmienicie! Krew w ustach o dziwo przypomina mu smak polskiej potrawy.

– Zaczniesz coś w końcu, idioto, mówić, czy zabierzesz nam całą noc? – Oprawca jest już zmęczony. – To milczenie nic ci nie da! Słyszysz mnie, czy mam ci uszy przetkać? – Przy tych słowach uderza metalową rurą w bok głowy torturowanego. Robi to jednak z wyczuciem, bo nie chce go zabić, zanim ten nie wyzna całej prawdy. Albo przynajmniej jej cząstki.

Hassan najpierw słyszy szum, który przechodzi w ostry świst, a dopiero po chwili czuje otępiający ból połowy czaszki i traci słuch. Krew z pękniętego bębenka i zmiażdżonego ucha kapie mu na ramię. Mężczyzna nie może już otworzyć zapuchniętych oczu, lecz obserwuje przez szparki dalsze przygotowania oprawców. Dosuwają na środek pomieszczenia skrzynkę, wyglądającą jak duży akumulator. Ma nawet kable i żabki do podłączenia. Chyba jakiś wóz nie chce zapalić, ironizuje, wiedząc, że jego kat wyciągnął grubą artylerię. Już niedługo, dam radę, pociesza się. Mnie też kiedyś samochód nie chciał…, nie kończy myśli, bo przez podłączone do piersi metalowe klamry prąd razi jego słabe ciało. Trzęsie się i wygina w kabłąk, a następnie umęczony w końcu traci przytomność. Błyskawicznie, aby czasami nie umarł zbyt szybko, jeden z pomagierów znów polewa go zimną wodą. Teraz jednak patrzy na niego już bez pogardy. Ten facet mu zaimponował. Pomimo takiej skromnej postury ma charakter. Nikt tak długo nie wytrzymał, podsumowuje swoje doświadczenia. Ciekaw jestem, jak by zachował się nasz szef na jego miejscu? Spuszcza wzrok, nie chcąc okazać swojego szacunku dla przesłuchiwanego. Jeszcze mógłby zostać oskarżony o współudział. Pomimo krótkiego stażu wie, jak ta machina działa: pomówienia, ploty i ciche ostateczne rozwiązanie.

– Powiedz przynajmniej jedno nazwisko! Co wiesz na temat Muaida? Muaid Salimi? Mówi ci to coś? – Kat nie na żarty zaczyna się denerwować. Nie lubi pracować po nocach, za nadgodziny przecież nikt mu nie zapłaci. Dostaje forsę za wykonanie dzieła, lecz jeśli nie będzie miał wyników i informacji, a jedynie zimnego trupa, to w końcu sam może wylądować na tym drągu. Jest już cały spocony z wściekłości. – Nie będziesz mi chyba wciskał kitu, że go nie znasz?! Hę?

– Znam – Hassan odpowiada na pierwsze pytanie zadane podczas tego przesłuchania. – To bardzo dobry, uczciwy i honorowy człowiek – szepcze, co stanowi dla niego taki wysiłek, że głowa opada mu na piersi.

– Na pewno! Bękart Kaddafiego z mamusi suki! Wszyscy o tym wiedzą! Może chciał się wkupić w łaski tatusia, by pomógł mu wyślizgnąć się z Libii? Odpowiadaj! – Lecz nie jest już w stanie ani krzykiem, ani biciem czy prądem zmusić oskarżonego do mówienia. Połamane żebra przebiły Hassanowi płuca, a prąd uszkodził narządy wewnętrzne. Z ucha i rozbitej czaszki nadal cieknie cieniutkim strumyczkiem krew. – Odciąć skurwysyna! – wrzeszczy do współwykonawców wyroku. Niech dołączy do swoich kamratów – pokazuje na dwa zimne ciała, leżące nieruchomo w kącie sali.

O trzeciej nad ranem nieoznakowany samochód zatrzymuje się na chwilę przy poboczu na obrzeżach Bengazi. Zostaje z niego wyrzucony spory pakunek i wóz odjeżdża z piskiem kół. Na drugi dzień rano chłopek pasający owce w tym miejscu znajduje zmasakrowane ciało libijskiego bohatera i bojownika o wolność. Jego wielogodzinne tortury litościwie zakończono strzałem w tył głowy.

Święto narodowe

Zwycięstwo przychodzi nagle i nieoczekiwanie, prawie tak szybko jak przepowiedział Hamid. Nikt się tego już nie spodziewał, wszyscy przywykli do wojny i ciągłego zagrożenia, ale teraz w szoku i ogromnej radości mężczyźni i kobiety wiwatują nieprzerwanie na ulicach Nalutu, strzelając salwy w powietrze i radośnie wykrzykując oraz śpiewając nowo powstałe żołnierskie pieśni. Okazuje się, że mają jeszcze bardzo dużo amunicji i ogromne ilości broni. Wprawdzie do tej pory nie udaje się złapać upadłego tyrana Muammara Kaddafiego, jego niegodziwych synów i popleczników, jednak nikomu nie spędza to snu z powiek, bowiem wiadomo, że w Libii już się nie ukryją i wcześniej czy później zostaną wydani w ręce sprawiedliwości lub raczej spragnionego ich krwi narodu. Jest to tylko kwestią czasu.

– Musimy jeszcze zobaczyć się z Muaidem. To ostatni członek mojej rodziny, mamo – przekonuje Marysia. – Cały ród Salimich wyginął.

– Mylisz się, kochanie. – Dorota, widząc smutek w oczach

córki, obejmuje ją ramieniem i przyciąga do siebie. – Jesteś ty, ciągle żywa i ciągle silna, i jeszcze ktoś malutki pod twoim sercem... – Zawiesza głos. – Dlatego też uważam, że nie powinnyśmy się tam pchać, tylko spokojnie ewakuować przez granicę tunezyjską. Stąd to jedynie czterdzieści kilometrów i bezpieczny teren. Ileż ten biedny Hamid może czekać?! W końcu się zdenerwuje i pojedzie sobie. I co wtedy zrobimy? Załatwmy jakiś transport i…

– Też z nami jedziecie?! – Jak burza, bez pukania do ich domku wpada uśmiechnięta od ucha do ucha Zina.

– A dokąd?

– No jasne, że do Trypolisu! – Uszczęśliwiona klaszcze w ręce. – Całą kawalkadą walimy. Jeśli nasze dzielne chłopaki, górale z Nafusa, zdobywali szturmem miasto za miastem, pomagając tym zwycięstwu rewolucji, to przecież trzeba teraz pojechać choćby na parę dni i świętować z wszystkimi. No nie?

– Czy ja wiem? – Dorota nadal się waha. – Powinnyśmy już wrócić do domu, bo mój mąż na dobre się wścieknie. Wyjechałam na dwa tygodnie, a nie ma mnie pół roku…

– Manar przyjechała! – Pielęgniarka używa ostatecznego argumentu, bo wie, jak Polka lubi tę dziewczynę. – Jest teraz prawdziwą żołnierką w mundurze i oczywiście też wybiera się z nami. W końcu chce zobaczyć stolicę kraju, za który przelało krew tylu członków jej plemienia. I co ty na to, paniusiu? Nie daj się dłużej prosić. – Zina obejmuje Dorotę w pasie i łobuzersko zagląda jej w oczy.

– A ile ta wyprawa może potrwać? – łamie się.

– Tam i z powrotem. Jedna noc w Trypolisie i wracamy do domu. – Ukrainka porozumiewawczo spogląda na Marysię.

– W takim razie musimy zabrać ze sobą rzeczy, bo w Libii wszystko może się zdarzyć i nie należy liczyć na łatwe rozwiązania. Możemy już tutaj nie wrócić. – Dorota postanawia działać, bo widzi, że nie wygra z dziewczynami, a i sama chce zobaczyć, jakie wojna poczyniła szkody w stolicy.

– To jedynie niecałe dwa dni. Nie bój się, nic złego się nie wydarzy. – Rozradowana Marysia aż podskakuje w miejscu. – Więc kiedy ruszamy?

Dorota z Marysią wysiadają z półciężarówki mitsubishi jako pierwsze, nie czekając na podstawienie drewnianych skrzyń dla mniej sprawnych uczestników eskapady. Była to najdłuższa i najgorsza podróż w ich życiu. Myślały, że uduszą się pomimo owiewającego je powietrza na pace wozu.

– Nie wiem, kiedy oni ostatni raz się myli. – Dorota z wykrzywioną twarzą zwraca się do córki.

– A ja myślałam, że jest mi tak niedobrze z powodu ciąży – dziewczyna śmieje się, kładąc głowę na ramieniu matki. – Wannę lub miskę z wodą to oni widzieli przed wojną – oznajmia.

– Ten smród samczego zakisłego potu! – Dorota wystawia język, jakby zaraz miała zwymiotować. – Szczególnie kiedy podnosili ręce do wiwatu. A wiwatowali przeciętnie raz na dziesięć kilometrów, nie nudziło im się.

– Dla mnie najgorszy był odór zgniłego pleśniowego sera ulatniający się z nóg – Marysia wyraża swoją opinię. – Dlaczego oni nie noszą wysokich sznurowanych wojskowych butów?

– Bo to górale, chłopi, farmerzy, Beduini, a nie żołnierze, moja droga. – Oddalają się od auta, z którego prawie pół setki uszczęśliwionych ludzi wysypuje się na plac Zielony.

Niepewnie i z przerażeniem rozglądają się dookoła. Centralny punkt Trypolisu jest dzisiaj głównym miejscem święta i znajdują się na nim tysiące ludzi.

– Kowalskiemu nigdy nie udało się spędzić tutaj takich tłumów, nawet na święto narodowe – podsumowuje Marysia, nazywając upadłego lidera polskim przezwiskiem, gdyż obecnie lepiej nie wymieniać jego prawdziwego nazwiska.

– Tak, ale teraz jego zwolennicy mogliby mieć tutaj niezłe żniwo. – Troskliwa matka bierze córkę za rękę i wyciąga spośród otaczającej gawiedzi. – Jedźmy szybko do Muaida, przywitajmy się z nim i pożegnajmy, i uciekajmy już stąd.

Nad głowami przewalają się serie z karabinów maszynowych i pojedyncze strzały. Wiwatujący mężczyźni strzelają z radości w niebo i nie przejmują się niczym, wrzeszcząc przy tym przeraźliwie. Kobiety zaś wydają okrzyki *zaharid,* jakby były na weselu. Niektórzy zbierają się w grupkach, klaszczą i śpiewają patriotyczne rewolucyjne pieśni, które powstały podczas powstańczej walki. Niektórzy tańczą. Feta zapowiada się burzliwie.

– Dziewczyny, dziewczyny! – Zina krzyczy z paki ciężarówki, lecz oddalające się jej nie słyszą. – Dorcia! Masza!

– A… Zinka. – Dorota, słysząc swoje imię, obraca się i szuka wzrokiem koleżanki. – Co takiego?

– Wracamy *insz Allah* jutro, więc bądźcie tutaj już od południa – informuje. – Może zechcecie się do nas przyłączyć dzisiaj wieczorem na publicznej plaży? – krzyczy po rosyjsku na całe gardło. – Rozpalamy tam z setkę ognisk, będziemy piec mięso – cieszy się jak dziecko. – Nasze światła będą widzieli aż na Malcie!

– Nie, dzięki. – Dorota próbuje się wymigać. – Jesteśmy pod telefonem – mówi na odchodnym, pokazując na migi rozmowę i przytykając złożoną dłoń do ucha.

– *Charaszo*[1]! – Ukrainka oczywiście zrozumiała. – *Paka*[2]!

– Skąd oni wezmą mięso na grilla dla setek ludzi? – Marysia zrozumiała piąte przez dziesiąte, ale nurtuje ją podstawowy problem ostatnich miesięcy wojny. – Przecież zapasy jedzenia wszędzie się już wyczerpały, a szczególnie w stolicy.

– Pojadą na jakąś okoliczną farmę i sobie pożyczą.

– No tak, jakie to proste. Przedtem rabowali ci z rządu i brali, co im się podobało, a teraz ci…

– Tak jest zawsze. Libijski wódz też na początku obiecywał im dobrobyt i dostatek, równość, wolność, braterstwo – Dorota cytuje komunistyczne slogany. – A potem o tym zapomniał.

– Tak jak Mubarak w Egipcie, Ali Saleh w Jemenie i Ben Ali w Tunezji. Wszędzie ta sama śpiewka. – Marysia zna arabskie realia.

[1] *Charaszo* (ros.) – dobrze.

[2] *Paka* (ros.) – do zobaczenia, na razie.

– Nie ma co gadać! – Dorota z rezygnacją macha ręką. – O, jest wolna taksówka, łapmy ją!

– Na Ben Aszur, poproszę.

– A pieniądze są? – pyta kierowca, który ma bielmo na jednym oku.

– A jak inaczej?

– Teraz to ci nowi każą się wozić, ale płacić to już nie łaska. A jak człowiek się upomni, to pistolet przytkną do głowy i tyle. Trzeba się cieszyć, że się z życiem uszło.

– Broni nie mamy i zapłacimy, niech się pan nie boi.

– Widać panie nietutejsze. To i dobrze, miałem fart i zarobię na *chobzę* i *leben* dla dzieciaków.

Kobiety wyskakują z samochodu na rogu głównej ulicy z jednokierunkową prowadzącą do ich domu i zostawiają taksówkarzowi sto dinarów, na co ten kłania im się w pas. Na wszelki wypadek daje im numer swojego telefonu komórkowego, który Marysia zaraz chce wyrzucić, bo przecież nie będzie im już potrzebny. Muaid sam ich będzie woził albo zapewni im transport.

– Nigdy nic nie wiadomo, córeczko. – Dorota wkłada pomiętą kartkę do torebki. – Jego telefon nie odpowiada już od prawie dwóch tygodni, nie wiemy, czy czasami nie zdecydował się na ucieczkę. A może jest w Egipcie z żoną i córeczką? – snuje przypuszczenia. – To by było rozsądne posunięcie z jego strony.

Jak zawsze w ich dzielnicy panuje cisza i spokój. Nikt nie strzela, nikt nie krzyczy, auta nie trąbią i nie jeżdżą z piskiem kół. Pod murami ogrodzeń przemykają z dwie czy trzy osoby, głównie kobiety z dziećmi na ręku, które idą na zakupy do pobliskiego sklepiku lub z maluchem na plac zabaw. Życie leniwie toczy się dalej. Tutaj wojny nie widać i wszystko wygląda jak dawniej. Jednak po przejściu stu metrów kobiety stają jak wryte i patrzą na ruiny pięknego rodzinnego domu. Ogrodzenie jest zniszczone tylko fragmentarycznie, została w nim po prostu zrobiona dziura, lecz budynek prawdopodobnie został zburzony celowo. Nie ma bowiem ani leja po bombie, ani żadnych okolicznych zniszczeń. Nawet drzewa i czerwone bugenwille rosną całkowicie nieuszkodzone. W domu w ścianie od ulicy zrobiono wielką wyrwę, przez którą widoczne jest zrujnowane wnętrze. Część frontonu odpadła, część się zawaliła, tylko od strony ogrodu stoi wysoki na dwa piętra bok budynku, strasząc sterczącymi zbrojeniami i łupiącymi się cegłami. Umywalka i wanna wiszą jak na sznurku, przytwierdzone hydraulicznymi połączeniami, grożąc, że zaraz się urwą, pociągając za sobą resztę muru. Dookoła na podjeździe leżą połamane sprzęty, fragmenty pięknych drewnianych mebli z salonu, zabrudzone kawałki materiału z obić czy ubrań, a w kącie zwinięte zakurzone zasłony i firany. Aż dziw, że nikt tego do tej pory nie zrabował.

– Muaid musiał się komuś narazić – szepcze Dorota, obejmując roztrzęsioną córkę za plecy. – I to komuś z rządu Kaddafiego. Oni w ten sposób od lat wyrównywali porachunki.

– Jak to?

– Za mojego pobytu tutaj widziałam piękne kamienice, nawet w centrum miasta, które zostały w ciągu jednej nocy zburzone właśnie w ten sposób, a rodzina rozmywała się we mgle. Miejmy tylko nadzieję, że Muaid uszedł z życiem – pociesza córkę. – Na pewno uciekł, przecież to inteligentny człowiek, nic się nie martw – dodaje, widząc minę dziewczyny, która jest bliska płaczu.

– Ale nie rozumiem, jakim cudem nic nie zostało rozkradzione.

– Takie miejsca wszyscy zawsze omijają łukiem – tłumaczy matka, uświadomiona w tym względzie jeszcze przez Malikę. – Każdy się boi, że mógłby zostać oskarżony o współpracę z ukaranym właścicielem ruiny.

– Mamo, ale my tam wejdziemy? – płaczliwie pyta Marysia. – Ja muszę! – denerwuje się i znów zachowuje jak dziecko. Brakuje tylko, żeby tupnęła nogą.

– Moje panie! – stojąc już przy samym ogrodzeniu, słyszą szept za swoimi plecami, lecz nie spodziewając się spotkać tutaj nikogo znajomego, nie reagują. – *Saida*! *Ja saida*[1]! – Głos jest coraz bardziej natarczywy.

– *Ajwa*? – Dorota odwraca głowę i widzi sklepikarza z marketu na rogu, który przyzywająco macha do nich rękami. – Co takiego? – Podchodzi do przestraszonego zgarbionego mężczyzny.

– Panie tam nie wchodzą, nie za dnia – ostrzega. – Ktoś zauważy i doniesie.

– Ale komu teraz zakapują?

– Komukolwiek – informuje sklepikarz, ze strachu cofając się parę kroków. – Wiesz, moja droga, że u nas domy

[1] *Ja saida* (arab.) – pani (wołacz).

mają oczy i ściany mają oczy, nawet może chodniki mają oczy, a wszyscy dookoła mają uszy. Stale podglądają i plotkują. A pogłoska szybko się roznosi, jakby dostawała nóg – śmieje się z przekąsem. – Teraz, kochanieńka, to jedni i drudzy robią czystki. Powstańcy oficjalnie, bo obecnie to oni tutaj rządzą i im wolno, choć nowa władza prosi i błaga, żeby dać spokój z wendetą. Ale co to pomoże? Mamy taką wiekową tradycję i z dnia na dzień nikogo się nie zmieni. A przydupasy Kaddafiego zeszli do podziemia, lecz nadal są, działają i tylko czekają, kiedy ich wódz powróci. W międzyczasie jednak jest niebezpiecznie, bo nie wiadomo, z której strony człowiek oberwie – odpluwa, brzydząc się taką sytuacją.

– Kto to zrobił? – indaguje wzburzona Marysia. – Jedni czy drudzy? Komu taki porządny i miły człowiek się naraził?

– Było to jeszcze podczas ostatnich, ale też najsilniejszych nalotów, kiedy raz mówili, że wodza z synami zabili, raz, że uwięzili, a jeszcze innym razem, że uciekł. Przyjechali, kiedy zamykałem sklep, tak koło dziesiątej wieczorem, postawili tę wielką maszynę z taką metalową kulą, rozhuśtali i bęc. Połowy domu nie ma. A jaka była eskorta, na Allaha! Kilkudziesięciu żołnierzy przyjechało w hummerach i większych takich tankietkach, wszyscy pod bronią! Zabarykadowałem się wtedy w moim markeciku, wygasiłem światła, zaciągnąłem żaluzje i całą noc przesiedziałem w kucki za ladą.

– I co jeszcze pan widział? – Dorota jest pewna, że mężczyzna nie odpuściłby sobie oglądania takiego przedstawienia.

– Załatwili się z wszystkim raz-dwa, może w piętnaście minut albo i pół godziny, nie patrzyłem na zegarek.

– Aresztowali Muaida? – to najważniejsze, co troskliwa kuzynka chce usłyszeć.

– Moja pani, przed tym wydarzeniem ja go już od dłuższego czasu nie widywałem. Zawsze rano do mnie wpadał po świeże pieczywo, a wtedy chyba od tygodnia ani widu, ani słychu. Dom też stał jak wymarły. Żadnych świateł, żadnego ruchu, nic. Może mu się udało zwiać przed czasem? – mówi na koniec z ciężkim westchnieniem. – Mam nadzieję, bo to fajny chłop, a i całą rodzinę przecież od lat znam. Tak się jakoś nieszczęsna wykruszyła.

– Co się wykruszyło? – Marysia wyłączyła się na chwilę i teraz robi się blada jak ściana.

– Ród Salimich, dziewczyno. – Mężczyzna smutno kiwa głową. – Tyś została, Bogu dzięki, piękna i zdrowa kobieta. A, jeszcze jedno! Słyszałem, że nawet ten nieprzyjemny i gburowaty Ahmed, twój ojciec, zaginął bez śladu na początku rewolucji. Jego wredna, tym razem libijska żonka z gromadką dzieci mieszka w waszej drugiej willi, po tamtej stronie ulicy. – Kobiety patrzą sobie wymownie w oczy.

– Jak to? Zdematerializował się? – cicho pyta córka.

– Licho go wie, może znowu, jak przed laty, wdał się w jakieś terrorystyczne hocki-klocki. Jego baba darła ryja na całą okolicę, że go najemni żołnierze zabili, jak odwoził jakieś dwie *adżnabije* na tunezyjską granicę – mówi bez śladu podejrzenia na twarzy, choć Dorota jest przekonana, że mężczyzna wie, kim były te cudzoziemki.

– Tak? – Marysia ze zdziwienia unosi brwi i patrzy na pobladłą matkę.

– Potem zaś krzyczała, że to byli powstańcy, bo przez przypadek wpadł w zastawioną na wojsko zasadzkę. Ta baba mówi, co jej ślina na język przyniesie. Pasuje jej zrobić z niego męczennika, kochającego męża i ojca gromady wygłodniałych bąków i wydębić odszkodowanie albo nawet dożywotnią rentę od rewolucyjnego rządu, który jeszcze ją przeprosi, że zabił niewinnego cywila. A ja tam w jego uczciwość nigdy nie wierzyłem. Zbój był z niego od dziecka, kradł mi cukierki prosto z lady, i to pod moim nosem – skarży się i rusza biegiem do swojego sklepu, bo zauważył klienta na jego progu.

– Zaginął, coś niesłychanego… – Marysia z wypiekami na twarzy patrzy na matkę, lecz ta spuszcza wzrok. – Powiesz mi? – pyta na koniec.

– Jakbyśmy mogły do tego tematu nigdy więcej nie wracać, to byłabym ci bardzo wdzięczna. – Dorota mówi przez zaciśnięte zęby i wygląda, jakby miała zaraz zemdleć.

– W sumie jest to dla mnie jedyny zasadniczy pożytek z tej rewolucji. – Córka, która też ma sporo tajemnic, wie, jak bardzo boli ich rozdrapywanie. – Zobaczmy, czy coś naszego uchowało się w domu, i wymyślmy w międzyczasie, gdzie będziemy nocować.

– Nigdy nie lubiłam tego miejsca, a noc w ruinach stanowczo przekracza moje możliwości – kąśliwie stwierdza Dorota.

Kobiety ostrożnie przekraczają pokruszony próg bramy i zaraz chowają się za jej pozostałościami. Każda idzie w innym kierunku, czyli tam, gdzie oko wychwyciło jakiś znajomy kształt czy przedmiot. Marysia niebezpiecznie zbliża się do wyszczerbionego muru, który w każdej chwili grozi zawaleniem.

– Córuniu, uważaj! – matka ostrzega z troską w głosie, choć wie, że i tak nic to nie da, bo jej córka jest uparta jak oślica.

Dorota przeskakuje w stronę głównego wejścia do willi. Widzi jakieś kolorowe plastikowe pudło. Tak, to do połowy przysypana jej bordowa walizka, którą zostawiła na przechowanie przed swoją głupią wyprawą z Ahmedem do granicy tunezyjskiej. Kalecząc dłonie, strzepuje z niej kamienie i okruchy szkła, a następnie ciągnie do siebie.

– Jest! – wykrzykuje i zaraz chwyta się za usta.

– Co masz? – pyta teatralnym szeptem Marysia.

– Mój neseser. – Zadowolona macha wyciągniętymi nad głową rękami. – Są wszystkie moje ciuchy! A jak u ciebie? – Odkłada swój skarb na bok i zmierza w kierunku córki. Gruz chrobocze i niebezpiecznie usuwa się spod stóp.

– Tam coś jest – dziewczyna pokazuje palcem. – Jakaś metalowa skrzynia.

– A to co? – Dorota pochyla się i z miałkiego żwiru delikatnie wyciąga swój prezent od byłej teściowej, małą szklaną ławeczkę z drzewkiem z bursztynowymi liśćmi. – Jednak ten bibelot nie chce mnie opuścić – śmieje się zadowolona.

Dziewczyny grzebią w stertach zniszczonych medycznych książek oraz arabskich i angielskich powieści, a na koniec odkopują piękny egzemplarz Koranu w skórzanej oprawie z dedykacją na pierwszej stronie.

– Przeczytaj – prosi matka. – Ja ręcznego pisma nie potrafię.

– „Kochanej Malice, oby Allah kierował jej kroki ku świetności. Na wieki kochający Muammar" – szepcze Marysia i postanawia zabrać ze sobą tę świętą księgę.

– Co za tragedia! Chodźmy już, nic tutaj po nas. To tak jakbyśmy plądrowały grobowiec. Czuję się jak cmentarna hiena.

– Ale to nasz grobowiec, grobowiec mojej nieszczęsnej rodziny – ze łzami w oczach tłumaczy młoda, jednak ciężko doświadczona przez życie kobieta. – Daj mi jeszcze pół godziny. Słońce już zachodzi, a po zmierzchu i tak tutaj nie zostaniemy.

Dorota odchodzi na bok, zabierając jeszcze starego pluszowego misia Darii, którego ktoś przechowywał do tej pory. Również jej serce się kraje i doskonale rozumie uczucia swojej córki. Przy bramie leży już spora górka przygotowanych do wzięcia rzeczy. Jak one się zabiorą i gdzie się zatrzymają? O hotelu nie ma co marzyć. Przy takiej ilości przybyłych z całego kraju powstańców, zagranicznych obserwatorów, dziennikarzy i polityków szpilki się nie wciśnie. Bez sensu byłoby nawet próbować.

Kobieta intensywnie myśli. Szybko robi w głowie przegląd swoich byłych koleżanek. Mądra Bożena wyjechała z Libii, zanim się zaczęło, Baśka ze swoim Niemcem wyfrunęła pierwszym ewakuacyjnym samolotem. Reszta dziewczyn pozmieniała adresy i numery telefonów, którymi nie zdążyły się wymienić przed wybuchem wojny. Sądziły, że mają jeszcze bardzo dużo czasu. Zośka, tylko ona mi zostaje!, podsumowuje. Najmniej przez nią lubiana koleżanka na pewno nadal jest w Trypolisie, bo przecież nie miała gdzie wrócić, nie miała dokąd pójść. Chyba że do byłego męża i jego nowej ukraińskiej żony, myśli z przekąsem. Kilkakrotnie wybiera jej numer, ale nikt nie podnosi słuchawki. W pamięci odszukuje numer domowy, na który też nikt nie odpowiada. Może świętuje z wszystkimi w centrum i wśród wrzasku zwycięzców i serii z karabinów, strzelających na wiwat, niczego nie jest w stanie usłyszeć?, tłumaczy sytuację. Wieczorem na pewno wróci do domu, Dorota wciąż ma nadzieję.

– Mama! – W ostatnich promieniach zachodzącego czerwonego słońca widzi swoją córkę na tyłach zrujnowanej posesji, przyzywającą ją ręką do siebie.

– Idę, idę, bądź cicho – upomina, kładąc palec na usta.

– To jest sejf z gabinetu Muaida – dziewczyna oznajmia triumfalnie.

– Jak go chcesz otworzyć?

– Podczas upadku zamek trzasł, popatrz – pokazuje palcem na uchylone stalowe drzwi. – Może tam będzie ten list od babci Nadii, o który w końcu zapomniałam zapytać.

– Może, ale ta szafa waży z pół tony i jest przywalona drugim pół. Nie ruszymy tego – rozsądnie stwierdza starsza i mądrzejsza kobieta. – Potrzebny byłby widłak albo mały dźwig.

– Nie gadaj, tylko mi pomóż. – Dziewczyna zsuwa gruz z metalowych drzwiczek, lecz pozostał jeszcze jeden wielki kawał muru, który usiłuje sama podnieść do góry.

– Do cholery, Marysiu! – Dorota wrzeszczy. – Tobie

nie wolno dźwigać takich ciężarów! Jeszcze poronisz! – Bezpardonowo odtrąca dziewczynę i sama chwyta głaz obiema rękami.

– Żaden ojciec nie zapłacze po tym dziecku, więc co mi tam – smutno wyznaje córka.

– Ty głupia dziewucho! Czasami miłość matki wystarczy! A i babcia się dołączy, i doszywany dziadek, ciotka i mały dwuletni wujek, więc nie narzekaj! Nie jesteś sama na tym świecie! – Z tymi słowy i pod wpływem wściekłości dźwiga kawał muru i zrzuca go z pancernej szafy.

– Sezamie, otwórz się. – Znów radosna Marysia śmieje się, a po jej zakurzonej twarzy ciurkiem płyną ciepłe łzy szczęścia. – Kocham cię, mamuś – szepce Dorocie do ucha słowa, które matka całymi latami tak bardzo chciała usłyszeć.

– Zabieramy, co tam jest, i spadajmy! – Dorota prostuje skrzypiące krzyże, przyciąga córeczkę do siebie i czule całuje ją w umorusany policzek. – Nie kuśmy losu, moje dziecko. Dawaj twój plecaczek, pakujmy, jak leci, a potem sobie pooglądamy. Okej?

– Tak jest, panie generale! – odpowiada, lecz wraz z otwarciem metalowych drzwiczek słowa wychodzą z jej ust jak na zwolnionych obrotach. – A niech mnie! – szepcze, przykucając.

– Jasna cholera! – Matka dołącza do córki i siedzą w kucki jak dwie kwoki na grzędzie, wbijając otumaniony wzrok w zawartość sejfu.

– No i co? Miałam nosa! – Młoda pierwsza budzi się z letargu. – Ja naprawdę chciałam tylko przeczytać list babci, a nie obłowić się w taki szmal – tłumaczy się, chichocząc pod nosem.

– Nie możemy tego wziąć! – Dorota żywo reaguje. – To już będzie kradzież!

– Co ty gadasz, mamo?! Czy ci rozum odebrało?! Chcesz to zostawić, żeby nasz rodzinny majątek jakieś opryszki zrabowały? Czy może typy spod ciemnej gwiazdy i dały to na przykład na Al-Kaidę?! – Dorota tylko przecząco kręci głową, bo dalej nie jest w stanie wykonać żadnego innego ruchu. – Niewykluczone, że wdowa po twoim byłym mężu, a moim byłym ojcu, Ahmedzie, przyjdzie tutaj którejś nocy pobuszować i poszukać czegoś cennego, bo uważa, że jej się należy. – Zawiesza głos. – Czy chcesz, żeby ta kurwa cieszyła się uczciwie zarobionymi pieniędzmi naszego krewniaka?

– Nie gadaj już tyle, tylko pakuj! – Ostatni argument podziałał jak uderzenie pioruna. – Ale co my z tym zrobimy?

– Damy na organizację charytatywną albo same taką założymy, otworzymy sierociniec, dom dziecka, będziemy pomagać głodującym w Afryce – dziewczyna ma tysiące pomysłów.

– Tylko jak to wwieziemy do Arabii Saudyjskiej?

– Twoja w tym głowa. – Marysia śmieje się, upychając ostatni plik przepasanych banderolą dolarów.

– Jeszcze zajrzyjmy do szuflady. – Dorota ciągnie ją z całej siły, ale ta nawet nie drgnie.

– Czekaj, widzę kluczyk. – Dziewczyna kładzie się na swoim zaokrąglonym brzuszku i sięga do wnętrza.

– Masz twój list. – Matka wręcza jej pożółkłą kopertę.

– Ale czytanie później – ostro nakazuje, wyciągając jeszcze ze schowka przykurzone i wyblakłe, niegdyś zapewne granatowe etui. – Co to? Jakieś kosztowności?

– Znam to pudełeczko – szepcze dziewczyna. – To najpiękniejsze cacko pod słońcem, zawsze chciałam je mieć, a ciocia Malika powiedziała, że kiedyś będzie moje – to mówiąc, otwiera wieczko i oczom zafascynowanych kobiet w ostatnim blasku słońca ukazuje się komplet biżuterii, wykonanej z trzech kolorów złota i wysadzanej dużymi turkusami i lapis-lazuli, otoczonymi drobnymi brylantami. – Teraz już uciekajmy stąd! – W pełni usatysfakcjonowana córka bierze sprawy w swoje ręce. – Zamawiaj tego ślepego na jedno oko taksówkarza.

– Jeszcze musimy się umyć i trochę ogarnąć – matka przytomnieje. – I przede wszystkim oddalić od tego miejsca, bo facet albo zawiezie nas na posterunek policji jako złodziejki, albo sam nas zaszlachtuje i okradnie.

Cudem donoszą swoje znaleziska na róg uliczki, a w zasadzie Dorota tacha całość, a Marysia plecaczek i starego misia siostry, bo przecież nie wolno jej dźwigać. Dzidziuś musi się urodzić, bo ma kochającą rodzinę, która go przygarnie, a z ojcem to się jeszcze pomyśli, optymistycznie podsumowuje przyszła mama. Hamid jest dobrym człowiekiem i jednak bardzo ją kocha. Dziewczyna teraz już w pełni zdaje sobie z tego sprawę. Trzeba tylko zaakceptować odmienność drugiego, postanawia. Jeśli on przyjmie mnie taką, jaka jestem, to ja także nie widzę przeszkód. Cholercia, tęsknię za nim, dyskretnie się uśmiecha, a serce w jej młodej piersi trzepocze z niepokoju. Lecz czy mam powiedzieć mu prawdę, czy skłamać?, zadaje sobie nurtujące ją od ponad miesiąca pytanie. Skłamać!, krzyczy jej arabska kobieca natura. Skłamać!, huczy jej w głowie.

– Już panie są – taksówkarz cieszy się i wita je jak stare klientki. – Dobrze jednak, że dałem mój numer, nie?

– Tak, tak, mamy do pana zaufanie. – Dorota kadzi mężczyźnie, a ten aż promienieje z radości.

– To dokąd teraz?

– Na Gargaresz – postanawia Dorota. – Pojedziemy do mojej koleżanki Zośki – informuje córkę. – Wprawdzie nie odbiera telefonu, ale na pewno tutaj jest – przekonuje samą siebie.

– Czekaj, czekaj! – wykrzykuje Marysia, kiedy samochód mija aptekę Muaida przy Ben Aszur. – Niech pan się tutaj na chwilkę zatrzyma! – Klepie kierowcę po ramieniu.

– Dlaczego? – pyta zdziwiona matka.

– Źle się czuję, muszę kupić lekarstwo – łże jak z nut, porywa plecak, misia i ciągnie Dorotę na zewnątrz. – To nasza rodzinna apteka – mówi szeptem – a farmaceuta w niej pracujący jest najlepszym przyjacielem Muaida. Abdalla pomagał nam podczas ewakuacji pacjentów na farmę, dostarczał leki. On na pewno będzie wiedział, co się stało.

– Świetnie.

– Dzień dobry. – Marysia wchodzi pewnie do środka. – Jak się pan ma? Jak rodzina? Jak zdrowie? – wita się ze znanym sobie mężczyzną, a on zaskoczony patrzy wielkimi oczami na dziewczynę.

– Co ty tutaj jeszcze robisz? – beszta przybyłą. – Przecież

miałaś miejscówkę na statek ewakuacyjny do Kataru! Czemu nie wsiadłaś, głuptasku?

– A skąd pan o tym wie?

– Wszystko wspólnie zaplanowaliśmy z Muaidem – tłumaczy. – Przecież byliśmy najlepszymi przyjaciółmi.

– Jak to byliście? To już nie jesteście?

– No nie… – Sześćdziesięciolatek garbi się i patrzy na przybyłe z rozpaczą. – Widziałyście, co zrobili z waszym domem?

– Tak, właśnie stamtąd wracamy. – Wyczekująco patrzą na mężczyznę. – Co się stało? Gdzie jest Muaid? Niechże pan powie!

– Niestety, zostałem przez niego wtajemniczony i uczestniczyłem w całej tej jego szalonej samobójczej akcji. Nie dało mu się tego wyperswadować – tłumaczy się. – Siądźmy, bo to dość długa i straszna historia. Lepiej nie słuchać jej na stojąco, zwłaszcza w pani stanie. – Patrzy na mały brzuszek Marysi wprawnym okiem lekarza.

– Czy on żyje, czy nie? – włącza się Dorota, bo nie może już dłużej znieść tego pokrętnego arabskiego stylu wypowiedzi.

– To nie chcecie poznać sprawy od początku?

– Tak, chcemy, ale ja lubię najpierw wiedzieć, jakie jest zakończenie – kobieta nie odpuszcza.

– Cóż, przypuszczam, że już nie chodzi po tym świecie, choć okoliczności wskazują, że nie osiągnął swojego celu. Możliwe, że został zabity, zanim go urzeczywistnił. Tak czy siak nie mógł tego przeżyć.

– Więc jednak… – Kobiety spuszczają wzrok, lecz po

wszystkich tragediach, które je spotkały, nie mają już łez, aby opłakiwać krewniaka.

– Teraz proszę nam powiedzieć, cóż takiego zaplanował mój kuzyn? – Marysia ze złamanym sercem wzdycha, lecz mimo wszystko chce poznać całą prawdę.

– Szaloną rzecz! – wykrzykuje aptekarz, chwytając się dłońmi za przerzedzone kręte włosy. – Wiecie zapewne, że miał obsesję na punkcie swojego biologicznego ojca, a im bardziej przypominał go wyglądem, tym bardziej jego fobia rosła. – Dziewczyny kiwają potakująco głowami. – Ostatnimi czasy, widząc rosnącą siłę Kaddafiego i jego zdeterminowanie, co mogło spowodować upadek rewolucji, postanowił go zabić. – Słuchaczki biorą głośny wdech.

– Co? Jak? Nonsens! Niemożliwe! – wykrzykują na zmianę.

– Cóż, Muaid miał wiele ukrytych kontaktów, znajomości… – Zawiesza głos i marszczy czoło, jakby chciał dokładnie przypomnieć sobie każdy szczegół. – Do naszego Hassana, którego haniebnie zamordowano, zgłaszały się kraje oraz pojedyncze osoby z chęcią pomocy naszej sprawie. Cały świat nienawidzi Kaddafiego, więc było to szczere i naturalne. Nawiązał z nim łączność pewien facet z Arabii Saudyjskiej o znanym wszem wobec nazwisku Bin Laden. – Marysia blednie na twarzy, a matka patrzy na nią. – Nie bójcie się, to nie Osama, którego w końcu odstrzelili w Pakistanie, morderca i największy na świecie terrorysta, lecz porządny gość, który przez to, że nosi takie skalane krwią niewinnych nazwisko, walczy z fundamentalizmem islamskim i wszelkimi reżimami na świecie. Poznałem go osobiście – potakuje głową. – Hamid to delikatny człowiek o gołębim sercu, lecz twardy i silny bojownik. Przypłynął tym statkiem z Kataru, na który ty, kochaneńka, się nie zaokrętowałaś. – Marysia ma tylko nadzieję, że Muaid nie wspomniał przyjacielowi, jakie nazwisko po mężu ona nosi. – Osobiście przywiózł do Trypolisu góry pieniędzy na zakup broni, medykamentów, jedzenia i wszelkich innych niezbędnych rzeczy oraz najlepszy i najwydajniejszy materiał wybuchowy wraz z oprzyrządowaniem. On właśnie, jako rządowy saudyjski szpieg, uczestniczył już wcześniej w przygotowaniu terrorysty samobójcy w Jemenie, aby oczywiście zniweczyć jego niecne zamiary. Wtedy młody fundamentalista plastik miał zapakowany do dupska. – Mężczyzna ze skrępowaniem drapie się po głowie. – Hamid zminimalizował skutki zamachu i tym samym uratował następcę saudyjskiego króla. Dzięki przeszkoleniu, jakie odbył w amerykańskich brygadach antyterrorystycznych, i doświadczeniu z tamtej akcji doskonale wiedział, jak to się robi, jak się podłącza zapalnik i zakłada detonator. – Abdalla zamyśla się. – Wiecie, że oni, Muaid z Hassanem, licytowali się, który to zrobi?! – wykrzykuje gwałtownie. – Nie do pomyślenia! Hassan próbował załatwić sobie kontakt, żeby móc dostać się w pobliże Kaddafiego, lecz nie jest to takie proste. Oczywiście wygrał Muaid, bo miał stuprocentową naturalną wejściówkę do każdej kryjówki Muammara – ironizuje, lecz nie jest mu do śmiechu.

– Jak to, Hassan chciał porzucić swoich powstańców i zabić się?! – dziwi się Dorota. – Dla mnie to nie ma sensu!

– Dla Muaida też, lecz nasz narodowy bohater wyznał, że jeśli usunie tyrana, rewolucja i tak wygra, a on dalej nie miał zamiaru bawić się w politykę. Męczyły go przepychanki i intrygi w nowym rządzie i czarno widział przyszłość Libii. Zrobił, co było w jego mocy, lecz jako że jego rodzina się rozpadła, a ukochanego syna mu zabito, twierdził, że nie ma po co dłużej żyć.

– Należało się tego spodziewać – podsumowuje Dorota.

– A ja myślałam, że on tak szybko pozbierał się po tragedii, która go dotknęła. – Smuci się Marysia. – Wydawało się to aż dziwne.

– Hassan tylko na jakiś czas odsunął prywatne sprawy na drugi plan i poświęcił się swojemu krajowi. Kiedy doprowadził prawie wszystko praktycznie do końca, mógł już odejść. – Rozmówca oświeca przybyłe kobiety

– Cóż, a jego ludzie odpłacili mu pięknym za nadobne. – Dorota z dezaprobatą ściska wargi. – Co za swołocz!

– Czy ten Hamid uczestniczył w przygotowaniach? – drżącym głosem pyta żona saudyjskiego szpiega bojownika.

– Tak – mężczyzna zwleka z ujawnieniem najbardziej drastycznych fragmentów historii.

– Gdzie założono materiały wybuchowe? – drąży Dorota.

– Niestety ja, jako zaufany farmaceuta, miałem za zadanie przygotować kapsułki z ładunkiem w kształcie małych serdelków, które następnie Muaid z trudem przełknął. – Przyjaciel ociera spływającą po policzku samotną łzę.

– *Wallahi.* – Marysia zasłania twarz trzęsącymi się dłońmi, a Dorota delikatnie gładzi ją po włosach.

– I tyle go widziałem – kończy mężczyzna. – Kochałem go jak syna, a potem musiałem uczestniczyć w przygotowaniach jego samobójstwa. – Twarz mu szarzeje. – Jest to najgorszy koszmar, jaki można sobie wyobrazić, i będzie mnie już prześladował na jawie i we śnie do końca moich dni – wyznaje, nie ukrywając szlochu dławiącego go w gardle. – A wszystko mogło ułożyć się całkiem inaczej – postanawia ujawnić swoją tajemnicę. – Razem z Maliką studiowaliśmy farmację i ja zakochałem się w niej od pierwszego wejrzenia. Lecz ona tylko się mną bawiła i wykorzystywała, nigdy poważnie mnie nie traktowała. Byłem zbyt maluczki, żeby dostąpić zaszczytu bycia jej mężem. Ona miała wręcz niezaspokojone ambicje, pragnęła sławy, władzy, bogactwa. Miłość i szczęście to były pojęcia dla niej nieznane. Ale do czasu. Nieopatrznie poznała Muammara i wtedy ją dopadło. Zakochała się, nie biorąc pod uwagę faktu, że ten człowiek to potwór i takich jak ona naiwnych dziewcząt miał na pęczki. Liczyła, głupia, że rozwiedzie się z pierwszą żoną i ożeni z nią. Jeszcze stawiała warunki! Miała tupet! Ale nic z tego, tym razem ona była nikim, bezwartościową zabawką w rękach rozkapryszonego przywódcy wielkiego roponośnego mocarstwa. Ha! Powinienem się cieszyć, że tak ją potraktował, ale mnie było jej żal i nadal, jak głupek, ją kochałem. Ach, Malika, Malika, co za kobieta. Wódz i tak ją wyróżnił spośród rzeszy swoich kochanek, bo wiele jej dał i jeszcze pozwolił bawić się w dyplomację. Mianował ją panią ambasador, a to dla kobiety było ogromne wyróżnienie. Kiedy wrócili z placówki, Muaid był jeszcze malutki, ponownie zaproponowałem jej małżeństwo. Jakby chłopak miał ojca, normalny dom, kochającą rodzinę, to też nie uległby tej swojej obsesji niechcianego porzuconego dziecka. Ale Malika po raz kolejny mi odmówiła. Nie chciała. Wtedy miała fazę na dodatkowe studia, doktorat, stypendium zagraniczne, a dzieciak chował się samopas. Ja go kochałem jak własnego syna, ale ileż można adorować i błagać kobietę, która notorycznie cię odrzuca? Z Muaidem ponownie spotkałem się, dopiero kiedy wrócił z Londynu już jako dorosły żonaty mężczyzna. Niedługo cieszyliśmy się swoją przyjaźnią, a ja na koniec musiałem szykować go na śmierć. Nie sądzę, aby Bóg mi to wybaczył, ale jeszcze gorsze jest, że ja sam nigdy sobie tego nie podaruję. Nigdy! Przenigdy! – wykrzykuje trzęsącym się głosem i łkając, wybiega na zaplecze apteki.

Kobiety wstrząśnięte opowieścią siedzą jeszcze przez chwilę bez ruchu, lecz nie słysząc powrotnych kroków aptekarza, cicho wstają i udają się do wyjścia. Taksówkarz nadal na nie czeka, ale nerwowo i wymownie spogląda na zegarek.

– Teraz już na Gargaresz proszę. – Dorota zwraca się do niego przez ściśnięte z bólu gardło.

Całą, ponadpółgodzinną drogę obie zatopione są we własnych strasznych myślach i nie wypowiadają do siebie ani słowa. Kiedy podjeżdżają pod willę Zośki, od razu widzą, że w domu nie ma żywej duszy. W ani jednym oknie nie świeci się światło, ogród tonie w ciemnościach, które marnie rozświetla jedna żarówka przed wejściem do budynku. Dorota trzy razy wybiera numer koleżanki, lecz nadal nikt nie odbiera.

– Panie tutaj kończą kurs? – kierowca się niecierpliwi. – To będzie was słono kosztowało, więc decydujcie się, moje kochanieńkie.

– Dobrze, dobrze, zapłacimy, ile trzeba, niech się pan nie martwi. – Marysia zwraca się do mężczyzny w trypolitańskim dialekcie i widzi, że ten staje się spokojniejszy, wiedząc, że ma do czynienia z krajanką.

– Wyjdziemy na zewnątrz trochę się przewietrzyć i ustalimy z córką co i jak. Niech pan to doliczy do ceny, *quejs*? – Dorota otwiera drzwiczki i wysiada z auta. – Daj komórkę. – Wyciąga rękę do córki, która nie rozstaje się z wypchanym plecakiem.

– Jaki plan? – pyta młoda, podając telefon.

– Jedyny możliwy. Jedziemy z tym chłopkiem do Tunezji – wyjawia matka. – Teraz już nie ma walk i granica jest przejezdna. Możliwe, że przyjdzie nam trochę poczekać, ale co nam szkodzi. Czasu mamy pod dostatkiem, nigdzie się nie spieszymy.

– Tak? I co dalej?

– Następnie… – Dorota zawiesza głos, bo właśnie uzyskała wybrane połączenie. – Cześć, Łukasz! Prędziutko powiem ci, gdzie się spotkamy! – krzyczy do słuchawki. – Przyleć do Tunisu, my tam będziemy na ciebie czekać. – Marysia robi wielkie oczy. – Wcześniej zarezerwuj dla naszej czwórki miejsca na prom, ale taki, który dowiózłby nas do Dżeddy. Tak, dobrze słyszysz, chcemy przypłynąć do Dżeddy! Nie chcemy samolotem, wiem, że szybciej, ale my… – Przerywa i bierze głęboki wdech. – Do jasnej cholery! – wrzeszczy. – Możesz teraz ze mną nie przeprowadzać wywiadu, nie dyskutować, tylko zrobić, o co cię proszę?! Dzięki – kończy już znacznie spokojniej.

– Czyli jest plan. – Marysia oddycha z ulgą, widząc genialność projektu. – Na promach zdecydowanie mniej kontrolują i raczej nie prześwietlają bagażu.

– Zwłaszcza na arabskich. A w Saudi się zobaczy. Będziemy miały dość czasu, żeby coś wymyślić, a poza tym mamy szpiega Hamida, który przy swoich koneksjach na pewno wszystko załatwi. Dzisiaj już go nie złapiemy na przejściu granicznym, bo dotrzemy tam nocą, ale jutro na pewno znów będzie na nas czekał. Nie rozumiem tylko, czemu jego telefon nie działa? – niepokoi się. – Miejmy nadzieję, że mu go ukradziono, a nie coś innego…

– Niechybnie tak się stało. – Marysia z drżeniem serca pociesza nie tyle matkę, ile siebie. – Nie snuj znów swoich czarnych scenariuszy. Jestem pewna, że już jutro się zobaczymy.

– W takim razie jeszcze jedno muszę ci powiedzieć. – Dorota mocno ściska rękę córki. – Tak na świeżo. – Patrzy jej głęboko w oczy. – Dokładnie i z rozwagą ponownie przemyśl sobie, jak chcesz postąpić z Hamidem i co zrobić ze swoim małżeństwem. Słyszałaś historię Muaida i niech ona będzie dla ciebie przestrogą. Dziecko potrzebuje ojca, a jeśli jeszcze mogłoby mieć kogoś tak porządnego i uczciwego, to nie radziłabym ci z tego rezygnować. – Z tymi słowy wsiada do taksówki, która po miesiącach tułaczki i niebezpieczeństw uwozi kobiety z Libii. Matka i córka wspólnie stawiają śmiały krok w przyszłość, otwierającą przed nimi nowe nieznane wyzwania.

SŁOWNICZEK ARABSKICH I LIBIJSKICH SŁÓW, ZWROTÓW I NAZW

A. Abaja – wierzchnie tradycyjne okrycie w krajach muzułmańskich; szeroki, luźny płaszcz noszony przez kobiety i mężczyzn.

Adżnabija – cudzoziemka.

Afłan – przepraszam.

Afłan, ja ustaz, ja'ani afłan – Przepraszam, panie, znaczy się przepraszam.

Ahlan – cześć.

Ahlan wa sahlan – Cześć, witaj.

Ajła – tak.

Al-Dżanna – muzułmański raj.

Al-Kaaba – sześcian, kostka; świątynia i sanktuarium w Mekce, najważniejsze święte miejsce islamu.

Al-Dżazira – dosł. wyspa, półwysep; arabska niezależna stacja telewizyjna z siedzibą w Katarze.

Allahu akbar! – Allah jest największy! Bóg jest wielki!

Allahu azzamek – Niech Bóg cię wspiera.

Asma – hej ty.

B. *Baba* – tata.

Bakszysz – łapówka.

Baladija – urząd miejski.

Barra hnek – spieprzaj (wulgarnie).

Binti – dziewczyno moja.

Bukra – jutro.

Bulandija – polska, Polka.

Burik – pasztecik przeważnie z mięsem.

C. *Chobza* – chleb.

Chobza misrija – cienki chleb w formie placków, przypominający pitę.

Chalas – koniec, dość.

Czador – zewnętrzny

strój noszony przez muzułmańskie kobiety (gł. Iran, Pakistan); jest dużą połówką koła z materiału, noszoną otwarciem z przodu, nie ma otworów na ręce ani zamknięć, ale jest utrzymywany na ciele za pomocą rąk lub zębów, lub przez owinięcie końcówek wokół pasa.

D. Dżambija – zakrzywiony nóż tradycyjnie noszony za pasem w Jemenie.

Dżamila dżiddan – bardzo piękna.

Dżedda (pol. Dżudda) – miejscowość w Arabii Saudyjskiej nad Morzem Czerwonym, drugie co do wielkości miasto, była stolica.

Dżihad – walka w imię propagowania islamu, zarówno poprzez akcję zbrojną, nawracanie niewiernych, pokojowe propagowanie islamu, jak i wewnętrzne zmagania wyznawcy; często rozumiany przez Zachód tylko jako święta wojna.

E. Eid al-Adha – muzułmańskie Święto Ofiarowania.

Eid al-Fitr – święto na zakończenie ramadanu.

F. *Falafil* – placki z bobu.

Fatwa – klątwa.

Fisa – szybko.

Fusha – literacki język arabski.

G. Galabija (lub dżalabija) – męski strój w formie długiej sukni/płaszcza z rozcięciem pod szyją.

GCC (Gulf Cooperation Council) – Rada Współpracy Zatoki Perskiej utworzona w 1981 r. w Rijadzie, w jej skład wchodzi 6 państw regionu.

Ghutra – chusta na głowę dla mężczyzn.

Guffa – koszyk.

H. *Hadżdż* – obowiązkowa dla każdego muzułmanina pielgrzymka do Mekki, jeden z filarów islamu; pielgrzym.

Haram – dosł. to, co zakazane; zabronione, grzeszne.

Harissa – czerwona papryka chili i pasta z niej.

Hidżab – noszona przez kobiety muzułmańskie kwadratowa chusta, zakrywająca włosy, uszy i szyję, jednak nie ramiona i twarz, może być kolorowa.

I. *Iftar* – śniadanie, lecz w ramadanie tak nazywana jest uroczysta kolacja, jako pierwszy posiłek po ustaniu postu.

Igal (*iqal*) – obręcz pleciona z czarnego sznurka, którą umieszcza się wokół głowy, by przytrzymywała chustę.

Ihram – stan pełnego uświęcenia.

Imszi barra – zjeżdżaj, zmiataj, wynocha.

Insz Allah – jak Bóg zechce; jak Bóg da.

Iqama – legitymacja.

J. *Ja achi* – mój bracie (wołacz).

Ja'ani – to znaczy; łącznik często używany w mowie potocznej.

Ja habibti – moja kochana (wołacz).

Jalla – chodź, wychodź, w drogę.

Ja said – panie (wołacz).

Ja saida – pani (wołacz).

Ja sadiki – mój przyjacielu (wołacz).

K. *Kakawijja* – orzeszki ziemne (makaroniki z nich).

Karawanseraj – miejsce postoju karawan; z pomieszczeniami dla podróżnych, niszami chroniącymi przed słońcem, magazynem do przechowywania towarów, często o charakterze obronnym.

Keifa haleki? – jak się masz?

Kibla – kierunek, w którym muzułmanie powinni się zwracać podczas modlitwy; obecnie muzułmanie na całym świecie modlą się w stronę świątyni Kaaby w Mekce.

Kullu quejs – wszystko w porządku.

L. *Leben* – rodzaj jogurtu lub kwaśnego mleka.

Lebneh – biały twarożek.

M. *Mabruk* – na szczęście.

Madżnuna – wariatka.

Mafi muszkila – nie ma problemu.

Mahram – męski opiekun.

Mazal – za chwilę.

Medina – miasto, stare miasto.

Mija-mija – doskonale.

Mudir – kierownik, dyrektor

Mudżahedin (dosł. święty wojownik) – uczestnik ruchu religijnego, społecznego lub wyzwoleńczego w krajach muzułmańskich lub zamieszkanych przez muzułmanów. Zwani są bojownikami.

Mutawwa – funkcjonariusz policji obyczajowo-religijnej.

N. Nikab – tradycyjna muzułmańska zasłona zakrywająca twarz kobiety i odsłaniająca jedynie oczy, czasami kawałek czoła; używana głównie w Arabii Saudyjskiej i Jemenie.

Q. *Quejs* – dobrze.

S. *Sadiki* – mój przyjacielu.

Said – pan.

Saida – pani.*Salam* – pokój.

Salam alejkum – dzień dobry, witaj (dosł. pokój z tobą) – *Alejkum as-Salam* – z tobą (także) pokój; odpowiedź na powitanie.

Salamtek – pokój z tobą.

Salamu alejkum, ja sadiki – pokój z tobą, mój przyjacielu.

Salat – modlitwa.

Salat al-azza – modlitwa za zmarłych.

Silki (*douma*) – małe gołąbki z mięsem zawijane w winogronowe liście.

Suk (*suq*) – targ, bazar.

Sura – nazwa rozdziału Koranu.

Sza'a Allah – Allah tak chce; jak Bóg da.

Szariat – dosł. droga prowadząca do wodopoju; prawo kierujące życiem wyznawców zarówno sunnickiej, jak i szyickiej odmiany islamu. Islam nie uznaje rozdziału życia świeckiego i religijnego i dlatego reguluje zarówno zwyczaje religijne, organizację władzy religijnej, jak i codzienne życie muzułmanina. Szariat opiera się na założeniu, że prawo musi dostarczać wszystkiego, co potrzebne dla duchowego i fizycznego rozwoju jednostki. Wszystkie czyny muzułmanina są podzielone na pięć kategorii – konieczne, chwalebne, dozwolone, naganne oraz zakazane. Podstawą określenia czynów koniecznych jest pięć filarów islamu.

Szarmuta – dziwka.

Szejtan – przeciwnik, złe moce; Szatan; utożsamiany z Lucyferem.

Szinu? – że co? (potocznie).
Szisza – fajka wodna.
Szorba (siorba) – arabska zupa na baraninie z makaronem w kształcie ryżu.
Szorta – posterunek policji.
Szukran – dziękuję.
Szukran dżazilan – bardzo dziękuję.
Szyrszaf abjad – całun; biała tkanina, w którą zawija się zwłoki przed pochówkiem; nie stosuje się trumny i chowa zmarłego w całunie bezpośrednio w ziemi.

T. Toba (*thob*) – rodzaj długiej do ziemi męskiej koszuli, z tradycyjnym kołnierzykiem lub stójką i manszetami, zapinana na guziki tylko do pasa.
Tamam – dobrze.

U. *Ummi, ummi, szuf*! – mamo, mamo, patrz!
Umra – mała pielgrzymka.
Uskut – cisza, cicho.

W. Wadi – koryto wyschniętej rzeki
Wallahi! – na Boga!

Z. *Zaharid* – okrzyki kobiet przypominające jodłowanie.
Zołza – żona.

Spis treści